日瓦戈医生

[上卷]

ДОКТОР ЖИВАГО

Борис Леонидович Пастернак

帕斯捷尔纳克作品系列

[俄] 鲍·列·帕斯捷尔纳克 著
白春仁 顾亚铃 译

上海译文出版社

图书在版编目(CIP)数据

日瓦戈医生(上、下卷)/(俄罗斯)帕斯捷尔纳克著;白春仁,顾亚铃译.
—上海:上海译文出版社,2011.12(2022.6重印)
(帕斯捷尔纳克作品系列)
ISBN 978-7-5327-5632-2

Ⅰ.日... Ⅱ.①帕...②白...③顾... Ⅲ.长篇小
说—俄罗斯 Ⅳ.I512.45

中国版本图书馆CIP数据核字(2011)第218854号

日瓦戈医生(上、下卷)
Доктор Живаго

Б·Л·Пастернек
鲍·列·帕斯捷尔纳克 著
白春仁 顾亚铃 译

出版统筹 赵武平
责任编辑 陈飞雪
装帧设计 董茹嘉

上海译文出版社有限公司出版、发行
网址:www.yiwen.com.cn
201101 上海市闵行区号景路159弄B座
苏州市越洋印刷有限公司印刷

开本 890×1240 1/32 印张22 插页4 字数354,000
2011年12月第1版 2022年6月第4次印刷

ISBN 978-7-5327-5632-2/I·3306
定价:68.00元(上、下卷)

目　录

译者序

《日瓦戈医生》及其作者

这不是一部等闲的写手小说，它的浓重的传奇色彩，说起来实属罕见，且不带一丝一毫的虚夸和做作，层层都是沉甸甸的历史真实。上世纪五十年代《日瓦戈医生》一出现，就在东西方意识形态的冷战中掀起一场轩然大波。于是，作者帕斯捷尔纳克，苏联五大诗人之一，无端招来背叛国家的可怕罪名，被作家协会扫地出门。接踵而至的种种压迫，手段无所不用其极。作品流传国外，因获诺贝尔文学奖名声大噪，可在自己祖国却形同洪水猛兽，遭围堵封杀，三十年不得见天日。而在帕斯捷尔纳克方面，此书早已成了生命中的唯一念想，真可谓生也为它来，死也为它去。一九六〇年他在郁郁中因肺癌辞世。半个世纪过后，风止雨霁，该可以平心静气品味这以诗为文的胜境了，人们却又发现小说竟是如此难懂。相比五十年前或三十年前的读者，我们今天有了时间距离的优势，持论能够全面公允些了。但时光也在不断激发新思想新关注，所以依然感到文本中遍布玄机奥义，不仅需要重新去认识，更觉一种开放包容的胸怀呼之欲出，若能有多方位多层次的领悟，那时才解得开这个艺术世界之谜。眼下的这种阅读体验，在我们这里和在俄罗斯差不多是一样的。由此倒足可证明，《日瓦戈医生》在人们心目中，被公认是本好书奇书，唯其好而又奇，它的思想意蕴经得住不断掘进，它的艺术风致全在于不入老套，也须投以新的眼光。于是，我们重读的任务，就可以概括成破解作品思想的秘密和艺术的奥妙。

在我国，译介《日瓦戈医生》始于上世纪八十年代后期，此书就是当时出现的译本之一。这次再版，已是作为帕斯捷尔纳克系列文集的组成部分，希望标志着对诗人的了解和研究，正在开启一个立足于中外文化沟通的新阶段。借这个机会，我们想为中国读者贡献一些有关此书的资料和看法。

《日瓦戈医生》是立意反映二十世纪上半叶俄罗斯命运的作品，而小说的中心设定为日瓦戈医生。首先这是情节的中心，写日瓦戈从世纪初到一九二九年在莫斯科-乌拉尔一线上颠沛流离、漂泊的一生。小说里的诸多线索和事件，都因与日瓦戈发生联系才牵涉出来，社会动荡和时代风雨，更是折射在日瓦戈身上，间接迂回地透露出来。其次，日瓦戈医生是小说的中心人物，以长篇小说容量来看，书中出现的形象并不算多，而几个主要角色的独立性又不强，好似众星捧月，都服从于表现日瓦戈的需要。例外恐怕只有一个，就是日瓦戈艰难生活里的红颜知己——拉拉。她不仅衬托日瓦戈，自己也体现着独特的精神价值。小说聚焦于一个人而折射出一个时代，这该是怎样的人物，又该有何等的作为呢？以此衡量日瓦戈，因为与阅读习惯的期待大相径庭，也就难怪评者要众说纷纭了，这也是主题难以把握的原因之一。再次，或许是最为重要的，日瓦戈还是视角的中心。换言之，故事虽由第三者讲出，但他往往站在日瓦戈的角度看世界，以日瓦戈的情感为叙说的基调。最后这一点，坦露了作者对主人公日瓦戈的偏爱与同情。

那么，日瓦戈一生有着怎样的遭遇？他如何应对时局和命运？他究竟是怎样一个人？

日瓦戈天资聪慧，又在莫斯科一教授家庭寄养成人，受到良好的文化熏陶。上大学时他一边攻读医学系，一边开始诗歌创作，此后便一直坚持写作，不时发表一些诗文作品，颇得读者的好评。可是由一九一五年秋应征入伍起，他完全陷入动荡、混乱、艰难的时局漩涡中。他与家人先是被战乱阻隔，天各一方。不久妻子、儿女和岳父作为阶级异己分子，被政府逐出国门，剩他一人漂乎无定，毕业多年不能从事专业工作。后来长年漂泊，生命里的唯一慰藉，是同心爱女人拉拉的两情相悦，而这恋情也充满变数，危机四伏，每每令人备感痛楚。最后几年日瓦戈蛰居莫斯科，几乎已是穷愁潦倒。一九二九年当异母兄弟、已晋升苏军少将的叶夫格拉夫再次出现时，日瓦戈的厄运似乎出现了转机，可他却已然心力交瘁，猝死街头，完成了一次暂短的生命之旅。

日瓦戈的遭遇是他个人的厄运，却也真实地反映了上世纪初二十余年间俄国的政治形势和生存环境。十月革命布尔什维克夺得政权，意味着劳动大众翻身做主，社会公平的原则得到承认，腐败的官僚政治宣告结束。这些正是十九世纪俄国社会的主要革命诉求。然而新政权的稳固和新制度的建立，是一个艰难痛苦的过程。而且，今天已经很清楚，革命政权有过许多失误，也犯了许多错误，这背后往往可以追溯到思想观念和意识形态的根源。这就使原本矛盾重重的局面更加错综复杂。

青年日瓦戈刚开始接触动荡的现实，就表现出冷静思考、独立判断的鲜明个性。十月革命时，日瓦戈看到苏维埃政权第一号命令，大为振奋，称赞革命“是个了不起的外科手术”。对痛恨社会痼疾、盼望清平世界的知识分子来说，这是发自肺腑的欢呼。可是时隔不久，一九一八年春天他对形势的看法就发生了变化。他目睹了城里民生凋敝，军队瓦解，逃兵胡作非为。为避战乱，他不得不举家迁往乌拉尔地区。路上他被当作特务逮捕过，后又被游击队强迫留下医病。到处可见上级派来的首长、政委发号施令，说一不二，执掌生杀予夺的大权。他对一红军军官说：“我曾经非常倾向革命，可现在我以为，靠强迫是什么也得不到的。”这一点日瓦戈坚信是真理，一时一事使用暴力或可奏效，但用历史眼光看，到头来必然事与愿违。于是他在日记中表示，自己要放弃医学，也隐瞒医生的专长，为的是不被捆住手脚，失去行动的自由。从此他给自己安排了一个冷静观察的角色，不赶风头，不受诱惑，用独立思考来判断是非曲直。当时苏维埃不少举措打着“改造生活”的旗号，而在日瓦戈看来，这并不是历史的进步，倒是对进步的扭曲。他曾对一军队首长直言不讳，自己绝不赞同布尔什维克主义。“每次听到说‘改造生活’，我简直忍无可忍，内心绝望极了。生活从来不只是一堆物质的东西。生活本身可以说在不停地更新自己，修正自己，永远在自我改造。它比你我的那些愚蠢理论要高明一百倍。”这里，日瓦戈受到舅舅韦杰尼亚平的思想影响，在“改造生活”中听出与生命哲学不相协调的意味。革命时期宣传的“改造生活”，无异于“改造世界”、“砸烂旧世界”之类的豪言壮语。可他理解人类社会生活是有机的生命体，它不仅要与自然界相和谐，还要与文化相和谐，它只可能循着自己的规律自然而然地发展。

在日瓦戈的同龄人中，安季波夫与他恰成对照。早在学生时代，安季波夫的思想就倾向革命，后来他参加红军，当上了指挥官、政委。他有坚定的革命信仰，又有果断行动的魄力。但思想过于激进，带着某种狂热性，且在行为动机中逐渐夹杂了个人功名利害的考虑，因此卷入内部的倾轧，终于被迫自杀身亡。日瓦戈虽也同情他，赏识他的忠诚和果敢，却不赞成一点：迷信乌托邦式的理想，没有自己的思考和见解，凡事照搬教条，好讲大话空话，甚至不符合实情却人云亦云的假话。靠讲假话过日子，这是日瓦戈所最诟病、最厌恶的。

早自家人被放逐国外，日瓦戈便预感到自己这种人在社会上注定是命途多舛，不过对此他并不太介意。让他冥思苦索的是，面对动荡、纷乱、严酷的环境，人当何以自处？他苦思和践行的结果，就是书中处处可见的坚持一个诚实正直之人的操守，任何情况下不丧失自己的本来面目。日瓦戈看待个人的价值、生命的价值，首先在于有自由的思想；思想自由才能产生独立见解，也才能形成自己的面目。人没有自己的面目，便成了千人一面，彼此雷同，这只能制造平庸，窒息创意。日瓦戈在新政权的作为中，在周围人们的身上，在自己写作的经验里，处处感到独立思考与随声附和、出奇与平庸两种倾向的角力。当然，个人独特面目的基础，它的核心内容，都还离不开社会追求的公平公正原则、人们普遍接受的道义精神。一个是不丢独特面目，一个是不离道义基础，这便是日瓦戈自处的原则，更可说是他自律的原则。他的故事告诉我们，遇事能把握住一个公平公道的立场，是如何需要内心的良知和见识；而光明磊落地直陈己见，更是如何需要勇气和胸怀。

这样一来，日瓦戈在烽火连天的年代是一个置身世外、特立独行的人物吗？也是，也不是。从社会立场来说，他对革命政权的思想政策多有保留，并且直言不讳，也因此不肯参与红军与白军之间的严酷战事。可是他从未停止当一个观察员和思想者，也就是说从未置身世外。从生活现实来说，他却是艰难时世的亲历者，走过内战的腥风血雨，眼见了城乡的败破凋萎，经受了家庭破碎和事业夭折的打击，遍尝了种种精神煎熬的痛苦。这里他既不是冷静的旁观者，更谈不上特立独行。同别人一样，还有甚于别人，他内心淌着血，吞服这生命的苦果。令人惊讶的是，无论对时局的艰难还是个人的不幸，日瓦戈总是坦然处之，很少怨天尤人，把这视为历史进程中定然发生的曲折。既是这样，苦难到来，不需逃避，不必埋怨，迎上前去背起十字架。日瓦戈的态度显然透露着舍己为人的传统基督教精神，同时也体现了现代思想者的历史眼光和坦荡胸怀。他坚持不同的观点，但没有反对革命，没有反对苏维埃政权，没有个人的怨愤，他等待历史来判定谁是谁非。激进的革命者安季波夫在思想观点上，恰与日瓦戈针锋相对，但日瓦戈没有视他为敌人，反倒同情他，怜惜他，对其自杀的结局感慨万千。就连对科马罗夫斯基这个恶棍，日瓦戈也没有动清算复仇的念头，尽管明知他在父亲之死与拉拉的悲剧上难辞其咎。

现在回到前面的那个中心问题：日瓦戈究竟是怎样一个人呢？

为帕斯捷尔纳克作传的一位当代作家贝可夫评论日瓦戈时说：“我们无法一下子就概括出他是怎样的人”，“我们只能说出他不是怎样的人：他不是一个蜕变了的知识分子，不是鼓吹平庸习气的鄙俗之人，不是革命的狂热分子，不是反政权的斗士，不是持不同政见者，不是‘安排生活的能手’。总之，不是一个庸俗小人。”①

贝可夫还说过：日瓦戈是一个平常人，但重要的是，“即或平常人也有天赋的普世性的权利：不接受时代犯下的失误，不杀戮自己的同类，不随大流”。

从反面说，日瓦戈不是庸俗小人。从正面说，他坚守住了平常人的权利——自由的思想，独立的判断。合起来看，贝可夫最欣赏日瓦戈的，还是他作为普通人的精神操守。自然，帕斯捷尔纳克眼里的日瓦戈，又是天赋极高的诗坛奇才，只是不愿(也无机会)显山露水，直到死后才渐为人知。

主人公日瓦戈其人，权当作平常人也罢，加上天赋诗才也好，出现在小说中可说是一位正直真诚的思想者。《日瓦戈医生》这部书，便是一个正直真诚思想者的生命呼喊。这里有信念也有失望，有痛苦也有欢乐，有放弃也有坚持。日瓦戈和拉拉的情思给人温暖，日瓦戈和拉拉的遭际令人痛惜。于是，这两个生命的呼喊产生了悲剧般的震撼。

小说而以情胜，是诗人为文的刻意追求。作者努力把小说写得平实质朴，简洁明快，同时着力于传达主要人物幽微的情感心境，烘托以素描般的即景深致。最关键的一招，是作者如同抒情诗里的主人公一样，毫不遮掩地与日瓦戈立场重合，可谓同声相应，同气

---

① 引自德米特里·贝可夫著《鲍里斯·帕斯捷尔纳克》，俄文版，731页，莫斯科，2010年。

相求。

小说的客观叙事文字，演化为寄抒情意的倾诉。自始至终一以贯之的悲凉、孤寂、哀婉的情调，产生了巨大的感染力，也倍增了艺术的说服力。

说到小说的抒情，日瓦戈和拉拉的爱情无疑是重中之重。在他们一生中，日瓦戈遇到过三个女人，拉拉遇到过三个男人，唯独这两人的结合非同凡响，他们相互间已是魂牵梦萦，刻骨铭心，更引得别人也跟着回肠荡气。看得出就连作者落笔也小心翼翼，斟酌间存着几分虔敬。这其中的原因是什么呢？难道真有某种超乎理智的情感奥秘？我们想，无论如何也未必神秘得不可言喻。如果说藏有奥秘，那多半就是这种情爱要回归生活的自然，摆脱了功利主义人生追逐的羁绊。在那变乱纷扰的年月，爱情家庭莫不经历社会离析的磨难，可人心思定，渴望回到生活的常轨。正当此时，仿佛在世外桃源，心仪已久的两人走到了一起，发现彼此心心相印。他们但求相爱相守，一起徜徉天地自然间，愿在踏实淡定的平常日子里享受心灵交流的快乐。根据小说的描写，正是这种精神的愉悦，将一对情侣同大自然，同整个世界结为一体，实现了个人精神境界的升华。作者在这里强调的一点，即自然纯真的情爱具有陶冶精神的文化意义，无疑是极富创意的见解。有了这一笔，日瓦戈与拉拉的爱情，便不再是添补情节的虚应故事，日瓦戈的诗作（由作者捉刀代笔，主题多与爱情相关）也不再只是游离故事之外的“富有诗才”的佐证。如此一来，小说才呈现为浑然一体的完美整体。

要理解《日瓦戈医生》，只研读作品还不够。同样重要的，是了解小说成书后的命运和作者的遭遇。帕斯捷尔纳克很早就萌生念头，写一本反映自己亲历时代的小说，这将是他一生中最重要的一本书。作品的构思到一九四五年末已经成熟，动笔则在一九四六年一月，一九五五年十二月全部完成，其中日瓦戈的诗作到一九五三年夏季就已写完编好。一九五六年初，帕斯捷尔纳克开始广泛散发书稿听取意见，同时筹划出版，希望新书及早问世。他首选《新世界》杂志，但投稿后久拖不决。这时他结识了意大利一左派出版商，交出小说手稿一份，授权翻译并在国外出版译本。一九五六年九月《新世界》退回书稿，拒绝采用。在编辑部全体成员签署的回信中，严厉抨击了小说的“个人主义倾向”。十月，《文学莫斯科》编辑部也以篇幅有限为由拒登《日瓦戈医生》。至此帕斯捷尔纳克恍然大悟，告知意大利出版商可于翌年秋季出书。苏联官方得知消息后，通过作家协会要求作者不惜一切代价索回书稿，又设法向意大利出版人施压，均告失败。一九五七年十一月，小说以意大利文问世，随后又出了法文版，迅速成为畅销书。苏联国内对此已无可奈何，只由作协领导在一次公开讲话中宣布：帕斯捷尔纳克写了一本反苏小说，并送到了国外。

一九五八年十月二十三日，帕斯捷尔纳克获得诺贝尔文学奖，表彰他“在现代抒情诗和发扬俄国古典小说传统方面的杰出成就”。据后来的研究，诺贝尔评委会此举并无挑衅苏联加剧冷战之意，因为当时的欧洲社会舆论对苏联反个人崇拜、解冻、卫星上天等怀有好感，不会故意与之交恶。而选择帕斯捷尔纳克也不只是因为他一贯不从流俗，更视其为俄国现实主义文学的后继者，可说是向俄罗斯文化示好。而在苏联当局，既然认定《日瓦戈医生》是反苏作品，为它颁奖无疑是挑战苏联，必须作出强烈愤怒的反应。令人痛心的，是当局接下来对诗人帕斯捷尔纳克的无端迫害，龌龊伎俩，无以复加，在文化史上留下了很不体面的一页。

就在获奖的当天，一九五八年十月二十三日，苏共中央通过了一个《关于帕斯捷尔纳克的诽谤小说》的专门决定。决定称小说“诽谤地描写十月革命、完成这场革命的苏联人民、苏联社会主义建设”，认定授予此书诺贝尔奖“是对我国的敌对行动，是国际反动势力煽动冷战的工具”。决定要求在《新世界》、《文学报》上发表《新世界》编辑部的退稿信；在《真理报》上撰写小品文严厉批判小说本身，并揭露资产阶级报刊就授予帕斯捷尔纳克诺贝尔奖掀起反动宣传的实质；还要求组织杰出苏联作家发表见解，指出授奖给帕斯捷尔纳克意在发动冷战。

十月二十四日作家费定奉苏共中央领导之命来访，劝说帕斯捷尔纳克拒绝奖项，否则后果不堪设想，却无功而返。十月二十五日到二十七日上述中央决定的举措都付诸实行。作家协会连续开会批判帕斯捷尔纳克，二十七日要求他本人到会，他没有去，但给会议送去一封信表明态度。三十五年后人们在档案中发现了此信的副本，内容如下：

> 一、我真诚地想到会，已来到市里，但突感身体不适。请同志们不要以为我不来是轻慢的表示。此信我匆忙写就，大概不如我想的那么通畅明白。
>
> 二、经过这么大风波，出了那么多文章，我现在还是认为：作为一个苏联人，也可以写《日瓦戈医生》这样的书。我只不过对苏联作家的权利和潜力理解得较宽一些，而这一点并

没有辱没苏联作家的称号。

三、我完全不期望事实能得到恢复，公道能得以实现，不过我还是要提醒一下，关于交付书稿的过程，前后的顺序被人搞错了。小说稿本交给国内的编辑部时，正是印制杜金采夫小说、文学环境总体宽松的时候。当时尚怀有小说能够出版的期望。过了半年以后，手稿才到意大利一共产主义者出版人手里。也只在这一情况为人们所知之后，《新世界》编辑部才写了《文学报》引述的那封退稿信。人们闭口不讲同国家文献出版社签的合同，这事前后拖了一年半，闭口不讲我多次向意大利出版人请求延期并得到同意，以便国家文献出版社利用时机出版经过审查的版本，作为意大利文翻译的基础。这些机会全未被利用。而今报上普遍地只登载书中那些我主张出却不能被接受致使出版受阻的地方，结果除了危及我个人的灾祸外，并没有出什么事。为什么三年前不能加上相应的注释刊出呢？

四、我不认为自己在文学中是吃闲饭的，扪心自问我多少也为文学做了点事。

五、自负从来不是我的罪过，了解我的人可以证明。相反，我在个人写给斯大林的信中就要求在宁静不为人注目的环境里工作。

六、我原以为，我获诺贝尔奖的喜悦，不会是个人独享，它也涉及我置身其中的群体。在我的眼里，给予我这个生活在俄罗斯的现代作家因而也是苏联作家的荣誉，同时也是给予整个苏联文学的荣誉。我很遗憾，自己竟那么眼拙，搞错了。

七、关于奖项本身的实质。无论怎样也不能让我承认这一礼遇是一种耻辱，要以粗暴来回敬。至于金钱方面，我可请求瑞典科学院将钱捐给和平理事会而不必自己去斯德哥尔摩领取，或者全留由瑞典当局处理。就此我想与我们的负责人商谈一次，如同Д·А·波立卡尔波夫，过一两周，等我从已到来的与尚等待我的震动中恢复过来之后。

八、同志们，我个人准备好了承受一切，我不怪你们。环境可能迫使你们在清算我时走得很远，以后又是在这种环境的压迫下再给我平反，但那时就晚了。这种事在过去已经够多了。求你们不要着急。这不会给你们增添荣誉和幸福。

帕斯捷尔纳克

这之后形势急转直下。十月二十九日帕斯捷尔纳克被迫致电诺贝尔委员会："由于我所属的社会对你们的奖励赋予了那样一种含义，我必须拒绝接受。"同日，苏共青团领导人公开表示：政府准备将帕斯捷尔纳克驱逐出国。

十月三十日夜，帕斯捷尔纳克给赫鲁晓夫写信，要求不要取消他的苏联国籍。

十月三十一日莫斯科作家大会决议：将帕斯捷尔纳克开除出作家协会，并呼吁政府取消其苏联国籍。

十一月五日《真理报》刊出经苏共中央文化处修改过的帕斯捷尔纳克致编辑部的信，主要是表明拒绝诺贝尔奖，要求留在苏联生活和工作。这标志着达成了一种暂时的妥协。

不难看出，诗人帕斯捷尔纳克始终没有屈从压力改变立场，尽管在具体问题上不得不作出妥协。

《日瓦戈医生》是诽谤革命和人民吗？帕斯捷尔纳克说，苏联的作家也有权写《日瓦戈医生》这样的书。的确，小托尔斯泰有《苦难的历程》，肖洛霍夫有《静静的顿河》，都是写革命年代却有自己的人物、主题和视角。《日瓦戈医生》反思了革命中的矛盾、痛苦、失误和教训，提出了当时认识不到且至今也仍难有定论的重大问题，为什么就成了诽谤而大逆不道呢？

《日瓦戈医生》是宣泄个人主义情绪吗？帕斯捷尔纳克推崇根据事实独立思考，不受诱惑，不随大流，特立独行。这是坚守独立人格和自由思想，与自我中心、损人利己的个人主义风马牛不相及。所以他偏爱日瓦戈这个形象，要通过医生的看似凡人常事的遭遇，诟病钳制思想、制造平庸、浪费生命的社会现实。诗人这一高远的立意，与当局的思想专制针锋相对，不可避免地要遭到歪曲和攻击，如所谓的个人主义之类。

其实，《日瓦戈医生》是好是坏，是丑化了现实还是揭示了本质，最有说服力的是生活，是历史。远的且不说，从一九五五年小说脱稿到一九六六年诗人妻子去世，十年间帕斯捷尔纳克的生前事和身后事，可说是活脱模样的日瓦戈第二。读者仔细看看帕斯捷尔纳克的传记就会感到，日瓦戈的为人行事、向往追求，很像作者本人。而日瓦戈在世纪初三十年间（至一九二九年去世止）所遭受的压力和打击，比起最后十余年间作者的境遇，只可说是小巫见大巫了。历史无情，事实俱在，谁又能说今人讲帕斯捷尔纳克的遭遇是对苏联“解冻”时期的诽谤，今人为诗人鸣不平是个人主义情绪的宣泄？

问题的关键是，帕斯捷尔纳克喜欢历史哲学的思考，从久远的历史视角分析眼前的生活现实。这是他自由探索、独立思考的大前提。他向往的生活，第一是人应该诚实，第二是社会应该公正。但现实是很多人并不诚实并不正直，社会也往往缺乏公正和公平。依他看，原因是太多庸俗小人，或说是汉语里的卑鄙小人。弥留之际，老诗人对家人说“我满意了”，表示没有虚度此生。在这之前，又曾几次感慨：“庸俗！”“世界性的庸俗！”

逝者的遗言，该是对《日瓦戈医生》最好的注解。

我们以为，同对一切文学经典一样，中国读者对《日瓦戈医生》也一定会产生研究、对话的兴趣。愿这个或许还差强人意的译本，能给大家一些帮助。此书上卷译者是顾亚铃，下卷译者是白春仁。一九八七年第一次出版。此次出版前作了必要的校订和修改。

白春仁

二〇一〇年八月于北京

上　卷

第一章　五点钟的直达快车

一

人们走着走着，一边唱着《安魂曲》。当歌声停息时，送行人的脚步声、马蹄声和清风仿佛依然唱着挽歌，欲罢不能。

路上行人给送殡队伍让开路，数着花圈的数目，一边在胸前画十字。有那好奇的人，钻到送殡队伍中打听：“给谁出殡？”有人回答说：“日瓦戈。”“哦，原来是他。难怪这么排场。”“嗐，不是日瓦戈本人，是他太太。”“反正一样。愿她早升天国。好阔气的葬礼。”

临到了最后的时刻，连这屈指可数的几分钟也将一去不复回。神甫画着十字，将一把土洒在玛丽娅·尼古拉耶夫娜的遗体上，口中念念有词：“主的大地和大地的一切，天地和天地间的一切生灵。”响起了《信徒的灵魂》。接着是一阵忙乱。棺木上了盖，钉牢，开始放入墓穴。四把铁铲急急忙忙朝穴里填土。泥土像雨点似的纷纷落下。转眼堆起一个小冢。一个十来岁的男孩爬上了坟头。

在盛大葬礼完毕之后，人们通常会变得迟钝麻木。只有在这种状态下，大家才可能觉着这孩子站在母亲的坟茔上似乎想说些什么。

男孩抬起头，在坟头上茫然环视四周荒凉的秋野和修道院上的圆顶。长着翘鼻子的脸上，神色异常。脖颈伸得长长的。如果一只小狼崽这样仰起头来，不用说它就要哀嗥了。这时孩子双手掩面，失声恸哭起来。迎面刮来的乌云泼下冷雨，仿佛用湿鞭抽打他的脸和手。坟前来了一个男人，穿着窄袖皱边紧口的黑色丧服，这是死者的兄弟，那哭泣的孩子的舅舅——尼古拉·尼古拉耶维奇·韦杰尼亚平。他原是个神甫，自愿还了俗。他走到男孩跟前，领着他离开了墓地。

二

他们在修道院里一间单身修士房中过夜，因为舅舅是这里的老熟人，才让借住的。这天正是圣母节[①]的前夕。第二天，男孩将和舅舅一起去南方伏尔加地区的一个省城。舅舅在一家发行地方进步报纸的出版社工作。车票已经买好，行李也已打捆放在屋里。火车站离得很近，寒风拂过，传来不远处机车调头时发出的凄厉的汽

① 圣母节，东正教的节日，在俄历 10 月 1 日。

笛声。

傍晚，天气骤然变冷。从屋里两扇落地的窗子向外望去，可以看到，败落的菜园一角，菜园四周丛丛刺槐；凭窗还可以看到大路上冻冰的水洼，墓地中白天安葬玛丽娅·尼古拉耶夫娜的那个角落。菜园里除了几畦冻青了的卷心菜外，周围一片荒芜。劲风吹来，叶落枝疏的刺槐，便狂摇乱舞，伏倒在大路上。

深夜，尤拉被窗子的响声惊醒。黑暗的小屋闪烁着一种神奇的、飘忽不定的白光。尤拉只穿着衬衣跑到窗前，把脸紧贴在冰冷的玻璃上。

窗外既看不见道路，也看不见墓地和菜园，只有暴风雪在肆虐，雪花纷纷扬扬，漫天飞旋。也许是暴风雪发现了尤拉；暴风雪意识到自己有无限的威力，洋洋得意地显示自己如何震慑住了孩子，它呼啸着，狂吼着，千方百计想吸引尤拉的注意。白茫茫的风雪巨浪，一层又一层从天空不停地倾泻到地面上，仿佛是一块块白色的裹尸布，笼罩在大地上。此刻世界上唯有暴风雪在大施淫威，没有什么堪与它相匹敌。

尤拉爬下窗台，第一个念头就是穿上衣服，跑到院子里去做点什么。他一会儿担心修道院的白菜被风雪埋住，再也挖不出来了，一会儿又害怕母亲被埋在雪里，无力反抗，会越陷越深，离他越来越远。

结果他又哭了一场。舅舅从梦中惊醒，给他讲基督对人们的保佑，安慰了他一番。然后舅舅打个哈欠，走到窗前沉思起来。他们开始穿衣。天光渐渐发亮。

三

母亲在世的时候，尤拉并不知道父亲早已遗弃了他们母子俩。父亲浪迹于西伯利亚和国外形形色色的城市，过着花天酒地的生活，并且早把万贯家财挥霍一空。人们总是告诉尤拉说，他父亲有时在彼得堡，有时去参加商品交易会，最常去的是伊尔比特。

后来，一向多病的母亲发现得了肺结核。她开始常去法国南部和意大利北部治疗，尤拉陪她去过两次。他常被托付给别人照料，这些人又常常更换。就在这种动荡和不断的猜测中，尤拉度过了童年。他已经习惯了这类变化；在长期不安定的生活环境里，父亲不在家，对他来说也不足为奇。

他小时候还赶上了日瓦戈家族的好时光，那时他家的姓，常被人们用去给许多极为不同的事物命名。

当时曾有过日瓦戈纺织厂、日瓦戈银行、日瓦戈公寓、系领带和别领带用的日瓦戈佩针，甚至有一种浸糖酒的圆形蛋糕也叫日瓦戈；有一个时期，在莫斯科对马车夫说一声“去日瓦戈家”简直就像说了句“去爪哇国”，车夫就会拉着雪橇把你送到一个遥远的“国度”，你会进入一座宁静的花园。低垂的云杉枝，挂着白霜，乌鸦飞落枝头，霜花簌簌而下。乌鸦的呱呱声传到远处，仿佛是树枝折断的声音。几只纯种猎狗，从林中通道后边的新房子那里，穿过大路跑来。那里已时近傍晚，灯火通明。

然而，转眼间这一切都烟消云散。他们的家业衰败了。

四

一九〇三年夏季，尤拉和舅舅坐着四轮马车去乡下的杜普良卡庄园，探望教师兼科普作家伊万·伊万诺维奇·沃斯科波伊尼科夫。这庄园是丝绸厂老板科洛格里沃夫的产业，他同时又是热心的艺术赞助人。

那时正值喀山圣母节，收割大忙的日子。他们到时，田里一个人也没有，也许去吃午饭，也许过节去了。太阳热辣辣地晒着没割完的麦地，仿佛是给犯人剃的阴阳头一般。鸟儿在麦地上空旋舞。田野上没有一丝风，麦秆笔直地挺立着，坠着沉甸甸的麦穗；割下的麦子一垛垛高高地摞在路那头很远的地方。久久细望过去，它们仿佛成了一个个走动着的人，正在地平线上测量，一边记录着什么。

尼古拉·尼古拉耶维奇向侧身坐在赶车座上的帕维尔说："这里的地是谁家的？"帕维尔是出版社的听差和看门人。他坐在那里，弓着背，跷着腿，表示他并非马车夫，驾车不是他的本分。

"这片地是地主老爷的，"帕维尔答道，一边点着烟，"前边那些地，"他点着了烟深吸一口，过了半晌才用鞭梢指着另一边，说道，"那些地是农民自己的。驾！怎么睡着了？"他不时对马吆喝着，眼睛总瞟着马尾和后臀，就像火车司机盯着压力表一样。

然而，这两匹马拉车也和普通的马一样。也就是说，驾辕的那匹很卖力气，另一匹拉边套的马，在不懂行的人看来几乎是不可救药的懒虫。它只知摆出漂亮的架式，伴随着串串铃声，不停地跑着。

尼古拉·尼古拉耶维奇是去给伊万·伊万诺维奇送他的新书校样。这是一本论述土地问题的小册子，出版社迫于书刊检查日益加强的压力，希望作者再作些修改。

“县里的人们太胡闹了，”尼古拉·尼古拉耶维奇说，“在潘科夫乡把一个商人给杀了，地方自治局的育马场也叫人给放火烧了。你对这有什么想法？你们村子里人们说些啥？”

帕维尔的看法竟比要求伊万·伊万诺维奇在土地问题上收敛锋芒的书刊检查官更为严厉。

“村里人说些啥？他们说，把老百姓给惯坏了。不加管束。对我们这些人哪能这么干。一给农民自由，他们就要互相残杀，一点没错。驾，又不走了！”

今天，舅舅和外甥是第二次去杜普良卡庄园。尤拉本以为自己认得这条路。每当田野向两边伸展开去，前后的地边出现细条林带时，尤拉觉得他马上能认出该从哪儿向右拐，接着眼前会闪过科洛格里沃夫的十里庄园全景，以及远处波光粼粼的河流和庄园后的铁路。谁知他竟一次又一次地弄错。田野连着田野，穿插着一片又一片森林。无穷无尽的旷野令人心旷神怡，尤拉情不自禁地思考和幻想起未来的生活。

使尼古拉·尼古拉耶维奇日后成名的作品，那时还一本也没写出来。但他的思想已臻成熟。他不知道成名之时已经为期不远。

他即将跻身当代文学家、教授和革命哲学家的行列中。他和他们思考的问题是同样的，然而除了一些通用的术语之外，同他们没有任何共同点。那些人全都固守着某种教条，满足于词藻和假象。而当过神甫的尼古拉，却熟悉托尔斯泰主义，了解革命，并且不断地深入研究。他渴望有一种鼓舞人心而又实实在在的思想。这种思想应能在自己的发展过程中，给人指出一条非常明确的道路，使世界多少变得美好一些，并且要让孩子和无知识的人都能看得清清楚楚，就像电闪雷鸣一般。他如饥似渴地探求新思想。

尤拉很愿意和舅舅呆在一起。舅舅很像母亲。他和母亲一样自由不羁，对任何陌生事物从不抱偏见，对任何人都怀有一种高尚的平等相待的态度。他也和她一样，遇事一眼就能看穿，善于用头脑中最初想到的方式表达自己的思想。

舅舅带他到杜普良卡来，他十分高兴。这里景色异常优美。美景同样令他想起母亲。她也热爱大自然，常常带着尤拉一起出去玩。此外，尤拉还高兴能在这里见到尼卡·杜多罗夫——一个借宿在沃斯科波伊尼科夫家的中学生。尤拉觉得尼卡大概看不起他，因为尼卡比尤拉大两岁，握手时，尼卡总把手伸得低低的，还垂下脑袋，头发搭在前额，遮住了他半边脸。

五

“劳动大众赤贫乃问题之关键……”尼古拉·尼古拉耶维奇读着修改过的手稿。

“我觉得改为问题的‘实质’好些，”伊万·伊万诺维奇说，一边就在校样上作了必要的改动。

他们在镶着玻璃的昏暗的阳台上改稿，那里堆放着浇水壶和各种园艺工具。一把破椅的靠背上搭了一件雨衣。阳台角落里放着沾有干泥巴的高筒靴，靴筒歪倒在地上。

“与此同时，死亡率和出生率的统计数字告诉我们……”尼古拉·尼古拉耶维奇念着手稿。

“应该增加‘统计年度’。”伊万·伊万诺维奇说着记了下来。

阳台上有点过堂风，他们在校样上压了几块小花岗石，以免风给吹散了。

校完稿样，尼古拉·尼古拉耶维奇急着要动身回家。

“快来雷阵雨了，我们得走了。”

“这不行，我不放您走。马上就喝茶了。”

“天黑前，我得赶回城里去。”

“说什么也不行。我听都不想听。”

花园里飘来茶炊散发的焦炭味，冲淡了阳台上的烟草和芥菜花的味道。仆人们正把酸乳、浆果和甜点心送到花园里。这时突然又听说帕维尔去河里洗澡了，还把马也牵了去。尼古拉·尼古拉耶维奇只好遵命留下来。

“趁茶点还没备好，咱们先去河岸峭壁那儿，在长椅上坐会儿，”伊万·伊万诺维奇提议说。

作为富翁科洛格里沃夫的朋友，伊万·伊万诺维奇借住在总管厢房中的两间屋子里。这幢带小园子的厢房，位于庄园杂乱偏僻的角落。厢房前入口处有一条半圆形的旧林荫道，现已杂草丛生，不通车马，只有运送建筑工地上的泥土和废料的车经过这儿，往堆垃圾的深沟里倒土和废砖石料。科洛格里沃夫是个思想开明、同情革命的百万富翁。现在他和妻子在国外。庄园里只住着他的女儿娜佳和莉帕，还有一位女教师和几个仆人。

总管房前的小园子和整个庄园是隔开的，中间有一道稠密的阔叶绣球树丛；池塘、草坪以及主人的宅邸都在小园子外边。伊万·伊万诺维奇和尼古拉·尼古拉耶维奇沿着林墙外侧走着。每隔距离相当的几步，树丛里就飞出一小群的麻雀。里面鸟儿多得难以计数。绣球树丛里一片啁啾声，仿佛在伊万·伊万诺维奇和尼古拉·尼古拉耶维奇的前面，沿着林墙有条水管在流水一般。

他们走过花房、花匠的住房和一堆不知派什么用场的碎石子，谈论着科学界和文坛上的新秀。

尼古拉·尼古拉耶维奇说："有的人很有才华。可现在盛行各种各样的团体、协会。其实任何团体不过是庸材的庇护所而已，不论他信仰索洛维约夫[①]、康德还是马克思。只有独自探索的人才是真正的真理探索者，他能摈斥一切并不真正热爱真理的人。世界上有没有值得我们信仰的东西呢？为数甚少。我认为应该相信灵魂的永生，这也就是对生命的另一种强而有力的称呼。应该坚信灵魂的不朽，虔诚地信仰基督。唉，您又皱眉头了，真是可怜，您对我讲的又是丝毫也没懂。"

"嗯，"伊万·伊万诺维奇哼了一声。他一头浅色卷发，身材

---

① 索洛维约夫(1846—1879)，俄国民粹派革命家，1879 年 4 月刺杀沙皇亚历山大二世未遂，被处绞刑。

细高灵活。蓄着的一小撮胡子，带点讥诮的味道，有点像林肯时代的美国人。他不时地把那撮胡子捏在手里，用嘴去抿须尖。“是啊，我不想说什么。您也清楚，我对这些问题的看法与您完全不同。对了，顺便问一下，请告诉我，他们怎么免了您的教职，让您还俗的？我早想问了。大概，您当时吓坏了吧？是他们把您革出教门，对吗？”

“咱们不要岔开去谈别的。其实……革出教门？不，现在也不兴这个。当时有过不愉快，后来也受到影响。例如，很长时期不许我担任公职，不许进入莫斯科和彼得堡。这些我都无所谓。咱们还是回到正题上来吧。我刚才说了，应该信仰基督。现在我再解释一下。您并不明白，一个人可以是无神论者，不知道是否有上帝，以及上帝存在的目的，不过他应该懂得，人不是生存在自然界，而是生活在历史过程中。现在看来，历史是基督缔造的，福音书是历史的基础。历史又是什么呢？若干世纪以来，人们一代又一代地系统探索死亡之谜和将来如何战胜死亡——这就是历史。为了这个目的，人们发现了数学中的无穷大和电磁波，创作了交响乐。如果没有某种热情，这样的探索是难有进展的。为了创造这种伟绩，需要精神上的武装。而福音书就包含精神所需的武器。它们是，首先，爱你周围的人。这是人们内心精力的最高形式，这充沛的精力要求得到宣泄。其次，作为现代人必不可少的思想包含这两部分：即个人自由和生活即牺牲的观点。人缺乏了这些思想，是不可想象的。您应该知道，这种观点至今仍很新鲜。在这个意义上的历史，古代人是没有的。古代有的只是丑陋的罗马暴君们的疯狂兽性，他们从来不曾想到任何奴役者都是愚蠢的。古代只有青铜纪念像和大理石圆柱，然而它们的不朽是夸张了的、没有生命的。只有基督以后的世世代代才能自由地喘气。只是在基督以后人类才开始了生活，人们不再倒毙在大街的栅栏旁，而是瞑目于历史进程中，在探索如何克服死亡的紧张劳动中，把自己献给了这一课题。嗐，我怎么高谈阔论起来了。这全是对牛弹琴。”

“这是玄学，老兄。医生禁止我谈弄玄学，我的胃口受不了。”

“那就随您啰。不谈了。您真有福气呀，这里景色多美。可您却身在福中不知福。”

阳光照在河面上，银波荡漾，使人目眩。突然，河面上涌起一层层波峰浪谷，一艘满载着马匹、大车、妇女和农夫的渡船，沉重地离开岸边，驶向对面。

“您看看，现在才五点多，”伊万·伊万诺维奇说，“您瞧，那是从塞兹兰开来的直达快车。经过这里是五点过几分。”

远处平原上，从右向左驶过一列十分显眼的黄蓝相间的专车，因距离太远而显得很小。他们意外地发现列车停了下来。火车头上冒着团团蒸气。稍后传来了令人不安的汽笛声。

“奇怪，”伊万·伊万诺维奇说，“出什么事了？列车不该在那片沼泽地停呀。咱们回去喝茶吧。”

六

尼卡既不在花园里，也不在屋里。尤拉想，大概他躲着他们，因为觉得和他们呆在一起无聊，看来尤拉高攀不上他。舅舅和伊万·伊万诺维奇去阳台工作了，让尤拉在屋外随便玩玩。

这里真是风景如画，美不胜收！时刻都可以听到黄莺三种音调唱出的清脆歌声，当中间断一会儿，仿佛要待柔润的鸣唱全被周围吸收，才唱第二声。闷热的暑气，使花坛上缭绕着的花香无法四散开去。此情此景使尤拉想起他陪着母亲去过的几处国外疗养地。尤拉不停地东张西望。在那里的草地上空，在鸟儿的啼啭、蜜蜂的嗡嗡声中，尤拉恍惚听到母亲的声音。她在寻找他，呼唤他。尤拉因为幻觉感到一阵阵的惊颤。

他来到深沟旁，慢慢往下走去，穿过坡上稀疏干净的树林，来到了沟底的赤杨丛中。

沟底阴暗潮湿，铺满枯枝败叶和烂果。花儿很少，多节的木贼草梗，很像雕有埃及图案的手杖，和他那本《圣经》插图中的图案一样。

尤拉心里越来越感悲苦，忍不住想哭。他跪倒在地，泪珠滚滚而下。

“上帝的天使啊，我神圣的护法神啊，”尤拉祈祷着，“保佑我永不迷途。告诉我妈妈，我在这里很好，请她不要惦记。如果死后真还有生命，上帝啊，送妈妈进天国吧，愿她与光辉如日月的圣徒同在。妈妈是个非常好的人，她不会有什么罪孽的。上帝，你发发慈悲吧，别让她受折磨。我亲爱的妈妈啊！”他在极度的凄楚中仰天呼唤母亲，像在呼唤上帝新收容的侍者。而后他突然支持不住，晕倒在地。

他晕倒一会儿又苏醒了过来，听见舅舅在上面叫他。他应了一声，便从地上爬起来。蓦地，他想到刚才没有为久无音讯的父亲祈祷，妈妈过去常嘱咐他要为父亲祈祷。

不过，经过那阵昏厥以后，他觉得心头十分松快。他想继续保持这种轻松的心境，怕它消失。他想不妨下一次再替父亲祈祷，没有什么不好。

“让他耐心等一等吧，”他迷迷糊糊闪过了这样的念头。尤拉已经完全不记得父亲了。

七

在火车二等包房里，十一岁的二年级中学生米沙·戈尔东正与父亲从奥伦堡一起前往莫斯科。米沙沉思的脸上有一对乌黑的大眼睛。父亲格里戈里·戈尔东是奥伦堡的律师。这次调到莫斯科任新职，米沙也转到莫斯科的中学学习。母亲和姐妹们在他们之前已经抵达莫斯科，正忙着安顿新居。

米沙和父亲乘上车已经过了两天多了。

车外，被阳光晒得灰白的俄罗斯，田野和草原，城镇和乡村，在尘土飞扬的灼热空气里一一掠过。络绎不绝的马车在路上移动着，沉重地拐向铁路道口。从奔驰着的火车上看去，马车好像停在那里一动不动，马儿犹如在原地踏步。

火车一到大站，旅客们蜂拥奔向车站的小吃部；夕阳从车站公园的树后斜照过来，照到旅客匆匆移动的脚和车厢下的轮盘。

世上的一切活动，单独看都是有目的的，明智的，然而联系起来看，就被整个生活洪流卷到一起，变得不很清晰，不很明智了。

人们被各自的操心事所驱使，劳动着，忙碌着。然而，如果不以一种最高、最基本的超然感为主调，来调整人们各自的动机，那么一切动机都无法实施。要有这种超然感，就应让人感觉到人类生命是连续的，相信人的存在是由一个行程转到另一个行程，并且有一种幸福感，因为这一切不仅发生在埋葬死者的大地上，而且发生在别的地方。那地方有些人称为天国，有些人称之为历史，或者还有什么别的称呼。

米沙·戈尔东却是不在此规律内的一个痛苦伤心的例外。他的生命动因是一种焦虑感。他从未因无忧无虑而感到轻松和变得高尚。他意识到自己身上遗传下来的这种性格，并且忧心忡忡地注视着这种性格的流露，为此他不胜懊恼，感到自卑。

他从记事开始就经常困惑不解，为什么有的人四肢五官、语言和生活习惯与别人一样，却还是与众不同？为什么只有少数人对他有好感，大多数人却不喜欢他？他无法理解：如果你比别人差，无论怎样努力也无法改善自己的境遇。做个犹太人，这意味着什么呢？他存在的意义何在呢？这是一种无可奈何的挑战，它只会带来痛苦。那么，做了犹太人，如何补偿又如何解释呢？

米沙·戈尔东去向父亲求教。父亲说，他提问题的出发点是荒唐的，这种想法也不对。但父亲没有讲出任何深刻的道理能引起米沙深思，能使他在无可更改的事实面前心悦诚服。除父母外，米沙对大人们都渐渐产生了轻蔑和反感，因为是他们把问题弄乱的，他们自己却又无力解决。他深信自己长大成人以后，一定会解决所有的问题。

就说眼前发生的事吧，谁敢说父亲做得不对呢，谁敢说不该刹车呢？车上一个疯子突然冲到平台上要跳车，父亲追过去。疯子推开格里戈里·戈尔东，拽开车门，从全速行驶的火车上一头扎了下去，就像从游泳池踏板上跳入水中潜泳一样。

格里戈里·戈尔东拉了紧急制动阀。这事是他干的，而不是别人，所以人们就认为火车无故长时间停车是他的过错。

谁也闹不清火车迟迟不开的原因。有人说，由于紧急刹车把蒸气制动机弄坏了，有人说火车正停在一个陡坡上，火车头没有足够冲劲把列车带动起来。还有人认为，那死者是个大人物，所以和他同行的代理人要求从附近的科洛格里沃夫火车站请来见证人做现场记录。所以那位副司机爬上了电线杆打电话。检道车可能已经开出来了。

尽管洒了香水，隐隐约约还可以闻到厕所的臭气；油腻纸包里的烧鸡，也在车厢里散发出变质的气味。几位从彼得堡来的、头发花白的太太们，还照样在脸上扑粉，用手帕擦手掌，声音低哑地交谈着。火车的煤烟和浓重的脂粉，把她们一个个都打扮成了黑发的吉卜赛女人。她们从戈尔东的包房门口走过时，用披肩裹紧肩头；狭窄的甬道使她们有机会忸怩作态一番。米沙觉得她们在不满地嘟哝，或者说从她们咬嘴唇看得出是在不以为然：“嗐，你们倒说说看，太感情用事嘛！我们可不同别人！我们是知识分子！我们可受不了！”

自杀者的尸体躺在铁道路基旁的草地上。已经凝固的一道黑色的血迹，骇人地从死者的额头和眼睛上流过，仿佛把这脸一笔勾销了。这血又好像不是他身上流出来的，而是贴上去的橡皮膏、溅上去的一道泥浆，或是附着的一片湿漉漉的桦树叶子。

围观尸体的人群，走散了一些，又来了一些，有的出于好奇，有的出于同情。有一个身体敦实、满脸傲气的人，俯下身观察着。这是死者同一包房的旅伴，一个律师，他像只血统高贵的动物，穿着汗湿的衬衫。他蹙着眉，木然地站在那里。大概热得难受，他不停地用软帽扇风。不管人们怎么问，他只是耸耸肩，甚至头也不回，爱答不理地哼一句："酒精中毒，这还不明白？这是酒鬼常有的事。"

一个身材瘦削、穿件毛线裙衣、披着钩花三角巾的妇女，有两三次走到尸体近前观看。她是寡妇季韦尔辛娜老太太，两个儿子都是火车司机。她和两个媳妇凭职工免费票坐在三等车上。那两个头巾扎得低低的安静斯文的妇女，不声不响地跟在她后面，仿佛是两个跟随修道院长的修女。她们一行三人，使人们肃然起敬，大家给她们让出道来。

季韦尔辛娜的丈夫是在一次火车事故中被活活烧死的。现在她站在离尸体几步远的地方，透过人群看到了死者，不停地唉声叹气，好像在比较两次惨祸的情境。她仿佛在说："人人都命有定数啊，这都是上帝的安排。瞧，他因为太有钱发了疯，竟干出这样的事。"

旅客们都到尸体跟前看了一眼，然后就回车厢去了，怕行李叫人偷了。

他们从车厢跳到路基上，活动活动手脚，采朵野花，小跑几步。他们似乎觉得，只是因为在这里中途停车，才出现了这块土地；如果不发生刚才的惨祸，这些土岗草泽、宽阔的河流、对岸高坡上教堂的漂亮的房子都是不会有的。

甚至太阳也是属于这块土地的。西沉的斜阳怯生生地照着铁路两旁的情景，就像一头母牛从附近的牛群里来到路基旁，朝人们张望着。

米沙被眼前发生的事惊呆了，起初他由于害怕和对死者的同情流下了眼泪。在漫长的旅途中，这位自杀者几次来他们包房，和米沙父亲坐在一起，一谈就是几个小时。他说，在他们纯洁高尚的宁静气氛中，他的心得到了宽慰，他们理解他、体贴他。他询问了格里戈里·戈尔东有关证券、馈赠、破产和伪造之类的法律上的种种细节和诉讼方面的问题。他听完戈尔东的详细解释后，惊奇地说："啊，原来是这样！您所说的法律比较宽容，但是我的律师的说法就不一样，他对这些问题的看法要悲观得多。"

每当这位神经质的来客逐渐平静下来，与他同行的那位律师，就从头等车厢里出来找他，拽着他去餐车喝香槟酒。

他就是现在站在尸体旁那个对一切都无动于衷的律师。此人个头敦实，表情轻慢无礼，胡子刮得干干净净，穿戴讲究。人们不由得会产生一种感觉：他的委托人经常性的激动亢奋，对他可能有利。父亲说，死者是个大名鼎鼎的富翁，心地善良的舍拉普特教徒，但已经近乎神经失常。他毫不避讳米沙，当着他面谈到和米沙同年的儿子和已经去世的妻子。后来又谈到他第二个也被他抛弃了的家庭。说到这里，他突然想起了什么事，吓得脸色煞白，语无伦次。

他对米沙表现出一种难以解释的疼爱，也许反映了他对另一个人的感情。他不时送礼物给米沙。为此每到大站，他总要去头等候车室一趟，因为那里有书卖，还有各种玩具和地方名胜纪念品。

他不停地喝酒，并且诉苦说，已经两个多月没睡觉了，每当酒醒过来，哪怕时间不长，便觉得极其痛苦，这是一个正常人难以想象的痛苦。

寻短见的前一分钟，他跑进他们的包房，抓住格里戈里 · 戈尔东的手，想说点什么却说不出来，然后就冲向过道平台，纵身跳了下去。

米沙正仔细端详装在木匣里的一套乌拉尔矿石标本，这是那死者送给他的最后一件礼物。突然，周围骚动起来。另一条铁路线上驶来一辆检道车。上面跳下来一个制帽上饰有帽徽的侦查员，还有医生和两名警察。他们冷漠地打着官腔，提出一连串问题，一边做记录。列车员和警察笨手笨脚地拖着尸体，磕磕绊绊地上了砂砾路基。有个女人号啕大哭起来。乘务人员请旅客回到车上去，汽笛一响，火车又开动了。

八

“教堂那个讨厌的神甫又来了！”尼卡恼火极了，在屋子里急得乱转。客人们的声音越来越近了。他出不去，再无退路。房间里放着两张床，一张是伊万 · 伊万诺维奇的，一张是他的。尼卡来不及多想，就钻到自己床下。

他听见他们到别的房间找他，喊他，见他不在都感到奇怪。后来，他们进了卧室。

“瞧，没办法啦，”尼古拉 · 尼古拉耶维奇说，“尤拉，你自己出去走走吧，也许过会儿你的朋友就会来的，那时你们再一起玩吧。”尼古拉·尼古拉耶维奇和伊万·伊万诺维奇先谈了一会儿彼得堡和莫斯科大学闹学潮的事，尼卡也只好在他那难堪的、不体面的防空洞里呆了二十来分钟。好不容易他们才去了阳台。尼卡轻轻推开窗户，跳到外面的花园里跑了。

尼卡今天精神不佳，前一天夜里没睡着觉。

他已经过了十三岁，不愿再当孩子了。一夜没睡，他一大清早就从屋里出来。太阳冉冉升起，花园地面的露水还没有干，处处摇曳着歪歪斜斜的修长树影。影子不是黑色的，倒像湿毡那样透着深灰色。清晨醉人的清香，仿佛正是从湿地上的树影里散发出来的。影子缝里映出的长条光带，仿佛女孩纤细的手指。

蓦地，离他几步远的草丛里，有一股水银像草叶上的露珠闪烁着滑了过去。这股银色的水柱，一直往前蹿动，没有渗进泥土里。突然，它一个转弯消失不见了。原来这是一条方花蛇。尼卡不禁打了个寒战。

他是个奇怪的孩子。每当感到兴奋，他就大声自言自语。他也学着母亲，喜欢谈些高深的问题，发表点奇谈怪论。

“世界是多么美好！”他想道，“可是为什么人们生活在世上总是痛苦呢？上帝当然是有的。如果上帝存在的话，那这上帝就是我。瞧，我可以对它下命令。”说罢他瞧了瞧微微颤动着的白杨树，树上闪着水亮的叶子，好像是剪碎的薄铁片。“现在我要对白杨树下一道命令，”他使出全身力气，不是简单低语一声，而是以整个身心迸发出一种强烈的愿望，“停住！”白杨树立即听话地纹丝不动了。尼卡高兴得大笑起来，拔腿奔向小河去洗澡。

他父亲杰缅季·杜多罗夫是个恐怖主义分子，还在服苦役，原判绞刑，后蒙皇上特赦，改为苦役。他母亲是格鲁吉亚的埃里斯托夫家族的一位乖张任性的公爵小姐，而且也还年轻貌美。她总是为一些事情所着迷，例如暴动、暴乱分子、激进的理论、著名演员、贫穷的失意者。

她疼爱尼卡，把他的正名英诺肯季变着法儿叫，想出一串别人想不出的稀奇古怪的爱称，像什么“英诺契克”，或叫“诺钦卡”；母亲常带他到梯弗里斯娘家去炫耀。那里，在他们所住的庭院中有一株枝繁叶茂的大树，给他留下了深刻的印象。这是一株粗大的热带树。宽阔的叶子犹如大象的耳朵，把院子上空南方炎热的阳光都挡住了。尼卡总感觉这棵树不是植物，而是一只动物。

尼卡用父亲可怕的姓氏是危险的。伊万·伊万诺维奇征得尼娜·加拉克季奥诺夫娜的同意，准备上书沙皇陛下，让尼卡改用母亲娘家的姓。

尼卡躲在床底下，对天下一切忿忿不平的时候，他也想到要他改姓这件事：伊万·伊万诺维奇凭什么干涉人家的事，他算老几！他尼卡要狠狠教训他一番。

还有那个娜佳！难道她凭着十五岁了，就可以谁也不放在眼里吗？她对他说起话来，就好像是对一个小孩子！他也要给她点厉害看！“我讨厌她，”他不止一次对自己说，“我要杀了她！我让她跟我去划船，然后淹死她！”

妈妈也不怎么样。她当然是骗了他和伊万·伊万诺维奇。临走时，她说她去高加索，其实到了下一站她就转车北上去彼得堡。现在她倒心安理得地在那里同大学生一起和警察干仗，而他却只能在这穷乡僻壤给活活地闷死。他可饶不过他们。他要把娜佳淹死，自己从学校逃跑，去西伯利亚的父亲那儿策划一次暴动。

池塘四周长满了睡莲。小船摇进睡莲丛里，发出干爽的簌簌声。不长睡莲的地方，可以看到一泓塘水，就像西瓜切成三角瓣渗出来的瓜汁。

尼卡和娜佳摘起了睡莲。两人同时抓住一株睡莲，莲茎柔韧难折。一使劲他们两个人撞到了一起，脑袋一碰，船就像用篙撑了一下，猛地滑到了岸边。边上的睡莲被小舟碰得东倒西歪。朵朵白莲花，带着黄中透红的花芯沉进水里，挂上滴滴答答的水珠又从水里钻了出来。

娜佳和尼卡不歇手地采着睡莲。小船倾斜着，他们两人几乎是趴在船帮上采花。

"我念书念腻了，"尼卡说，"应该独立生活了，我要去挣钱，到社会上去。"

"可我正好要问你二次方程式呢。我代数学得太差，糟得差点要补考。"

尼卡觉得她话里有刺。不用说，她是要他有自知之明，提醒他人还小。什么二次方程式呀，他还没有接触过代数呢！

他的自尊心受到伤害，但他不露声色，故意装得很平静，问她说：

"等你长大了，准备嫁给谁？"

他问时心里明白，自己问得多么愚蠢。

"噢，这还太早，我大概谁也不嫁，我现在还没想这事。"

"你可别胡思乱想，以为我对这有兴趣。"

“那你为什么要问？”

“你真笨！”

他们争吵起来，尼卡心头又泛起对女性的厌恶。他吓唬娜佳说，如果她再胡说八道，他要淹死她。娜佳说：“你敢！”他拦腰抱住她。两个人就扭打起来，小船失去平衡，两人一起掉进水里。

他们俩都会游泳，可是莲茎缠着他们的手脚，他们却又够不着底。最后，两人踩着厚厚的淤泥，总算爬上了岸。水从他们鞋子和口袋里不停地往外流。尼卡尤其觉得疲乏。

如果这件事发生在不久以前，即使今年春天吧，他们从河里上岸后，湿淋淋地坐在那里，非吵吵闹闹不可，不是相互骂架，就是哈哈大笑。

可是现在他们默不作声，气喘吁吁地坐着，为刚才荒唐的举动感到沮丧。娜佳十分恼怒，气得一言不发，尼卡浑身酸痛，好像吃了人家的棍子，被打断了肋骨。

最后，娜佳像个大人似的心平气和地说道：“你是个疯子！”他也同样用大人似的口气说：“请原谅。”

他们上岸回家了，就像两只盛着水的木桶，一路滴滴答答地淌着水。他们回家要经过那条多蛇的灰土山坡，早上，尼卡就在离它不远的地方看见一条蛇。尼卡想起了夜里那种神奇的亢奋，想起了黎明时分，也想起了早上自己显示的神力，他居然能对大自然发号施令。“现在我该对大自然下道什么命令呢？”他想道。现在他最大的希望是什么呢？他觉得他最希望的是，有朝一日他能和娜佳再掉进池塘里去。他此刻多么想知道，这事将来是否还会发生。

第二章　另一个世界中的少女

一

俄日战争还没结束，另一些事变突然压过了战争。革命浪潮席卷俄罗斯大地，一浪高过一浪，越来越猛烈。

这时，一位比利时工程师的遗孀阿玛利娅·卡尔洛夫娜·吉莎尔，带着两个孩子从乌拉尔来到了莫斯科。她是一个完全俄罗斯化了的法国女人。儿子叫罗佳，女儿叫拉拉。她把儿子送进军官武备学校，把女儿安排到女子中学。拉拉正巧和娜佳·科洛格里沃娃同校同班。

吉莎尔太太的丈夫留给她一笔有价证券。以前证券行情不断地上涨，如今却一天天下跌。为了防止坐吃山空，也免得自己闲住无聊，吉莎尔太太在凯旋门附近，从女裁缝列维茨卡娅的后代手里，买下了一个不大的缝纫店。店铺仍沿用老牌子，原来那些主顾仍照应着，店里的设计师和学徒女工，也都一并留用。

吉莎尔太太是采纳科马罗夫斯基律师的意见才买下这个缝纫店的。他是她丈夫的朋友，自己的靠山。科马罗夫斯基是个头脑冷静的实业家，对俄国工商界的情况了如指掌。她这次从乌拉尔到莫斯科来，也是事先和他商量好的。他到车站接了他们，为他们租好房间，驱车经过莫斯科市区把他们送到军械胡同“黑山旅店”带家具的房间。是他劝吉莎尔太太把罗佳送进武备学校，把拉拉送到他推荐的一所女子中学。他心不在焉地和罗佳随便开玩笑，对拉拉却盯着看，弄得她羞红了脸。

二

他们在“黑山旅店”住了一个月光景，然后又搬迁到缝纫店近旁的一套不大的三居室寓所。

这一带是莫斯科最糟糕的地方，到处都是马车夫聚集的下流地方，整条街都是妓院、赌场、贼窝和堕落场所。

罗佳和拉拉对房间里的龌龊、臭虫和破旧家具并不太在意。父亲去世后，母亲一直战战兢兢地过着穷日子。孩子们听惯了母亲的诉苦和哭穷。他们自知自己并不是街头没有教养的孩子，但是内心深处对有钱人怀着一种怯懦心理，就像孤儿院的孩子。他们的母亲是这种怯懦自卑心理的活生生的榜样。阿玛利娅·吉莎尔是个三十五岁左右、体态丰腴的金发妇人。她不是犯心脏病，就是弄出一些蠢事来。她胆小如鼠，特别害怕男人。因为胆小又没有主意，她常常从一个男人的怀抱投入另一个男人的怀抱。

在“黑山旅店”，他们住在二十三号房间。二十四号房间自从旅店开业以来，一直住着一个叫特什克维奇的大提琴手，他是个老好人，秃头上戴着假发，脸上总是汗津津的样子。他想劝说别人时，总像祈祷似的双手合十。在交际场合或是音乐会上演奏时，他总是向后仰头，双目充满灵感地朝上望着。他极少在家，整天呆在大剧院或音乐学院。这两家邻居有时互相照应照应，也就熟悉、亲密起来。

科马罗夫斯基来访的时候，孩子们在一旁，阿玛利娅·吉莎尔觉得很不方便。特什克维奇出门，就把自己房门的钥匙留给她，让她在那儿接待自己的朋友。不久以后，吉莎尔对邻人甘于自我牺牲已经习以为常，甚至好几次哭着去敲他的门，要求保护，免得遭到那位庇护人的欺侮。

三

缝纫店是幢平房，离特韦尔街口不远。布列斯特铁路也就在附近。旁边是铁路职工的宿舍、机车车库和仓库。

有一个聪明伶俐的姑娘奥利娅·杰明娜也住在职工宿舍里，她是莫斯科货运站一名职工的侄女。

她是个能干的学徒工。缝纫铺以前的老板娘就很赏识她，现在的新店主也对她颇有好感，奥利娅·杰明娜很喜欢拉拉。

店里的一切都和原店主列维茨卡娅在时一模一样。疲惫的女工在机台上飞快地挪动双手，脚踩着踏板，缝纫机发狂般地飞旋。有的女工坐在桌旁，静静地缝着，手指捏着针，一次次把线拉出很远。布头布屑扔得满地都是。在车间里说话，必须提高嗓门，否则就压不过机器的响声和窗拱下鸟笼里金丝雀婉转的歌唱。金丝雀取名基里尔·莫杰斯托维奇，至于这名字的秘密，已经由原先店主带进坟墓里去了。

在接待室里，定做衣服的太太们打扮得花枝招展，围在堆满杂志的桌旁。她们站的站，坐的坐；有的倚着什么半站半坐，模仿画上的姿态；大家研究时装式样，商量着衣服的款式。在另一张桌后的经理座位上，坐着阿玛利娅·吉莎尔的助手，高级裁剪师法因娜·费季索娃。她瘦骨嶙峋，肌肉松弛的凹陷的双颊上，长着一个个肉疣。

她用焦黄的牙齿咬着骨制烟嘴，眯着一只发黄的眼睛抽着烟，鼻孔和嘴巴都喷出一股股黄烟，同时一只手还不停地在本子里记下尺寸、单据号码以及挤在店堂里的顾客们的地址和要求。

阿玛利娅·吉莎尔在缝纫铺里是个新手，也没有经验。她觉得自己还算不上名副其实的女店主。但店里的人都很老实，费季索娃也是可以信赖的。可是时局动荡不安，阿玛利娅·吉莎尔对将来的情况不敢多想，总觉得前途渺茫，干什么事总不很顺手。

科马罗夫斯基常来店里看看。他穿过店堂到吉莎尔太太家里时，顺便总要吓一吓那些试穿新衣的摩登女郎。她们一见他来，赶紧躲到屏风后面去，在那儿嬉笑着，回击他放肆的玩笑。女裁缝们则不满地讪笑他，在他背后悄悄说："大人亲临啦！""她的那个来啦。""阿玛利娅的情郎。""水牛。""色鬼。"

大家最讨厌的是他的那条叭儿狗杰克。他有时就用皮带拴着它带来店里。这条狗直往前冲，扯得他走路跌跌撞撞。他两手前伸，攥住绳子，跟着狗朝前跑，倒像是个给人牵着的到处乱撞的盲人。

一年春天，杰克咬了拉拉的脚，还撕破了她的长筒袜。

“我要把它弄死，这条恶狗。”奥利娅·杰明娜孩子气地恨恨地对拉拉耳语说。

“是啊，这条狗真可恶极了。可是，傻姑娘，你有什么办法呢？”

“轻些，别嚷嚷，我来教你。复活节时不是有石头做的圆蛋吗？你妈妈五屉柜上就有……”

“嗯，有，有大理石的，有玻璃的。”

“对了，就是那个。你低下头，我附耳说。把那东西拿来，在猪油里蘸一蘸，外面就粘上层猪油。那癞皮狗，把它们全部吞下肚去，那条笨狗，恶鬼，就完蛋了！来个四脚朝天！它就没命了！”

拉拉笑了，心中不免暗暗羡慕：这姑娘虽然穷，可是自食其力。老百姓的孩子懂事早。可你看，她还那么天真，那么孩子气呢。什么鸡蛋呀，杰克呀……真亏她想得出来。拉拉又暗自思忖：为什么我摊上这样的命呀？什么都明白，对什么都放不下心来！

四

“事实上妈妈是他的……怎么说呢……事实上他又是妈妈的……这字眼很难听，我不想说。既然这样，他为什么要用这样的眼神打量我呢？我可是她的女儿呀。”

拉拉十六岁刚过，但已完全发育成熟了，看上去能有十八岁，甚至更大一些。她聪慧，性格随和，长得水灵俊俏。

她和罗佳都明白，生活中一切，都要靠自己去奋斗。他们和游手好闲、家境富有的人截然不同。没有时间早早琢磨如何去钻营，也没有时间空想实际上与他们无缘的东西。非分之想才是肮脏的。拉拉是世界上最纯洁的人。

姐弟俩懂得他们一家能有今日很不容易，他们知道要想有出头之日，需要给人良好的印象。拉拉学习好——不是出于抽象的求知欲，而是因为要想免交学费，必须成为优秀生，为此必须努力学习。拉拉不仅勤奋好学，而且洗碗刷碟也手脚麻利，还在店里帮忙，替妈妈出去办事。她举止文雅娴静。她身上的一切：轻盈迅速的动作、身材、声音，灰眼睛和浅色秀发，都非常和谐、雅致。

这是七月中旬的一个星期天。每逢假日早上可以睡睡懒觉。拉拉两手枕在头下，仰卧在床上。

缝纫店里静得出奇。临街的窗子开着。拉拉听见远处一辆四轮马车从鹅卵石马路上了有轨马车的轨道，难听的辘辘声变成了车轮畅快的滑动声。拉拉想道："我应该再睡一会儿。"城市的喧嚣就像摇篮曲一般催她入眠。

此时拉拉躺在床上迷迷糊糊，她感觉到了自己的个头，自己的卧姿，这感觉来自凸出的左肩，来自右脚的拇指。这是她的肩和她的脚，其余全是她本来熟悉的，她的心地、品格；它们深藏在她俊美的身材里，热切地向往着未来。

"应该再睡着一会才好，"拉拉想着。与此同时，脑子里却浮现出朝南的马车店此时的情景。马车行里打扫得干干净净的地板上，停着一辆辆准备出售的大马车，装着多棱的玻璃车灯，配着熊皮坐垫，多么豪华！拉拉继续想象：再往前走，在兹纳缅兵营里，龙骑兵正在操演。威风凛凛、昂首阔步的高头大马在跑圈。骑手们跑步跃上马背，时而慢步走，时而小跑，时而奔驰。兵营围墙外，一群孩子和他们的保姆、乳娘们张大着嘴惊讶地看着骑兵操练。

拉拉想：再往前就是彼得罗夫大街。“拉拉，你怎么啦！你想到哪去了啊！我不过是要让你看看我住的房子。何况我家离这儿不远。”

那天是奥莉加的命名日。她是科马罗夫斯基在马车行里的朋友的小女儿。为了庆祝奥莉加过命名日，大人们要快活地聚会一番，跳跳舞，喝点香槟。他邀请了妈妈，但她不舒服去不了。妈妈说：“你把拉拉带去吧。你不是经常对我说，‘阿玛利娅，要照顾好拉拉。’好啦，现在由你来照顾她吧。”好个照顾啊！哈—哈—哈！

华尔兹舞简直叫人神魂颠倒，旋转，不停地旋转，什么也不需要想。舞曲声里，不知不觉过去了许多时光，就像小说里描写的生活一样。可乐声一停，你就会感到似乎出了什么岔子，好像被人当头浇了一桶冷水，或是没穿衣服让人撞见了。此外，你允许别人同你如此亲热，是因为你想显示自己已经是个大姑娘了。

以前她从来没想到他舞跳得这么好。他的手多么灵巧，非常自信地搂着她的腰！但是以后她决不允许别人这么吻自己。她简直难以想象，当别人嘴唇久久地贴在她唇上时，竟然这样厚颜无耻。

不能再干这种蠢事了。永远不干了。不能再装作天真无邪，不能再摆出可怜又可爱的样子，不能再羞答答地垂下眼帘。这样总有一天会惹出祸来。那条可怕的界线，已近在咫尺。跨前一步，就会坠入深渊。再不要想舞会了，那是万恶之源，要断然拒绝。可以推说没学过跳舞，或是说拐了脚脖子。

五

秋天，莫斯科铁路枢纽各条线路上，掀起了罢工风潮。莫斯科-喀山线开始罢工。莫斯科-布列斯特线也要起而响应，罢工决定已经作出，但线路罢工委员会在宣布罢工的日期上尚未取得一致意见。铁路职工都知道要罢工，现在只需要表面上有个导火线，好让罢工自发地开始。

这是十月初的一个阴冷的早晨，也是铁路上发薪的日子。但会计科好半天也不见动静。后来，一个小男孩到办事处来了，手里拿着工资表、发薪通知单和一大叠为扣薪水收缴来的劳动册。开始发薪了。列车员、扳道工、钳工和他们的徒弟、车场清洁女工，都来领工资。铁路枢纽站上，一边是车站、厂房、仓库和铁轨，另一边是一排排办公木房，中间隔着一大长条空地。人们顺着这条空地纷纷来到办事处领薪水。

城里已是初冬景象，空气中飘着踏烂的槭叶味和湿雪的潮湿味，还可以闻到火车头的煤烟和车站地下餐室刚烤好的热乎乎的燕麦面包的香气。铁路工人摇动展开或卷起的信号旗，指挥着列车编组。一趟趟列车在小旗指挥下开进开出。值班员嘟嘟地吹出种种不同哨音，挂钩员吹着他的小哨子，火车头发出低沉的笛鸣。各种声音高高低低，在车站里响成一片。烟柱仿佛没有尽头的梯子插向天空。火已烧旺的机车马上准备开车了，蒸气的热雾裹向寒冷的冬云。

铁路段长、交通工程师富夫雷金和车站区段筑路工长帕维尔·费拉蓬托维奇·安季波夫，在路基旁来回踱步。安季波夫一直埋怨维修部门卸给他更新路轨的材料不合规格。维修部门都听腻了。安季波夫认为钢的韧度不够，铁轨经受不了弯度测试。安季波夫估计，在严寒下铁轨会断裂。但是铁路局对安季波夫的意见置若罔闻，大概有人在这上面捞到了好处。

富夫雷金穿着镶有铁路制服饰边的高级皮毛大衣，敞着怀，里面是一件新哔叽西服。他小心翼翼地在路基上迈着步子，一边欣赏西服前襟的线条、笔挺的裤线和脚上那双款式高雅的皮鞋。

安季波夫说的话，他左耳进，右耳出。富夫雷金像有什么心事，过不一会儿就掏出怀表来看看，好像急着要去哪儿。

"是这样，是这样，老弟，"他不耐烦地打断了安季波夫，"可是你说的情况只有在主要路段，或是在运转频繁的直达区间才可能发生。你别忘了，你那是什么区段呀？不过是个备用线，再不就是终端线，满地长着牛蒡草和荨麻，那里顶多搞空车编组或是调车罢了。有什么可不满的！你简直疯了！那儿连这种铁轨都没必要，铺些木轨都可以对付。"

富夫雷金看了一下怀表，咔嗒一声合上表盖，就专注地眺望前面那条连接铁道的公路。远远地，在公路拐弯处驶来一辆四轮马车。这是富夫雷金的私人马车。他太太接他来了。马车夫勒紧缰绳，马紧挨路基停下来。可是马见了铁轨害怕，马车夫用女人尖嗓吆喝着，好像保姆呵斥不听话的孩子。马车一侧坐着个漂亮女人，漫不经心地靠在软垫上。

“行了，老弟，咱们以后再谈吧，”段长说罢，挥了一下手，意思是：顾不上你说的那些道理了，有比这更重要的呢。他们夫妇俩乘车走了。

六

约莫三四小时以后，天已经擦黑，大路旁的地里冷不丁冒出两个人影，好像是从地里钻出来的。他们不时回头张望，很快就走远了。这是帕维尔·安季波夫和基普里扬·季韦尔辛。

“咱们走快些，”季韦尔辛说，我倒不担心密探跟踪我们，只怕地窖里那帮人就要扯完皮，追上我们。我真见不得那帮人。要是大家都这样扯皮，何必白费劲呢。何必设立委员会呢。又要玩火，又想保险！你也够意思，居然和尼古拉耶夫斯卡娅支持这种举棋不定的人。”

“我老婆达里娅得了斑疹伤寒。我要送她去医院。在送她去医院之前，我什么事也干不了。”

“听说今天发薪，我现在要去一趟办事处。今天要不是发薪，上帝在上，我才不理你们这一套呢。我要一分钟也不耽搁，用强制手段结束这场争吵。”

“请问你有什么办法？”

“很简单。我到锅炉房去拉响汽笛，一切全成定局了！”

他们俩告别后就分手了。

季韦尔辛穿过铁道往城里去。迎面走来一个个从办事处领了薪水的人，人数很多，他估计车站的人差不多都领了薪水。

天渐渐黑了。好些闲散工人，聚集在办事处外面路灯下的平台上。平台进口处，停着富夫雷金那辆四轮马车，富夫雷金娜还是以刚才那个姿势坐在车上，倒像从清早一直没下过车似的。她正等着去办事处领薪水的丈夫。

这时忽然下起了湿漉漉的雨夹雪来。马车夫从前座下来撑起皮车篷，他用脚顶着车尾，用力把很紧的篷撑杆扳直。这时富夫雷金娜正欣赏办事处路灯下飘洒着的银白色的雪片和雪珠。她沉浸于幻想的目光从那群工人的头上掠过，不眨眼地凝神望着，仿佛需要的话，她这目光毫不费力就能穿透这群工人，像透过雾霭和迷濛濛的细雨一般。

季韦尔辛偶然一瞥，看到了她的眼神。他感到十分厌恶，没同富夫雷金娜打招呼便走了，准备晚点去领薪水，免得在办事处遇上她的丈夫。他朝晦暗的厂房那边走去，黑乎乎的转车台隐约可见，那四周是一条条通向机车库的铁轨。

"基普里扬 · 季韦尔辛！"暗处有好几个人在喊他。厂房门前站了不少人。屋里有个人扯着嗓门直嚷嚷，还听见有一个孩子在哭。人群中一位妇女说道："基普里扬 · 季韦尔辛，您帮帮这孩子吧。"

老师傅彼得 · 胡多列耶夫又在毒打他的出气包小徒工小奥西普。

胡多列耶夫原来并不是爱虐待手下人的恶魔，不是酒鬼，也不是打架不要命的人。他曾经是个仪表堂堂的工匠，莫斯科城外工场手工业区的商人和神甫的姑娘们都对他有好感。他当时向一个女子神学校的毕业生——也就是季韦尔辛的母亲——提过亲，但她没有答应，嫁给了他的朋友火车司机萨维利·季韦尔辛。

一八八八年，萨维利·季韦尔辛惨死在一次尽人皆知的车祸中：火车相撞，他被烧死。玛尔法·加夫里洛夫娜丧夫后的第六年，胡多列耶夫又来追求她，但玛尔法·加夫里洛夫娜再次拒绝了他。从此胡多列耶夫开始酗酒闹事，他认定自己的种种失意，都是这世界的罪过，他要向这世界报复。

小奥西普是季韦尔辛家看门人的儿子。季韦尔辛在工厂里总是护着这孩子，这就更引起胡多列耶夫对他的不满。

“你锉刀也不会拿了，笨蛋，”胡多列耶夫吼叫着，揪着小奥西普的头发，捶着他的脖子。“难道铸件能这么锉吗？我问你，你是不是存心要糟蹋我的东西？你这个吊眼鬼，异教徒！”

“哎哟，下次我不了，好叔叔，哎哟，我不了，不了，哎哟，疼呀！”

“我给他说过一千次，先要对好机床头，然后再拧紧卡盘，可他就不这么干，差点没把我的主轴弄断，这狗娘养的。”

“主轴我碰都没碰，好叔叔，真的，我碰都没碰。”

“你凭什么虐待这孩子？”季韦尔辛挤过人群问道。

“这是我们自己的事。你少管闲事！”胡多列耶夫出言不逊。

“我问你，凭什么你要虐待这孩子？”

“我告诉你，趁早滚开，你这个瞎指挥的社会主义者！这下流东西打死他还便宜了他呢，差点把我的主轴弄断了，这吊眼鬼！他现在没死还得给我叩头呢，我只不过拧了拧他的耳朵，揪着他的头发教训了几句罢了。”

“怎么，照你的意思，他该杀头呀，胡多列耶夫大叔？你真不害臊。这么个老师傅，这么把年纪，头发都白了，可是脑子一点也不开窍。”

“你走吧，我告诉你，趁早快走。你敢来教训我，我揍死你，狗东西！你这野杂种就是在铁路上干出来的，就在你老子鼻子底下干的。你妈这个骚娘们儿，我可知道她的底细，丑婆娘，下贱的娼妇！”

接着发生的事只用了不到一分钟：两人随手抄起车床台架上的大家伙和铁块。要不是人们赶紧拥上去把他俩拉开，两人必死无疑。胡多列耶夫和季韦尔辛脸色煞白，眼睛通红，梗着脖子，两个额头几乎要相撞。他们气得直呼粗气，一句话也说不出来。两人的手被大家从背后紧紧揪住。隔不一会儿，他们憋足劲想挣脱出来，拼命扭动身子向前冲撞，把拽住他们的同事们拖向前去。衣服上的纽扣、领钩一个个掉了下来，上衣和衬衫都扯开了，露出光肩膀。人们围着他们，大呼大叫个不停。

“凿子！夺下他手里的凿子！要砸烂脑袋的！”

“别动，别动，彼得大叔，要不然会拧坏胳膊啦！”

“怎么，咱们老跟他们这么耗着吗？把他们拉开关起来就完事了。”

突然季韦尔辛使出一股子非凡的力量，甩掉揪住他的那一大帮人，一下子冲到了门旁。大家奔过去要逮他，但发现他根本不想打架，就任他去了。他嘭地一摔门，出了厂房，头也不回大步走了。漆黑、潮湿的秋夜吞没了他。“你想着为他们好，可他们老想着给你捅刀子。”他嘟哝着，漫无目的地朝前乱撞。

这是个卑鄙虚伪的世界，锦衣玉食的阔太太望着一个劳动者，就像看着一个蠢材、傻瓜；而一个社会的牺牲品——堕落的酒鬼，竟然欺侮自己人，从中寻求满足。他觉得自己从来没有像现在这么仇恨这个世界。他加快了步子，仿佛匆忙的脚步，能使他现在紧张的脑海里憧憬的和谐合理的世界早日到来。他知道，他们近日来的种种努力、铁路上的混乱、集会上的演说，这一切都是未来的巨大斗争的具体步骤。但现在他激动到了极点，急不可耐地希望一口气跑完这场斗争的全程。他并没意识到自己在往哪里走，只是大踏步地朝前去，可他的双腿却十分清楚要将他带往何方。

过了很久，季韦尔辛才得知在他和安季波夫离开地窖以后，会议就通过了决议：当天晚上开始罢工。罢工委员会立即进行了分工，规定谁去哪儿，到哪儿去控制什么岗位。机车修配厂响起嘶哑的汽笛声，季韦尔辛觉得这声音好像发自他内心深处。汽笛声愈来愈清晰、响亮。这时从机务段和货运站出来的人群，已经离开进站信号机朝市区走去。季韦尔辛也拉响了锅炉房的汽笛，工人扔下手里的活跑到外面。这批人和前面的工人汇集到一起。

多年来季韦尔辛一直以为，那天晚上的罢工以及铁路运输的中断，靠的是他一个人的力量。只是在很久之后的审讯中，当他被指控参与罢工，而不是挑唆罢工时，他才明白过来。

汽笛拉响后，工人们从厂房里跑出来问道：“拉汽笛让我们去干什么？”有人在黑暗中回答说：“你又不聋，没听见是报警吗！去救火。”“可火在哪儿？”“总有地方着火了，要不然不会报警的。”

又有许多人走了出来，摔得房门乒乓直响。听到另有人在说：“听他瞎说呢，什么着火！乡巴佬！这叫罢工，懂吗？这是套，这是轭，别想让我再当牛马！伙计们，回家去吧。”

人聚得愈来愈多，铁路罢工开始了。

七

直到第三天，又困又乏的季韦尔辛才回家，胡子几天没刮，冻得直哆嗦。昨天夜里气温突然下降，比往常早冷了好些天，而季韦尔辛还穿着秋装。在大门口，看门人吉马泽金迎上了他。

“谢谢您，季韦尔辛老爷，”他一迭声地说道，“亏了你小奥西普才没遭罪，我要一辈子为你祈祷。”

“吉马泽金，你疯了，我怎么是老爷呢！你可别这样叫啊。有什么事快说，天冷得很呢。”

“冻不着你，你家暖和着呢，季韦尔辛。昨天我和你妈妈玛尔法·加夫里洛夫娜从莫斯科货运站给你们弄来好多劈柴，棚子里都堆满了，全是白桦，好木柴，干着哩。”

“谢谢你，吉马泽金。你还有什么话，快说吧，你瞧，我都冻僵了。”

“我想说的是，季韦尔辛，你别在家过夜，得躲一躲啊。岗警来问过，警察分局长也来打听，谁常上你这里来。我回答说没人来。要有的话就是你的帮手，再不就是机车组和铁路上的人有时来走走。要说别的什么不认识的人，那可从来没有！”

季韦尔辛是个单身汉，同母亲和一个成家的哥哥住在一起。他们住的房子属于隔壁的圣三一教堂。

这里还住着一部分教士，还有卖水果和卖肉的两个合作社社员，他们在城里既做批发买卖又零售。但房客中的绝大部分是莫斯科-布列斯特铁路的小职工。

这是一幢带有木回廊的砖房。回廊中央是肮脏的烂泥地院子。由回廊向上，是木板楼梯，梯子又脏又滑，发出一股猫腥和酸白菜味，紧挨着楼梯口是厕所和上着锁的贮藏室。

季韦尔辛的哥哥应征入伍上了前线，在瓦峰谷地方负了伤，送到克拉斯诺亚尔斯克陆军医院治疗。他妻子带着两个女儿去看望他，准备亲自接他回来。季韦尔辛家是铁路工人世家，他们出门很方便，凭职工免费票，可以到俄罗斯任何地方。现在家里人少，很安静，只有季韦尔辛和母亲。

他们住在二层，门外走廊上放着一个水桶，由运水工给他们送水。季韦尔辛上了二层，发现桶盖掉在一旁，一只生铁杯子冻在冰层上。

“一定是普罗夫干的，”季韦尔辛想着微微一笑。“他酒总也喝不够，像无底的酒坛子，也不怕烧坏肠子。”

普罗夫·阿法纳西耶维奇·索科洛夫是位诵经士，年纪不大，身材魁梧，是玛尔法·加夫里洛夫娜的远亲。

季韦尔辛把杯子从冰上拔下，盖好桶盖，拉了拉门铃。屋里的一股热气和饭菜香扑面而来。

“烧得好暖和，妈妈。暖融融的，真舒服。”

妈妈跑过来搂住他的脖子哭了。他抚摸着她的头，过了一会才轻轻推开她。

“胆子大才能成事，妈妈，”他低声说，“我这条铁路从莫斯科直到华沙全停了。”

“我知道，所以我才哭啊。你不会有好下场的呀！孩子，你最好躲到远处去。”

“你那个可爱的人，那个心上人，胡多列耶夫差点儿没砸碎我的脑袋。”他本想逗她笑的。她没听懂玩笑，认真地回答说：

“笑话他可是罪过，你该可怜他才是。没治的酒鬼，堕落的灵魂。”

“帕什卡·安季波夫，就是帕维尔·费拉蓬托维奇，被人抓走了。夜里来人抄了家，翻箱倒柜。早上把他带走了。可是他家里的达里娅，得了伤寒，正躺在医院里呢，就剩在实科中学念书的儿子小帕沙，和那聋子姨妈住在一起，还要赶他们走，不让住。我觉着应该让孩子到我们家来。普罗夫来干吗？”

“你怎么知道他来过？”

“我发现木桶开着盖，上面有个杯子，我想准是酒鬼普罗夫喝了水了。”

“你真机灵，亲爱的，说的不错。是普罗夫，是普罗夫·阿法纳西耶维奇来过。跑来想借点劈柴。我借给了他。哎呀，我都闲扯些什么呀！我全给忘了，他告诉了我一个消息。你知道吗？沙皇陛下签署了一个宣言，今后一切都要焕然一新了，谁也不再受欺压，土地分给农民，大家都和贵族一样平起平坐。你想想，这份已签了字的命令，只等着公布了。主教公会下来了新的要求，在祷告时加上对皇上的祝福。我可不是胡说，普罗夫对我讲的，可我给忘了。”

八

帕维尔·费拉蓬托维奇·安季波夫被捕，妻子达里娅病倒在医院里，他们的儿子帕沙·安季波夫搬到了季韦尔辛家里来住。帕沙是个眉清目秀、干净整齐的男孩，淡褐色头发分梳着。他不时用刷子梳平头发，整好上衣，系正装有校服扣环的宽皮带。帕沙爱逗人发笑，而且善于观察。他能惟妙惟肖地模仿所见所闻，十分滑稽。

十月十七日的宣言公布不久，就策划举行一次大规模的游行。游行路线从特韦尔城门起到卡鲁日城门。但这次游行却没搞成，应了一句俗语：“人多嘴杂事难办”。发起游行的好几个革命组织互相争吵起来，一个接一个地退出。等到他们知道原定游行那天早上，人们还是上了街，又连忙向游行示威群众派出了自己的代表。

玛尔法·加夫里洛夫娜不顾儿子基普里扬·季韦尔辛的劝说和反对，也去参加了游行，还带上了快活的、好说话的小帕沙。

那是十一月初一个寒冷而干燥的日子。阴沉的天空就像悬着一个大铅块凝然不动。空中零零星星的雪花忽东忽西飘舞着，慢慢落到地面，道路的沟坎里聚起毛茸茸的灰色雪尘。

人们顺着大街往低处拥去，真是一片混乱。闪过一张张脸，一件件棉大衣和一顶顶羊皮帽子；有老人和孩子，穿制服的铁路工人，穿着高筒皮靴和皮外套的电车修理厂和电话局的工人，还有男女中学生和大学生。

他们唱着《华沙工人进行曲》、《你们光荣牺牲》和《马赛曲》。唱了一阵，那个在队伍前面一边退着走一边挥动帽子的指挥，突然戴上帽子不唱了。他转过了身子，背对着人群，侧耳听着旁边几个领队在说些什么。歌声乱了拍子，停了下来。这时只听见游行队伍数不清的脚踏在马路薄冰上的咔嚓声。

原来，有人好心跑来报信，告诉游行的领头人说，哥萨克骑兵正埋伏在前面。这一消息是通过电话传到附近一家药房的。

领头的几个人说："不要紧。最重要的是要保持冷静，不要惊慌。现在要马上占领路旁一幢公共建筑物，然后告诉大家可能发生危险，让他们化整为零。"

他们开始争论，把游行群众带到哪儿去好。有的人建议去商业协会，有的人提议去高等技术学校，还有的提议去外国记者学校。

他们正在争执不下，前面已经露出一座建筑物的一角。这也是一所学校，完全可以隐蔽游行队伍，不比他们提到的地方差。

当游行队伍走到这幢楼房的前面，几个领头的就跑上大门口的半圆形平台，招呼游行队伍的先头部队停下来。进口处的好几扇大门都打开了，游行队伍全都开了进去，只见一件大氅接着一件大氅，一顶帽子接着一顶帽子，都拥上了学校正门的楼梯。

"到礼堂去，到礼堂去！"后面只有零星几人喊了几声，但人群依旧继续朝里面拥，有的来到走廊上，有的进了教室。

好不容易把人群带进了礼堂。人们各自坐到椅子上，游行领导人不止一次想对他们宣布说，前面已有埋伏。可谁也不听他们的。他们以为游行队伍所以停下来，开进这座楼里，为的就是请他们来参加临时召开的群众大会，这个会眼下就要开始了。

刚才人们好长时间又走又唱，现在想闭上嘴坐上一会儿，巴不得有人替他们代劳，喊几嗓子呢。对他们来说，眼下主要是舒舒服服休息一会儿，至于台上讲话的几个人意见有何不同，比起休息来是无足轻重的，因为他们几乎在一切方面都是志同道合的。

因此，最受群众欢迎的，倒是不使人疲倦的、听不听由你的最糟糕的演讲人。他的每句话都赢得听众雷鸣般的掌声。谁也不因为他的话被掌声淹没而感到遗憾。他们因不耐烦才急于表示同意，高喊“无耻”，还拟出了抗议的电报，而后突然间，人们听腻了演讲人单调的声音，全都不约而同地一拥而出，把演讲人丢在台上，又是一顶帽子接着一顶帽子，一排接着一排，蜂拥着下了楼梯，来到街上。游行队伍又继续出发了。

人们开大会的时候，外面落起大雪，马路变成一片白色。雪越下越大。

龙骑兵冲过来的时候，游行队伍后面的人开始还不明白是怎么回事。忽然从前面传来越来越响的呼喊声，很像刚才欢呼“乌拉”的声音。“救命呀！”“打死人啦！”的尖叫，和其他许多声音混成一片无法分辨。几乎与此同时，人群惊慌地朝两旁躲闪。骑兵冲进呼喊着的人群闪开的狭窄通道；马头、马鬃、挥着马刀的骑兵，一个接一个飞快地无声地冲过去。

半排骑兵冲过去后，掉转马头，重新整好队，又从游行队伍的尾部冲进人群。屠杀开始了。

几分钟之后，大街上几乎空无一人。人们四散奔逃，躲进了胡同。雪下得小了些。那天傍晚外面干爽得就像一幅炭画。沉入屋后的太阳，突然从屋角射过来一束束余晖，仿佛用手指触点着街上一切红色的东西：龙骑兵的红色帽冠，一面倒在地上的红旗，雪地上一道道的血迹和斑斑点点的血滴。

马路边上，有一个头部被砍伤的人，不停地呻吟着匍匐向前。几个骑兵为追击游行者，冲到了街尾，现在又排成一列往街口走去。在马蹄底下，玛尔法·加夫里洛夫娜窜来窜去寻找小帕沙，她头巾滑到了后脑勺，声音嘶哑地喊着："帕沙，小帕沙！"她的声音整条街都可以听到。

游行时，帕沙一直跟她在一起，一面还绘声绘色学着最后一位演讲人的样子，逗得玛尔法直笑。龙骑兵冲过来，在一片混乱中他突然不知去向了。

在混乱之际，玛尔法·加夫里洛夫娜背上也挨了一鞭子。虽然，她那件棉背心很厚，没觉得痛，但她向走远的骑兵举起拳头，骂了几句。她气愤的是，他们竟敢当众抽打一个上了年纪的妇道人家。

玛尔法·加夫里洛夫娜焦急地向马路两旁搜寻。突然间，她高兴地发现男孩正在对面人行道上。那里，在卖殖民地商品的小铺和另一幢砖房之间凹进的角落，还躲着一群过路的闲人。

一名在人行道上巡逻的龙骑兵，看到这伙惊慌的人群觉得可笑，就策马把人们挤进墙角里，自己在墙角前面表演起了马戏。他骑在马上急转圈，让马用后腿旋转，又催马后退几步，而后像马戏团那样慢慢让马用后腿立起。忽然他发现前面别的龙骑兵已经回来了，于是双腿一夹马肚，跑了几步就回到了队伍里。

被截在墙角里的人也散了。刚才吓得不敢吱声的帕沙，赶紧朝玛尔法·加夫里洛夫娜奔了过去。

他们一起往家走。一路上，玛尔法·加夫里洛夫娜不停唠叨：“十恶不赦的杀人魔鬼，伤天害理的刽子手！皇上给人们自由，大家多高兴，可这些家伙忍不住了，他们非要把什么都糟蹋了，什么话都要颠倒过来不可！”

她愤恨龙骑兵，愤恨周围的世界，甚至对自己儿子也有气。她一时气急败坏，觉得现在惹出这场大祸，都是她儿子那帮糊涂虫的罪过。她骂他们是自作聪明，是冒失鬼。

“好毒的眼镜蛇！他们这些疯子想干什么？谁都不明白！就会骂呀，吵呀。还有那个说起来没完的家伙，小帕沙，你怎么学他来着？孩子，你再学一遍。哎唷，笑死我了，笑死我了！简直一模一样，太像啦。叨叨个没完。呸，多叫人讨厌，嗡嗡个不停，像只大马蝇！”

到了家里，她把儿子狠狠骂了一通，说什么她这把年纪了还要挨那骑兵鬼东西的鞭子。

“您倒是怎么啦，妈妈！难道我是哥萨克的骑兵队长，或是宪兵队长吗？”

九

尼古拉·尼古拉耶维奇从窗口看到人们到处逃窜。他知道这是参加游行的人。他朝远处注意地看了一阵，看看这些人里会不会有尤拉或别人。可他没看到什么熟人。只觉得有个跑过去的人，好像是杜多罗夫的儿子(尼古拉·尼古拉耶维奇忘了他的名字)。这个不要命的年轻人，不久前刚从左肩取出一颗子弹，现在又到不该去的地方惹是生非了。

尼古拉·尼古拉耶维奇是秋天从彼得堡来这里的。他在莫斯科没有住处，又不愿去旅馆，就借住在自己的一个远房亲戚斯文季茨基家里。他们安排他住在阁楼拐角的一间书房里。

这幢二层的厢房，对没有子女的斯文季茨基夫妇来说太大了。这是已故的老斯文季茨基夫妇很早以前向多尔戈鲁基公爵租下来的。多尔戈鲁基这个大院包括三个院落、一个花园和凌乱坐落在园中的好几幢风格迥异的楼房。大院共有三个大门，通向三条不同的巷子。很早以前人们就管它叫穆奇大院，一直沿用了下来。

阁楼那间书房，虽有四个窗子，仍觉光线不够充足。屋里摆满了书籍、文书、地毯和版画木刻。书房外面有一个围着屋角的半圆形阳台。一到冬天，通向阳台的双层玻璃落地长窗就需要严严实实地封上。

从书房的两扇窗子和玻璃长窗望出去，可以看到前面一条长巷：路面上有长长的雪橇轨迹，两旁是参差不齐的房屋和歪歪斜斜的栅栏。

雪青色的树影，从园子里投进了书房。树干也向房里窥视着，仿佛想将枝条移到地板上来。枝条上的厚霜，就像蒙着细长的紫色的蜡泪。

尼古拉·尼古拉耶维奇倚窗望着小巷，回想起去年在彼得堡度过的冬天，想起了加邦神甫、高尔基，想起了访问维特部长、一些时髦的现代作家的情景。现在，他摆脱了这种种纷扰，躲到最早成为首都的莫斯科的宁静、安谧中来，撰写已构思好的一部作品。然而计划完全落了空！他跳出了龙潭，却又跌进了虎穴。现在他每天都要演讲、作报告，弄得自己晕头转向。今天去高等女子学校，明天去宗教哲学学会，再不就去红十字会或罢工基金委员会。要能去瑞士，到森林中的僻静处隐居下来，那该有多好。那里有宁静明丽的湖泊、群山和苍穹，那凝寂的空气对任何声响都会引起回音。

尼古拉·尼古拉耶维奇从窗口走开。他很想出去探望朋友，或者去街上随便走走。但他突然想起，那位托尔斯泰主义者维沃洛奇诺夫有公干要来，他不能离开。于是他便在屋里来回踱步。此刻他想起了自己的外甥尤拉。

尼古拉·尼古拉耶维奇离开伏尔加河畔那个闭塞小镇搬到彼得堡之后，把尤拉带到了莫斯科去认亲戚：韦杰尼亚平家、奥斯特罗梅斯林斯基家、谢利亚温家、米哈耶利斯家、斯文季茨基家和格罗梅科家。刚去时，尤拉住在一个没有条理的、爱唠叨的老人奥斯特罗梅斯林斯基那里。亲戚们都随便地叫他费季卡。费季卡暗中与养女莫季娅姘居，还自诩为反传统的人、新思想的倡导者。他辜负了亲戚们的托付，甚至手脚不干净，贪污了尤拉的生活费。于是亲戚们又把尤拉安排到亚历山大·亚历山大罗维奇·格罗梅科教授家，此后就一直寄居在那里。

亚历山大·亚历山大罗维奇·格罗梅科家的气氛极好，对尤拉的成长十分有益。

尼古拉·尼古拉耶维奇想道："尤拉、他的中学同班同学米沙·戈尔东和格罗梅科的女儿冬尼娅，在他们家倒像是一个三角联盟，他们三人反复阅读着《爱的意义》、《克莱采奏鸣曲》，完全被童贞的说教迷住了。"

青少年时期应充分体验狂热的纯真，但是他们太过分了，竟弄得自己也糊涂起来。

他们怪得出奇，又充满稚气。使他们激动不安的情欲问题，不知为什么他们称之为“庸俗”，还把这词儿不分场合地到处乱用。如此用词，大可不必！“庸俗”在他们心目中，既意味着一种本能的要求，也表示诲淫文学，同女人的淫乱，甚至包括了整个性关系。他们每次说到这个字眼，就满脸通红或是脸色煞白。

尼古拉·尼古拉耶维奇心想：“我要是在莫斯科，决不会让他们走得这么远。羞耻之心应该有，但有一定的界限……啊，您来了，尼尔·费奥克蒂斯托维奇！欢迎，欢迎！”他大声说着，走上前迎接客人。

十

来者是个胖子，身穿灰衬衫，腰里束着宽皮带，脚蹬毡靴，裤子的膝头隆起两个小鼓包。他给人的第一个印象，是不太务实的好好先生。夹鼻眼镜用黑色宽带系着，在鼻头上似乎愠怒地颤动着。

他在前室脱衣服就不利索：忘了把围巾摘掉，围巾的一头拖在地板上；软呢圆帽也拿在手上没放下。围巾和帽子使他很尴尬，妨碍他和尼古拉·尼古拉耶维奇握手，甚至还影响到他向主人致意问候。

“嗯……哦……”他嘟嘟哝哝不知如何是好，眼睛朝屋子的四周打量着。

“请随便放吧。”尼古拉·尼古拉耶维奇说。这时维沃洛奇诺夫才恢复常态，说起话来。

他是列夫·托尔斯泰的追随者。在这些追随者的脑海里，托尔斯泰从来不求安宁的天才思想已经平息，并且高枕无忧地入眠了，因此必不可免地日益流于浅薄。

维沃洛奇诺夫是来邀请尼古拉·尼古拉耶维奇去学校演讲，为政治流放犯伸张正义。

“我在那里已经讲过了。”

“是为政治流放犯伸张正义？”

“是的。”

“您还得讲一次。”

尼古拉·尼古拉耶维奇先推辞了几句，后来就同意了。

维沃洛奇诺夫的事已经办妥。尼古拉·尼古拉耶维奇无意再留他。他本可以起身告辞，但觉得马上就走有失礼貌，告辞前是需说几句亲切自然的话。于是又聊起来，却谈得勉强又不愉快。

“您现在是颓废派吗？热中于神秘主义吗？”

“这怎么说呢？”

“太遗憾了。还记得地方自治局吗？”

“当然。为选举的事我们一起在那儿工作过。”

“还提倡过建立乡村学校，主张办教师进修班，记得吗？”

“当然记得，当时斗争很激烈。后来，您好像去了卫生和社会救济部门？是吗？”

“干过一段时间。”

“哼，现在这帮年轻人，自诩是浮努斯[1]、人们的保护神，我无论如何是不信的。您这么一个有幽默感的人，对民众那么了解的人，居然和他们……我求您别信这一套了……也许我太冒昧。……是不是有什么苦衷呢？”

“您为什么不假思索就这么说呢？我们没争论什么呀。您并不了解我的观点。”

“俄罗斯需要的是学校和医院，而不是浮努斯——以人们的保护神自居的青年人。”

“没人反对这个呀。”

“农民衣不蔽体，饿得浑身浮肿……”

他们俩就这么东拉西扯地说着。尼古拉·尼古拉耶维奇明知说也无用，但还是解释起来，说明为什么他和某些象征主义派作家有来往，后来又谈到了托尔斯泰。

“在一定程度上我和您是一致的。但列夫·托尔斯泰说过，一个人对美越诚，离善越远。”

“难道您认为恰恰相反吗？难道拯救世界要靠美吗？或者靠神秘剧之类的东西？靠罗扎诺夫[2]和陀思妥耶夫斯基？”

“等一等，让我自己来说我的想法。我认为，如果人身上潜伏的兽性可以用威胁来制止，不管这威胁是监牢还是阴间报应，那么人性的最高象征就不是自我牺牲的布道者，而是马戏团里执鞭的驯兽人。可事实是，几百年来使人向高级阶段发展，成为万物之灵

---

① 浮努斯，罗马神话中森林和田野之神，畜群和牧人的庇护者。
② 罗扎诺夫(1856—1919)，俄罗斯作家，活跃的政论家和宗教哲学家。

的，并非棍捧而是音乐：亦即不可抗拒的非武力的真理，以及真理的具有吸引力的榜样。自古以来，人们都认为福音书中最重要的东西，是戒条里的道德警句和劝诫。可对我来说，重要之点在于基督的箴言都来自普通生活，用日常生活来解释真理。这里依据的思想是：人们虽然是凡夫俗子，可他们的交往是不朽的；生命具有象征性，因为它的意义重大。”

“我全都没懂，您其实可以把这些写成一本书。”

维沃洛奇诺夫走后，尼古拉·尼古拉耶维奇感到极其恼火。他恼恨自己把心中一些隐秘的思想泄露给了没有头脑的维沃洛奇诺夫，这几乎是对牛弹琴。但突然间，他又不再恼恨维沃洛奇诺夫，把他完全丢到了脑后，仿佛他并未来过一般。他转而为另一件事烦恼起来。类似情况时有发生。他不记日记，但一年中偶尔也会记上一两次，把特别重要的想法写到一个厚笔记本里。现在他又拿出本子，写下一行行清晰的大字，内容是这样的：

今天一整天那个蠢女人施莱辛格弄得我一直冒火。她从大清早一直坐到吃午饭，花了整整两个钟头诵读象征主义作家A为作曲家B的《宇宙进化交响曲》配写的诗句，里面讲到什么行星里的精灵呀，宇宙呀、水、火、气、土四大元素的旋律呀等等莫名其妙的东西。我忍了又忍，最后实在受不了，央告她别再念了。

我恍然大悟，为什么这些东西即使在浮士德里也显得虚伪，难以忍受。这里的所谓兴趣，原来是矫饰的、虚假的兴趣。现代人并不需要这些。如果他为宇宙的奥秘而苦恼，他可以去钻研物理学，而不会去求教于赫西奥德的六音步诗集[1]。

但是问题不仅仅在于形式的陈旧和时代的久远。问题也不在于这些火和水的精灵，把科学已经明确揭示出的东西再次搞乱。问题在于，这种体裁与现代艺术的整个精神相互矛盾，与它的本质、它的动因相矛盾。

这类宇宙进化论对古代世界来说是自然的。当时世界上人烟稀少，人们还没有遮蔽大自然。大地上那时还存有古生物猛犸，对恐龙和龙记忆犹新。大自然是那样惹人注目，同时又那样凶险，那样近在咫尺，像抓住了你的脖颈，说不定当时世上真的到处充满神明。这是人类历史的最初几页，还只是一个开端而已。

这个古代世界，由于人类的繁衍，到罗马时代便告结束了。

罗马麇集了外来的众神和被征服的民众，拥挤得分成了天地两层，是个如回肠三转的龌龊地方。那里有达西亚人、赫鲁西亚人、西徐亚人、萨尔马特人、极北人；还有没上辐条的巨大沉重的轮子、肥得泡起的眼睛、兽奸、双下巴颏、把懂学问的奴隶杀死喂鱼、一个大字不识的皇帝。当时世上的人，比后来任何时候都多。他们密密麻麻地挤在科洛西姆斗兽场的过道里，苦不堪言。

这时，一个加利利人来到这个堆满大理石和黄金但却俗不

① 赫西奥德，生活在约公元前八世纪的古希腊诗人。他的两部史诗《神谱》和《工作与时日》流传于世，多以叙写宇宙和诸神诞生及其世系为主题。

可耐的世界。他一身圣光，飘然而至，充满了鲜明的人性，又有意显得凡俗。从此，部族和众神的时代宣告结束。诞生出了真正的人，他是工匠，是农民，是夕阳中的牧羊人。这人毫不孤高傲世。在母亲们的摇篮曲中可以听到唱他的声音，在世界各地的画廊里，可以看到他的形象，人们感恩戴德地赞颂他。

十一

彼得罗夫大街很像莫斯科的小彼得堡。街道两旁是对称的楼房，大门上面都有典雅的雕饰；还有书店、阅览室、制图社、相当体面的烟草店、富丽堂皇的酒家。酒家正门两侧，沉甸甸的支架托着两盏瓦斯灯，罩着毛玻璃灯罩。

冬天，这地方冷清清的，似乎要拒人于千里之外。住在这里的都是些规矩正派、洁身自好、收入丰裕的自由职业者。

维克托·伊波利托维奇·科马罗夫斯基就在这里租了二层一套豪华的单身套间。这儿楼梯宽阔，扶手都是橡木的。

他的女管家爱玛·埃内斯托夫娜——应该说是他平静的幽居生活的管理员——不声不响地为他操持家务。她既事事经心，又仿佛什么事都不介入。他像一位绅士应该做的那样，慷慨地酬谢她。他不欢迎任何男客或女客来访，因为他们和他寓所里安静的、老处女一般的世界是格格不入的。寓所里像修道院一般沉寂：窗帘总是垂着，屋里干净整洁、纤尘不染，犹如手术室一般。

每个星期天的午饭前，科马罗夫斯基总爱带着那条叭儿狗去彼得罗夫街和铁匠街溜达。那位爱打牌的演员康斯坦丁·萨塔尼季，常在街口碰上他，也随他一起散步。

他们俩在人行道上闲逛，相互说些趣闻逸事和自己的看法。这些话大都没头没脑，毫无意义，还表现了玩世不恭的态度。两人只不过是想让铁匠街听到他们放肆的粗嗄的狂笑罢了，所以比狗吠高明不到哪儿去。

十二

天气要变暖，雪水滴滴答答落在水管和屋檐的铁皮上。各家屋顶也淅沥淅沥响着，此起彼伏，就像春天已到。开始解冻了。

拉拉一路失魂落魄地走回家来。回到家里，她才明白过来出了什么事。

家里人都睡了。她又如呆如痴，心不在焉地坐到母亲梳妆台前，身上仍是那件镶着花边的淡紫近乎月白的舞裙，罩着长长的面纱，这些都是为了参加化装舞会，从缝纫店借来的。她瞅着镜中的映像，却视而不见。然后，她倚在梳妆台上抱起双臂，把头埋进臂里。

母亲如果知道了，会打死她，然后自杀的。

怎么出的事呢？怎么可能出这样的事呢？现在已经晚了。应该早就想到这些。

现在她成了所谓的堕落女人。她成了法国小说中所写的那种妇人。明天她去学校再和那些姑娘们坐在一起时，她们对她来说不过是些孩子了。上帝啊，上帝，这一切怎么会发生的呢？

以后，过了许多许多年之后，如果条件允许，拉拉将把心底的秘密告诉奥利娅·杰明娜。奥利娅会抱住她的头伤心痛哭的。

窗外，融化的雪水滴个不停，正是解冻的声响。外面有人使劲敲邻家的大门。拉拉没有抬头，她双肩抽搐着在哭泣。

十三

“哎呀，爱玛·埃内斯托夫娜，亲爱的，这无所谓。我都烦死了。”

他把袖口、胸衣和一些别的东西，乱七八糟地扔在地毯上、沙发上；把五屉柜和抽屉拉开又推上，自己也不明白要找什么。

他太需要她了，可是这个星期天却不能见到她。他像头困兽在屋子里转来转去，无法安静下来。

她神韵高洁，无与伦比。她的双手犹如高尚的思想那样令人惊叹不止。她投在墙纸上的身影，仿佛是她纯真无邪的象征。她的衬衣质朴自然地紧绷着她那酥胸，像绷在花架上的细麻布。

科马罗夫斯基用手指叩击玻璃窗，节拍合着沥青路上不慌不忙的马蹄声。“拉拉，”他闭起眼低声呼唤，眼前又浮现出她头枕着他的胳膊、垂着睫毛熟睡的模样。睡梦中她不知道，这人竟毫无倦意一连几个钟头地望着她。她浓密的秀发散堆在枕上，像一缕青烟刺痛了科马罗夫斯基的双眼，钻进他的心中。

星期天的散步，这回半途而废。科马罗夫斯基牵着杰克才走了几步就停了下来。他想到前面又是铁匠街，又是萨塔尼季的笑料和路上一个个熟人。不，他受不了！所有这一切都会使他厌恶！科马罗夫斯基转身往回走。那条狗觉得奇怪，不高兴地仰头望望主人，无可奈何地跟在后面。

“我中了什么邪！”他想道。“这是怎么回事？难道是良心发现，是怜悯和忏悔？也许为她担心？不是。”他知道她现在呆在家里，平安无事。那么为什么她总在他脑子里盘旋不去！

科马罗夫斯基进了自家的楼门洞，爬上楼梯，拐过平台。平台上有一扇威尼斯式窗子，玻璃窗的四角饰有图案：地面和窗台上洒落着五彩的太阳光点。科马罗夫斯基又登上半截楼梯便停住了。

“不能沉溺在这折磨人的、令人消沉的相思中，她可不是个孩子啦。如果这姑娘、他亡友的女儿，由一个玩物变成他疯狂热恋的对象，那么他应该清楚这将会有什么结果，要赶紧醒悟！不要背叛自己的观念和习惯。否则一切全完了。”

科马罗夫斯基紧紧抓着宽阔的扶手，捏得手指发疼。他闭目镇定一下，然后毅然转身走下楼梯。在洒满阳光的平台上，他看到了那条狗虔诚的目光。杰克仰头望着他，仿佛是一个皮肉松弛、淌着口水的老年侏儒。

这条狗不喜欢那个姑娘，撕破过她的袜子，看见她就龇着牙乱叫。它嫉妒拉拉，好像担心主人会从她那里染上人的品德。

“啊，原来如此！你想要一切照旧，还要找那个萨塔尼季，听那些下流话、那些闲扯？为这个我得给你几下子，得抽你一顿！”

他抡起手杖抽打杰克，还用脚踢它。杰克呜呜尖叫，全身颤抖，一瘸一拐地蹿上楼，抓挠着门去向爱玛·埃内斯托夫娜告状。

光阴一天又一天、一周又一周地过去了。

十四

啊，这简直是无法逃脱的魔圈！如果科马罗夫斯基闯入拉拉生活只是引起她的厌恶，她会反抗并且摆脱他。然而，事情却不那么简单。

拉拉感到受宠若惊，因为科马罗夫斯基这样一个头发斑白，能做她的父亲的人，各种集会上受到热烈欢迎，报刊上常见名字的仪表堂堂的美男子，居然不惜为她花钱花时间，称她是天使，带她去戏院、听音乐会，要培养她成为有“文化教养”的人。

她到底还只是个穿着咖啡色校服的未成年的女学生，在学校喜欢和同学一起嬉闹淘气。在马车上，科马罗夫斯基在车夫眼皮底下向拉拉献殷勤，或者在幽暗的包厢前座上当着全场观众与拉拉狎戏。这种隐蔽放肆的挑逗使她陶醉，撩拨得初解人事的姑娘也跃跃欲试。

然而，这种学生气的顽皮的调情很快就过去了。痛苦的沮丧心情和对自己的恐惧，却深深留在了她心中。她总是感到困倦不支。这是因为夜里常常缺觉，因为她总是哭泣，不断地头疼，再加上功课太重，整个身体变得衰弱了。

十五

她诅咒他，她恨他。每天她都重复着这样的念头。

现在她将一辈子成为他的奴隶。他是如何使她服服帖帖、如何逼她就范的呢？如何使她迁就他，不顾羞耻地战栗着满足他的欲望？是靠长者的身份吗？是因为母亲经济上对他的依赖吗？还是他善于对她恐吓呢？不是，不是，绝对不是。这些都不是理由。

不是她俯首听命于他，而是他唯她的命是从。难道她没有看到他如何渴念她？她无所畏惧，良心是清白的。一旦她揭露他，无地自容和心惊胆战的应该是他。可问题就在于她决不会这样做。她还不那么卑鄙，而科马罗夫斯基正是以卑鄙为主要手段来对待下属和弱者的！

他们两人的区别就在于此。周围生活所以可怕，也在于此。对生活的震慑是靠雷电吗？不是，是用侧目而视和背后的窃窃私语。生活到处都是陷阱和虚伪。如果只是一根蛛丝，你一抻它就扯断消失了，可你要想从蛛网中脱身出来，只会愈缠愈紧。

所以，强者竟也受制于无耻之徒、虚弱之辈。

十六

她对自己说：假如她是结了婚的人呢？那会有什么不同呢？她走上了诡辩之途。但有时她完全陷入了痛苦的绝望。

他不知羞耻地跪在她脚下苦苦哀求：“我们不能再这样下去。你看我是干了什么事呀。你这样滑下去，怎么得了！咱们向母亲坦白吧。我要和你结婚。”

他流着泪，反复地说着，好像她反对，不肯同意似的。然而，这一切不过是嘴上说说而已，拉拉对这种台词似的空洞语言，连听都不爱听了。

他仍和以往那样，带着蒙了长面纱的拉拉，到那家令人心碎的餐馆单间去。那里的侍者和客人们目送她走过，仿佛用目光剥掉了她的衣服。而她暗自问道：难道爱护你就可以侮辱你吗?

一天，她做了个梦。她安息在大地下面，身上除了左肋、左肩和右脚掌外，别的荡然无存。左边的乳房下长出一束蓬草。大地上人们在唱歌，《黑亮的明眸，洁白的酥胸》和《玛莎不该去河边》。

十七

拉拉不信教。她对宗教仪式并不笃信。但有时痛苦的生活实在难以忍受，她希望心灵能有某种音乐陪伴她。不能每次都由自己来谱写这种乐曲。这音乐便是上帝解释生活的箴言。于是拉拉会不时去教堂哭一场。

十二月初的一天，拉拉心里像《大雷雨》中的卡捷琳娜一样难受，便去教堂祈祷。当时她觉得仿佛脚下的大地立刻就会崩裂，教堂的拱顶马上要坍塌。这也是罪有应得。一切都应该结束了。遗憾的是，这次和她同来的，还有那个爱叨唠的奥利娅·杰明娜。

“这是普罗夫·阿法纳西耶维奇。”奥利娅悄悄对她耳语说。

“嘘，别说了。哪个普罗夫·阿法纳西耶维奇？”

“那个诵经人，他姓索科洛夫，是我的表叔。”

“噢，你说的是诵经士。他是季韦尔辛家的亲戚，嘘，别说了，让我好好听。”

她俩到教堂时，礼拜刚开始，正在唱赞美诗：“以我灵魂，颂赞我主，以我良知，赞主圣名。”

教堂里人不多，四壁回声很响。只在前面挤着一堆祈祷者。教堂是新建的。窗子不是彩色玻璃，外面那条积雪的暗巷和巷里来来往往的行人，都看得清清楚楚。窗旁站着教堂的长老，在大声开导一个疯疯癫癫的耳背的苦老婆子，也不顾教堂里面在做礼拜，整个教堂都听见他在训人。他的声音也和那扇窗户与那条小巷一样，单调乏味。

拉拉手里捏着铜币，慢步绕过祈祷的人们，走到门旁为自己和奥利娅去取蜡烛。然后，又小心翼翼地尽量不碰着人走了回来。这会儿工夫，普罗夫 · 阿法纳西耶维奇已经急急忙忙唱完了九段祝福词，其实这些祝词大家都很熟悉。

“让灵魂受苦的人得福……让悲苦的人得福……让渴求真理的人得福……”

拉拉走着，猛然一惊，停下步来。这是在说她嘛。上帝说：被蹂躏的人们终有好命，他们有苦难要向人们诉说。他们的一切都在未来。上帝是这样认为的，这就是基督的旨意。

十八

普列斯尼亚发生了暴动。拉拉的家正好在暴动区域内。离他们家不远，在特韦尔街上筑起了街垒，从客厅的窗户里就可以看见。

人们从他们家院子里担去一桶桶水，浇在街垒上，把石头和废铁都冻成冰块，筑成一道坚固的冰墙。

邻院是起义者的集合地，有点像医疗站或食品供应站。

有两个男孩子来到邻院。拉拉认识他们。一个是尼卡·杜多罗夫，娜佳的朋友，拉拉就是在娜佳家里认识他的。他是拉拉类型的人，直率，自尊，沉默寡言。他和拉拉性格相似，所以拉拉对他不感兴趣。

另一个孩子是中学生帕沙·安季波夫，和奥利娅·杰明娜的外婆、季韦尔辛老太太住在一起。拉拉有时去玛尔法·加夫里洛夫娜家，已经发现这孩子对她有强烈的反应。帕沙纯洁得像个孩子，毫不掩饰见到她的欣喜之情，仿佛拉拉是一片白桦树林，上面飘浮着朵朵白云，下面是鲜嫩的青草；又时值夏季，他可以尽情地表示自己喜不自胜的感情，也不怕别人笑话他。

拉拉一发现自己对帕沙的吸引力，便情不自禁地利用这一点。不过，只是若干年以后，当他们的友情发展得很深的时候，她才开始同这温顺、谦和的孩子亲近起来。那时帕沙已经明白：自己对她爱恋至深，这一生中必是非她莫属了。

这两个男孩子所参与的，是最可怕的大人的游戏——战争，而参加这活动是要被绞死或流放的。然而，他们头上的围巾是在后颈上扎结起来的，这说明他们还是孩子，他们还有父母。拉拉就像大人对小孩一般看着他们。在他们这种危险的游戏上，罩了一层幼稚无知的色彩。周围的一切也随着染上了孩子气。像那蓝光莹莹的院子、对面那幢藏着孩子的楼房，那白霜浓重得变成了黑色的严寒的傍晚，都带着一股天真的稚气。甚至连楼里不停传出的哒哒枪声，也带有孩子气。拉拉总觉得“这是孩子们在打枪玩”。她倒并不只是指尼卡和帕沙，而是想着全城的枪战。她心里琢磨：“都是些很好的、正直的孩子。正因为很好，所以他们才打枪。”

十九

听说有可能要向街垒开炮，他们的房子很危险。现在要搬到莫斯科别的区里熟人家去，为时太晚了，因为他们这个区已被封锁，需要就近在本区范围内找个地方避一避。他们想起了“黑山旅馆”。

到那之后才知道，早在他们之前已有不少人住了进来。“黑山旅馆”里挤得满满登登。许多人与他们处境相同。由于过去的老交情，旅馆才答应让他们住到被服间去。

为了不惹人注目，他们不想拿手提箱，把最必需的东西打成了三个包袱。但没有搬过去，能拖一天就拖一天。

缝纫店按老章程办事，虽然外面在罢工，可是店里女工们一直在干活。一个寒冷无聊的傍晚，店外突然响起了门铃。进来一个人，向缝纫店提出批评，并要求店主出来。法因娜·费季索娃来到了穿堂，想消消来人的火气。过了一会儿她招呼工人都过去：“姑娘们，上这儿来！”把她们逐个介绍给来客。客人和她们一一握手，虽然显得笨拙，却很热情。他和费季索娃谈了一会儿，就走了。

女工们回到作坊，一个个戴上头巾，抬起两只手使劲往袄袖里伸，穿上了紧身小皮袄。

“怎么回事？”阿玛利娅·吉莎尔赶出来问。

“他们不让我们干活，夫人，我们罢工了。”

“难道我……我有什么地方对不起你们的吗？”吉莎尔夫人竟哭了起来。

“您别难过，阿玛利娅·卡尔洛夫娜。我们对您并没有恶意，我们很感激您。可现在问题涉及的不是您或我们。现在大家都这样，全世界都这样。不这么干哪可能呀！”

女工们全都回家了，连奥利娅·杰明娜和法因娜·费季索娃也走了。费季索娃临走时悄悄对吉莎尔说，她不过装装样子，这样对东家和缝纫店有好处。可是吉莎尔夫人仍旧十分伤心：

“多没良心啊！真想不到，我竟看错了人！在奥利娅身上我花了多少精力啊！好了，不说她，就算她还小，可是那个老东西费季索娃也是这样！”

“妈妈，你不明白，她们不能为了咱们而例外呀，”拉拉安慰着母亲。“她们谁也不恨你，相反，现在这里发生的一切都是为了维护人的尊严，为了保护弱者、保障妇女和儿童的权利，真的，你要相信我，别再摇头了。这样做对你和对我，将来都会有好处的。”

但母亲还是一点不开窍。她啜泣着说：“你老是这样。每回我脑子里乱哄哄的时候，你就讲些莫名其妙的话。人家骑在我脖子上拉屎，可你说这还是为我好。也许我真是老糊涂了。”

罗佳不在家，住在武备学校。空荡荡的屋子里，就剩下拉拉和妈妈两个人。窗外是没有照明、没有行人的冷清的街道。房间里也和街道一样冷清。

“妈妈，咱们去‘黑山旅馆’吧，趁天还没全黑。妈妈，听见没有？不要再耽搁了，马上走吧。”

“菲拉特，菲拉特，”她们把看门人叫来，“菲拉特，亲爱的，送我们去‘黑山旅馆’吧。”

“是，太太。”

“你拿上包袱。还有，菲拉特，照看好家。现在，时局还不稳定。别忘了给金丝雀喂食、喂水。所有东西都要上锁。对了，常来看看我们。”

“是，太太。”

“多谢你啦，菲拉特。上帝保佑你。好了，上路之前咱们先在行李上坐一坐，求上帝保佑平安！”

她们来到街上。外面空气大不一样，她们仿佛是久病后刚出门。冰雪把四周装点成玉宇琼楼。声音也像是一颗颗金属珠子，在冷峭的空中向四方滚去。远处响着枪炮，忽而暗哑，忽而轰鸣，忽而一阵啪啪，似乎要把遥远的天边炸成碎片。不管菲拉特怎么说，拉拉和母亲都认为这是在放空枪。“菲拉特，你真傻。你想想，根本不见开枪的人，当然是放空枪了。依你说是谁呢？难道能是神灵开枪不成？自然都是放空枪。”

她们来到一个十字路口，被一个巡逻队截住了。嘴角挂着冷笑的哥萨克骑兵，搜了她们的身，放肆地从头摸到脚。系着带子的海军帽野里野气地歪在耳旁，好像他们都是独眼龙。

拉拉心想：“这段时间她可以不再见到科马罗夫斯基了，她们同城里其他部分已经隔绝，太幸运了！由于母亲的关系，她无法摆脱他。她不能说：妈妈，你别让他来。这样一来，全部秘密都要揭穿。可即使瞒不住，那又怎么样呢？为什么要害怕呢？噢，上帝，只要能了结这件事，她什么都顾不得了。上帝啊，上帝！她心里感到一阵厌恶，几乎立即就要晕倒在街上。现在她想起了什么？在她失身的那个单间里，挂着一张可怕的画，画上是个胖胖的罗马人。这张画叫什么？《花瓶女人》，对，就是它。没有错。是张名画。《花瓶女人》。那时她还不是妇人，不能与这幅名画相提并论。这是以后的事。那天桌上的菜肴多么丰盛。”

“你急急忙忙往哪儿跑？你疯了？我可跟不上你。”母亲跟在后面埋怨女儿，她喘着粗气，好不容易才跟上她。

拉拉快步向前，仿佛有种力量推着她疾走。她感到骄傲和振奋。

“枪声响得多带劲儿，”她想道，“祝福被侮辱的人们！祝福受欺骗的人们！枪声啊，愿你们更威风！枪声啊，你们也祝福他们吧！”

二十

格罗梅科兄弟的家，在西夫采夫-费拉热科街和一条小巷的交叉口上。兄弟俩都是化学教授。亚历山大·亚历山大罗维奇·格罗梅科在彼得堡科学院工作，尼古拉·亚历山大罗维奇·格罗梅科在大学任教。尼古拉·亚历山大罗维奇未成家。亚历山大·亚历山大罗维奇娶的是安娜·伊万诺夫娜。她娘家姓克吕格尔，父亲是乌拉尔地区尤里亚京市郊的铁矿矿主和铁厂厂长。铁矿区就在他那森林别墅所在的大片土地上，但由于无经济收益，已经废弃不用了。

这是一幢两层楼房，二层是卧室、孩子们的学习室、亚历山大·亚历山大罗维奇的书房和藏书室、安娜·伊万诺夫娜的小客厅，以及冬尼娅和尤拉的房间，整个二层都是生活用室。一层则是接待客人用的。这里窗上都挂着灰绿色的帷幔，钢琴盖擦得锃亮，还有大鱼缸、橄榄色的家具和水草的盆景。它们把屋子点缀得像一个绿影婆娑的梦幻中的海底。

亚历山大·亚历山大罗维奇·格罗梅科一家人都很有教养，很有文化，懂得并且喜爱音乐，又十分好客。家里经常高朋满座，举行室内音乐晚会，演奏钢琴三重奏、小提琴奏鸣曲和弦乐四重奏。

一九〇六年一月，尼古拉·尼古拉耶维奇出国不久，这里又举行了一次例行的音乐会。节目中原定要演奏塔涅耶夫派新秀的小提琴奏鸣曲和柴科夫斯基的三重奏。

音乐会前一天家里就开始准备了。客厅里挪动了家具，腾出了地方。钢琴调音师在大厅一角给琴调音，不厌其烦地重复一个琴音，接着弹响一连串其他的音调。厨房里宰鸡杀鸭，洗摘菜蔬，把芥末和橄榄油搅在一起准备做调味汁和冷盘调料。

舒拉·施莱辛格是安娜·伊万诺夫娜的知心好友，一大清早就来了，叫人不胜厌烦。

舒拉·施莱辛格是个瘦高女人，五官端正，脸形多少有点男人气。尤其当她斜戴着灰色羊羔皮帽的时候，使人不由想起陛下的那张脸来。她到别人家是做客，也不把帽子摘下来，只是将别在帽檐上的面纱稍稍撩起些。

当这两个朋友烦闷苦恼的时候，彼此谈谈，往往会感到轻松一些。这种轻松表现在哪儿呢？她们一谈话，相互便要说些刺激人的刻薄话，越说越狠，最后大闹一场，但马上又流着泪言归于好。经常性的争吵，对两个女友起着镇静作用，就像用水蛭放血一样。

舒拉·施莱辛格曾数度结婚。每回一旦离婚，很快就把丈夫忘到脑后，认为他们都无足轻重，所以一直保持着单身女人的冷漠淡然、无拘无束的派头。

舒拉·施莱辛格是个神智学者，同时对东正教的祈祷仪式又很有研究。甚至当她整个身心沉浸在宗教氛围的极度兴奋之中时，也会忍不住提醒诵经人或唱诗的神职人员该说什么或该唱什么。她那沙哑的嗓音冲口而出："求主垂听"，"直至永远"，"无上光荣的基路伯天使"。

舒拉·施莱辛格还懂得数学、印度的神秘主义，知道莫斯科音乐学院和名教授的住址，知道谁和谁同居，我的上帝，她简直无事不晓。因此，生活中凡有什么大事，都请她来断案、拿主意。

举办音乐会的日子到了。客人们按时陆续来到，有阿杰莱伊达·菲利波夫娜、金茨、富福科夫夫妇、巴苏尔曼先生和太太、韦尔日茨基夫妇和卡夫卡斯采夫上校。外面下着雪，一开大门，风卷着团团棉絮般的雪花涌进屋来。男客进来时脚上穿着长筒大套靴，一个个显得心不在焉，笨手笨脚的样子；而他们的妻子正好相反。她们冻得脸颊鲜润，大衣领口敞着两个纽扣，头发上缀着点点雪花，毛茸茸的围巾搭在脑后，一个个俨然是工于心计的情场老手，那圆滑劲儿，可得提防着点呢。

一位初次赴邀的钢琴演奏家走进客厅时，客人们窃窃私语说：

“他是居伊[1]的侄儿呢。”

向大厅后面的两扇门望去，可以看到餐厅里那张铺着雪白的桌布的长桌上已摆好酒菜。带圆粒形水晶的酒瓶里，闪烁着花楸酒的色彩，银托上摆着盛黄油和醋的亮晶晶的小瓶，还有色泽喜人的野味和冷盘，甚至每套餐具旁叠成小塔形的餐巾，花篮里散发出杏仁香气的青紫色的爪叶菊——这一切好像都在勾引客人的食欲。客人们想快些享用这人间的美食，于是急着早点开始精神的会餐。大家在大厅里一排排分别坐好。钢琴师刚坐下演奏，又传来悄悄细语：“他是居伊的侄儿哪！”音乐会开始了。

这首奏鸣曲，大家都听说既枯燥又艰涩。一听果然如此，而且还长得可怕。

因此，演奏完第一乐章休息时，评论家克里姆别科夫还同亚历山大·亚历山大罗维奇发生了争执。评论家批评了这首奏鸣曲，而亚历山大·亚历山大罗维奇却说不错。客人们抽着烟议论着，不停地挪动椅子。

此时客人们的目光又落到了隔壁餐厅里五光十色的挺括的桌布上面。大家希望继续演奏下去，不要耽误时间。

钢琴师转头朝听众看了一眼，向伴奏的小提琴手点了点头，便又开始了。小提琴手和大提琴手法杰伊·特什克维奇拉动琴弦，三重奏悲怆地响了起来。

尤拉、冬尼娅和米沙·戈尔东（现在他一半时间都住在亚历山大·亚历山大罗维奇家）坐在第三排。

---

① 凯撒·居伊（1835—1918），俄罗斯作曲家。

“叶戈罗夫娜在招呼您呢。”尤拉悄悄对坐在他前面的亚历山大·亚历山大罗维奇说。

大厅门旁站着他家的白发老女仆叶戈罗夫娜，她焦急万分地朝尤拉看着，使劲朝亚历山大·亚历山大罗维奇点头，意思是告诉尤拉，她急着要让主人出去一下。

亚历山大·亚历山大罗维奇转过头不满地瞥了叶戈罗夫娜一眼，耸耸肩膀，可是叶戈罗夫娜还是要他出去。他们两人从大厅的一头向另一头打起了哑语手势。客人们都望着他们。安娜·伊万诺夫娜狠狠瞪了丈夫一眼。

亚历山大·亚历山大罗维奇站了起来。坐着不动是不行了。他涨红了脸，悄悄从墙角绕过大厅走到叶戈罗夫娜跟前。

“您怎么好意思这么干，叶戈罗夫娜？您有什么了不起的急事？快说吧，出什么事了？”

叶戈罗夫娜凑着他耳朵说了几句。

“什么黑山？”

“黑山旅馆。”

“那又怎么啦？”

“要法杰伊·特什克维奇马上回去，他们那里有个人快要死啦。”

“哼，快要死了。我懂得这一套。不行，叶戈罗夫娜。等这一段演奏完，我再对他说。否则不行。”

“旅馆的侍者还等着呐。马车也等着呐。我跟您说了，人都要死了，您不懂吗？是位太太。”

“不行，不行，不就三五分钟吗，没什么了不起。”

亚历山大·亚历山大罗维奇又悄悄顺墙根回到自己的座位上，拧着眉头，用手揉鼻梁。

第一乐章结束了，响起了一阵热烈的掌声。他走到演奏者跟前，告诉大提琴手法杰伊·特什克维奇说，有人来接他回去，出了事，不能再演奏了。然后朝全场举起双手，请大家静下来，大声说道：

“诸位，三重奏不得不暂停一下。法杰伊·卡济米罗维奇家里发生了不幸，我们向他表示慰问。他需要回去。在这种情况下，我不能放他一人走。他可能需要我。我和他一起去。尤拉，亲爱的，你去告诉谢苗把马车赶过来，车早已套好。先生们，我暂时出去一下。请你们别走，我很快就回来。”

两个男孩子请求亚历山大·亚历山大罗维奇带他们去，他们想坐马车在寒夜里兜兜风。

二十一

十二月以后，虽然生活已经恢复了正常秩序，还是不时传来零星的枪声。各处不断地起火，好像是不久前的火场重又死灰复燃。

他们大概从来没像那天夜里一样，坐马车走那么长久，又走得那么远。其实旅馆近在咫尺，经过斯摩棱斯克大街、诺温斯克大街，再走过半条花园街就到了。然而酷寒和浓雾似乎把这狂颠的空间分割成了各不相同的许多碎片。路旁篝火仍旧烟雾缭绕，行人踩在冰雪上咔嚓咔嚓响，还有雪橇滑板的吱呀声。这一切令人觉得已经走了很久很久，走到了一个远得不得了的地方。

旅馆门前停了一匹有披挂的马，蹄腕骨上裹着布，驾着一辆狭长的豪华雪橇。前座上的马车夫，把裹得严严实实的脑袋，埋在大手套里取暖。

旅馆前厅里很暖和。离门口不远的衣帽间里，看门人在栏杆后面打盹，不时发出很响的呼噜声。他有时自己也被鼾声惊醒。通风器的嗡嗡声、炉里低沉的呼呼声，以及茶炊中沸水的嘶嘶声，确能催人昏昏欲睡。

大厅左边的穿衣镜前，站着一个浓妆艳抹的太太，胖乎乎的脸上脂粉厚得像扑了一层面粉，身上穿着一件在寒天里过于单薄的短皮袄。这位太太在等楼上的人下来。她转过身背朝衣镜，不时扭头看看自己的背影是否苗条。

那个冻僵了的马车夫从外面探进头来。他穿着一件束腰的长袍，看起来好似食品店招牌上画的 8 字面包，再加上他浑身一股寒气，就更加相像。

“小姐，他很快就下来吗？”他问镜前那位太太说。“做你们的生意，我的马都要冻坏啦！”

二十四号房间里出的事，对旅馆侍从来说算不了什么。店里几乎每天都发生叫人恼火的事。铃声时刻不停，铃一响，墙上玻璃长橱中的房间号牌，有的就得取下来，这意味着某个房间里旅客又在大发雷霆了，连他们自己也不知道想干什么，弄得侍者无法安生。

现在二十四号房间里，正给那个上年纪的傻女人吉莎尔太太灌肠抢救，给她服催吐剂，清洗肠胃。旅店女仆格拉莎忙得马不停蹄，提水进来擦地，再把脏水提出去。但在仆役下房里，还在二十四号出事之前，这里已经掀起了一场轩然大波。那时还没有派车夫捷廖什卡赶车去请医生，也没派人叫回这倒霉的大提琴手，科马罗夫斯基也还没有到，二十四号门前走廊里还没有这么多围观者。

仆役下房里的风波白天就已发生了。瑟索伊从厨房出来，弯腰低头飞快地往走廊上跑，右手高高举着一托盘饭菜。在狭窄的走廊上，有个人从餐具室出来，不凑巧正好转身，无意撞着了瑟索伊，托盘啪的一声摔在地上，汤全泼了，三个深盘和一个浅盘都打碎了。瑟索伊一口咬定，这个人是洗碗女工，该唯她是问，扣她的工钱。此时已是半夜十点多，旅馆里一半侍从就要下班，可他俩还为这事一直争吵不休。

“他白天黑夜抱着个酒瓶，就像抱着自己老婆，喝得昏天黑地，连路都走不稳，活像只公鸭，手也抖，腿也颤。再说别人干吗去撞他，干吗要砸他的碗碟，要泼掉他的汤！你说是谁推了你，吊眼的异教徒，魔鬼，谁推你啦？你这王八羔子，瞪着眼说瞎话！”

“马特廖娜·斯捷潘诺夫娜，跟您说过多少回了，您嘴巴要干净些。”

“哪值得这么大吵大闹哟，还砸了碗碟！不就是因为那个骚娘们儿吗！下贱的女人。自己干了好事，到老来弄得吞了砒霜。我们在黑山旅馆住得有年月了，还没有见过这样的野鸡和淫棍。”

米沙和尤拉在二十四号门前走廊上走来走去。情况和亚历山大·亚历山大罗维奇想象的相去太远。他原以为是大提琴师出了不幸，是一件高尚纯洁的事情。不料活见鬼，竟是这么一档子污浊肮脏、丢人现眼的事，绝不该让孩子们参与。

两个男孩在走廊上徘徊。

"你们去看看那位阿姨吧，小少爷们。"一个仆人又对他俩不慌不忙地低声说。"不要紧，进去吧。她没事了，你们不用担心，现在她全好了。你们别站在这儿。这里刚才还出过事呢，打碎了很贵重的碗。我们正忙活着，要来回走动，走廊太窄，你们进去吧。"

孩子听他的话进了屋。

房间里，原来挂在饭桌上面一个玻璃罩里的煤油灯，已经取了出来，挪到散发臭虫气味的隔板后面的半间屋里。

那是卧室，门上挂着一块落满尘土的布幔和外间隔开，挡一挡外人的眼睛。混乱中布幔忘了放下来，现在还搭在隔板上。那盏灯放在里间小凳子上，像舞台上的脚灯从下往上照着，屋子亮得刺眼。

吉莎尔夫人喝了碘酒自杀，而不是那个洗碗女仆胡说的吞的砒霜。屋里有一股呛鼻的酸味，好像是青核桃皮揉得发了黑的气味。

隔板后面，一个女仆正在擦地板。床上躺着一个半裸的女人，身上湿漉漉的又是水又是泪和汗，头发一绺绺粘在一起。她放声大哭，低头弯腰俯在一个脸盆上。两个男孩赶紧移开目光往别处看。目睹这些，实在令人尴尬，也不体面。不过这已使尤拉惊异不止：当女人处于某种难堪和极度紧张的情况时，她就不再是雕塑出来的那种形象，而变得类似肌肉发达、只着短裤赤身裸体的角斗场上的大力士了。

隔板后的人终于想起把布幔放下来。

"法杰伊·卡济米罗维奇，亲爱的，您的手呢？把手伸过来，让我握着，"女人又哭又恶心，话也说不出来，"啊，我太痛苦了！我起了疑心。卡济米罗维奇……我怀疑……幸亏这是场误会，是我神经过敏，法杰伊·卡济米罗维奇，您不知道，我现在可轻松多了！结果……结果……我也没有死。”

“阿玛利娅·卡尔洛夫娜，您要安静，我求求您，您要安静。怎么会弄到这种地步，太不像话，真的，多不应该啊。”

“现在我们回家吧，”亚历山大·亚历山大罗维奇对两个孩子嘟哝了一句，两个孩子窘迫地站在外间门边昏暗的过道上。他们倒不知该瞧什么好，就眼盯着外屋没有灯的暗角。那里壁上挂满了照片，放着个乐谱架，还有一张堆满纸张和图册的书桌。在铺着针织台布的餐桌后边，有个姑娘坐在圈椅里。她两只胳膊抱着椅背，头倚在上面睡着了。看来，她疲惫已极，屋里的吵闹声和人们来回走动都没有吵醒她。

亚历山大·亚历山大罗维奇和两个孩子真是白来了一趟，再呆下去就更不得体了。“咱们现在就走吧。”亚历山大·亚历山大罗维奇又说了一次，“等法杰伊·卡济米罗维奇出来，我向他道别一声就走。”

但从隔板后面出来的，不是大提琴手特什克维奇，却是另外一个人。这是个壮实、自信、外貌堂堂、脸刮得干干净净的男人，手里高高举着那盏煤油灯。走到桌子跟前，他把灯放进吊灯罩里。灯光照过来，把睡在桌旁的姑娘晃醒了。她朝进来的人微微一笑，眯缝着眼睛，伸了个懒腰。

米沙一看见那个陌生的男人，惊得浑身一哆嗦，两只眼紧紧盯住他不放。他拉了拉尤拉的衣袖，想告诉他什么。

但尤拉不让他说，也不愿听：“你怎么好意思在别人家里说悄悄话？他们会对你怎么看！”

这时，那姑娘和那男人演了一出哑剧。他们彼此没说一句话，只是相互传递着眼色。然而两人如此默契，简直叫人难以置信。仿佛她是他手上牵着线、由他摆布的木偶。

姑娘脸上浮起慵懒的笑意，双目半睁半闭，微张着嘴。那男人向她投去戏谑的目光，她狡黠地眨眨眼回答他。一切如此圆满地了结，他们感到欣慰。他俩的私情没有被戳穿，吉莎尔夫人自杀也没有丧命。

尤拉目不转睛地看着他们俩。他在暗处，谁也看不见他，可灯下的一切自始至终在他的视野之中。那姑娘受制于人的情形，既神秘莫测，又袒露无遗。尤拉心上涌起了复杂的感情，一种从未体验过的感情力量，使他心碎。

这就是他和米沙、冬尼娅热烈议论过的“庸俗”，以前这只不过是一个空洞的字眼罢了。他们害怕它，可又受到它的吸引。当时他们在口头上漫无边际地毫无亲身实感地议论它，现在这种力量就出现在尤拉眼前，它是那样实在具体，又显得朦胧虚幻，既具有无情的破坏性，又可怜无助。此时此刻，他们这几个孩子的那些哲理跑到哪里去了，尤拉现在该怎么办呢?

“你知道刚才那人是谁吗？”他们走到街上，米沙问他说。尤拉正想自己的心事，没有答话。

“他就是灌醉了你父亲，把他害死了的那个人。不记得了？那是在火车上。我给你讲过的。”

现在盘踞在尤拉脑子里的是那个姑娘和未来，而不是父亲和往事。开始他甚至没有听懂米沙的意思，天气太冷，说话很不方便。

“谢苗，冻坏了吧？”亚历山大 · 亚历山大罗维奇对马车夫说。他们坐车回去了。

第三章　斯文季茨基家的圣诞舞会

一

那年冬天，亚历山大·亚历山大罗维奇送给安娜·伊万诺夫娜一个老式衣柜。他是偶然碰上买下来的。这个乌木衣柜是个庞然大物，哪个门也进不去。所以只好卸开了运来，分几件搬进屋子，然后又开始琢磨把它放在哪儿。如果放在一楼的房间里，地方虽然宽敞，可是柜子派不上用场；二楼太挤，搁不下。于是只好在二楼他们夫妇卧室门外的平台上，腾出一块地方来安置它了。

看门人马克尔来重新装配衣柜时，带着六岁的女儿马林卡。有人给了马林卡一根麦芽棍儿糖。她抽着鼻涕，一边舔着棍儿糖和手指上的甜汁，一边煞有介事地观看爸爸干活。

开始活儿干得挺顺手。安娜·伊万诺夫娜眼看这柜子慢慢装了起来，最后只剩安柜顶了。她忽然异想天开，要给马克尔帮点忙，就踩上衣柜高高的底板，没站稳身子一晃，撞到柜壁上。那槽榫还是活动的，柜子两侧拴着的绳子，活结没有扎牢。这一撞，活结松开，安娜·伊万诺夫娜随着壁板轰隆一声仰面倒在地上。这一下可摔得很厉害。

“哎呀！我的好太太！”马克尔朝她奔过去。“您干吗要上衣柜呀，我好心的太太！没有伤着骨头吧？您摸摸看伤了骨头没有？只要没伤着骨头就好，皮肉不要紧，皮肉能长起来，俗话说，不伤筋骨就不怕。”他冲着啼哭的马林卡喝道，“不许哭，讨厌鬼！鼻涕擦干净，找你妈去。唉，太太，没您在这儿，我就装不起这柜子吗？您也有您的道理。乍一看，我确实是个看门的，可是说真的，我们家的人生来是当木匠的料。我们都干过木工。说来您不会相信，这样的家具，这样的大衣柜，我漆就不知漆了多少。再不就是红木的，胡桃木的。再比方说吧，有钱人家的女儿，您可别怪我说话粗，一个个打我眼皮底下过去不少，可都没成。原因就是我爱喝一口，专喜欢烈性酒。”

安娜·伊万诺夫娜在马克尔搀扶下，坐到他推来的圈椅上。她喘息着揉那摔伤的地方。马克尔又装起柜子来。等顶板也上好后，他说：“得啦，现在只剩安两扇门了。门装好，拿出去展览都可以。”

安娜·伊万诺夫娜不喜欢这个大衣柜。它的形状和尺寸，很像灵柩台或是皇族棺椁。这柜子引起她一种迷信的恐惧。她管这大柜子叫“阿斯科尔德[①]之墓”。安娜·伊万诺夫娜指的是奥列格亲王

① 阿斯科尔德，九世纪古罗斯大公。

那匹害死了自己主人的马[①]。安娜·伊万诺夫娜书读得不少，但杂乱无章，常常把一些相近的东西搞混。

这次摔倒之后，安娜·伊万诺夫娜肺部就经常出毛病。

二

一九一一年整个十一月，安娜·伊万诺夫娜卧病在床，她得了肺炎。

尤拉和米沙·戈尔东第二年春天该大学毕业了，冬尼娅也将念完高等女子学校。尤拉学医科，冬尼娅学法律，米沙在语文系学哲学。

尤拉心里，一切都在变化动荡，一切又那么超群不凡，无论是观点、习惯，还是爱好。他聪慧颖悟，常有新颖的见解，令人惊叹。

虽然尤拉十分醉心艺术和历史，但选择专业时却毫不犹豫。他认为，艺术不能成为一种职业，就像人们天生的乐观或忧郁不能成为职业一样。他对物理和自然科学兴趣浓厚，认为在实际生活中应该从事某种对人们有益的工作。于是他选择了从医的道路。

四年前，也就是读一年级的时候，他整整一学期都在解剖尸体的实验中度过。他走下螺旋楼梯，到地下解剖室去工作。那些头发

① 奥列格，继阿斯科尔德之后的罗斯大公，他杀死了阿斯科尔德，相传之后他被一条从他的爱马头盖骨里钻出来的蛇咬死。

蓬乱的大学生，或成堆或单独在那里：要么抱本残破的教科书背诵，四下摆开各种人体骨骼；要么在屋角默默地做解剖；要么在逗乐说笑，哄撵那些在石板地上到处乱窜的一群群耗子。在昏暗的地下室里，一具具裸露的尸体，发着青幽的磷光。这里有身份不明、自杀身死的年轻人，有保存完好尚未腐烂的溺水女人。尸体注入防腐液以后，肌肤显出了丰润、细腻的假象。尸体被解剖、肢解，制成标本。死人即使被切割成块，人体美的魅力仍然不减。所以当一个淹死的美丽女人被扔到锌面解剖台上，人们会不由地惊叹她的美丽。等肢解下一只手臂或手掌时，人们转而赞叹她部分肢体的美。弥漫着福尔马林和石碳酸气味的地下室里，一切都显得神秘。这些手脚摊开的死者的命运是神秘的，生命和死亡本身也是神秘的。而在这个地下室里，死亡主宰着一切，解剖室是死亡之家，或者说是死亡的大本营。

这种神秘的气氛压过了一切，占据着尤拉的思绪，给他的解剖工作带来纷扰。同样，他在生活中也曾碰到许多别的烦扰。对此他渐渐习惯了，分心的干扰并不令他感到不安。

尤拉善于思考，并且特别擅长写作。还在中学时代，他就希望写小说，写一本传记小说。他要在这书中像埋炸药包似的，把他所见所想之中最惊人的东西写进去。但要写这样一本书，他还太年轻。于是他只好以诗来代替，就像一个画家，为了作一幅成竹在胸的巨画，一辈子打着种种草图。

尤拉不很介意这些诗的不足，看重的是它们蕴含的活力和颖脱。尤拉认为活力和颖脱是艺术中标志着现实性的主要品格，没有这点，艺术中其余的一切便失去意义，没有价值，没有存在的必要。

尤拉知道，自己性格上许多特点的形成，要归功于舅父。

此时，尼古拉·尼古拉耶维奇侨居洛桑。那里出版了他几部著作的俄文版和译著。在这些著作中，他进一步发展了过去的历史观，认为历史是第二宇宙，是人类借助时间和记忆提出来，用以对付死亡的挑战。这些书的核心是对基督教义的新阐释。它们对新的艺术观的产生，起了直接作用。

这些思想对尤拉的朋友米沙·戈尔东影响更为显著。在这种影响之下，米沙·戈尔东选择了哲学专业。他在系里还听神学课，甚至常常考虑以后要转到神学院去。

由于舅父的影响，尤拉思想前进了一步，摆脱了某些束缚；米沙却反而裹足不前。尤拉心里明白，米沙之所以如此热中于极端化的思想，他的经历和出身起着很大作用。出于审慎和礼貌的考虑，他没有劝米沙放弃这类奇怪的打算。但他常希望米沙变得现实一些，更靠近生活一些。

三

十一月末的一天傍晚，尤拉很晚才从大学回到家里。他感到十分疲倦，加上一天没吃东西。家里人告诉他，白天出了吓人的事，安娜·伊万诺夫娜发生了痉挛。请来好几位医生，他们都劝家里人请神甫，后来，才又改变了主意。现在安娜·伊万诺夫娜觉得好些了，神志已经清醒，吩咐尤拉一回来就立刻去见她。

尤拉听了顾不得换衣服，就去了她的房间。

屋里还看得出不久前忙乱过一阵。护士蹑手蹑脚在整理床头柜上的东西。到处扔着用过的小方巾和湿敷用的手巾。洗漱盆里还有血，染得水成了淡红色。水面上还浮着几个小玻璃针药瓶和浸泡大了的药棉。

病人浑身被汗水湿透，舌头不时舔着干燥的嘴唇，和尤拉早上最后一次看见时相比，她明显地瘦了。

"是不是诊断有误呢？"他想道，"从所有症状看是格鲁布性肺炎。看来这是危险期。"他向安娜·伊万诺夫娜问了好，讲了几句安慰病人的客套话，就让护士离开房间。他拿过安娜·伊万诺夫娜的手，开始号脉，另一只手伸进外衣口袋里取听诊器。安娜·伊万诺夫娜摇摇头，表示没有必要。尤拉明白了，她要他做的不是这个。安娜·伊万诺夫娜好不容易才说出话来：

"刚才……想让我做临终忏悔……眼看要不成了……随时都有可能死去。人要拔牙害怕疼，还得准备呢……我这可不是拔牙，是整个人，整个生命……咔嚓一下，一条命就用钳子拔掉了……可这是怎么回事呢？……谁也说不清……我觉得很难受，很恐惧。"

安娜·伊万诺夫娜停下不说了。硕大的泪珠，从面颊滚下来。尤拉沉静着没说话。过了一会儿，安娜·伊万诺夫娜又说下去：

"你有才赋……你天资高……有才赋就同一般人不一样……你一定懂得多……给我说说吧，让我能宽心。"

"说点什么好呢？"尤拉答道。他觉得坐不住，站起来在屋子里转了一圈，重新坐下，"首先我要说的是，明天您一定会好些。

有这个迹象。我用生命担保。其次，您是想听听我这个搞自然科学的人，对死亡、意识、复活的信念等等有什么看法吗？是不是咱们以后再谈？不行？现在就谈？好吧，就按您说的办。可是马上就开始真怕说不好呢。”于是他滔滔不绝地讲起来，自己也奇怪，怎么会如此侃侃而谈。

“先说复活。对复活最粗浅的解释，仅是对弱者的一种安慰罢了。那是我不能接受的。基督关于生者与死者的教义，我的理解一向与众不同。几千年来历史长河中积聚起来的芸芸众生，如果复活了，哪里有地方安顿他们？整个宇宙也不够，就连上帝、善良和真理，都要无处栖身了，都要被贪婪拥挤的大群动物挤死。

“然而，有一个统一的没有止境的生命，总是充塞于宇宙之中，并且通过无数的组合和变化形式时刻在更新，如此您担心，您会不会复活，实际上您已经复活了——当您降生的时候，您就复活了，只是您没有觉察罢了。

“您是否会痛苦，肌体是否会感到自己的衰亡？换句话说，您的意识会怎样？可意识又是什么东西呢？我们来分析一下。当您一心一意想睡着，您必定会失眠。有意识地想感觉到自己的消化过程，必然会引起消化神经的紊乱。当主体把意识用于自身的时候，意识是毒剂，它是自我毁灭的手段。意识是向外照射的光，它给我们照亮了前面的道路，使我们不会绊倒摔跤；意识是机车上的车头灯，如果把这灯光朝里照，非发生车祸不可。

“那么，您的意识会怎么样呢？我指的是具体的您的意识。可您自己又是什么呢？问题的症结就在这个地方。让我们来分析分析看。您自己在您的意识里是什么？您肌体的哪一部分，您自己意识到了呢？是您的肾、肝、血管？不是的。不管您怎么去想象，您能想象出的只是您表现于外部活动中的形象：是您双手劳动时的形象，在家庭中的形象，同别人一起时的形象。下面这一点请您更注意地听：在别人心目中的人，也就是这人的灵魂。这样就清楚了，您是怎样的呢？您的意识一辈子赖以呼吸、赖以摄取营养的泉源是什么呢？就是您在别人心目中显现的灵魂，显现的不朽，显现的生命。事情就是这样！您活在别人心中，您也会留在别人心中。至于以后人们把它称为怀念，对您来说又有什么区别呢？您仍然是您，是属于未来的一部分。

“最后一点：没有什么可让您不安的。死亡并不存在。死亡与我们不相干。刚才您说到了‘才赋’，这可就是另一回事了，这与我们有关系，是我们发现的东西。而才赋从最高和最广的意义上说，是生命的一种赐予。

“圣徒约翰说，世上不会有死亡，您听听他浅显的道理吧。由于过去已经过去了，所以不会有死亡。这几乎就是说：死亡不会有了，因为我们已经见过死亡，它已经变得陈腐讨厌，而现在要求新生的东西，新生的东西是一种永恒的生机。”

他一边说着，一边在屋里踱步。然后，他走到安娜·伊万诺夫娜床前，双手放在她头上说：“睡吧。”几分钟以后，安娜·伊万诺夫娜慢慢入了梦乡。

尤拉悄悄走出房外，吩咐叶戈罗夫娜让护士去卧室。他想：“真见鬼，我成了骗人的巫医了。我喋喋不休地念咒，甩手掌施法来为人除病……”

第二天，安娜·伊万诺夫娜好多了。

四

安娜·伊万诺夫娜身体一天天好起来。十二月中旬，她试着起床，但仍感到十分虚弱。大家劝她再好好卧床养养。

她经常让人把尤拉和冬尼娅叫到跟前，给他们讲自己童年的事，一讲就是几个小时。她的童年是在乌拉尔雷尼瓦河畔祖父瓦雷基诺庄园里度过的。尤拉和冬尼娅从来没到过那里。但尤拉听了安娜·伊万诺夫娜的讲述后，眼前很快就浮现出五千来俄亩人迹不到的黑魆魆老林和克吕格尔河岸下碎石铺底，峭壁对峙的急流，还有两三处尖刀似的插入森林的河湾。

这几天，第一次给尤拉和冬尼娅做礼服，尤拉做的是一套黑色礼服，冬尼娅是一件领口稍低的浅色缎子礼服。二十七日他们要去参加斯文季茨基家的一年一度的圣诞晚会。

这两套礼服，由男女裁缝店在同一天做好送到。尤拉和冬尼娅试了一下很满意。他们还没有来得及脱下新衣，安娜·伊万诺夫娜就让叶戈罗夫娜来叫他们去。于是尤拉和冬尼娅一身新装来到安娜·伊万诺夫娜房间。

安娜·伊万诺夫娜看见他们两人进来，就用臂肘撑起身子，看了看侧面，又让他们转过身来，说道：

“好极了。简直太美了。我还不知道新装已经做好了呢。来，冬尼娅，再让我看看。嗯，不错。我觉得好像肩头褶儿多了些。你们知道我为什么叫你们来吗？我要先说说你的事，尤拉。”

“安娜·伊万诺夫娜，我都知道。是我自己要求把那封信给您看的，大概您和尼古拉·尼古拉耶维奇一样都认为我不该拒绝继承权。等一等，您不宜多说话。现在我给您解释一下。其实您都十分清楚。

“是这样，首先我要说的是，确实存在一笔日瓦戈的遗产，但它只够供养律师，支付诉讼费用。真正有实际意义的遗产却并不存在，有的是种种债务和乱七八糟的纠纷，再就是打官司时会出现的诽谤和中伤。如果真有什么值钱的东西，难道我自己不要，愿意拱手送给法院吗？这是一场徒有其名的假官司。与其在这上面耗费精力，还不如放弃对并不存在的财产的继承权，把它让给几个冒名顶替的竞争对手和垂涎三尺的假冒的继承者吧。有一个叫爱丽斯的太太想染指这笔遗产，自称姓日瓦戈，带着几个孩子住在巴黎，我早已听说了。可现在还有别人也盯着这笔遗产。我不知道您是否知道，前不久别人才告诉我。

“原来，父亲生前迷恋过一个浪漫的怪女人，斯托尔布诺娃-恩里茨公爵夫人，那时母亲还在世。她和父亲有过一个儿子，现在十岁了，叫叶夫格拉夫。

“这位公爵夫人喜欢离群索居。她和儿子住在鄂木斯克郊外一栋私邸里，不知靠什么生活。我见过这幢住宅的照片，房子很漂亮，有五扇无窗格的大窗，房檐饰着浮雕。最近一个时期，我常常觉得这栋房子瞪着五只充满恶意的眼睛，从遥远的西伯利亚盯着在欧洲俄罗斯的我，迟早它要看得我倒大霉。因此，我何苦去理睬那笔虚假的遗产，那些巧妙伪装的继承人，他们的恶意和忌恨，还有那些律师。”

安娜·伊万诺夫娜不同意他的看法："再怎么说也不该拒绝继承权。你们知道我为什么叫你们来吗？"她重复问了一句，接下去说："我想起了那个守林人的名字。还记得吗，昨天我和你们谈到过一个守林人？他名叫巴克斯！名字极少见，对吧？他是个吓人的林中黑怪，满脸胡茬直到眉梢，所以管叫他酒神！他曾经碰上过一只熊，可居然拼命挣扎了出来，面容被毁变得丑陋不堪。林子里这样的人不少，名字都挺短。为的是叫着响亮、听得清。巴克斯。有叫卢普的，还有的叫福斯特。你们再听我往下说。有时仆人向祖父通报说，某个阿夫特克或者叫福罗尔什么的来了，我们就像听到祖父两支猎枪打响似的，一下子从儿童室拥进了厨房。厨房里的情景，你们真难以想象：不是林子里烧炭的人带着一头活的小熊来了，就是从老远的护林哨所捎来一块矿石样品。祖父就给他们每人写一张签条，让他们去账房领钱，或者领粮食和子弹。森林就在我们窗子外面。那积雪可厚极了！比房子还高！"安娜·伊万诺夫娜咳了起来。

"妈妈，你别说了，这样对身体不好，"冬尼娅让母亲保重身体。尤拉也帮着冬尼娅说。

"没什么。算不了什么，噢，忘了件事。叶戈罗夫娜悄悄告诉我说，你们拿不定主意，明天去不去参加圣诞晚会。以后你们可别说这种蠢话！你们怎么这么想呢？尤拉，你是个医生，还说这样的话！好了，就这样决定了。不必多啰嗦，一定去参加晚会。现在再回来说那个巴克斯。巴克斯年轻时是个打铁的。一次打架，人家把他五脏都打坏了。他就用铁铸了一付新的。尤拉，你真傻。难道你以为我不明白？当然不是指字面的意思，可是老百姓都这么说。"

安娜·伊万诺夫娜又咳了起来，这次咳了很久，总也停不下来，咳得气都喘不过来了。

尤拉和冬尼娅一起跑到她床前。他们两人肩并肩地站在床前，安娜·伊万诺夫娜仍旧咳个不停，她抓住他们两只挨在一起的手，握在自己手里好一会儿，最后她止住了咳嗽，缓过气来，说道：

“如果我死了，你们不要分离吧，你们是天造地设的一对。你们结为夫妇吧。”接下去她又补充了一句说，“我这就算替你俩订婚了。”说着她流下了眼泪。

五

一九〇六年春天，拉拉即将升入毕业班。这时，持续了六个月的和科马罗夫斯基的暧昧关系，就已无法忍受下去了。他善于很狡猾地利用她的沮丧心情。每当需要时，他不露声色地巧妙地提醒她委身之情，这种暗示和提醒使拉拉心慌意乱，而这正是一个好色之徒的目的。拉拉越来越深地陷入了可怕的情欲的陷阱。每次她清醒过来回想一切，不禁毛骨悚然。夜里的癫狂时的矛盾，就像巫术一般不可解释。一切都适得其反，不合逻辑；撕心般的痛苦迸发为银铃般的狂笑，反抗和挣扎却意味着许诺，占有者的手上竟落下感激的亲吻。

这种情形看来永无完结。春天，在学年末的一堂课上，拉拉想到夏天学校功课一结束，她将失去学校这个最后的避难所，那纠缠会越来越勤。于是她当机立断做了个决定，这决定在之后很长时间改变了她的生活。

那天上午天气闷热，眼看要来雷阵雨。上课时教室敞着窗户。远处的市声犹如蜜蜂在蜂巢里嗡嗡地单调地叫着。院子里传来孩子们的吵闹声。草地和嫩树叶的气味，就像谢肉节时伏特加和煎面饼的气味，让人脑袋发胀。

历史课教员正讲拿破仑的埃及远征。说到军队在弗雷瑞斯登陆时，天空骤然变暗，闪电之后雷声滚滚而来。随着一股凉风，尘埃和沙土卷进教室，两个好巴结的学生讨好地奔到走廊上去找个大人来关窗。他们一打开教室门，一阵穿堂风呼啦啦地把教室里所有课桌上练习本里的吸墨纸全都刮跑了。

等关上窗户，雨水夹带着城市上空的尘土倾泻下来。拉拉从本子里扯下一页纸，给邻座的同学娜佳·科洛格里沃娃写了一张小条：

“娜佳，我必须离开母亲独立生活。请帮我找个教几节课的差事，收入要多点。你们家认识许多有钱的人家。”

娜佳也回了她一个小条：

“家里正给莉帕找家庭教师呢，上我们家来吧，那可再好不过了！你也知道，我爸爸妈妈很喜欢你。”

六

拉拉在科洛格里沃夫家，像靠了座大山，安安稳稳过了三年。没有人来搅扰她，甚至妈妈和弟弟也没来过，对他们她已感到相当疏远。

拉夫连季·米哈伊洛维奇·科洛格里沃夫是一个现代型的精明强干的大实业家。作为一个出身贫寒的人，他痛恨当时腐败的制度，作为一个平步青云而财势雄厚的巨富，他也痛恨这个制度。他在家里藏匿神秘分子，为政治犯找辩护律师。他像人们开玩笑说的那样，出钱资助革命，自己推翻自己这个私有者，还在自己的工厂里组织罢工。拉夫连季·科洛格里沃夫枪法高明，喜爱狩猎，一九〇五年冬天他经常在星期日驱车去白桦树林和驼鹿岛，训练工人纠察队员们射击。

这是个很出色的人。他的妻子谢拉菲玛·菲利波夫娜和他十分般配。拉拉对他们夫妇俩都由衷地尊敬。他们一家人也都爱她，待她像自家人一样。

拉拉无忧无虑生活的第四个年头，弟弟罗佳找上门来。他走起路来像纨绔子弟那样，两条长腿故意摇晃着，说起话来装腔作势地拖着重重的鼻音，慢慢吞吞往外吐字。他对她说，同届士官生们凑了钱准备离校时给校长买礼物，他们把钱交给罗佳去物色和购买。前天罗佳去赌钱输得精光。罗佳说到这儿，瘦高个子一下瘫倒在圈椅里，哭了起来。

拉拉听说后，人都凉了半截。罗佳抽抽搭搭地继续说道：

“昨天我去求过科马罗夫斯基，他拒绝和我谈这件事，但又说，如果你肯求他的话……他说，尽管你已经不爱我们了，可你还有权力指挥他……亲爱的拉拉……只要有你一句话……你明白吗，这多丢脸呀，这对士官生的名誉是多大的打击，你去找找他，对你算不了什么，求他帮个忙，你总不忍心看我因为动用这笔款项付出血的代价吧。”“付出血的代价……士官生的名誉，”拉拉满腔怨愤，激动地在屋里来回踱步，“我不是士官生，我没有名誉，对我可以为所欲为，难道你不明白，你要求我的是什么吗？你不清楚，他向你提出了什么要求吗？我一年又一年地干活，苦苦奋斗，觉也睡不够，可我都白干了。你一来，说得好轻松，什么也不管，把这一切全葬送了。见你的鬼去吧。你要开枪自杀，请吧。和我有什么相干？你需要多少钱？”

“六百九十多卢布，凑个整数，就算七百吧，”他犹豫了一下说道。

“罗佳！这怎么得了，你疯啦！你知道你说的是什么吗？你竟赌输了七百卢布？罗佳啊，罗佳！你知道吗，像我这样的一个普通人，要苦苦地干多少活才能攒起这样一笔款子啊？”

她有一会儿没说话，后来才冷漠又疏远地说道：

“好吧。我试试看，你明天来吧。来时把你要自杀用的手枪也带来。枪就算归我了，要多带点子弹，别忘了。”

她从科洛格里沃夫那里借到了这笔钱。

七

拉拉在科洛格里沃夫家工作，没有妨碍她的学业。中学毕业后她又去大学听课。明年，一九一二年，大学课程也将顺利通过。

一九一一年春天，她的学生莉帕中学毕业了。这女孩子同一位年轻工程师弗里津丹克订了婚。他出身于一个很好的殷实家庭。父母对莉帕的选择十分满意，但是反对她过早结婚，劝她等一等。为此家里经常发生不快。莉帕是家里的掌上明珠，从小娇宠惯了，十分任性，她跺着脚对父母又哭又嚷。

在这富有的家庭里，他们把拉拉看作自己人，已经忘了她为罗佳借的钱，也没再提起这件事。

这笔债拉拉本来早就可以偿还，但她还有一项经常性的支出，这件事她对谁都秘而不宣。

她瞒着帕沙，偷偷给他的父亲、流放移民安季波夫寄钱，还帮助帕沙那位三天两头生病的唠叨没完的母亲。此外，她还向帕沙的房东补交一部分伙食费和房租，这样帕沙就可以少开支一些。这是绝对秘密的，连帕沙都不知道。

帕沙比拉拉年纪小些，对她一片痴情，百依百顺。他实科中学毕业后，她坚持要他好好坐下来补一下拉丁语和希腊语，以便日后去念大学的语文系。拉拉希望，一年后等他们都通过国家考试，她就和帕沙结婚，然后去乌拉尔的某个省城分别到男校和女校当教员。

帕沙住在靠近艺术剧院的侍从大街上一幢新盖的楼房里。这是拉拉给他租下的，房东斯文好静。

一九一一年夏天，拉拉最后一次陪同科洛格里沃夫一家去杜普良卡田庄度假。她对这片土地爱恋至深，甚至胜过土地的主人。大家都知道这一点，所以每年夏天到田庄度假时，同她有那么一个不成文的默契，她是必去无疑的。当他们乘坐的那列闷热肮脏的火车渐渐远去后，空旷的田野里一片寂静，草香四溢，拉拉置身其中，激动得说不出话来，这时大家便让她一人独自徒步从小车站去田庄。人们在车站上把行李装上大车，科洛格里沃夫老爷一家人就坐进四轮马车。那个穿着驿站车夫背心、露着猩红衬衫袖子的本地赶车人，便向坐进轿车里的老爷太太们，谈起前一个时候田庄里的种种趣闻。

拉拉顺着铁路走在朝圣者踩出来的小路上，然后拐进通往森林的草地小径。她不时停下步来，眯起眼睛深深呼吸着旷野上繁花的芳香。这芬芳比父母更亲，比情人更好，比书本更富于智慧。一刹那间，她的存在又有了新的意义。她领悟到自己生活的目的就在于要把握大地的动人心魄的美，并一一道出这美来。如果她做不到，出于对生活的热爱，她要为自己留下后代，让他们替她完成未能完成的使命。

今年夏天，拉拉来到田庄时，感到疲惫不堪——她平时过于辛苦了。如今她很容易暴躁，变得多疑，这是过去所没有的。由此她显得气量狭窄，而过去她一向性格开朗，从不拘泥小节。

科洛格里沃夫一家仍然不放她走。他们还像以前一样疼爱她。然而自从莉帕成年之后，拉拉觉得自己在这个家里是多余的人。她不接受他们的薪金。他们一定要她收下。可实际上这笔钱对她来说又是缺少不了的。可是作为一个客人挣这么一笔个人的薪水，是难以说得过去的，而且也是不符合实际的。

拉拉感到处于自欺欺人的难堪境地，自己成了科洛格里沃夫全家的累赘，他们只是不说罢了。她对自己来说也成了一个负担，她想一走了之，去哪都可以，只要能脱离这样的处境和科洛格里沃夫一家。但拉拉又认为应先归还欠科洛格里沃夫的钱。可目前她上哪也弄不来这笔钱。由于罗佳干了荒唐事，她简直成了他过错的人质，一种无可奈何的愤懑使她成天坐立不安。

在科洛格里沃夫家里，拉拉处处觉得人们对她不够尊重。如果科洛格里沃夫家的客人对她过于殷勤，她认为是把她当成了唯命是从的所谓“养女”，是个轻易就能到手的女人。如果大家不理睬她，她认为把她看作了微不足道的人，所以才视而不见。

虽然拉拉的忧郁症经常发作，她仍照样参加杜普良卡田庄上各种热闹的娱乐。她在河里嬉水、游泳、划船，夜间到河对岸参加野餐，和大家一起放焰火、跳舞。她也去参加戏剧爱好者的演出，尤其热衷于短毛瑟枪的射击比赛，其实她更喜欢用罗佳的那支轻便的左轮手枪。她熟悉这枪，射击十分准确。她开玩笑说可惜她是个女人，否则她会成为好决斗的勇士。然而，拉拉越是玩得欢，心情就越坏。她自己也不清楚究竟想干什么。

他们回城后，情况变得更为糟糕。拉拉除了上面谈的那些烦恼外，还不时与帕沙发生口角、怄气。拉拉尽量不和他大吵，因为她把他看作是自己最后的靠山。帕沙近来有些自以为是，说话带点训人的口气，弄得拉拉哭笑不得。

帕沙、莉帕、科洛格里沃夫一家人和她欠的债——这些在她脑子里跑马灯似的转个不停。拉拉对生活感到厌恶。渐渐地她精神有些失常了。她一心想摆脱过去熟悉的生活，重新开始一种新生活。她在这种情绪支配下，一九一一年的圣诞节时，做出了关键性的抉择。她决定立即离开科洛格里沃夫家独立生活，需要的钱准备向科马罗夫斯基借。拉拉觉得，经过从前那些事之后，又经过她自己已赢得的几年自由的生活，他应该慷慨地帮她，用不着多费口舌，他也不至于那么肮脏、自私。

十二月二十七日晚上，她抱着这样的目的去了彼得罗夫大街，临走时把罗佳的枪装上了子弹，扳开保险，揣在袖筒里，如果科马罗夫斯基拒不给钱，曲解她的来意，或者对她放肆，那就用手枪打死他。

街上一片节日景象，但她却心烦意乱，对四周的一切都视而不见，听而不闻。在她心里，这一枪已经打响，至于向谁放的，她完全不理会。

她清醒意识到的，只有这一声枪响。一路上，她耳朵里一直回荡着这声音。这一枪射向的是科马罗夫斯基，是自己和自己的命运，是田庄草地里挂在橡树干上的靶子。

八

爱玛·埃内斯托夫娜开门看见拉拉，惊讶得大呼小叫。她伸手帮拉拉脱大衣。拉拉忙说：

“别碰我的手筒！”科马罗夫斯基不在家，但爱玛·埃内斯托夫娜还是劝拉拉脱下大衣，进屋里去。

“不行。我急着有事，他在哪儿？”

爱玛·埃内斯托夫娜告诉她说，去参加圣诞晚会了。拉拉拿了斯文季茨基家的地址，走下那条记忆犹新的阴暗的楼梯，走过平台上的彩纹玻璃窗，直奔穆奇大院的斯文季茨基家去。

拉拉再次来到大街上，才朝四周仔细打量了一番。这时城里正是隆冬的傍晚时分。

天寒地冻，马路结上了厚厚一层肮脏的冰层，好像是破啤酒瓶的瓶底。空气吸进肺里冷得刺人。四周弥漫着灰色的霜雪，仿佛空气中充塞了蓬乱的鬃毛在刺你的脸，像围脖上冻了冰的灰毛扎着皮肤和嘴唇一样。拉拉在空旷的大街上走着，心狂跳不停。路旁茶室和小吃店里冒出一团团的热气。寒雾中浮现出路人一张张脸，冻得活像红香肠，马头和狗头下面挂着一溜溜细长冰柱，像长了冰胡子。房屋窗子都结了厚厚一层霜花，仿佛涂上了白粉。那不透明的玻璃上，影影绰绰看到点燃的五光十色的圣诞树和欢聚着的人群，似乎屋里的主人在白色帷幕上给路人放映幻灯片。

走到侍从大街，拉拉停下脚步。她几乎喊出声来："我不能再这样下去了。我受不了了，我要上楼找帕沙，把一切都告诉他。"她定定神，再想了想，推开面前那扇沉甸甸的很有气派的大门。

九

帕沙用舌头顶起腮帮，吃力地涨红了脸，正对着镜子系衣领，使劲想把弯扣伸进浆洗过的胸衣扣眼里。他正准备出门做客。他还太单纯，涉世太浅，所以当拉拉推门而入，一时不知所措，因为他衣服还没全穿好。他一眼就看出她心情紧张不安，简直站立不住，进屋时一步一挪，摆动着衣裙，像在蹚水过河。

"你怎么啦？出了什么事？"他惊惶不安地奔过来迎她。

"坐到我身旁，你好好地坐着，等一会儿再穿衣服。我有急事，马上就要走，别碰我的手筒，等一等。你把脸转过去一下。"

他照她说的做了。拉拉身上穿着一套英式衣裙，她脱下外套，挂在衣钩上，把罗佳的手枪从手筒里取出放到外套口袋里。然后，回到沙发跟前，对帕沙说：

“现在你可以看了。点上蜡烛，把电灯关上。”

拉拉喜欢点着蜡烛，在幽幽的烛光下谈话。帕沙总是为她准备着一包没启封的蜡烛。他把烛台里的蜡烛头取下换上新的，摆在窗台上点着。烛芯先没着旺，劈劈啪啪溅出火星，然后才燃起箭头似的火苗。屋里充满了柔和的烛光，窗玻璃挨着蜡烛的地方慢慢融化出一个黑色圆孔。

拉拉说道：“帕沙，你听我说。我现在有点难处。你得帮我摆脱困境。你别害怕，也别盘问我，但你不要以为我们和别人一样。不能再高枕无忧了。我随时可能出事。如果你爱我，要救我不让我毁灭，那就不要拖延，咱们快点结婚吧。”

“这正是我一直希望的啊，”他打断了她的话，“你快定下日子，随你愿意哪一天，我都会高兴的。但哪怕只说三言两语，你也得明确告诉我，你出了什么事，别让我瞎猜。”

但拉拉转了话题，悄悄地避开了帕沙的问题，他们俩还谈了好久，但都和拉拉苦恼的事毫不相干。

十

这年冬天，尤拉为了赢得学校的金质奖章，准备写一篇有关视网膜基础原理的学术论文。虽说尤拉学的是普通内科学，但他的眼科知识不亚于一个未来的眼科医生。尤拉对视觉生理学的兴趣，还反映了他天赋中的其他因素，诸如他的创造才能，他对艺术形象本质和逻辑结构的思考。

冬尼娅和尤拉乘坐一辆出租雪橇去斯文季茨基家参加圣诞晚会。他俩一起度过了童年和少年之交的六年光阴。他们相知甚深，有着共同的习惯，都爱说几句俏皮话，都爱哼哼着回答对方。现在他们一起坐在雪橇上，冷得紧闭着嘴，默默不响，只是偶尔交换一两句话。各人想着各人的心事。

尤拉想的是评选日期在即，论文要赶紧写完。可街上喧嚣繁杂的过年气氛，又使他的思想从论文转到另一些事情上去。

戈尔东所在的系里，出了一种胶版油印的大学生刊物。戈尔东任主编。尤拉早就答应给他们写一篇关于勃洛克①的论文。彼得堡和莫斯科的青年都狂热地崇拜勃洛克，尤拉和米沙尤其如此。

但关于勃洛克，尤拉也并没能多想。他和冬尼娅坐在雪橇里把下巴埋进衣领，不时搓揉冻僵的耳朵，想着杂七杂八的事。可有一点他们俩却想到一起去了。

不久前呆在安娜·伊万诺夫娜床前的那一幕，使他俩发生了彻底的变化。他们仿佛睁开了眼睛，彼此用新的眼光看了看对方。

冬尼娅是他多年来的伙伴，他了解她，一切都明明白白，不需要任何解释。然而现在她成了尤拉思想中最难理解和最复杂的人，她在他心目中成了女人。尤拉只要稍稍发挥一下想象力，就可以把自己设想为一个登上土耳其阿勒火山的英雄，一个先知，一个胜利

---

① 勃洛克（1880—1921），俄罗斯诗人、剧作家，俄象征派文学的代表人物。

者，或任何其他人物，唯独无法想象出一个女人来。

于是这项无比困难的任务就落到冬尼娅瘦弱的肩上(在尤拉眼里她突然变得纤弱了，尽管她完全是个健康姑娘)。他对她充满了热切的同情和羞怯的惊讶：这正是爱恋的前奏。

冬尼娅对尤拉的态度，也发生了相应的变化。

尤拉觉得，其实他们不该离家去参加圣诞晚会，会不会在他们出门的当儿家里出什么事呢。他想起了出门前家里的情况：他们已经穿戴停当准备出门，听说安娜·伊万诺夫娜病情恶化，便到她房间说不去了，可她仍坚决反对，一定要他们去参加圣诞晚会。

尤拉和冬尼娅走到落地长窗前的深龛里，撩开窗幔看了看天气，看罢往回走的时候，两边的窗帘搭在了他俩刚上身的新衣上。冬尼娅拖着轻柔的窗帷走了几步，仿佛是新嫁娘结婚的披纱。这种相似的情景，当时在安娜·伊万诺夫娜卧室里的人，都默默看在眼里，大家都笑了。

尤拉瞧着周围，这正是不多久前拉拉见到的街景。他和冬尼娅坐的那辆雪橇，行驶时声音异常响亮，花园里和林荫道上冰冻的树丛下传来挺怪的回声，久久不散。蒙霜的窗子上灯光融融，一个个像黄玉烟晶片制成的精巧盒子，里面充溢着莫斯科圣诞节的温馨气氛，圣诞树上烛火熠熠，宾客如云，身着舞服，笑闹着捉迷藏或寻指环。

猛然间，尤拉想到，勃洛克难道不正好比是圣诞节景象吗？他是俄罗斯生活各个领域里的圣诞节，是北方城市生活里和现代文学中的圣诞节，是在今天的星光下大街上的圣诞节，是二十世纪客厅中灯光通明的松枝周围的圣诞节。他心想不必写什么论勃洛克的文章了，只需要像荷兰人那样画一幅俄国人膜拜星相家的画，再衬上严寒、狼群和黑黝黝的枞树林。

他们乘雪橇经过侍从大街时，尤拉发现一幢房子结冰的窗上，化开一个小圆孔。烛光透过小孔仿佛有意朝街上张望，窥探过路的人们，在等待什么人。

“桌上烛火幽明，烛火幽明……”尤拉暗自哼哼着一个朦胧的、尚未成形的诗句的开头。盼着毫不勉强地自然吟下去，但却没有续成。

十一

斯文季茨基家的圣诞晚会很早以前就是照既定的老规矩办事。每到十点钟，等孩子们纷纷回家以后，便为青年人和大人再次点亮圣诞树，一直玩到天亮。有把年纪的人，在大厅里面古庞贝式的小客厅里通宵打牌。这客厅只有三面墙，一面用大铜环挂着的厚厚帷幔，同大厅隔开来。等天亮破晓时，大家就一起吃顿饭。

“你们怎么来得这么晚？”斯文季茨基的侄子乔治正急急忙忙过前厅去他叔婶那儿，步子也没停问了尤拉和冬尼娅他们一声。尤拉和冬尼娅也打算去那儿向斯文季茨基夫妇祝贺节日，脱衣时顺便朝大厅里瞥了一眼。

圣诞树罩着好几圈璀璨的烛光，暖意融融。不跳舞的宾客们像一堵黑墙在圣诞树旁来回走动、闲谈，衣裙窸窣作响，还不时踩到别人的脚上。

里圈的人们正在旋舞。一个贵族学校学生科卡·科尔纳科夫——他父亲是位检察长——指挥大家跳舞，让两人配成一对，再排列起来，他提高嗓门喊得整个大厅都听得见："大圆圈！手挽着手！"[①]舞者都欣然从命。他向钢琴师喊道："演奏华尔兹！"[②]然后就带着女伴在第一圈领头跳起了三拍舞、两拍舞[③]，舞步愈跳愈慢、幅度愈来愈小，最后只见两只脚在原地慢慢踏着，这已不是华尔兹，是行将结束的尾声。大厅响起一片掌声，给这群踩着舞步、喧哗的舞者送上冰淇淋和清凉饮料。跳得脸颊绯红的青年男女暂时安静下来，不再叫嚷嬉笑了，急不可待地大口喝下冰冷的果汁和柠檬水。等他们把杯子放回托盘，欢笑声重新又起来，比刚才热闹十倍，仿佛喝下的是什么兴奋剂。

冬尼娅和尤拉没进大厅，先到后面去看望斯文季茨基夫妇。

十二

斯文季茨基家的几间里屋堆满了从小客厅和大厅里搬出来的东西。这里是主人幕后活动的神奇地方，是圣诞节的库房，散发出颜料和胶水的气味，堆放着一卷卷的彩纸和一盒盒跳科季里昂舞用的星星，还有备用的圣诞树蜡烛。

斯文季茨基老夫妇俩，正在礼物圆牌上编号码，在卡片和纸条上书写晚宴时宾客座位上的名字和抽彩的数字。乔治也帮着写，可

①②③ 原文为法语。

他常常弄错号数，斯文季茨基夫妇心里发烦，看见尤拉和冬尼娅来，简直心花怒放，他们是看着尤拉和冬尼娅长大的，对他们很随便，不讲什么客套，就让他们也一起来帮忙。

“费利察塔·谢苗诺夫娜没有经验，这种事早该做准备，等客人一到，就忙不过来了。哎呀，你真糊涂，乔治，你把号码全搞乱了！咱们不是说好的吗：糖盒放到桌上，空盒子搁在沙发上。你呢？眉毛胡子一把抓，全乱了套。”

“安娜[1]好些了，我很高兴。我和皮埃尔可替她担心呢。”

“可是，亲爱的，她没见好，反倒更厉害了，你说话总是颠三倒四。”

那天晚上，尤拉和冬尼娅有一半时间帮乔治和两个老人在里屋准备圣诞晚会。

十三

他们和斯文季茨基夫妇一起忙活的时候，拉拉一直呆在大厅里。她没有穿舞会晚礼服，也不认识什么人，只不过有时任科卡·科尔纳科夫带着自己转华尔兹，好像在梦中一般，有时神情沮丧地在大厅里闲荡。

拉拉有一两次犹犹豫豫地在小客厅门前停下脚步，暗中希望面对大厅坐着的科马罗夫斯基能看见她。可是他左手里的牌像小盾似

① 原文为法语。

的挡着脸，眼睛盯着牌。也许他确实没有看见她，也许装作没看见。拉拉恨得快背过气去。这时，一个拉拉不认识的姑娘从大厅来到小客厅。科马罗夫斯基朝进来的姑娘瞟上一眼，这种眼神拉拉是再熟悉不过的。姑娘得意地回他一笑，脸上红晕飞起，喜形于色。拉拉看到这一幕戏，几乎失声喊了起来，她臊得满面通红，一直红到前额和脖颈。她想："一个新的牺牲品。"拉拉好像在镜子里看见了自己和自己的那段风流韵事。但她还是要和科马罗夫斯基谈一谈，等待一个有利时机再行动，所以强迫自己平静下来，又回到了大厅。

和科马罗夫斯基同桌打牌的还有三个人。挨着他坐的就是刚才请她跳舞的那个贵族学校公子哥儿的父亲，拉拉从跳舞时三言两语的交谈中了解到了这一点。科卡·科尔纳科夫的母亲，那个穿黑礼服的高个子黑发的女人，一双目光如电的眼睛四处打量，脖子像蛇一样讨厌地扭来扭去，时而从小客厅走到大厅去看看儿子跳舞，时而回到小客厅看看玩牌的丈夫。后来，拉拉偶然间知道了，刚才引起她复杂情绪的那个姑娘，是科卡的姐姐，因此她断定的那种暧昧关系并没有任何根据。

"敝人是科尔纳科夫，"舞会刚开始，科卡·科尔纳科夫就向拉拉作了自我介绍。不过当时她没有听清楚。跳完第一支舞曲，他送她到座位上，向她鞠躬致谢时，又重复说了一次"科尔纳科夫"。这次拉拉才听清楚。她暗自想道：科尔纳科夫，科尔纳科夫。好像有些耳熟，听了让人不愉快。后来她想起来，科尔纳科夫是莫斯科高等法院副检察长。审判季韦尔辛时，他对许多铁路工人提出起诉。拉拉曾托科洛格里沃夫去求他高抬贵手，办案不要过严，可他不同意。哦，原来是他！原来如此，真有意思。科尔纳科夫，科尔纳科夫。

十四

已经过了午夜十二点或一点。尤拉耳朵里嗡嗡直响。舞曲中间，客人们在餐厅喝茶吃点心，稍事休息又重新开始跳舞。这时圣诞树上的蜡烛已快燃尽，没有人再去换新的了。

尤拉心不在焉地站在大厅里，看冬尼娅和一个不认识的人跳舞。冬尼娅舞着经过尤拉面前时，把长长的缎裙下摆用脚一甩，后襟像鱼鳍似的一闪，又消失在跳舞的人群里了。

她跳得脸色绯红。休息时他们坐在餐厅里，冬尼娅不喝茶，轻巧地剥着香气四溢的橘子，一个接一个不停地吃。她不时从宽腰带和袖子里取出细纱手帕，小巧得就像果树上的花朵，拿它擦着唇边的汗水和手指上黏黏的橘汁。她不停地说呀，笑呀，不自觉地把手帕塞进腰带或皱边胸衣里。

现在她正伴一个不相识的人跳着，转圈时蹭着了站在一边皱着眉头的尤拉。冬尼娅顺势淘气地握了握他的手，颇有深意地朝他微笑着。有一次她和他握手时，把自己的一块手绢留在尤拉的手中。他拿起来放在嘴上吻着，闭上了眼睛。手绢混合着橘子皮香味和冬尼娅手上的热气，两者都令人心醉。这是尤拉有生以来的新体验，像电流从上到下通过了全身。这股童稚天真的馨香，亲切而又雅淡，仿佛是黑暗中的一句悄悄话。尤拉合着眼，嘴唇埋到掌中的手绢里闻着。蓦地，房里发出一声枪响。

大家都扭头朝挂着帷幔的小客厅望去。一时鸦雀无声，接着出现了骚乱。大家慌作一团，惊恐地喊叫起来。有几个人跟着科卡·科尔纳科夫朝响起枪声的小客厅跑去，正好撞上从里面跑出来的人，他们气愤地骂着，哭喊着，争吵着，谁也不听谁的。

“她这是干什么呀！她这是干什么呀！”科马罗夫斯基绝望地重复着。

“博里亚，你还活着？博里亚，你还活着，”科尔纳科夫太太歇斯底里地喊叫着，“听说这里有个德罗科夫医生。他人呢？在哪儿呀？得了，你们别说了！你们看只是擦破点皮，这可要了我的命啊！唉，我可怜的人，你可遭了罪！因为你揭发了那帮坏蛋！这个下贱的烂货，我要挖掉你的眼睛，你这个婊子！哼，现在她跑不了啦！科马罗夫斯基先生，您说什么来着？她是打您？她是向您开枪？不，我不信。我太不幸了，科马罗夫斯基先生，您别开玩笑了，我哪顾得上这个。科卡，亲爱的科卡，你倒是说话呀！开枪打了你的父亲呀……反正恶有恶报……科卡！科卡！”

一群人拥着科尔纳科夫从小客厅来到大厅。科尔纳科夫左手捂上了一块干净的餐巾，手上只是轻轻的擦伤，渗着血。他呵呵笑着告诉大家自己安然无恙。后面，离他不到几步，另一帮人架住拉拉，拽着手往前拉。

尤拉一见是她，不禁呆若木鸡。是那个姑娘！又是在这么奇怪的场合，又有那个头发斑白的家伙在场。不过此时尤拉对他已有所了解，知道他是名律师科马罗夫斯基，和父亲遗产的官司有关。同他可以不打招呼，两人装出互不相识的样子就完了。可是和她呢……那么说是她开的枪？是要打死检察长？大概是个政治人物吧。真可怜。现在她可要吃苦头了。瞧，她是多么高傲漂亮！可这些家伙呢？他们反拧着她的手拽着，好像抓了个女贼。

但他马上明白自己想错了。拉拉双腿瘫软，他们架着她的胳膊是不让她倒下。好不容易把她拖到就近的一张圈椅旁，她颓然倒在椅子上。

尤拉跑到她跟前，想救醒她。继而一想，首先该向所谓的受害者表示一下关心，才不失体面。他走到科尔纳科夫跟前，对他说：

“刚才说要找医生。我可以帮忙。让我看看您的手。哦，您真命大。您的伤根本不要紧，连包扎都不必。不过，可以擦些碘酒。费利察塔·谢苗诺夫娜来了，我们向她要点碘酒。”

这时，斯文季茨基夫人和冬尼娅朝尤拉快步走来，两人都面色如土。她们叫他赶紧丢下手里的事，快去穿大衣，家里派了人来接他们，因为家中出了事。尤拉这一惊非同小可，估计是发生了最大的不幸。他什么也顾不得了，就跑去穿大衣。

十五

下了马车，他们飞奔进屋，但已经晚了。安娜·伊万诺夫娜已经闭上了眼睛。死神降临在他们回来之前十分钟。由于没有及时诊断出急性肺积水，在长时间窒息性发作之后，安娜·伊万诺夫娜猝然死去。

起初几个小时，冬尼娅一直号啕痛哭，全身抽搐着，谁也不认识了，第二天她安静下来，耐心听父亲和尤拉的劝慰，但她只能点头来作答，只要一张口，又像昨天那样难以抑制自己的痛苦，忍不住要呼天抢地恸哭起来，仿佛疯了一般。

在安灵弥撒停下来的间歇中，她两只美丽的长臂抱着那祭坛上花圈旁的棺木一角，守在亡母身边一跪就是几个小时。周围的人她谁也看不见。但只要她的目光同至亲好友的目光相遇，便立刻站起身来，忍痛快步跑出大厅，上楼回到自己房间，扑倒在床，把头埋在枕头里，哭着把自己肝肠俱断的痛苦倾泄出来。

近日来，尤拉由于内心痛苦，长时间站立祈祷，睡眠不足，也由于低回凄婉的哀乐和昼夜明蜡的刺激，再加上最近患了感冒，一直感到心绪纷乱却又甜丝丝的，既像梦呓般的舒适，又因悲痛而兴奋。

十年前母亲辞世时，尤拉还是个小孩子。他至今还记得，自己是如何捶胸顿足地痛哭，又悲哀又害怕。那时他想到的主要不是自己。其实他那时恐怕还不明白他尤拉是个什么人，有什么意义和价值。

当时对他来说，主要的是周围外在的事物。这外在的世界从四面八方包围着尤拉，就像一座无法通过但可以感觉到的威严的森林。母亲的死对尤拉震动极大，因为他和她原本像在这座森林中迷了路，可突然母亲不见了，只剩下他孤单一人。这森林便是世上的万物：天上的云朵，城市街道上的招牌，消防瞭望塔上的气球，以及在圣母马车前骑着马不能戴帽子只套耳罩的修道院的仆役。这森林还包括商场里的商店橱窗、星光璀璨的高远的夜空，以及那里的天主和众神。

幼时，每当保姆给他讲天神的故事，这深邃莫测的高空便仿佛低垂下来，落到育儿室保姆的裙摆旁边。当在沟谷里压低榛树枝采摘榛果时，这天穹就低得近在咫尺，伸手可及了。天空又好似沉入了育儿室那个镀金的浴盆里，在金光闪烁的盆里沐浴后，跟随保姆去巷子里小教堂参加晨祷或日祷。在小教堂里，天上的星星化为一盏盏长明灯，上帝变成神甫，众神也按威力大小在教堂中各就各位。不过，对他来说最重要的还是大人的现实世界和城市。这座城市犹如黑森森的树林，周围一片昏暗。那时，尤拉几乎以全部本能的虔诚，信仰这森林的上帝，正如信任护林人一般。

现在已是今非昔比。在念小学、中学和大学的整整十二年里，尤拉学习了古代史和神学、传说和诗歌、历史和自然科学，犹如熟悉了自家的历史和家谱。现在他已无所畏惧，不怕生活，不怕死亡；整个人世和所有的事物，都超不过他的知识范围。他觉得自己和宇宙也是平起平坐的。所以他此刻站着为安娜·伊万诺夫娜做丧礼弥撒，和当年为母亲治丧的心情完全不同了。那时他痛苦到了麻木的程度，他害怕，他祈祷。现在他听安魂祷告，把这当作直接对他讲的切身之事。他聆听着祈祷的词句，努力琢磨其中明确表达的思想，就像做任何别的事情一样。他对天地的伟力，怀着如同对伟大先辈一样的崇敬心理。而他要继承天地间博大力量的感情，与虔诚信神毫无共同之处。

十六

“神圣的天主，神圣伟大的主，神圣不朽的主，赐福我们吧。”这是什么声音？自己在哪儿？要出殡了。该醒醒了。早上五点多钟，他和衣倒在沙发上。可能他在发烧。现在人们正到处找他，谁也想不到他在藏书室里睡着了。那里的书架一直顶到天花板，他正躺在书架后面远处的角落里。

“尤拉，尤拉！”仆人马克尔就在不远的地方喊他。该出殡了，马克尔要把花圈从楼上搬到外面去，可他找不到尤拉。再说马克尔自己也被堵在满是花圈的卧室里。因为外边楼道上大衣柜的门打开了，挤住了卧室门，马克尔出不去。

“马克尔，马克尔！尤拉！”楼下的人们呼唤他们。马克尔使劲一撞，推开了柜门，抱着几个花圈急忙往楼下跑。

“神圣的天主，神圣伟大的主，神圣不朽的主。”安魂祈祷词像阵轻风吹进小街，就停在那里了，仿佛人们举了一根轻柔的鸵鸟羽毛从空中拂过。接着，花圈、路人、饰缨的马头，神甫手里提着的长链香炉，以及脚下白色的大地，一切都开始晃动起来。

“尤拉！我的上帝，总算找到你了，快醒醒吧。”舒拉·施莱辛格找到了他，晃着他的肩头。“你怎么啦？出殡了。你跟我们去吗？”

“啊，当然去。”

十七

安魂祈祷结束了。乞丐瑟缩着慢慢走过来，拥挤着站成两行。灵车、载花圈的双轮马车和克吕格尔家的四轮轿式马车启程，缓慢地向前移动。一辆辆出租马车赶到教堂跟前，从教堂里走出来泪痕满脸的舒拉·施莱辛格。她撩起泪湿的面纱，用探询的目光朝一排出租马车扫了一眼。找到殡仪馆的脚力之后，她朝他们点点头，招呼他们过去，然后全都进了教堂。这时从教堂里出来的人越来越多。

“现在轮到了安娜·伊万诺夫娜。她该上路啦，可怜的人儿，她这回可要走远路了！”

“是啊，可怜的人下世了。忙活了一辈子，这回去休息了。”

“你们坐马车，还是自己走？”

“腿站麻了，先走一段，然后再上车。”

“你没见富福科夫多难受吗？他望着遗体，眼泪像断线的珠子，擤着鼻子，眼睛都直了。她丈夫就在旁边。”

“他一直悄悄爱着她哩。”

送殡的人们就这样议论着，慢慢朝城区另一头的墓地走去。天气在严寒之后稍许有些回暖。街上无风，空气滞重。寒气退了，生命也完了。好像天公有意让这一天成为丧葬的日子。踩脏的雪地仿佛也蒙上了一层黑纱。墓地围墙后面湿漉漉的枞树，像生了一层银锈，黑乎乎仿佛也在服丧。

这正是尤拉永志不忘的墓地，玛丽娅·尼古拉耶夫娜也安息在这里。近几年来，尤拉没来过母亲的墓地上。“妈妈。”他从远处朝坟墓望着，几乎又像当年那样喃喃低语了一声。

人们肃穆地，甚至有些做作地在扫掉雪的墓地小径上分散走着。小径弯弯曲曲，与人们悲痛时缓慢的步履很不协调。亚历山大·亚历山大罗维奇挽着冬尼娅朝前走，后面跟着克吕格尔家的人。黑色丧服穿在冬尼娅身上，看上去很得体。

十字架上的铁链和修道院粉红色的墙壁，挂了一层毛茸茸的霜，仿佛是长着长毛的霉菌。在修道院的最里面，围墙之间拉着绳子，晾着洗过的衣服，有袖子水淋淋的衬衣、桃红色的桌布和挂得歪歪扭扭的湿床单。尤拉仔细一打量，认出这里就是当年修道院中暴风雪肆虐的地方，可现在已经面目全非，新盖了许多房子。

尤拉独自走着，快步超过别人，又不时停下来等他们。缓慢地走在后面的人们，由于丧事而感到心里空虚。可他却相反，有种不可遏制的愿望，像漩涡里的水要卷入深处似的，想去思索、幻想、探寻形式，创造出美来。他从来没有像现在这样明确地认识到，艺术向来有两个对象：它总是在思考着死亡，同时又总是以此创造着生命。伟大的真正的艺术，一是圣约翰的启示录，一是这启示录的后续。

尤拉热切地渴望从家里和学校躲出去，独自过上一两天，好在悼念安娜·伊万诺夫娜的诗句中，增添一些新的感受，增添一些生活中偶有所得的东西：比如再写进死者三两个美德，冬尼娅穿丧服的形象，由墓地回家时路上的见闻，还有修道院里晾床单的地方，很久以前一个暴风雪的夜里，幼小的他曾在这地方伤心地哭泣。

第四章　不可避免的命运

一

拉拉躺在费利察塔·谢苗诺夫娜卧室的床上，处于半昏迷之中。斯文季茨基夫妇、德罗科夫医生和女仆在她周围低声说话。

斯文季茨基家客人已散，房间里都灭了灯。只有长廊式套间的中间的小客厅里，还亮着壁灯，昏暗的灯光投向一前一后的套间。

科马罗夫斯基在套间里走来走去，恼怒地使劲踩着步子，不像在别人家做客，倒像在自己家里。他时而探头望望卧室，看有什么动静，时而踅回来往另一头走去，经过缀着银色珠串的圣诞树来到餐厅。餐桌上满满登登的佳肴还没动过。每当街上驶过马车，或者桌上窜过一只小耗子，绿色的高脚酒杯就叮叮作响。

科马罗夫斯基此时怒不可遏。他心里充满烦恼和矛盾。这事多丢脸，多不像话，他简直气疯了。如今他的处境岌岌可危。这件事会败坏他的声誉，他要不惜任何代价，及早防止流言的扩散，防患于未然；如果消息已经传开，要在开始时就把它压下去。此外，他再次感到这个无所顾忌的疯姑娘确实令人倾倒。一眼就可以看出，她与众不同。她身上有一种特有的气质。看来他是无可挽回、伤透人心地毁了她的一生。她竭力想按照自己的意愿改变命运，重新开始自己的生活；为此她拼命奔突，不断地向命运抗争！

不论从哪方面考虑，他都应该帮她一把。是否给她租间房子呢？但绝不可再去碰她，相反应该回避她，远远地离开她，不要使她犯疑。要知道她可不是好惹的，弄不好还会干出意想不到的事来！

可往后的麻烦事还多着呢！这件事不会就这么了结的。法律没有睡觉，现在还是夜里，离出事还不到两个钟头，可警察局的人已经来过两次。科马罗夫斯基在厨房里和警察分局长解释了半天，才把一切对付过去。

可事情越来越复杂。得要提供证据，说明拉拉是朝他打枪，而不是针对科尔纳科夫。即使有了证据，事情也没有完结。拉拉的责任可能减轻些，但她还要受到审讯，她还是有罪的。

毫无疑问，他科马罗夫斯基将尽全力阻挠审讯，如果起诉成功，他将设法弄张精神病医师的诊断，证明拉拉开枪时精神错乱，失去控制，这样诉讼才可以了结。

想到这儿，科马罗夫斯基才开始平静下来。一夜过去了。太阳光束从外面投射进来，从一个套间穿到另一个套间，朝桌子和长椅下面探视着，像窃贼或当铺的估价人似的。

科马罗夫斯基去卧室看了看，知道拉拉并没有好转，就离开斯文季茨基家去找一个熟悉的女律师鲁芬娜·奥尼西莫夫娜·沃伊特-沃伊特科夫斯卡娅。她是一个外国政治流亡者的妻子。她的寓所共有八间房，但她用不了这么多，而且花销太大，就租出去两间。其中一间不久前又空了下来，科马罗夫斯基便给拉拉租下来。几小时后，拉拉被送到了这里。她仍高烧不退，处于半昏迷状态。她患了神经性热病。

二

鲁芬娜·奥尼西莫夫娜是个思想先进的妇女，反对偏见，同情和支持一切她所谓真正“进步和有前途的”事物。

在她的五屉柜里，有一本由起草人签名的《爱尔福特纲领》。挂在墙上的照片中，有一张是她丈夫，她的“善良的沃伊德”，在瑞士一次群众游园会上和普列汉诺夫一起照的。他俩都穿着柳斯特林短衫，头戴巴拿马草帽。

鲁芬娜·奥尼西莫夫娜第一眼就不喜欢这个生病的女房客，认为她是装病，用心险恶。拉拉昏迷时的呓语，鲁芬娜认为全是假的。她信誓旦旦地说，拉拉是模仿狱中的甘泪卿[1]。

鲁芬娜·奥尼西莫夫娜成天乒乒乓乓地用力摔门，大声哼歌，在她那几间屋里旋风似的出出进进，整天敞着门窗换空气，以此来表示对拉拉的鄙视。

她的寓所在阿尔巴特街一幢大楼的顶层。冬至以后，从窗子望

① 《浮士德》中的女主人公。

出去是一片辽阔的蓝天，像春汛期浩淼无际的河水。半个冬天，这寓所总是充溢着即将来临的春的气息、春的前奏。

习习南风从气窗里送来暖意。火车站汽笛呜呜地吼着。卧病在床的拉拉，百无聊赖地回忆着遥远的往事。

她常常记起他们一家七八年前从乌拉尔到达莫斯科的那个晚上。那是难以忘怀的童年往事。

他们乘坐马车从车站穿过昏暗的小巷，穿越莫斯科城到旅店去。街灯迎面照来，然后又落在他们身后，把拱背的马车夫的影子投在墙上。他的影子越变越长，失去了比例，有时把路面和房顶都遮住了，直至忽地消失。然后一切又从头开始。

幽暗的天空中，莫斯科数不清的教堂大钟当当地敲着，地面上来来往往的马车辘辘作响。就连五光十色的橱窗和灯光，拉拉觉得好像也和大钟、车轮一样发出自己的声音，震耳欲聋。

在旅馆里，他们桌上摆着个吓人的大家伙——硕大无比的西瓜。这是科马罗夫斯基祝贺他们迁居莫斯科的礼物。拉拉觉得这西瓜是科马罗夫斯基权势和财富的象征。科马罗夫斯基举刀劈开了这个深绿色的圆形怪物，露出凉丝丝的、甜汁四溢的瓜瓤，拉拉吓得不敢出气，但又不敢不吃。她勉强地咬着粉红色香甜的瓜瓤；由于情绪紧张，瓜瓤都哽在喉咙里了。

正是这种面对高级美食和莫斯科夜市的胆怯，后来变成了对科马罗夫斯基的胆怯，而这便是以后发生的一切的主要缘由。可是现在他简直判若两人。他无求于她，从不提到自己，甚至都不露面。他总是与她保持着距离，完全无私地帮助她。

然而，科洛格里沃夫的来访就截然不同了。拉拉见他到来喜不自胜，倒并不因为他身材魁梧，仪表堂堂，而是因为他身上充溢着活力和才华。这位客人炯炯的目光和智慧的微笑，占了半个房间，以致房里显得拥挤起来。

他坐在拉拉床前，搓着双手。当他被召去彼得堡出席内阁会议，和那些官位显赫的老人们说话时，好像在和预备学校的淘气学生打交道似的。现在，在他面前的是卧病在床的拉拉，不久前他家里的一个成员，几乎就像自己女儿一样。现在他和她就像家里人那样，随便地互相看了几眼，说上两句话（他们之间的简短又深情的交谈，显得十分融洽，这一点两人心里都清楚）。他不可能像对待大人那样苛求拉拉，也不能无动于衷。他不知道该怎么同她谈话才不至使她难受。他像对孩子似的笑了笑说：

“亲爱的，你这是何苦呢？谁要看你这出戏呀？”他不再多说了，端详起天花板和壁纸上的湿斑来。接着不以为然地对她摇了摇头，继续说道：“在德国的杜塞尔多夫有一个国际展览开幕了，展出的是绘画、雕塑和园艺。我打算去看。你这里有点潮湿。你还准备长期地这么漂泊不定吗？这里可算不得什么天堂，真的。这位沃伊特太太——我这只是对你悄悄说——相当坏。我知道这个人。换个地方住吧。别老躺着。躺了一阵子就够了。该起来了。换间房子，捡起功课来，把学业完成了吧。我有个朋友是画家。他要去突厥斯坦呆两年。他的画室用木板隔成了几间房，说实在的，那倒像一套小公寓。听说，他想连同家具一起托付给个可靠的人使用。你若想去，我给你去张罗。还有一件事，请允许我公事公办。我早就想这么做了，这是我义不容辞的责任……自从莉帕……她已经毕业了……为了感谢你对她的帮助，这儿有一笔不大的款子……不不，你不能拒绝……不，我求求你，别固执己见吧……不，我不能拿回去。”

临走他不顾她反对、流泪、甚至几乎要和他打架，逼着她收下了一张一万卢布的银行支票。

拉拉病愈后，就搬到科洛格里沃夫极力推荐的住所，房子紧挨着斯摩棱斯克市场。这是一幢老式的两层砖房，拉拉的房间在楼上。底层是个货栈，住着马车夫。院子里铺的是鹅卵石，常常撒下燕麦粒和干草，一群鸽子咕咕叫着在院子里逛来逛去。它们不时扑棱棱离开地面，低低地从拉拉窗下飞过。院子里砖砌的排水沟里，常有成群的耗子窜来窜去。

三

想到帕沙，拉拉心里很难受。拉拉病重时，人们不放他进去见她。他会作何感想呢？拉拉要杀死一个人，这个人与她毫不相干，可后来这个幸免于难的人竟出来庇护她。这一切又都发生在圣诞节他们在烛光下的一席谈话之后！如果没有那个人的保护，拉拉得被捕判刑。他使她免遭已经临头的惩戒。靠了他的帮忙，拉拉才能继续学习，平安无事。帕沙一定不胜苦恼，困惑难解。

拉拉好些后把帕沙找来，对他说：

“我是个坏女人。你不了解我，以后我会告诉你的。现在我说话感到困难，你看我不是哭得喘不过气来吗？好了，你忘了我吧，我配不上你。”

他们之间出现了一幕又一幕令人肝肠欲断的场面。当时拉拉还住在阿尔巴特大街。女房东沃伊特太太看见泪痕满面的帕沙，就赶紧从走廊跑回自己的房间，扑在沙发上笑得透不过气来，嘴里喊着："哎哟！我受不了，真受不了！这真是……哈哈哈！好一个英雄！哈哈哈！真是个叶鲁斯兰 · 拉扎列维奇[①]！"

拉拉想让帕沙离开她这个不光彩的恋人，把她彻底忘掉，结束一切痛苦。她严肃地对帕沙说，她坚决要与他一刀两断，因为她不爱他。但她说着，竟失声痛哭，叫人无法相信。帕沙怀疑她犯有种种不可饶恕的罪过，对她的话一概不信。他想诅咒她，憎恨她，可实际上却发狂似的爱她。他对她心里的种种念头，连她喝水用的杯子、睡觉的枕头，都怀有妒意。再这样下去，非发疯不可。必须尽快断然行动。他俩决定不等考试结束，马上结婚。本来打算在复活节后第一周举行婚礼，由于拉拉的要求，婚期就挪后了。

等到他们得知确能顺利毕业后，便在圣灵降临节的第二天，举行了婚礼。一切都由柳德米拉 · 卡皮托诺夫娜 · 切普尔科操办，她是拉拉毕业班的同学图西娅 · 切普尔科的母亲。柳德米拉 · 卡皮托诺夫娜是个很漂亮的女人，乳胸丰满，声音低沉浑厚，是个好歌手，同时还是个极会出点子的女人。除了一般的迷信说法和做法之外，她还常常爱添枝加叶，杜撰出不少新发明。

拉拉要去教堂举行"金冕婚礼"了——这是卡皮托诺夫娜给拉拉穿嫁衣时，学着吉卜赛女低音歌手潘宁娜哼唱着说的。这天天气酷热。教堂金色圆顶和新铺上细沙的送亲之路，都闪着黄澄澄刺目

① 叶鲁斯兰 · 拉扎列维奇，俄国童话中拯救公主性命的勇士。

的光芒。圣灵降临节前夕砍下来的白桦树枝，已经蒙上尘土，蔫蔫地挂在教堂围墙上，叶子卷了起来，好像被火烤过。喘气都感到困难，阳光照得眼睛直冒金星。这里仿佛有成千对男女举行婚礼，因为姑娘们都像新嫁娘一样，梳着卷发，穿着浅色衣裙，年轻的小伙子们也因为过节，在头发和胡子上抹了油，穿着紧身的黑色服装。大家都很兴奋，也都热得难受。

拉拉踏上圣坛前的地毯时，另一个同学的母亲拉戈金娜，在她脚下洒了一把碎银币，祝福她将来金玉满堂，柳德米拉·卡皮托诺夫娜同样为了拉拉日后能大富大贵，告诉她在接受婚冕画十字时，要用头纱或花边掩着手指，不能光着指头；她还告诉拉拉要把手里的蜡烛举得高高的，这样她在家里可以占据上风。可拉拉宁愿为帕沙牺牲自己的未来，她尽量把蜡烛拿得低些。但却枉费心机，因为拉拉虽然使劲压低蜡烛，帕沙比她拿得更低。

出了教堂，他们直接回到拉拉住的艺术家画室，那里已经由帕沙的家里人布置一新了。婚宴开始。客人们喊着："苦呵，酒喝不下去！"另一边的客人又一起大声响应："加点甜的！"于是两位新人羞答答地含笑接吻。柳德米拉·卡皮托诺夫娜唱了婚礼喜歌《葡萄》，副歌"愿上帝赐给你们爱情和祝福"唱了两遍，还唱了一首《解下发辫，散开秀发！》。

宾客散去之后，只剩了他们两人，周围突然静下来，帕沙不知如何是好。在拉拉窗子对面的院子里，有一盏路灯，拉拉无论怎么拉紧窗帘，中间总留着一条缝隙，像锯开了的木板一般的细光带，从中间透射过来。这道光令帕沙不安，似乎有人在暗中窥视。帕沙吃惊地发现，他这会儿尽想路灯了，至于他自己、拉拉以及自己对她的爱情，却降到次要地位。

不久前还是大学生的帕沙(同学们戏称他“斯捷潘妮达”和“美姑娘”)，在这个漫长得永无止境的夜里，达到了幸福的顶峰，同时又落到了绝望的深渊。他说出了自己的怀疑猜想，拉拉坦白相告。他问她，而每次听到她的回答，心就往下沉一次，他犹如坠入了深坑。他那受到了创伤的想象力，怎么也追不上拉拉一个又一个袒露的剖白。

他俩一直谈到天亮。这一夜成了帕沙生活里一个重大转折关头，这变化令人感到震惊和意外。翌日早上起来，他已判若两人，当人们还用原来的名字称呼他时，他不禁有些愕然。

四

十天以后，朋友们又在这间屋里为他们饯行。帕沙和拉拉双双毕业，双双成绩优异，双双被聘去乌拉尔的同一城市工作。明天早上他们就要出发了。

大家又在这里喝酒、歌唱，十分热闹。但这一次清一色是年轻人，没有上年纪的。

客人们聚在大画室里，隔板后面是几间小起居室，放着拉拉一大一小两只柳条筐，一只箱子和一木箱的碗碟家什。屋角还放着几个行李袋。东西不少。有些行李准备第二天早晨作慢件托运。大部分东西已经收拾停当，但还没完全装好。小木箱和柳条筐还没盖上，有些富余的地方仍可放东西。拉拉一会儿想起件什么东西，就放到隔板后面的筐里，再整理一番。

拉拉到学校办公室领取了结婚证和其他证件，陪她一起回来的还有院子的看门人，他弄来一张准备明天包装用的粗席和一把结实的粗绳。这时，帕沙已经在家里招呼客人了。拉拉等看门人走后，也来应酬客人，逐个地握手问好，或者互相亲吻，然后回到隔板后面去更衣。等她更衣出来，大家朝她鼓掌、欢呼，纷纷在桌旁就座，像几天前的喜宴上那样，欢声笑语不绝于耳。善于应酬的人，已经给左右的宾客斟酒，许多只手用叉子去取餐桌中间的面包、冷盘和菜肴。他们高谈阔论，喝下酒不断咳着，争先恐后地说俏皮话。有几个人很快就有了醉意。

“我累得不行啦！”拉拉坐在丈夫旁说，“怎么，你该办的事都办了？”

“嗯。”

“累虽累，可我还是觉得很高兴，我很幸福。你呢？”

“我也一样。我心情很好。不过，这可一言难尽。”

科马罗夫斯基作为例外，也来参加了这次青年人的晚宴。晚宴快结束时，他本想说，这两位年轻朋友走后，他将感到孤单寂寞，莫斯科对他来说将是撒哈拉大沙漠。可他激动得抽泣起来，话也说不下去，只得把中断的话再说一遍。他要求帕沙和拉拉允许他和他们通信；如果太想他们的话，允许他去他们的新住处尤里亚京探望。

“这完全不必了，”拉拉漫不经心地大声回答说，“这些全是多此一举，什么通信啊，什么撒哈拉大沙漠啊，如此等等。更用不着去看我们。我们不在，上帝保佑您会过得更好。我们并不是什么无价之宝，帕沙，你说对吗？也许您能找到别的年轻人来替代我们呢。”

猛然间，拉拉想起件事，急忙起身到隔板后的厨房去，根本忘了她和谁在说话，说了些什么。在厨房里，她卸开绞肉机，把一个个零件用稻草垫着塞到碗箱的角落里，差点没让箱旁的木片扎了手。

拉拉装着绞肉机，竟忘了家里还有客人，脑子里连他们的影子都没了。突然隔板前传来一阵喧闹，这才想起了他们。她想醉酒的人总爱装疯卖傻，越是醉得厉害，就越显得特别庸俗，越喜欢这样装模作样。

这时，从敞开的窗子传来院子里一阵异常的响声。拉拉撩开窗帘，探出头去。

院子里一匹上了绊绳的马，正站立不稳，又蹦又跳。不知道这匹马的主人是谁，看来是走错了院子。天光已经大亮，但离日出还早。沉睡得就像死寂的城市笼罩在拂晓前一片浅紫的寒雾里。拉拉闭上了眼睛。这匹马与众不同的奇特的蹄声，把她带到了一个美丽而又偏僻的乡村。

这时寓所门铃声响了。拉拉注意地听了听。桌旁有人站起来去开门。来人原来是娜佳！拉拉飞奔出去欢迎她。娜佳刚下火车，光艳迷人，浑身似乎散发出一股杜普良卡庄园的铃兰香气。这两个女友站在那儿，一句话也说不出，只是大哭着紧紧拥抱，搂得对方都快喘不过气来。

娜佳代表全家人，远道来祝贺新婚并祝福她一路顺风，同时带来父母赠她的一件贵重礼物。她从手提包里取出一个用纸包着的小首饰盒。拆开包纸，咔嚓一声打开盒盖，是一条璀璨夺目的项链。

人们惊叹不止。一个酒醉方醒的客人说：

“这是粉红色的红锆宝石呢。你怎么不信呀？的的确确是粉红色的。这种宝石不比钻石差。”

可娜佳纠正他说，这是黄色宝石。

拉拉拉她坐到自己身边，给她斟酒递菜。她把项链摆在自己餐具旁，目不转睛地望着。在盒里浅紫色的软垫上，项链盘成小圈，珠光闪烁，一会儿像滚在一起的露珠，一会儿又好比一串纤巧的葡萄。

有的人酒已经醒了，又陪着娜佳喝起来。过不一会儿娜佳就给灌醉了。

不久，这里就成了沉睡的王国。大部分人准备明天去车站送帕沙和拉拉，便留在这里过夜。客人中有一半横七竖八地躺着鼾声大作。拉拉不记得自己是怎么和衣躺在熟睡的伊拉·拉戈金娜的身旁的。

忽然拉拉觉得有人在耳边大声说话，惊醒过来。这是从街上来院子里找失马的陌生人的声音。拉拉睁眼一看，吃了一惊，心想：“这帕沙怎么啦，总也不肯歇歇。傻大个儿似的站在房间里，东摸摸、西摸摸。”这时候，那人朝她转过头来，原来根本不是帕沙，是个长相吓人的麻子，脸上从太阳穴到下巴颏有一道长疤。这时她才明白过来，家里来了窃贼，强盗。她想喊可喊不出声来，突然她想起了那串项链，悄悄用胳膊肘撑起身子，斜眼朝餐桌望了一下。

项链放在面包屑和吃剩的糖果堆里。笨头笨脑的贼人没有发现，他只顾翻腾拉拉箱子里的衣服，弄得一塌糊涂。拉拉仍有些醉意，睡得糊里糊涂，辨不清是怎么回事，只觉得那人弄乱了她的行李好不气恼！她一气之下，又想喊叫，但还是张不开嘴，舌头也不听使唤。这时她就用膝盖朝睡在旁边的伊拉·拉戈金娜的胸口使劲一顶，痛得她哇哇大叫，拉拉跟着也喊出了声。窃贼失手扔下提起的一包东西，三步并两步夺门而出。男客们惊跳起来，有几个人好半天才明白出了什么事，赶紧追出去，可贼人早已逃之夭夭了。

这一场骚乱和客人们唧唧呱呱的议论，像起床号似的，把大家全吵醒了。拉拉最后一点醉意也给驱散。尽管客人们还想再打个盹，躺一会儿，拉拉说什么也不答应，把睡着的客人全催起来，连忙张罗他们喝了杯咖啡，就打发回了家，约好明天开车前在车站再见。

客人一走，她就忙开了。拉拉一向干活麻利，现在她弄完这件行李弄那件，把枕头分别塞进行李包，抽紧带子，只求帕沙和看门人的老婆别来插手帮倒忙。

一切都按时收拾妥当。帕沙和拉拉没误了火车。列车缓缓开动了，好像配合着人们挥帽送别的节拍。后来，人们不再挥手，远远地喊了三声（大概是“乌拉”），火车加速向前奔去。

五

阴雨天气已经持续了三天。这是开战后的第二个秋天。第一年捷报频传，第二年开始节节败退。集结在喀尔巴阡山里的布鲁西洛夫第八军，本来准备越过山隘攻进匈牙利，但由于全线总退却，只好不停地后撤。俄国军队放弃了战争初期占领的加里西亚。

日瓦戈医生站在妇产医院产科大楼的走廊上，旁边就是产房。他刚把妻子冬尼娅送进医院，安排到产房里。从前人们都叫他尤拉，现在慢慢地越来越多的人叫他的名字和父称了。他已和妻子道了别，现在正等助产女医生来。他要和她说好，万一有事如何通知他，他又如何了解冬尼娅的情况。

他工作很忙，急着要赶去自己的医院。在这之前，还必须顺路去两个病人家出诊。可这会儿他都在白白浪费宝贵的时间。他瞅着窗外斜斜的细密雨丝，阵阵秋风把雨丝吹断或吹弯，就像暴风雨中被打得歪斜的麦穗。

天没全黑下来，日瓦戈还可以看见医院后院圣女街上几幢私人住宅的玻璃阳台，还有医院一幢楼房后门的电车支线。

雨淅淅沥沥、不紧不慢地下个不停，尽管雨水的悠然自得使风变得怒不可遏。阵阵狂风撕扯着缠绕在一个阳台上的野葡萄的新藤，好像要把它连根拔起，抛到空中抖动几下，然后再鄙夷地抛到地上，犹如扔掉一件破衣烂衫。

一辆机动车拖着两个挂车，经过阳台驶进医院。从车厢里抬出一个个伤员。

莫斯科的医院已拥挤不堪，尤其在卢茨克战役以后，连医院走廊和楼梯平台都挤满了伤员。市里各医院普遍超员，连妇产科也开始受到影响。

日瓦戈转过身子，背着窗户，乏得直打哈欠，脑子里空荡荡的。突然，他想起了件事：在他工作的圣十字医院外科，最近死了个女病人。日瓦戈诊断她患了肝包生绦虫病，别人都不同意他的诊断，今天要解剖。解剖能判定谁是谁非。不过他们医院里的解剖师是个酒鬼，天晓得他会怎么干。

很快夜幕四合，窗外已经什么也看不见。仿佛有根魔杖一点，霎时所有的窗户都亮起了灯光。

冬尼娅产房里走出一位身材魁梧的医生，来到走廊上。这位妇科主任医师，不管人家问他什么问题，总是翻眼望望天花板，耸耸肩了事。他的动作和表情像是在告诉你，无论科学如何进步，我的朋友，总有一些不解之谜，科学在它们面前也只好认输。

他从日瓦戈身旁走过时，微笑地向他点了点头，轻轻摆了几下他的厚实的大手，意思是说，还得等等，别着急。然后就顺着走廊去候诊室抽烟了。

这时，刚才那位不爱说话的妇科医生的助手，走了出来。她恰巧相反，极爱唠叨。

“我要是您的话，就回家了。明天我往您医院里打电话。在这之前她不会生的。我看是顺产，无需动什么手术。可是，话又说回来，她骨盆有些窄，另外又是第二枕位；她并没有阵痛，子宫收缩微弱，这些都是不利因素。不过，说这个也为时过早。最后全看临产时腹肌收缩的情况，现在还不好说。”

第二天，日瓦戈打电话去问，接电话的是医院的门房。他让日瓦戈在电话上等着，他去问问情况。日瓦戈焦急地等了十来分钟。回话来了，很不礼貌，也没有什么实在的消息：“他们让我告诉你，你妻子来医院太早，应该把她接回家去。”气急败坏的日瓦戈，要求换个了解情况的人来接电话。一个护士对他说：“目前的迹象还不明显。请您不必着急，得耐心等上一两天。”

第三天他得到消息，昨天夜里冬尼娅开始分娩了，天亮时流了羊水，阵痛从早上开始一直不断。

他又急匆匆赶到医院，在走廊上他就听见虚掩的门里传出冬尼娅撕心裂肺的喊声，好像被火车压断手脚的人在惨叫。

他不能进去看她。他把弯起的手指关节都咬出了血。他走到窗前，外边依然同前两天一样，斜风细雨，淅淅沥沥下个不停。产房出来一个护士，门里传出了新生婴儿的哭声。

“平安无事了，平安无事了。”日瓦戈高兴得喃喃自语。

“是个儿子，小男孩儿。母子都平安。”护士说得悦耳动听，“现在不能进去，过些时候会让您看的。到时候您得好好给产妇花点钱呢，她可受够了罪。头一胎嘛，总少不了吃苦头。”

“平安无事了，平安无事了。”日瓦戈喜不自胜，竟没听清护士说了些什么，也不明白护士为什么把他同刚才的事联系在一起，这和他有什么相关呢？什么父亲呀，儿子呀——他轻而易举地当上了父亲，并不觉得这有什么值得骄傲的；对这个从天而降的儿子，也没有什么特别的兴趣。这一切都进不了他的意识。重要的只有冬尼娅。冬尼娅摆脱了死神的威胁，幸运地活了下来。

离医院不远的地方，有一个他的病人，他顺路去看了一下，半小时后又回到医院。走廊上门斗和产房的两扇门都虚掩着。日瓦戈悄悄溜进门去，几乎没意识到他是在做什么。

穿着白褂子的那位高大的妇科主任医师，突然出现在他面前，仿佛是从地底下钻出来的，两手一伸挡住了他：

“哪儿去？”他拦住了日瓦戈，气呼呼地压低声音，免得被产妇听见。“怎么，您疯了吗？她有伤口，还在流血，怕感染，更不用说精神上受的刺激。真有你的，亏你还是个医生呢。”

“我不是……我就看一眼。就站在这儿，从门缝里瞅一瞅。”

“嗯，这就是另一回事了。可以吧。可得老实点！……你要留神，要是她发现了，我揍死你，打你个稀巴烂！”

产房里背对门站着两个穿白大褂的妇女，一个是助产士，一个是护士。护士手里托着一个初生的娇嫩的婴儿，哇哇哭叫着，身子一伸一蜷，活像块暗红色的橡皮。助产士在扎结脐带，使孩子脱离胎盘。冬尼娅躺在产房中间一张能升降的手术床上。床铺很高。日瓦戈由于激动，看一切都带些夸张。这张手术床好像有齐胸高的斜面写字台那么高。

现在，冬尼娅躺在高出一般病床、接近天花板的手术台上，在备受折磨之后，仿佛沉入了云雾之乡，浑身筋疲力尽，自己也轻飘如烟了。冬尼娅高卧在产房正中，像一艘刚靠岸卸完货的船，现在停泊在海湾里。这条船从缥缈的远方，载着新的灵魂，横渡死亡的海洋，来到了生命的大陆。它刚刚把一个灵魂送来大陆。如今船已抛锚，船舱里空空荡荡，整艘船正在休息。船上经过风雨侵袭被吹折的缆索和船壳板也和船一起休息了。不久前航行过哪些地方，停靠在什么码头，这一切它都忘了，脑子也休息了。

谁也不知道船上挂的国旗属于怎样一个国家，所以谁也不知道用什么语言去和它交谈。

日瓦戈回到自己的医院里，人们争先恐后向他表示祝贺。他觉得好奇怪，他们怎么那么快就知道了！

他来到住院医师室，这间屋子被大家称作肮脏的小酒馆和垃圾箱。由于医院患者太多，过于拥挤，这里成了临时的衣帽间。人们穿着套鞋从外面进来，常把别处带来的脏东西留下，地上满是烟蒂和纸屑。

住院医师室的窗前，站着那位皮肉松弛的解剖师，手里举着一个盛了浑浊液体的玻璃瓶，从眼镜上面，正在仔细观察。

“恭喜您。”他一边说一边继续端详那溶液，甚至没看日瓦戈一眼。

“谢谢，非常感激。”

“不必谢。我和此事无关。是皮丘日金解剖的。大家都很震惊，是有包生绦虫。都说您是个了不起的诊断医师！都赞不绝口。”

这时，医院的主任医师走进来，同两人打过招呼之后说：

“真见鬼。不像话，住院医师室变成了过路的走道！日瓦戈，想不到真是包生绦虫！我们全诊断错了。祝贺您。还有件不太愉快的事。又在审查您的免役证。这次没法帮您忙了。军队里的医护人员奇缺。看来您得去闻闻火药味。”

六

帕沙·安季波夫和拉拉·安季波娃在尤里亚京安顿下来，一切都出乎意外地理想。这里对吉莎尔一家颇有好感。这给初来乍到的拉拉，减少了许多困难。

拉拉整天不停地操劳。全部家务和他们三岁的女儿卡坚卡都由她管。家里那个棕发女仆玛尔富特卡虽然尽心尽力地干活，还是帮不了太多的忙。拉拉对帕沙的事，全都要过问。她自己也在一所女中教书。她工作不息，感到十分幸福。这正是她期望的生活。

尤里亚京的一切她都喜欢。这本是她的故乡之城。一条大河雷尼瓦横贯尤里亚京市，河的中下游都可通航。乌拉尔地区的一条铁路，也经过这座城市。

冬天来临之前，尤里亚京的船主们把船只从河里抬上岸，用大车运进城里，各家把船摆到自家院子里露天过冬。院子里白色的船底总是朝着天，直到来年开春。这也是冬天来临的前奏，就像有的地方秋雁南飞或初降小雪一样。

安季波夫夫妇所住的院子里，也有一条船，白漆船底朝天晾着，卡坚卡经常钻到船下玩耍，就像在花园圆顶亭子里一样。

拉拉很喜欢这偏远省城的习俗风尚。知识分子说起话来，都像北方人似的“噢”音很重，喜欢穿毡靴和灰色法兰绒短上衣，对人真挚坦白。她情不自禁地爱上了这里的土地和纯朴的人们。

令人不解的是，帕沙虽是铁路工人的儿子，却染上了许多莫斯科城里人的痼习。他对尤里亚京的人比妻子要苛刻得多，很不喜欢他们的粗野和无知。

拉拉如今才发现，原来帕沙有一种惊人的才能，在博览群书时能吸收和积累大量知识。以前有拉拉的帮助，他读了不少书，搬到这僻静小城的几年间，他的知识更突飞猛进，连拉拉都相形见绌了。他知识渊博，比学校的同事们高出一头，所以常常抱怨说，和他们在一起枯燥无聊。在战时情况下，他们那种有些盲从的爱国主义——一种时兴的、官方提倡的爱国主义，同帕沙的比较复杂的爱国主义感情，不是一回事。

帕沙是从大学古典语文系毕业的，现在中学教拉丁语和古代史。但是这位过去的实科中学学生，突然对数学、物理和其他精密科学产生了兴趣，仿佛这一爱好过去一直沉睡着，现在突然苏醒了。他把大学里的这些课程全部自修完毕。他希望一有机会就到区里去通过考试，改行从事数学专业的工作，并带着家眷一起搬到彼得堡去。深夜苦读损害了帕沙的健康。他开始失眠了。

他和妻子的关系很好，但却非常复杂。她的善良体贴给他造成了压力。他从不敢对她稍有微词，唯恐自己毫无用心的话引起她的怀疑，以为他内心对她不满，比如说不满她出身贵族，而他却是个平民，或者责备她出嫁之前曾失身于人。他总是小心翼翼，唯恐自己无心的话被看作是对她不公正的责难。这使他俩的生活多了一层不自然的气氛。他俩都想表现得比对方更宽容更高尚，结果关系反而愈来愈复杂。

一天，他们家里来了客人。有几个是帕沙学校的同事，有一位是拉拉所在学校的校长，还有一位是仲裁法庭的仲裁员（当时帕沙是调停人），还有些其他人。帕沙认为他们全是十足的蠢材。他十分惊讶拉拉怎么对他们如此亲善，他根本不相信拉拉对谁真有好感。

客人走后，拉拉把窗子开了很久换空气，打扫房间，和玛尔富特卡在厨房里洗杯盏。然后又去看卡坚卡的被子是否盖好，帕沙是否已经睡着。然后才很快脱衣熄灯，上床在丈夫身旁躺下，自然得就像一个孩子睡到母亲身旁。

其实，帕沙只是装样子，他并没有睡着。最近他又犯失眠症。他知道还得这样躺上三四个小时才能入睡。为了能快些入睡，另外屋里的烟味难闻，他蹑手蹑脚爬起来，戴上帽子，在睡衣外面披上皮袄，走出了门外。

这天夜里晴朗寒冷。帕沙踩得脚下冰层咔嚓咔嚓地裂开来。幽光闪闪的星空，仿佛是酒精火焰，在冻硬的坑洼的黑土地上，洒下摇曳的蓝色光芒。

帕沙和拉拉住的地方和码头遥遥相对，是城市另一头街尾上最后一幢房子。过了他们的家，就是田野了。有条铁路通过这里，铁道旁矗立着一个守卫岗亭，横越铁轨是一个道口。

帕沙坐在翻倒的船底上，望着星空。这几年经常萦绕在他脑海里的念头，如今特别令他心神不宁。他觉得，这些念头迟早该有个结果，不如今晚就想出个眉目来。

他寻思：不能再这样下去了。目前的情况本来是早可以预料到的，但他明白得太晚了。她为什么允许他很小的时候就忘情地迷恋她，后来又随心所欲地塑造他？结婚前的那年冬天，她坚决要求分手，他当时为什么没及早明白过来？难道他不明白，她爱的不是他，而是对他的一种神圣使命，是体现在他身上她的一种功勋。可这种神圣高尚的使命，同真正的家庭生活哪有什么共同之处呢？最要命的是，他至今还像以前一样热恋着她。她美得叫人神不守舍。也许这并不是爱情，而只是对她的美貌和慷慨的诚惶诚恐的感激之情。唉，这些又怎么分得清呀！神仙来了也无能为力！

既然如此，该怎么办呢？要让拉拉和卡坚卡摆脱这种虚假的处境，这比解脱自己更重要。“可怎么做到呢？离婚吗？投河吗？亏你想得出来！”他生气了。“我决不会这样做，既然不准备这样干，为什么又想到这些廉价的把戏呢！”

他仰望星空，仿佛想听到星星的忠告。大大小小、疏密相间的星斗不断闪烁，有的蓝光莹莹，有的变幻不定。突然一道飞速而来的强光划破了黑夜，星光黯然失色，楼院、船只和坐在船底上的帕沙被照得通明，光束像一个人挥动着火把，从田野奔向院门。这是一列军用火车，它喷着一团团浓烟和红火，经过道口向西驶去。从去年开始，这里昼夜不停地驶过了无数军车。

帕沙微微一笑，从船板上站起来，回屋去睡觉。最理想的答案找到了！

七

听了帕沙的决定，拉拉一下愣住了，开始还以为是自己听错了。“亏他想得出来。又在犯什么怪毛病了，”她暗自思忖，“不理他，他自己也会忘记的。”

但事实上帕沙为此已经准备了两周。他向征兵处递交了证件，学校已经找了代课教员，鄂木斯克的军事学校发来了录取通知书。他出发的日期迫近了。

拉拉号啕痛哭，就像个没知识的妇人一般，抓着帕沙的手，跪在他脚下。“帕沙，亲爱的帕沙，”她哭喊着，“你把我和卡坚卡扔给谁啊？你不能这样，不能啊！现在还不晚。我能把一切都办妥的。再说你还没体格检查。你的心脏不好。你难道不羞耻吗？一时发疯，连牺牲家庭都在所不惜，你不觉得有愧吗？当志愿兵！你一直嘲笑罗佳，说他是庸俗小人，现在你自己也步了他的后尘！你自己也想炫耀军刀，过过军官瘾！帕沙，你怎么啦，我简直不认得你了！你变了，难道你疯了？求求你，老实告诉我，看在上帝的分上，不要人云亦云，俄罗斯需要你这样做吗？”

突然，她明白过来，问题不在这里。虽然她没有完全想清楚，但主要的问题她是抓住了。她猜到帕沙误解了她对他的态度。她对他的感情中始终掺着一种母性的爱，而他却不珍惜这种母性的爱，他也不理解，这种爱比女人一般的爱情更加深厚。

她咬着嘴唇，冷得整个心都瑟缩起来，仿佛挨了打似的。她不再说什么，默默吞下眼泪，替丈夫收拾行装。

他离开她们走了。她觉得整座城市变得沉寂了，甚至天空的乌鸦也稀少了。“太太，太太。”玛尔富特卡叫她，她听不见。“妈妈，我的好妈妈。”卡坚卡拽着她的衣袖咿咿呀呀地叫着她。这是她受到的最致命的打击。她最美好的、最光明的希望破灭了。

从丈夫自西伯利亚寄来的信中，拉拉知道了他的一切情况。他很快就清醒过来，非常思念妻子和女儿。几个月以后，帕沙提前毕业，成了一名准尉军官，不久又突然被派往作战部队。军令紧急，他匆促上路，途经的地方都离尤里亚京很远，在莫斯科也没有闲暇和亲友见面。

他从前线开始来信了。这比起鄂木斯克军校的来信要有生气，不再那么满腹忧思了。帕沙想立一次功。为了嘉奖他的军功，也许可能给他休假和家人团聚，或者受一些轻伤也好。立功的机会很快就来了。在后来称之为“布鲁西洛夫突破”的有名战役之后不久，部队转入了进攻。帕沙的家信从此中断了。开始拉拉还很坦然，以为帕沙所以不写信，是因为军队不断推进，不可能在行军途中写信。

秋天，军队不再向前推进，开始构筑工事。帕沙仍然音讯全无。拉拉开始惊惶不安，去打听消息。最先只在尤里亚京打听，后来又写信去莫斯科和帕沙的军邮信箱询问，结果一无所获，哪里也没有回信。

当时县城里，许多热心慈善的太太都自愿为军队尽义务，拉拉也和她们一样，从战争一开始就在尤里亚京县医院扩建的军医院，尽自己一份菲薄的力量。

现在，她正规地学了点基础医学知识，并且在医院里通过了护士资格的考试。

作为一名护士，她向学校请了半年假，把尤里亚京的家托付给玛尔富特卡照看，带着卡坚卡去了莫斯科。到了莫斯科，她把女儿寄在莉帕家。莉帕的丈夫弗里津丹克是德籍侨民，和其他国内的被俘人员一起拘留在乌法。

拉拉终于明白了，只是在外围寻找帕沙是无济于事的。于是她决心去不久前他曾作过战的地方。为找帕沙，她到一列救护车上当护士，列车途经利斯基市开往匈牙利边境的梅索-拉鲍尔奇。这个城市是帕沙在最后一封信里告诉她的地址。

八

一列从莫斯科发车的货车，满载着塔季扬娜伤员救济协会的物资，抵达前线师部指挥所。这列长龙列车由外观不雅的多节短身取暖货车连接起来。其中有一节客车车厢，坐的是莫斯科社会活动家，来前线向官兵赠送慰劳品。里面一个人叫米沙 · 戈尔东。他听说师部的军医院中有一位他童年的朋友日瓦戈，医院就在附近的村子里。

戈尔东去师部索取了一张前沿地区通行证，带上证件，搭上一辆顺路的马车就去看望老朋友了。

赶车的是白俄罗斯人，也许是个立陶宛人，俄语说得很蹩脚。出于间谍恐惧症，他谈的都是官样文章，千篇一律，不说也猜得出来。他那种装出来的政治上的忠诚，使谈话枯燥乏味。所以一路上坐车和赶车的几乎都默默坐着不说话。

师部的人告诉他说，那村子就在附近，离这儿不过二十俄里或二十五俄里光景。实际上到那儿得走上八十多俄里路。因为在师部里调动军队计算距离时，习惯以一百俄里为单位计算。

一路上，在马车左侧远处的地平线上，敌人大炮不停发出沉闷的轰响，令人心惊。戈尔东从来没有亲身经历过地震。但他的判断是对的：远处敌炮阴沉的隐约可闻的隆隆声，确实极像火山爆发时的地动和轰响。天色刚暗下来，左方天际就亮起一片颤悠悠的红光，一直到天亮才熄灭。

马车拉着戈尔东经过一座座破败不堪的村落。有的村子里，老百姓已经跑散;有的村子老百姓躲进了很深的地窖。村中满地是瓦砾，一堆挨着一堆，排得就像原来的房子一样。这种遭过兵祸的村子，可以一览无遗，就像没有植被的空旷荒漠。废墟上有几个劫后余生的老妇人在翻找什么，在自家的瓦砾堆、灰炭堆里挖东西，挖得一点赶紧藏好，仿佛仍在自己屋里，外人看不到她们。她们眼看着戈尔东的马车驶近，又目送它远去，似乎在询问：世上的人们是否能很快醒悟过来，生活还能不能恢复平静安宁。

夜里，戈尔东遇上了骑兵侦察队。他们命令马车从土路上退回去，绕道从村里走。马车夫不认识乡间小路，绕来绕去白白浪费了两个钟头。天快亮时，戈尔东和马车夫才到达目的地。可是村里谁也不知道有个军医院。原来这里有两个同名村子，这里只是其中的一个。早上他们才到达军医院所在的村子。戈尔东一进村口就闻到了甘菊浸剂和碘仿的气味。他原来并不准备在日瓦戈那里过夜，到他那里呆上一天，晚上便回留在车站的同志们那里去。然而出乎意料，他竟在那里呆了一个多星期。

九

就在这几天，前线有了动静，突然发生了变化。戈尔东所在地区的南面，一个兵团在下属部队胜利之后，突破了敌军牢固的防线。为了扩大战果，一部分先头部队，插入敌军纵深阵地，援军在后面接应，以便进一步扩大突破口。然而援军赶不上先头部队，渐渐拉开了距离。先头部队陷入敌军包围，全部被俘。由于半连人投降，准尉帕沙也被迫当了俘虏。

关于帕沙有许多传闻。有人说，炮弹爆炸时把他掀翻在弹坑里牺牲了。这消息是他同团的少尉加利乌林传出来的，好像是他在观察哨位上从望远镜里看到的，当时帕沙正带着一队士兵向敌军冲锋。

加利乌林所看到的，只是一般情况下冲锋的情景。冲锋部队要迅速，几乎是跑着通过两军阵地间的旷野，那里遍布着在秋风中摇曳的干枯蒿草和直棱棱的刺蓟草。冲锋的士兵需要无畏地逼近敌人，把躲在对面战壕里的奥地利士兵引出来拼刺刀，或者向战壕投掷手榴弹，把敌军消灭在里面。这片旷野，仿佛也在向前奔跑，没有尽头。士兵脚下的泥土，就像摇晃不定的沼泽地。准尉开始时冲在他们前面，后来混在他们中间向前跑，举起手枪在头上挥舞着，张大了嘴拼命喊："乌拉，冲啊！"可周围的士兵和他自己都听不见喊声。他们每隔适当的距离就在地上卧倒，然后一起爬起来，又喊叫着继续朝前冲。每次卧倒，总有几个人被枪弹击中，倒下时的姿态不同于其他人，仿佛是锯断的树木直挺挺扑倒在地，再也爬不起来。

"炮火射程太远。电话通知炮兵连，"神情紧张的加利乌林向身旁的炮兵军官说道，"不。等一等，他们把炮火转向纵深，做得对。"

这时，冲锋的士兵们已经接近敌军。炮火停了。在突然降临的寂静中，站在观察哨岗的军官们紧张得心扑腾扑腾直跳。仿佛他们正处于帕沙的地位上，带着士兵冲到了奥军壕沟的前沿，马上就该出现大智大勇的奇迹了！正在这一瞬间里，前面一颗接一颗爆炸了两颗德国十六英寸炮弹。升起几股黑色的烟柱，前面的一切都被遮住了。"啊，真主啊！完了！全完了！"加利乌林嘴唇血色全无，认为准尉和他的士兵都阵亡了。第三颗炮弹就落在观察哨岗旁边。他们猫着腰，赶紧撤到后边。

加利乌林和帕沙住在同一个掩蔽部中。当后来团里其他人都认为帕沙已经牺牲，不会再回来时，就让最了解帕沙的加利乌林来保管他的遗物，以便将来交给他的寡妻，遗物中有不少他妻子的照片。

机械师加利乌林是后备军士官生，不久前才提升为准尉。他就是季韦尔辛家看门人吉马泽金的儿子小奥西普。很早以前当过钳工学徒，常常挨师傅胡多列耶夫的毒打。可是他现在得到晋升，倒还得感激那个凶神呢。

加利乌林任准尉军官以后，不知为什么把他派到后方偏远的卫戍部队服役，那里气候温暖，又平静无事。他指挥一支由半残军人组成的部队。由几个和士兵一样衰弱的老兵担任教官，每天清晨进行操练，教官自己也不记得怎么做了。此外，他还负责检查军需库的守卫。这些工作很轻松，对他没有更高的要求。一天，从莫斯科调来一批老民兵来补充他手下不足的兵员。突然他发现新到的人中，有他再熟识不过的彼得·胡多列耶夫。

“啊，我们是老相识啊！”加利乌林阴沉地笑着。“是，长官。”胡多列耶夫答道，赶紧立正敬礼。

他们之间的恩怨不能就这样了结。操练中胡多列耶夫稍有差错，准尉马上呵斥这个下等兵。而当准尉觉得他不正眼看他，眼神躲躲闪闪转向一旁时，就狠狠抽他耳光，罚他蹲两天禁闭，只给面包和水充饥。

现在加利乌林的一举一动，都带了报复的味道。可是，加利乌林觉得，利用等级服从来算旧账，是稳操胜券但并不高尚的行为。怎么办呢？他们两人不可能再呆在一起。但一个军官想把士兵从所在部队调走，除了把他送感化营以外，还能有什么借口，还能往哪里送呢。于是他借口在卫戍部队里枯燥乏味，无所作为，申请调往前线。

部队上觉得加利乌林表现不错，再加上最近他在一件事上表现得也很出色，人们一致认为他是个优秀的军官，很快由准尉晋升为少尉。

还在季韦尔辛他们闹罢工的时候，加利乌林就认识了帕沙。当时帕沙在季韦尔辛家里住了半年，加利乌林(也就是小奥西普)，常去他那里，过节常在一起玩。他还见过拉拉一两回。后来再没有听到他们的消息。当帕沙从尤里亚京来到他们团后，加利乌林为老朋友发生的变化感到吃惊。原来那个羞答答笑眯眯像个姑娘似的干干净净的小淘气，如今变成了一个神经质的、博学的、倨傲而抑郁的人。他聪慧，有过人的胆略，沉默又好讥讽别人。有时加利乌林审视帕沙，简直觉得在帕沙深沉的目光中，如同在两个窗口里，看到了另一个人，看到了他内心深处的思想，看到了他对女儿的思念，看到了他妻子的面庞。帕沙仿佛是神话里中了魔法的人。可现在他不在人世了。留在加利乌林手上的，是帕沙的证件和照片，还有就是帕沙谜一般的变化。

拉拉或迟或早会查问到加利乌林这里来的。他准备要答复她。但戎马倥偬，坐下来认真写封信都不可能。他还想在告诉她悲痛消息之前，让她思想上有所准备。所以，那封详尽的长信，他一拖再拖，无法动笔。后来他听说，拉拉自己也上前线当了护士。这样他又不知该往哪儿寄信了。

十

“怎么样？今天有马吗？”每当日瓦戈医生回到加里西亚的农

舍时，戈尔东总要问他。

“哪儿有马呀？你能上哪儿去呢，前后受阻，寸步难行。周围混乱到了极点。谁都弄不清是怎么回事。在南方，我们包抄或是突破了德军的许多据点。可又传说，我们有几股分散的小分队被敌人包围了。在北方，德军渡过了斯瓦泰河，据说这是当地无法强渡的一条河流。渡河的是骑兵，有一个团的兵力。他们破坏铁路线，炸毁了军需库。据我看他们正在包围我们。你看，这就是战局。你还说要什么马。卡尔宾科，快点开饭吧，动作快一点。今天我们有什么吃的？啊，有牛蹄，太好啦！”

卫生营和野战医院，以及它们下属的单位，分散在村子各处。这个村子竟奇迹般地保存了下来，房屋居然没有一幢遭到破坏，墙上西式的狭长窗子还明净光亮。

那是晴明的初秋，最后几个暖和的好天气。白天，医生和军官开了窗子打苍蝇，它们一群群黑乎乎爬在窗台上，爬在低矮的天花板上的糊墙纸上。他们敞着军上衣和衬衫，喝热汤和热茶，大汗淋漓。晚上，他们蹲在打开的炉门前，朝湿柴下的炭火使劲吹气，眼睛被烟熏得泪汪汪的，嘴里骂骂咧咧，呵斥勤务兵连生个炉子都不会。

夜里十分寂静。戈尔东和日瓦戈面对面躺在东西两边靠墙的宽铺上。中间隔着一张吃饭的桌子，沿墙是一扇狭长的窗子。房间里炉子烧得很旺，满屋弥漫着烟草味。他们把两边的小气窗打开，放进了秋夜的新鲜空气，玻璃窗上淌下了水珠。

今天，他们俩又像这些天的日日夜夜那样谈着话。远处前沿的天空，也像平时那样一片红光。哒哒的枪声一刻不停，均衡地响着。有时稍远些突然响起一两声沉闷的轰隆的炮声，震得大地微微发颤，仿佛擦着地板上的漆皮，拖过一个沉重的四角包着铁皮的大箱子。这时日瓦戈总是停下话来，注意听这轰响，过了一会儿才说："这是德国十六英寸口径的贝尔塔大炮，这家伙有六十普特重。"接下去想继续刚才的话题，却又忘了谈的是什么了。

"村子里老有股什么怪味？"戈尔东问道，"我第一天就闻到了。一种甜腻腻叫人恶心的气味，活像耗子的气味。"

"噢，我知道你说的是什么。这是大麻。这里种了许多大麻。大麻本身总有一种叫人头晕的烂果子那样的讨厌气味。再说，这是战区，大麻地里有未被发现的腐烂尸体。这里经常能闻到腐尸气味，不足为怪。听，又是贝尔塔。"

这些天来，他们两人无所不谈。戈尔东了解了日瓦戈对战争和时代精神的看法。日瓦戈讲到他无法接受人们互相残杀的血腥逻辑，讲到他如何不忍心看到伤员的惨状，特别是某些新式武器杀伤的可怖模样，不忍目睹伤残者死里逃生后的毁容模样，他们实际上已变成一个个丑陋可怖的肉块。

每天戈尔东都陪同日瓦戈外出，在医生指引下，所到之处目睹了种种情况。他看到人们如何英勇顽强，如何以超人的毅力战胜死亡的威胁，如何临危不惧，为国捐躯。这时，他不由得因为自己无所事事的游荡而感到内心不安。但是于事无补的徒然唉声叹气，在他看来道义上也并不高尚多少。他认为，应该根据每人在生活中所处的地位，诚实和自然地工作。

一次，他去西线一个流动的红十字分队。医疗小分队在前沿阵地上的急救站抢救伤员。他亲自体验到，伤员的可怖的模样，真能让人昏厥。

他们驱车来到一座大森林旁边，树木有半数已毁于炮火。满地断枝残叶、一片狼藉的丛林里，横七竖八地扔着打坏的炮车和运输车。树干上拴着一匹乘骑。林子深处，隐约可见的森林管理所的木屋，房顶已被掀掉一半。急救站就设在管理所的办公室里。另外在大路对面的林子里，还搭了两个灰色的大帐篷。

“我不该带你来，”日瓦戈说，“战壕近在咫尺，离这儿只有一里半到两里，我们的炮兵就在那边林子里。你听听那炮声。不要充英雄好汉，我不会相信的。你现在已经吓得没魂了，这并不奇怪。情况瞬息万变。炮弹很可能落到这儿来。”

林中小路旁边，一些年轻士兵疲惫不堪地叉开穿着沉重皮靴的双腿，或是趴在地上，或是仰面躺着，浑身污垢，前胸和后背都是汗渍。他们是伤亡严重的一个班幸存的士兵，刚从持续四昼夜激战的前线撤下来，到后方作短暂的休整。士兵们像石头似的躺在地上，连笑一笑、骂几句的气力都没有。林中小路上，有几辆双轮马车拉着伤员疾驶而过，士兵中竟没有一个人回头看一眼。这原是运枪支弹药的敞篷车，没有装弹簧，颠得十分厉害。可怜的伤员连骨头都快震断，五脏都要颠出来了。送到救护站后，只能紧急处理一下，匆匆忙忙包扎好伤口；对危急伤员，简单动一下手术。所有这些伤员，都是半小时前利用战火的间歇，从战壕前的战场上运下来的。数目多得令人咋舌，有一半已昏迷过去。

这几辆马车在管理所门口停下，卫生员抬着担架从门廊上下来接伤员。帐篷里一个女护士用手撩起幕布，探头朝外面看。现在她已经下班，没有她的事。帐篷后面的村子里有两个人在大声吵架。

树木高大、空气清新的林子里，回响着他们的吵闹声，但听不清吵的是什么。伤员到后，吵嘴的两个人走到路上朝管理所去了。一个怒气冲冲的年轻军官大声责问流动医疗队的医生，要他说出树林里原来那支炮兵队伍转移到哪儿去了。医生什么也不知道，这事与他不相干。他求军官别缠住他嚷嚷，因为伤员到了，他有事。可军官仍然骂个不停，把红十字会、炮兵机关和所有的人都骂了个遍。日瓦戈走到这位医生跟前，两人互相问了声好，就一起去森林管理所了。那位稍带鞑靼口音的军官，还大声骂着，一边从树上解下马，翻身上马，沿着小路进了林子。女护士一直在那里望着。

突然她吓得面如土色。

“你们干什么？你们疯了！”她对两个轻伤员大喊起来。他们自己抬着一付担架朝救护站走去。护士从帐篷里出来，朝他们飞奔过去。

担架上躺着一个面容毁得可怖的伤兵。炮弹的底壳击碎了他的脸部，他的舌头和牙齿变成模糊不清的一团血浆，但人还活着，弹片打掉脸颊，深深嵌在牙床里。这位面容惨不忍睹的士兵，用非人的微弱声音，时断时续地呻吟着，任何人听到这声音也会明白，这是哀求人们快些结束他的生命，不要让他徒然受这痛苦无穷无尽的折磨。

护士觉得抬担架的轻伤员为他的呻吟所动，准备自己用手把吓人的弹片拔出来。

“你们要干什么，难道能这样吗？这得由医生用专门的家伙来动手术。要是需要的话，医生会做的。”

戈尔东在心里说：“上帝啊，上帝啊，你就把他收容了吧，如果你确实存在的话！”

过了不到一分钟，当人们把这失去人样的伤员抬上门廊时，他大喊了一声，全身一阵痉挛，就气绝而死。

死者是预备役列兵吉马泽金。而那个在林子里大喊大叫的军官，是他的儿子，少尉加利乌林，护士是拉拉。戈尔东和日瓦戈是当时的目击者。他们全都在此邂逅，聚于一处。可是有的彼此没有认出来，有的彼此从不相识。有的人以后一直不知道今天的相逢，有的人要到后来再次相遇时才明白。

十一

这一带村庄奇迹般地保存下来。它们仿佛是残垣断壁的海洋中一个无法解释的完好无损的岛屿。傍晚，戈尔东和日瓦戈乘马车回村。太阳西斜，他们途经一个村子，一个年轻的哥萨克，在围观人群的哄笑声中，把一枚铜币抛上天去，让一个身穿长上衣的白发犹太老人去接。老人每次都接不住。那铜币从他可怜巴巴伸开的手指缝里落到泥地上。老人弯下腰去拾那铜币，哥萨克趁势打他的屁股。围观的人们捧腹大笑，前仰后合。如果仅此而已，也还算不得太过分，但谁敢担保不越演越烈呢。从对面的农舍里，几次跑出犹太人的老伴，她喊叫着向老头伸出双手，但每次又胆怯地躲了回去。农舍的窗子里有两个小姑娘，看着自己的爷爷哭个不停。

赶马车的骑兵觉得十分可笑，勒马放慢步子，想让车上的长官开开心。日瓦戈把那个哥萨克叫到跟前，骂了他几句，叫他别玩这种捉弄人的把戏。“是，长官，”哥萨克答应得很干脆。“我们也没什么，不过就是开开心。”

后来一路上，戈尔东和日瓦戈一直没有说话。

“这简直令人发指，”快到他们住的村子时，日瓦戈才开口说。“你简直难以想象，犹太人在这次战争中受了多大的罪。战争恰好是在俄国西部、犹太人居住区进行的。他们除了承担战乱之苦、苛捐杂税和经济破产之外，还要受人任意凌辱、嘲弄，骂他们不爱国。请问他们哪里会有爱国心呢，在敌国他们倒享有一切的权利，在我们这里却只是受迫害。对犹太人的仇恨本身，从根本上看就是自相矛盾的。他们惹人反感的东西，恰恰是应该获得人们同情和好感的东西，这就是他们的贫困和居住拥挤，软弱和无力自卫。事情令人费解，这里好像有些命里注定的味道。”

戈尔东对他这番话没有作出反应。

十二

夜里，他俩又躺在长条窗两旁的木板床上聊天。

日瓦戈对戈尔东说，他在前线曾经见到沙皇，并绘声绘色地描述了一番。

那是他抵达前线后的第一个春天。他临时被调到驻防在喀尔巴阡山盆地的司令部。这支部队把持了从匈牙利谷地进入盆地的入口。在这块盆地中央，是一个火车站。日瓦戈向戈尔东描绘了那地方的景色：山上长着参天大树，枞树和松树上面浮着团团白云，透过林木露出光秃秃的灰板岩和石墨岩的峭壁，就像厚厚毛皮上的一块块秃斑。那是四月一个阴霾的早晨；四周就像岩石一样灰暗潮湿。由于深谷四面高山环抱，谷底无风，闷热又潮湿，山谷上空笼罩着一股热气流。车站上火车头的烟雾、草地上蒸发出来的灰色热气，灰蒙蒙的群山，暗绿的树林和层层乌云——一切都如蒸腾的烟波。

当时沙皇正在加里西亚地区巡视。突然来了通知说，沙皇陛下要到驻扎此地的部队视察，他正好是这支部队的名誉司令。

沙皇随时可能到达。仪仗队已在车站列队准备迎接。人们苦苦等了一两个钟头。然后沙皇随员乘坐的两辆列车，一辆接着一辆飞驶而过。稍后，沙皇的专列才进站了。

沙皇在尼古拉·尼古拉耶维奇大公的陪同下，检阅了车站上列队的近卫军。他致意时声音很低，但每吐出一个音节，就引起山鸣谷应的雷动般的欢呼声，就像水桶中晃动的水来回荡漾。

沙皇窘迫地微笑着。看样子，他比起卢布纸币上和奖章上的头像，要显得老些，也不太修边幅。他的脸没精打采，微微有些浮肿。他不时惴惴不安地侧目看看尼古拉·尼古拉耶维奇，不知道在这种情况下需要做什么。于是尼古拉·尼古拉耶维奇恭恭敬敬地弯下腰，甚至不须说话，只扬扬眉毛或耸耸肩来向他示意，帮他解围。

在山谷中这个灰暗和闷热的早晨，沙皇的样子有点可怜。同时又令人感到困惑、害怕：这么畏缩、羞怯的人竟会是一个压迫者，这么软弱的人，竟然主宰着人们的生杀大权，或下狱处死，或赦免恕罪。

“他应该像德国国王威廉那样说话：‘我，我的宝剑和我的人民！’或者说些诸如此类的话。但一定要说到人民，这是必不可少的。可是你知道吗？他像俄罗斯人一样崇尚自然，他不屑于说这种陈腐的话。这正是他的悲剧所在。因为在俄国，不能设想会搞这种装腔作势的演戏。这些难道不正是装腔作势的演戏吗？我也明白恺撒时代的人民是怎么回事，那是指高卢人，或是斯维夫人，或是伊利里亚人。可从那时候之后，人民就变成了假想的东西。它的存在是为了让皇帝、政治家和国王们发表演说时有话可说：‘人民，啊！我的人民。’

“现在，前线到处是新闻记者和报刊记者。他们记下‘观察’所得，把民间智者的格言、警句收集起来，采访采访伤员，提倡一种鼓吹人民灵魂的新理论。他们很像一个当代的达里[①]，同样耽于想象，有一股按捺不住的写作狂。这是一种类型。还有另一种类型，喜爱三言两语，来上‘寥寥几笔速写和场景素描’，再加怀疑和厌世。例如我自己就读到有人写出了这样寓意性的文字：‘天灰蒙蒙的，同昨天一样。早起就一直下雨，满地泥泞。从窗口朝大路望去，路上是一行俘虏，一眼望不见头。大车拉着伤员。炮声隆隆。又在炮击了，今天和昨天一样，明天又和今天一样，日复一日，没完没了……’你看，这写得多么透彻，多么俏皮！但是，为什么他要埋怨那门大炮呢？要求炮击多样化，岂不是不可理解的苛求吗！他不该对大炮提出过分要求，倒应该对自己所作所为打个问号：为

---

① 达里（1801—1872），俄国作家、人种志学家和语言学家，《大俄罗斯语详解词典》编纂者。

什么日复一日地说那些空洞的话，只懂得罗列，只会打些逗号？为什么不厌其烦地大讲新闻记者的人道主义，匆匆忙忙跳来蹦去活像只跳蚤？他难道不知道应该是他，而不是大炮去不断创新，反对陈陈相因吗？！他应该懂得，单凭笔记本里积累的大量无聊的资料，是翻不出什么新意来的。他不知道，如果人们没有创见，没有某种自由驰骋的天才，没有某种神话的因素，那么事实也是毫无意义的。”

“你这番话讲得妙极了。”戈尔东打断了他，“现在我要就今天咱们路上所见的事，回答你的话：类似那个哥萨克捉弄可怜的犹太老人的事情，可谓成百上千。当然，这些都是极为下流的举动，对干这类丑事的人无须讲什么道理，应该抽他们的嘴巴。这用不着多说。然而，就整个犹太人的问题来说，是需要探讨的，而其结果会使你感到非常意外。这里我说不出什么新的思想。我的想法，也和你一样，是受你舅舅的影响。

“你会问，什么是民族？是否需要对他百般照顾？也许，并不时刻想着民族，只以自己美好、庄严的事业吸引、带领民族前进，为民族争光，使民族流芳百世，这样的人倒是对民族更为有益？自然，这肯定无疑。那么，基督的时代所谈的民族指的又是什么？这并不简单地指各族人民，而是指受感召、起变化的民族。问题全都在于变化二字上，而不在于对古老原则的矢忠。我们不妨回忆一下《福音书》是怎么说的。第一，《福音书》里没有应该这样或应该那样的肯定断语。《福音书》中只有商量口气的简单天真的建议。它建议说，你们愿意按过去从未有过的崭新的生活方式过活吗？你们希望得到心灵上的愉悦吗？这个建议被人们接受了，影响一直绵延数千年之久。

“《福音书》里说，在上帝的天国里是不能分希腊人和犹太人的。这是否只是说，上帝面前人人平等呢？不然，《福音书》的主旨并不在此。在这以前的希腊哲人、罗马的道德学家、《旧约》的先知们都已悟出了这个道理。《福音书》要说的是，在天国里的理想的生活方式和交际方式中，没有民族的不同，而只有个性的不同。

“你刚才说，事实如果没有注入内在的含义，是毫无价值的。基督教、个性的神秘——这正是应该注入事实的含义。只有包含了这种内涵，对人来说才有价值。

“咱们也谈到了那些平庸的活动家，他们对整个世界，毫无真知灼见。这类二流水平的人物兴趣狭窄，只热衷于谈论某一民族的问题，首先是受苦受难的某个弱小民族。他们叨唠个没完，通过表示同情来捞取资本。而犹太人就完全是他们的牺牲品。民族意识使犹太人死死地认定：他们必须永远是一个民族，世世代代是一个民族。而许多世纪以来，正是来自这个民族的一股力量，使整个世界摆脱了这一令人感到屈辱的任务。这是多么奇怪呀！这一切怎么会发生呢？这样一个盛节，这样一个摆脱了世俗陋习的成功，这样一次超脱了平庸琐事的腾飞，这一切都发生在犹太人的土地上，用的是他们的语言，属于他们的民族。他们看到了这一切，听到了这一切，怎么又忘记了这一切呢？他们怎么能听任如此无限美好和强大的灵魂离开自己的躯壳呢！他们怎么会认为，在这个灵魂取得了胜利和主宰权的同时，他们自己却变成了失去珍贵的精神力量的一具空壳。他们情愿这样受苦受难，究竟对谁有利呢？多少世纪以来，让全然无辜的老人、妇女、儿童任人嘲弄、宰割，而他们却是那么善良，待人那么真诚——请问是谁需要这样呢？世界各国挥笔写作的爱民之人，为什么竟然如此低能呢？犹太民族的伟大思想家，为什么只满足于运用世界性的悲哀和警策的讥讽这类为人熟知的形式，而没有更大的开拓？为什么这些人为了坚持履行自己的义务，宁愿冒高压蒸气锅爆炸的那种粉身碎骨的危险，而不解散这支奋斗目标不明、又不明不白遭受蹂躏的队伍？他们为什么不说一声：‘醒悟过来吧。够了，再不必这样了。不要再像以前那样叫自己是犹太人了。不要聚居一起，各走各的路吧。去和所有的人们住到一起吧。你们是世界上最早的、也是最虔诚的基督教徒。你们之中最卑劣的、意志最薄弱的人，把你们同正义对立起来，而其实代表这正义的恰是你们自己。’”

十三

第二天，日瓦戈回来吃中饭时，对戈尔东说道：

“你总嚷嚷要走，现在出事了吧，非得走了。但并不是你走了什么好运，是敌军又逼上来，我们又挨了揍。这算什么走好运呀！往东的路还能通，西边敌军正在逼近。已经下令让部队的全部医疗单位集中。明天或是后天就要开拔。去哪儿还不清楚。卡尔宾科，戈尔东先生的衣服准是还没洗吧。你总这样。说什么有个女人帮忙，再问仔细些，哪个女人，他自己也说不清，糊里糊涂，这个蠢东西。”

卫生勤务兵卡尔宾科嘟嘟囔囔为自己辩护。戈尔东身上穿的是日瓦戈的衬衫，已经很脏了。现在他要走，又换不下来，觉得很抱歉。日瓦戈没理勤务兵，也不看戈尔东，继续说道：

“咳，这就是我们的行军生活，像吉卜赛人一样行踪无定。刚到这里的时候，什么都不习惯，炉子安的不是地方，天花板太低，又脏又闷。可现在说什么也回忆不起来这以前我们是驻扎在哪儿啦。看惯了炉角瓷砖上的阳光，还有从炉台上移过的街上的树影，哪怕让我们在这里住一辈子也可以。”

他们不急不慢地收拾起行李来。

半夜，他们被喧哗和喊叫声吵醒，周围一片枪声和杂沓的脚步声。村子笼罩在一片不祥的凶光之中。窗前不时闪过黑影。后屋里的房东一家也醒过来，窸窸窣窣地穿衣服起床。“卡尔宾科，快去外面看看，出了什么事？”日瓦戈说。

不一会儿就全都弄明白了。日瓦戈三下两下穿上衣服，跑去医院想核实一下消息是否属实：在这一段战线上，德军击败了俄军。战线向村子移近，正在步步进逼，村子已处在火力射程之内。医院和机关等不得上级命令，必须紧急撤退，要在天亮之前离开。

“你随第一批车队走。马车现在就出发，但我已经吩咐他们等你。再见吧，我送送你。看看你能不能找个地方坐。”

他们向村头跑去，部队正整装待发。街上子弹纷飞，一片呼啸。他们弯着腰，利用墙根做掩护，跑过街上一幢幢房子。在通向田间的十字路口，可以看到榴霰弹在半空爆炸，就像大伞似的向四周散去。

“你怎么办呢？”戈尔东边跑边问。

“我得等一等。先得回去拿东西。我第二批才能走。”

他俩在村口道别。几辆大车和一辆双轮马车组成的车队出发了。开始时你碰我撞地走不开，慢慢就顺顺当当一辆接一辆地朝前走了。日瓦戈向远去的朋友挥了挥手；路旁一间木棚起火了，火光照亮了他俩。

日瓦戈像刚才来时那样，贴着农舍，靠墙角的掩护，很快回到了驻地。离开他屋门只隔两幢房子的地方，一股炮弹爆炸的气浪把他掀倒，榴霰弹打中了他。日瓦戈倒在路上，满身是血，失去了知觉。

十四

军医院撤退到了西部靠铁路的一个偏僻小镇，和司令部相邻。那时正是二月末的回暖天气。日瓦戈住在养伤的军官病房里，床旁的窗户由于他的要求大开着。

快吃午饭了。病人们各自打发饭前的时光。他们听说医院里新来了个护士，今天第一次来他们这里查房。躺在日瓦戈对面床上的加利乌林，正在翻看刚送来的《言论报》和《俄罗斯言论报》，看到版面上新闻检查后留下的一块块空白，十分恼火。日瓦戈在读战地信箱送来的冬尼娅的信，信已经攒了一大摞。一阵阵清风吹拂着信笺和报纸。这时响起了脚步声。日瓦戈抬起眼，拉拉走进了病房。

日瓦戈和少尉各自都认出了她，而拉拉却不认识他们中的任何一个。她说：

“你们好。为什么开着窗户？你们不冷吗？”她走到加利乌林跟前问道。

“您觉得有什么不舒服吗？”她问道，一边拿起他的手替他把脉，但马上又放下了。她在他床旁的椅子上坐下，感到有些窘迫。

“真没想到，拉拉·费奥多罗夫娜，”加利乌林说，“我和您的丈夫帕沙·帕夫洛维奇在一个团服役。他的遗物我都替您保存着。”“不可能，不可能，”她连声说道，“简直太巧了。这么说您了解他的情况？请快点告诉我事情的经过！他牺牲了，是被土埋了？不要隐瞒，不必为我担心。我已经都知道了。”

加利乌林没有勇气证实她所了解的情况。他想编些瞎话来安慰她。

“帕沙被俘了，”他说，“他带他的士兵冲得太猛，被敌人截断了后路。他们被包围之后，他出于无奈投降了。”

但拉拉并不相信加利乌林的话，这次意料不到的谈话，使她无比震惊和激动。眼泪已经涌上眼眶，但她不愿在人前掉泪。她很快地站起来，走到病房外面的走廊上才镇静下来。

少顷，她又回到病房，表面上已经平静下来。她故意避开目光不看加利乌林，怕忍不住又会哭起来，径直走到日瓦戈的病床前，心不在焉地、像背书一般说道：

“您好。您有什么不舒服吗？”

日瓦戈已经注意到她的激动不安和眼泪。他想问问出了什么事，并想告诉她，他曾两次遇见过她。一次他还是个中学生，一次已是大学生。可再一想，这样显得过于亲昵，别让她误会了他的意思。接着，他又突然想起了躺在棺木里的安娜·伊万诺夫娜和冬尼娅在西夫采夫产院的哭喊声，他忍住了嘴边的话，只是简单地说道：

“谢谢您。我自己是个医生，我可以给自己治病，什么也不需要。”

“他干吗冲着我不高兴？”拉拉暗自思忖，奇怪地朝这相貌平常、长着翘鼻子的陌生人看了一眼。

几天来，天气一直变化无常，晴不起来。夜里常常吹起一阵阵暖风，送来潮湿的泥土味。

这些日子司令部里传出一些莫名其妙的消息，从家里、从内地不断有令人不安的消息传来。司令部和彼得堡的电话时常中断。现在到处都在议论政治问题。

每次拉拉值班，早晚要查房两次，同各个病房里的病人随便说上几句无关紧要的话；也和加利乌林和日瓦戈扯上几句。“这人很怪，很有意思。”她想道。“年纪轻轻的，那么不友好。长了个翘鼻子，当然算不上十分漂亮。但是个真正的聪明人，聪明得讨人喜欢，又充满活力。”不过这些都无关紧要。对她来说最主要的是尽快结束这里的护士工作，调回莫斯科去，可以离卡坚卡近些。到了莫斯科她要申请退役，辞去护士工作，回到故乡尤里亚京的中学去教书。关于可怜的帕沙，看来消息已经千真万确，没有任何希望了，因此她也没有必要再在前线充当女英雄。全是为了找他，才引出这么一大堆事情来。

现在卡坚卡在那里怎么样了呢？可怜的、没了爸爸的苦命孩子（想到这里她又掉下泪来）。近来发生了多大的变化呀！不久以前，她心中充满了对祖国的神圣的义务感、军人的荣誉感和崇高的社会责任。然而战争失败了。这是最大的不幸，于是其他的一切都失去了光彩，没有什么神圣可言了。

转眼之间，一切全变了：调子变了，气氛变了，不知道应该怎么看，应该听谁的话。仿佛过去一直有人像带孩子似的牵着你的手走路，现在突然撒手不管，让你学着自己走。四顾茫茫，一个人也没有，既无亲人，也无权威，于是就想相信最主要的东西：生活的力量，或是相信美，相信真理，让这些，而不是让那些被推翻了的、人为的规定，来完全驾驭你，比过去习惯的和平生活时期更彻底地驾驭你。那种和平生活已经消失，被取缔了。对拉拉来说（她很快就明白了这一点），卡坚卡就是她生活中唯一的绝对的目的。现在帕沙不在了，拉拉只是个母亲。她要把毕生的精力献给卡坚卡这个失去父亲的可怜的孩子。

有人写信告诉日瓦戈说，戈尔东和杜多罗夫没有征得他的同意就为他出版了书。书得到了好评，并预言他在文学上很有前途。人们在信中还告诉他，现在莫斯科很活跃又很不安定，在底层民怨日益鼎沸，我们正处于大变动的前夕，重大的政治变革已经迫在眉睫。

夜已经深了。日瓦戈劳顿不堪。他时而沉入梦境，时而又醒过来。他觉得白天紧张了一天，现在不会睡着的，也睡不着。窗外昏沉沉的风呜呜地响着，仿佛打着哈欠，睡意朦胧。风声如诉如泣：“冬尼娅，萨沙，我多么想念你们，我多么想回家，想去干我的工作。”在风声的低诉里，日瓦戈时而醒过来，时而又跌入梦境，幸福和痛苦也随之惶恐不安地迅速交替着，就像这多变的天气，这变幻不定的夜晚。

拉拉心想："那个伤员多么关心帕沙，为他保存下这些令人心碎的遗物，可是我简直没有良心，甚至都没问一问他叫什么，从哪里来。"

第二天早上她查房时，为了弥补自己的疏忽和表示一下自己的感激之情，便仔细询问加利乌林的情况，一边嗯嗯地应和着。

"我的上帝，仁慈的上帝啊！是布列斯特街二十八号，是季韦尔辛的家，是革命的一九〇五年的冬天！小奥西普吗？不，不，我不认识奥西普，也许我不记得了，请原谅。可是时间，时间是对的，房子也是对的！确实不错，我记得这幢房子和一九〇五年！"噢，她突然活灵活现地记起了这一切！当时还练过射击，还有（天啊，快让我想想）"基督的旨意"！啊，童年的一切记得多么清晰，多么深刻，因为这是人生的开始啊！"请原谅，您的名字叫什么，少尉？对了，您已经告诉过我。谢谢您，我多么感谢您啊！奥西普·吉马泽金诺维奇，您唤起了我许许多多的回忆，许许多多的思绪！"

一整天来，她心里一直想着"那幢房子"，嘴里啊啊地感叹着，几乎出声地回忆着，思考着。

布列斯特街二十八号，多了不起！现在又响起了枪声，可是比当初要可怕得多！这可不是"孩子们打枪玩儿"。孩子都已长大成人，他们都成了军人，那些院落和村庄里的普通百姓全部成了战士！简直叫人惊讶！

伤员们拄着木棍和拐杖，一瘸一拐地走进屋来或跑步进来，隔壁病房里能走路的伤员也跑着争先恐后地嚷嚷道：

"特大消息，彼得堡巷战了！彼得堡的卫戍军向起义者倒戈了。革命了！"

第五章　告别旧世界

一

这座黑土地上的小镇叫梅柳泽耶夫。大批的军队和战车途经这里，使镇子上空弥漫了黑色的尘土，像一群群在屋顶上飞着的蝗虫。军队和战车从早到晚不停地在镇上来来往往，有从前线撤下来的，也有开往前线的，所以谁也说不清战事是在继续呢，还是已经结束。

每天都有新的工作要做，它们就像蘑菇似的老长老有。每件事都得选派人去干。日瓦戈医生本人、加利乌林少尉、拉拉护士，还有和他们一伙的几个人，总之大城市来的有知识、有经验的人，一个不漏都委派了新工作。

他们在城市管理处当干部，又去某地的驻军和卫生营里当政委。他们把这些工作的变换，当作是一种户外游戏和捉迷藏。但他们越来越想结束这种游戏回老家，去干自己的旧行当。

由于工作关系，日戈瓦和拉拉·安季波娃经常有接触。

二

遇到下雨天，小镇上的黑尘就变成了咖啡色的泥泞，弄得所有街道——其中大多是没有铺路面的街道，十分肮脏。

小镇不大，无论在哪里，只要拐一个弯，就可以看到荒凉的草原，阴霾的低空，笼罩着一派战争的气氛，革命的气氛。

日瓦戈给妻子的信中写道：

军队里依旧人心涣散，混乱得很。上边正在采取措施整饬军纪，鼓动士气。附近的一些驻地部队我都去过。

最后，附带说一点，这件事我本可以早些告诉你。我在这里和一位叫拉拉·安季波娃的女护士经常在一起工作。她是从莫斯科来的，乌拉尔人。

你还记得，你母亲去世的那个可怕的夜晚，在圣诞晚会上有个姑娘朝检察官开枪的事吗？好像后来她受到了审讯。我记得那时我就对你说过，我和米沙·戈尔东在一个蹩脚的旅馆里见到过这个女大学生，那次是和你父亲一起去的。当时她还是个中学生，不记得我们当时为什么要去旅馆了。那天夜里非常冷，我现在记起好像正是普列斯尼亚发生武装起义的时候。那个女孩子就是拉拉·安季波娃。

我一直急着想回家，但事情不那么简单。倒不是工作使我们脱不开身，工作我们可以毫无影响地移交给别人。困难的是路上太难走。火车有时根本没有，有时挤得无法上去。

但我们不能再无限期地拖下去。我们几个身体已康复、也已退役和辞职的人，决定无论如何要返回家去。为了能坐上车，我们不准备同一天走，从下周开始各自分开走。其中包括我，加利乌林和拉拉·安季波娃。

我也许会突然回到家里。不过，我尽可能给你去电报。

日瓦戈还没走，便收到了冬尼娅的回信。

信里的句子看来不时被冬尼娅的哭泣打断，满纸泪斑和墨迹。她竭力劝丈夫不要回莫斯科，让他跟随那位不同寻常的女护士直接去乌拉尔；她一生离奇曲折，而冬尼娅生活道路却平淡乏味，是无法和她相比的。

"至于萨沙和他的未来你不必担心，"她写道，"他不会给你丢脸的，我保证用你童年时亲身体验过的我们家的教育原则来培养他。"

日瓦戈急忙给她回信：

冬尼娅，你疯了吗，你怎么能这样瞎猜疑！难道你不知道或是不清楚，正是对你的思念，对家庭的一片忠诚，在两年可怕的毁灭性的战争中挽救了我的生命，使我免遭各种灭顶之灾！不过，这些都不必说了。我们很快就会见面的，又要回到我们过去的生活，一切都将悄然冰释。

不过，你竟然写出这样的信，使我产生了别的忧虑。如果是我的信引起了你的猜忌，也许我确实行为有所不检。那么，我也对不住那位有可能误解我的女人，对她我也应该表示抱歉。等她巡视附近几个村子回来，我就向她道歉。过去只有省级和县级才建立地方自治机关，现在比较小的行政单位如乡里，也建立了。拉拉·安季波娃协助她一个当指导员的朋友进行这方面的工作。

虽然我和拉拉·安季波娃住在一幢楼里，好在我至今不知道她的房间在哪里，也从没打听过。

三

从梅柳泽耶夫小镇向东和向西各有一条大道。一条是土路，经过森林，通向买卖粮食的济布申诺镇子，也属梅柳泽耶夫镇管辖，但各方面都比它强。另一条是碎石铺面，穿过夏季干枯的沼泽地，直奔比柳奇车站。这里是离梅柳泽耶夫不远的两条铁路线的交叉点。

六月在济布申诺成立了一个独立的济布申诺共和国，领头的是一个名叫布拉热伊科的当地的磨坊主，但只维持了两周。

共和国的武装力量，主要是第二一二步兵团里逃亡的士兵。他们携带枪支撤离阵地，途经比柳奇来到济布申诺，正好遇上政变。

共和国不承认临时政府，脱离俄罗斯独立。分裂派分子布拉热伊科年轻时曾和托尔斯泰有过书信来往。他宣布济布申诺为新的永恒之国。这里人人劳动，财产公有，并把乡政府改名为圣徒公署。

济布申诺一向是神奇和夸张传说的策源地。它四周都是黑森森的老林。在十六世纪末、十七世纪初变乱迭起的时代，历史文献中就提到过它，后来那一带又是盗贼出没之地。这里商贾殷富，沃野千里。这些都传为佳话。靠近前线的西部地区，奇特的迷信、习俗，老百姓独特的乡音都源于济布申诺。

现在到处流传着有关布拉热伊科主要助手的荒诞不经的传闻。人们都说他是个天生的聋哑人，等灵感来临时，他方能说话；灵感过去，又成了聋哑人。

七月，济布申诺共和国就夭折了。一支忠于临时政府的军队开了进去。倒戈的士兵被撵出济布申诺，退到比柳奇。

比柳奇的铁路后面，绵延着好几里的树林伐区，树墩上长满了草莓。没有运走的木材堆垛，被人偷走了一半；过去临时来这里伐木住的土窑，也大都坍塌了。那些倒戈的士兵就盘踞在这里。

四

军医院占用的是伯爵夫人扎勃琳斯卡娅的私宅。日瓦戈曾在那里养过伤，后来又在那里工作过一段时间。战争一开始，伯爵夫人就把屋子捐给了伤兵医院。现在日瓦戈要离开这里了。

这幢两层楼房位于梅柳泽耶夫最好的地段，即小镇大街和中心广场(也称练兵场)的路口。以前士兵们曾在这里操练，现在，傍晚这里经常举行群众集会。

从路口上的这幢房子朝四面望去，景色十分幽美。除了大街和广场外，还可以看到邻院里并不富裕的寒酸情景，几乎和农村毫无二致。连伯爵夫人破落的后花园也可一览无余。

扎勃琳斯卡娅从不认为这幢楼房有什么独立存在的价值。县里有一座很大的“逍遥田庄”，也是属于伯爵夫人的。城里这幢房子，不过是进城办事时歇脚的地方，同时也是各地宾客去庄园度假的集散地。

现在这幢房子成了军医院。房主在她常住的彼得堡被捕。

私宅里过去的仆役，只剩下两个很有意思的女人，一个是已出嫁的伯爵女儿过去的家庭教师弗列丽小姐，还有一个是专为老爷太太做饭的厨娘乌斯吉尼娅。

脸色红润、满头银丝的弗列丽小姐，常常趿拉着一双软便鞋，穿着肥大的半旧上衣，披头散发、邋邋遢遢地在军医院里到处晃悠，和军医院的人都挺近乎，犹如当年和扎勃琳斯卡娅家里人一样。她和医院里的人说话时，拿着一股法国腔，把俄语的尾音吞掉。一说起话来就摆出一副姿势，指手画脚；说到末了总要嘿嘿大笑，接着是一阵剧烈的咳嗽。

弗列丽小姐了解拉拉·安季波娃护士的底细。她觉得日瓦戈医生和她应该相互爱慕。浪漫的性格使她热中于撮合男女间的好事，这已是积习难改。弗列丽小姐要是撞上他们两人在一起，就喜不自胜，伸出指头意味深长地吓唬他们，同时又调皮地向他们眨眨眼睛。拉拉·安季波娃莫名其妙，日瓦戈感到恼火。但弗列丽小姐像一切怪女人一样，不轻易放弃自己视为珍宝的想入非非的念头。

乌斯吉尼娅的性格更为怪僻。这个女人长得不匀称，头尖体胖，挺像只抱窝的母鸡。乌斯吉尼娅冷漠精明到了刻薄的地步，虽然她很理智，但要讲到迷信，她具有不可遏止的幻想力。

乌斯吉尼娅知道许多民间符咒。她如果出家门，总得对灶火和门锁孔念一通避邪咒语。她出生在济布申诺，据说是乡村巫师的女儿。

乌斯吉尼娅可以整年不开口，可一旦谈兴大发，就像决堤的洪水无法收拾。见到什么不平之事，她总要挺身而出。

济布申诺共和国垮台后，梅柳泽耶夫执委会开展了一场反对无政府主义思潮的斗争，而济布申诺正是这个思潮的发源地。每天傍晚，练兵场上自然地形成只有寥寥数人参加的平静的群众集会。梅柳泽耶夫的闲着无事的居民，以往夏天也常常在消防队大门旁扎堆儿谈天。梅柳泽耶夫文教局鼓励这种集会，派出文教局的人或请外来的人指导这里的活动。他们认为关于那个会说话的聋哑人的传说是济布申诺种种传闻中最荒诞不经的，所以讲话时常常要揭露他。但是梅柳泽耶夫手艺工人、士兵和过去阔人家的女佣，对此另有不同的看法。那个聋哑人在他们眼里并非荒诞不经，他们总护着他。

人群里三三两两地喊叫着，为聋哑人说话，喊得最积极的是乌斯吉尼娅。起先她不敢露面，女人家总羞于当众说话，但慢慢地她胆子变大了，经常批驳那些不受梅柳泽耶夫居民欢迎的演说家。这样一来，不知不觉间她竟成了一个名副其实的大庭广众下的演说家了。

从军医院那些敞开的窗子里面，常常可以听到广场上人们的喧哗笑语。到了特别寂静的夜晚，还能够听清楚人们发言中的个别语句。每当乌斯吉尼娅发言时，弗列丽小姐总要跑进屋来，让大家静心细听。她毫无恶意地用蹩脚的俄语学着乌斯吉尼娅的话：

“共和国！共和国！……济布申诺！聋哑人！叛徒！叛徒！”

弗列丽小姐暗暗为这个巧舌如簧的泼辣女人感到自豪。这两个女人既很要好，又没完没了地相互抱怨。

五

日瓦戈准备要离开这里了。他去各处向人们一一告别，同时办理一些必要的证件。

这时，附近战线的一个新任政委，正好路过梅柳泽耶夫镇去部队。人们说起他时，好像他还是个未成年的孩子。

正值大反攻的前夕。军队里想方设法要鼓舞斗志，好使士气能有明显的转变。设立了革命军事法庭，恢复了不久前废除的死刑。

日瓦戈临走前必须去卫戍司令那里除名。在梅柳泽耶夫这个工作是由一位军队首长负责的，人们简称他为“县首长”。

他那里通常挤得水泄不通。过道和院子挤得到处是人，连办事机关窗外的半条街，也站满了。办公桌跟前，人都挤不过去，声音嘈杂，谁也听不清别人在说什么。

这一天，不是接待日。办公室里没什么人，很清静。文书们对愈来愈复杂的公文事务很头痛。他们默默地写着，有时相互交换着讥讽的眼色。首长办公室里欢声笑语，听那声音好像他们正在开怀畅饮，喝着什么清凉饮料。

加利乌林从里面走出来，看见日瓦戈就伸手弯腰，招呼日瓦戈去里面和他一起热闹一番。

日瓦戈反正要去办公室请首长签字。进里屋后，他发现那里简直乱得一塌糊涂。

小镇上那位头号新闻人物和当代英雄——新政委，不去干自己的本职工作，却跑到这儿来了，这里既非司令部的重要部门，也与军事无关。但他却面对着一群军队文职人员，在那里夸夸其谈。

“这位也是我们这儿的一个重要人物，”县首长向政委介绍日瓦戈说。可是政委正说得眉飞色舞，看都没看他一眼。县首长转过身子在日瓦戈递过来的证件上签了字，很客气地伸出手，让日瓦戈在屋子中央的一张矮脚软凳上坐下。当时在场的人中，只有日瓦戈一人规规矩矩地坐着，其他人很随便放肆，坐的姿势稀奇古怪。县首长手支着脑袋，像皮却林①似的懒散地半躺在书桌旁，他的那位助手跷着腿高坐在沙发一侧的扶手上，像坐在女式小马鞍上一般。加利乌林反骑在一张椅子上，两手抱着椅背，脑袋靠在上面。那位年轻的政委，一会儿双手撑着跳上窗台，一会儿又跳下来，像个打旋儿的陀螺在办公室急匆匆地转来转去。他口若悬河，滔滔不绝地谈着比柳奇士兵倒戈的事情。

新政委和人们对他的传说相去不远。他细高身材，风度翩翩，完全还是个孩子，燃烧着崇高的理想之火。听说他出身名门，父亲可能是个参政员，二月革命时曾带领一队人马率先冲进国家杜马。别人向日瓦戈介绍他时，说他姓金采，也许是金茨——说得不太清楚。政委说一口标准的彼得堡方言，口齿十分清楚，稍稍带点波罗的海的口音。

---

① 皮却林，莱蒙托夫小说《当代英雄》中的男主人公。

他穿的是紧绷在身上的四个贴兜的军上衣。大概他觉得自己太年轻，有些不自在。为了显得老成些，他装出一种不屑的神态撇着嘴，还故意驼着背，两只手深深插在马裤兜里，肩头崭新硬挺的肩章就翘了起来。这副模样确实很像粗笔勾勒的骑兵形象，因为从肩头到脚正好可以画出两条斜线，在底端交叉到一起。

“离这里几站地的铁路线上，驻扎着一个哥萨克骑兵团，是红军，很可靠。把他们调来包围叛军，就万事大吉了。军团司令一再要求尽快解除他们的武装，”县首长向大家说。

“哥萨克？绝对不行！”政委发火了，“现在不是一九〇五年，不是革命前的演习！在这个问题上，咱们是针锋相对的，你们的将军是自作聪明。”

“还没付诸行动。一切只是纸上谈兵，是个设想罢了。”

“我们和司令部达成过协议，他们不干预我们作战的决定。调用哥萨克我不反对。就算这样吧。但我个人要采取一些理智的步骤。叛军是露营的吗？”

“怎么说呢，反正他们的营地很牢固。”

“很好，我想去他们那里一趟。告诉我怎么去找这些可怕的人，这些绿林强盗。虽说他们造了反，甚至是临阵脱逃，但他们是人民。先生们，这一点你们可别忘了。而人民就像孩子一般，需要了解他们，懂得他们的心理，要用特殊的方法。必须善于触动他们最高尚的、最敏感的心弦，这样才能奏效。

“我到他们那里的伐木场去，和他们谈谈心。你们将看到他们秩序井然地返回原来的阵地。咱们打赌好吗？你们信不信？”

“不好说。但愿如此！”

“我对他们说：‘弟兄们，就拿我来说吧。我是一个独生子，一家人全指望着我，但我什么都放弃了；为了你们能获得自由——世上没有人享受过这种自由，我牺牲了荣誉、地位、双亲之爱。我，还有许多和我一样的年轻人，都这样做了，且不说老一辈光荣的先驱、流放的民粹派、身陷囹圄的民意党人所做的牺牲。我们是为一己的私利而奋斗吗？是我们个人的需要吗？现在你们已不是过去那种普通人，而是世界上第一支革命大军的战士。你们扪心自问，是否配得上这样光荣的称号？现在祖国正在流血，在竭尽全力摆脱缠在她身上的毒蛇般的敌人。可你们却上了一帮江湖骗子的当，变成了一群毫无觉悟的败类，一群践踏自由、无法无天的恶棍。你们贪得无厌，得寸进尺。啊，我一定要说得他们动心，让他们感到羞耻！”

“不不，这样太冒险，”县首长提出反对意见，一边暗中和他的副手交换意味深长的眼色。

加利乌林也劝政委不要去干这种蠢事。他了解二一二步兵团的那些亡命徒，过去二一二团也属于他所在的师管。不过政委把他的话当做耳旁风。

日瓦戈一直急着要走。政委的天真幼稚使他感到窘迫。可是县首长和他副手，这两个爱讥笑人的机灵鬼的狡猾和世故，也高明不到哪儿去。一种是愚蠢，一种是滑头，倒挺般配。两者又都表现为滔滔不绝的高谈阔论，而本身极其无聊、空洞，枯燥乏味。这些恰是生活极力要摆脱的累赘。

啊，有时他多么盼望能摆脱人们平庸的高调，回到貌似寂静无语的大自然中去，回到苦役般漫长而艰难的、默默无闻的劳动中去，回到无言的沉沉梦境中去，沉浸在真正乐曲的宁静中，沉浸在心旷神怡的恬静中！

日瓦戈想到他还得同拉拉·安季波娃作一次交谈和解释，不管怎么说，这是不愉快的事。尽管如此，他还是乐意有机会见她一面。但她未见得会回来了。日瓦戈抽了个空，赶紧站起来悄悄离开了办公室。

六

其实她已经回来了。这是弗列丽小姐告诉他的，还说拉拉·安季波娃回来时很累，匆匆吃过晚饭，就回自己屋里去了，不让人去找她。弗列丽小姐又对他说："不过，您可以敲门试试，大概还没睡。""去她那里怎么走？"日瓦戈问道，弄得弗列丽小姐莫名其妙。原来，拉拉·安季波娃房间在二层走廊的尽头，旁边几间堆放着扎勃琳斯卡娅的家具什物，门上都挂着锁。日瓦戈以前从没去过那儿。

天很快就黑下来。外面的天地显得小了。在幽暗的黄昏里，房子和围栏仿佛挤成了一堆。院子里的树木在灯火下，好像从远处挪到了窗子跟前。这是个闷热的夜晚。人稍一活动便大汗淋漓。一束束煤油灯光，照在院中的树干上，像是往下淌的一道道肮脏的汗水。

日瓦戈登上楼梯，到最后一级又停下来。他寻思人家出门刚回来疲惫已极，现在敲门不太合适，也不受欢迎。最好还是明天谈吧。他改变了主意，又若有所失地走到走廊的另一头。那里有一扇对着邻院的窗户，日瓦戈探出头去望望邻院。

夜幕里充满神秘的悄声细语。走廊近处的水池中，在滴答滴答地流水，缓慢而均匀。窗下有人在低声絮语。院子尽头的菜园里，有人在浇黄瓜，把水从一个桶里倒到另一个桶里，水从井里提上来的时候，井上的链条铮铮作响。

世上的百花仿佛突然一起散出香气，好像白天大地一直在沉睡，现在苏醒过来，吐出阵阵沁人心脾的芬芳。伯爵夫人的古老花园中，满地堆积着枯枝败叶，连走路都不方便。繁花初放的老椴树，香气氤氲，浓郁袭人，像一面高墙似的全身散发出香气。

从右面围墙外边，传来街上的喧闹声。一个休假的士兵大声吵嚷，门乒乒乓乓地响着，听得到片断的歌声。

大得出奇的暗红色月亮，从伯爵夫人花园中乌鸦巢的后面冉冉升起。开始时，月亮红得像济布申诺蒸汽磨粉机厂的砖墙颜色，后来渐渐变黄，颜色像比柳奇铁路旁的水塔。

窗台下面，除了紫茉莉花香外，还隐约可辨带些花茶味的新料草的香气。院子里拴着一头母牛，一个主妇正在喂草。牛刚从老远的乡下买来，白天走了一天，累了，再加上想念老家的伙伴，所以不肯吃这陌生的女主人手里的青草。

“好，好，别淘气了。哞！哞！你要抵人，看我不收拾你这鬼东西，”主妇低声喂它吃草。可是母牛恼怒地把头扭来扭去，再不就伸长脖子伤心地哞哞叫着。在梅柳泽耶夫黑乎乎的干草棚上面，星光闪烁，似乎同情地望着母牛，仿佛星星上有另一种世界的牲畜圈，那里的牲口都在心疼它。

周围的一切都在神秘地发酵、变化和成长。生命的欢乐犹如一阵和煦的微风，吹拂着田野和市镇，屋宇和墙垣，树木和人的躯体，所到之处，都能引起阵阵震颤。日瓦戈想遏止这种感染，就去练兵场听听大会上人们的议论。

七

月亮已到中天。天穹下的万物沐浴在月色里，像是洒上了一层厚厚的白粉。

广场四周是公家的石砌圆柱大楼，台阶前投下了硕大的房影。似乎地上铺了一块块黑色地毯。

大会正在对面的广场上举行。如果仔细听，可以听到广场那头所有的发言。但日瓦戈却被这里美丽的景色迷住了。他在消防队门口的一条长椅上坐下，无心去听对面人们的讲话，却欣赏起四周的夜景来。广场两边是一条狭窄僻静的小巷，里面隐隐绰绰看得出是东倒西歪的破旧小屋。巷子里泥泞得无法通行，就像在村里一样。烂泥地上一排长长的柳条篱笆，很像戳在河里水面上的鱼篓和虾筐。

屋里都敞开着玻璃窗，半明半暗地闪着光。房前小院里种着一行行挂露水的玉米，淡棕色的玉米穗和玉米须，犹如涂了层油，闪闪发光。玉米快要蹿进屋里来了。坍塌的篱笆后面，一株株苍白纤细的锦葵孤孤单单地朝远处望着，就像穿着衬衣的村妇，因为屋里太热，到外面来吸口新鲜空气。

月光笼罩下的夜色，令人惊叹不已，就像看到了仁慈之心或是洞察一切的天赋。突然这皎洁宁静的神话世界被一个熟悉的似曾听过的声音所打破，语气从容而又铿锵有力。听起来是那么悦耳、热情，而且充满信心。日瓦戈仔细一听，立刻认出这是政委金茨，是他在广场上讲话。

大概地方政府因为他威信高，请他出面讲话以表示对政府的支持。他十分激动地批评梅柳泽耶夫居民散漫，无纪律，批评他们轻信布尔什维克，受到了不良影响，还告诉大家说，布尔什维克是济布申诺事件真正的罪魁祸首。他讲话的意思和刚才在卫戍司令办公室说的差不多，提醒大家不要忘记存在着强大和残酷的敌人，不要忘记祖国正面临危难。他才讲了一半，有人就开始打断他。

有人要求别打断讲话，有人高喊不同意，呼叫声此起彼伏。不同意演讲人意见的愈来愈多，喊声愈来愈响。陪同金茨一起来的一个人，当起了大会主席，大声说不准随便插话，要求大家遵守会场秩序。一些人要求让一位妇女发言，另一些人就嘘她，请金茨讲下去。

这时，从人群中挤出一个妇女，走到权充讲台的倒放的木箱跟前。她并不想登上木箱，挤到前面就站在箱子旁边。大家都认识这个女人。会场静了下来，女人吸引了会场的注意。她便是乌斯吉尼娅。

“政委同志，您刚才说到济布申诺，后来又说到眼睛，说要眼明心亮，不要受骗上当。可我听来听去，您也只会说说布尔什维克和孟什维克。别的我没听出什么来。至于说不要再打仗，要像兄弟姐妹一样和睦相处，这是《圣经》里的意思，不是孟什维克说的；

说到工厂要交给穷人，这也不是布尔什维克的发明，是人类的同情心。还有那个聋哑人，又拿他来责怪我们，您不说我们都听腻了。老说这个有啥意思！他怎么得罪您了？是因为他原来是个哑巴，突然没请示谁就说起话来了吗？那又怎么样呢？有什么了不得呢？天下这类怪事多着哪！比方谁都知道的那头母驴，它对主人说：‘巴兰，巴兰，我实话对你说，可别去那里，你会后悔的！’谁都知道巴兰不听劝，还是去了。它就像你说的那个‘聋哑人’。他想谁听它的呀，那驴子是头牲口嘛。他不理睬牲口的话，后来后悔也来不及。您大概也知道那后果怎么样吧。”

“怎么样呢？”人群里有人问道。

“不说了，”乌斯吉尼娅不客气地回了一句，“知道得太多，当心老得快。”

“这不行。你给我们说说结果，”问话的人不肯罢休。

“结果，结果，真烦人！最后巴兰变成了一根盐柱。”

“你开什么玩笑，大婶子！这是罗得。罗得的妻子，”大家喊了起来，哗然一片。大会主席请大家安静下来。日瓦戈回屋睡觉去了。

八

第二天晚上，他见到了拉拉·安季波娃。他在餐具室找到了她，她正在熨衣服，面前熨好的衣服摆了一摞。

餐具室在二层朝果园那头的一间房子里。在这里生茶炊，手拉升降机从下面厨房送上来的菜在这里盛盆，脏盆碗送下去给女工洗。在餐具室里还保存着军医院的物资清单，根据清单在这里查点餐具和衣物；有人闲时来这里休息或是约会。

朝果园的窗户敞开着。餐具室中可以闻到一种古老花园里常有的椴树花香和兰芹枯茎的苦涩味，还有屋里两只烧炭熨斗冒的烟气。拉拉·安季波娃替换着使用这两只熨斗，每回用完就把它放在通气管上再次烧热。

“您昨天怎么没来敲我的门？弗列丽小姐说您找过我。不过您不来是对的，那时我已经躺下了，也不能让您进屋去。噢，您好！小心弄脏了衣服。这里有炭末子。”

“看来，军医院的衣服全都是您熨的吧？”

“不，这里不少是我自己的。您不是老取笑我，说我走不出梅柳泽耶夫去吗？现在我可真要走了。瞧，我已经在准备行装，收拾东西了。等收拾完了就开路。我去乌拉尔，您去莫斯科。日后要有人问日瓦戈医生：‘您是否记得有个小镇叫梅柳泽耶夫的？’您会说：‘不太记得，’‘拉拉·安季波娃是谁？’‘毫无印象。’”

“嗯，就算这样吧。您去各个村子走了一趟，怎么样？农村情况好吗？”

“三言两语可说不清。熨斗冷得好快！请您把那只热的递给我，如果您不麻烦的话。就在烟道口上搁着。这一只请您再放到那儿去。对，谢谢啦。农村什么样的情况都有。这要看村里的居民怎么样。有些村子的居民劳动好，肯干，这样的村子还过得去。有的村子可尽是酒鬼，地都荒着。那些地方看着就可怕。”

“尽说些傻话，哪儿是什么酒鬼？您未必懂很多！那里根本没有人，男人全部应征入伍了。好了，不说了。地方上新的革命政权怎么样呢？”

“说到酒鬼，您讲的可不对，我不同意。要说当地政府嘛，往后的麻烦事多着呢。上面的各项指示不符合实际情况，乡里没人合作。农民目前感兴趣的只有土地问题。我顺路去了‘逍遥田庄’。地方真美！您要能去看看就好了。春天被放火烧掉了一部分，还遭过抢劫。柴棚烧掉了，果树熏黑了，房子正门也熏黑了。济布申诺我没去，没去成。但是到处人们都对我说，传闻的那个聋哑人确有其人。他们还告诉了我他的相貌，据说是个年轻又有文化的人。”

“昨天在广场的大会上，乌斯吉尼娅还使劲为他说话呢。”

“我刚回来，他们又从‘逍遥田庄’送来整整一车乱七八糟的东西。我不知对他们说过多少回了，让他们不要再惊动‘逍遥田庄’。我们自己东西不少嘛！可今天早上卫戍司令部的守卫又拿着县首长的签条来要东西。说急需伯爵夫人的一套银茶具和水晶玻璃的酒具。说借用一晚上，用毕归还。我们可清楚这‘归还’是什么意思。东西得丢掉一半。听说要开个晚会，来了个什么贵宾。”

“噢，我猜出八九分了。来人是前线的新政委。我偶然见到了他，他打算去收拾倒戈的士兵，包围起来解除武装。政委不过初出茅庐，办事幼稚可笑。这里有人建议调用哥萨克，可他想用眼泪感化他们。说什么民众就像小孩子一样，如此等等，以为这一切不过是儿戏。加利乌林极力劝阻，让他不要去惊动那些沉睡的野兽，交给他们来收拾吧。可这样的人一旦认准了一个想法，难道能说服得了吗？您听我说，先放一放熨斗。这里很快会发生一场不可想象的混战，我们都对此无能为力。我很希望您能在这之前离开这里！”

“什么事也不会有的，您夸大其词了。不过我反正也要走。但不能这样说走就走。需要把东西列成清单交上去，否则好像我偷了东西。可是移交给谁呢？这倒是个问题。为这些东西我没少受累，可是回报我的只有埋怨。我把扎勃琳斯卡娅的财产都登记在军医院名下，这本是根据法令办事。可有人认为，我是故作姿态，似乎我希望用这样的办法为伯爵夫人保住财物！真是卑鄙！”

“咳，这些地毯呀，瓷器呀，您不必放在心上，丢就丢了吧。为这些东西苦恼自己，何苦来！是啊，昨天我没见到您，心里十分遗憾。当时我兴致极好！我会告诉您我内心的全部秘密，回答一切伤脑筋的问题！不，我不是开玩笑，我多么想敞开来谈一谈，对您讲讲我的妻子、儿子、我的生活。真见鬼，难道一个成年男人就不能和一个成年女人谈话吗？一谈马上就得被人怀疑有什么隐情吗？岂有此理！让这些说法都见鬼去吧！

“您熨呀，熨呀，我是说您熨衣服好了，不要管我，我说我的，要不少时间呢。

“您想想，现在是什么时候！可我们正好生活在这样的时代。这样前所未有的时代，在世上也千载难逢。您想想，整个的俄罗斯，屋顶都被掀掉了，我们和全体人民都无遮无盖。没有人来关心我们。自由，真正的自由，不是口头的自由，不是写在要求书里的自由，是从天而降、出乎意料的自由。自由来得意外，是阴差阳错的结果。

“每一个人都无所适从，变成了一个庞然大物！您注意到这一点没有？好像每个人都为自己、为自己身上发现的英雄气概，背上了沉重的包袱。

“您还熨您的呀。您怎么不说话了？您不觉得枯燥吧？我给您换换熨斗。

“昨晚我去看了一次群众大会。惊人的场面！我们的母亲——俄罗斯活动起来了，她再也呆不住了，她来回地走也走不完，不停地说也说不够。还不光是指人们；天上的星星，地上的树木，也聚集到一起来议论。夜间的花朵同样在作哲理的思考。一幢幢的砖石楼房都起来聚会了。这有点像《福音书》里写的，是不是？仿佛回到了圣徒时代。您还记得圣保罗是怎么说的吗？‘你们要用各种语言说话并且预卜。你们要祈求获得解释的才能！’”

“您说树木和星星也像参加了大会，这我能理解。我明白您的意思。我自己也常常有这样的感觉。”

“这种情形一半是战争造成的，其余是革命的后果。战争把生活突然打断了，似乎生活可以暂时缓一缓（真是荒唐之极！）。革命的爆发，就像胸中憋了一口气，闷了太久，不吐不快。每个人都复苏了，新生了，人人都变了样，发生了根本的转折。也许不妨这么说：每个人都经历了两种革命，一种是个人自身的，另一种是全体共同的。我觉得，社会主义是个大海洋，所有个人自身的革命应该像江河入海，汇入其中，流进这生活的海洋，特色鲜明的海洋。我说的生活海洋，是指在绘画中看得见的那种生活，是含有伟大意义、创造性地丰富发展了的生活。现在，人们决心不在书本中去体验它，而要在自己身上体验它；不是抽象地、而是在实践中体验这种生活。”

日瓦戈的声音突然颤抖起来。这是他精神开始亢奋的流露。拉拉·安季波娃停下手里的活，朝他投去严肃和惊诧的目光。他思路乱了，一下子忘记说的是什么。过了一会儿他才又说下去。他无暇顾忌什么，任情发泄起来：

“这些天来，我多么渴望能生活得诚实、有益！多么渴望成为普天欢庆中的一员。然而，在大家欢欣鼓舞的时刻，我却看到了您深奥莫测的忧郁眼神，茫茫然地不知投向何处，仿佛在非常遥远的国度寻找什么。我恨不得付出一切，但求您能收起愁容，能满意自己的命运，无须求助于任何人、任何东西。但愿您有一个亲人，一位挚友或是丈夫(他最好是军人)，他握住我的手，让我不必为您的命运担忧，不必因关心您而使您徒增烦恼。可是我会抽出自己的手，用力一甩，算了……啊，我忘乎所以了！请原谅。”

日瓦戈的话音又泄露了他内心的波澜。他一甩手，窘迫不堪地站了起来，走到窗前，脸朝窗子站着，用臂肘撑在窗台上，手掌托腮，茫然望着黑魆魆的花园深处，试图恢复平静。

熨衣板搭在桌子和另一个窗子上，拉拉·安季波娃绕过它走到屋子中间，离日瓦戈有几步远。“唉，我一直担心会出这样的事！”她仿佛喃喃自语。“多么不幸的迷误啊！尤拉·安德烈耶维奇，不要这样，这样不行。哎哟，您瞧，因为您我闯了大祸！”她大声嚷着赶紧跑回熨衣板跟前。她忘了把熨斗从衣服上拿起来，冒起了一股焦糊味的轻烟，衣服熨坏了。

“尤拉·安德烈耶维奇，”她接着说道，当的一声气恼地把熨斗放到炉圈上。“尤拉·安德烈耶维奇，听我的话，您去弗列丽小姐那里呆一会儿，喝杯水，亲爱的，再回来。但愿您回来时是平时的样子。您听见了吗？尤拉·安德烈耶维奇？我相信您能做到这一点。就这样办，我求求您。”

他们之间再也没有出现过类似的谈话。一周以后，拉拉·安季波娃离开了军医院。

九

又过了些日子，日瓦戈也开始整理行装，准备上路。他离开梅柳泽耶夫的前一夜，下了一场吓人的暴风雨。

狂风怒吼，大雨滂沱，风雨声响成一片。暴雨时而直泻房顶，时而趁着风势在街巷里横扫，仿佛是以水柱步步为营在攻占街道。

雷声隆隆不绝于耳，连缀成一片均匀的轰响。在接连不断的电光中，仿佛看到市街匆匆远去，街旁的树木也弯着腰朝同一方向奔跑。

夜里，弗列丽小姐被一阵急促的敲门声惊醒。她惊慌地坐起，侧耳谛听大门外的动静。敲门声仍然不停。

她想，难道整个医院里就没有一个人肯出去开门吗？她这么一个老太婆倒应该为大家担风险，就因为她天生为人诚实，富于责任感吗？

且不说扎勃琳斯卡娅家里的人，他们都是阔佬，是贵族，可军医院呢？这是人民自己的财产嘛，他们把军医院扔给谁来管呀？比方说，那些卫生员究竟跑到哪里去了？大家都一哄而散，领导也罢，护士、医生也罢，全都走了，可是楼里还有伤病员呢。楼上外科病房里还有两个锯了腿的重伤员(那里原来是会客室)，楼下洗衣房旁边的储藏室里，住满了传染病人。乌斯吉尼娅那鬼东西又不知去哪儿串门了。这傻女人，眼看要下大雨，可是鬼迷心窍非去不可。现在倒有了在别人家里过夜的正当理由。

谢天谢地，敲门声停了。大概看看没人来开门，只得无可奈何地走了。天气这么坏还上别人家去！会不会是乌斯吉尼娅？不可能，她有钥匙。我的上帝，吓死人，又敲起来了！

再怎么说，这也太不像话！日瓦戈自然难怪了，他明天就走，心思早已在莫斯科，在旅程上了。可是加利乌林呢？他听见敲门，居然还睡得那么死，那么坦然，大概指望最后她这个体弱无力的老婆子起来开门——在这可怕的地方，可怕的雨夜给陌生人开门。

突然她想道："加利乌林！不对，哪儿还有加利乌林！因为她睡得懵懵懂懂，才会想到加利乌林。什么加利乌林！他早跑得连影子都没有了。不就是她自己和日瓦戈一起把他藏起来，给他换上便衣帮他逃跑的吗？还告诉了他这一带的道路和村庄怎么走。这事发生在叛兵自行裁决打死金茨那件可怕的事之后。他们追捕加利乌林，从比柳奇一直赶到梅柳泽耶夫，一路不断放枪，在全城进行搜查。什么加利乌林！"

当时正巧有一个装甲营经过小镇，否则这里大概早已夷为平地。亏了这支装甲部队，才保护了居民，镇压了叛兵。

暴风雨势头减弱，渐渐远去。雷声也变得稀疏，在远处喑哑地响着。雨停停下下，水滴从树叶和斜槽上流下来。无声的闪电，照亮了弗列丽小姐的房间，白光并不立即离去，仿佛在屋里搜寻什么。

隔了好一会，突然，敲门声又重新响起，而且敲得更急，好像唤人求救。风又刮大了，雨点随着哗哗落下。

"来了！"弗列丽小姐不知对谁喊了一声，接着又为自己应声吓得要命。

她突然猜测到了什么，连忙下床，趿上拖鞋，披上睡衣，跑去叫日瓦戈，要不一个人太害怕了。原来，日瓦戈也听到了敲门声，手里拿着根蜡烛正迎面从楼梯上下来。他们俩都猜想到一起去了。

“日瓦戈，日瓦戈！有人在敲大门，我害怕一个人去开门，”她用法语喊道，然后又用俄语补充道：“您看吧，这不是拉拉，就是加利乌林。”日瓦戈也被这敲门声惊醒。他想一定是自己人，或者是加利乌林逃不出去回来躲一躲，或者是护士拉拉·安季波娃路上难走又返回来。

在门厅，日瓦戈让弗列丽小姐拿着蜡烛，自己用钥匙打开锁，下了门闩。一股劲风吹开了他扶着的大门，吹灭了烛火，一阵冰冷的雨点打了他们一身。

“谁敲门？谁呀？这儿有人吗？”弗列丽小姐和日瓦戈轮流在黑暗中问着，但没人回答。突然间他们听到后门的方向响起了刚才的敲门声。现在细听，好像敲的是朝花园的那扇窗户。

“看来，是风吹的，”日瓦戈说，“为了保险，您还是去后门看一看，我就在这里等着，如果确实有人敲门，不是其他别的原因，我们不致两头都错过了。”弗列丽小姐朝屋里走去，日瓦戈来到外面门廊遮檐下，现在，他的眼睛已经习惯了黑暗，可以看到天光已渐渐放亮。

城市上空，乌云疯也似的疾驶着，像受到追捕的逃犯。云絮低得几乎擦着了树梢，树朝同一个方向倾斜着，像一把把弯弯的扫帚横扫着天空。灰色的楼墙经雨水一淋，成了黑色。

“怎么样？”日瓦戈向回转来的弗列丽问道。

“您说得对，没有人。”接着她又说，“刚才到楼里各处看了一遍。餐具室的玻璃窗被椴树枝打破，地板上积满了水。拉拉房间里也一片汪洋，到处是水。”

“这儿的一扇百叶窗掉了下来，窗子撞来撞去。您明白了吧，原因全在这儿。”

他们俩又说了几句，锁上门，各自回屋睡觉，两人都有些遗憾，不过是庸人自扰罢了。

他们本来以为，大门一开，准定进来他俩都熟悉的拉拉·安季波娃，浑身淋得精湿，瑟瑟发抖。等她抖掉身上雨水的时候，他们俩就可以询问经过情形。她更衣之后，会下楼到厨房里来，在熄了火却仍有热气的炉旁暖暖身子。她会告诉他们路上的各种遭遇，一边理着头发，和他们说说笑笑。

他们锁上了大门，可是还觉得浑身是水的拉拉·安季波娃，就在楼房拐角的街口上。因为刚才他们对拉拉的归来是那么确信无疑啊。

十

人们认为，车站士兵哗变的间接肇事者，是比柳奇电报局的科利亚·弗罗连科。

科利亚是梅柳泽耶夫的一个有名的钟表匠的儿子。从他生下来，梅柳泽耶夫的人就都知道他。小时候，他常住在逍遥田庄上的一个仆人家里。在弗列丽小姐的照管下，他和她的两个学生，也就是伯爵夫人的两个女儿，一起玩耍。弗列丽对科利亚十分了解。那时他已开始学说法语。

在梅柳泽耶夫公路上，无论天好天坏，人们常常看到科利亚骑着自行车，不时抬头望望电线杆和电线，检查线路有没有毛病。他骑车不扶车把，仰着头，双手抱在胸前，身上穿得很少，也不戴帽子，脚上是一双夏季帆布鞋。

镇上几家的电话，用的是车站的分线；这些都归科利亚在车站总机室掌管。

他总是忙得不可开交，车站上的电报、电话他得管；有时站长波瓦里希恩临时出去，他还要管行车信号、区截调度，因为这些装置也设在总机室。

科利亚由于常常要同时管好几部机器养成了习惯，说起话来很特别。当他不愿回答、不想和别人搭话时，他讲话就含混不清，断断续续，令人费解。人们传说，出事那天他过分滥用了自己的权力。加利乌林从城里打来电话，他对他置之不理，实质上使加利乌林的良好计划全部落空，可能在无意之中，使后来发生的事情变成了一场惨剧。

加利乌林让科利亚请政委来接电话，当时政委正在车站上或车站附近。加利乌林是要告诉政委，他马上就去伐木区与政委会面，在这之前不要采取任何行动。科利亚不愿去找金茨，借口电话线正占着，要向驶近比柳奇的列车发信号。实际上他却千方百计地想把这列载着哥萨克骑兵的列车，拦截在前面的一个会让站上。

可是列车还是驶进了车站，这使科利亚感到不快。

火车头慢慢驶进月台上阴暗的遮阳里，恰好停在总机房那扇大窗子的对面。科利亚把印有铁路字徽的深蓝厚呢窗帘全部拉开。石条窗台上的大托盘里，放着一个大凉水瓶和一个菱形厚玻璃杯。科利亚在玻璃杯里倒上水，喝了几口，朝窗外望着。

司机看见科利亚，在机车里向他友善地点点头。“哼，臭狗屎，床板里的臭虫！”科利亚怒气未消，对司机吐了吐舌头，举起拳头表示威胁。司机完全明白科利亚的意思，他自己也耸耸肩，朝后面的车厢点下头，意思是说：“我有什么办法？你来试试看。可厉害着哪。”“不管怎么说，你是废物，胆小鬼！”这些话都表现在科利亚脸上。

各个车厢纷纷牵出战马。马犟着不肯走。没过一会儿，响起了马蹄踏在木板上低沉的笃笃声，接着石砌月台上传来一阵清脆的嗒嗒声。哥萨克终于牵着不停地扬起了前蹄不愿向前的军马横过铁路道口。

铁轨尽头杂草丛生，生锈的轨道上停着两排报废的车厢。上面的油漆任凭风雨侵蚀，已全部脱落，木头也已霉烂、蛀空。因此，头上几节破破烂烂的取暖货车，同报废车厢后面的原木材，同白桦树上的多孔菌，同上空聚集的团团白云，重又恢复了往日的亲近。

到了林子边上，一声令下，哥萨克翻身上马，向伐木区疾驰而去。

二一二团里的叛军被包围了。骑兵在树林里看起来总比在开阔地上显得高大威武。士兵一下就被震慑住了，尽管他们在地窖里也有枪支。哥萨克个个马刀出鞘。

金茨从骑兵队里跑出来，站在中间一堆结实平整的木柴堆上，对被包围的叛军开始发表演说。

他又像往常那样大谈什么军人的天职，祖国的意义之类崇高的话题。但这些观念在这里没有市场。叛军人数极多。他们在战争期间吃尽了苦头，变得十分粗野，又疲惫不堪。金茨谈的大道理，他们早就听腻了。四个月来左派和右派说客的恭维，使他们变得狂妄起来。他们都来自普通的老百姓，金茨的外国姓名和波罗的海口音，使他们对他兴味索然。

金茨也感觉讲得太冗长，对自己气恼起来，但又想他这样做为的是让人们容易听懂，可他们非但不感激他，反而十分冷淡、厌烦。他愈来愈暴躁，决定对他们改用强硬的语气，说些早有准备的恐吓的话。他没听见士兵中间出现的一片抱怨声，提醒他们说，革命军事法庭已经建立并已开始执法。他威胁说，如果他们不放下武器，交出他们的头目，就可能被处以死刑。如果他们拒绝这样做，就证明自己是可耻的叛军，是毫无觉悟又目空一切的暴徒。士兵对这种讲话早已不习惯了。

几百名士兵吼叫起来。有些人嗓音低沉，几乎不怀什么恶意地说："你说了一通就得了，够了，别说了。"但有些人充满仇恨，尖声尖气、歇斯底里地喊了起来，吸引了人们的注意：

"同志们，你们听见他怎么骂我们了吧，跟过去有什么两样！还是军官那副德行！这么说我们是叛徒啰？可你自己是哪个地方来的，大人先生？何必跟他费时间。还不清楚吗？他是德国人派来的奸细。喂，你拿证件出来看看，贵族老爷！你们干吗傻乎乎地张着嘴，杀我们的刽子手们！来吧，把我们捆起来吧，把我们吃了吧！"

结果，连哥萨克也越来越腻烦金茨枯燥乏味的讲话了。他们在下边也窃窃私语："别人都是暴徒，下流货，这位老爷呀！"有人把军刀收进刀鞘，开始只是一两个，后来大多数都这样做了。接着一个个下了马。等差不多都下了马，他们乱糟糟不成队形地朝林中空地迎着二一二团走去。人们全混杂起来，两边士兵友好地称兄道弟。

"您应该想办法悄悄溜掉。"哥萨克的军官紧张地对金茨说，"道口旁停着您的车。我们派人去让他们把车开到这里来。您快走。"

金茨依从了。但偷偷溜走他觉得太不体面，于是他没有按军官的要求谨慎从事，几乎是堂而皇之地朝车站走去。他心里其实万分紧张，但为顾全面子，强自镇定，不慌不忙地走着。

离车站已经不远了，一出林子就到。金茨走到林边已能看到前面的铁路。这时他才第一次回头看了一下。他身后紧跟着一些持枪的士兵。"他们想干什么？"金茨暗自嘀咕，一边加快了步伐。

尾随在后面的士兵也加快了速度。他们和金茨仍然保持着原来的距离。前面就是破车厢的双层木板。金茨一绕过车厢，拔腿就飞跑。刚才运来哥萨克的列车，已经开入调车场。铁路线上全无障碍。金茨飞奔着越过了铁路。

他奔跑着跳上高高的月台。这时，从那几辆破车厢后面蹿出了追赶他的士兵。波瓦里希恩和科利亚向金茨喊了几声，一边直打手势，让他躲进车站来逃命。

但是，祖祖辈辈教育出来的荣誉感，城里形成的、不畏牺牲的荣誉感，虽然在这里并不适用，却妨碍着他躲进车站去逃命。他以令人难以置信的毅力，克制着剧烈的心跳。他觉得应该向他们发出呼吁："弟兄们，你们好好想想，我哪是什么奸细？"他想："要是对他们说点真诚的话，会使他们醒悟过来悬崖勒马的。"

这几个月来，每当金茨想到要建立功勋，要向人们发出热忱的呼吁，他便不知不觉会联想到高台、讲坛，甚至椅子。他一站在高处，就可以向人们呼喊，用热情的讲演去鼓动人们。

车站门口的大钟下面，有一个又高又大的消防水桶，桶顶盖得严严实实。金茨跳上水桶对朝他逼近的士兵喊了几句动人的话，但他声音很怪，话也颠三倒四。这时他离车站敞开的大门只有几步了，一闪身就可以躲进去。他却对士兵喊起话来。他表现出来的非凡的勇气，使士兵们感到震惊，都愣住不动，放下了手中的武器。

但是，金茨挪到桶盖的边上，盖子踩翻了。他一条腿落入水桶里，另一条挂在桶外。结果就骑在木桶帮上。

这尴尬的模样，逗得士兵们哄然大笑。最前面的一个士兵开枪打中了这个倒霉政委的脖子。他应声倒地，其他士兵一拥而上用刺刀把他捅死。

十一

弗列丽小姐给科利亚打了电话，要他给日瓦戈在火车上找一个好座位，并且威胁他说，如果他不干，她就要揭发科利亚的罪行，没他的好下场。

科利亚一边回答弗列丽，一边还像往常那样接着另一个电话，从他话里夹杂的十位数来看，他同时还在向第三处拍发密码电报。

“普斯科夫，电报局，你听见了吗？什么叛军？什么帮忙？弗列丽小姐，您说什么呀？胡说八道，别耍滑头，请别催，先放下话筒，您妨碍我工作。电报局，普斯科夫，普斯科夫：36，逗号，0015。嗐，这狗东西！线又断了。什么？什么？听不见。怎么又是您，弗列丽小姐？我不已经明明白白地告诉您了吗？不行，我没办法。您去找波瓦里希恩吧。胡说八道，别耍滑头。36……见鬼……又来了，别打扰我的工作，弗列丽小姐。”

可是弗列丽小姐还在说：

“你别想哄我，你这骗子手！什么普斯科夫，什么普斯科夫，骗子手！我要把你的事全说出去。明天你给日瓦戈找个座位。别的我不愿跟凶手讲话，你这个小犹大，叛徒。”

十二

日瓦戈上路的那天，天气闷热得叫人难受。像前天那样，一场大暴雨即将来临。

满地葵花子壳儿的车站旁的小镇子上，土坯房和一群群白鹅在黑压压凝聚不动的乌云逼视下，显得苍白而惊恐不安。

车站前面和两侧是很宽阔的草地。上面的草都被踩乱，挤满了无数等车的旅客。他们各自要去不同的方向，等了已有好几个星期。

候车的旅客中有一些老人，穿着灰粗呢外衣，顶着热辣辣的太阳，在人群里走动，打探各种消息和传闻。几个十四五岁的默不作声的孩子，用胳膊撑着地侧身躺在草地上，手里拿着光秃秃的树枝，仿佛在放牧。他们光腚的弟妹们撩起衬衫，在他们脚边窜来窜去，背上晒得微微变红。他们的母亲平伸双腿坐在草地上，棕色的无领上衣歪歪扭扭地敞开着，怀里搂着吃奶的娃娃。

“那次枪声一响，人们就像羊群似的四散逃走。看着真讨厌！”站长波瓦里希恩厌恶地对日瓦戈说。他们俩在躺倒的人群中间绕着弯穿行，车站里面也罢，车站门口也罢，乱七八糟都躺着人。

“转眼之间，草坪上一个人也没有了！我们又看到了这块草地。一时真让人高兴！他们在这里安营扎寨有四个月了，连草地是什么样的都忘记了。这儿就是金茨丧命的地方。战争期间我见了许多可怕的情景，本该习惯了。可那次见了他，心里真难受！主要是死得不值得。为了什么？他有什么对不起那些士兵的？他们还算是人吗？听人说，他是家里的命根子哩。现在，请往右走，这边走，这边走，请到我们办公室来。这趟车您就别想上去了，会把您挤死。我给您安排了另一趟区间车。这趟车是我们自己调配的，现在编组得差不多了。但是您上车以前可不能说，对谁也不能说！不然的话，他们会把车拆成碎片，连个挂钩都不留。夜里，您在苏希尼奇换车。”

十三

这辆秘密列车编组完毕，从车场慢慢倒入车站。草地上的人们一见，一窝蜂地朝它直冲过去。高岗上的人们连滚带爬地奔下来，又爬上了铁道路基。人们你推我搡地向车上拥去，有些人跳上了保险杠和踏板，有的人爬进了车厢的窗户，爬上了车顶，一眨眼工夫，列车还没停下来已经挤得满坑满谷。等它驶近月台时，更塞得像沙丁鱼罐头，从上到下都是人。

日瓦戈奇迹般地挤进了过道台。然后，更加莫名其妙地挤到了车厢的过道。

于是他就呆在过道里，坐在自己行李上，这样一直到苏希尼奇。

带雨的乌云早已吹散。田野上烈日炎炎，遍地都可以听到螽斯虫不停歇的狂噪，甚至压过了火车行进的隆隆声。

站在车窗前的旅客，遮住了光线，他们长长的影子投在地板上、座位上和椅背上，重重叠叠摞在一起。车厢容不下，影子又穿出对面的车窗，投在斜坡上，随着奔驶的车影起起伏伏地移动着。

车厢里面一片嘈杂，有的扯着嗓子唱歌，有的骂架，有的打牌。列车停站时，车内的喧闹和围在车外的旅客们的吵嚷，混成了一片，仿佛是海上的风暴，震耳欲聋。火车中间突然停站时，也像海上的情形一样，会突然莫名其妙地平静下来，可以听到月台上顺着火车走路的急促脚步，行李旁的忙乱和争吵，有时远远地还传来送行者的只言片语，甚至辨得出老母鸡的低鸣和车站小花园里树叶的簌簌声。

这时，从车窗外飘进一股熟悉的香气，仿佛专给日瓦戈送来的，像路上发来的电报，又像是从梅柳泽耶夫寄来的问候。这缕缕清幽的香气就在周围缭绕，来自上空，是田里野花和花坛的香气不能比拟的。

日瓦戈被挤得无法活动，不能走近车窗。但他即使看不到，也能想象出窗外的椴树。它们就长在路基旁边，繁枝密叶上黑乎乎地积着煤烟尘土，静静地伸向车厢顶盖，上面缀满繁星般闪烁着的小花。

这馥郁的香气伴他走了一路。到处人声鼎沸，到处椴树争芳斗艳。

这无处不在的花香，仿佛一直走在这趟北上列车的前面，就像一个遍及各个枢纽站、岗亭和小站的传闻。旅客们每到一处，就听到这个传闻，不是从别处传过来的，就是在当地得到证实了的。

十四

夜里，火车抵达苏希尼奇。一个殷勤的老式打扮的脚夫，带着日瓦戈摸黑越过铁轨，帮他从后门上了火车，坐进了二等车厢，这是一列刚刚进站的临时加开的列车。

脚夫用一把乘务员的钥匙打开后面的车门，刚把日瓦戈的行李放到入口台上，一个乘务员过来就要把行李推下去，脚夫于是和他争执了几句。还是日瓦戈开口把他说动了，发了善心，搭讪着不知跑到哪去了。

这趟神秘的列车负有特殊使命，车速很快，各站停的时间很短，并且有武装保卫。车厢里的人非常少。

日瓦戈坐的包房里，小茶桌上点了一支明亮的蜡烛，窗板已经放低，但窗外钻进来的劲风，吹得火苗不停摇曳，蜡烛四周挂满了烛泪。

蜡烛的主人是包房里唯一的旅客，一个浅发青年，从他修长的手脚来看，身材十分高大。他活动手脚时，显得毫无气力，倒像折叠家具上没有拧紧的部件。年轻人懒散地仰头倚坐在窗旁的软席上。日瓦戈进包厢时，他正半躺着。见日瓦戈进来，便客气地欠了欠身，坐得比较礼貌些。他的座位下面似放着一堆墩布条。突然，墩布动弹起来，从下面钻出一只呜噜呜噜煞有介事叫着的垂耳猎狗。它闻了闻日瓦戈，望了望他，就在这房里转悠起来，爪子轻巧地向前甩动，颇像它的主人甩动着二郎腿。不一会儿，它又按主人的吩咐呼哧呼哧钻到座位底下缩成一团，成了打蜡地板上用的粗呢拖把。

这时日瓦戈才发现，包房衣钩上挂着一支装在枪袋里的双筒猎枪，皮革子弹带，还有一个满装着猎获物的口袋。

原来，这个年轻人是出门打猎归来。

他十分健谈，面带笑容，想和日瓦戈马上攀谈起来。谈话时，他直勾勾地盯着日瓦戈的嘴巴。

这年轻人尖声细嗓，颇不悦耳；调门一高，就变成了刺耳的假嗓音。他还有个怪毛病：说的是俄语，可元音“y”发得很怪，像法语的软音“u”，或是德语的变元音“ü”，而且，连这个怪里怪气的“y”，他发起来也很吃力，甚至变成尖叫，比别的音都响。刚开始交谈，他头一句话就使日瓦戈惊诧不已，里面一连几个 ü。

“昨天早晨，我才打了野鸭。”①

① 俄语中“早晨”、“打”、“野鸭”三词都含元音“y”。一句中三次发此音而不准，故听来刺耳。

在他比较注意的时候，还能克制不犯这个毛病；只要稍一疏忽，就又不行了。

“这是什么怪毛病呢？”日瓦戈想道，“我好像在书里看到过，有点印象。我作为医生应该懂得这些，可记不起来了。是脑子有什么问题，引起了语言障碍。不过他的话听起来十分可笑，让人忍不住想笑。所以简直不能和他谈话，还不如爬上铺去睡觉。”

日瓦戈上了铺准备休息。这时年轻人问他要不要灭了蜡烛，是否会妨碍日瓦戈睡觉。日瓦戈向他表示感谢。他就吹灭了蜡烛。包房里黑了下来。

包房的车窗关上了一半。

“咱们是不是把窗子关上？”日瓦戈问道，“您不怕有贼吗？”

年轻人没有回答他。日瓦戈又大声问了一声，但是他仍然没有答腔。

日瓦戈划了根火柴，他想看看伙伴怎么了，是不是这么一会儿工夫离开了包房，或者已经睡着了，这更难令人相信。

原来，年轻人只是睁着双眼坐在座位上，见日瓦戈俯下身来，就对他笑了笑。

火柴熄灭了。日瓦戈又燃了第二根火柴，借着火光，他把问话又重复了一遍，等年轻人回答。

“随您的便，”这位猎人回答得很痛快，“我没什么值钱东西。不过，最好别关，太闷。”

“真没想到！”日瓦戈心想，“看来是个怪人，只有很亮的时候，才肯说话。现在他说话清楚极了，怪毛病也没了，简直无法理解！”

十五

日瓦戈觉得极度疲乏。上周发生的那些事情，上路前的紧张、准备行装，加上早晨上车的拥挤，这一切弄得他筋疲力尽。他想，现在舒舒服服躺下，马上就会入睡。但事与愿违，过度的疲劳反使他失眠。天快亮时，他才睡着。

漫漫长夜里，尽管思绪万端，但实际上只围绕两个萦绕不去的中心，它们时分时合。思念的第一个中心，是冬尼娅、家庭和以前安适的生活。那时的生活，处处充满诗情画意，甚至细枝末节都莫不如此，亲切而坦诚。夜里日瓦戈忐忑不安地想着那种生活，但愿能一如既往，恢复原样。他躺在茫茫黑夜中奔驶的列车里，急切地盼着回到阔别两年之久的生活中去。

属于这一中心的，还有对革命的信仰和赞美。这里的革命是指中产阶级所理解的革命，也就是一九〇五年崇拜勃洛克的一群青年学生所理解的革命。

在这些日瓦戈感到亲切和熟悉的思绪里，还包括战前一九一二到一九一四年间在俄罗斯思想界、艺术界和俄国命运——整个俄罗斯的命运以及日瓦戈本人的命运——中初露端倪的那些新生征兆、那些美好的许诺和前景。

战后，日瓦戈希望再回到这样的气氛中，恢复和继续这种气氛，就像他想着返回久别的家园一样。

第二个中心里的思念，内容也是新的，但却是另一种不同的新东西！它不是自己所习惯的、基于旧基础上的新东西，而是不依人们意志为转移、不可回避的、为现实所决定的新东西。它来得突然，像地震一般。

这个新东西就是战争，是它的血腥和恐怖，是战祸中的流离失所和人性沦丧。此外，还包括战争带来的考验和教给人们的生活能力。再有就是战争把他抛去的荒僻小镇、和他萍水相逢的人们。还有革命。不过如今这场革命不再像一九〇五年大学生所理想化了的革命；这个革命诞生于战争中，是流血的革命，是毫不留情的士兵革命，是熟知这股力量的布尔什维克所领导的革命。

护士拉拉·安季波娃也属于这第二个中心。战争把她抛到意想不到的地方。她过去的经历如何，他全然不知。她不责备任何人，只有无言的埋怨；她沉默寡言得神秘莫测，而沉默使她显得坚毅有力。属于这个中心的新东西，还有日瓦戈真心实意地努力约束自己不去爱她，就像他一生中努力去爱所有的人（更不消说爱家庭和亲人）一样。

火车风驰电掣。迎面吹来的风透过半开的窗子，吹得日瓦戈头发又脏又乱。夜里车站上的情景与白天毫无二致，人群骚动嘈杂，椴树簌簌摇曳。

有时从茫茫夜地里向车站辘辘驶来几辆四轮大车和轻便双轮马车。人声、车轮声和树叶的沙沙声汇成一片。

每逢此刻，日瓦戈似乎明白了为什么这些黑魆魆的树影簌簌作响，睡意矇眬的树叶含混不清地窃窃私语些什么。原来，它们谈论的正是日瓦戈躺在上铺辗转反侧思考的问题：俄罗斯日甚一日的动荡不安，俄国的革命，革命的艰难痛苦，以及革命最终的伟大意义。

十六

第二天日瓦戈醒得很晚，已经过了十一点。“马尔吉斯，马尔吉斯！”那青年猎人正低声呵斥呜呜叫着的猎狗。日瓦戈感到奇怪，包房里还是只有他们两人，再没有别的乘客上来。一路过来的车站，他从小就很熟识。火车驶过卡卢加省以后，就直入莫斯科省中心。

日瓦戈像战前那样舒舒服服地梳洗完毕，回到包房进早点，这是他那位奇怪的旅伴请他吃的。现在日瓦戈可以仔细打量他一番了。

此人最主要的特点是十分健谈好动。这位陌生旅客喜好说话，不过目的不在于交际和交换思想，而在说话本身，在于发音吐字。与人交谈时，他仿佛坐在弹簧上不停地上下颤动，莫名其妙地纵声大笑，喜滋滋地连连搓手。如果这还不足以表达内心的兴奋，他就用手掌拍打自己的膝盖，笑得眼泪直流。

昨天交谈时他表现出的乖张举止，今天又重演了。这位猎人说话杂乱无章，让人吃惊。他时而无的放矢地表白一番自己，时而对一些毫无恶意的问题充耳不闻，不予理睬。

他滔滔不绝地讲了许多自己的情况，稀奇古怪又语无伦次。看来，他是夸大其词。他的观点极端片面，否认一切成规，显然企图以此哗众取宠。

所有这些，使日瓦戈觉得许久以前似曾相识。类似的激进思想，上一世纪的虚无主义者就提倡过，稍后陀思妥耶夫斯基的某些主人公也说过，而最近直接继承他们衣钵的，便是俄罗斯外省的整个知识界。这里的知识分子常常比彼得堡和莫斯科更为激进，因为他们地处僻远的外省，保存了原来的东西，而在首都这已经落后过时了。

这青年告诉日瓦戈，他是一位著名革命家的侄子，可自己的双亲恰恰相反是无可救药的顽固分子。他称他们为死硬派。他们家在离前线不远的地方有座相当大的庄园。这位年轻人就在那里长大。他的父母与叔叔一生交恶，但叔叔不记仇，如今利用自己的影响尽量使他们摆脱许多倒霉的事。

这位口若悬河的青年对日瓦戈说，在思想观念上他同叔叔相近，无论对生活、政治和艺术的看法，他都是个极端主义分子。这倒有点别佳 · 韦尔霍文斯基①的味道——不是指他的左倾思想，而是指他的夸夸其谈和堕落。他马上又要以未来派自居了，日瓦戈暗想道。果然不出所料，他谈起了未来派。接着日瓦戈猜他现在又要谈体育运动了，还要谈赛马或者溜冰场，或者法国式摔跤。果然，话题转到了狩猎上来。

青年说，他在老家就打过猎，还夸口说，他是个神枪手，倘若他没有生理缺陷能入伍当兵的话，在军队里他定是个出色的射手。

这时他发现日瓦戈疑问的眼神，惊叫起来："怎么？难道您一

① 陀思妥耶夫斯基小说《群魔》中的人物。

点没有察觉？我以为您已经猜到我的毛病了呢。”

他从口袋里取出两张卡片，递给日瓦戈。一张是他的名片。他是复姓，全名是马克西姆·阿里斯塔尔霍维奇·克林佐夫-波戈列夫希赫，或者只用单姓波戈列夫希赫，他请日瓦戈就这么称呼他。为了尊敬他的叔叔，所以他只用这个单姓。

另一张是印着小方块的表格。每一格里画着两手交叉的不同手势。这是聋哑人的手语字母表。日瓦戈到此才恍然大悟。

原来，波戈列夫希赫曾是加尔特曼或奥斯特罗格拉茨基聋哑学校的高材生，也就是个聋哑人。在学校他靠观察教师喉头肌肉的运动，娴熟地掌握了靠眼力、而不靠听觉说话的本领，和别人交谈也采用同样的办法。

日瓦戈琢磨了一下他家乡所在地和打猎的地方，开口问道：

“请原谅我唐突，您可以不回答我。请问您和济布申诺共和国和它的创建，可有什么关系吗？”

“您怎么知道……请问……这么说您认识布拉热伊科吗？有关系，有关系！当然有关系。”波戈列夫希赫哈哈大笑，前仰后合，使劲拍膝盖。接着又海阔天空地说了一大通。

波戈列夫希赫说，布拉热伊科对他来说只是个媒介物，而济布申诺也不过是试验他自己思想的地方罢了。日瓦戈很难听懂他讲的那些思想观点。波戈列夫希赫的哲学，一半是无政府主义，另一半纯粹是猎人的呓语。

波戈列夫希赫俨然以神谕的口气，胸有成竹地预言，不久的将来将要发生极重大的变故。日瓦戈内心同意他的说法，感到这种动乱多半无可挽回，但这个讨厌的毛孩子说话时那种目空一切的权威态度，惹得他十分生气。

“等一等，您别着急，”他不很有把握地说，“这都不错，一切都可能发生。但依我之见，目前不是进行您那种冒险试验的时候，因为周围是一片混乱，一片崩溃景象，而且有敌军压境。应该让国家有所恢复，在剧烈变动之后喘一口气，然后才谈得上再来一次大变动。应该先取得一种相对的安定和秩序。”

“这是天真的想法，”波戈列夫希赫说，“您所说的崩溃，同您赞美的理想秩序，同样是正常的现象。这种破坏是大规模建设计划的必然的前奏。社会破坏得还不够。应该让它彻底崩溃，那时真正的革命政权才能在另一种全新的基础上把社会重新组织起来。”

日瓦戈觉得很不是滋味，离开包房来到走廊上。

列车不断加速，驶近莫斯科。迎面是近郊的白桦树林和星罗棋布的别墅，掠过窗口，又落在后面。没有遮阳的狭长月台上，站着去别墅度假的男男女女。列车驶过后，他们被远远抛在火车扬起的烟尘中，仿佛是骑在旋转木马上。火车汽笛声一声接着一声。林中一切空间都荡起了回声，扩向远方。

许多日子以来，日瓦戈现在第一次清晰地意识到他在哪儿，他在干什么，一两个小时之后等候他的是什么。

三年来的变化，不通音信，迁徙，战争，革命，震动，炮击，毁灭的场面，死亡的场面，破坏的桥梁，废墟，大火——充满这一切的三年，倏忽之间变成了一个巨大的空白，空洞无物的空白。经过长期的中断之后，现在头一件真正的大事，就是他正坐着火车一步步驶近了自己的家——这使他感到头晕目眩。他的家没有遭到破坏，还存在于世界上。那里每一块石头都非常亲切。这才是生活，这才是感受，这才是寻奇探胜者所追求的东西，这也才是艺术的宗旨所在——回到亲人怀抱，回归自我，获得重生。

树林留在了后面。列车冲出绿色林海，驶到一片开阔地。前面是辽阔的缓坡。坡地上是一垄垄深绿叶的马铃薯。在坡顶的地头上，摆了一些从温室卸下来的玻璃框架。火车朝坡地行驶，火车后面，黑紫色的大片乌云遮住了半边天。太阳从云后射出缕缕光芒，照得温室框架上的玻璃闪烁刺眼。

骤然间，一片斜雨从乌云中洒落下来，阳光里雨点闪烁着急速落下，正好与奔驶列车的轮声合拍，仿佛这阵雨想赶上列车，唯恐自己落在后面。

日瓦戈还没转过目光，山后已经出现了基督救世主大教堂。紧接着便是整个莫斯科城的圆顶、房盖、楼宇和烟囱。

“到莫斯科了。”他回到包房说，“该准备下车了。”

波戈列夫希赫赶紧站起来，在猎物袋里掏了一阵，挑出一只比较大的野鸭来。

“拿着吧，”他说，“留个纪念。我和您在一起愉快地度过了整整一天。”

无论日瓦戈如何推辞，他都不依。“那好吧，”日瓦戈只得收下，“把这当作给我妻子的礼物吧。”

“送给您妻子！送给您妻子的礼物，”波戈列夫希赫高兴地连声说，好像“妻子”这个词他是第一次听到，高兴得哈哈大笑，手舞足蹈，连那条猎狗也钻出来分享他的快乐。

火车接近了站台。车厢变暗，仿佛进入夜晚。波戈列夫希赫把野鸭包在一张铅印告示里，递给了日瓦戈。

第六章　在莫斯科的日子

一

在车上一直坐在小包房里不活动，日瓦戈觉得只是列车在行驶，时间是停滞不动的，似乎现在还只是正午时分。

当马车载着日瓦戈和他的行李，从斯摩棱斯克市场熙熙攘攘的人群里好不容易挤出来时，天色已近傍晚。

日后，日瓦戈回忆起斯摩棱斯克市场时，总觉得当时人们都拥到广场上来，不过是习惯使然，不是别的原因。因为空空荡荡的货摊上，遮阳伞都已放下，货柜甚至都上了锁。到处是牲口粪和垃圾，广场久已无人打扫。这里没有什么买卖可做。这些或许确实是当时的情况，也可能是后来几年的生活造成的印象。

他依稀记得，当时就见到过瑟缩街头的老人，瘦骨嶙峋却穿戴不错。他们站在那里默默地责怪过路行人，不说什么话，只是向人们兜售无人需要也无人问津的东西，例如假花、有玻璃盖和气哨的圆咖啡酒精壶、黑纱晚礼服和旧公务员的制服。

一般的人们拿出来卖的，都是生活里必不可少的东西：一块块很易变硬的配给黑面包、肮脏发潮的糖块、一切两半的包装马合烟（八分之一俄磅）。

市场上到处叫卖一些莫名其妙的旧物，每倒一次手，价格就涨一次。

马车拐进了广场旁的一条小胡同。背后夕阳慢慢落山，阳光照在他们背上。在他们前面，有一辆空运货马车辘辘地走着，马车在路面上不停地颠簸，扬起的滚滚尘埃，在夕阳的余辉里仿佛是燃烧的青铜。

他们总算超过了挡在前面的运货马车，快马加鞭向前奔去。马路中间，人行道上，处处可见扯破的旧报纸和从屋墙、栅栏上撕下来的海报，日瓦戈大感意外。一阵风刮来把报纸往北吹去，过来的车辆行人又把乱纸往南带。

他们很快驶过几个路口，前面是两条小巷的路口，他的家就在眼前。马车停了下来。

日瓦戈从马车上下来，走到大门口，按了按铃。这时他激动得呼吸急促，心咚咚地跳。没有人应声。日瓦戈又按了一下。还是没人来开门。他焦虑不安地连连按了几下，等按到第四次时，才听到门里有人卸下门栓和铁链。门开了，冬尼娅手扶着门站在他面前。这意外的重逢，使他们在一瞬间相顾愕然，谁也没听见谁的惊呼。但冬尼娅的手扶在敞开的门上，好像是伸开胳膊准备拥抱。这使他们醒悟过来，像疯了似的紧紧拥抱起来。过了一会儿，两人同时说起来，互相打断对方。

“快告诉我，家里人都好吗？”

“好，好，你放心。一切都好。我不该在信里说蠢话，请你原谅。以后还得谈谈。你怎么不打个电报来？先让马克尔把你的东西拿进来。啊，我明白你奇怪为什么叶戈罗夫娜没来开门。她去乡下了。”

“可是你瘦了。不过多么年轻苗条呀！我现在先把马车打发走。”

“叶戈罗夫娜去乡下买面粉。其余的用人都辞了。现在只用了一个新人，你不认识，叫纽莎，是个姑娘，照看萨沙，别的没什么人了。大家都知道你要回来，都等着你呢，戈尔东、杜多罗夫，还有别的人。”

“萨沙怎么样？”

“他还好，上帝保佑。他刚睡醒。你要不是刚下火车，可以马上就去看他。”

“爸爸在家吗？”

“我不是信里已经给你写了吗？他从早到晚都在区杜马。当了主席，可想而知。马车钱你付了吗？马克尔！马克尔！”

他们俩站在人行道中间，身旁是网篮、手提箱，挡住了路。路人走过时，朝他们从头到脚打量一番，张望着驶去的马车和敞开的大门，想看看还会发生什么事。

这时，马克尔从大门口朝年轻的老爷太太跑了过来。他衬衫外面穿着件背心，手里拿着看门人的便帽，边跑边嚷嚷：

“我的天啊，这不是尤拉吗！可不是吗？就是他，我们的小鹰！尤拉·安德烈耶维奇，亲爱的，你没忘了我们，我们一直为你祷告，总算回家了！你们干什么？嗯，没有见过？”他不客气地对好奇的路人说，“快走吧，先生们。瞪着眼瞧什么呀！”

“马克尔，你好啊，咱们拥抱一下吧。瞧你，快把帽子戴上。有什么好消息？妻子怎么样，女儿怎么样？”

“她们能怎样，混日子呗。托你的福。要说什么新消息嘛，你在前线打仗那会儿，你瞧，我们也没闲着。这里弄得又脏又乱，魔鬼都嫌，你简直弄不清是怎么回事！街没人扫，房子漏了没人修，就像过斋日似的肚子里空空的，一点油水也没有。”

“马克尔，我要在尤拉·安德烈耶维奇面前告你一状。尤拉，他老这样叨唠没个完。他说话那个粗劲，我真受不了。大概是想讨你的好。其实，他心里可有主意呢。你别替自己辩了，马克尔。你脑子缺根弦，应该学得聪明些。毕竟你不是住在生意人家里嘛。”

马克尔把行李提到前室，关上了大门，低声地、信赖地对日瓦戈说：

“你听见了吧，冬尼娅·亚历山大罗夫娜对我不高兴。她老这样呢，说什么，马克尔，你两眼一抹黑，一点文化没有，就像烟囱里的黑油烟。还说什么，现在别说小娃娃，就是哈巴狗、家养的小狮子狗，都懂事理了呢。她当然说得在理，我没说的。可是尤拉，信不信由你，有学问的人不过只是看了一本书呀，未来的共济会会员，那书在石头下压了一百四十年。要我说呢，现在他们把我们给出卖啦。尤拉，你懂吗？一个小钱不值地给卖了，连烟都不给闻一闻。你瞧，冬尼娅·亚历山大罗夫娜不让我张嘴，又在那儿摆手呢。”

“能不摆手？就这样吧，马克尔，把行李放在地板上就走吧，谢谢你。要有事，尤拉·安德烈耶维奇会叫你的。”

二

“总算走了，真缠人！信不信由你，演戏给你看呢。在人前装傻瓜，暗地里却磨刀霍霍。只是还没琢磨好去干谁，还装出一副可怜相。”

“瞧你说得也太厉害了吧！我看，他不过是喝醉了，不过是醉后胡言罢了。”

“你说，他什么时候清醒过？算了，去他的吧，真见鬼。现在，我担心萨沙别又睡着了。要不是铁路上流行伤寒……你身上有虱子吗？”

“好像没有。我一路很舒服，就像战前似的。要不我先稍微洗一下，大致洗一洗，等以后再好好洗。你去哪儿？为什么不从客厅走？你们上楼走另一条楼梯呀？”

“噢，是这么回事！你还不知道。我和爸爸考虑再三，决定把一层的几间房借给农业科学院。否则冬天我们生不起火。还有楼上也太大。准备借给他们。人还没来，他们的研究室要设在这里，还有植物标本和种子标本要搬来。千万可别引来耗子，因为有粮食嘛。不过眼下房子弄得蛮干净。噢，对了，现在房间叫做居住面积。从这儿走，这儿。怎么这么没脑子。要绕道走后面的楼梯。懂了吗？跟我来，我带路。”

“你们把房子让给别人，很好。我在军医院的时候，医院也占用了一个有钱人的住宅。一间套一间的穿廊式房间，有的房间里还保留着镶木地板。屋里还有种在木桶里的棕榈树，夜里就像魔鬼似的在你床头伸着大巴掌。从前线下来的伤员，常常在梦中吓得惊叫起来。不过，他们神经也不大正常，内部受了震伤。后来只好把木桶搬出去。我看，阔人家确实有些不健康的东西。没用的东西多得很。比如说家具过多，房子过多，多愁善感，又废话连篇。大家住挤一些，这样很好。应该多让出去一些，借给他们少了。”

“你袋子里有个东西探出脑袋来了！鸭子脑袋，鸟的嘴。多好看！一只野鸭！你从哪儿弄来的？我简直不敢相信自己的眼睛！眼下这可值钱哪！”

“火车上人家送的。说来话长，以后告诉你吧。你看要不要把它拿出来，送到厨房去？”

“那当然。我这就让纽莎去褪毛，开膛。大家都说今年冬天要挨冻受饿，说得很可怕。”

“是啊，别人都这么说。刚才我在火车上望着窗外，心里想有什么能比和睦家庭和工作更重要呢？其他问题都不决定于我们。确实，看来许多人会遭到不幸，有的人想逃到南方高加索去，从那儿再往远处走。我不能这样。一个真正的男子汉，应该与祖国同甘苦、共患难，要挺得住。我认为，这是不言而喻的。你们就不然了。我要让你们躲过这场灾难，想把你们送到一个比较安全的地方去，比如去芬兰。瞧，现在我们每跨上一级就谈半小时，什么时候才能走到楼上啊。”

“不，等一等。告诉你个消息，非常重要！我差点儿忘了。尼古拉·尼古拉耶维奇来了。”

“哪个尼古拉·尼古拉耶维奇？”

“你舅舅。”

“冬尼娅！这不可能吧？这太巧了！”

“是啊，真的来了。他从瑞士来。绕道伦敦，经过芬兰。”

“冬尼娅！你不是开玩笑吧？你们看见他了？他在哪儿？能不能马上去找他，就是现在？”

“你这么着急！他住在朋友的郊外别墅。他说过，后天回来。他变得很厉害，你会失望的。他经过彼得堡的时候，路不通，在那里耽搁了一阵，已经布尔什维克化了。爸爸和他争得面红耳赤。咱们真是走一步停一步呢。上去吧。这么说，你也听说以后日子很难熬，会有困难、危险，前途未卜啊。”

“我自己也料到了。没什么。搏斗一下吧。总不会全都毁灭吧。咱们先看看别人怎么过。”

“听说，往后没有劈柴，没有水，也没有电。钱也不能流通了。不向城市供应商品。咱们又停下来了。上去吧。你听我说。阿尔巴特大街一家作坊卖一种又浅又矮的炉子，都说好用。点上几张报纸可以把饭烧熟。别人给了我个地址。趁现在还有，赶紧去买。”

“对，我们要买一个。冬尼娅，你想得真周到！可是我还想着尼古拉舅舅这件事呢！你看，真没想到！”

“我有个这样的打算：二楼一侧留出一块地方；咱们和爸爸、萨沙、纽莎在那里占它两三间房，一定要互相联通的。这样就和其他房间完全隔开来，堵死，就像大街上独门独院一样。中间的屋里，摆上那么一个火炉，烟囱走气窗出去。洗衣、做饭、吃饭、会客都在这间房里，这样炉火就能充分利用了。上帝保佑，也许这样我们能熬过一冬天。”

“怎么能熬不过呢，当然熬得过冬天。这毫无疑问。你的计划太好了。好样的。这样吧，为了祝贺你的计划被采纳，咱们吃顿烤鸭，再请舅舅来我们的新居。”

“太妙了。让戈尔东带些酒精来。他能在实验室弄到。现在看看房间吧。这间就是我刚才说的。选得可以吧，不错吧？你把手提箱放下，下去把网篮拿上来。除了舅舅和戈尔东，还可以请杜多罗夫和施莱辛格。不反对吧？你还记得洗澡间在哪儿吧？洒上点消毒药水。我这就去萨沙那儿，让纽莎下楼去。等我弄好了，就叫你。”

三

到莫斯科后，他最感新奇的，就是这个小男孩。萨沙刚出生，日瓦戈就应征入伍了，对儿子能有什么印象呢？

入伍以后，一天日瓦戈在出发之前去医院看望冬尼娅。他到那儿正赶上婴儿喂奶，没放他进去。他坐在外厅等着。产妇室在顶头，妈妈们靠墙躺在那里。有一条走廊通到婴儿室。这时走廊上响起婴儿尖细的啼哭，大约十个到十五个婴儿一起哭叫着。护士们每人左边抱一个，右边抱一个，像挟两大包东西似的，送去让母亲喂奶。她们走得很快，生怕襁褓中的婴儿着凉。

“哇，哇！”小娃娃们的哭声丝毫不带感情，他们齐声哇哇，唱着同一个调，仿佛这是他们应尽的义务。只有一个孩子的声音与众不同。他也是哇哇哭，听起来也毫无痛苦，但并不是为了尽什么义务；他的声音低沉、郁闷而不满。

当时，日瓦戈已经决定给儿子取名萨沙，以此表示对岳父亚历山大的尊敬。不知为什么他觉得这低声哭叫的正是他的孩子，因为这哭声有个性，预示着他未来的性格和命运，这哭声包含着孩子名字萨沙——亚历山大的特色。日瓦戈真猜对了。这个孩子确实就是小萨沙。这是他对儿子的头一个印象。

以后日瓦戈对儿子的印象，主要来自冬尼娅寄给他的一些照片。照片上是一个活泼可爱的胖娃娃，大大的脑袋，噘着一张小嘴，笨拙地弯着腿站在铺开的被子上，他举起两只小手，好像就要蹲下去跳舞。那时他才一岁，刚开始学步；现在已经两岁，开始咿呀学语了。

日瓦戈提起箱子放在靠窗的牌桌上，解开箱上的皮带。这房间过去派什么用来着？日瓦戈认不出来了。看来，冬尼娅已经换过家具，或者又重新糊了墙纸。

日瓦戈打开皮箱，准备取出刮脸用具。从窗户望出去，前面正好是教堂钟楼，圆柱之间升起了一轮皎洁的满月。月光洒在打开的箱子上，照在上面的衣服、书籍和梳洗用品上，屋里的光线一变，日瓦戈又认出了这房间。

这是已故的安娜·伊万诺夫娜的储藏室，过去用来堆放坏了的桌椅和没有用的旧办公用具。这儿有她娘家的家传文案、夏天收藏冬衣的大木箱。安娜·伊万诺夫娜在世时，房间四角里东西一直堆到天花板，一般不让人进去。但每逢大节日，小客人来得特别多，就可以在楼上到处跑、跳、淘气，于是贮藏室也开放。孩子们在那里扮强盗，藏在桌子底下，用烧焦的软木塞涂个大黑脸，穿上化装舞会的衣服。

日瓦戈站了一会儿，回忆着儿时的情景，然后他又下楼去，到一层前厅把网篮拿上来。

厨房里，纽莎正蹲在炉灶前，把野鸭放在一张报纸上褪毛。她是个腼腆、胆小的姑娘。看见日瓦戈提着网篮进来，涨得满脸通红，赶紧站起身来，一边用手掸掉围裙上的鸭毛。她向日瓦戈问了声好，就上去帮忙。日瓦戈回声“谢谢”，说他自己能提。

他刚跨进旧贮藏室，就听见隔壁第二间或第三间屋里妻子在唤他：

“尤拉，你可以进来了！”

他就向萨沙那间屋走去。

现在的儿童室，是过去他和冬尼娅做功课的房间。小床上坐着个孩子，远不像照片上那么漂亮。但却酷似尤拉的母亲，已故的玛丽娅·日瓦戈，几乎是一个模子里铸出来的，比她死后留下的任何画像都更逼真。

“这是爸爸，这是你的爸爸，给爸爸做个小勾儿看看，”冬尼娅不停地说着，一边放下小床的床栏，可以让日瓦戈搂他，把他抱起来。

日瓦戈走到萨沙近前。这个满脸胡子的陌生男人，大概吓着了萨沙，萨沙不喜欢他。当日瓦戈弯下身去时，萨沙倏地站起来，抓住了妈妈的衣襟，气鼓鼓地抬手就给了他一巴掌。这一大胆的举动把萨沙自己都吓了一跳。他赶忙投进母亲怀里，把脸埋在她的衣服里，伤心地哇哇大哭起来。

“真是的，真是的，”冬尼娅埋怨着他，“萨沙，你怎么能这样。爸爸会以为萨沙不好，萨沙是个坏孩子。你亲亲爸爸，让他看看，你亲得多好。别哭，哭什么，不要紧，小傻瓜。”

“随他去吧，冬尼娅，”日瓦戈说，“别难为他，你也不必懊恼。我知道，你又在胡思乱想了，把这事看得太认真，以为这是不祥之兆。这都是胡扯。其实是很自然的。孩子从来没见过我。明天跟我熟了，拉都拉不开呢。”

可他自己走出房间时，心头也沉甸甸的，感到这不是好兆头。

四

几天过去了，他发现自己很孤独。他并不怪罪任何人。看来，这是他自己所希望的，现在实现了。

他的那些朋友们，不知怎么都变得平庸浅薄了。他们失落了自己的世界，也失落了自己的聪慧。在日瓦戈的记忆里，他们个性要鲜明得多。看来，过去他对他们估计过高。

过去，旧的社会秩序允许有闲阶级任情地想入非非，拿衣食无着的人作话题标新立异。他们过着闲散的生活，高谈阔论，但只有少数人能够享受，大多数人都在忍饥挨饿。在那种条件下，多么容易把这些当成他们的真实面目和独特个性。

可下层民众刚一站立起来，上层阶级的特权一旦被废除，他们转眼之间就失去了光彩，毫无遗憾地放弃了自己独立的思想；看来他们实际上从未有过独立的思想！

现在日瓦戈感到亲近的，只是不尚辞藻、不唱高调的人，是妻子、岳父、三两个同事、普通的朴实的职员和工人。

享用野鸭和酒精的晚宴，按计划在他回家后的第二天或第三天举行了。在此之前，他已经和宾客见过了面，所以宴会上他们不是头一次重逢。

在那饥荒年月，一只肥鸭对客人来说是稀世佳肴，可就着鸭肉吃的面包太少，使这顿美餐大为减色，甚至使人感到气恼。

戈尔东是把酒精装在毛玻璃塞的药瓶里带来的。在黑市上酒精属于最抢手的交换物。冬尼娅手里总是拿着那药瓶，需要喝时便倒出来一些掺上水，有时兑浓了，有时兑稀了，全凭她的感觉。喝后才发现，饮用浓度不同的酒，比喝同一浓度的烈酒更容易醉人。这也叫人气恼。

最使人不快的是，他们的晚宴与当时的条件太悬殊。简直难以想象这条小巷里还有谁家此时能如此大吃大喝。窗外是静悄悄、黑漆漆、忍饥挨饿的莫斯科。店铺里空空如也，至于野味和白酒，人们连滋味都忘记了。

看来，只有当你的生活与周围人的生活相仿佛，能淹没在生活的大海中时，那才是真正的生活，而独得的幸福并不是幸福。所以，当这鸭子和酒精在莫斯科成了唯一佳肴时，它们便不再是酒，也不再是鸭子了。这不由得令人黯然。

宾客也给日瓦戈留下了不快的印象。当年的戈尔东爱苦思冥想，寡言少语，不善辞令，叫人觉得可爱。他曾是日瓦戈的挚友，中学里大家都喜欢他。

现在他来了个自我否定，对自己的精神面貌作了不当的修正。他极力装得乐观豁达，追求机智俏皮，并且嘴上总挂着“有意思”、“多有趣”之类的话。这些不是他惯用的语言，因为戈尔东从来不认为生活是一种娱乐。

杜多罗夫到来之前，戈尔东谈起了杜多罗夫的婚事，他认为这故事十分可笑。这事在同事之间广为传播，日瓦戈还一无所知。

原来，杜多罗夫结婚已有一年光景，后来又与妻子离了婚。这桩趣闻最精彩却不可信的部分是这样的：

杜多罗夫被错征入了伍。他一边在部队服役，一边不断申诉。在军队里，由于他漫不经心，在街上不给长官敬礼，常常被罚去值勤。后来他复员了，很长一段时间，一看见军官立即举手敬礼。他看花了眼，总觉得满眼都是军官的肩章。

这个阶段里他干什么都丢三落四，大大小小的错事不断。一天他在伏尔加河的码头上认识了两个姑娘，是姐妹俩。他们在等同一条轮船。由于他老有幻觉，仿佛左右都是军人，又由于有到处乱敬礼的积习，他变得神不守舍，还没看清姑娘，就爱上了那个妹妹，急急忙忙向她求婚。“多有趣，是不是？”戈尔东问道。但他不得不匆促收场。门外响起了故事主角的声音。杜多罗夫走了进来。

他发生了相反的变化。以前他是个懒散、任性的公子哥儿，现在却成了一个严肃的学者。

中学时代，他因为参与政治犯的越狱计划，被学校开除。有一段时间他先后在形形色色的艺术学校里呆过一阵子，最后却学了古典人文科学。杜多罗夫在战争期间大学毕业，比他的同学晚一些。现在留在大学里担任两个教研室的课程：俄国史和世界通史。在俄国历史方面，他写了伊万雷帝时期土地政策的论文；在世界通史方面，他对圣茹斯特也颇有研究。

如今他总是侃侃而谈，声音低哑，仿佛正患感冒，双眼若有所思地平视着前方的某一点，仿佛在给学生讲课。

晚宴结束前，施莱辛格也插进来争论攻击；本来就已激动万分的主人与宾客，这时更七嘴八舌地喊了起来。日瓦戈对杜多罗夫从小学时代就一直客套地用“您”。现在杜多罗夫又用您问了他几次：

“您看没看《战争与和平》和《椎形长笛》？”

日瓦戈早就对他说了自己的看法，但由于大家争论热烈，杜多罗夫没有听见。过了一会儿，他又问道：

“您看过《椎形长笛》和《人》吗？”

“我不是已经回答您了吗？因诺肯季。您没听见，是您的过错。好吧，就算我没说，现在再说一遍。我一直喜欢马雅可夫斯基的作品。他继承了陀思妥耶夫斯基的风格。准确一些应该说，他的诗仿佛是陀思妥耶夫斯基作品中一些年轻叛逆者的抒情之笔，例如伊波利特、拉斯柯尔尼科夫和《少年》的主人公。真是无与匹敌的天才力量！是那样铮铮有声的无可妥协和毫不讳言，最重要的是，他以大无畏的气魄把这些愤慨掷向社会，甚至投向远处的空间！”

自然，晚宴上的中心人物无疑是尼古拉舅舅。冬尼娅以为尼古拉·尼古拉耶维奇去别墅了，其实并没有。他在侄子日瓦戈到达莫斯科的那天，就已回到了城里。日瓦戈和他见过两三次面了。他们已经畅谈过，惊喜得大呼小叫，笑声不止。

他们第一次见面，是在一个晦暗的傍晚，细雨蒙蒙。日瓦戈来到尼古拉·尼古拉耶维奇的旅馆。这时旅馆要经市政当局批准才能接待顾客。但尼古拉·尼古拉耶维奇是个知名人物。在城里他还有许多的关系。

旅馆倒有点像无人管理的疯人院。空空荡荡，乱七八糟，楼梯和走廊上脏不堪言。

从舅舅那间不整洁的房间里向大窗子外面望去，可以看到空旷无人的大广场。在那些疯狂的日子里，广场仿佛不再是旅馆窗前那个真实的广场，而是夜里恶梦中见到的广场，使人感到可怕。

对日瓦戈来说，这是震撼心灵的、永难忘怀的、意义深远的一次会面。他青年时代崇拜的偶像，青少年时代左右他思想的主宰者，现在又活生生地站在他的面前。

尼古拉·尼古拉耶维奇的白发更使他神采奕奕。外国式的宽大西服十分合身。他并不见老，还是个相貌堂堂的美男子。

无疑，比起当前所发生的重大事变来，他显得逊色。重大的事变遮住了他的光彩。但是日瓦戈从来不想用这样的尺度去衡量他。

尼古拉·尼古拉耶维奇谈到政治问题时，镇定而从容，语气冷静而又带些诙谐。这给日瓦戈留下深刻的印象。他善于自持，这一点上他超过了如今的俄国人，显出外来人的特色。这一特点很显眼，不大合时宜，令人感到不受用。

其实呢，他们第一次见面时那么热烈拥抱，那么激动流泪，那么兴奋急促地交谈，又那么经常默然相对，并非是由于上面的原因。这是两个具有创造精神而又有着血缘关系的亲人的重逢。虽然过去的一切获得重生又浮现在眼前，分离后的种种情景也涌上脑际，但只要一谈到主要的东西，一谈到创造型人物所熟知的问题，那么一切关系便隐没不见了。不再有舅甥关系，也不再存在年龄的差别，只剩下唯一的一种关系，那就是一种个性与另一种个性、一种力量与另一种力量、一种气质与另一种气质的相近。

近十年来，尼古拉·尼古拉耶维奇从未有机会像今天这样畅谈创作的魅力、创作使命的本质，谈得那么尽意和痛快淋漓，那么恰到好处。从日瓦戈这方面来说，这样透彻精辟的分析算是闻所未闻，令人神往和感奋。

他们俩不时高兴地喊叫起来，激动地在屋里走来走去，为两人观点的不谋而合，兴奋得抓耳挠腮，或者走到窗前，默默地用手指敲打玻璃，惊讶两人何以如此地相互理解。

这是他们第一次会面的情景，后来在公众场合，日瓦戈还曾多次遇见尼古拉·尼古拉耶维奇，但这时他表现得很不一样，判若两人。

尼古拉·尼古拉耶维奇认为自己在莫斯科是客人，情愿自外于莫斯科。那么，这时他是否认为彼得堡或别的什么地方是他的故乡呢，这也无从知晓。当一个政治上的演说家或有魅力的社会活动家，这是他的向往。或许他指望在莫斯科也会举办政治沙龙，就像法国大革命时期国民公会前罗兰夫人举行的沙龙。

他经常去莫斯科僻静的小巷，探望热情好客的女友们，常常善意嘲笑她们和她们丈夫政治上的模棱两可和落后，嘲笑他们一贯爱坐井观天。现在他又在她们面前高谈阔论报纸上的时事新闻，就像过去在人前炫耀自己读过的禁书和俄耳甫斯经文一样。

据说，他在瑞士留下了一位年轻的新恋人，还有一些没做完的工作和一本没写完的书。他回祖国来，是为了亲身领略一下轰轰烈烈的革命风暴，如果日后能安然脱身，他要重新回到阿尔卑斯，那就又会销声匿迹了。

他赞成布尔什维克，时常举出两个“左派”社会革命党的人，作为自己的志同道合者，一个是笔名为米罗什卡·波莫尔的新闻记者，另一位是时评家西尔维娅·科捷里。

冬尼娅的父亲亚历山大·亚历山大罗维奇嘟嘟囔囔地埋怨他说：

“尼古拉·尼古拉耶维奇，您偏到哪去啦，实在可怕！哼，您的那些米罗什卡！误入歧途！还有您的那位利季娅·波捷里。”

“是科捷里，”尼古拉·尼古拉耶维奇更正他说，“名字是西尔维娅。”

“叫波科里还是波布里，全无所谓，不在乎两个字。”

“但是，对不起，还是应该叫科捷里，”尼古拉·尼古拉耶维奇耐心地要求他改正。他和亚历山大·亚历山大罗维奇接着又往下谈：

“我们争论的是什么？论证这样的理论是无聊的。这是普通常识。多少年来，人民的大多数过着难以想象的生活。不管哪本历史教科书，不论如何下定义，称为封建主义和农奴制，或者称为资本主义和工厂企业，总之这些制度的反常或不合理，早已显示出来，并必然导致旧制度的变革，只有这种变革才会引导人们走向光明，使一切各得其所。

“您也知道，对旧秩序作一些修修补补，是无济于事的，需要彻底打碎旧制度。很可能，随之而来的是整个大厦的倾覆。这又有什么可怕呢？光是害怕还不能避免它。这只是时间问题。您能驳倒这样的看法吗？”

“嗐，要谈的不是这个。难道我指的是这个？”亚历山大·亚历山大罗维奇气恼地说，争论的气氛一下子又炽热起来。

“您的那些波布里和米罗什卡不是善良之辈。他们言行不一。另外，他们说的话也不合逻辑，自相矛盾！不不！您先等等，我这就给您看篇东西。”

他拉开书桌抽屉，找那本刊有矛盾观点文章的杂志。他打开又推上抽屉时，弄得乒乓直响。这一阵乱响倒使他口齿伶俐起来了。

亚历山大·亚历山大罗维奇喜欢在说话的时候有旁的声音干扰他，这样可以掩饰他嘟嘟哝哝的说话中间的冷场，平时他就用“㖿，㖿”、“嗯，嗯”来补空。而每当他寻找东西，比如在昏暗的前厅寻找另一只套鞋时，他就会滔滔不绝；再比如，当他肩上搭着浴巾站在浴室门口的时候，或者吃饭时要递过去一个大菜盘或给客人们斟酒的时候，他说话就十分畅快。

日瓦戈很喜欢听岳父说话。他爱听亚历山大·亚历山大罗维奇家里人特有的柔和的卷舌音，有点像低唱似的说话调子。这是他很熟悉的、老莫斯科的发音。

亚历山大·亚历山大罗维奇蓄着短髭的上唇稍稍外突，就像胸前微微翘起的蝴蝶结。他的上唇和领结之间，似乎有点共同之处，这使亚历山大·亚历山大罗维奇显得真诚感人，又天真稚气。

客人们快离席时，舒拉·施莱辛格才到，时间已经很晚了。她刚开过会，直接从会场上来的，身上穿着短上衣，戴着顶工人便帽，迈着有力的步子走进屋来。她和在场人一一握手问好，说着马上就大发牢骚。

“你好，冬尼娅。你好，亲爱的亚历山大。不像话，你们不能不承认。人们到处说日瓦戈回来了，莫斯科哪儿都传开了，可你们最后才告诉我。你们真不像话，看来我配不上你们。这位让人望眼欲穿的人物呢？让我过去，你们围得水泄不通。你好！好样的，了不起！大作拜读了。我什么也不懂，可是很有才气啊，这一目了然。尤拉。我要和你好好谈谈。年轻人，你们好。啊，果戈奇卡，你也在这里！鸭子，鸭子，叫嘎嘎，要想吃啥，请说话！”

她最后这几句笑话，是对亚历山大·亚历山大罗维奇家的那个八竿子也打不着的亲戚果戈奇卡说的。此人对任何刚抬头的力量总是崇拜得五体投地。因为他呆头呆脑，再加又滑稽可笑，人家管他叫“小鲨鱼”，也有叫他“绦虫”的，因为他长得又瘦又高。

“你们在这里又吃又喝的！好，我马上就赶上你们。唉，诸位先生们，你们闭目塞听，什么事都不知道啊！世界上发生了什么事？真是惊天动地啊！你们走出去看看真正基层的群众大会，那里有生活里真正的工人，生活里真正的士兵，他们可不是从书本里跑出来的。在他们面前，你敢说一句什么战争要打到彻底胜利吗？他们会让你吃不了兜着走的！我刚才听了一个水兵的发言！尤拉，听得简直让人忘乎所以！真充满了激情！说得头头是道！”

施莱辛格的话不断被别人打断。他们七嘴八舌各嚷各的。她坐到日瓦戈旁边，拉起他的手，把头凑过去，为了压过别人的喊声，像对着话筒似的，声音不高也不低地说道：

“尤拉，什么时候我带你去一趟，让你见见他们。你懂吗？你应该像希腊神话中的安泰那样和土地结合在一起。你干吗瞪大了眼睛？我的话你觉得奇怪？难道你不知道，我是一匹久经沙场的战马，出身贝斯士热夫女校[①]，尤拉。我蹲过拘留所，在街垒上作过战。当然如此！你当怎么着？唉，我们不了解人民，我刚从人民群众中来。我正为他们筹建图书馆。”

她喝了点酒，现在显然醉了。就是日瓦戈也喝得脑袋发沉。他没有发现施莱辛格怎么跑到屋子那头去了，而他则在屋子另一头，靠着餐桌。他正站在那里说话，看来他本意是并不想讲的，开头大家仍吵吵闹闹，不听他的。

“诸位……我想说……米沙·戈尔东！果戈奇卡！安静点……真没办法，冬尼娅，他们不好好听！诸位，听我说两句。史无前例、闻所未闻的事变正日益逼近。在它发生的前夕，让我向你们表示自己的祝愿：一旦事变发生，上帝保佑我们不要失散，不要丧失自己的灵魂。果戈奇卡，你先别喊什么‘乌拉’，我还没说完呢。那两边的人别说话了，注意听我讲。

“战争进入了第三年，人民已经形成了自己的看法。或迟或早前线和后方之间的界线总得消失，鲜血流成的河将冲到每个人的面前，把那些蜷缩在自己安乐窝里、逍遥自得的人统统淹没。这股血的洪流就是革命。

“在革命时期，你们会觉得像在战场上一样，生活都停止了，一切个人的事都结束了。世界上除了屠杀和死亡，别的什么都不存在。如果我们长寿，有朝一日能够读到有关这一时期的回忆录的话，那时我们才会明白，我们这五年或十年的经历，会比其他人一百年所经历的还要丰富。

---

① 1878 年成立于彼得堡的贝斯士热夫女子学院。

“我不知道，人民会不会自觉地奋起，团结战斗，也许这一切只是以人民的名义来进行。这种重大的事件是无需戏剧性的证明的。即使没有这点，我也是深信不疑的。对巨大事件去溯本求源是无聊的。缘由并不存在。家庭的口角有自己的起因。在相互揪头发、摔碗碟以后，怎么也弄不明白，谁第一个动的手。一切真正伟大的事物，像宇宙一样是无所谓开端的。它突然出现在你的面前，却不知是如何发生的，仿佛是个永恒的存在，或者从天而降。

“我也认为，俄罗斯注定会成为有史以来世界上第一个社会主义王国。当这事发生时，我们会惊得目瞪口呆，等清醒过来时，失去的记忆有一半我们再也无法恢复。我们不会记得事件的先后，也不想去寻找巨大变故的原委。我们会习惯新的秩序，就像习惯远处的森林和天上的白云一样。我们所到之处，这种秩序无处不在，不会再有别的秩序。”

日瓦戈还说了些话，这时完全清醒过来了。但他还听不清旁人说的话，回答得也牛头不对马嘴。他看到大家都喜欢他，却驱赶不掉心头的郁闷，茫然不知所措。于是他又说：

“谢谢大家，谢谢。我看出了大家对我的感情。我受之有愧。请不必对我这样厚爱，不必如此情切，好像日后再没有机会表示更深的情意。”

大家都大笑鼓起掌来，以为他是有意在说俏皮话。可是他却不知如何躲避那迫在眉睫的不幸，虽然他渴望着善，并能够争取幸福，却感到无法掌握未来。

客人们慢慢散去了。一个个疲倦得拉长了脸，不时像马一样张开大嘴打哈欠。

临走前，他们拉开窗帘，把窗子打开。窗外已是一片淡黄的曙光，潮湿的天空，叠垒着浑浊的土灰色的云层。“看来我们聊天的时候，下过一场雷阵雨，”一个客人说道。“我来时，路上就挨了淋。好不容易才跑到这儿。”施莱辛格证实了这一说法。

无人的小巷里还晦暗无光。树叶上滴滴答答淌着雨水，湿淋淋的麻雀不停地啾啾叫着。

轰然滚过一声响雷，仿佛耕犁在天际划了一条垄沟，然后一切又复平静。接着一连四响沉雷，就像秋天从翻松的土垄里用铁铲扔出几个大土豆的声音。

雷声把屋里的烟味和尘土都廓清了。骤然间，生命的要素，如水、空气、幸福的追求、土地和天空，仿佛一股股电流袭来，都变得切实可感了。

小巷里充满了散去的客人的说话声。他们出了门仍然高声议论着什么，简直和刚才屋里的争吵没有什么不同。声音渐渐远去，小巷逐渐静了下来。

“太晚了，”日瓦戈说，“我们去休息吧。世界上所有的人里，我只爱你和爸爸。”

五

八月过去，九月也近尾声。冬日不可避免地临近了，在人世间，一种即将来临的冬眠般的气氛弥漫在空中，人们都在谈论它。

需要准备过冬，要储存好食物和取暖的劈柴。但在唯物主义凯旋的日子里，物质变成了概念，食物和劈柴被粮食问题和燃料问题所取代。

城里居民就像在陌生事物面前的孩子一样，感到无可奈何。这陌生事物扫除了一切旧日的常规，留下了一片空白。其实它本身就是城市的产物，是城市居民自己造成的结果。

周围的人们还自欺欺人地夸夸其谈。日常生活还按照旧习惯跛子似的勉强挣扎着向前。但是日瓦戈看到了生活的真实面貌。

生活必然的未来是躲不过他的眼睛的。他们面临着考验，甚至是毁灭。留给他们的屈指可数的日子，眼看一天天逝去。

如果没有日常琐事、工作、操劳，他定会发疯。妻子、孩子、谋生的需要，救了他的命；这就是每天的生活，看病和出诊，最实际的事，不可不做的事。

他明白，在未来这个庞然大物面前，他太渺小。他既惧怕未来，又热爱未来，并且暗自引为骄傲。他好像同世界告别一般，最后一次用充满激情的目光贪婪地望着云朵和树木，望着路上的行人，望着这个在不幸中痛苦呻吟的伟大的俄罗斯城市。为了美好的未来，他愿意做出牺牲，然而他却是束手无策。

他从旧马厂街路口的俄国医生协会药房旁边穿过阿尔巴特大街时，常常站在街心如此这般地观看天空和过往行人。他又回到原来的医院工作。这所医院沿用原来的名称，叫“圣十字”医院，圣十字协会当然已经解散，但还没有给医院想出更合适的名称。

医院里已经开始分化。温和派认为日瓦戈是个危险人物，这些人的愚钝令日瓦戈生气。政治上的激进派认为日瓦戈不够先进。所以他既不属于前者，也不属于后者；处于上不着天，下不着地的境地。

在医院里日瓦戈除了份内工作，还受院长委派负责督管医院的统计报告。他见到了不知多少报表、调查表、履历表，填过不知多少各式各样要求严格的统计表！死亡率、发病率的增长数字、职工的财产情况、他们的政治觉悟水平、参加选举的比例、燃料、粮食和药物匮乏的情况——这一切中央统计局都要了解，需要一一统计出来。

日瓦戈填写这些表格时，就坐在医师值班室窗旁自己那张旧桌上。各式各样的表格在他桌子右角摞得老高。除了完成自己定期的医学著述外，他还抽空在这里写自己那本《舞台人生》，写写调子低沉的日记，在当时的记事本中还写下一些散文、诗和各式各样的随笔杂感，都是有感于半数人失去了自我，又不知自己在扮演什么角色。

圣母升天节以后，阳光变成了金秋的奶黄色，照得值班室的白墙金灿灿的。早上开始出现霜冻。冬日的山雀和喜鹊，开始躲进斑驳明亮的疏林中。这些日子里天高气爽，穿过天地间的透明的空气流，从北方涌来一股深蓝色的寒光。宇宙间的一切，都看得清晰，听得清楚。断断续续传来远处的清脆声响。远方澄澈可辨，仿佛展现出未来许多年的生活。

这种稀薄空旷的感觉，如果不是如此短暂，且唯有在秋末早到的黄昏才会出现，人们会难以呼吸的。

医生值班室满是秋阳的夕照。那早早落山的太阳，光线非常鲜亮、透明、滋润，就像熟透了的白浆苹果。

日瓦戈伏在书桌上写东西，一边思索着，不时蘸蘸墨水。医生值班室的大窗前面，静静地掠过三五只飞鸟，屋子里不时映出它们无声无息的影子，有时落在他写字的手上、摞着表格的桌上和墙壁地板上，而后又无声无息地消失了。

“枫树已经掉叶子了，”解剖员走进来说道。他原来是个身强体壮的汉子，现在瘦得皮肉松弛，像口袋似的挂了下来。“它大风大雨都不怕，可来一次晨霜就落到如此地步！”

日瓦戈抬起头来。刚才窗前掠过的神奇飞鸟，原来是飘落的绛红色枫叶。叶子从树上飘下，在空中旋舞着飞开去，然后落在树旁医院的草坪上，像一颗颗蜷曲的橙黄色星星。

“窗缝泥过了吗？”解剖员问道。

“没有，”日瓦戈说着，又继续写起来。

“怎么还不泥呢？是时候了。”

日瓦戈全神贯注地写作，没有回答。

“唉，可惜塔拉修克走了，”解剖员继续说道，“他可是个能人啊。修鞋，修表，什么都会。世上什么东西他都弄得到。应该泥窗户了。咱们只好自己动手。”

“没有油灰。”

“可以自己调嘛。我有个配方。”解剖员告诉他，怎样用阿利芙油和白垩拌成油灰。“不过，算了吧。我打扰您了。”

他走到另一扇窗子跟前，摆弄着自己的各种瓶子和标本切片。天渐渐黑了。过了一会，他又说：

“您要保护眼睛。天已经黑了。还不来电。咱们回家去吧。”

“我再干一会儿，二十来分钟。”

“他妻子现在在医院里当护士。”

“谁的妻子？”

“塔拉修克的。”

“我知道。”

“可是他本人却不知去哪儿了。到处乱跑。夏天，回过两次家。还来过医院。眼下在乡下什么地方建设新生活。他是个布尔什维克士兵，这样的人您在街上和火车上都可以见到。您想知道这里的奥秘吗？就说塔拉修克吧，您听我说。他是个多面手，什么都干得漂漂亮亮。不论干什么，又麻利又好。在前线打仗的时候也一样。他像琢磨手艺似的，把战争琢磨个透。战场上他竟成了个神枪手。在战壕里或潜伏哨位上，他的眼力和手上功夫全是第一流的！他得了不少奖章不是因为勇敢，而是因为百发百中的枪法。他干一行爱一行，喜欢上打仗了。他认为武器就是力量。武器可以使他出人头地。他自己就希望成为一种力量。武装起来的人，就不再是一个普通人。在古时候，这样的人都由射手沦为强盗。你现在要想从他手里夺下枪，那可不容易。于是发明了新的说法，像‘调转枪口’之类，他真就倒戈了。就是这么回事。这也就是马克思主义。”

“而且还是货真价实的马克思主义呢，来自生活本身的马克思主义。您想得到吗？”

解剖员走到自己桌前的窗旁，又摆弄了一会儿试管。然后说道：

“那个炉匠怎么样？”

“谢谢您把他介绍给我。是个十分有趣的人。我们谈黑格尔、克罗齐，谈了差不多有一个钟头。”

“那当然啰！他是海德堡大学的哲学博士。炉子怎么样呢？”

“别提了。”

“漏烟？”

“糟糕透了。”

“烟筒装得不对吧？应该跟炉子接上，可他大概是把烟筒从气窗里通出去了吧？”

“烟筒他是接在荷兰炉上了。可是烟出不去。”

“那就是没有找到烟道，用了通风道。再不就是走了排气孔。可惜塔拉修克不在！您将就用一阵吧。莫斯科也不是一天就建设齐全的。生炉子可不是弹琴玩。要学学。劈柴准备好了吗？”

“哪儿去弄劈柴？”

“我给您把教堂看门人叫来。他是个偷劈柴的能人。他会把栅栏拆了当柴烧。不过我先提醒您，对他要讲好价钱，要不然会漫天要价。要么去找一个木料浸染女工。”

他俩下楼到了传达室，穿上大衣，来到街上。

“干吗去找人治臭虫①？”日瓦戈说，“我们家里没有臭虫。”

“和臭虫毫不相干！我说东，您说西。我说的不是臭虫，而是木材。这女人什么都能弄得来卖。把木头房子和木墙都买下来，当劈柴卖。手上东西多着呢。走路小心瞧着点，别绊倒了，黑得像锅底。过去，我蒙上眼睛在这里都能走。每块小石子我都清楚。土生土长的本地人嘛。后来把栅栏拆了，我睁着眼都不辨东南西北，就

① 俄语中“治臭虫的人”和“木材浸染女工”为同音词。

像到了一个陌生的城市。一些过去没见过的旮里旮旯儿都暴露出来了！树丛里那些帝国风格的房子，还有那些放在花园里的露天圆桌和破破烂烂的长椅。最近有一天，我在三岔路口路过几个荒芜的院落，见一个上百岁的老太婆，用根拐棍挖土。‘老奶奶，上帝保佑您。您挖蚯蚓钓鱼吗？’我这么说，当然是开玩笑啰。可是她一本正经地说：‘不是，老爷，我找蘑菇呢。’可不是吗？现在城里跟树林里一样，到处是腐叶和蘑菇气味。”

“我知道这地方，是不是在谢列勃良街和莫尔恰诺夫卡路口？我路过那里总会碰上稀奇古怪的事。不是碰见个二十多年未见过面的人，就是碰上什么别的。据说，那里背阳处，还有拦路抢劫的。这也不奇怪。这地方四通八达。那里有许多路可以通往斯摩棱斯克市场的老贼窝。抢了你，剥了你的衣服，就没影没踪了，你追去吧。”

“这里路灯灯泡太暗，难怪人家把打得青肿的眼叫做灯泡子。你可别撞个鼻青脸肿的。”

六

确实，在那个地方，日瓦戈经常碰到各种意想不到的事。晚秋一个寒冷昏黑的晚上，正是十月革命起义之前不久，他在这拐弯的地方撞上一个昏厥过去的人横躺在人行道上，摊开双手，脑袋斜靠着石墩，两条腿伸在马路上。他偶尔发出一两声低微的呻吟。日瓦戈大声喊他，想让他苏醒过来。他含混不清地说了些没头没脑的话，一时又昏了过去。他头被击伤，满脸是血。日瓦戈匆忙检查了一下，发现颅骨并没伤着。这人显然是遭到了持械者的抢劫。“皮包，皮包。”他轻声说了两三声。

日瓦戈就近在阿尔巴特街的药房打了电话，让圣十字医院的老马车夫赶来车，送这不知名的伤员去医院。

原来受害人是位著名政治活动家。日瓦戈治好了他的伤。此后许多年他就成了日瓦戈的庇护者，使他在那充满怀疑和不信任的时代，避免了许多麻烦。

七

这是个星期天。日瓦戈休息，不必去医院上班。他们在西夫采夫街的家里，按照冬尼娅的安排，已经集中到三间居室里准备过冬。

这一天天气阴冷，寒风刺骨，天空密布阴霾，晦暗已极。

大早上就生起了取暖炉子。炉子往外倒烟。冬尼娅对生炉子一窍不通。纽莎费力地想把几块潮湿劈柴引着。冬尼娅在一旁指手画脚，瞎出主意。日瓦戈看见这种情况，知道应该怎么办，就想去帮个忙。但是冬尼娅轻轻推着他的肩，把他撵到门外，一边说：

“你去自己房间吧。本来就够头昏了，全都乱了套，你总爱瞎说一气来碍我的事。你懂什么，一插手只会火上浇油。”

“啊，浇油，冬尼娅，这不是太妙了吗？有了油，炉子马上就着旺了。苦就苦在我既不见油，又不见火。”

“现在顾不上说俏皮话。你明白吗？有时候是顾不上说笑话的。”

炉子没生着。星期天的计划全打乱了。原来大家指望天黑以前把该做的事做完，傍晚可以休息，现在落了空。吃饭推迟了，有人本打算用热水洗个头，还有其他种种计划，一概无法实现。

过了不一会儿，满屋是烟，呼吸都感到困难。大风把烟逼回屋里，黑色的浓烟悬在屋子半空，倒像童话中大松林里的妖怪。

日瓦戈把家人都撵到旁边的两间屋里，打开了气窗。他把炉子里的劈柴取出了一半，在炉膛的碎劈柴中掏一条小道儿，放上桦树皮和碎根作引火。

气窗里涌进一股股清新空气，吹得窗帘飘起来。书桌上的纸也吹落了几页。远处有扇门被风刮得砰的一声响。钻进屋里的风，吹得屋里剩下的烟满地乱窜，好像猫在追赶耗子。

燃着的劈柴哔剥作响，火焰蹿起老高。炉子熊熊着了起来。炉身被烧得显出一个个火团，好像肺病患者脸上的红晕。屋里烟渐渐散了，最后完全消失了。

屋里变得亮堂起来。玻璃窗上蒙着水汽，这是前不久按解剖员教的办法泥好的窗户，暖烘烘、油腻腻的油灰气味直冲鼻子。摞在炉子四围烘烤的小劈柴，也散发出一股苦涩的、刺激喉咙的云杉树皮的焦味，而新锯的潮湿的山杨树，散发着香水般的清香。

这时，尼古拉·尼古拉耶维奇舅舅突然撞了进来，就像气窗里猛然涌入的气流。他进来就告诉大家说：

“街上在巷战。支持临时政府的士官生和支持布尔什维克的卫戍部队交了火。几乎到处发生冲突，到处都在起义。我一路过来，有两三次遇上枪战。一次在德米特罗夫卡，另一次在尼基特城门。不能直接过来，只好绕道走。尤拉，快点。穿上衣服，咱们上街去。这一定要看看。这是历史，这种情况千载难逢呀。”

可是他自己一扯就是两个钟头，接着又吃饭，等要回家时，才拉着日瓦戈一起走。这时戈尔东先到了一步。他也和尼古拉·尼古拉耶维奇一样，飞奔进屋，也带来同样的消息。此刻巷战又有发展，出现了新的情况。戈尔东说街上的射击加剧了，路上行人有的被突然飞来的流弹击毙。据他说，城里的交通全都中断了。他能来到这儿，几乎是个奇迹，现在回去的路已被切断。

尼古拉·尼古拉耶维奇不听他的话，还想上街，可过了一分钟便折回来。他说小巷里出不去，外面子弹嗖嗖乱飞，把拐角处的砖石和泥灰都打了下来。街上空无一人。人行道已不能通行。

这几天，萨沙患了感冒。

“我说过一百遍，不要把孩子带到火炉前面烤，”日瓦戈十分生气，“过热比受冻更有害。”

萨沙喉头发炎，出现高烧。他一生病就害怕恶心和呕吐，产生了一种异常的恐惧心理。而且时时觉得就要发作。

日瓦戈拿了喉镜要检查他的喉部，可他推开父亲的手，闭上嘴，憋着气喊叫，怎么劝说、怎么吓唬都没用。后来萨沙一不留神突然张嘴打了个大哈欠。日瓦戈见状飞快地把勺子塞进儿子嘴里，轻轻压住舌头，赶紧看了看他的喉咙，只见咽喉红肿，扁桃体上布满了化脓的斑点。这使日瓦戈着实吃了一惊。

过了一会儿，日瓦戈又用计从萨沙嘴里取出些活体。亚历山大·亚历山大罗维奇自备有显微镜，日瓦戈凑合做了化验。幸好不是白喉。

但到第三天夜里，萨沙突然发生喘鸣性喉痉挛，浑身发烫，呼吸困难。日瓦戈不忍心看他受罪，却无法解除可怜的孩子的痛苦，冬尼娅觉得孩子快要死了。他们把他抱在手上在屋里走来走去。这样萨沙好像舒服一些。需要给萨沙喝牛奶、矿泉水或苏打水。但这时巷战正在高潮，密集的枪炮声一分钟也不停。即使日瓦戈冒生命危险越过射击区，到了战线那边也碰不到一个人。在局势没有彻底明朗之前，全城仿佛都停滞不动了。

不过有一点已经十分明显，到处都传来消息说，工人占了优势。只有个别的小股士官生还在挣扎，而且都是分散作战，已与司令部失去了联系。

西夫采夫街位于士兵占领区。士兵们正从多罗戈米洛夫向市中心进击。小巷里也挖了战壕，从德国战线上撤下来的士兵和年轻工人们就呆在这里，他们和附近一带的居民已经熟悉了，成了他们的邻居。当人们从门里探出头来张望，或走到街上去的时候，他们就友善地和居民开开玩笑。这一地区的交通已经恢复。

被困在日瓦戈家里三天三夜的戈尔东和尼古拉·尼古拉耶维奇，这时候也回家了。萨沙三天重病期间，有他们在，日瓦戈觉得宽慰不少，而冬尼娅也原谅他们给她家中乱上添乱。他们为了感激好客的主人，觉得应该不停地和主人说说话。于是他们在三天里不停地东拉西扯，使日瓦戈感到十分疲倦，以至于也乐于和他们分手了。

八

日瓦戈得知他们两人安全地回到了家。但与此同时也知道武装对峙并没有全部结束，以前传说警戒都已解除是不确切的。各处还有军事冲突，有一些地区仍无法通行。日瓦戈还不能上医院去，其实他早就急于工作了，再加上医师值班室的抽屉里还有他的手稿《舞台人生》和学术札记。

人们只敢在附近活动，早晨，就近买些面包。路上碰着拿牛奶的人，就围上去打听在哪儿买到的。

城里时而又响起枪声，吓得街上的路人纷纷逃回家去。大家都猜双方大概正在谈判，谈判是否顺利，可以从枪声的疏密去判断。

旧历十月底的一天，晚上十点左右，日瓦戈正急匆匆地去拜访附近的一个同事，其实也没特别的事。这一带平常是很热闹的，如今行人很少。日瓦戈几乎一个路人也没碰上。

日瓦戈快步走着。天上飘着薄薄的初雪，但风很大，而且越吹越狂，几乎要起暴风雪了。

日瓦戈从一条小巷出来，又拐进另一条巷子，已经记不清转过多少弯了。突然，雪纷纷扬扬地大起来，暴雪大作。这样的风雪要是在旷野上，定会呼啸着铺天盖地，可在城里却好像迷了路，在狭窄的小巷里反复盘旋。

在人们的精神世界和物质世界里，或远或近，在天上和地上，仿佛都发生了类似的情况。个别地方传来负隅顽抗的最后几声枪响。远处天际映出已经扑灭的大火的微弱反光，像一个个小气球升起又破碎了。风雪也在空中一阵阵旋转呼啸，从日瓦戈脚下潮湿的马路和人行道上卷起一阵阵雪雾。

在一个路口，一个报童高喊着“号外，号外”，从他身边跑过，腋下夹着一叠刚出厂的报纸。

“不用找钱了，”日瓦戈说。报童好不容易把还发潮的报纸分出一张，塞在日瓦戈手里，转眼之间又隐没在风雪之中，就像刚才猛然从风雪中出现一样。

日瓦戈走到附近的路灯下，赶紧浏览一遍。

这张号外只印了一面，登着来自彼得堡的一则政府公告。公告中宣称已经组成人民委员苏维埃，俄罗斯已建立起苏维埃政权并将实现无产阶级专政。下面是新政权的第一批法令，还有其他各种电讯。

风雪吹打日瓦戈的眼睛，报上落了层灰色雪糁。但妨碍他看下去的并不是这些。这一时刻的伟大和永恒，震撼着他，使他无法冷静。

日瓦戈为把这公告读完，环顾左右想找个有光亮、避风雪的地方。原来他又跑到了自己那个神秘的路口，站在谢列勃良大街和莫尔恰诺夫卡的交叉口。旁边是一幢五层楼房，正门宽阔，灯光明亮，门上装着玻璃。

日瓦戈进了大门，站在灯下细读各种电讯。

他听到楼上有脚步声。有人下楼来了，脚步不时停下来，仿佛有些犹豫。果然不出所料，下楼的人突然改变主意，又折回去快步上楼了。上面打开了一扇门，传过来两人说话的声音；由于有回响，听起来很不清楚，不知谈话的是男人还是女人。接着门又砰的一声关上，刚才下楼的那人，迈着坚定的快步走下来。

日瓦戈正埋头看报，没打算抬眼打量旁人。那人跑到楼下，突然收住了脚步。日瓦戈抬起头朝下来的人看了一眼。

面前是一个十八岁上下的小青年，反穿着硬邦邦的翻毛鹿皮短大衣，就像西伯利亚人似的，头上的皮帽也是翻毛的。他脸色黝黑，眼睛细长，像吉尔吉斯人。这孩子脸上有某种贵族的气质。他那忽闪的眼神，不外露的精明，很像是外来的混血儿身上的特质。

这男孩显然把日瓦戈误认为某个熟人，此时不知如何是好。他腼腆又惶惑地望着日瓦戈，仿佛知道他是谁，只是不敢开口说话。为了解除他的误会，日瓦戈打量了他一番，冷淡的眼神使孩子不想再和他接近。

男孩不知如何是好，一句话没说就往门口走去。到了门口，他又回头望了望，才推开那扇不太牢的、沉甸甸的大门，出去后哐啷一声关上。

过了十来分钟，日瓦戈也出了大门。他忘了那个孩子，也忘了找人的事，脑子里塞满了报上的消息，迈步回家。路上又碰上件事，虽然是生活琐事，然而在那些日子里却也非同小可。他的注意力全被吸引过去。

在离家已经不远的地方，他在黑暗中撞上了一堆横放在马路边人行道上的木板和圆木。旁边的小巷里有个机关。大概这是公家送来的燃料，是郊外木屋拆下的一堆旧料。木材在院子里搁不下，所以占用了街面。这一大堆木材由一个荷枪的哨兵守卫着，他在院子里踱来踱去，不时还走出院子巡视。

哨兵拐进院里的时候，恰好一阵旋风卷起浓重的雪雾；日瓦戈毫不迟疑地转到木材堆后面灯光照不到的暗处，左右摇动着慢慢把压在最底下的一根沉木头晃松了，再使劲把它从木堆里拉出来，扛上肩。他竟不觉得特别压肩（自家的东西不觉重嘛），悄悄顺着背阴的墙根扛到了西夫采夫街家里。

这段粗木到的正是时候，家里的劈柴眼看就要烧光。他把圆木锯开，破成整整一大堆劈柴，然后蹲在炉前添火，默默地坐在颤抖发响的炉门前。亚历山大·亚历山大罗维奇把圈椅挪近炉边取暖。日瓦戈从衣兜里掏出报纸递给岳父，一边说：

“没看过吧？欣赏欣赏吧，读一读。”

日瓦戈仍旧蹲着，拿一个小火钩拨弄炉膛里的劈柴。他大声地自言自语说：

“一次绝妙的外科手术！一下子就出色地把发臭的旧脓包全切除了！对于几个世纪以来人们顶礼膜拜而不敢抗争的不公正制度，这是一个直截了当的简单明了的判决。

“他们如此果敢彻底，表现了某种人们早就熟悉的民族精神，有普希金那种无条件追求光明的良知，有托尔斯泰那种正视事实的精神。”

“普希金？你说什么？别着急。我马上就看完了。我不能一边看一边听你说。”亚历山大·亚历山大罗维奇打断女婿的话，误以为日瓦戈嘟嘟哝哝的独白是对他说的。

“最重要的，是弄清伟大在哪里？倘若交给谁一个任务，要他创造新世界，开始一个新世纪，他必定先要清理地基，先要等旧时代结束，然后再开始建设新时代。他需要从整数开始。重起一行，另起一页。

“现在可好！这史无前例的历史上的奇迹，这一创造，一下就闯入了奔流不息的普通生活的最深处，全然不管这日常生活的进程如何。它并非从头开始，而是在中间发端；这不是预先选好的日期，而是随随便便的普通日子，是城里电车穿梭往来的高峰时刻，这一点才是最伟大之处。只有最伟大的事件才不择地点与时间。”

九

冬天到了，正如人们预料的，虽然不像之后接连的两个冬天那样可怕，却也相差不远：阴暗，饥饿，寒冷。整个冬天，人们在破坏习惯了的一切，改造一切生存根基，拼命挣扎，抓住即将流逝的生活。

可怕的冬天，一来就是三年，一年接着一年。现在回想起来，那些可怕的事仿佛都发生在一九一七到一九一八年的冬天，其实某些事可能是稍后才发生的。这连续的几个冬天已经混成一片，很难一年年地区分开来。

旧生活和新秩序还不协调。新旧之间还没发生一年后国内战争中那种势不两立的敌对关系，但两者之间也缺乏联系。新与旧各据一方，彼此相对，旗鼓相当。

那年，各种机构都在进行改选：居委会、各种组织部门，还有各种民政事务机关。它们的成员也在变化。都派有权力无限的政委，都是意志坚定的人，身穿黑色皮夹克，揣着手枪，很能吓唬人；他们很少刮脸，更少睡觉。

他们熟知手上只有小票面公债券的可怜巴巴的小市民的习性。对这些人，他们毫不留情地讥讽挖苦，好像对待被逮住的小偷。

这些人掌管着一切，就像纲领所要求的那样。于是一个创举接着一个创举，一个联合接着一个联合，全都布尔什维克化了。

圣十字医院现在已改名为第二人民医院。医院里发生了很大变化。一部分职工被解雇，许多人自动辞职，因为觉得在这里工作好处不大。这些人大都是收入很高、掌握时兴医术的医生，生活优裕，又能说会道。他们辞职是出于私心，却装作出于公民责任感而采取的示威性辞职行动。这些人对留在医院工作的人是不屑一顾的，甚至和他们几乎断绝来往，对日瓦戈的态度就是这样。

晚上，日瓦戈夫妇常谈谈生活里的一些事：

“星期三别忘了上医生协会的地下室去取冻土豆。有两口袋。我先要问清楚几点钟能下班去帮你。用雪橇得两个人一起拖才行。”

“好的。来得及，尤拉。你早点睡吧，已经很晚了。事情反正也做不完。你需要休息一下。”

“目前正闹传染病。体质的虚弱降低了人的抵抗力。你和爸爸脸色很难看。得想点办法才好。可有什么办法可想呢？我们太不照顾自己了。要注意身体。喂，你没睡着吧？”

“没有。”

“我不担心自己，我身体壮。可万一我病倒了，你别干蠢事，别留在家里，赶快送医院去。”

“尤拉，你说什么呀！上帝保佑你。你干吗说这些不吉利的话呀？”

“你要记着，往后没有正直的人，没有朋友啦，更没有知交。如果出了什么事，只有靠皮丘日金。当然，如果他还健在的话。你没睡着吧？”

“没有。”

“那些鬼家伙，扔下医院挣大钱去，倒成了公民责任感强，有原则性。见了面，他们勉勉强强才伸出手来。‘您还在他们那儿服务？’他们扬起眉毛问我。我说，‘还在那儿工作。对不起，我为自己的艰苦感到自豪，并且尊敬那些虽使我们艰苦却更给我们荣誉的人。’”

十

在很长一段时间里，大多数人经常吃的只是黄米稀粥和鲱鱼头汤。炸鲱鱼块充作第二道菜。黑麦不上磨，麦粒不去皮，拿来煮粥吃。

冬尼娅认识的一位女教授，教她怎么在荷兰炉底烤面包。面包准备卖掉一部分，得的钱用来补偿使用从前的瓷砖壁炉的消耗。这样他们就可以不再用折磨人的小铁炉，它漏烟，烧不旺，根本不暖和。

冬尼娅面包做得不错，可是一点也卖不出去。他们只好放弃原有计划，依旧使用那个铁炉子。日瓦戈一家生活十分贫困。

一天早晨，日瓦戈照例外出上班。家里只剩下两块劈柴。冬尼娅穿上皮大衣上街去“碰碰运气”，由于身体虚弱，她虽然穿了皮大衣，在太阳底下也还冻得发抖。

她在附近几个巷子里转悠了有半个小时光景。那里有时有近郊的农民来卖蔬菜和土豆，但不太容易碰到他们。挑货来卖的农民，要被拘留。

她很快就碰上了要找的对象。冬尼娅跟着一个穿粗呢上衣的身强力壮的小伙子往回走。这人拉着一辆轻巧如玩具般的雪橇，小心地拐进了他们家的院子。

在雪橇蒲席下的韧皮车筐里，装着一堆桦树圆木，粗细与十九世纪旧式庄园栏杆相去不远。冬尼娅知道这种木柴不经烧，说是桦木，不过骗人而已，实际上是一种劣质木料，而且刚砍下不久，没法当柴烧。但是别无选择，不容你挑拣。

这个青年农民抱了五六次，就把雪橇上的木柴全送到了楼上，然后抬走了冬尼娅拿来交换的那台镶镜小衣柜，装上雪橇，准备送给自己女人。他们又顺便谈了以后换土豆的事，他提出要换门旁那架钢琴。

日瓦戈回家来，对妻子买劈柴的事没说什么。其实，把那个小衣柜劈了当柴烧更合算。只是他们不忍心把柜子毁掉。

“你看见桌上那张便条了吗？”妻子问道。

“是医院院长的吗？已经有人对我说了。我知道，要我出诊。我一定去，先歇一会儿。可是路很远，在凯旋门那儿，我有地址。”

“他们答应的报酬真奇怪，你看了吗？你还是把条子看一看吧。一瓶德国白兰地或是一双长筒女袜。拿这些东西来请你去。他们是什么人呢？不很地道，另外对我们现在的生活也一无所知，是什么暴发户吧？”

“看来，是采买一类的人。”

当时，国家已消灭私营商业，一些小私商以及承租商和委托商，都称做采买；在经济困难时期，国家和政策稍稍放松，他们签订合同，由他们向国家提供各种商品。这些人中已经没有旧商行的经理和大商店的老板，他们都被打倒，一蹶不振。如今只是些小业主，做生意还没几天，没有殷实的家底，是新起来的生意人或外地商人，战争和革命使他们发了财。

日瓦戈喝了一杯掺奶和糖精的热开水，就出诊去了。人行道和马路上盖着厚厚的积雪，从大街一侧的屋墙到另一侧的屋墙，有的地方积雪齐了一层楼的窗子。路上不时有人不声不响、有气无力地背着可怜的一点粮食，或者用小雪橇拉着，几乎见不到马车。有些房前还挂着原来商店的旧招牌，现已成了与招牌毫不相干的合作商店和消费合作社。它们都紧锁大门，窗户装着铁栏杆，有的门都钉死了，店里货架上空空如也。

商店无货上着锁，不仅因为商品短缺，还因为全面改造生活(其中包括商业)的工作还只限于较大的方面；至于这些封门的小铺子，就像那些小业主们，还排不到日程上来。

十一

日瓦戈去的那家，在布列斯特街尾，靠近特韦尔城门。

这是一幢十分古老的营房式砖楼，里面有个院子，贴着内墙建了三层的木结构回廊。楼里的居民正按原定计划在开大会，参加大会的还有一位区苏维埃来的女代表。正开着会，突然军管会来楼里检查持枪证，没有持枪证的武器一律没收。检查队长告诉区苏维埃代表说，她不必走，因为搜查要不了很长时间，等检查过的居民陆续回来，就可以继续开会。

检查眼看要结束了。现在轮到请日瓦戈看病的那家，这时日瓦戈正好赶到。他要去的回廊梯口，守着一个士兵，肩上挎了杆用绳子拴着的枪。他说什么也不让日瓦戈上楼。检查队长问清原委后，让士兵放医生上去，说等他看完病再搜查。

这家的男主人是个文质彬彬的年轻人，黝黑的脸膛没有一点光泽，忽闪着一双忧郁的黑眼睛。看来他心情紧张：既为妻子的病担忧，又为眼前搜查着急，而且对医生和医学有一种异乎寻常的崇敬。

为了不浪费医生的时间和精力，主人想尽可能讲得简单扼要。可他越着急，说得就越乱、越啰嗦。

屋里满是抢购来的各式家具，有高级的，也有一般的便宜货；这是为了把钱换成保险的实物。成套家具中掺杂着个别的不配套的东西。

那年轻人认为，他妻子患了神经性恐惧症。他啰啰嗦嗦地讲起他们曾贱价买进一个带音乐装置的老式自鸣钟。钟早已不走了。当时是作为钟表工艺珍品买下的（主人还带日瓦戈到隔壁房间看了看）。他们甚至认为，这台钟未必能修好。可突然多年未上弦的钟自己走了起来，而且还响起了复杂的法国小步舞曲，后来又停了。“我妻子吓坏了，”青年人说，“她觉着这是给她报的丧钟，于是一病不起，尽说胡话，不吃不喝，也认不得我了。”

“因此你就认为是神经受了强烈刺激？”日瓦戈怀疑地问道，“请带我去看看病人。”

他俩走到隔壁房间。房顶上挂着枝形细瓷吊灯，一张宽大的双人床两侧，放着两个红木床头小柜。外侧躺着一个个子不高的妇女，眼睛又黑又大，被子一直盖到鼻子下面。当她看见有人进屋来，就要他们出去，手伸出被子使劲一甩，睡衣宽大的袖子一直滑到腋窝。她不认得自己的丈夫，旁若无人地低声唱起了一支忧伤的曲子。她越唱越伤心，就放声恸哭。后来，又孩子似的抽抽搭搭，哭着说要回家去。她不让日瓦戈给她看病，不论医生站在床的哪一边，她总转身背对着他。

“应该让医生看看才是，”日瓦戈说，“不过，即使不看，我也明白了。她得了斑疹伤寒，而且不轻。她够痛苦的，很可怜。我想最好送她去医院。问题不在于条件是否方便，主要是需要经常的护理。患了斑疹伤寒，开头几周的护理是非常重要的。你们有车吗？最好用一辆马车把病人送到医院去，哪怕是一辆拉货车也可以。当然，出门要给病人穿暖和点。我给你们开个证明。”

“行，我去想办法。但请等一等。难道她真得了伤寒吗？太可怕了！”

“很遗憾，确实如此。”

“如果她不在我身边，我怕她会死去。您是不是可以到家里来给她看病，尽可能多来几次？您要什么酬谢都可以。”

“我已经向您说明白了，重要的是要对她做经常的观察。您听我说，这是万全之策。现在无论如何要弄辆马车来，我给她开一张入院单。我们最好去你们居委会开。证明需要居委会盖章，此外还要办一些别的手续。”

十二

经过盘问和搜查的居民，披着厚厚的披肩或穿着皮大衣，一个个回到了没生炉子的居委会来，以前这里是个存放蛋品的货栈。

屋子一头摆着办公桌和几把椅子。可人太多，不够坐。于是就把长方形的空蛋箱翻过来，放在四周充当坐凳。屋子另一头，是摞得老高的空蛋箱，快顶到天花板了。碎鸡蛋的蛋白蛋黄和地上的刨屑冻成了团，扫到墙角堆着。在这堆刨屑里耗子窜来窜去，有时还跑到前面的砖地上，然后又钻回去。

耗子一窜出来，有个胖女人就尖叫着跳到蛋箱上。她装腔作势地翘着手指捏起裙角，脚上那双摩登的长筒靴，在箱盖上跺个不停，故意嘶哑着嗓子，像喝醉了似的喊道：

“奥利卡，奥利卡，你这儿尽是耗子。哎呀，讨厌的东西，又窜过去一只！哎呀呀，这畜生还有灵性！样子多凶！哎呀呀，爬上箱子来了！可别钻到裙子里。哎唷，吓死我了，哎唷，吓死我了！先生们，请你们别往这边看。对不起，我忘了现在不叫先生，叫公民同志。”

这哇哇乱叫的女人穿件敞怀的羊皮短大衣。她垂着个皮肉松弛的双下巴，往下是高高隆起的乳胸和绷着绸裙的肚子——这三个隆起物不停地颤悠。想必在那三流商人和掌柜的圈子里她一度算是个风骚女人。可现在她肿眼泡下面的猪眼，都快眯成一条缝了。很早以前，她的一个情敌朝她洒过硫酸，可没有烧着，只有两三滴撩在她左颊和左嘴角，留下两个不明显的小疤，这反倒给她增添了几分姿色。

“别嚷嚷，赫拉布金娜。简直没法开会了。”坐在桌后的一位妇女说。她就是新选举的主席，区苏维埃代表。

这幢房子的老住户很早就了解她，她也很了解住户。开会前，她和过去扫院子的法京玛大婶随便地小声说了一会儿。以前法京玛和丈夫、几个孩子都住在肮脏的地下室，现在她同女儿两人已搬进二层楼上两个光线充足的房间了。

“法京玛，现在怎么样？”女代表问道。

法京玛抱怨说，她一个人管不了这么大的房子和这么多的住户，谁也不肯帮忙。分摊给各户扫院子扫街的事儿，谁也不干。

“别发愁，法京玛，我们要给他们点厉害看看，你放心好了。这算什么居委会！太不像话啦！刑事犯把这儿当避风港，可疑的人没登记也住在这里，我们要撵他们走，另选新的居委会。我要举荐你去居委会，你可别推托不干。”

法京玛赶紧求女代表千万别这样，可是女代表不理她。她看了看屋子里到的人已经够数，便让大家安静下来，三言两语来了个开场白，会就算开始了。她批评了以前居委会工作不得力，建议大家提名新的候选人，组织新班子，之后还谈了些其他问题。说完，她又随口说道：

“同志们，还有这么件事。我直截了当同大家说说。你们这幢房子面积大，适合作招待所。我们常碰到这样的事：各地代表来莫斯科开会，没地方住。上面决定把这幢房子划归区苏维埃，用来接待外地来宾，并取名季韦尔辛招待所。季韦尔辛在流放前曾在这幢房子里住过，这是大家都知道的事。有反对意见吗？下面谈谈搬迁的问题。这不用着急，有一年时间。楼里的劳动人民，由我们提供住房，至于非劳动人民，我们事先在这里打招呼，希望他们自己去找住房，期限是十二个月。”

“我们谁是非劳动人民？”“我们这里没有非劳动人民！”“都是劳动者！”会场四处嚷嚷起来，有个人喊得特别响：“这是大国沙文主义！现在各族人民平等了，我知道你暗中指的是谁！”

“一个一个说！让我回答谁！各民族是什么意思？和这有什么相干，瓦尔德尔金公民？比方说，赫拉布金娜吧，她算是什么民族？可也要让她搬走。”

“你搬我试试！咱们走着瞧，看你怎么搬我，你这烂沙发！用你狗逮耗子！”赫拉布金娜在气头上骂了女代表几句莫名其妙的难听话。

“你这条毒蛇！女妖婆！不要脸的家伙！”法京玛气急败坏地说。

“法京玛，甭理她。我自己知道怎么办。赫拉布金娜，闭上你的嘴，你别得寸进尺！听着，闭上嘴，要不然我马上送你上班房，用不着等查封你酿的私酒和私设的赌场。”

屋里吵得简直要翻天。谁也不听谁的。正在这个时候日瓦戈来到了会场。他在门口随便找个人问道：“谁是居委会的？”那人双手拢着嘴巴，提高嗓门压过吵闹声拖长声音喊道：

“加—利—乌—林—娜！上这儿来，有人找。”

日瓦戈以为自己听错了。过来的是一个微微驼背的瘦女人，就是那扫院子的。日瓦戈简直惊呆了：她和儿子太像了。但他没有说出自己是谁。他说："你们楼里有个妇女（他说了她的姓）得了伤寒。需要采取预防措施，以免传染。此外，需要把病人送去医院。我给她开了入院单，请居委会证明一下，该去哪里办手续？"

加利乌林娜以为他问的只是如何送病人上医院，而不是证明。她说："区苏维埃要派马车来接杰明娜同志。杰明娜同志心好，我跟她说说，她会把车让给病人坐的。别发愁，医生同志，我们可以把你的病人送到医院去。"

"噢，我说的不是这个！我问的是，在哪儿可以给开个证明盖章。当然，如果有马车的话……对不起，请问您是不是中尉奥西普·吉马泽金诺维奇·加利乌林的母亲？打仗的时候我们曾在一起。"

加利乌林娜全身一颤，脸色刷地白了。她抓住日瓦戈医生的手说道：

"咱们到外面去，去院子里谈。"

刚跨出门，她就急促地说道：

"你小声些，上帝保佑，可别让人听见了。你别坑害我。奥西普走错了路啦，你倒说说，奥西普成了什么人？他是学徒出身的手艺人，奥西普也明白，眼下普通百姓日子好过多啦，这明摆着嘛，没啥可说的。我不知道，你怎么想，你没事，可奥西普有罪啊，上帝不会饶恕他。奥西普的父亲当兵的时候被打死了，死得好惨呀，脸炸没了，手脚都没了。"

她再也说不下去，甩了一下手。过了一会，平静下来，她又继续说道：

"咱们走吧。我这就给你张罗马车。我知道你是谁。他在家呆了两天，说起过你。他说，你认识拉拉。她是个好姑娘。我记得，过去她常来我们这里。她现在怎么样了，这就难说啦。难道有钱人会去反对有钱人吗？奥西普可是有罪过啊！杰明娜同志肯借车的。你知道杰明娜是谁吗？就是奥利娅·杰明娜，在拉拉妈妈的缝纫店里当过女工。我说的就是她。也在这里住过。是这院子里的人。咱们走吧。”

十三

天完全黑了。四周罩上夜幕。只有杰明娜的小手电在他们五步前照出一个白圈，从一个雪堆移到另一个雪堆。它不能给人照亮，反倒把道路弄得扑朔迷离。周围是漆黑的夜，那幢房子已经落在身后。就是在那里，许许多多的人都熟识拉拉。她小时候常常去，据说她后来的丈夫帕沙·安季波夫也是在那里长大的。

杰明娜半开玩笑地关切地问他：

“前面不用手电，您真能回家吗？啊？要不我把它借给您，医生同志。是啊。我和拉拉都是小姑娘的时候，我就非常喜欢她，简直爱上了她。他们家开了个缝纫店，有个作坊。我在那儿当过徒工。今年还见到了她。她是路过，路过莫斯科去别处的。我对她说，你别犯傻了，要去哪儿？留下来吧。咱们住在一起，会找到工作的。哪肯听呀！她不愿意，随她的便吧，她嫁给帕沙是出于理智，不是因为爱情，从那以后老是疯疯癫癫的。到了还是走了。”

“您对她怎么个看法？”

“小心！这里很滑。我说了多少回了，让大家别在门前泼水，谁也不听。问我对她的看法？我怎么想的？说这个有什么意思，没时间想。我到了，这是我住的地方。听说她那当军官的弟弟好像给枪毙了，这事我没告诉她。不过她母亲，也就是我过去的东家，我倒也许能救她，替她去奔走奔走。好了，我到了，再见。”

他们就在这儿分了手。杰明娜的手电光照上狭窄的砖石楼梯，又向前移到楼梯旁肮脏的墙上，日瓦戈医生却被一片黑暗吞没。左边是花园-凯旋街，右边是花园-马车街。从远处看，夜里在黑色的雪幕上，这两条街已不像普通的街道，倒像是在一排排房屋组成的密林里的两条林间小路，仿佛是到了乌拉尔或西伯利亚的人迹罕至的密林中。

家里既温暖又明亮。

“你怎么回来那么晚？”冬尼娅问道。没等他回答又说：

“你不在的时候，家里出了件怪事。简直叫人难以相信。我忘记告诉你了。昨天，爸爸把闹钟弄坏了，心里十分懊恼。这是家里最后一只钟了。他想修修，拨弄来拨弄去也没修好。街口有个钟表匠，张口得三磅面包，真是漫天要价。怎么办呢？爸爸懊丧极了。可是出人意料，一小时前突然铃声大作，震得耳朵疼，闹钟又响了！真奇怪，又突然走了起来！”

“这是给我报丧呢，我要得伤寒了，”日瓦戈开玩笑说，接着他给家人讲了一个病人家里自鸣钟的故事。

十四

其实日瓦戈过了很长时候才染上伤寒病。在他生病之前的这段时期里，他们一家的日子最难过。他们忍饥挨饿几乎濒临绝境。日瓦戈好不容易找到了他抢救过的那位路上被抢的党员。他为日瓦戈帮了不少忙。但国内战争开始后，他的这位庇护人经常在外地奔波。另外，这人从自己的观点出发，认为当时的困难是很自然的现象，他还隐瞒了自己也在挨饿的事实。

日瓦戈也曾去找过住在特韦尔城门附近的那个采买商。但是几个月来，连那人的影子也没见，他那病愈了的妻子也毫无音讯。他们那幢楼房里的住户，变化不小。杰明娜上了前线。日瓦戈要找居委会主任加利乌林娜，也没找到。

一天，他凭购物证按官价买到一车劈柴，从温达夫车站运回去。一辆马车拉着劈柴沿着长长的市民街朝前走，他在一旁护送这车意外的财产。突然，他觉得市民街变得不像原样了。他身子晃晃悠悠，两腿支持不住人便倒下了。他意识到自己倒霉了，得了伤寒症。马车夫把摔倒在地的日瓦戈医生扶上柴车，凑合着拉回家。这些情况日瓦戈都已不记得了。

十五

他断断续续地昏迷了两周。在幻觉中他仿佛看见冬尼娅把两条花园街摆到了写字台上：左边是花园-马车街，右边是花园-凯旋街，又把台灯挪到两条街的附近，橙黄的灯光暖融融地把街道照得通明。现在他可以工作了。于是他提笔写了起来。

他埋头写作，笔锋酣畅。过去一直想写也应该写，却总写不出的东西，现在总算写下来了，如愿以偿了。不过他脑海里还不时出现一个眼睛细得像吉尔吉斯人的男孩，身上穿一件西伯利亚人和乌拉尔人的敞怀翻毛短大衣。这孩子出现后就不断打扰他的写作。

不言而喻，这个小男孩就是他死神的精灵，或者简单地说就是他的死神。 不过，如果死神能帮他写诗，那又怎么可能是死神呢，难道死神还能给人什么帮助吗?

他的诗章不写复活，也不写死亡，而是介乎两者之间的那些日子。他把诗章题为《惶惑》。

他过去一直想写这些时日：一股风暴在三天之内席卷了黑色的百孔千疮的大地，向爱的不朽化身发起进攻，卷起巨石和泥块扑向爱神，就好像潮汐冲上海岸，将海岸埋葬在下面。他想描绘在这三天之中，人间的黑色风暴如何咆哮、推进、退却。

有两行押韵的诗句一直萦绕在他脑际：

是那么乐于亲近
已该是摆脱梦境

谁那么乐于亲近它呢? 是地狱、破坏、毁灭和死亡。而与此同时，又有春天、抹大拉的马利亚和生命。但也应该摆脱梦境。应该苏醒并站立起来。应该复活了。

十六

日瓦戈逐渐恢复了健康。初时他有点迟钝，对周围的一切无力细想，听其自然，记忆里空空荡荡，见了什么也不惊不怪。妻子喂他吃白面包、黄油，还给他喝加糖茶水和咖啡，他觉得这是病人恢复时必须和理应吃的，却不明白眼下不可能弄到这类美食。 他吃得津津有味，有如在欣赏诗篇和童话。可是等他脑子开始清楚了，对妻子的第一个问题就是：

“你从哪儿弄来的？”

“都是你那个格兰尼亚送来的。”

“哪个格兰尼亚？”

“格兰尼亚 · 日瓦戈。”

“格兰尼亚 · 日瓦戈？”

“可不是吗？就是你那个住在鄂木斯克的弟弟叶夫格拉夫，你的异母兄弟，你昏迷的时候，他常来看望。”

“穿着鹿皮翻毛大衣吗？”

“对，对。难道你在昏迷中看见他了？据他说，他曾经在一幢房子的楼梯上和你打了个照面。他看出是你，想上前去认你，可你吓得他不敢上前。他尊敬你，喜欢读你的书。真不知他从哪儿弄到这些东西的！有大米、葡萄干、白糖。他已经回去了。让我们也去他那里。他这人不同寻常，有点神秘。依我看，他和政府关系密切。他说得离开大城市，去个一两年，回到民众中去呆一阵。我和他商量了回克吕格尔老家的事。他极力主张我们回去。到那儿自己能种个菜园子，附近有树林。我们总不能就这么听天由命、束手待毙呀。”

这年四月，日瓦戈全家动身离开莫斯科，去遥远的乌拉尔尤里亚京市附近的瓦雷基诺庄园。

第七章　旅　途

一

已经是三月末了，天气开始转暖，仿佛春回大地，其实每年的料峭春寒还在后面呢。

亚历山大·亚历山大罗维奇一家匆匆整理行装准备上路。现在他们楼里的住户增加了很多，住得满满登登，赛过了外面的麻雀。为了瞒住这些住户，只说是复活节前进行大扫除。

日瓦戈原是反对去乌拉尔的，不过他没有阻挡他们。他认为这种想法实现不了，希望事到临头计划落空。结果事情竟慢慢办成了。现在已到了认真谈谈的时候。

为此开了一次家庭会议，他又向妻子和岳父说了自己的疑虑。

“这么说，你们认为我错了，我们还是非走不可？”他讲完了自己的反对意见。妻子说：

“你让我们再熬上一两年，到那时会制定出新的土地条例，可以在莫斯科附近申请一块土地开个菜园。可是这一两年的日子怎么过呢？对此你是一筹莫展的。其实这才是大家最想知道的。”

“这是白日做梦，”亚历山大·亚历山大罗维奇和女儿看法一样。

“好吧，我投降。”日瓦戈也同意了，“主要是情况不明，心里无底使我举棋不定。我们现在是瞎子走路，方向不明，对要去的地方两眼一抹黑。在瓦雷基诺庄园住过的三个人，两个——妈妈和外祖母——已经过世。外祖父克吕格尔作为人质还关在监狱里，如果他还活着的话。

“在战争的最后一年，外祖父把森林和工厂假卖出去。算是卖给了某个人，也许是卖给了银行，也许假装转到了别人名下。对外祖父干的这件事，我们一无所知！现在这些土地算是谁的呢？倒不是说地产归谁所有，这无所谓。问题是谁在负责？谁在管理？森林是否还在采伐？工厂是否还开工？最后一点，现在的瓦雷基诺是什么政权，等我们回到那里时，又会是什么政权？

“你们总爱提管家米库利齐恩，把希望都寄托在他身上。可是谁告诉过你们，这个老管家还活着，并且还住在瓦雷基诺庄园呢？再说我们对他也毫不了解，我们所以记得他，全是因为外祖父念他名字时发音特别费劲。

“不过，也犯不着争论了，既然你们决定要去，我也随你们一起去。 需要打听一下，现在该怎么办手续？不必再拖延了。”

二

为了打听这些情况，日瓦戈去了雅罗斯拉夫车站。

大厅里排成长龙似的旅客，挤在围栏中的小甬道上，缓缓向前移动。石板地上，到处躺着穿灰色军大衣的人，不时翻身、咳嗽、吐痰。不知为什么，他们一说话非得大声嚷嚷，拱顶发出震耳的回响，他们却全然不予理会。

这些穿灰大衣的人，大多是患了斑疹伤寒的病人。医院里已经超员，所以等危险期一过，第二天就让他们出院。日瓦戈作为医生，也曾遇到类似情况，同样不得不赶他们走，但他没想到病人竟这么多，而且是到车站来找栖身之所。

“您得弄个出差证才行，”一个围着白工作裙的搬运工告诉他，“需要天天来看，眼下火车太少，得碰机会。这个当然不用说(搬运工用大拇指捻了捻食指和中指)……要送点面粉什么的，不给点好处，您就休想走成。嗯，要是有这个(他用手指弹了弹喉头)……那可就神了。”

三

正在这个时候，亚历山大·亚历山大罗维奇应邀出席了几次国民经济最高苏维埃的协商会议，日瓦戈被请去为一位重病的政府要员看病。为了酬谢他们，给他们两人各发了一张内部供应商店的配给单(这是当时第一个内部商店)，这在当时是最好的酬报了。

这个商店设在西蒙诺夫修道院旁卫戍部队的仓库内。日瓦戈和岳父走过教堂的院子和兵营的院子，从院子进入石拱顶的地下室，入口处没有门坎，顺着斜坡要下去很深。里面越走越宽，横摆着一个长长的柜台。仓库管理员站在柜台后面慢条斯理地称食物递给顾客，有时还离开柜台去库房取货。每发放一份就大笔一挥从单子上划去一项。

来领食物的人并不多。仓库管理员瞅了瞅日瓦戈他们的配给单，对他们说："口袋！"他们拿出各种各样的枕套(其中还有女式的小枕套)，撑开接货，仓库管理员给他们装上，其中有面粉、大米、通心粉和糖，还有腌猪油、肥皂和火柴，最后每人还给了一个纸包，回家才发现是一块高加索干酪。这些食物使他们惊讶得目瞪口呆。

翁婿两人急急忙忙把一个个小包塞进两个大背袋里，想尽快离开，免得恩赐他们这么多东西的管理员觉得他俩不知好歹，惹他心烦。

他们从地下室出来，感到满心欢喜，倒不是为这点吃食高兴，而是因为意识到他们并不白活在世上，是有用的人，到家里年轻主妇冬尼娅一定会夸奖一番，他们也受之无愧。

四

这几天来，翁婿两人经常出门跑机关，办理各种出差证件和保留房屋居住权证件。冬尼娅忙着挑拣应该带走的东西。

她心事重重地在他们住的那三间房里跑来跑去，忙忙碌碌。每件小东西她都掂量半天，最后才决定是否放进那堆准备带走的东西里去。

只有很少一部分东西是自己需用的行李，其余的都是准备在途中或到达目的地以后换取必需物品的。

敞开的气窗吹进来阵阵春风，可以闻到一股刚切开的新鲜白面包的香味。院子里公鸡啼鸣，孩子们在嬉戏。房里空气越是清新，从箱子里拿出来的冬衣散发的樟脑味就越是刺鼻。

要说路上需带物品的取舍标准，可有一整套理论呢，这是已经离开莫斯科的人提出的。他们这些体会在留下来的亲友中广为流传。

在冬尼娅脑子里，这些经验之谈都变成了必须遵守的简明指南，一条条记得清清楚楚。她甚至觉得院子里除了麻雀的啁啾和孩子的吵嚷，还有一个神秘的声音从外面不断向她提示。

她反复地琢磨："要带布，带布。最好裁成衣料，可沿途要检查，很危险。万全之策是剪成衣服，用大针脚缝好。总之，要带布，织物，衣服也可以，最好是外衣，还不能太旧。没用的东西少带，沉重的家伙全不带。因为经常得自己拿着，根本别想用柳条筐或箱子。要把反复挑选过的一点东西，打成女人和孩子都能背动的包袱。盐和烟是很有用的，不过根据过去的经验，带它们有很大的危险。要带二十和四十卢布面额的纸币。最难的事是跑那些证件。还有其他，等等，等等。"

五

动身前突然刮了场暴风雪。狂风卷着一团团灰色雪雾升到半空，接着又旋转着落到地面，给昏暗的街巷铺上一片缟素。

家里一切都已收拾停当。那三间房和留下的东西都托付给了一对老夫妇照管，他们是叶戈罗夫娜在莫斯科的亲戚。去年冬天冬尼娅才认识，他们帮冬尼娅用旧东西、旧衣服和没用的家具换过劈柴和土豆。

马克尔是靠不住的。他到了民警局，这是他给自己选中的政治俱乐部。在那里他倒没有抱怨过去的东家亚历山大·亚历山大罗维奇如何吸他的血，但是却责备他们多年来有意让他混混沌沌，不告诉他猴子变人的道理。

叶戈罗夫娜的亲戚是对老夫妻，老头儿过去当过店员。冬尼娅向他们作了最后一次交待，领着他们一个个房间看，告诉他们哪个钥匙开哪把锁，什么东西放在什么地方，又同他们一起试开了柜子和抽屉，详详细细地作了交代和解释。

屋里的桌椅都靠墙堆好，准备带走的包袱搁在一旁，窗帘也已摘下。暴风雪原来被挡在暖融融的窗帘之外，现在却毫无阻拦地从光秃秃的窗子外探进头来，望着空空荡荡的房间。暴风雪引起了他们无限的思绪。日瓦戈想起了自己的童年和母亲的死，冬尼娅和亚历山大·亚历山大罗维奇想起了安娜·伊万诺夫娜的死和丧葬，他们都觉得今天是在这幢房子里度过的最后一夜，以后再也见不到了。其实他们都想错了，但当时他们都心照不宣，生怕会引起对方伤心。怀着这种情绪每个人都回顾着在这幢房子里发生的往事，强忍着夺眶欲出的眼泪。

虽然心里难受，冬尼娅在人前还保持着大家闺秀的风度。她不停地和那个受托看管房子的女人说话。冬尼娅过于夸大了那女人所起的作用。为了表示自己对他们的感激，冬尼娅说声“对不起”就跑到隔壁房间里，一会儿拿来块头巾送她，一会儿拿来件女上衣，再不就是一块花布或混纺希丰纱。送她的布都是深底白格或白点图案，倒有像临走前夕光秃秃的窗子外面那夜幕中的方格砖墙，和飞舞着的点点雪珠。

六

天刚放亮他们就动身去车站。楼里的住户这时都还没起床，可被同楼的泽沃罗德金娜发现了。她事事爱出头露面，领着大伙儿干这干那。她挨家把睡着的人都叫起来：“同志们，请注意，快点起来，快点，亚历山大 · 亚历山大罗维奇一家要走了，咱们得去告别。”

大家拥进穿堂和后门的楼梯口（正门全年都封着），在楼梯台阶上围成个半圆形，仿佛准备照集体相。

睡眼惺忪的邻居，一个个披着单薄的大衣，缩着身子耸起肩，不让肩上的大衣滑下来。有的人仓促中没来得及穿袜子，光脚丫在肥大的毡靴里不停互相踢打。

那年头很难弄到酒，可是马克尔不知在哪灌饱了烈酒，歪歪扭扭地靠在栏杆上，差点没把栏杆压坍。他自告奋勇要去车站送行李。没让他去，他还很不高兴，好不容易才支开了他。

院子里天还黑着。风停了，雪却下得比夜里更大。鹅毛大雪，懒洋洋飘落下来，离地面不远处又停下来，仿佛正犹豫是否要落到地面去。

他们一家出了小巷来到阿尔巴特大街的时候，天渐渐放亮了。白茫茫的雪幕仿佛从天上一直垂到地面，遮住了大街，雪幕的毛边在路人脚下晃来晃去，仿佛人们没在走动，只是原地踏步。

路上空无一人。他们离开西夫采夫时，没碰到任何人。走不多远，一辆空马车赶上了他们。马车夫浑身上下都是雪，仿佛沾满了面粉，马也浑身雪白。马车夫的要价，以当时的钱算数目很大，实则不值几文，这样他们连人带行李都上了车。只是日瓦戈把东西放到车上，自己却愿步行去车站。

七

在车站，冬尼娅和亚历山大·亚历山大罗维奇已经排进了黑压压的长队，长龙两边都拦着木杆。现在旅客不能在月台上车，要跑到半里地外站口扬旗的地方上车，因为站台结了冰，满地垃圾，又没人清扫，火车没法开进月台。

纽莎和萨沙没有随妈妈和外祖父一起排队。他们在车站外厅宽大的遮檐下溜达，偶尔朝里看看是否该跟大人一起进站。他们身上有股浓重的煤油味，为了预防带伤寒菌的虱子，他们的脚踝、手腕和脖颈都抹了厚厚一层煤油。

冬尼娅看见丈夫过来，向他招了招手，但不等他走近，老远就喊着告诉他去哪个窗口交验出差证件。他就转身往那边去了。

“让我看看，给你盖的什么章？”等他回来时，她问道。日瓦戈隔着栏杆递过去一叠折起来的证件。

“这是乘坐代表车厢的优待证，”站在冬尼娅后面的人，从她肩头望过来，认出了证件上的章。站在她前面的人是个地道的法律通，世上各种条例无一不晓，他详细地解释说：

“有了这个章，只要列车挂有高级车厢，您就可以要求进去。这也就是客车车厢。”

这个图章引得排队旅客们议论纷纷：

“哪里有啊，你到前面找找看。也太舒服了吧。眼下能在货车上找个座就谢天谢地啦。”

“您这位出差的同志，别听他们瞎说。您听我给您解释。目前有的车次取消了，但有一种混合列车，既是军车，又是囚车，既运牲口，也坐人。说话不费力，爱说什么就说什么，可是干吗瞎说一气把人给弄糊涂呢？该把事情解释清楚嘛。”

“就你能解释！真有学问！他有代表优待证，这不完全说明问题。你先到前面打量打量他们，然后再发议论吧。难道像这样打扮的人也能坐代表专车？太显眼了嘛！代表专车坐的全是阶级兄弟。他能逃得过腰里插枪的水兵们的眼睛？他们马上就会发现，他是个有产阶级，何况还是个医生，过去是当老爷的。水兵掏出枪给他一下子，就像打死个苍蝇。”

这时队伍里出现了新情况。要不然，人们出于对日瓦戈和他家属的同情，不知会议论出什么名堂来。

队伍里早就有人注意到车站宽大的厚玻璃窗外发生的情况。月台上的遮檐很长，一直延伸到远处。所以遮檐尽头落雪的景象让人更觉得离得很远。由于距离太远，飘落的雪花好像停在空中下不来，似乎是作鱼饵的面包屑，浸透水后才缓慢地沉下水去。

早就有人往那里走去，或是成群结队，或是单独一人。开始时人数并不多。再加上飘忽不定的雪幔障着眼，候车的人看不清，以为是铁路工人上那边去干活。但后来发现他们一群一群直往冒烟的火车头那边走。

排队的人吼了起来："开门，你们这些骗子！"人群骚动起来，向门口挤过去，后边的人又使劲推前边的人。

"瞧瞧，他们干的是什么事！把我们严严实实挡在这边，可那儿不排队，绕后门上车！他们一下子就会把车厢都占了，可我们还在这儿傻站着！开门，你们这些恶棍。我们要砸了！嗨，伙计们，使劲推啊！加油！"

"你们这些蠢东西！眼红啦？"那个法律通又开腔了，"这些人是从彼得堡抓来当劳工的。原来应该派去北边的沃洛格达，现在把他们弄到东部战场去，是强制性的，有人押解，去挖战壕。"

八

他们已经在火车上坐了三天，可是离莫斯科还不很远。沿路一派冬天景象：铁轨、田野、森林以及村里农舍屋顶都覆盖着皑皑白雪。

日瓦戈一家很幸运地在车厢左前方上层铺板那里找到了安身之处，紧挨着车顶下灰蒙蒙的长条小窗。他们一家人都安顿在那里，没有挤散。

冬尼娅有生以来第一次坐货车。在莫斯科站上，是日瓦戈把她和纽莎抱起举到车厢离地面很高的沉重滑门旁，才上了车。后来在路上她们也慢慢学会自己爬上爬下了。

起初，在冬尼娅眼里，货车就像一个个安着轮子的猪圈。她觉得这种长方形的木笼，只要一震动和碰撞就会散架。三天来，每当火车刹车、启动或拐弯时，车里的乘客就会前后冲撞，左右颠簸。车厢底下的大轴咔嚓咔嚓直响，像自动玩具上的小鼓手在敲打鼓槌。可是一路走得很顺利，冬尼娅白白担忧了一场。

列车有二十三节车厢(日瓦戈一家在第十四节)，遇到月台不长的车站，列车只有几节车厢能靠上月台，不是列车的前部、尾部就是中部。

前面几节是军车，中间几节坐的是普通旅客，后面几节是征集来的劳工。

劳工近五百人，年龄不等，三教九流干什么的都有。

他们共占了八节车厢，里面各色人物应有尽有。其中有穿戴讲究的阔佬，彼得堡交易所的经纪人和律师，也有划为剥削阶级的高级马车夫、地板打蜡工、澡堂工人、收破烂的鞑靼人、从解散的精神病院里逃出的疯子以及小商人和修士。

前一类有钱人脱了外衣，围着烧得通红的小火炉坐在矮圆木墩上，谈笑风生，十分热闹。这些人有各种关系，一点不发愁。他们有权势的亲戚在莫斯科为他们奔走。即使办不成，以后在路上也可以花钱赎出来。

其余的人，有的穿着敞怀的长袍，脚上穿着靴子；有的穿着束腰带的衬衫，光着脚；有的留着大胡子，有的没留胡子。他们站在气闷的车厢门旁，手扶着门框和横梁，满脸愁容默默望着路旁的田野、村庄和乡民。他们没有亲友能帮忙，前途渺茫。

规定的车厢里装不下，有些劳工就被安插在中间几节车厢，同普通旅客混杂在一起。第十四节货车上也有。

九

每当火车驶近车站，躺在上铺的冬尼娅就吃力地抬起身子(因为车顶太低没法坐起来)，从半开的门缝里往下看看车站上是否有东西可换，是否值得下车。

现在车又快要进站了。火车越走越慢，她从瞌睡中醒了过来。货车在纵横交错的转换道岔上震颤着，咯噔咯噔响个不停。这预示着前面的车站比较大，停车时间比较长。

冬尼娅弯腰坐在铺板上揉揉眼，理了一下头发，伸手在一个袋子里翻找，从底下掏出一块毛巾，上面绣着公鸡、乌克兰小伙子、马轭和轮子。

这时日瓦戈也醒了，先跳下铺板，再扶妻子下来。

敞开的车门前面，闪过一个个岗亭和信号灯，接着就是车站附近坠着皑皑厚雪的树木；那伸出的树枝好像向列车友善地捧上盐和面包表示欢迎。火车还没停下，车速还很快，水兵们就往洁净的雪地上跳，然后朝车站拐角跑去。房墙后面总有一些非法出卖违禁食品的乡下妇女。

水兵身着黑色制服，宽宽的肥裤腿，军帽后垂着飘带，走起路来横冲直撞，不可一世。人们一见赶紧让路，仿佛躲避高速滑雪或滑冰运动员似的。

在车站拐角处，附近农村来的村妇们一个挨一个站在那里，躲躲闪闪，耳热心跳，仿佛正在给自己算命似的。她们卖的东西有黄瓜、乳渣、熟牛肉和盖着棉罩子又香又热的黑麦面卷边饼(有人买时才把饼子取出来)，妇女和姑娘们都扎着头巾，巾角塞在短皮大衣里。有些水兵和她们调笑，臊得她们满脸通红，同时又非常害怕他们，因为取缔投机买卖和自由市场的各种巡逻队、工作队，大多数都是由水兵组成。

村妇们的忐忑不安不多会就消失了。列车停稳，其他乘客也下了车。不只水兵，别的人也都过来了。买卖做得十分兴旺。

冬尼娅肩上搭着那条毛巾，从一个个摊贩前走过，仿佛她要去车站后面捧把雪来洗脸。卖吃食的妇女已经有好几个招呼她说：“喂，喂，这位城里的太太，你那块毛巾想换什么吗？”

但是，冬尼娅没有停下来，和丈夫继续往前走。

在最后的货摊上，站着一个围黑底红花头巾的女人。她看见了冬尼娅的那条绣花毛巾，一双火辣辣的眼睛马上亮了起来。她往四下里看看，知道没有什么危险，三步并两步走到冬尼娅跟前，掀起篮子上的盖布，急匆匆地低声说道：

“嗳，你瞧瞧这个。这东西你没见过吧？不想换吗？别琢磨了，还有别人要呢。怎么样，你的毛巾换半片儿？”

冬尼娅没听清她最后几个字，又问道：

“你说什么，亲爱的？”

那农妇指的是半片野兔，她手上拿的是整整齐齐切成两半的油煎野兔。她又说：“换吧，毛巾换半片儿。你瞪眼瞧什么？告诉你这可不是狗肉，我丈夫是打猎的，这是真的兔肉。”

她们成交了。双方都觉得自己占了大便宜，对方吃了亏。冬尼娅感到于心有愧，好像自己不诚实地欺骗了那位可怜的农妇。可是那妇人心满意足，想赶紧离开这是非之地。她招呼旁边一个卖完货的农妇，两人踩着雪地小径回家去了。

这时，人群突然骚乱起来。有个老太婆大声嚷道：“小伙子，你怎么走了？钱呢？你什么时候给过我，这不要脸的家伙。哎，你这个黑了心的，叫你呢！连头都不回。站住，站住，同志先生！来人哪，有人抢东西啦！就是他，就是他，抓住他！”

“哪一个？”

“就是脸上没有毛的那个，走着还笑呢！”

“那个衣袖破了的？”

“就是，就是，抓住他，不要脸的东西！”

“就是那个袖子上有补丁的？”

“就是，就是，哎呀，我的上帝，我被人抢了！”

“出什么事了？”

“吃了老太太的馅饼和牛奶，吃饱喝足就溜了。老太太正哭呢。”

“这可不行，该逮住他。”

“你去逮他试试。全身上下都是武装带和子弹。他还要抓你呢。”

十

第十四节货车里也有几个去劳动营的人，由押送兵沃罗纽克管着。这里面有三个劳工显得很特别，被抓原因都不一样。一个是过去彼得格勒官办酒店的会计普罗霍尔·哈里托诺维奇·普里图利耶夫，车上的人都叫他出纳；一个是十六岁的瓦夏·布雷金，小五金商店的学徒；还有一个是白发苍苍的合作主义革命分子科斯托耶德·阿穆尔斯基，革命前被判过各种劳役，如今在新时代又跻身新劳工队伍。

他们初来时是互不相识的陌生人，七拼八凑抓来的。上了路他们才慢慢熟悉。在路上他们从相互的交谈中才知道，出纳员普里图利耶夫和商店学徒瓦夏是同乡，都是维亚特卡人，再过一会儿，这趟火车就要路过那里。

普里图利耶夫是马尔梅日市人，个子不高，平头，一脸麻子，模样丑陋不堪。灰上衣紧绷在身上，腋下汗湿得黑乎乎的，像女人的长裙背心裹着丰满的胸部。他少言寡语活似一座石雕，常常几个小时坐着沉思，不停抠着雀斑手上的肉疣，直到抠出血才罢。肉疣已开始化脓。

去年秋天，他从涅瓦大街走到铸造大街路口时，正好遇上街头搜捕。要他出示证件。他持有的是非劳动者四类粮卡。拿这张卡他什么东西也没领到过。可这次就因为这张粮卡，他被拘捕了，和以同样理由从街上抓去的许多人一起送到了军营。他们这一批人，原来说是要派去沃洛格达，途中又折回来经过莫斯科开去东部战线。在阿尔汉格尔斯克挖战壕的那批劳工，开始也是这么被送去战场的。

普里图利耶夫的妻子在卢加，战前在去彼得堡之前，他在那里工作。妻子听说他被抓的消息后，立即赶到沃洛格达去找他，想把他从劳动营里弄出来。但是这支劳动队正好和她走岔了方向，她白忙了一场。以后更没法找到他了。

普里图利耶夫在彼得堡与佩拉盖娅·尼洛夫娜·季娅古诺娃同居。当巡逻队在涅瓦大街路口截住他时，正好他刚和她分手，准备到另一条街上去办事，他还远远望见她的背影在铸造大街熙熙攘攘的人群中逐渐消失。

这位季娅古诺娃体态丰盈，很有风度，一双手很漂亮，还梳着一条大辫子。她不时深深叹着气，把辫子时而从左肩、时而从右肩甩到胸前。她是自愿来车上陪送普里图利耶夫的。

真奇怪，这个泥塑木雕似的普里图利耶夫究竟有什么值得女人动情的呢？就在这趟列车靠前些的一节车厢里，还有普里图利耶夫的另一个相好，不知她是怎么上的车。她叫奥格雷兹科娃，是个纤瘦的浅发姑娘。季娅古诺娃骂她是“臭鼻孔”和“骚货”，还有别的更难听的叫法。

这两个冤家对头一触即发，所以相互尽量躲着不见面。奥格雷兹科娃从不上这边的车厢来。真叫人猜不透，她究竟用什么办法去会她的心上人？也许，当全体乘客下车给机车搬煤和劈柴的时候，她从远处望望他，这样便心满意足了吧。

十一

瓦夏的来历又和他们不同。他父亲在战场上被打死。母亲让瓦夏从乡下去彼得堡舅舅那里学手艺。

瓦夏的舅舅在阿普拉克辛市场开小五金铺。冬天他被叫到苏维埃去问话，走错了门，进了隔壁的单位，这正巧是劳工委员会接收站。屋里满处是人。等传唤的人数够了，红军战士就把他们围起来，押解去谢苗诺夫军营过夜，第二天早上又押到车站去了沃洛格达。

大批居民被捕的消息在城里不胫而走。第二天，许多家属都跑到车站来与亲人告别。瓦夏和他的舅妈也来找舅舅。

在车站上，舅舅求卫兵放他到栏杆外去会会妻子——这个卫兵就是现在十四节车厢押送劳工的沃罗纽克。沃罗纽克想，谁能担保他一定回来呢，就不让他走。舅舅和舅妈就把侄儿作抵押。沃罗纽克放了他舅舅，把瓦夏圈进了围栏。可舅舅和舅妈再也没有回来。

原来这是场骗局，受骗上当的瓦夏放声大哭。他跪在沃罗纽克脚下，吻他的手，哀求放他走，但毫无用处。押解兵说什么也不放，倒并不是他心肠硬，因为当时时局动乱，军纪十分严厉，押解兵要确保押送人数与花名册上人数相等，不然自己要掉脑袋。这样瓦夏就进了劳工队。

合作主义分子科斯托耶德·阿穆尔斯基不论在沙皇政府或现在政府的监狱里，看守们都挺敬重他，犯人们与他相处得很不错。他认为瓦夏的事，实在情理难容，几次三番去劝说押送队队长。队长也认为这确是骇人听闻的误会，但是放他走的手续太麻烦，半道上没法解决，只能到目的地后再说。

瓦夏五官端正，眉目俊秀，就像画里的宫廷侍卫和上帝的安琪儿，纯洁无瑕，天真可爱。常喜欢席地坐在大人的身旁，双手抱膝，仰头叫他们说话或讲故事。你从他脸部表情的变化：时而热泪盈眶，时而笑得前仰后合，就可以猜到他们在讲什么。谈话的内容在这敏感的孩子脸上反映得就像镜子一般清楚。

十二

日瓦戈家的铺席里来了个客人——合作主义分子科斯托耶德，他吃着兔肉，啧啧有声地嘬着兔子前腿。他怕吹了穿堂风着凉，想找个没风的地方，他说：“风真大，是从哪儿钻进来的？”最后，他找了个风吹不着的地方坐下来，说：“现在好了。”他啃完前腿，舔了舔手指头，然后用手帕擦了擦手，谢过主人又说道：

“你们这里的风是从窗子钻进来的，一定要把它糊住。好了，现在咱们再来讨论问题吧。医生，您说得不对，油炸兔肉确实是上好的食物。但是由此得出结论，认为农村日子好过，这至少应该说是欠考虑，请原谅，这种匆忙的结论是危险的。”

“啊，先等一等，”日瓦戈不同意他的说法，“请看看这里的车站。树木没遭砍伐，栅栏也完好无损，还有这里的集市！这些农妇！您想想，这是多大的幸福！有的地方还生机勃勃！还有人春风满面，并非所有的人都在痛苦呻吟。就凭这一点，一切都可以原谅了。”

“真要这样就好了。然而，这只是假象。您何以得出这样的结论？您离开铁路线往外走上一百里，就会看到处处都是农民起义。您一定会问，起义反对谁？既反对白军，也反对红军——反对任何执政者。您会说，啊哈，农民向来敌视任何政权，其实农民自己也不知道他们想要什么。请原谅，您先别得意。农民对这一点比我们清楚得多，但是他需要的东西和我们截然不同。

“革命使农民从沉睡中苏醒，他满以为世世代代的宿愿即将实现：不再依靠任何人，以自己的劳动过自由自在的庄园式的生活，独立自主，对任何人都不负有义务。然而，他们从旧政府的桎梏下解放出来，又落入了新的革命极权政权更沉重的压迫下。现在农村惶惶不安，也无法安宁。可您却说农村日子好过。老兄，您一无所知，据我看，您也并不想了解。”

“您说的对，我确实不想了解。您说得不错。啊，得了吧！我何苦要了解这么多，又何苦为此争论呢？时代无视我的意见，并把它的意志强加给我。我当然也可以置现实于不顾。您说，我说的情况与现实不符。然而，现在在俄罗斯是否存在现实呢？我认为现实被人们吓破了胆，躲了起来。我愿意相信农村在革命中取得胜利，繁荣昌盛，如果连这一点都错了，那我该怎么办呢？何处寄托我的精神，又听信谁的话呢？可我需要生活，我是个有家室的人。”

日瓦戈挥了一下手不再说了，挪到铺板旁边，让亚历山大·亚历山大罗维奇继续和科斯托耶德去争论。他从上铺俯视着下面。

下边普里图利耶夫、沃罗纽克、季娅古诺娃和瓦夏正在一起聊天。由于列车离普里图利耶夫的故乡越来越近，他就讲起了如果坐车回老家，应该在哪一站下车，下车后又怎么走，是步行还是骑马。瓦夏听他提到熟悉的大小村名，兴奋得两眼放光，在地上直蹦，嘴里高兴地重复着这里大大小小的村名，这些村子对他来说仿佛是神奇的童话。

“您在旱渡口下车吗？”他兴奋得气喘吁吁地问了几次，“那当然！我们村的会车站！我们在那儿下车！然后，您大概走布伊村吧？”

“然后穿过布伊村。”

“我不是说了吗？要走布伊村，布伊村。我可熟悉啦！那是我们村的拐口。从那儿一直往右就到我家的鹬鸟村，叔叔，要上你们那里，大概要向左走，过河向前走吧？您听说过一条叫佩尔加的河吗？您哪能不知道我们这条河！要是去我们村，就要沿着河一直走。我们老家鹬鸟村就在这条河岸旁，在河上游！就在陡岸上！河岸可陡啦！我们管它叫单面山。站在顶上，吓得你不敢往下看，太险啦，一不小心就会摔下去。我说的是真的。有人在那儿采石头做磨盘。在鹬鸟村有我的妈妈，还有两个妹妹。阿廖卡和阿丽什卡。季娅古诺娃阿姨，我妈就像您，皮肤挺白，挺年轻。沃罗纽克叔叔！沃罗纽克叔叔！看在上帝的分上，我求求你……沃罗纽克叔叔！”

“叫什么？你干吗像布谷鸟似的不停地叫沃罗纽克叔叔、沃罗纽克叔叔？倒像我自己不知道我不是阿姨，是叔叔吗？你想要我干什么？让我放你逃跑？你说是不是？你溜了，我可就完蛋了，死路一条！”

季娅古诺娃心不在焉地望着远处，没有作声。她抚摸着瓦夏的脑袋，若有所思地理着他淡褐色的头发。有时她朝瓦夏点点头，用眼神和微笑向他示意，要他学乖些，不要当着大家乞求沃罗纽克放他。再等一等，一切都会好的，放心吧。

十三

火车从中俄罗斯继续往东行驶，意外事件接踵而至。前面很不安全，是武装匪徒横行的危险地带和不久前刚平息了叛乱的地区。

列车经常在中途停车，巡逻队上车来检查行李、证件的次数越来越多。

一天夜里，火车又在中途停车。没有人上车检查，也没让车上的人起来。日瓦戈不知是不是出了事，就下车去看。

四周一片漆黑。不知为什么列车停在了两站之间的里程标旁，周围是一片枞树。早已下车的旅客们在车旁不停地跺脚，告诉日瓦戈说，他们没有出什么事，好像司机自动停的车，理由是这一带太危险，要求检道车先作检查，否则他拒绝开车。旅客代表已经去和他谈判，必要的话还得给他点好处。听说水兵也去找司机了，司机可顶不住他们。

这时，机车旁边的雪地不时被烟囱和灰箱中的火光照亮，好像篝火映在地上的反光。突然，又升起一条火舌，把前面的雪地、火车头照得通亮，可以看见几个黑影从机车旁跑过去了。

最头上的一个看来是司机。他跑到踏板那头，纵身越过缓冲杆，就不见了。追赶他的水兵也学他的样，跑到栏杆顶头，在空中一闪就消失了，仿佛被大地吞没。

日瓦戈不知出了什么事，和几个好奇的旅客朝火车头走去。

在火车前方空荡荡的路段上，他们看见司机站在路基旁齐腰深的雪地里，追捕他的水兵围着他站成一个半圆，也半身埋在雪里，就像猎人围住了一头野兽。

司机大声嚷道：

"谢谢你们这些暴风雪中的海燕！我竟落到了这种地步！你们拿着枪来对付自己的工人兄弟！就因为我说了列车不能往前开！旅客同志们，你们可以替我证明，这是个什么地方。这里什么人没有！有人把螺丝帽拧掉。见他妈的鬼，关我什么事，我怕啥？我，他妈的，我不是为自己着想，是为你们好，怕你们出事。我关心你们，你们就这么报答我。来吧，开枪吧，水兵战士们！旅客同志们，你们都是见证人。来吧，我就在这儿，我不躲。"

站在路基上的人群，七嘴八舌地嚷嚷，有的人着急地喊道：

"你这是干啥？……别犯糊涂了！……哪会呢……谁会让他们这么干……他们无非吓唬吓唬你……"

有些人在一旁大声地煽风点火：

"别怕他们，加夫里尔卡，别怕，咱们的火车头！"

第一个从雪地里走出来的水兵，是一个红棕发的高个子，脑袋特别大，脸因此显得扁平了。他平静地朝大伙儿转过身来，用带点乌克兰口音（像沃罗纽克）的低音从容不迫地向旅客说了几句。在夜里的异常环境中，他这种不慌不忙的语调，听起来有些滑稽。

"对不起，大家干啥这么吵嚷？风很大，你们会冻着的，公民们，快点离开这儿回车厢去吧！”

人群慢慢散开，各自回车厢去了。司机还很激动，那红棕头发的水兵走到司机跟前，说：

“别再闹腾了，司机同志，别再站在雪坑里了。开车走吧。”

十四

第二天，火车越开越慢，唯恐在几乎被大风雪埋得看不见的铁路上出轨。最后在一个毁于火灾、变得面目全非的荒凉小站的废墟旁停了下来。车站被火烧焦的正墙上，还依稀可见“下凯尔梅斯”几个大字。

这一带不仅车站上留有火灾的遗迹，车站后面还能看到一座大雪覆盖的荒凉的村落，看来和车站一样也遭了劫难。

村里最头上的一幢房子被大火烧得一片焦黑，邻屋屋角坍塌了，断了的木柱朝里戳着。街上到处扔着雪橇的破支架、倒塌的栅栏、锈蚀的铁器、破破烂烂的家什和器皿。被大火夷为平地的地方，只见一片被煤烟子和炭屑染黑的脏雪；救火时浇的水已经结成了冰，一块块焦木冻在冰里。这一切全是大火和扑救留下的痕迹。

村里和车站并非完全不见人迹。偶尔还可以看到几个活人。

车站站长从废墟里走出来迎接列车。列车长跳下月台后，十分关切地问道：

“难道整个村子都烧了吗？”

“你们好，欢迎你们。烧就烧了吧，后来还有比火烧更糟的事呢。”

“我不明白您的意思。”

“还是不明白好。”

“难道您是指斯特列尔尼科夫？”

“正是他。”

“你们犯了什么过错呀？”

“不是我们。和我们毫不相干。我们代人受过，被一起捎上了。您没看见远处的村子吗？他们才是罪魁祸首。是属于乌斯季·涅姆达乡的下凯尔梅斯村。我们就因为他们遭了罪。”

“他们怎么啦？”

“他们几乎可以说是罪大恶极。他们赶走了贫农委员会，这是第一条；违抗命令不向红军提供战马，要知道，他们鞑靼人个个都爱马如命，这是第二条；第三，他们违抗征兵动员令。”

“原来如此。那就全明白了。所以他们就挨了炮弹？”

“正是。”

“是装甲车上发的炮？”

“当然。”

“太惨了。这事真遗憾。不过，这不是我们管得了的啊。”

“再说事情已经过去了。眼下也没有什么好消息告诉你。你们在这儿得停上整整一两天。”

“别开玩笑。我送的可是前线的增补部队，不是无关紧要的。我的车从来不喜欢停。”

“哪是玩笑呀！路轨上都是积雪，您自己也瞧见了。暴风雪在这一带刮了有一个星期，路全都被雪盖住了。可又没人打扫。村子里有一半人逃散了。让剩下的人去干，他们干不了。”

“咳，真糟透了！完了，完了！现在怎么办呢？”

“我们想办法把路轨清扫出来，再开车吧。”

“雪深吗？”

“倒不能说太深。有的地方深。风斜着刮，雪一股股积到路基上，最难通过的是中间一段。有三公里要清扫。这确实是很重的活儿。这一段完全堵死了。再往前就好些，有森林，林木挡住了风雪。后面是空旷地，风吹走了不少，雪积得也不厚。”

“咳，见你的鬼去吧。真是倒霉！我让车里的乘客下来帮忙。”

“我也这么考虑。”

“只是请您别去惊动水兵和红军战士。车上有很多劳工队的人，再加其他乘客，将近七百人。”

“足够了。等铲子送到，我就让他们下车。铲子不够，已经派人去附近村子里借了。能借到。”

“真倒霉！您看，咱们对付得了吗？”

“怎么不行。俗话说，众人拾柴火焰高嘛。不过是铁路上的雪，一条干线嘛。您说怎么不行呀！”

十五

旅客清扫积雪，整整扫了三天三夜。日瓦戈一家包括纽莎，都积极地参加了。这几天是他们旅途中最美好的时光。

这地方笼罩着一种隐秘而难以言传的气氛，人们有些像普希金笔下普加乔夫的豪放和粗犷，又有些像阿克萨科夫描写的愚昧和落后。

村子的破败景象，寥寥无几的残存村民那种躲躲闪闪的神情，使此地的神秘气氛更浓重了。这些村民吓破了胆，躲着车上的旅客，相互之间也不交往，害怕被人告密。

乘客区分不同类型分批出去劳动，四周布有卫兵把守。

铁路线划成不同地段，各小组分地段同时劳动。各组铲除积雪后，中间还留着高高的雪堆，把人们隔离开来。这几个雪堆要到最后才清除。

这几天虽冷却很晴朗。白天全在外面劳动，到晚上才回车上睡觉。因为人多铲子少，大家轮流干活，每一班干的时间很短，所以不觉得疲倦。这样适度的劳动几乎是一种享受。

日瓦戈一家去铲雪的那个地段，空旷开阔，景色秀丽。这里的地势由路轨向东是缓缓的斜坡，再远去是波浪起伏的丘陵，连接天际。

山坡上有一座孤零零的、四面受风的房子。周围有花园环绕。夏季想必草木葱茏，然而现在已叶落枝疏，挂满白霜，不能给房子挡风御寒了。

厚厚的积雪把地面的一切抹平，隐去了棱角。但冬雪却掩盖不住山坡上明显的高低不平之处。春天这里大概是一条弯弯曲曲的溪流，雨水从山坡上汇合到路基下面的高架桥底。现在这条溪流被厚厚的积雪盖住，就像一个孩子蒙头藏在一条厚被下面。

这座房子里是有人住呢，还是已归乡里或县里的土地委员会所有，空着任它坍塌？原来的房主在哪里，他们怎么样了？逃亡国外了吗？也许已经死在农民的手里？或者由于名声好，在县里暂且充当技术专家？如果他们一直留着没走，斯特列尔尼科夫饶过他们了吗？说不定镇压富农时连他们也一起遭了殃？

山顶上的这座房子引起人们的好奇，却悲伤地沉默着。不过当时既没有人发问，也没有人回答。阳光照着雪地，白花花一片，令人目眩。铁铲方方正正地铲起积雪，干松的雪块熠熠闪光，仿佛布满了钻石！日瓦戈回忆起遥远的童年时代。那时年幼的尤拉带着镶边的浅色风帽，牢牢地扣着一排衣钩，穿着黑色卷毛羊皮袄在院子里玩雪。他把耀眼的雪切成锥形、方块、奶油蛋糕、城堡和穴居的城镇。啊，那时生活在世上感到多么甜美啊，周围的一切是多么令人神往啊！

不过，这三日露天的劳动也给人味香饭饱的感觉！这毫不奇怪。每天傍晚，参加劳动的人都能吃到新鲜的热面包，不知是根据谁的命令，也不知从哪儿弄来的。面包烤得油亮、喷香，两边裂着口，底下的厚皮沾着少许炭屑，烤得松软适度，恰到好处。

十六

他们渐渐对车站的废墟产生了好感，犹如攀登雪山时爱上了临时的栖身之所。车站的格局、建筑的外形，以至断壁残垣，都在他们的记忆里留下了深刻的印象。

每天傍晚太阳落山时，他们才返回车站。太阳一如既往，总在一个地方沉下，就是报务员值班室窗旁那棵老白桦树的后面。

此处车站的外墙已经向里面倒塌，碎砖头堆在屋子里。但对着完好的窗子的那面后墙倒没受损坏，一切都完好如旧：墙上的咖啡色墙纸；带通气孔的瓷瓦炉，上面有系链条的铜盖；还有墙上挂着的镶在黑框里的工具清单，都保留下来。

夕阳还像车站没遭破坏时一样，照在炉台的瓷瓦上，棕色的墙纸变成暖融融的一团火，桦树影子投在墙上，像是挂着一条女人头巾。

在车站的另一端，通向卫生室的门已被封死，门上有张通告，看样子还是二月革命初或此前不久贴上去的，上面写道：

鉴于药物及包扎用品等原因，请病人暂勿求医。故此封闭，特此通告。

乌斯基·涅姆达区主任医官启。

等人们把各段之间联接处的雪堆也都铲除后，整条平整的线路就呈现在眼前，箭也似的飞向远方。铁轨两侧堆着铲起来的雪，旁边的两排黑森森的松树林墙，就好似黑色镶边。

远远望去，整条铁轨附近，都站着手持铁铲的人群。现在人们才第一次看清了全体乘客，发现人数竟这么多，不由得十分惊奇。

十七

听说再过几小时列车就要出发了，尽管天色已晚，黑夜即将来临。开车之前，日瓦戈和冬尼娅又去最后欣赏了一番铁路上清除积雪后的景色。路基上一个人也没有。日瓦戈和妻子站在那里眺望远方，偶尔交谈几句，然后返回车厢。

往回走的时候，他们听见两个女人在声嘶力竭地对骂。两人马上听出那是奥格雷兹科娃和季娅古诺娃的声音。那两个女人和日瓦戈夫妇一样，都是向车尾走去。只不过她们隔着列车在车站那一侧走，而日瓦戈和妻子是在树林这一侧走。长长的列车把这两对人隔开了。而那两个女人几乎与日瓦戈夫妇总有距离，有时超过他们几步，有时落在后面一大截。

两个女人都怒不可遏，可是越来越显得精力不济。她们有时大声喊叫，有时又低得像耳语；看来由于步履不稳双腿无力，在雪地上不时要绊倒。听起来像是季娅古诺娃在后面追赶奥格雷兹科娃，追上了，就对她挥舞拳头。她用最不堪入耳的话臭骂情敌。这些脏话出自她这个仪表端庄的太太之口，声音又如此甜美，让人听起来比一个粗鲁男声说脏话要丑恶百倍。

“哼，你这个荡妇，你这个不要脸的婊子，”季娅古诺娃喊道，“人家到哪儿，你就上哪儿，扭着屁股使媚眼！你这条母狗，迷着我家蠢材还嫌不够，又盯上了孩子，冲着他摇尾巴，你要坑害小孩子呀！”

“这么说，你又是瓦夏的合法老婆啦？”

“我要叫你知道知道什么是合法老婆！你这脏嘴，你这祸害！惹急了我，我让你活不成！”

“哎呀，哎呀，你敢打人！放开你的爪子，你这疯婆子！你要把我怎么样？”

"我要你死，臭婊子，不要脸的野猫，一双贼眼！"

"我有什么好说的，我当然是母狗、野猫。可你是咱们这儿的贵族太太，是阴沟里生的，大门底下结的婚，胎里怀的是耗子，生出来的是刺猬……救命呀，救命呀，好心的人们，快来呀！哎呀，这女强盗要杀人啦！救救我这姑娘吧，救救我这没爷娘的孤儿吧……"

"咱们快点走，我实在听不下去，真叫人恶心。"冬尼娅催促着丈夫，"非出事不可。"

十八

转眼间，景色和天气全变了。火车已经驶过平原，在丘陵和山冈之间穿行。近日来刺骨的北风停息了，南来的风带着暖意，仿佛是从炉子里吹来的。

山坡上林木层叠。铁路穿林而过，火车先要爬上陡坡，然后再缓缓下坡。火车呼哧着驶进密林，几乎有些拖不动了，就像一个上年纪的护林人领着一大帮旅客徒步在林子里走，四处张望，一样东西也不愿遗漏。

其实，此时还没有什么可看的东西。森林里一切都在睡梦中，静悄悄的，和冬天一样。只是偶尔当林木的低枝抖落身上的积雪时才会发出窸窸窣窣的声音，好像在解下脖套或松开衣领。

日瓦戈非常困倦。这些天来，他一直躺在上铺睡觉，有时醒过来，就想想事，谛听周围的动静。但现在还没什么好听的。

十九

正当日瓦戈贪睡之际，春天的气息开始融化漫山遍野的白雪。他们离开那天，莫斯科就降雪了，以后大雪下了一路，在乌斯基·涅姆达他们扫了三天的雪，而且茫茫千里都是无边的雪野。所有这些积雪，都开始融化了。

起初积雪只在底层悄悄地慢慢地融化。这项雄伟的工程进行到一半时，秘密就暴露了出来，于是便出现了奇迹。积雪沉下去，春水泛上来，发出咕噜噜的声响。人迹不到的密林有了动静，森林中万物苏醒了。

春水不愁无处可淌。它沿着峭壁飞落下来，蓄积成池，又溢向四周。很快森林里到处水雾弥漫、溪流喧嚣。一股股春水在林中地上弯弯曲曲地游动，遇到挡住它们去路的积雪就渗入雪下；到了平坦的地面便哗哗地奔流，或者往低处急泻直下，溅起阵阵水雾。土地的水分已经饱和了。那千年古松的树冠耸入云霄，通过树根吸取水分，树根周围聚了一团团淡褐色沫子，就像留在唇边的啤酒沫。

天空为春意所陶醉，为馥郁的春的芬芳而眩晕，躲进了云层。毡毛似的乌云垂着四边，低低从树林上空飘浮而过；一阵阵充满泥土芳香和汗气的温暖的春雨，从云端直泻大地，冲走了地面上最后残留的一些黑色的碎冰块。

日瓦戈睡醒了。他用一只胳膊支起身子，朝已卸下窗子的窗棂探过头去，静静谛听着周围的声响。

二十

火车渐渐驶进采矿区，村落增多了，区间的距离缩短了，车站一个接一个。旅客流动极为频繁，一般就在中间的小站上上下下。路程不远的旅客，随便找个地方将就着，也不躺下睡觉；到夜里他们就在货车的门旁凑合呆着，一边低声闲聊只有他们了解的当地的事，等到了下一个转车站或小站就得下车了。

三天来，上上下下的乘车旅客无意中透露出了一些消息。日瓦戈得出了结论：北方白军占了上风，已经占领尤里亚京，或正准备攻打尤里亚京。如果他没听错，那个白军司令名叫加利乌林，是他在梅柳泽耶夫军医院养病时很熟悉的病友。看来不像是个同名者。

这些消息，日瓦戈一字也未向家里人吐露，怕他们白白担惊受怕，因为这终究还只是谣传而已。

二十一

还不到半夜，日瓦戈突然醒来，感到身心充满朦胧的幸福感。列车正停在一个车站上。车站笼罩在白夜的透明雾霭中。这白夜的朦胧，给人一种既雄伟又纤巧的感觉。这说明此处是开阔空旷的地带，又说明错车站地处高冈，可以无阻拦地鸟瞰一切。

月台上，一个个人影压低了嗓门，放轻脚步从货车旁走过。这也使日瓦戈由衷地感动。他觉得人们走路如此小心，是出于对列车上入睡乘客的照顾和尊重。这只有在战前才可能如此，那是很遥远的过去了。

日瓦戈医生猜错了。其实这时车站上正人声鼎沸，到处鞋声笃笃，和别的车站上一样。原来不远处有个瀑布，是它送来了清新和自由的气息，大大扩展了白夜的范围。是它赐给睡梦中的日瓦戈一种幸福感。

瀑布永无休止的奔流，压倒了错车站上的喧闹，以至造成了一切安静的错觉。

日瓦戈并不知道附近有瀑布，他呼吸着湿润的清新空气，又酣然入睡了。

货车底铺上有两个人在说话。其中一个问道：

“怎么样，你的那帮人老实了吧？还敢翘尾巴吗？”

“你说的是店铺小老板吧？”

“嗯，那些粮店老板。”

“把他们制服了。听话着呢。只要拿其中一个开刀，来个杀一儆百，别人就全都老实了。让他们都缴了税。”

“一个乡缴了多少？”

“四万。”

“瞎说！”

“我干吗瞎说呀？”

“四万，见鬼！”

“四万俄担粮食。”

“真有你们的，了不起，了不起！”

“四万俄担细面粉。”

“其实呢，也没啥了不起。这一带地多好！是出商品粮的地区。这里顺着雷尼瓦河往上就是尤里亚京，村村都丰衣足食，到处是粮食集散站。那舍尔斯托比托夫兄弟，佩列卡契科夫和他几个儿子，全都是做粮食批发买卖的。”

“轻些。别把人家吵醒。”

“算了，不说了。”

说话的人打了个哈欠。另一个人说：

“躺下睡会儿，怎么样？好像车就要开了。”

这时错车站的另一条轨道上，一列老式特别快车从后面急驶而来，隆隆的车声转眼间就响得震耳欲聋，连瀑布的声音都听不见了。它从列车旁飞驰而过，汽笛嘶鸣、车轮轰隆，最后尾灯闪了几下，便在前方消失得无影无踪。

下面那两人又谈了起来：

“现在糟了。我们这趟车一时开不了呢。”

“是啊，这回得等了。”

“多半过的是斯特列尔尼科夫，是装甲专列嘛。”

“大概是他。”

“他对反革命可凶狠得厉害。”

“这趟专列是去镇压加列耶夫的。”

“那是什么人？”

“加列耶夫是个哥萨克首领。听说，他和捷克军队一起守着尤里亚京。这个加列耶夫，活见鬼，把码头都占领了，现在还在他手里。”

“大概是加列耶夫公爵吧。我记不得了。”

“没有这么个公爵。看来是阿利 · 库尔班。你弄混了。”

“没准是库尔班。”

“那就是另一回事了。”

二十二

天快亮时，日瓦戈又醒了。他又做了个好梦。他一直沉浸在自由自在和怡然自得的状态中。这时火车又停着，也许这是另一个站，也可能仍停在原来的站上。又听到哗哗的瀑布声，很像原先那个瀑布，可说不定是另一处的瀑布。

日瓦戈一闭眼又迷糊过去。睡梦中他听到一阵混乱和奔跑声。科斯托耶德和押送队长吵了起来，他们互相对骂。车厢外却比刚才更美好，田野里飘来一股清新诱人的芳香。这神秘的、春意盎然的、疏淡的东西，黑白相间，令人想到五月的风雪，湿漉漉的雪花一落到地上就融化了，地面上不会因积雪而变白，相反倒更黑了。这清香透明、黑白相间的东西是什么呢？啊，是稠李！日瓦戈在梦中猜了出来。

二十三

早晨冬尼娅对日瓦戈说：

“尤拉，你真是个怪人，整个人充满了矛盾。有时候飞过一只苍蝇，你就醒了，睁眼等到天亮。可刚才这里又吵又闹，乱糟糟的，倒没有把你吵醒。夜里出纳员普里图利耶夫和瓦夏逃跑了。瞧，出了多大的事！季娅古诺娃和奥格雷兹科娃也不见了。别着急，还有呢。沃罗纽克也开小差了。真的，人跑了，不见了。真难以想象。你听我说。他们怎么跑的，是一起逃走，还是分别逃走，又是如何跑掉的，这些谁也弄不清。当然可以认为，沃罗纽克发现那些人逃跑后，怕担责任，就开了小差。可是其他人呢？他们是自愿离开这里的？或是被迫的？那两个女人就叫人怀疑。但是谁杀谁，是季娅古诺娃杀了奥格雷兹科娃，还是奥格雷兹科娃杀了季娅古诺娃，这是没人能解开的谜。押送队长从列车这头到那头来回奔跑。他喊道：‘不许你们鸣笛开车！我以法律的名义要求你们不抓住人，不许开车。’列车长不听他的，说：‘你疯了！我送的是前线的增补部队，这是头等的紧急任务，哪能等你们那些痞子！真亏你想得出！’他们两个都怪罪科斯托耶德，说他是有头脑的合作主义分子，事情就发生在他身旁，却没制止一个无知识、无觉悟的大兵干蠢事。他们还说，‘你还算是个民粹派呢。’科斯托耶德当然也不示弱，他反驳说：‘真有意思。按照你们的说法，押解兵倒应该由犯人来看管？这可真是母鸡打鸣的稀罕事。’出事的时候我推你身子，又推你肩膀，叫着：‘尤拉，快起来，有人逃跑了！’你一点反应都没有！就是打炮也震不醒你……唉，对不起，这以后再说吧。你们看……多美啊！爸爸、尤拉，你们瞧瞧，外面的景色多么美！”

他们都躺在铺板上，探出脑袋，望着窗外的景色。窗外是春水漫漫、无边无际的泽国。有的地方河水溢出堤岸，河汊的水一直淹到路基旁。从铺板上望去，窗外的景色就近在眼前，缓缓行驶的火车仿佛在水面滑翔。

水面平静如镜，只在列车驶过时，偶尔映出火车铁青色的倒影。温暖的阳光在水面上画出一个个油亮的光圈，就像厨娘用蘸了油的羽毛在炙热的馅饼上涂油。

无边无际的春水淹没了草地、坑洼和灌木。仿佛连那团团白云也被淹没了，一缕缕地沉入水底。

在这一片泽国中央，隐约可见一条狭长的土地，上面的树木上插天空，下映倒影，好像悬在空中。

“看，野鸭！一窝鸭子。”亚历山大·亚历山大罗维奇望着远处叫道。

“在哪儿？”

“靠近小岛。不是那边，是这边。向右看，向右。哎呀，真见鬼，飞了，吓着了。”

“啊，我也看见了。亚历山大·亚历山大罗维奇，我有事想和您谈谈。不过以后谈也行。我们的劳工和那两个女人都是好样的，他们逃得对。我想，他们都平平安安地走了，谁也没有伤害谁。河水要流动，人也要跑啊。”

二十四

北方的白夜快要结束。山岳、丛林和悬崖都看得清清楚楚，可全像是画出来的，大概连它们自己也不相信是真的。

小树林刚刚开始泛绿。其中有几丛稠李已经开花。这林子长在峭壁下不远的地方，那里也是一块不大的崖角。

附近便是瀑布。但并不容易看到它，只有站在小树林旁，从悬崖边上才能看到。瓦夏懒得去那里看瀑布，不愿担惊受怕，也没心思去欣赏美景。

瀑布在这里是最为壮观的，相比之下周围一切都逊色了。正因为独一无二，它使人望而生畏，变成了某种有生命有意识的东西，变成了神话中向人们索取贡物、加害地方的巨龙或大蟒。

瀑布泻在半山腰突兀的尖石上，分成了左右两股。上面那截瀑布几乎凝然不动，下截却不停地左右摆动，仿佛瀑布的双脚微微打滑：站稳了，滑一次重又站住，不论摇摆多少回，最后还是立在那儿。

瓦夏把羊皮袄铺到地上，躺在小树林边。天色微明时，从山头飞下一只大翅鸟。它在树林四周悠然地回旋一周，就落在瓦夏身旁的冷杉树梢上。他抬起头来，望着这蓝颈灰胸脯的佛法僧鸟，十分动情地用乌拉尔土语低声唤着鸟儿："罗尼亚札。"然后他站起身，把铺在地上的羊皮袄披到肩上，穿过林中空地，走到和他一起逃跑的季娅古诺娃身边，对她说：

"咱们走吧，阿姨。您瞧，您都冻坏了，上牙直打下牙。您瞪眼瞧什么，吓坏了吧！您没听明白吗？我们应该走了。您可得明白呀，咱们该上村子里去。村子里对自己人好，会把我们藏起来的。我们已经两天没吃东西，会饿死的。沃罗纽克叔叔大概在那里闹翻了天，他们会来追我们的。季娅古诺娃阿姨，我们该走了，直说是该逃了。我真不知拿您怎么办，阿姨，您整天整夜地总不吭气，您总该说话呀！您是愁得话也不会说了吗？是吗？您想什么呢？您把奥格雷兹科娃阿姨撞下了车，可您不是有意害她，是无意撞了她一下，我亲眼看见的。后来她从草丛里爬起来就逃跑了，一点没伤着。普里图利耶夫叔叔也一样。他们会撵上我们，我们又会凑到一起的，对吗？最要紧的是别折磨自己，那您就会说话啦。”

季娅古诺娃从草地上站起来，向瓦夏伸出手，轻声说：

“好孩子，咱们走吧。”

二十五

火车顺着高高的路基爬坡，车身咔嚓咔嚓地响。路基两旁是种类驳杂的幼林，枝梢还没有路基高。再下面是春水刚退的草地。沉淀了泥沙的草地上，东一根西一根横着圆枕木。这些木头大概是附近林场准备流送的，春汛把它们冲到了这里。

路基两旁的幼林几乎是光秃秃的，还像冬季一样。树枝上长满烛泪般的叶芽，正是在这些叶芽中生发着新的、过去所没有的东西。叶芽微微突起，像斑驳的泥浆，可正是这新添的乱泥浆里，孕育着生命，它用绿色的火焰点着了抽芽吐叶的树木。

幼林里到处可见挺立的白桦，枝上成对绽开的嫩叶，仿佛是痛苦地扎在树上的尖齿和箭头。白桦树叶散发出一股股调漆用的木精气味，在树干上闪闪发亮，用眼睛就能断定是什么味道。

不一会儿火车开到了林场，冲散的圆木可能就是在这里堆放的。林子拐弯处，可以看到一块空地，撒满了木屑和木片，中间堆着三丈左右长的圆木。火车开到林场，司机拉了制动阀。火车震了一下，就停住了。列车站在椭圆形坡地的顶端，微向下倾。

火车上响起几声短促的哨声，还有人喊了几句，乘客不听哨声也明白，司机停车是想要储备一些燃料。

货车的门向左右两侧拉开。车上的乘客都拥上路基，人数几乎和整整一个小城镇的居民差不多。只有前面几节车里去前线增援的士兵没有出来，他们从不参加任何临时的紧急任务。

空地上那一堆堆小柴禾还装不满煤水车。需要运走一些三丈长的圆木，得把它们锯断。

司机组的工具库里有锯子。参加劳动的人分成两人一组，每组发一把锯子。亚历山大·亚历山大罗维奇和女婿合用一把。

前面军车里的士兵，从打开的车门里探出一张张笑嘻嘻的脸，这里有从没打过仗的年轻人，海军学校的高年级学生，他们好像坐错了车厢才和已有家小的严肃工人混在一起。工人们也没有上过战场，刚从军事班集训结束就派去前线。这些年轻的士兵有意吵吵嚷嚷，和年纪大一些的水兵们逗笑、胡闹，省得胡思乱想。他们知道，考验的时刻已经临近。

好开玩笑的人们逗那些拉锯的，只听一阵阵哄笑：

“哎，老爷爷！你看看嘛，我是个娃娃，还要吃奶，可干不了体力活。”“喂，玛芙拉！小心别把裙子锯破了，那会着凉的。”“嗨，年轻姑娘！别到林子里去啦，还是嫁给我，跟我走吧。”

二十六

林子里竖着好几个叉形支架，是用两根木桩钉成的十字交叉的架子，一端埋在泥里。有一些支架还空着。日瓦戈和亚历山大·亚历山大罗维奇就在那里锯了起来。

这时正是初春。大地从雪里露出脸来，就像半年前刚刚落上雪花一样。树林里潮气很重，地上堆积着陈年落叶，犹如屋子里扔满多年来扯碎弄乱的收条、信件和通知，还没来得及打扫。

“慢慢拉，要不然您很快就累了。”日瓦戈医生对亚历山大·亚历山大罗维奇说，一边放慢速度，使动作均匀些。接着他又提议歇一会儿再干。

林里是一片咿咿哑哑的锯子声，有时几把锯子的声音协调起来，有时又各拉各的。远处传来了早来的夜莺的啼啭。百舌鸟每隔很长一段时间啼上几声，好像在吹通被脏物堵塞的长笛。就连火车阀门喷出来的蒸气，也发出歌唱似的咕咕声，像儿童室里酒精炉上牛奶煮沸了的声音。

“刚才你想和我谈什么，”亚历山大·亚历山大罗维奇提醒说，“你没忘吧？火车经过一片大水，看见鸭子飞起来的时候，你好像有什么事，说要和我谈谈。”

“噢，是的。我不知道怎么能说得简单明了。您瞧，我们越来越靠近是非之地了……这里一切都动荡不安。咱们很快就会到目的地。不知道尤里亚京的情况如何。咱们得商量一下，以防万一。我指的不是思想观点，这个绝不可能在春天的树林里，用五分钟的时间就说清楚、弄明白。我们两人彼此十分了解。我们三个人，您、我和冬尼娅，同其他许多人一起在今天构成一个统一的世界，我们之间的差别，仅在于我们对这个世界认识的程度有所不同。我不是要谈这个。这是很简单的道理。我要说的是，我们需要及早商量好，如果发生某种意外情况，我们各自应该怎么行事，才不致为对方感到羞愧，也不致给对方丢脸。”

“行了，我已经明白了。我喜欢你这样提出问题。你表达得很确切。我可以告诉你。你记不记得在一个风雪的晚上，你带回来一张印着政府最早几项法令的号外？你还记得吧，那法令是如此坚决断然，真是闻所未闻。这种直率态度使我折服。然而这样的法令只是在制定者的头脑里才能保持原有的面貌，即使这样恐怕也只是在公布的头一天里。政治上的狡诈可以在第二天就把它完全推翻。我该对你说什么呢？这种哲学对我是格格不入的。现在的政权和我们是对立的。他们搞变革并没有征求过我的同意。但他们又表示信任我，我就要对我所做的一切负责，哪怕有时的行动并非出于自愿。

“冬尼娅问我，咱们能不能赶上种菜蔬的季节，会不会耽误了下种的时间。怎么回答她呢？我对这里的土壤条件不了解。气候条件又怎么样呢？夏天太短。这里种的东西能熟吗？

“话又说回来，难道我们迢迢千里到那里去只是为了想种菜园子吗？俗话说：‘跑七里地去喝一口粥。’现在用它来开玩笑都不合适了，因为很抱歉，我们的路程是三四千里。然而，坦率地说，我们辛辛苦苦地跑去，完全是另有所图。我们的目的是要按现代的方式去那里苟且偷安，要与他们一起来挥霍祖先留下来的森林、机器和生产工具。不是去重振外祖父的产业，而是去耗用他的产业，和他们共同挥霍成千上万的卢布，换得一个寒酸的苟活。而且这一切都如现时这样混乱不堪，叫人难以理解。哪怕给我黄金，我也不会像以前那样去接收一个工厂，即使白送给我，也是如此。那样干是愚昧野蛮，犹如赤身裸体到处乱跑，或是把文化识字丢个一干二净。不，私有财产的历史在俄罗斯已经结束了。至于我们格罗梅科一家人，还在上一代时便已经失去了发财的欲望。”

二十七

车厢里又闷又臭，使人无法睡觉。日瓦戈医生汗涔涔的头枕在湿透的枕头上。

他怕吵醒别人，轻手轻脚地从铺上爬下，又轻轻把门推开一道缝。

迎面吹来一股黏乎乎的湿气，就像在地窖里脸碰上了蜘蛛网。他知道这是雾。“有雾，明天大概会很热，太阳会很厉害。难怪那么憋气，心里也感到闷得慌。”

他在跳下路基之前，站在门口静静听了听周围的动静。

列车停在一个大枢纽站上。周围静悄悄的，一片迷雾，火车似乎并不存在，也无人理睬，像已被人遗忘。看来它停在最不引人注意的地方，距车站还很远，中间铁轨纵横交叉，像张起一张巨网。如果那里天崩地裂，车站塌陷，列车上也无人知晓。

远处传来两种微弱的声响。

列车后方，他们来的地方，传来均匀的击水声，仿佛在涮衣服，又像湿旗帜在风中拍打旗杆。

列车前方传来阵阵轰隆声。到过战场的日瓦戈医生不由得大吃一惊，竖起了耳朵。

轰隆的响声低沉而平稳，他听了一会儿就断定那是远射程火炮发射的声音。

“看来我们跑到前线了。”日瓦戈医生想道。他摇了摇头，从车厢跳下。

他朝前走了几步。前面只剩了两节车厢，火车头拉着前头车厢已经开走，甩下了他们。

“难怪昨天他们都是一副跃跃欲试的样子。”日瓦戈医生暗自想道，“看来他们已知道，一到目的地，立即要上火线。”

他绕过最前面的车厢打算越过铁轨到车站去。冷不丁从车厢后面蹿出一个持枪的哨兵，轻轻地厉声喝道：

“去哪儿？口令！”

“这是什么车站？”

“什么站也不是。你是什么人？”

“我是从莫斯科来的一个医生。我和我家里人都乘这趟列车。这是我的证件。”

“你的证件管个屁用。黑天里我那么傻来看你的证件，不怕坏了眼睛吗？你没见正下雾吗？不用看你的证件，我打老远就知道你是个什么医生！听听，你们这些医生正对我们开十二英寸的大炮呢！该狠狠地给你一家伙，可是还早点。快回去，饶你一条命。”

“他看错人了。”日瓦戈医生心想。但和哨兵争辩是没有意义的。确实，最好还是趁早离开这儿。日瓦戈医生掉头往回走。

这时，他背后的炮声停了。那里是东方。太阳已在晨雾中升起，阳光透过浮动的雾气，就像在浴室的蒸汽里晃动着的赤身裸体的人影。

日瓦戈医生顺着一节节车厢朝前走。过了最后一节，还继续往前走，脚下是松软的沙地，脚步越陷越深。

刚才听到的均匀的击水声越来越清晰。沙地缓缓向下倾斜。日瓦戈医生又走了几步，眼前便出现了一些轮廓不清的物体，在雾中看去显得特别庞大。日瓦戈又迈近一步：黑暗中显出了岸上几条渔船的船尾。前面是一条大河。河水缓慢地、无精打采地拍打着船舷和岸边码头的木板。

“谁让你在这儿瞎跑？”又一个哨兵从岸旁蹿了出来。

“这是什么河？”日瓦戈医生竟脱口问了一句，其实挨了刚才的呵斥，他根本什么也不想问。

哨兵没理他，拿起警哨放到嘴里，想把前面那个哨兵招呼过来。他还没吹响，那个悄悄跟在日瓦戈身后的哨兵已经走过来了。两个哨兵商量着什么。

“没啥可说的。他是什么家伙再清楚不过啦。问‘这儿是什么车站，是什么河？’想来蒙混我们。你看怎么样，直接拉到河滩那儿去毙了，还是押到前面的车厢去？”

“我看还是押到车厢里去，看上面怎么说。身份证！”第二个哨兵大吼一声，把日瓦戈手里的几张证件一把夺了过去。

“老乡，你看住他。”不知他对谁说了一句，就和另一个哨兵顺着铁道朝车站走去。沙滩上躺着一个人，看样子是个渔夫。他咳了一声坐起来，表示这儿有个人。

“他们肯带你去见头头，算你运气。朋友，看来你有救了。可是你千万别怪罪他们，这是他们的责任。现在是人民的天下啰。兴许以后有好日子过，可现在还不能这么说。他们正在捉一个人，看样子是把你错当了那个人，以为就是你，这下子可逮住工人阶级的仇敌了，可惜弄错啦。万一有危险，你想办法见他们头头。可不能听这些家伙的。他们觉悟高，这可最糟糕了！干掉你在他们看来，不算一回事。他们要让你跟他们走，你可别去。你说，我要见你们头头。”

从渔夫口里日瓦戈打听到，前面就是有名的通航河道雷尼瓦河。临河的车站叫拉兹维利，是尤里亚京市郊的河运工业区。他还打听到，在河的上游两三里远的尤里亚京，红军一直与白军作战，现在好像已经打退了白军。渔夫还告诉他说，拉兹维利也发生了骚乱，现在好像也已平息；现在这一带十分平静，因为车站附近的居民都迁走了，四周遍布警戒哨。他还听说，在那几个驻扎军事机关的车厢里，有边区军事委员斯特列尔尼科夫的专列，他的证件就是给这人送去了。

过了一会儿，从那边来了个哨兵。他不像刚才那两个，他拖着枪走路；再不就拿枪往前面一戳一戳地走，仿佛搀扶着一个喝醉酒的朋友，要不扶着，那醉鬼会倒下去。他押着日瓦戈医生去见军事委员。

二十八

哨兵押解着日瓦戈来到由皮顶篷连接起来的两节沙龙车厢门

口。哨兵向守卫报过口令后，他们就进了车厢。车厢里本来是欢声笑语，他们刚一进去，立刻变得鸦雀无声。

哨兵领着日瓦戈通过狭窄的甬道，来到车厢中间一个宽敞的单间，这里安静整齐。在这个清洁舒适的单间里，几个衣冠楚楚的人正在办公。那位转眼间成了全区威名赫赫的党外军事专家的斯特列尔尼科夫，他的司令部竟是这样，和日瓦戈医生所想象的相去太远了。

不过，看来他活动的中心并不在这里，而是在前面的前线司令部里，更靠近作战的地方。这里只是他个人生活的场所，有一间不大的私人办公室和一张行军床。

由于这个原因这里才如此安静吧。这里好像是海滨温水浴场的走廊，地面上铺着软木和地毯，工作人员都穿着软底鞋走路。

车厢中间的这个地方，原来是餐室，铺着地毯。现在改成了办公室。屋里放着几张桌子。紧靠门坐着的一位年轻军官对日瓦戈说："等一会儿。"这话说完，其他的人就认为自己不必再搭理日瓦戈医生了。这个军官漫不经心地朝哨兵点了下头，表示他可以走了。哨兵从走廊上过去时，枪托磕着金属横板，哐啷哐啷响个不停。

日瓦戈医生一进车厢，老远就看见了自己的证件。它们摆在最里边那张桌子的边上。那里坐着一个旧军官派头的年纪较大的校级军官。他是统计官，正仔细琢磨着军事地图，不时参阅一本手册，拿到近处核对，剪剪贴贴，嘴里还念念有词。他抬眼朝四周的窗子挨个地看了一圈，然后说："今天天气可要热了。"仿佛这是他扫视全部窗子后得出的结论，好像每扇窗子外面的天气都各不相同。

一个技术兵正趴在地上维修出了故障的电线。当他爬到一位年轻军官的桌子跟前时，军官就站起身来让他。他邻桌是一个身穿草绿男军衣的女打字员，正费劲地修理出了毛病的打字机，滚筒斜出了槽，夹在筒架里不能动弹。那位年轻军官站在她凳子后面，居高临下地帮她检查机器的毛病。这时技术兵爬到了打字员跟前，也帮着从下边检修扳手、拨杆和传动装置。那个校官派头的军官也走过来帮他们。大家都围着打字机，忙个不停。

眼前的景象使日瓦戈医生悬着的心放了下来。如果他是一个要被处死的人，就难以设想这些十分清楚他命运的人，能当着他的面专心致志忙这类琐事。

"不过，谁知道他们怎么想呢。"他想道，"他们怎么这样泰然自若呢？旁边大炮在轰鸣，人们在厮杀，而他们却在预测今天的热度，不是战斗激烈的程度，而是天气炎热的程度。或许因为他们已经司空见惯了吧，所以对什么都无动于衷了。"

他呆在那里无事可做，便透过对面的窗子朝外面望去。

二十九

窗外，列车前面剩了最后一段铁路，直通拉兹维利火车站；车站就在拉兹维利近郊的山上，依稀可辨。

从路轨到车站之间，架着一条没刷油漆的木板天桥，中间有三个平台。从这里望去，这一段铁路线好像是旧机车的停放场。没有煤水车的旧机车，头顶上的烟囱活似大口杯子和靴筒，头对头地夹在破破烂烂的旧车厢堆里。

早上热气蒸腾，天空变得白蒙蒙一片。破旧机车的堆放场、市郊基地、铁轨上的破烂火车、生锈的屋顶和商店招牌，这一切构成了一幅荒凉的图画。

在莫斯科时，日瓦戈不曾留意城市里的商店招牌何其多，也不曾注意它们占去了建筑物很大的门面。这里的招牌却令他想起了这一点。招牌上的字一般都写得很大，从这里隔很远都可以看得清。招牌低压在歪歪斜斜的平房破窗户上，低矮的小房子被遮得几乎看不见，就像农村小孩戴着父亲的大帽子，连脑袋都套了进去。

这时晨雾已经完全消散。只是左边在遥远的东方，还有一些残雾，但也正往两旁飘动，像舞台上开启的帷幕。

离拉兹维利车站三里左右，在更高些的大山上坐落着一个大城市，是地区的或一省的首府。太阳光给城市抹上一层浅黄的色彩，远远望去显得线条粗疏。房屋层层叠叠，依山而造，很像廉价的民间版画上的圣阿托斯山或是苦行僧隐居的修道院。山顶中央矗立着一座大教堂。

“尤里亚京！”日瓦戈医生感到激动，“这是故去的安娜·伊万诺夫娜经常回忆的地方，也是护士拉拉·安季波娃常常提到的城市！我听她们说过不知多少次，自己却是第一次见到它，而且又是在这样的境遇中。”

这时，低头修打字机的军官把注意力移到了窗外。他们朝窗外转过脑袋。日瓦戈医生也朝那里望去。

车站天桥上，有人押送着几个俘虏或犯人，其中一个是头部受了伤的中学生。伤口已经包扎，纱布还渗出血来，他那汗流满面的黝黑脸庞上，涂抹得尽是血污。中学生走在被押人员的最后，旁边是两个红军战士。他之所以引人注目，不仅因为这叛逆者英俊的脸上透出一股刚毅之气，也不仅因为人们为他的年轻感到惋惜，主要是和两个押解兵之间不同寻常的关系，引起人们的好奇心。他们的举动同他们的身份很不相称。

头缠绷带的中学生，制帽不时滑落下来。他不愿摘下来拿在手上，就不停地正冠，不顾头上的伤口，把帽子使劲往绷带上压。那两个红军战士总是主动给他帮忙。

这悖于情理的荒唐行为，仿佛有着某种象征含义。日瓦戈医生有感于这种举动的深意，忍不住也想跑到天桥上去，对中学生大声道出不吐不快的一个警句。他想对孩子和车厢里所有的人说：出路不在于墨守形式，而在于摆脱形式。

日瓦戈医生移开了目光。这时斯特列尔尼科夫已经大步流星进了办公室，站到了屋子当中。

作为医生，日瓦戈见过许多性格难以捉摸的人，可为什么至今就没遇到过一个性格如此鲜明确定的人呢？何以生活没使他们两人相遇呢？他们的生活道路为什么从来没有交叉到一处呢？

不知怎的一眼便看清了，此人是意志的完美化身。眼前的形象正是斯特列尔尼科夫自己所想象的理想形象，因此他的精神和外表必然都是完美无缺的，包括他那匀称而又漂亮的头脸，他走路疾速的步伐，两条长腿蹬着高筒靴，靴子可能不干净，但看起来像擦得精光锃亮，还有他那灰呢军服皱皱巴巴的，但给人印象倒很挺括，像是亚麻布料做的，一切都完美无缺。

会产生如此的效果，是因为他很有才气，这是一种自然的才气，毫不做作的才气，能在任何生活条件下驾驭自如的才气。

无疑，此人应有某种才干，但未必是独创型的才干。他的一切举止中所流露出来的才干，可能只是一种模仿的才能。那个时候，所有的人都爱模仿点什么。或是模仿历史上名垂千古的英雄，或是模仿在战场上、在城市起义中亲眼见过、留下深刻印象的显赫人物。此外，也可能模仿公认的民众英雄，或是名列先进的优秀同志。或者干脆就是相互模仿。

出于礼貌，斯特列尔尼科夫见了日瓦戈这个外人后，没有表现出奇怪和有什么不便。相反，他对其他人讲话时，仿佛医生也是这个圈子里的人。他说：

“我祝贺大家。我们把他们赶跑了。这好像是一次战场游戏，而不像真正的战事，因为他们同我们一样，也是俄罗斯人，只是头脑里有糊涂观念；他们自己不肯放弃这些糊涂念头，我们不得不用武力打掉他们的念头。他们的司令官是我的朋友，出身是比我更地道的无产阶级。我们在一个院子里长大。他一生中为我做了许多好事，我很感激他。但我还是很高兴能把他撵过了河，也许撵得更远。古里扬，请快点接好线。不能只靠通讯兵和电报了。你们注意到今天多热吗？可我还是睡了一个半小时。哦，是这样……”他想起医生的事，朝日瓦戈转过身子。他想起来为什么叫醒了他。那不过是件小事，这个人正为此事被拘留在这儿。

“是这个人吗？”斯特列尔尼科夫审视日瓦戈，从头打量到脚，“丝毫不像。这伙蠢材！”他不禁笑起来，对日瓦戈说：

“请原谅，同志。他们把您当成另一个人了。我的哨兵搞错了。您可以走了。这位同志的劳动手册呢？噢，这是您的证件。请原谅我的不礼貌，我看一下。日瓦戈……日瓦戈……日瓦戈医生……是莫斯科来的。请上我那儿去一下。这里是秘书室，我的车厢就在前面。请吧。我不会耽搁您很久的。”

三十

这个斯特列尔尼科夫到底是什么人呢？令人不解的是，一个非党人士居然能被提到要职上，而且站稳了脚跟。没有谁熟悉他，因为他虽是莫斯科人，大学毕业后就去外省教书；战争中被俘时间很长，前不久还毫无音信，人们以为他已经牺牲。

他是由一位进步的铁路工人季韦尔辛举荐作保的。斯特列尔尼科夫小时候是在季韦尔辛家长大的。当时掌握任免权力的人因此相信了他。在情绪过分激昂、观点过于极端的年月里，斯特列尔尼科夫的革命性也是不知节制的，但却表现得真诚和狂热。他的狂热并非人云亦云，而是有他的整个生活做基础，他所特有的，绝不是一时心血来潮。

斯特列尔尼科夫没有辜负人们对他的信任。

这一时期的军旅生涯中，他南征北战，参加了乌斯基·涅姆达和下凯尔梅斯战役，平息了古巴索夫地区农民武装反抗征粮队的暴乱，镇压了熊泽车站第十四步兵团抢劫粮车的事变。他还参与平定了拉辛分子的兵变(他们在图尔加图城举事后，持械投向白军)，参与了镇压奇尔金河口码头的军事暴动，那次叛军杀死了一名忠于苏维埃政权的司令官。

在上述这些地方，他都以迅雷不及掩耳之势突然行动，判断，分析，做出决定，干得迅速、严厉、果断。

他乘着专车四处奔波，终于制止了整个地区的士兵普遍逃跑的现象，彻底改组了征兵机构。红军征兵工作得以顺利展开，新兵接收委员会的工作变得热火朝天。最近，由于北方白军压境，形势严峻，斯特列尔尼科夫不久前又被委以新的重任，指挥直接的军事行动，完成战略和战术任务。他介入后的积极后果，很快就显示了出来。

斯特列尔尼科夫知道，有种流言叫他“刽子手”。他对此坦然处之，并无畏惧。他出生在莫斯科，是工人的儿子。父亲因参加一九〇五年革命而被流放。那些年里他还小，没有参加革命活动，后来进入大学，家境优裕的学生闹学潮时，他没有卷入；当时穷学生入了大学，特别珍惜机会，比有钱人的子弟刻苦、努力。大学毕业时，他已有了极其渊博的学识。除了完成古典文学的学业外，还自学了数学。

按照法律，他可以免服兵役，但他却自愿上了前线，被俘时是准尉军官。后来，得知国内发生了革命，便于一九一七年底逃回俄国。

他身上有两个突出的特点、两种突出的愿望。

他的思维异常清晰，富于逻辑。而且他难得地道德高尚，为人公正；他的感情炽热而纯洁。

他要做个开拓新路的学者，然而，他还欠缺那种勇往直前的魄力，不善于通过始料未及的发现，去冲破原有的头头是道却空洞无物的预测。

他想做出一番事业来，但他的原则性中又缺乏心灵的灵活。要知道对心灵来说，不存在一般的规则，而只有具体个别的事例；心灵的伟大之处，就在于它以小见大。

斯特列尔尼科夫从儿时起就憧憬着最高尚、最光明的事物。他认为生活是一个广阔的竞技场，人们应诚实地恪守规则，在竞争中追求达到完美的境界。

日后证明，事实上并非如此，但他并没想到是自己错了，是自己把世界的秩序给简单化了。于是他把不平深深埋入心底，幻想有朝一日自己能成为一个法官，在生活和歪曲生活的罪恶之间作出审判，他要维护生活，为生活伸张正义。

失望使他变得冷酷。革命给了他武装。

三十一

斯特列尔尼科夫带着日瓦戈来到自己的车厢，口中不停地重复道："日瓦戈，日瓦戈，有些像商号。再不就是贵族的姓。是啊，从莫斯科来的医生嘛。要去瓦雷基诺。怪事。为什么突然要离开莫斯科去这样的穷乡僻壤？"

"去穷乡僻壤正是我的希望。想寻找安静。去偏远的村镇，去默默无闻的地方。"

"您看，多么富有诗意。是瓦雷基诺吧？这一带我都熟悉。过去是克吕格尔家的矿厂企业。说不定你们还是亲戚吧？也许是继承人？"

“为什么用这种嘲讽的口气呢？哪里是什么‘继承人’？不过，我的妻子倒是……”

“瞧，说对了吧。你们是想白军了？很抱歉，你们来迟了一步。这地区白军已被肃清。”

“您还要取笑我吗？”

“再说，您又是个医生，是个军医。现在是战时。这倒直接与我有关。您是个逃兵吧。绿色分子[①]也有躲到森林中去隐居的。您的理由呢？”

“我两次受伤后复员，纯粹因为不适合在军队服役。”

“那您拿出人民教育委员会或是人民卫生委员会的签条，证明您是‘可靠的苏维埃人’，是‘同情分子’、是‘奉公守法’的吧。现在世上正进行着可怕的清算。好心的先生，现在谈不上什么富有同情心和奉公守法的医生，现在只有启示录中那种执剑的生灵和长着飞翼的野兽。不过，我已经对您说过，您自由了，我绝不食言。但只是这一回。我有种预感，我们还会相遇的，到那时就不会这样对您说话了。您可要当心。”

他的威胁和挑战，没有使日瓦戈感到慌乱。医生说：

“我知道您对我的全部看法。站在您的立场上，这种看法完全正确。您想和我争论的问题，正是我有生以来内心里一直争辩的问题，是同假设的对手不断争论的问题，并且应该说我已经从中得出了某些结论。但三言两语是说不清的。如果我确实可以走的话，请允许我不再向您作什么解释就离开这儿；如果我没有这个自由，那

① 指苏联国内战争时期，1919—1920年间比较活跃的农民武装。

就听候您的处置了。我没有什么需要对您辩白。”

这时，电话铃声打断了他们的谈话。电话联系已经修复。

“谢谢，古里扬，”斯特列尔尼科夫拿起话筒，扑扑吹了几下说，“亲爱的，请派个人来送日瓦戈同志。别再闹出什么不愉快来。请给我接拉兹维利，我要拉兹维利肃反委员会运输处。”

只剩下斯特列尔尼科夫一人了，他给车站打电话说：

“刚才押来一个青年，他把帽子直往耳朵上压，可头上扎着绷带，简直胡闹。嗯，如果需要的话，立即给他治疗。嗯，要像爱护眼睛一样爱护他，您个人要对我负责。如果需要的话，可以给他一份口粮。对。现在谈正事。我还要说话，没完呢！真见鬼，另外一个声音插进来了。古里扬！古里扬！我的电话线断了。”

“说不定他是我中学预备班的学生呢。”他一时不再打算和车站继续通话，心里想，“如今长大了，倒来造我们的反。”斯特列尔尼科夫暗暗计算自己教书、打仗和当俘虏的年份，看是否和那个青年军官的年龄相符。然后他在窗旁眺望远处的尤里亚京，目光搜寻着岸边城门附近他家的住所。他的妻子和女儿会不会出人意料地还住在那里呢？要能去看她们该多好！马上就去！不，这是绝对不可能的！那完全是另一种生活呀。首先应该结束目前新的生活，然后才能回到那中断了的生活中去。他总有一天会回去的，总有一天！可究竟是几时呢？

日瓦戈医生

[下卷]

ДОКТОР ЖИВАГО

Борис Леонидович
Пастернак

帕斯捷尔纳克作品系列

[俄] 鲍·列·帕斯捷尔纳克 著
白春仁 顾亚铃 译

日瓦戈医生

[下卷]

ДОКТОР ЖИВАГО

Борис Леонидович Пастернак

帕斯捷尔纳克作品系列

[俄]鲍·列·帕斯捷尔纳克 著
白春仁 顾亚铃 译

上海译文出版社

目　录

下　卷

下　卷

第八章　抵　达

一

载着日瓦戈医生一家来到此地的列车，还刚刚停到车站后侧的线路上，就被一排排别的列车遮挡起来了。维系了一路的同莫斯科息息相关之情，在这个清早就此中断了，结束了。

这里开始展现出另一番天地，一个外省的世界，它有着另一个属于自己的引力中心。

此地的人们，相互过从比首都密切。虽然尤里亚京—拉兹维利铁路区段肃清了闲人，由红军把守着，当地市郊的乘客不知怎么还是钻到铁路线上，照现在的说法是“潜入”。他们把车厢挤得满满登登，取暖货车入口也全是人，还有的人挨着列车在路轨上来回走动，要么就站在自己车厢门外的路基上。

这些人互相全都认得，老远就打招呼，靠近了便寒暄问候。他们的穿着谈吐，同京城人稍有差异，饮食既不一样，习惯也自不同。

出于好奇，不由得让人想知道这些人怎么生活，道德面目和物质条件如何，他们怎样克服种种困难，又怎样摆脱法律的约束。

谁知不久就得到了最生动的答案。

二

日瓦戈医生由一个哨兵跟着朝自己的列车走去。哨兵把枪拖在地上，像拿了根手杖似的拄着它走路。

天气闷热。太阳晒热了铁轨和列车厢顶。洒落了石油的地上，闪着黄色反光，像镀了层金。

哨兵的枪托过处，在沙子上留下一条沟痕，还不时碰到枕木上发出声响。哨兵说：

“天气好起来了。正该春播，种燕麦、小麦，要么种黍子，是最好的时候。荞麦还早点。我们那儿到阿库林娜节[①]才种荞麦。我们是莫尔尚斯克人，唐波夫省的，不是本地人。唉，医生同志！要不是国内战争这灾祸，要不是该杀的反革命，这个季节我哪能跑到外地来逛？这内战使我们阶级闹矛盾，您看它都干了些啥勾当！”

① 俄历6月13日为阿库林娜节，民间传统中的荞麦节。

三

“谢谢。我自己来。”日瓦戈医生谢绝了旁人的帮助。取暖货车上人们弯腰伸手想拉他上去，他纵身一跃，跳进车厢，站稳脚便和妻子拥抱到一起。

“可回来了！谢天谢地，总算平安无事了！”冬尼娅一个劲儿说。“不过你平安回来，对我们可不算新闻。”

“怎么不算新闻？”

“我们全都知道啦！”

“打哪儿知道的？”

“哨兵来告诉的。要不然提心吊胆，我们可怎么受得了呀？就这么，我和爸爸差点儿没急疯。你看他睡得多死，别想叫醒他！焦虑过度，一躺下像个死人，怎么也晃不动。这里又有了新乘客，一会儿我给你介绍几个。先告诉你一下周围的人在谈什么。车厢里的人都庆贺你化险为夷。啊……这就是他！”她突然转过头去换了话题，向取暖货车角落里挤在人堆中的一位新乘客，介绍了自己的丈夫。

“萨姆杰维亚托夫。”那里传过一个声音，接着一群人中站起来一个戴软礼帽的，拨开众人向外挤。

“萨姆杰维亚托夫，”日瓦戈这时心里琢磨。“我还当是俄罗斯古派人物呢，像传说中的大密胡子，腰上打褶的外衣，皮带上缀着铜片。这却像个美术爱好者，透着花白的小卷发，八字胡，下巴上的胡髭短而尖。”

“怎么样？斯特列尔尼科夫恐吓您了吧？您可实说呀。”

“没有，干吗恐吓我？谈话是很认真的。他至少是个很有魄力、很重要的人物。”

“那还用说。这个人我略有所知。他不是我们这儿的人，是你们莫斯科人。就和近来我们这里的新鲜事一样，也是打你们京城传来的，是外来货。光凭自己的脑子可想不出来。”

“这位安菲姆·叶菲莫维奇①，尤拉，是个博学家，无所不知，听说过你，也知道你父亲，知道我爷爷，还有许许多多的人。你们认识一下吧。”冬尼娅顺便毫无表情地问了一句：“你一定也认识这里的一位教师安季波娃吧？”对此，萨姆杰维亚托夫同样淡淡地回答说：“您提安季波娃干什么？”日瓦戈听见这话没有答腔。冬尼娅继续说：

“安菲姆·叶菲莫维奇是布尔什维克。你可当心，尤拉。提防着他一点。”

“真的吗？我可怎么也想不到。看外表更像个贵族模样。”

“我父亲开过一个旅店，有七辆三套马车拉客。我本人受过高等教育。的确是社会民主党人。”

“尤拉，你听听安菲姆·叶菲莫维奇说的什么。不过，说了不怕你生气，你这名字和父称可太绕嘴了。好啦，你听我告诉你，尤拉。咱们碰上了好运气。尤里亚京市不能接我们这趟车，城里到处着火，桥也炸坏了，无法通过。列车要顺着联结支线绕行，转到另

① 安菲姆·叶菲莫维奇是萨姆杰维亚托夫的名和父称，如此称呼，表示尊敬。

一条路线上去，恰好是我们应该走的线路，泥炭车站就在那条线上。你看多巧。用不着转车，用不着拖着行李穿街走巷，从这个车站上那个车站。可是得左拐右拐转好大一阵子，才能上得了正路。绕行要花很长时间。这全是安菲姆·叶菲莫维奇给我讲的。”

四

冬尼娅的话果然说中。列车时而向前，时而向后，在车辆拥挤的线路上来回开动，有时重新编排原有车厢，有时又挂了新的。线路上还行驶着别的车次，挡得这趟车许久开不到旷野上去。

地势多坡，使半个城市淹没在远方。只是偶尔在地平线上闪现出楼顶、工厂烟囱、钟楼上的十字架。城郊有一处大火，黑烟被风吹走，在空中飘成一片，活似一束马鬃。

日瓦戈医生和萨姆杰维亚托夫坐在取暖货车的边沿，双腿垂在门口底板上。萨姆杰维亚托夫一直在给日瓦戈讲着什么，用手指点远方。有时，飞驶的取暖货车发出隆隆巨响，盖过了他的声音，以致什么都没有听清楚。日瓦戈反问一句，安菲姆·叶菲莫维奇把脸贴近医生，扯着嗓子喊，才能把重复讲的话送进他耳朵里去。

“那是‘巨人’电影院给点着了。士官生们陷到了里面。不过他们早就已经投降了。总之战斗还没结束。您看到钟楼上的小黑点了吗？那是咱们的人。

“我可什么都看不见。您是怎么分辨出来的？”

“这边是霍赫里基着了火，是个手工业的郊区。有商业街的科洛捷耶夫在它旁边。我为啥关心这个呢？我家的旅店就在商业街上。火势不大，还没蔓延到中心区。”

“你再说一遍，我听不见。”

“我是说中心区、市中心，教堂、图书馆。我家的姓萨姆杰维亚托夫，是把萨恩-多纳托改成俄文发音的。我们好像是杰米多夫的后代。”

“又没听清楚。”

“我说萨姆杰维亚托夫是萨恩-多纳托改头换面变来的，大概出自杰米多夫家族，就是公爵杰米多夫-萨恩·多纳托夫。谁知道呢，也许是瞎说，是家族神话。这片地方叫下斯皮尔金。尽是别墅，是寻欢作乐之地。这名字很怪吧？”

他们面前展现出一片旷野，上面铁路纵横交错。一排排电线杆缓缓地向天边退去。宽阔的石子路蜿蜒曲折，可同铁轨媲美。石路时而隐没在地平线后，时而在拐弯处露出一条波浪般的弧线，旋即又复不见了。

“我们这条大道是有名的，穿过整个西伯利亚。是靠苦役修出来的。现在是打游击的据点。总而言之，我们这儿不错呀。住惯了就能适应了。城里的新鲜事你们会喜欢的，比如我们那种给水站，十字路口上的；还有冬季里露天的妇女俱乐部。”

“我们不准备住到城里，要去瓦雷基诺。”

“我知道。你妻子对我说了。反正你们总得进城去办事。我一眼就猜出她是谁家的人。眼睛、鼻子、前额，同克吕格尔一模一样。完全像她外祖父。这一带的人们，都记得克吕格尔。”

旷野尽头是两座高高的红色圆墙储油罐。高柱上耸立着工业广告。其中一幅广告两次映入日瓦戈医生的眼帘，上面写着：

莫罗和韦钦金。播种机、打谷机

“过去这是个很有名气的商行，生产的农具很好。”

“我听不见。您说的什么？”

“我是说商行，明白吗？商行。生产农具的。是个股份公司。我父亲也有股份。”

“您刚才说是开旅店。”

“旅店是旅店。两个不矛盾。他不傻，尽往好的企业里投资。‘巨人’影院就有他的股票。”

“你好像很引为骄傲？”

“是指我父亲的机灵吗？那当然。”

“那你的社会民主党呢？”

“请问这与它有什么相关？那上面写着呢，说谁要主张马克思主义，就一定窝窝囊囊，无所作为？马克思主义是一种真正的科学，是解释现实生活的学说，是研究历史环境的哲理。”

“谈马克思主义和科学？同一个不太熟识的人争论这个问题，至少不够谨慎。不过还是说说吧。马克思主义太不善于控制自己，所以成不了科学。科学一般都要稳重些。讲马克思主义和客观性吗？我不知道有比马克思主义更封闭、更远离事实的思潮。每个人都关心如何在实践中检验自己。可是掌握权力的人们为了制造自己洁白无瑕的神话，千方百计地回避真理。政治丝毫打动不了我。我不喜欢漠视真理的人们。”

萨姆杰维亚托夫把日瓦戈医生的话只当成是一些俏皮的怪话，笑笑而已，没加反驳。

这时列车正在换道，每当开近道岔，一个腰带上系着牛奶罐子的中年女道岔工，连忙把手里正织着的毛线活儿换到另一只手里，弯身把道岔上的圆柄扳过去，火车便向后退去。等列车缓慢地后退，她直起身子举着拳头朝列车作个威胁的手势。

萨姆杰维亚托夫以为这举动是冲他来的。“她这是对谁呀？”他思忖着。“好像有点面熟。是格拉莎吗？像她。我这是想到哪儿去了？不见得是她，比格拉莎老得多。又干吗冲我来呢？俄国发生了事变，铁路上一片混乱，她这个可怜人一定很苦，于是我就成了罪人，朝着我攥拳头。去她的吧，值得为这个也伤脑筋吗？”

终于，扳道女工摇了摇旗，对司机喊了句什么，才放列车通过继续赶路。当第十四节取暖货车厢驶过时，她朝着坐在货车上闲聊的两位碍眼乘客，吐了一下舌头。萨姆杰维亚托夫便又陷入沉思。

五

燃烧着的城市的郊区、状如礼帽的储油槽、电线杆和广告牌渐渐远去不见，展现出另一番景色，树林，小山，其中不时露出弯弯曲曲的石子大路。这时，萨姆杰维亚托夫说道：

“站起来告个别。我马上要下车了。再过一个地段，你们也该到了。当心可别坐过头。”

“这一带您真的十分熟悉吗？”

“了如指掌。方圆一百里以内吧。我是法官呀！干了二十年，办案，到处跑。”

“直到现在吗？”

“那可不。”

“现在还能有什么官司呀？”

“您要什么有什么。旧的契约业务没有完成，债务不清等等，官司很多，不得了。”

“这类的官司，还不都废除了呀？”

“名义上自然如此，可实际上却同时存在相互排斥的事物。一方面要实行企业国有化，燃料归市苏维埃，兽力车归省经济人民委员会；另一方面人们又都想过得好一点。这是过渡时期的特点，理论和实践还不能一致。这就得要那种机灵人，善于经营的，像我这种性格的。能赚就赚，管它三七二十一呐。像我父亲常说的，偶尔也会挨巴掌。全省得有一半人靠我办事。趁着办木材供应的案子，我会去看望你们。自然只能是骑马去。我那马腿跛了。它要不瘸，我才不坐这破玩意儿颠簸呢。你看走的这么慢，还叫火车呐。我要去了，会对你们有用的。你们米库利齐恩那家人，我非常了解。”

“您知道我们来的目的、我们的想法吗？”

“大体上知道。猜得出。可以想象。人自古以来就眷恋土地，想用双手养活自己。”

“那怎么样呢？您好像不赞成？您怎么看？”

“天真的幻想，田园诗的幻想。干吗要这样呢？愿上帝保佑你们，不过我不信上帝。这是乌托邦，是原始的办法。”

"米库利齐恩会怎么对待我们？"

"不让你们进门，赶走了事，这么做也对。没有你们就已经是乱糟糟的，一千零一夜，工厂停工，工人跑散，生活没有着落，饲料奇缺，突然间你们又来了，鬼使神差，够叫人高兴了！就是他把你们打死，我也能给他找到理由。"

"您看，您是布尔什维克，可自己也不否认这不是什么生活，这是自古没有过的荒唐事，荒诞无稽。"

"一点不错。可这是历史的必然性，必须通过这一关。"

"为什么是必然性呀？"

"您怎么，是小孩子还是装糊涂？您不是从月球上来的吧？寄生虫饭桶骑在挨饿的劳苦人脖子上，把他们折磨得要死，还非忍受着不成？更何况还有别的欺压凌辱。人民正当的愤怒，难道还不好理解吗？人民希望公正的生活，寻找真理，难道不是很明白吗？您是不是觉得在杜马里通过议会办法已经取得了根本的变革，可以不必搞专政了？"

"咱们说的不是一码事，就是争一百年也不会有结果。我本来很倾向革命，但现在我认为靠强力是什么也得不到的。只有用善行才能引人向善。不过问题不在这儿。还是回来谈米库利齐恩吧。要是等待我们的是这种前景，又何必去呢？我们应该打道回府。"

"简直是糊涂话。第一，难道只有在米库利齐恩那儿才有一线光明吗？第二，米库利齐恩是异常心善的，心善得出格了。他吵嚷一阵，坚持一阵，就会软下来，还会解囊相助。"于是萨姆杰维亚托夫讲起了往事。

六

“二十五年前，工艺学院大学生米库利齐恩从彼得堡来到这里。他是由警察押送发配来的。米库利齐恩到这里之后，在克吕格尔手下当了管事，娶亲成家了。我们这里，东采夫一家有四个姊妹，比契诃夫那三姊妹多一个。尤里亚京的学生们，都在追求她们：阿格里平娜、阿芙多季娅、格拉菲娅、谢拉菲玛，父称是谢韦里诺夫娜，人们把这父称变了一下，干脆叫她们谢韦里娅卡，也就是‘北方姑娘’。米库利齐恩娶的就是‘北方姑娘’中的大姑娘。

“不久这对夫妻生了个儿子。出于崇尚自由的思想，糊涂父亲给孩子起了个少见的名字：利韦里，叫白了就是利夫卡。孩子虽然淘气，可显露出多方面的很不错的才能。战争爆发后，利夫卡在出生证上多添了几岁，才刚十五就自愿跑到前线当了兵。阿格里平娜·谢韦里诺夫娜本来就身体病弱，经不起这个打击，竟一病不起，前年冬天死去了，那恰是革命的前夕。

“战争结束，利韦里回了家。你当他是什么人啦？这已经是一位挂了三枚十字勋章的准尉，当然也是一个从前线派来的做宣传工作的彻头彻尾的布尔什维克代表。您听人说过‘绿林兄弟’吗？”

“没有。”

“那就不必讲它了，这样听起来也没劲儿。那您从车厢里往外观赏石子大路，也没啥意思啦。大路妙在哪呢？现在那里有游击活动。什么是游击队？这是国内战争的骨干主力。这支力量由两个方面组成：担负革命领导责任的政治组织和战败后拒绝服从旧政权的基层士兵。这两个方面一结合，便形成了游击武装。它的成分是很杂的，基本上是中农。但除中农外，您什么人都见得到。这里面有贫农，有免去教衔的僧侣，有同父辈对阵的富农子弟。还有思想上的无政府主义者，没有身份证的叫花子，被撵出中学的超龄的浪荡青年，也有奥德俘虏，因得到获释返国的保证才参加进来的。就是这样一支成千上万的人民军队的一个部分，称作‘绿林兄弟’，由绿林兄弟中一位同志指挥，也就是利夫卡，利韦里，是阿韦尔基·斯捷潘诺维奇·米库利齐恩的儿子。”

“您说什么？”

“就是这样。我再往下讲。妻子死后，米库利齐恩续了弦。第二个妻子叶莲娜·普罗克洛夫娜是个中学生，刚毕业就成了亲。她天生幼稚，却也有点存心装作幼稚；她年纪轻轻，却还要往年轻里打扮。装着这种样子叽叽喳喳，喋喋不休，像个天真的小傻瓜，又像地里的百灵鸟。她一见到你，就开始考你。‘苏沃洛夫是哪一年诞生的？’‘列举一下三角形全等的各种情形。’考住了你，弄得你下不来台，她可兴高采烈了。再过几个小时，你会亲眼看到她，可以检验我的描写对不对。

“她那丈夫也有自己的怪毛病：成天咬个烟斗，爱拽几个斯拉夫古词语，什么‘毫无顾忌’，‘乃由此故’。他本该到海上去显身手，大学念的是造船。这种专业特点只留在了表面上，留在了习惯里。好刮胡子，整天价烟斗不离嘴，谈话从牙缝往外挤，倒很和气，慢条斯理的。他像一般吸烟人那样翘着下巴，灰色眼睛冷冷的。还有一个细节差点忘了说，他是社会革命党人，被边区选为代表参加立法会议。”

“可这一点非常重要呀。这么说父子两人针锋相对。是政敌吗？”

“看起来自然是，可实际上原始林并不同瓦雷基诺作对。还是往下说吧。东采夫家剩下的姑娘，就是阿韦尔基·斯捷潘诺维奇的妻妹，至今还都在尤里亚京，待字未嫁。时代变了，姑娘们也变了。

“剩下的年纪最长的阿芙多季娅，是市阅览室的图书管理员。她是位皮肤黝黑的俊小姐，非常腼腆，无缘无故就两颊绯红，像枝芍药。阅览室里鸦雀无声，她一患上慢性伤风，能连续打二十个喷嚏，窘得她恨不得钻进地缝里去。可又有什么办法，她这是神经质所致。

“第二个是格拉菲娅，姊妹里最出众的。这姑娘很厉害，能干活，对什么劳动全不厌恶，人们异口同声，都说绿林游击队长利夫卡像他这位姨妈。人家刚刚看到她在裁缝店干活或是在织袜子，一转眼工夫她又成了理发师。你注意了吗？在尤里亚京铁路上一个扳道女工朝咱们挥拳头。我当时心里琢磨，真想不到，格拉菲娅上铁路干护路工来了。后来想大概不是她，因为那人太老了。

“小女儿谢拉菲玛，家里最受累的人。她是个有学问的姑娘，十分渊博，研究过哲学，喜欢诗。可在革命的年头，受到普遍高涨的情绪、街头集会、广场演说等等的影响，竟发了疯，陷入宗教的癫狂。姐姐们一去上班就锁上门，可她从窗子里跳出，沿街招手；聚来了行人，她就宣传基督要二次降世，人世到了末日。哎呀，我讲起来没个完，就到站了。你们在下一站下车，准备一下吧。”

等安菲姆·叶菲莫维奇下了车，冬尼娅说：

“我不知道你怎么看这件事，但我觉得是命运使我们同这人相逢。我感到他在我们的生活里会起某种恩人的作用。”

“非常可能，冬尼娅。不过我不太喜欢人们认出你和外祖父长得相似，不太喜欢这里都记得你外祖父。就连斯特列尔尼科夫听到我说瓦雷基诺时，也忿忿地插了一句：‘是瓦雷基诺克吕格尔的工厂吗？你们别是他的亲戚吧？不是他的继承人吧？’

“我担心在这儿咱们比在莫斯科更显眼，离开那里为的就是不惹人注意。

“当然，现在是木已成舟，后悔也无益于事。最好是不抛头露面，隐蔽起来，遇事谨慎些。总之我有种不祥的预感。把咱们的人叫起来吧，装好东西，扎紧皮带，准备下车。”

七

冬尼娅站在泥炭车站月台上，一遍又一遍地数人和行李，生怕把什么忘在车厢里。她感觉到脚下是站台上踩实了的沙土，可心里仍在怕坐过了站，耳朵里还是火车飞驶的轰响，尽管眼睛看见列车确实停在月台上不动。这些使她什么也看不到，听不见，什么也想不了。

远途的乘客从取暖货车上同她告别，她没有发现。她也没看见列车怎么开走的。只是当她注意到其他的路线，注意到对面的绿地和蓝天，才发觉那趟列车已经不见了。

车站是座砖房，一进去两侧各有一条靠椅。从西夫采夫来的莫斯科旅客，在这一站下车的仅有几个人。他们放下东西，在一条长椅上坐下来。

站上的宁静、冷清、整洁，使来客感到惊奇。周围没有聚集的人群，没有吵骂，反而觉着很不习惯。这里好似穷乡僻壤，生活落在了历史后面，赶不上潮流。它还远远没有达到首都那样的粗野蛮横。

车站掩映在白桦树丛中。到站时，车厢里已经发暗。轻轻摇曳的树冠洒下阴影，爬动在人们手上、脸上、月台洁净潮湿的黄沙地上。树顶禽鸟的鸣声，同绿树丛一样的清新。圆润清脆的啼啭，响遍整个林子。白桦丛中，有两条道路横切而过，一是铁路，一是乡间大道。低垂的白桦枝条，如同拂地的宽大衣袖，把两条路都遮蔽起来。

冬尼娅突然如梦初醒，一下子意识到了周围的一切：清脆的禽鸣、林中的静谧清新、充溢四周的恬静安宁。她脑海里本已准备好一句话：“我不相信我们能平安到达。你知道吗？你的那个斯特列尔尼科夫当着你的面可能宽宏大度，放了你走；但可以发来个电令，趁我们下车时一网打尽。亲爱的，我不相信他们的善，这全是幌子。”

不过她没说出这句话，见了周围迷人的景色，反倒脱口而出：“真美啊！”此外再也说不出什么，泪水涌上来，她放声大哭。

站长老头听到她的哭声，从房里走出来，迈着小碎步走到长椅前，恭敬地举手在红缨制帽的前檐致礼，然后问道：

“也许这位小姐需要点镇静药？车站药房里有。”

“没什么了不得。谢谢你。不需要了。”

“路上忙碌，担惊受怕，这是常有的事，很普遍。再加上像到了非洲似的炎热，此地是很少见的。还有尤里亚京出的事。”

“路过时从车里看到了大火。”

“我要是没猜错，你们大概从俄罗斯来吧？”

“从别洛卡缅来。”

“莫斯科人呀？那太太神经受不住就不奇怪了。听说莫斯科都打成平地了？”

“那是夸大。不过确实见识了不少。这是我女儿，这是女婿，这是他俩的孩子。这是我们家年轻的保姆，纽莎。”

“你们好，你们好！非常荣幸。我多少知道一点。萨姆杰维亚托夫从萨克马枢纽站打来个铁路电话说的：日瓦戈医生一家从莫斯科来，请您尽力协助。这位医生就是您喽？”

“不，日瓦戈医生是他，我的女婿；我干的是另一行，搞农业，农艺教授。”

“对不起，认错了，请原谅。认识你们非常高兴。”

“听您这么说，您认识萨姆杰维亚托夫？”

“怎么能不知道他，神通广大的人。我们的依靠，我们的活路。没有他，我们在这儿早就完蛋了。他说：请您尽力协助。我就说：遵命。就这么许了愿。是要用马，还是帮点别的忙？你们打算去哪儿？”

“我们要去瓦雷基诺。那离这很远吗？”

“去瓦雷基诺？怪不得我觉着您女儿非常像一个人。原来你们去瓦雷基诺！这一下子全明白了。要知道这条铁路是我和伊万·埃内斯托维奇一起修的。我马上想办法去找车。我唤个人来，弄一辆马车。多纳特！多纳特！你先把东西搬到旅客候车室。怎么能弄来匹马？你跑一趟，去茶馆问问行不行。好像巴克斯清早在这儿来着。你打听一下，兴许还没走。你就说要拉四个人，东西差不多没什么。是从外地新来的。快点去吧。对您呢，太太，我算个长辈要劝你一句。我是有意不问您和伊万·埃内斯托维奇有多密切的血缘关系，在这一点上您要多加小心。可别对谁都推心置腹。现在是什么时候，您自己要明白吧！”

提到巴克斯的名字，来人奇怪地互换一下眼色。他们都还记得故去的安娜·伊万诺夫娜讲的那个神话般的铁匠，他用铁给自己打出全套永远不坏的内脏，以及地方上别的不足信的故事传说。

八

拉车的是匹产了驹的白牝马，赶车的是个扇风耳、大毛脸、雪白头的老人。他浑身上下由于各种原因全是白色的。新织的树皮鞋还没来得及穿黑，裤子和衬衫穿久了已经褪色变白。

白牝马身后跟着匹漆黑如夜的小马驹，高高抬着那还未长硬的软骨腿，头上是一卷卷的小毛，整个像是手工刻出的玩具。

马车在沟坎上颠簸，乘客手抓车沿免得摔下去。他们心境平和。梦想正在实现，他们越来越接近目的地。晴明佳日的傍晚时分，是那么慷慨大方，迟迟不急逝去。

沿途一会儿穿过树林，一会儿上了露天的空旷地。在林子里，车子碰上粗木棍一颠，车上的人就全撞到一起，他们佝偻着，蹙起眉头挤作一团。一入开阔地，旷野仿佛满心欢喜地自动摘下帽子，于是旅客也舒展身子，坐得宽松些，不断抖动脑袋。

这里地处山区。山形总是各异其面。远方群山雄踞傲立，影影绰绰一片，默默地俯视着车上旅人。喜人的淡红光芒，在田野上追逐着旅人，给他们安宁和希望。

一切都使他们惬意，一切都令他们惊讶。而最甚者，莫过于赶车怪老头喋喋不休的闲话了。在他的话里，已然消亡的古俄罗斯字词的遗迹、鞑靼用语、地方话特征，同他本人莫名其妙的杜撰混杂到了一起。

每当马驹落到后面，白马便停下来等它。马驹用自由随便的跳跃，啪啪响着平稳地赶上来，然后迈出长腿怯怯地靠近大车，直起长脖子把小头伸过车辕去吮母乳。

"我还是弄不明白，"冬尼娅颠得牙齿发响，一字一停地问丈夫，害怕猛然一震会咬破舌头。"这难道能是妈妈讲过的那个巴克斯吗？你记得讲的那些乱七八糟的事吗？有个铁匠，殴斗时肠子给人打出来了，他给自己又做了副新的。一句话，铁匠巴克斯是个铁肚肠。我知道这全是胡编的童话，可当真是说的他吗？这难道真是那个人？"

"当然不是。第一，你自己就说这是胡编的民间传说；第二，据妈妈说，在她那时候这传说就有了一百年的历史。咱们干吗这么大声讲话？老头听见了要生气的。"

"他啥也听不见，耳背。就是听见也不明白咋回事，有点傻气。"

“哎，费多尔·涅费德奇！”不知为什么老人用个男人名字称呼牝马，他比旅客更清楚，这分明是匹母马。“瞧这热劲儿，真恨死人！”

他突然唱起一段民谣，是从前此地工厂里编的：

再见了，厂里的账房！
再见了，矿区的大院！
我吃腻了厂主的粮食，
一塘池水给我喝完。
岸边游动着天鹅，
分开了水面的漪涟。
不是酒劲叫我跌跌撞撞，
瓦夏给害得好个可怜。
可我不是傻瓜呀，玛莎！
玛莎，我可不再受骗！
我要进到谢里亚巴城里去，
奔辛捷久利哈找点活干。

“我的马儿呀，你忘了上帝！人们看看吧，这该死的东西。你抽它一鞭，它让你下车。费多尔呀涅费德奇，你啥时候上路？这片树林叫原始林，它可没头没尽。那里边农民聚众，驾——是绿林弟兄。费多尔·涅费德奇，怎么又停下了，你这鬼头。”

忽然，他转过身端详着冬尼娅说：

“年轻人，你怎么想？当我没瞧出你是谁家的？你可不难认呀，我一看就行了。我不说瞎话，真的认出来了！认出来了！我不敢相信自己这两颗珠子，活脱模样是克里格夫！（老人把眼睛叫珠子，把克吕格尔叫成克里格夫。）你说不定是他孙女吧？我还能认不得克里格夫呀？我在他那儿过了一辈子，一直到没了牙。什么活儿、什么职业全干过！当过坑木工，管过轧滚，住过马场。驾——走呀！又停了，缺腿的东西！这是冲你说呢，听见没有？

“你方才说这是哪一个巴克斯，就是那个铁匠吗？真有你的，小姐，眼神够机灵，可有点犯傻。你说的巴克斯，就是波斯塔诺戈夫，是那铁匠的外号，人叫铁肚肠波斯塔诺戈夫。他一百五十年前就入土了，进了棺材。我现在同他不一样，姓梅霍诺申。名字一样，同名不同姓，像他不是他。”

老人把他们已经从萨姆杰维亚托夫口里知道的米库利齐恩夫妇的情况，又一点点用自己的话讲了一遍。他叫那男的是米库利齐，女的是米库利齐娜。管现在的妻子，他称作后婚；讲到死去的“原配”则说那是个蜜甜女人，是白色的天使。当讲起游击队首领利韦里，听说他名声没传到莫斯科，首都没谁知道绿林弟兄，他觉得不可想象：

“没听说过？没听说绿林同志？这么说莫斯科长了耳朵干啥用？”

黄昏来临。旅客的身影越来越长，在马车前不停奔逐。如今沿路尽是宽阔的旷野。零零散散长着滨藜、飞廉、柳兰，高高的硬茎，顶上有孤零零的花束。落日余辉贴着地面从下方照上来，长茎就如骑手们在田间稀疏布下的不动的哨兵，黑影幢幢。

远远地在前方尽头处，平川贴上了横着隆起的高地。高地如一面墙阻在前面，墙下可以想象到有个峡谷或一条河流。那里的天穹好似围上了一个篱笆，乡间大道正好通到篱笆的入口。

高崖上显露出一座长形白色的单层房子。

“看见冈顶上面的高台了吧？”巴克斯问道。“你们说的那个米库利齐和米库利齐娜就在那里。底下是条冲沟，人们叫它舒基玛。”

从那个方向传来连续两声枪响，引起许多散落的回音。

“这是怎么回事？是游击队吧，老大爷？别是朝我们放的吧？”

“上帝保佑！哪是什么游击队。斯捷潘诺维奇在山沟里吓唬狼呢。”

九

他们同主人们初次见面，是在厂长住房的院落里。出现了一个令人难熬的场面，开始是冷场，而后是忙乱喧哗。

叶莲娜·普罗克洛夫娜傍晚到林中散步刚回到院里。晚照追着她的背影，穿过了整个林子，从一棵树旁移到另一棵树旁，树也染成了同她的浓发一样的金黄色。她穿着夏衣，很单薄；满脸绯红，正用手帕擦着走热了的面颊。敞开的前颈上套了条松紧带，连着背后的草帽。

迎面向她走来的，是手持猎枪的丈夫，刚从深谷里上来，准备马上擦清冒了烟的枪筒，因为卸子弹时发现了毛病。

突然，在石子铺的大门入口，一片嘈杂声里巴克斯飞快地驱车送来了自己的礼物。

亚历山大·亚历山大罗维奇迅速同所有的人下了车，开始说明来意。他讲得结结巴巴，一会儿摘下帽子，一会儿又戴上。

有那么一刻，不知所措的主人真的呆若木鸡，而可怜的来客羞得满面通红，同样真的不知如何是好。这个局面，不仅当事者，就连巴克斯、纽莎、萨沙都不言自明。感到难堪的恐怕还有牝马和小狗、金黄色的阳光和盘旋在叶莲娜·普罗克洛夫娜周围不时落到她脸上颈上的草蚊。

"我不明白，"阿韦尔基·米库利齐恩终于打破沉默说，"我不明白，根本不明白，永远也不会明白。我们这儿是南方怎么着？有白军？是产粮区？干吗偏选中我们这里？为什么鬼使神差，把你们送到这来了？"

"真有意思，你们想过没有，阿韦尔基·斯捷潘诺维奇要担多大责任？"

"叶莲娜，你别打岔。的确如此，她说得一点不错。你们想过没有，这对我是多大的负担？"

"我的上帝！你们没明白我们的意思。我们求什么呢？极其有限嘛。丝毫不想打搅你们，不想破坏你们的安宁。只求在这空旷的破房里占个角落，在菜园里占那么一丁点闲置不种的土地，没人见的时候从林子里拉车劈柴。这难道算得了很多，算得了奢求吗？"

"是呀。可世界大得很，为啥非找我们？为什么这面子偏赏给我们，而不是别人？"

"我们知道您，想来您也听到了我们的情况。我们对您可不是外人，您对我们也不是外人。”

“啊，那是因为克吕格尔吗？因为你们是他的亲人吗？在现在这种年头，你怎么敢公开承认这些情况呢？”

米库利齐恩五官端正，头发向后梳着，走路迈着稳重的大步，夏天穿件斜领衬衫，腰间绦带上挂了把小刷子。这种人古代是当水上强盗，到了现代便成为一种终身的大学生，或一种幻想型教书人。

米库利齐恩把自己的青春献给了解放运动和革命，他只是担心自己活不到革命的一天，或者革命爆发后过于温和而满足不了他那激进而血腥的狂热。现在革命来到了，把他最大胆的设想也弄得底朝天，但他天生一贯地喜爱工人，在“圣山巨人”厂子里率先建立了工厂委员会，建立了工人监督，结果落了空，一事不成，镇上工人都跑散了（一部分是拥护孟什维克的），自己落个孤家寡人留在空荡无人的村里。眼前这件荒唐事，这不速之客——克吕格尔的余孽，他感到是命运对他的嘲弄，命运有意地恶作剧，于是他忍无可忍了。

“不，这太岂有此理了。无法想象。你们明白吗？你们给我造成多大的危险，使我落到什么处境。我大概真的发了疯。我不理解，根本不理解，永远不会理解。”

“真有意思，你们知道吗？就是没有你们，我们已经坐在火山口上啦。”

“叶莲娜，你等等。我妻子说得不错。没你们来日子已经不好过了。猪狗的生活，像住疯人院。整天像夹在两堆烈火中间，看不到出路。一些人百般非难，因为我儿子是赤色的布尔什维克，受人民爱戴的人。又有一些人不高兴把我选进了立法会议。谁都不满意，你就受着吧。这会儿又来了你们。实在不愿意替你们去挨枪子。”

“您说的什么呀！快冷静一下吧！上帝保佑！”

过了不一会儿，米库利齐恩怒气变为善意，说：

“行啦，在院子里吼叫上一通也就可以了。到屋里再喊吧。往后我看没什么好，不过到底怎样，还猜不透。我们可不是土耳其大兵，不是异教徒，不会把你们赶到林子里去喂给虎狼吃的。叶莲娜，我想最好请他们到棕榈树那屋去，在书房隔壁。到那再商量把他们往哪安排。我想在园子里找个地方给他们住。请进屋去。巴克斯，把东西搬进来，帮帮客人的忙。”

巴克斯照吩咐去做时，只听他连声叹息：

“天哪！行李像云游僧带的，不过几个布包，连一只皮箱都没有！”

十

入夜渐凉。来客梳洗完毕，女人们在腾出的房间里安排过夜。萨沙下意识地习惯了大人兴致勃勃听他讲孩子话，所以顺着大人的意思聒噪不绝，结果却大失所望。今天他的唠叨并不成功，没有谁理睬他，离家时没带上小黑马驹，心里很不自在，因此当大人呵斥两句让他安静点，他就哇哇大哭起来，害怕把他当成不合格的坏孩子送回儿童商店里去，因为他总以为自己是生在儿童商店、后来被父母抱到家中的。他用高声哭叫向周围人们表示自己真诚的恐惧，但他这可爱的糊涂想法，没有产生通常的效用。大人们在外人家里感到拘束，行动显得匆忙，只知不声不响地干自己的事。萨沙赌了气，用保姆的话说是变蔫了。大人喂他吃完饭，好不容易哄着睡下，最后总算沉沉入梦。米库利齐恩家的乌斯吉尼娅，带纽莎去吃晚饭，领她熟悉房里的一些秘密。冬尼娅和男人们，被请去进晚茶。

亚历山大·亚历山大罗维奇和日瓦戈，打招呼说出去一下，便来到房门檐下，吸口新鲜空气。

“这么多星星！”亚历山大·亚历山大罗维奇说。

夜已黑了。丈人和女婿站在檐下相距两步，便看不见对方。从房子后窗口，射出一束电灯光，落到冲沟里。光柱中雾蒙蒙的，是潮湿阴冷的草丛、树木和其他东西。这束亮光没照到谈话人身上，反而衬得他们周围更加墨黑。

“明天一早就去看看他答应给我们的耳房，要能住人，马上动手修一修。修房的工夫，地也就解冻了。那时要不失时机地翻耕打埂。我听着，他话里好像有意给我们些土豆种。也许是我听错了？”

“是答应了，是答应了，还给别的种籽，我亲耳听到的。他许给咱们的那个角落，咱们穿过花园时已经看见了。你知道在哪儿吗？是在正房后一片荨麻地中间。耳房是木头的，正房是石砌的。我在马车上指给你看过，还记得吗？我想就在那里打埂，照我看那是块花坛用地。反正从远处我感觉是这样，也许我猜错了。小路得让开，不能耕，花坛底下一定有不少厩肥和腐土。”

“明天看看吧。我不敢说。那块地大概杂草丛生，硬得像石头。庄园里应该有菜田的，也许还在，但闲着没种。这一切明天就能弄清楚了。这里清早必定还有霜冻，夜里会冷的。咱们已经到了这里，到达目的地，这真够幸运了！这事值得咱们相互祝贺一番。这里很好，我挺喜欢。”

“人也非常好。特别是他本人。女人有点装腔作势。她好像对自己有什么不满意，自己身上有什么不称心的地方。因此就没完没了地叨唠，故作傻态。她像是急着要转移人们对她外表的注意，以免对她产生不好的印象。草帽不摘挂在背上，这也不会是马虎忘记了。这样倒真的很配她的脸型。”

“咱们进屋吧，在这呆得太久了，不太好意思。”

亮着灯的厨房里，围着吊灯下的圆桌，主人们和冬尼娅守着茶炊在喝茶。翁婿两人去厨房，穿过了漆黑的厂长办公室。

办公室整个一面墙是个宽大窗子，镶了一整块玻璃，窗户临着谷地。日瓦戈在天没黑时就已发现，凭窗可以眺望谷地对面的远方和巴克斯拉着他们驶过的平川。靠窗户摆了一张长度齐墙的宽大的设计台或是制图台。桌面上横放一支猎枪，左右两边都空着，越发显得台桌宽敞。

此时日瓦戈走过办公室，又一次羡慕地瞥了一眼景致开阔的窗子、宽大舒适的台桌、布置得当的宽敞房间。两人进了厨房走近餐桌时，这个印象首先化作了惊叹，由日瓦戈对主人脱口说出：

“你们这地方太好了。还有您的办公室也极好，吸引人工作，鼓舞人的精神。”

“您用水杯还是茶杯？茶喜欢淡的还是浓的？”

“你看，尤拉，米库利齐恩的儿子小时候做的立体镜多好啊。”

“他到现在也没长大，没变得老练，虽然为苏维埃政权从科穆奇手里夺下一个又一个省份。”米库利齐恩说。

“你说从谁手里？”

“科穆奇。”

“这是谁呀？”

“这是西伯利亚政府的军队，主张恢复立法会议的权力。”

“我们这一天里不断地听人夸奖你们的孩子。你们完全有理由为他感到骄傲。”

“这是乌拉尔景致，是立体照片，也是他拍的，用的是他自己做的镜头。”

“这饼里放的是糖精吗？好吃极了。”

“您说哪去了。这种偏僻地方还能有糖精呀？弄不到！这是纯糖。我不是从糖罐里舀给您的嘛。您没注意吧？”

“真的没注意。我看照片来着。茶叶大概也是原茶吧？”

“带茶花的。自然是原茶。”

“哪儿弄来的？”

“送上门来的。一个熟人。很现代的活动家，思想非常左倾，是省经济人民委员会的正式代表。从我们这儿拉木材进城，借熟人关系给我们带来点米、肉、面粉。西韦尔卡（她这样叫自己丈夫阿韦尔基），西韦尔卡，把糖罐给我推过来。好，现在请您回答，格里博耶多夫是哪年死的？”

“好像是一七九五年生人，什么时候被人打死我记不清了。”

“再来杯茶？”

“不要了，谢谢。”

“现在有这么个问题。请你们说一说，什么时候，在哪些国家之间签订的《奈梅亨和约》？”

“叶莲娜，别折磨人了，让他们休息一下吧，路上累了。”

“现在还有个有趣的问题。你们列举一下放大镜都有哪些种类，在什么条件下能获得真相、变相、实相和虚相？”

“您哪里来的这些物理学问？”

“我们尤里亚京这地方有过一个高明的数学家，在两所中学里教过书，男生中学和我们学校。他讲得真好，棒极了。没人比得了。常常是把东西嚼烂了放到学生嘴里。他姓安季波夫，娶了当地的一个女老师。女孩子们都迷恋他，爱得发狂。后来自愿上前线再也没回来，给打死了。人们爱说，斯特列尔尼科夫政委、我们的神剑和上帝的执刑官，就是安季波夫再世。这当然是一种童话。两人也不像。可话说回来，谁知是怎么回事。什么事都会有。再喝一杯吧。”

第九章　瓦雷基诺

一

冬天空闲时间多了，日瓦戈开始写各种札记。他记道：

美好的夏日何以褒扬，
不错确是神奇的时光；
我要问怎来的赐与，
无缘无由竟如此大方。

披星戴月为自己和家庭劳动，修筑房屋，耕作土地，以求温饱；模仿创造宇宙的上帝，像鲁宾逊那样创造一个自己的世界，又像母亲那样一次再次赐给自己新生——这是多么幸福呀！

当你的手在活动、在劳作、在干杂活儿或是木工；当你给自己定出体力可行的合理任务，从而获得成功和喜悦；当你一连六个小时在露天里用斧头削个什么东西或者挖土，享受着清新的空气——每当此时，有多少念头纷呈在你脑海里，有多少新意重重涌来。这些思想、发现、反复，没有记到纸上而一闪即逝，但这并不是损失而是收益。城里的隐居者啊，你用浓黑的咖啡或是烈烟来支撑颓废的神经和想象，你哪里知道最强大的麻醉剂，在于真实的穷困和健全的体魄。

我到此为止，不再发挥了，不想鼓吹托尔斯泰的平民化和归向土地；我不想对土地问题上的社会主义加添自己的修正；我只是确认事实，却无意把我们偶然的厄运概括成为体系。要从我们这个实例引出结论，是会有争议的，不相宜的。我们如今的家业，内容过于纷杂；只有其中一小部分，即储备起来的蔬菜和土豆，可以算作我们双手劳动的结果。其余的一切，是靠了别的来源。

我们使用土地是不合法的，擅自隐蔽地耕作而没有纳入国家的统计之内。我们伐木，是一种不可饶恕的盗窃行为，因为偷的是国家（以前属于克吕格尔）的财富。我们所以得到庇护，是由于米库利齐恩的纵容；他的生活来源大体上也是如此。我们侥幸无事，是因为离城很远，幸亏城里还不知道我们的所作所为。

我放弃了医学，避而不谈自己是医生，免得招来不自由。可是总有好心人远在天边也打听到了瓦雷基诺来了个医生，从三十里外跑到这儿求医，有的抱着母鸡，有的带着鸡蛋，有的送来黄油以及别的东西。不管我怎么谢绝酬报也休想推掉，因为人们不相信无酬白得的医病方子能有什么效力。就这样，行医也给我添点收入，但我们和米库利齐恩家主要的支柱还是萨姆杰维亚托夫。

真难理解，这人怎能把如此对立的东西集于一身。他真诚地拥护革命，尤里亚京市苏维埃给予他的信任，他完全受之无愧。他有强大的授权，可以征调瓦雷基诺的木材，甚至不需要对我们和米库利齐恩打招呼，我们也丝毫不会介意。从另一方面说，他要想贪污公款，真是不费吹灰之力；不管拿什么、拿多少，谁也不会说个不字。没有人同他平分秋色，他不需要打点任何人。那他为什么要关心我们，帮助米库利齐恩一家，支持着这里所有的人，比如泥炭车站的站长？他总在奔波，带这个东西那个东西，又同样眉飞色舞地分析讲解陀思妥耶夫斯基的《群魔》和《共产党宣言》。我有种印象，倘若他不这样显然无谓地给自己的生活找这类麻烦，他就要寂寞地死去。

二

过不久日瓦戈医生又记道：

我们定居在老爷旧宅的后房里，是两间木板屋。安娜·伊万诺夫娜小的时候，这房间是克吕格尔给贴身家仆、家庭裁缝、女管家、上年纪保姆住的。

房子已很破旧。我们相当迅速地修复了它。靠了懂行人的帮助，我们把通过两间屋的火炉烟道重新盘过，如今加了几个拐脖，保暖要好多了。

在花园的这一角里，过去布局的痕迹已不复存在，新种的植物掩盖了一切。可现在是冬天，周围一片肃杀萧条，活着的东西掩饰不了已死东西的陈迹，旧时留下的特征经雪一装点，反更显眼。

我们算是幸运。今秋干燥暖和。土豆在雨季和寒流来临之前，就全挖了出来。除去归还米库利齐恩的部分，我们收了二十多麻袋，全存入地下的主囤里，露出地面的囤口用牧草和破衣盖严。地窖里又存起了两木桶黄瓜，是冬尼娅腌的，还有两桶她做的酸白菜。新鲜的白菜散开晾到木桩上，两棵扎在一起。胡萝卜埋到了干燥的沙土内。这里还有足够多的新收的萝卜、甜菜、芜菁。地面上屋子里放着不少豌豆和大豆。柴棚里拉回来的劈柴，能烧到开春。冬天我喜欢闻地窖里的暖气；当冬季天还未亮时，你一手举着微弱欲灭的烛火，稍稍掀起地窖入口的小盖，马上有一种菜根混着土和雪的浓味扑鼻而来。

等你由板棚里出来，天光还未发亮。门吱呀一响，或你不小心打个喷嚏，或是脚踩得雪地出声，远处菜田里冒出雪地的白菜根后，便会跃出一些白兔四散而逃；四周雪地上横七竖八全是它们大步蹿跳的足迹。周围此起彼伏地响着长久不停的狗吠。鸡已叫了三遍，现在听不到它们的声音了。天色开始放亮。

一望无际的雪原上，除了野兔的足迹外，还有猞猁的脚印，一窝连着一窝，整齐得像穿线的针脚。猞猁走路像只猫，后爪跟着前爪，据说就这样一夜能走出几十里路。

这里下夹子捕猞猁。有时可怜的灰兔落网，从夹子上取下时已经被雪半掩，冻僵冻硬了。

起初，春夏时节，我们感到很苦，常常是筋疲力尽。现在到了冬日傍晚，我们得以休息了。多亏萨姆杰维亚托夫供给我们煤油，我们围坐在煤油灯旁。女人们缝衣或者编织，我或是亚历山大·亚历山大罗维奇大声诵读。炉里生着火，我这个早被公认的司炉工，负责及时关好风门保住热气。如果有块没着完的木头妨碍燃烧，我就把它夹出来，还带着烟，夹到房外远远扔到雪地里。木头溅着火星，如点燃的火炬在空中飞过，照亮了黑暗中沉睡的花园以及许多四方形白色水坑，落到雪地上嘶嘶叫着熄灭了。

我们没完没了地读《战争与和平》、《欧根·奥涅金》以及所有的长诗，读俄文版的司汤达的《红与黑》、狄更斯的《双城记》、克莱斯特[①]的短篇小说。

三

春天将至时日瓦戈医生记道：

我感到冬尼娅有了身孕，就对她说了。她不同意我的揣

① 海因利希·冯·克莱斯特（Heinrich von Kleist，1777—1811），德国剧作家、小说家。

测，我却深信不疑。在肯定无疑的征兆出现之前，一些先期不大明显的迹象也是瞒不过我的。

妻子的脸上起了变化。倒不能说是变丑了。可过去完全在她把握之中的外表仪容，如今却不肯听她的了。她被将要从她身上出世而不再属于她自己的未来物所控制。女人面容失去自身的控制，表现为生理上的惶惑；这时脸上要失去光泽，皮肤变粗，眼睛流露着不由她自主的异样的光彩。她仿佛无力顾及而把一切全荒废了。

我和冬尼娅从来没有相互疏远过，这一年的劳动尤其使我们形影不离。我观察到冬尼娅十分机灵、有劲、不知疲倦，非常有计算地安排活茬，干完一件不失时机地接着干另一件。

我一向认为，任何一次妊娠都无可非议；这一与圣母有关的教义，反映了普遍的母爱思想。

每个正在生产的女人，都有着孤独、漠然、淡泊的神态。而男人在这至关重要的瞬间，却无所事事，仿佛他绝未参与其中，一切全是从天而降。

女人自己生出后代，自己抱婴儿到安静的去处，把摇篮摆在安全地方。她默默地、温顺地自己哺育培养孩子。

圣母说："向你的儿子和你的上帝多作祈祷吧！"她的口中说出了赞美诗的一些段落："我的灵魂为孩子、为我的救星高兴。看到自己奴隶的驯顺，上帝从此会保佑所有的妊娠。"她这是讲自己的婴儿。这婴儿会使她获得颂扬（"他给我创造出伟大"），他是她的光荣。每个女人都能够说这句话。她的上帝就在孩子身上。伟大人物的母亲，应该熟悉这种感受。而所有的母亲，绝无例外地都是伟大人物的母亲。倘若后来的生活欺骗了她们，那不是她们的过错。

四

我们反复地诵读《欧根·奥涅金》和一些长诗。昨天萨姆杰维亚托夫来了，带来不少礼品。大家尝着美味，满面春风。论起艺术来，谈个没完。

很早以来我就有这么一种看法：艺术并不是包容无数概念和纷纭现象的整个方面或整个领域；恰恰相反，艺术是一种狭小而集中的东西，是对文学作品中某一要素的称呼，是作品体现的某种力量或某一真理的名称。所以我从未认为艺术是形式的对象、形式的方面；它更多地属于内容的一部分，隐蔽而又神秘的一部分。这一切对我来说都是明明白白的，我有着深切的体会，可是如何表现和表述这一思想呢？

作品是以其许多方面诉诸读者的，如主题、见解、情节、人物。但最主要的是存在于作品中的艺术。《罪与罚》里存在的艺术，较之其中拉斯科尔尼科夫的罪行，更为惊人。

原始的艺术、埃及艺术、希腊艺术、我国的艺术——这些在千万年间大概都曾是同一种东西，后来也流传为一种统一的艺术。它是关于生活的某种思考、某种肯定；由于它表现无所不包的广阔含义，不能把它分解为一些孤立的词语。当这一力量的一小部分进入某一作品较为复杂的混合体中时，艺术要素的意义就会超过其余一切要素的意义，从而成为所描绘内容的本质、灵魂、基础。

五

有些着凉，咳嗽，大概还有低烧。一整天嗓子眼像有东西堵着，喘不上气来。我的情况不妙。这是大动脉的毛病。是受到遗传的最初的兆头，可怜的妈妈一生患有心脏病。真是如此吗？竟是这么早吗？要真这样，我在人世是活不长的了。

房间里积了点煤气。有股熨衣服的味道。一边熨一边从没烧旺的火炉里夹出冒火苗的煤块，填进熨斗里，熨斗盖儿像咬牙似的咯咯作响。这引起我一些回忆，但记不起是回忆什么了。身体不适，连记忆力也不行了。

萨姆杰维亚托夫带回了上等肥皂，大家一高兴搞起了大扫除，所以，萨沙两天没人照看。我写这些的时候，他正钻到桌子底下，坐在桌腿之间的横板上，学着萨姆杰维亚托夫的样子，好像用雪橇拉着我走；萨姆杰维亚托夫每趟回来，总要用雪橇拉他去玩。

我病一好，应该去市里一次，去读点地方志和历史书。听人说这里有个极好的市图书馆，是几个富翁捐助办的。很想写点东西，要抓紧。一转眼便到春天啦。到那时就顾不上读书和写东西了。

头痛加剧。睡得不好。做了一个杂乱无章的梦。这种梦一醒来马上就会忘记。梦全飞出了脑海，意识里只留下了惊醒的原因。是我心里的一个女人声音，响彻了梦境的周围，终于把我吵醒。我记住了这个声音，当回忆它的时候，遍数我认得的女人，想找出这发自胸腔的低微柔润的声音属于何人，可谁也没有这种声音。我心想，可能我同冬尼娅习惯成自然，才听不出她的声音。我迫使自己忘记她是我的妻子，把她的音容笑貌推到能如实分辨的远处。结果，那个声音仍然不是她。就这样到了没有弄个清楚。

顺便谈谈梦。一般认为梦是日里所想，是白天清醒时给人留下深刻印象的东西。我的观察所得，恰恰相反。

我不止一次发现，正是白日初露端倪的东西，未全清晰的思想，无心说出又未被注意的话，夜里获得了充实的血肉复又来临，变成了梦呓的主题，像对日间的冷淡进行报复似的。

六

明彻的寒夜。眼前的一切异常清晰，浑然融成一体。大地、空气、弯月、星斗，被寒意凝结起来。花园的林荫路旁，落下一排分明的树影，仿佛是镂刻出来的一般。又总觉得有些黑影在各处横穿小径。硕大的星斗如蓝色云母灯，在林中树杈的空隙里悬挂着。小星则似夏野的甘菊，遍布夜空。

每到傍晚，都要继续普希金的话题。大家分析第一卷里皇村中学诗作的格律。的确有许多的因素取决于选用怎样的诗格。

在长诗行的小诗里，最能体现少年壮志的是阿尔扎马斯①时期的诗作。他立志绝不落后于先辈，为哄骗叔父假编神话，故作华丽，装得堕落享乐而又思想早熟。

但很快这位年轻人就从摹仿奥西昂或帕尔尼，从写《皇村回忆》转向写短诗行的作品《小城》，或《致姊妹》，或后来作于基希涅夫的《致我的墨水瓶》，或者转为《致尤京》的节奏。这样，未来的普希金便在这个青年身上完全觉醒了。

阳光和空气、生活的喧闹、物象和实质，如穿户入室一般涌进他的诗中。外部世界的景物、生活器物、各种名词，摩肩接踵地抢占诗行，于是便把意义较虚的词类排挤了出去。物象、物象，还是物象，排列出了诗的韵脚。

正是这种后来闻名于世的普希金四步诗，仿佛成了衡量俄国生活的某种单位，成了俄国生活的长短尺寸，好像是照着整个俄罗斯生活拓下来的尺寸，犹如做靴子画脚样，或是照手掌大小决定买手套的号码。

后来也是这样，俄罗斯人民讲话的节奏，他的口语语调，通过涅克拉索夫三音节的变格和涅克拉索夫扬抑抑格，在节奏延续的长短中得到了体现。

---

① 指阿尔扎马斯社，1815—1818 年间彼得堡的文学团体。

七

多么想在承担公务、干农活或行医的同时，酝酿出一点其他有分量的东西，写成一部学术著作或文学作品呀。

每个人生来都是要做浮士德的，以便能拥抱一切，体验一切，表现一切。促使浮士德当科学家的，是前人和同代人的谬误。科学中的进步，是靠排斥律获得的，从批驳现有的谬见和错误理论开始。

促使浮士德当艺术家的，是老师的诱人的范例。艺术中的进步，是靠吸引律获得的，从模仿、效法、崇拜心爱的东西开始。

是什么东西妨碍我担任公职、治病、写作呢？我想不是困苦和漂泊，不是动荡和频繁的变化；而是在我们今天得到广泛流行并占据统治地位的空洞夸张的风气，诸如：未来的霞光，建设新世界，人类的灯塔。听到这些话，开初感到想象力多么开阔，多么丰富。可事实上追求辞藻正因为平庸无才。

只有普通的东西经过天才之手，才会变得神奇。这方面最好的例子便数普希金。他是何等热烈地讴歌诚实的劳动、义务、日常的习俗！如今我们这里称小市民已有谴责之意。这种贬义早在《家谱》一诗中便出现了：

我是小市民，我是小市民。

《奥涅金的旅行》里又有：

而今我的理想——家庭主妇，
我的愿望——是平静，
再加肉汤，最好要大盆。

在俄罗斯全部气质中，我现在最喜爱普希金和契诃夫的稚气，他们那种腼腆的天真；喜欢他们不为人类最终目的和自己的心灵得救这类高调而忧心忡忡。这一切他们本人是很明白的，可他们哪里会如此不谦虚地说出来呢？他们既顾不上这个，这也不是他们该干的事。果戈理、托尔斯泰、陀思妥耶夫斯基对死做过准备，心里有过不安，曾经探索过深义并总结过这种探索的结果。而前面谈到的两位作家，却终生把自己美好的才赋用于现实的细事上，在现实细事的交替中不知不觉度完了一生。他们的一生也是与任何人无关的个人的一生。而今，这人生变成为公众的大事，它好像从树上摘下的八成熟的苹果，逐渐充实美味和价值，在继承中独自达到成熟。

八

出现了春天的先兆，开始解冻。空气里飘着煎油饼味和伏特加酒气，像过谢肉节似的。这里恰是一语双关，谢肉节一词又有油腻腻的意思。森林里的太阳，半睡着眯起油腻腻的眼睛；林子也半睡着竖起针叶般的睫毛；水坑在正午闪着油腻腻的光。大自然打哈欠，伸懒腰，翻了个身又睡着了。

《欧根·奥涅金》的第七章里，写到春天、奥涅金走后空荡荡的老爷家宅、山下水边的连斯基坟墓。

还有夜莺这春色的情人，
通宵唱着。一片野玫瑰的芳芬。

为什么用“情人”？一般说来，这比喻是自然贴切的。确实是情人。此外，正好和“芳芬”凑上韵脚。但这里的声音形象是否也套用了英雄传说里的“夜莺强人”呢？

在英雄传说里，这个夜莺强盗叫奥基赫曼之子。对他的描绘非常精彩：

一听他呀夜莺的啼啭，
一听他呀野兽的凄厉，
茂密的青草纷纷倒下，
浅蓝的花朵簌簌落去，
黑树林也俯首弯腰，
所有人都陈尸大地。

我们抵达瓦雷基诺，时值早春。没过多久，稠李、赤杨、榛林等全变绿了，特别是在米库利齐恩窗下的谷地舒基玛里。又过了几夜，夜莺就放开了歌喉。

我仿佛第一次听夜莺歌唱，惊讶它的叫声何以会同其他禽鸣分得那么清楚，大自然何以不经过渡一下子跳跃到这样丰富而特异的啼啭。它的不断变换的曲调是如此多样，它的清晰而四方远扬的声音是如此有力！屠格涅夫曾在某处描写过这种哨音、树精的笛声、百灵断断续续的叫声。特别突出的是两种啼叫，一是急促贪婪而且华丽的啾——啾——啾，有时一连三声，有时没有准数。披着露水的灌木丛，呼应般地摇晃一下，又像被人搔痒似的卖弄地颤抖一阵。另一种啼声分成两个音节，像诚挚的呼唤，像乞怜，像要求或告诫："醒醒——醒醒——醒醒！"

九

已是春天。我们在备耕。没有时间再记日记。写点这样的笔记是很快乐的。那只好等到冬天再续写了。

前几天，这回真是在谢肉节里，一个生病的农民坐着雪橇，穿过泥泞进了院子。自然我拒绝接待。"对不起，亲爱的，我不干这个了。既没有足够的药品，又没有必要的设备。"可哪里推脱得了。"帮帮忙吧。皮肤上长东西。求你行行好。身上有病呀。"

有什么办法呢？人非草木，孰能无情？我决定收下他。"脱衣服吧。"我给他检查。"你得的是狼疮。"我一边检查，一边斜眼望望窗台上一大玻璃瓶石炭酸（上帝呀，可别问我是从哪里弄来的，还有些别的最需要的东西！这一切都靠了萨姆杰维亚托夫）。我一看，另一辆雪橇朝院子奔来，开初我觉得是个新病人。可突然而来的是弟弟叶夫格拉夫。有一阵工夫，他同家里人冬尼娅、萨沙、亚历山大·亚历山大罗维奇在一起。后来我空下来，也参加进去。大家开始问这问那：怎么来的，从哪儿来的？他同往常一样躲躲闪闪，不正面回答，只是微笑，令人感到神奇莫测。

他在这客居了大约两星期，经常去尤里亚京，后来忽然销声匿迹，不知去向。这段时间里我已看出他比萨姆杰维亚托夫更有影响；而他干的事和交往的关系，则更令人不解。他本人的来历如何？哪来的这么大神通？他是干什么事的？他在走之前曾许诺减轻我们的家务，好让冬尼娅有工夫教育萨沙，让我有时间行医和弄文学，我们打听他为此打算做点什么，又是笑而不答。但他没有骗人。有些迹象说明，我们的生活条件的确会有变化。

真叫人奇怪！他是我的异母兄弟，同我一个姓。而我对他的了解，其实不如对所有其他人的了解。

这已是他第二次闯入我的生活，充当善心的天神，充当解决一切难题的庇护者。或许，每个人一生中除了出场的人物之外，还需要有一种看不见的秘密力量存在，一种不召自来的几乎是象征性人物的存在。在我的一生中，起着这一隐蔽施恩者作用的，就是我的弟弟叶夫格拉夫。

日瓦戈的札记到此结束。往后他没有继续写下去。

十

日瓦戈坐在尤里亚京市阅览室大厅里，浏览借出来的书籍。可容百人的多窗大厅，摆着几条长桌，靠窗一端的桌角很窄。天色一黑，阅览室就关闭。春季傍晚，城里不供电。不过日瓦戈本来就没呆到晚上，中饭时便离开城里了。他总是把米库利齐恩交给他用的那匹马留在萨姆杰维亚托夫家的旅店中，整个上午去读书，中午就骑马回瓦雷基诺的家。

在常来市图书馆之前，日瓦戈很少到尤里亚京市里。他没什么特别的事要进城办。医生对这个城市不很熟悉。所以当他眼见阅览厅里渐渐坐满尤里亚京市民，有的离他远些，有的就在身边，产生一种感觉，好像他是站在城里一个熙熙攘攘的路口，同城里人一个个结识；又好像不是城里读者汇集到大厅中，而是他们居住的街道和楼房聚向这里。

其实，现实中真正而非假想的尤里亚京市，透过阅览厅的窗子，也可尽收眼底。在中间最大的一扇窗外，摆着一桶白开水。读者休息时去楼道抽烟，围着水桶喝水，把杯里残水泼到涮洗缸里，聚在窗口欣赏市景。

读者有两种。一种是本地老住户中的知识分子，他们占多数；一种是普通市民。

第一类读者里，多数人穿着不富裕，不修边幅，已然沦落。其中有些人身体病弱，脸庞瘦削，皮肉松弛，原因有多种：或是饥饿所致，或是染上黄疸，或是由于水肿。他们是这里的常客，熟识图书馆的人员，来这里像回到了家。

来自市民的读者，面庞美丽而健康，穿戴整洁如同过节，走进大厅时像进教堂似的羞怯，却弄出很大声响，倒不是因为不懂规矩，是因为不会控制自己有力的脚步和嗓音，越不想出声音却越是弄出声音来。

窗子对面的墙壁凹进一块，里面摆了一个高台，台后高处有三个阅览室工作人员，一个老管理员，两名助手。一个助手气冲冲的，戴着毛围巾，一副夹鼻镜一会儿取下，一会儿戴上，看得出不是根据视力的需要，而是根据心绪的变化。另一个穿了件黑纱女衫，大概是胸部有病，因为手帕总不离开鼻和嘴，说话呼吸老捂着不放。

这几个图书馆职员，和那半数读者一样，脸面浮肿、瘦削、松弛；皮肤发蔫发松，土里掺绿，颜色活似腌黄瓜和灰苔。三个人轮番地干同样的事，低声给新读者解释借书办法，分检索书单，出借和收回图书，抽空还要编制什么年度报表。

说来奇怪，面对窗外真实的市容和坐在大厅里想象出的城市，他不禁思绪纷纷。加之这里人们似乎有着浮肿的共同特征，都像患了甲状腺病，日瓦戈不知怎的想起了他们抵达尤里亚京车站的那天清早看见的气鼓鼓的女扳道工，整个城市的景象，以及同他在车厢里席地而坐的萨姆杰维亚托夫，还有那人对这块地方的介绍。介绍的一些情况，还是在未到此处前很远的地方讲的。日瓦戈此刻却想把那天听到的情况，同现在身临其境的所闻所见联系起来。但他记不得萨姆杰维亚托夫提到的一些地名，所以也无从入手。

十一

日瓦戈坐在大厅的一角，周围堆着书刊。他面前放着地方行政的统计期刊，还有边区人种志方面的几篇著作。他打算再借两本有关普加乔夫生平的著作。但身穿纱衫的管理员，手帕紧捂着嘴低声说：一个人一次不能借出那么多，如果想借需要的研究著作，得先把手头的期刊资料还一部分回去。

因此日瓦戈更专心迅速地读起没接触过的书籍，以便选出最需要的东西，其他拿回去换他感兴趣的历史著述。他飞快地翻阅文献，浏览目录，神情专注，目不旁顾。大厅人多，并不妨碍他，不分他的心。他已把邻座的人们研究透了，不抬眼也好像看得见左右的邻居，并且感到在他离开之前周围不会换人，正好似窗外城里的教堂和大厦不会移动地方一样。

太阳没有驻脚。它不断移位，这会儿工夫从图书馆东面转过来，射到南面的窗子上，照得靠近南窗的人无法读书。

患伤风的那个女管理员，从桌后高台上下来，朝窗口走去。窗上半垂着打褶的白布帷幔，放下来可以使光线变得柔和宜人。她把所有窗帷全放开，只没动靠边那扇背阴的窗子，拽拽绳，把它上面的小气窗拉开，便接连打起喷嚏来。

等她打到十下或十一下，日瓦戈才猜到这是米库利齐恩的妻妹，是萨姆杰维亚托夫讲的东采夫家的一个姑娘。他随着其他读者抬头朝那边望去。

此刻他发现了大厅里的变化。大厅另一端出现了一位新读者。日瓦戈立即认出了拉拉·安季波娃。她背朝日瓦戈医生坐着，正同伤风的女管理员低声讲话，管理员朝拉拉·安季波娃俯下身去窃窃耳语。看来这番谈话对她起了良好的作用，她不仅一下子治愈了自己的伤风，还摆脱了神经上的紧张。管理员向拉拉·安季波娃投过热情感激的一瞥，从嘴上取下一直捂着的手帕揣进衣兜，回到自己座位上，一脸喜气，露着自信的微笑。

这个感人的小场面，被某些在座的人看在眼里。各个角落的人们都同情地望着拉拉·安季波娃，也都露出了笑意。凭着这点微不足道的迹象，日瓦戈断定这个城里的人们认识她，喜欢她。

十二

日瓦戈的第一个念头，是起身走过去看望拉拉·费奥多罗夫娜。可是接着一种不符合他性格、但在同她的交往中早已形成了的拘谨和不自然，又占了上风。他决定不去打搅她，也别中断了自己的工作。为了逃避不时朝她张望的诱惑，他把椅子侧过来，几乎是背对着读者埋头看书。他手里拿了本书，膝上又摊开了另一本书。

然而他的思绪却离他钻研的对象，相去不啻十万八千里。与学问毫不相关，他突然明白过来：那次在瓦雷基诺冬夜睡梦里听到的声音，正是拉拉·安季波娃的声音。这一发现使他大为惊异；他为了从座位上望见她，猛地把椅子挪回原状，惹得周围人们很奇怪。接着他便一直看着她。

他是从背后望到她半个侧面。她穿着浅色细格工作服，扎了条宽腰带，聚精会神地读着，像孩子似的朝右边歪着脑袋。偶尔她沉思起来，抬眼看看天花板，或者眯眼向前方凝视，然后复又一只手支案托腮，一只手握着铅笔大字疾书，从书中抄录些什么。

日瓦戈边观察边印证了自己在梅柳泽耶夫的老印象。他心想："她不想招人喜欢，不想显得美丽诱人。她鄙视女人这一天性，并且好像因为自己这么漂亮而自责。她自我敌视的倨傲神气，越发十倍地增添了妩媚。

"她的一举一动，都是那么可人。她读书的样子，完全不像人的高级活动，而像是一切动物无不能做的极简单的事。就仿佛她提一桶水，或是削土豆皮。"

医生这么寻思着，情绪就平静下来。心里展现出了一个难得见到的世界。脑子不再杂乱无章地东想西想。他不禁一笑。拉拉·安季波娃的出现，对他和那神经质的管理员，起到了同样的作用。

他不管椅子放得正不正，不顾周围干扰和分散注意力，又工作了一个到一个半小时，比拉拉·安季波娃来前更加全神贯注。他翻遍桌上小山般的一摞书，找出了最需要的东西，甚至顺便读完了新遇到的两篇主要文章。决定到此打住之后，他开始收拾去还书。此时他心里没有任何别的杂念。他坦然而绝无他意地想道，既然认真干完了工作，他有权利同善良的老朋友见上一面，这个欢悦是理所应得的。可当他站起来环视一下阅览室时，却没有找到拉拉·安季波娃，她已经不在了。

医生把大大小小的一摞书送到出纳台上，这时拉拉·安季波娃送还的书还摆在那里没有收走。这全是有关马克思主义的参考书。

看来她作为一个重新改换专业的旧教师，正在业余自修政治学科。

书里夹着拉拉写给图书目录室的索书单。纸片的一角露在外面。上面写着拉拉的住址，很容易看到。日瓦戈抄下来，可对奇怪的地名不胜惊讶：商人街，雕像楼对面。

日瓦戈一打听，马上了解到“雕像楼”在尤里亚京是个家喻户晓的名字，就好像莫斯科一些地方采用教区的名称，或者像在彼得堡人人都知道“五角地”一样。

这是一幢钢材般深灰色的楼房，雕有古希腊罗马的女神，手执鼓琴和面具，是个商人戏迷在上一世纪建造作为家庭戏院用的。商人后裔把房子卖给了商人参议会。商人街由参议会得名，房子就坐落在街角上。由此“雕像楼”成了这一片地方的名称。如今楼里驻有市党委会。在它倾斜下坠的墙壁上，过去贴着剧院和马戏团的节目广告，现在则是政府的法令和决定。

十三

五月初一个寒冷的风天。日瓦戈医生在城里办完事，到图书馆转了一下，突然改变原来的全部计划，跑去找拉拉。

风卷起一股股细沙和尘土，使他不得不一再停步。日瓦戈医生转过身子，眯起眼睛低了头，等灰土刮过去继续上路。

拉拉住在商人街和新斯瓦洛奇胡同的拐弯处，正对着背靠蓝天的黑乎乎的“雕像楼”。日瓦戈医生第一次看见这幢房子，它果然名不虚传，给人一种奇怪不安的印象。

楼房上缘整整一排全是一人半高的女神雕像。在两股遮天蔽日的大风之间，医生忽然感到清一色的女人从楼房里出来站在阳台上，俯身在栏杆上，望着他和这条商人街。

拉拉住处，有两个通路，一是从街上进入正门，一是从胡同走进后院。日瓦戈医生不知有前一条路，就顺着第二条路去找。

当他从胡同转进院门时，一阵风刮来，卷起整个院落里的尘灰和垃圾，遮住了院子。一群母鸡咕咕叫着从他脚下飞起，扑向黑色的风幛，它们身后有只公鸡在追逐不放。

等灰尘散去，日瓦戈看到拉拉正在井旁。风头来时，她已经打满两桶水，用扁担担到左肩上。她连忙蒙上头巾，怕弄脏了头发，在前额上扎了个结；双膝夹着被风鼓起的宽大的长衣襟，怕给风掀起来。她刚想挑水往家走，又停下了，一阵风过来吹掉了头巾，飘乱了头发；头巾飞到栅栏边母鸡咕咕叫的地方。

日瓦戈医生追上去捡起头巾，到井边递给慌乱的拉拉。她向来总保持从容自然，这时虽说又惊讶又惶惑，连叫也没叫一声。她只是脱口而出：

“日瓦戈！”

“拉拉·费奥多罗夫娜！”

“真想不到！真巧呀！”

“把桶放下，我来挑。”

“我从不半途而废，非做到底不可。您要是到我这儿来的，咱们走吧。”

“还能找谁呀？”

“那谁知道呢。”

“还是挪到我肩上吧。您干活时，我可闲不住。”

“这算什么活儿呀。不给您挑。您会溅到楼梯上。还是说说，哪股风把您给吹来啦？在这儿呆了一年多，就没工夫来看看？”

“您怎么知道的？”

“什么事传不开呀？再说我又在图书馆看见了您。”

“那为什么不喊我？”

“我不信您没看见我。”

拉拉挑着晃动的水桶，轻轻摆着走在前面，医生跟着走过了低矮的过道。这是底层阴暗的走廊。拉拉在这里迅速蹲下把桶放到地上，取下肩上的扁担，直起腰用不知哪里掏出来的小手帕擦手。

“走吧。我从楼里把您领到前门去，那儿亮些，您在那里等一会。我把水从后门提进去，收拾一下上面的屋子，换换衣服。您看看我们的楼梯，台阶是生铁的，还铸了花纹。从上往下，隔着楼梯什么都看得见。是幢老房子。轰击的时候给震了一下，是炮击。你看石头都裂开了，砖墙上有眼有缝。我和卡坚卡出去时，把房门钥匙藏在这个窟窿眼里，再塞上块砖头。您记好了。或许您什么时候来串门，遇上我不在，请您自己打开门进去，就像到家一样，别客气。过一会我就会回来。现在钥匙还在里面呢。不过我不需要，我从后面进屋，从里边把门打开。只有一点很糟糕，老鼠多。多极了，让你不得安生。房子太破，墙壁摇晃，到处是缝隙，能堵我就堵，同老鼠斗，可没什么效果。也许您什么时候来帮帮忙？咱们一起把地板和墙脚堵严实。好吗？您在楼梯口站一会，随便琢磨点什么。我不会让您久等，一会儿就喊您。”

在楼梯口等着的时候，日瓦戈医生打量起正门剥落的墙壁和楼梯上的生铁阶梯。他心想："在阅览室里，我把她读书那种聚精会神的劲头，比作干真正事业的激情和热情，比作体力劳动。相反也是如此，她挑水和读书一样，那么轻松，毫不费劲。她干什么都动作优美。仿佛她在童年就开始了生活的起跑；现在她的一举一动都借助这股冲劲，使她显得自然而轻巧。这可以从她弯腰时背部的曲线和她的一颦一笑中看出来——笑时口唇张大，下巴变圆；也可从她的思想和谈吐中见出。"

"日瓦戈！"从二层房门口传来拉拉的喊声。于是日瓦戈就拾级而上。

十四

"把手伸给我，小心点跟着我走。这有两间屋太黑，堆满了东西直到天花板。小心别撞上碰痛了。"

"真的像个迷宫。我自己可找不到路。这是怎么搞的？是修房子吗？"

"不，根本不是。不是因为这个。这套住宅是别人的，我都不知道是谁家的。我们有过一套，是公家的房子，在中学校的大楼里。后来尤里亚京苏维埃的房管处占了中学校舍，把我和女儿迁到这套被人丢下的住宅里，占住了一部分。这儿原来摆着旧主人的家具，很不少。我不需要别人的东西，就全堆到这两间里，把窗子刷上了白粉。别放开我的手，不然会走错路。对，就这样。往右拐。现在转出来了。这就是我的屋门，这儿就亮些了。小心门坎，别绊了脚。”

日瓦戈同引路的拉拉进了屋，对着门的墙上恰好开着一扇窗户。日瓦戈向窗外一望，不禁大为惊异。窗子朝院开，看到的是邻近楼房的后院和河岸上城郊的荒地。那里放牧着山羊和绵羊，它们的长绒毛好像展开的皮袄大襟，把地上的尘土卷了起来。此外，在荒地的两根木杆上，正冲着窗口竖着医生熟悉的一块牌子："莫罗和韦钦金。播种机、打谷机"。

受了这块广告牌的影响，日瓦戈开口就对拉拉讲起自己一家来乌拉尔的情况。他忘了听说过关于斯特列尔尼科夫很可能是她丈夫的谣传，不假思索地说了自己在车厢里同政委相遇的经过。他这一番话给拉拉留下了特别深刻的印象。

"您见到斯特列尔尼科夫了？"她马上反问。"我目前什么也先不对您讲。不过这太巧了，简直像注定你们要见面似的。等以后我找时间告诉您，您会惊异得大叫。要是我没理解错您的意思，他给您的印象不错而不是不好？"

"对，恐怕是这样。他本可以不见我的。我们经过受到他镇压和破坏的地区，我准备着见到一个暴虐的粗野军人，或是狂暴的革命者，结果哪样都不是。一个人出乎你的意料，不同于你先期的想象，这是好事。人一归结为某种类型，这人就完了，就是遭到了非议。要是不能把他归到哪一类里去，要是他不代表什么，那么要求于他的东西，他至少已有了一半。他从自我中得到了解放，他的极小部分已得以不朽。"

"据说他是非党人士。"

"对，我觉得是这样。他靠什么唤起人家的好感呢？这是个难逃厄运的人。我感到他不会有好下场。他得偿还自己造的孽。革命中无法无天的人之所以可怕，不在于他是恶人，而在于他是失去控制的机器，是脱了轨的火车。斯特列尔尼科夫就是这种发狂的人，不过他不是念书念疯的，而是被痛苦经历逼疯的。我不了解他的隐秘，可我相信他有自己的隐秘。他与布尔什维克的合作纯属偶然。暂时布尔什维克还需要他，就忍着他，能够同路。一旦没有这种需要，他们马上会毫不可惜地抛掉他，踩烂他，像对付在他之前的许多军事专家一样。”

“您这么以为吗？”

“必然如此。”

“那他有救吗？比如说不能逃跑吗？”

“往哪跑呀，拉拉·费奥多罗夫娜？从前沙皇时代可以逃跑。可现在你试试看。”

“遗憾。听您这么一讲，我对他倒产生了同情心。您变了。以前您说到革命，不这么激烈，不这么气愤。”

“问题就在于凡事总有个限度，拉拉·费奥多罗夫娜。经过这么一段时间，本该做出一定结果来了。可事实说明，对于革命的鼓吹者来说，变革的混乱是他们心里唯一喜爱的局面；他们可以不吃饭，但非得做出一点世界范围的动作。开辟天地，经历过渡时期——这就是他们的目的本身。任何其他的事，他们都不愿去学习，也什么都不会做。但您知道他们为什么无休无止地准备，忙得不可开交吗？是由于他们缺乏某些训练有素的人才，是由于他们平庸。人来到世上是要生活，而不是为生活做准备。而且生活本身，生活现象，生活的恩赐，都十分诱人却又非同小可。既然如此，干吗要用幼稚杜撰出来的蹩脚喜剧，去冒充生活呢？就像让契诃夫笔下天真无邪的人们出逃美洲这种荒唐的事儿。好了，说得够多了。现在该轮到我问问题了。我们坐火车靠近城区时，正是你们这儿发生事变的早晨。您当时是不是也受到很大惊动？”

“那还用说。自然喽！四周全是大火。我们自己差点儿没给烧死。我已经对您说过，住的楼房直摇晃。院门旁至今还有一颗没爆炸的炮弹。抢劫、扫射、一片混乱。和每次改朝换代一样。那个时候我们已经很有经验，习以为常啦，不是头一次嘛。白军在的时候更不得了。放冷枪报私仇，敲诈勒索，无法无天。最主要的我还没对您说。我们那位加利乌林，是捷克军里的了不得的人物，好像是个将军兼省长。”

“我知道。听说过。您见他了吗？”

“常常见他。我靠他帮助救了不少人的性命，也掩护了不少人。应该说句公道话。他的为人无懈可击，仗义，不同于任何小人物，什么哥萨克军的大尉呀、乡村警察呀等等。可当时逞威风的正是这些小官，而不是行为端正的人们。加利乌林给过我多方的帮助，这得谢谢他。要知道我们是老熟人。我还是小姑娘时，常常到他住的院子里去。那里住着许多铁路工人。我小时候亲眼看到了贫困和劳累。因此我对革命的态度和你不同。革命对我更亲切些，其中许多事我感到很贴心。谁料他突然成了上校，就是这个小男孩，看门人的儿子。后来竟当上白军的将军。我是从文职人员的环境里出来的，搞不清楚军衔。论职业我是个历史教员。情况就是如此，日瓦戈。我帮过许多人。常去找他，还一起回忆起您来。要知道我在所有的政府里，都有关系和保护人，可在一切制度下都感到沮丧，遭到损失。只有在很不像样的书里，活着的人们才分裂为两个阵营，互不相干。而事实上一切全互相交错着。如果在生活里只扮演一个角色，在社会上只占据一个位置，也就是说总是一个模样，那可真是无能到不可救药了！想不到您到了这里。”

一个八岁左右的小姑娘走进来，扎着两个小发辫。她细长的眼睛，透了几分顽皮和狡黠。她笑的时候，就把眼睛微微抬起。她在门外就发现母亲这里有客，但迈进门坎时觉得脸上应该表现出意外的惊讶。她向他行了个屈膝礼，目不转睛、毫无畏缩地盯着日瓦戈医生；这是一个过早思虑、孤独成长的孩子。

“这是我的女儿卡坚卡。您多关照呵。”

“在梅柳泽耶夫，您给我看过照片。长得这么大了，样子也变了！”

“你原来在家呀？我当你去玩了。怎么没听见你进大门呢？”

“我从窟窿里掏钥匙，那里面藏了好大的一只老鼠。我叫了一声就跑开了！我想非吓死不行。”

卡坚卡说着，绷紧了十分俊俏的小脸蛋，瞪大了顽皮的小眼睛，张圆了小嘴，活似从水里拽上来的一条小鱼。

“好了，回自己屋去吧。我求叔叔留下吃午饭，等把炉里的饭拿出来，我就喊你。”

“谢谢您的好意，我只好抱歉了。我们家里因为我总进城，把午饭改到六点。我一般不迟到，路上得骑三个多小时，有时整整四个小时。所以我才来得这么早。请您原谅，我过一会就走。”

“再坐半个小时嘛。”

“好。”

十五

“现在我也坦率说了吧。您讲的那个斯特列尔尼科夫，就是我的丈夫帕沙，帕维尔·帕夫洛维奇·安季波夫。我没相信他死的传闻，是做对了；就跑到前线去找他。”

“这一点我不感到惊奇，精神上是有准备的。我听到这个神话，就认为这是胡扯。所以我才毫不在乎，同您非常随便、不假思索地讲到了他，仿佛这些谣传并不存在。谣言本身是无稽之谈。我见到过这个人。怎么能把您同他联系到一起呢？你们之间有什么共同之处？”

“可实际上是这样，尤拉·安德烈耶维奇。斯特列尔尼科夫就是安季波夫，我的丈夫。我赞同一般人的见解。卡坚卡也知道这事，并且为自己的父亲骄傲。斯特列尔尼科夫是他的化名、笔名，像所有革命家一样。出于某种考虑，他不得不冒他人之名生活和行动。

“这次他攻打尤里亚京，朝我们投炸弹，明知我们在这里，却一次也没有打听我们是否活着，为的是不暴露自己的秘密。这在他看来自然是理所当然的。如果他来问他该怎么办，我们也会劝他这样做。你也许会说，我能平安无事，市苏维埃能提供勉强过得去的居住条件，等等，这些都说明他在暗中关照我们。这一点反正你们是说服不了我的。离这里不过咫尺之遥，他居然能忍住不来看望我们一下！这我怎么也想不通，超出了我的理解能力。这是我所无法企及的，不是生活，而是某种罗马时代的公民忠勇，是当今一种大智大勇。不过我受到了您的影响，也开始学您的调子说话了。我自己并不愿如此。咱们不是志同道合的人。在一些难以把握、可有可无的事情上，咱们两人的理解是一样的。可在重要的事情上，在生活的哲理上，还是做个论敌吧。再回过来说斯特列尔尼科夫。

“而今他在西伯利亚；您说得对，我也听到消息说人们都在责备他，我听了心里冰冷。现在他在西伯利亚，在我们部队纵深突进的地段上，正在打败他小时同院的旧友，后来又是战友的那个可怜的加利乌林。他的真名和我们的夫妇关系，是瞒不过加利乌林的，但这人极体贴人，从来没让我有所感觉，虽然一听到斯特列尔尼科夫的名字就火冒三丈，不能自持。总而言之，他目前正在西伯利亚。

“他以前在这儿的时候（呆过很久，总是住在铁路上的车厢里，您就是在那儿看到他的），我很想能和他偶然相遇。偶尔他去司令部，就是原来立宪会议委员会和立宪会议军队的军事处的所在地。命运满足了巧合。司令部的入口，在一间厢房里，恰恰是我为别人的事来找加利乌林，他接见我的地方。比方有次在武备中学，出了件很轰动的事。学生们开始伺机枪击不称心的教员，藉口他们信仰布尔什维克主义。有时候发生迫害和殴打犹太人的事件。顺便说一句，我们这些城里人和从事脑力劳动的人，我们的一半熟人，都是犹太人。每逢有人残害异族，干那些可怖可鄙的行径时，我们除了感到气愤、羞愧、怜惜外，还觉到自己的犹豫而极难堪，因为我们的同情多半是理智上的，给人以缺乏真诚的不良印象。

“人们过去把人类从偶像崇拜的桎梏中解放出来，现在又群起献身于从社会弊端里解放人类的事业，然而他们却无力从自我中解放出来，无力摈弃已经过时、丧失了意义的犹太这一名称。虽然正是他们亲自为他人打下了宗教基础，如果能很好了解他人，会感到他人是极为可亲的，但他们仍不能超越自己而完全融于他人之中。

“大概是压制迫害逼得人采取这一无益和自毙的姿态，导致他宁愿作自我牺牲而羞惭地离群索居，结果只能带来灾难。不过这里面也含有内在的衰竭，许多世代以来的历史的疲倦。我不喜欢他们这样带有讽意的自我鼓励。不喜欢他们思想的平庸乏味，不喜欢他们蹩脚的想象力。这些东西令人生厌，就好像老年人议论老、病人议论病一样。您同意吗？”

“我没想过这个。我有位同事，叫戈尔东，他也是这种见解。”

“我曾经来过这里守候帕沙，希望他能来这里或从这里出去。从前厢房当过省长将军的办公室。现在门上挂了个小牌：‘群众来访处’。您大概看到了吧？这是城里最漂亮的地方。门外的空场上铺着条石。过了广场是城市果园，有红莓、槭树、山楂树。我站在人行道上的求见者中间候着他。当然我不会硬要他接见我，没对人说我是他妻子。我们的姓不一样嘛。这也谈不上忍心不忍心。他们遵循的完全是不同的规矩。例如他的亲生父亲帕维尔·费拉蓬托维奇·安季波夫，曾是被流放的政治犯，工人出身，现在在离这很近的一处地方法院工作，正是他过去的流放地。还有他的朋友季韦尔辛。两人都是革命军事法庭的成员。您猜怎么着？儿子对父亲也不公开身份，父亲还认为理所当然，并不生气。既然儿子处于隐蔽状态，那就不能相认。这种人顽强极了，只知道原则、纪律。

“说到底，就算我能证明我是他妻子，又算得什么！是那种太平时候吗？还能顾得上老婆吗？全世界无产者！改造天下！这个不一样，这个我懂，要说妻子，不过是有两条腿的动物罢了，去它的吧，那有什么了不起！

“副官对求见的人挨个问了一遍，放进了几个人。我没有说出姓名；他问有什么事，我回答是私事。可以预料非遭到回绝不成。副官耸耸肩，疑惑地打量我一番。就这样，我一次也没能见到他。

“您会以为他厌弃我们，不爱我们了，早已忘到脑后？不，恰恰相反！我非常了解他！他极重感情，为了这个真是什么都做得出来！他非得把所有这些战功花环扔到我们面前，绝不肯空手而回，要光荣凯旋，好使我们也永垂不朽，使我们惊讶万状！简直像个孩子！”

卡坚卡又回到屋里。拉拉搂起她，摇晃，胳肢，亲吻，紧抱着不放，弄得孩子莫名其妙。

十六

日瓦戈策马从城里返回瓦雷基诺。这个地方他已走过无数次了，习惯之后也就不太注意周围，如同没见一般。

他走近林中的岔路口。这里往前是直通瓦雷基诺的大道，旁边又分出一条小路通到萨克玛河边的渔村瓦西里耶夫。岔口上竖着第三根郊区的木杆子，上面也是块农具广告牌。医生每次到这里，都赶上日落。今天也正近黄昏。

两个多月之后，有次他进城到黄昏时没有回来，留在了拉拉家里，回到家推说因事耽搁，在萨姆杰维亚托夫的旅店里住了一夜。他早同拉拉·安季波娃你我相称，唤她拉拉，她唤他日瓦戈。日瓦戈一直瞒着冬尼娅，对她隐瞒着越来越严重、越来越出轨的行径。这简直是难以想象的。

过去他爱冬尼娅近乎崇拜。她的内心世界，她的安宁，对他来说重于世上的一切。他尽力维护她的声誉，甚于她父亲和她本人。为保护她的尊严，他会亲手把欺人者撕成碎块。可如今这个欺人者竟是他自己。

在家里同亲人相处，他感到自己是个未被戳穿的罪人。家人一无所知，还习惯地对他十分敬重，越发使他无地自容。有时一家正谈得起劲时，他突然想起自己的过错，一阵发呆，根本听不进也弄不懂周围在说什么。

倘若这是在进餐的时候，没咽下的一口饭犹如骨鲠在喉，他便放下勺子，推开盘子，泪水堵得说不出话。冬尼娅奇怪地问："你怎么了？是不是在城里听到什么坏消息了？抓了什么人吗？还是枪毙了谁？告诉我吧，别怕我难过。你会轻松些的。"

是不是他认为别人胜过冬尼娅才背叛了她呢？不是，他没有选择，没有比较。"爱情自由"的思想，"感情的权利和需要"之类的字眼，同他是格格不入的。这么说，这么想，在他看来是很卑鄙的。在生活里他从不拈花惹草；不把自己看成是半人半神，或者是什么超人；不要求自己享有特权和优待。良心的谴责使他难以忍受。

"往后怎么办？"偶尔他问自己，得不到回答，便盼着出现奇迹，希望有某种意外的情况干预，把事情了结。

不过今天他不那样想了。他决心强行打开症结。他往家走时，心里已拿定主意。他决定向冬尼娅和盘托出，求得她的宽恕，再也不去见拉拉。

自然，并非一切都已妥帖。比方他觉得还有一点说得不够明确，那就是他同拉拉将永远断绝来往，一刀两断。今天上午他告诉她准备向冬尼娅公开一切，今后他俩不可能再相会了。可这会儿他感到他对她说得太委婉，不够坚决。

拉拉忍住自己沉重的心境，不表露出来，免得日瓦戈痛苦。她理解就这样他已经够痛苦了。她极力镇定地听完他的决定。他俩是在旧房主那间朝着商人街的空荡冷清的房间里，谈了这次话。顺着拉拉的面颊，流下了她无意识、不感觉的泪珠，恰似在对面雕像楼的石雕脸上，此刻正流下一滴滴雨珠。她真心实意，绝非故作宽容地说："你觉得怎么好就怎么办吧，不要管我。我一切都能忍受住。"她说着，并不知道自己在哭，没有去擦泪水。

日瓦戈一想到拉拉可能理解错了他的话，想到自己又骗了她，给她留下虚假的希望，恨不得转身骑马回城去，把未尽之意说个清楚，而主要是该同她更热烈、更温柔地告别一次，这才更符合终生诀别的态度。他好不容易克制住自己，才继续向前奔去。

随着太阳渐渐西沉，林中弥漫了寒气和昏暗。仿佛进了澡房的门，闻到泡软的桦木条上阔叶的潮湿味。一群群蚊子悬在空中一动不动，好像浮在水面的鱼漂，但嗡嗡地唱着一个细细的调门。日瓦戈在脑门上、脖颈上不知拍了多少下。手掌拍在汗湿的皮肉上，劈啪作响；与此十分和谐地相互呼应的，是骑马发出的一切其他声响，如鞍子的吱呀声，马蹄在泥泞中沉重的哒哒声，还有马腹里发出的一连串闷响。突然，在日落的远方响起夜莺的歌唱。

“快醒！快醒！”夜莺这样唤着劝着；这几乎像快到复活节时的唤叫：“我的灵魂啊，我的灵魂，快醒来吧，为何还沉睡不起？”

他脑子里忽然出现一个极简单的念头。忙个什么呢？他既然对自己许下了诺言，是不会后退的。他一定要揭露自己。可谁规定了非得在今天呢？对冬尼娅还什么也没有透露。留到下一次再摊牌也还不迟。在这个空隙里他可再去城里一次。能够同拉拉把话谈开，说得深切诚挚，以此偿还所有的痛苦。啊，那样该多好哇！再合适不过了！奇怪，怎么方才没有想到呢？

一设想还能够见到拉拉一回，日瓦戈不禁欣喜若狂，心剧烈地跳起来，他重又在想象中品味着幽会的欢乐。

前面是城边的木房区，是木板铺成的人行道。他朝拉拉那里去。马上到新斯瓦洛奇胡同，城区的空地和木房就要结束了，再往前已是石子路。路旁的市郊小屋一闪而过，像是迅速翻过一本书的书页，是用大拇指压着哗啦啦翻过，而不是用食指一页页掀过的。他的心都要跳出来了！就在那里，在城市的那一头住着拉拉。那里是傍晚雨霁的一片白色。他是多么喜欢去她家路上的这些熟悉的小屋啊！恨不得把它们捧在手上亲吻一下。屋顶上还有只开一扇小窗的阁楼。在雨街的白雾里，灯火映在一片片水洼中。一到那里，他又会从造物主手里接过一件上帝创造的白玉般的珍品。门启处，站着裹了黑纱的人影。接着是同她的亲近；她宛如北方皎夜那么矜持、那么凉爽，独立不羁；又像头一排海浪拍岸而来，你摸着黑，踏着沙岸迎浪奔去。

日瓦戈扔下缰绳，从鞍上向前倾倒，搂住马颈把脸埋到鬃毛里。马儿把这温情的表示当成是求它出力，便登登跑了起来。

在平稳的疾驰中，仿佛马蹄轻轻点地，仿佛大地躲着马蹄，不断向后退去。马蹄声里，日瓦戈除去感到喜悦的心跳之外，还听到了喊叫声，当时以为是自己的错觉。

近处一声枪响吓了他一跳。医生抬起头，抓住缰绳勒紧。马儿跑了几步，撇开腿朝两侧猛跳几下，退了退，蹲下身，准备直立起来。

前面的路分成两岔。路边写着“莫罗和韦钦金。播种机、打谷机”的广告牌，在夕照中像在燃烧。三个武装人员骑马横在路上，挡住不让通过。一个是武备中学的学生，戴着制帽，穿着打褶的外衣，胸前交叉挂着机关枪子弹袋；一个是骑兵，身着军大衣，头戴平顶羊皮帽；还有一个很吓人，像从化装舞会来的，身材肥胖，穿了棉裤棉衣，头上是压得很低的宽檐牧师帽。

“不许动，医生同志。”三人里领头的戴着羊皮帽的骑兵，缓和而平静地说。“如果听从指挥，我们保证你的充分安全。不然请你别见怪，我们就枪毙你。我们部队里已经毙了一个医助。我们把你作为医务人员，强行征集入伍。你下来把缰绳交给年轻的同志。我再提醒一回。只要一有逃跑的念头，我们绝不客气。”

“你是米库利齐恩的儿子利韦里，绿林兄弟的同志吗？”

“不是，我是他的联络官卡缅诺德沃尔斯基。”

第十章　大　道

一

连接不断的城市、乡村、车站：圣十字镇、奥梅利奇诺车站、帕任斯克村、特夏茨、雅格林新村、钟楼镇、自由小站、牧人村、克日姆小村、卡塞耶沃车站、神文村、小叶尔莫莱村。

大道经过这些地方向前延伸。这是西伯利亚最古老的驿路。它像切面包一样，把城市在中心大街上一劈为二；而通过村庄时毫不返顾，把夹道建起的房屋远远地甩到身后，或者突然拐弯，划一个弧形，打一个勾，随之扬长而去。

很久以前没铺设经过霍达特镇的铁路时，大路上奔驶着三套马的邮车。从一端过来的是一群群马车队，载着茶叶、粮食、工厂铸出的生铁；另一端来的，是士兵从投宿站押解过来的一批批犯人。他们齐步向前，镣铐同时发出哗啦哗啦的声响。这是些无可救药的亡命之徒，像天上闪电那样令人畏惧。四周的森林喧闹着，林子昏黑，不能通行。

大道活似一个大家庭。城与城相亲，村与村相恋。在霍达特镇上，大道同铁路相交，这里有机车修理厂、机械厂，都是铁路的附属企业。赤贫的人们挤在工棚里煎熬、病死。流放的政治犯服完苦役，懂技术的就到这些工厂来当师傅，留在了村镇上。

在整个这条线上，起初的苏维埃早已被推翻。有一段时间，掌权的是西伯利亚临时政府，现在整个区域里全被最高执政者高尔察克的政权所取代。

二

在某地的两站区间，大道一直在爬坡上山。放眼远眺，世界越展越宽。似乎爬坡没有尽头，眼界也没有尽头。等人马走乏，停下来想喘息一下，才发现爬到了山顶。前面大路连着一座桥。桥下奔腾着湍急的克日玛河。

河对岸，在更加陡峭的高地上，出现了圣十字修道院的砖墙。大道在修道院斜坡下面绕过，又在市郊几家后院之间拐了几次弯，便进入了市区。

到了主要广场上，大道又贴着修道院的地界而过；修道院绿色大铁门正朝着广场敞开着，入口拱门上雕有圣像，周围镶着半环形的金色题字："为带来生命的十字架欢欣吧，虔诚的胜利是不可征服的。"

冬天即将过去。正值复活节前的一周，大斋期行将结束。路上的雪已经发黑，解冻开始了。屋顶上却仍是皑皑白雪，好像戴着一顶顶高高的厚皮帽。

爬上圣十字修道院钟楼找打钟人玩耍的孩子们，往下一看，房屋就像堆聚在一起的小匣子。人们个个犹如小黑点，走近房屋。凭他们的动作姿势，可以在钟楼上认出是谁。一些人靠近屋墙，围看最高执政者关于征集三种年龄新兵的命令。

三

夜晚带来不少始所未料的情况。天变得暖和了，这在现在的季节是不同寻常的。落着濛濛细雨，雨那样轻飘，仿佛没等落地便在空中散为水雾。不过这只是错觉。温暖的雨水，一股股四散流去，足足把地上的积雪冲个精光，地面全成了黑色，又像出汗似的泛出亮光。

低矮的苹果树都已含苞待放，树枝奇妙地搭到果园的栅栏上，探到街上来。枝上七零八落地滴下水珠，打在木板人行道上，那声音像参差不齐的鼓点，传遍全市。

照相馆院子里一条小狗托米克，被锁上了过夜，此时又狂吠，又哀嚎。许是让它的吠声吵烦了，一只乌鸦在加卢津家果园里也破着嗓子聒噪，全城都听得见。

在城里地势较低的地区，有三马车货物运到商人柳别兹诺夫家。可他不肯收这批货，说这是弄错了，他从来没订过这种货物。赶车人因天色已晚，要求留宿。商人把他们骂了一通撵走了，连大门也没开。他们这番争吵，全城也听得清清楚楚。

教堂时间六点多钟，普通时间也就是午夜时分，圣十字修道院那口最重的大钟微微晃动了一下，传出低沉甜美的音浪，飘移着同黑夜中的雨雾混合到一起。音浪离开洪钟，好似春汛冲下的大土块离开了河岸，渐渐下沉，融化在河水里。

这是斋期星期四的前夜，彻夜祈祷读《福音书》第十二节的日子。在雨幔深处，隐约可见一些灯火向前移动，还照出了人们的额头、鼻子、脸庞。他们是做斋戒晨祷去的。

过了一刻钟的光景，从修道院那边传来渐近的走在人行道小桥上的脚步声。小铺女掌柜加卢津娜，晨祷刚开始一会就回家去了。她走得不稳，跑一阵停一下，头上蒙着块围巾，皮袄敞着。在闷气的教堂里她感到不适，便走了出来，现在由于没听完祈祷，已经第二年没做斋戒祷告而羞愧、懊悔。不过，她痛苦的原因不在这里。白天她看见到处张贴的征兵命令，不胜愁苦。她那可怜的傻儿子捷廖沙就该服役去。她极力驱赶头脑里的这种不快，可是在昏暗中处处泛白的告示，使她摆脱不掉。

拐个弯就到家了，没有几步路，不过在屋外她觉得舒服些。她想在外面呆一会，不愿进那气闷的房间。

她心里充满了悲愁的思绪。如果要她依次地诉说出来，她语汇不够，而且说到天亮也说不完。可在街上，种种不快之念纠结成一团，只需要几分钟，从修道院到广场尽头走上两三个来回，便都可以驱散了。

喜庆的节日就在眼前，家里却一个人也没有，都各奔东西，只剩了她孤身一个。怎么，说剩她一个不对吗？养女克休莎不算。她是外人嘛。人心难测呀！她也许是朋友，也许是敌人，也许是暗中的对手。她是丈夫符拉斯前妻的女儿，符拉斯说是养女。也说不定不是养女，而是私生女？也许根本不是女儿，而是别的什么人！男人的心思，谁猜得透呀？话说回来，这姑娘可真挑不出什么毛病，聪明、漂亮、品行也好，比傻瓜捷廖沙和她的养父可聪明多了。

就这样，临近复活节时只剩她一个在家，别人全走了，飞向四面八方。

丈夫符拉斯沿着驿道去给那些新兵宣讲去了，祝福应征的人们去建立战功。这个傻子还不如多为自己儿子操点心呢，别让他去冒丧命的危险。

儿子捷廖沙也在家里呆不住，节前就跑得无影无踪了。他去神文镇上找亲戚玩乐，想在经受折磨之后开开心。这孩子被实科中学开除了。中学前一半，每年留级，倒也没出什么事。读到八年级，人家不客气地把他撵了出来。

啊，真令人心烦！我的上帝呀！为什么心里这样烦乱，啥都不想干。百事不遂心，活着没意思！这是怎么啦？是因为闹了革命吗？不，不是！一切都怪这战争。打仗把好样的男子汉都打死了，剩下的全是孬种、废物。

她原来的老家（父亲是承包人）生活可不像现在这样。父亲不酗酒，有文化，家境富裕。两个姊妹也好，波利娅和奥利娅。她们名字相近，人也相似，一对美人儿。那几个来找父亲的木匠师傅，个个魁梧精神，长相漂亮。忽然间姊妹俩异想天开（因为家里不愁吃穿）要织六种毛色的围巾，真能出点子。结果织得妙极了，围巾在全县到处闻名。常常是办什么事都像个样——教堂的仪式、舞会，都漂漂亮亮。家中的人们，他们的举止也是如此，别看全是普通人，是一般市民，农民和工人。那时的俄罗斯，也年轻漂亮，有真正的崇拜者、真正的卫士，可不是现在这些人能比得了的。如今一点神气都没有了，尽是些律师呀、犹太人呀，白天黑夜就知耍嘴皮子、耍笔杆的废物。符拉斯和一群朋友，想靠香槟酒和良好的祝愿，把从前的黄金时代再拉回来。可是用这种办法，难道能够重新获得丢失的感情吗？为了这个，得能移山倒海才行。

四

加卢津娜不止一回走到了卸货地，就是圣十字修道院的进货广场。由这儿回她家，要向左去。可每次她都改变了主意，转身又朝修道院旁边的小巷走去。

进货场足有一片耕地那么大。从前到了集市的日子，农民的马车把广场塞得满满的。货场一端是叶列宁街尾，另一端是倾斜的弧形，边缘上盖起一排单层或两层的小房子，全是货仓、账房、店铺、手工作坊。

这里过去在太平年月，那个戴副眼镜的大笨熊布留汉诺夫穿件长襟礼服，时常端坐在自家有四扇门板宽的店门旁，读他那小报。这人是厌恶女色的家伙。店里经营皮革、松焦油、车轮、马鞍、燕麦、料草等。

店堂晦暗的小橱窗里，成年摆着尘封的硬纸盒，装的是用绸带花结扎起的成对的喜烛。橱窗后面是间不大的屋子，没有家具；要不算几个垛在一起的圆形蜡料，连货物的影子也没有。可就在这屋里，却有不知住在哪里的经营蜡烛的巨商派来的不为人知的代理人，谈成一笔笔上千卢布的地板漆、蜡料、蜡烛的交易。

这里，在一排店铺正中，是加卢津家开的出售殖民地来货的店铺，有三开间的门面。店里掌柜和伙计们整天没完没了地喝茶，然后一天三次用喝淡的茶水擦那没刷漆的地板。这儿的年轻女掌柜，时常很乐意坐在账桌旁。她喜欢的颜色，是雪青色、紫罗兰色，就是那件特别庄重的教堂礼服的颜色，丁香含苞待放时的颜色，她那件最好的丝绒衫的颜色，她厨房里玻璃酒具的颜色。她觉得，这是幸福的颜色，回忆的颜色，逝去的俄罗斯革命前的处女时代，也都是淡紫色的。于是她喜欢久久坐在店里的账桌旁，因为弥漫着玻璃缸中淀粉、白糖、深紫色茶藨子香味的店堂，是一片淡紫的暮霭，恰是她最喜欢的色彩。

这里，在一个角落中，紧挨着木材仓库有一座旧薄板盖起的两层楼房，老得四周下沉，像辆破旧的马车。楼里共有四套住宅，两个入口，正面两个楼角，一边一扇大门。底层左半是扎尔金德开的药店，右半是公证人事务所。药店上头住着专做女服的老裁缝，有一大家子人的什穆列维奇。对着裁缝家，在公证人上面，杂居了许多房客。挂满大门口的各种牌匾，说明了他们的职业。这里可以修表、定做皮靴。这里有茹克和施特罗达克合伙开的照相馆，这里还有个卡明斯基的雕刻小店面。

由于这套住宅里过于拥挤，照相师傅的两个帮手，修版的谢尼亚·马吉德松和大学生布拉热英，在院子里柴棚的过道账房中，搭起一间暗室。看来这会儿他俩也在干活儿，因为从账房小窗口看得见洗相片时开着的那盏怒气冲冲的小红灯，模模糊糊在闪动。就在这个窗口底下，锁着叫得整条叶列宁街都能听见的小狗托米克。

“简直是大杂烩。”加卢津娜路过灰楼时心里想。“又穷又脏，全凑到这儿来了。”但她马上又想到，符拉斯反对犹太人可不对头。这些人都是无足轻重的，对国家命运没什么大相干。不过你要去问问什穆列维奇老人，为什么这样乱糟糟、纷纷扰扰，他会弯下腰，做个鬼脸龇着牙说：“都是犹太人在捣鬼。”

唉，她这是想些啥呀？脑子里都装了些啥呀？问题不在这里嘛。问题难道出在这儿吗？问题出在城市。俄国不是靠城市支撑的。可是人们认准了受教育，就学城里人的样子，又没学成。这叫离了这边岸，又到不了对岸。

也许正相反，问题出在愚昧上。科学家隔着地能看到地底下，什么都事先能预见。咱们这种人是事到临头才着急，总像盲人骑瞎马。现在就是受过教育的人，也不好过呀。这不，城里无粮，全跑乡下来了。请问，这一切你可搞得明白吗？神仙也说不清呀。

我家乡下的亲戚，可就不一样啦。你看谢利特温家、舍拉布林家、潘菲尔·帕霍赫家、涅斯托尔和潘克拉特·莫德赫兄弟。自己说了算，自己做得了主。都在大道两旁修起了新房院，看着叫人眼馋。每家全种了十五公顷左右的庄稼，有马，有羊，有牛，有猪。存粮足够吃三年。农具也漂亮，有收割机器。对他们，高尔察克也要巴结拉拢；林子里的游击队政委，同样拉他们过去。他们戴着乔治十字勋章刚从战场上回来，马上就被抢着请去当教官，有肩章也好，没肩章也好。只要你是内行，哪里都要你。你总会派上用场的。

不过现在该回家去了。一个女人没完没了这么逛荡，可太不雅观了。在自家的果园子里当然好喽，可是园子里满处泥泞，脚都拔不出来。这会儿心里倒好像轻松些了。

加卢津娜的思想完全乱成一团，弄得毫无头绪。就这样，她走近了家门。在她未及迈进门坎，在檐前踏脚之际，眼前又浮现出许多各种各样的景象。

她想起了自己较为了解的现在霍达特镇的一些领头人物，想起了从各地首府流放来的政治犯，像季韦尔辛、安季波夫、无政府主义者夫多维钦科(绰号“黑旗”)、当地的钳工戈尔舍尼亚·别中内。他们全是聪明人，前半辈子一直没有安分守己，这会儿准是又在打什么主意，在准备什么。离开这个，他们活不下去。他们是守着机器过活的，自己也变得像机器一样冷酷无情。他们在绒衣外面套件短夹克，抽纸烟要用骨质烟斗，说怕传染上什么，喝水要喝煮开的水。符拉斯准定是一事无成，这些人能按自己的意志改变一切，总会如愿以偿的。

接着她想到了自己。她明白自己是个很出色、很特别的女人，姿容依旧而又聪明过人，心地也不错。可在这穷乡僻壤，她的这些品格没有一项能得到别人承认，也许到哪去都如此。有一支整个后乌拉尔地区都熟悉的唱一个傻女人先捷秋丽哈的下流曲子，只有头两句可以记录下来：

先捷秋丽哈把辆马车卖掉，
拿了钱买来三弦琴戏闹。

再往下不堪入耳了。圣十字村的人们唱这支歌的时候，加卢津娜老觉得是在影射她。

她痛苦地叹了口气，走进屋去。

五

她没有在前厅停留，没脱皮袄径直进了卧室。这间屋的窗子，是朝果园开的。此刻是夜里，窗外窗里几乎都是一片昏黑。一圈圈皱皱巴巴垂着的窗幔，同院中轮廓模糊的一圈圈低垂的黑色秃枝，差不多一模一样。在残冬的果园里，塔夫绸般的黑夜，透露着早春深紫色温和的地气。房间里也几乎是相似的两种要素结合到了一起，由于窗帷没抖净，有股尘土气，闷得难过，但随着节日临近而出现的深紫色暖气，使郁闷得到缓解。

圣像上的圣母，从挂满银饰的法衣中抽出一双黝黑的瘦手，掌心朝上举起来。她的每个手掌上，似乎有她自己古罗马名字的前两个和后两个拉丁字母，表示着“上帝的母亲”。嵌在金色底座中的石榴石玻璃神灯，漆黑如墨；灯光散落到卧室地毯上，像破碎的星星闪烁不停。

加卢津娜解下头巾，脱下大衣，笨拙地转了个身，突然肋下又一阵刺痛，胸口发紧。她吓得喊了一声，接着喃喃念道：“给悲哀者伟大的庇护吧，纯洁的圣母！快救救我吧！人世的救星！”随后便哭了起来。等这一阵痛平复，她开始宽衣。后颈的领钩和后腰的衣钩，总也捏不住，埋到轻纱的褶缝中。她费劲地摸索着。

这时养女克休莎走进来，惊讶她这么早回了家。

“您干吗摸黑呀，妈妈？要我给您拿盏灯来吗？”

“不用了。这也看得见。”

“妈妈！奥莉加·尼洛夫娜，让我给您解开。您别受罪了。”

“手指不听使唤，实在没法。该死的裁缝就想不到把衣钩钉得像个样，这只瞎母鸡！恨不得把衣边全撕下来甩到她脸上去。”

“圣十字修道院那里，唱得很好听。夜里静极了，全传了过来。”

“唱得好，可我的感觉却不好。又是浑身疼。这真要命，我不知该怎么办。”

“用顺势疗法的那个医生斯特多勃斯基，给您治得还好吗？”

“尽出些无法做到的主意。你说的那位是个庸医。一点不顶用。这是一。第二，他走了。他离开了这儿，而且不只他一个。节前一个个全跑出城去了。是不是预测到地震啦？”

“那还有被俘的匈牙利大夫，也给您治得很好嘛。”

“又说胡话。告诉你，谁都不在了，全跑光了。克列尼·莱奥什同另一些匈牙利人，不知怎么过了边境线，就被强迫在军队服役，后来收编到红军里。”

“您完全是神经过敏的缘故。是神经官能病。用民间普通的消灾办法治，就能出现奇迹。您记得吗？有个大兵的妻子给您念咒挺见效。手到病除。我忘了这女人叫什么。她的名字记不得了。”

“你简直把我当一个愚昧无知的傻瓜了。背着我，说不定还要唱先捷秋丽哈的歌子骂我呢。”

“亏您说得出，妈妈！最好还是告诉我那个大兵女人叫什么吧。名字就在嘴边上。我不想起来心就放不下。”

“她呀，名字比裙子还多呢。不知告诉你哪个好。她叫库巴丽哈，又叫梅德韦季哈，也叫兹雷达丽哈。还有十来个外号。她也不在附近了。人一走，哪里找去呀？这个上帝的奴仆，蹲过克日姆监狱，因为药死了胎儿，还有什么卖药末的事。她大半嫌牢里寂寞，就逃跑去了远东。我不是对你说了吗？人们全跑走了，像符拉斯·帕霍莫维奇、捷廖沙、特别随和的波利娅阿姨。有良心的女人，全城就剩你我两个傻瓜了。我这可不是说笑话吧。想治病，根本没办法。出点事，人就完了，唤天天不应，唤地地不灵。听人们说莫斯科一位有名的大夫住在尤里亚京，是个教授，是一个自杀了的西伯利亚商人的儿子。我本来琢磨请他来看病，这会儿工夫在大道上设了二十多个红军哨卡，打个喷嚏都能知道。现在别说这个吧。你去睡好了，我也躺下睡睡看。大学生布拉热英正灌你迷汤呢。你干吗不理人家？反正你躲不过这种事。看你脸羞得通红。你那个不幸的大学生，在这神圣的夜晚还在工作，洗相片呢。他是在洗我的相片、印我的相片。他们自己不睡觉，扰得别人也睡不好。他们那只小狗托米克叫得全城都听得见。就连该死的乌鸦，也在我们的苹果树上叫个没完。看起来这一夜我又甭想睡好了。你干吗这么不高兴呢？太小性了。大学生们本来就是姑娘们喜欢的对象嘛。”

六

“狗怎么叫成这样呀？该去看看怎么回事。无缘无故它不会叫的。你停停，李多奇卡，别出声，停一分钟。得把情况弄清楚。没准儿是对面打来了呢。乌斯东，你别走。还有你，西沃勃留，也在这等着。没你们去也成。”

中央代表李多奇卡，没听见人家叫他停停别讲，疲惫不堪却仍连珠炮似的往下演讲：

“西伯利亚现在的资产阶级军人政权，实行抢劫杀戮、横征暴敛的政策，应该使迷惑不清的人们猛醒了。这个军人政权不仅敌视工人阶级，从本质上看也是敌视全体劳动农民的。西伯利亚和乌拉尔的劳动农民应该懂得，只有同城市无产阶级和士兵结成联盟，同吉尔吉斯和布里亚特的贫苦人民结成联盟……”

最后他终于听清人家要他先别讲了，这才停下来，拿手帕擦擦汗脸，疲倦地垂下浮肿的眼皮，闭上了眼睛。

站在旁边的人们低声对他说：

“歇一歇，喝点水吧。”

有人向心情不安的游击队长报告说：

“你着什么急？一切都正常。暗号灯还在窗台上放着。说得形象些，岗哨正瞪大眼睛盯着四周呢。我认为可以继续报告了。你讲吧，李多奇卡。”

宽敞的柴棚里面，清出了柴禾。在空出来的地方，常常召开秘密集会。集会地点前面挡着一垛码到天花板的木柴，把传达室与大门和集会地点隔开，作为掩护。出现危险情况，可以保证与会者转入地道，而后在修道院墙外康斯坦丁诺夫死胡同的僻静尽头，从地道出口爬上来。

报告人戴顶细棉布的黑帽，把整个秃顶全罩了起来，脸色青绿无神，留着黑色的络腮胡子。他神经一紧张就出汗，总是满脸汗水。他把没抽完的烟头，凑到桌上煤油灯烫人的火苗边，使劲地吸着，又低弯下腰看那桌上散乱的纸张。近视眼紧张而迅速地扫过材料，好像在嗅它们的味道。然后又用疲惫无神的声音继续讲：

“城乡贫苦人民的这个联盟，我们只有通过苏维埃才能实现。愿意也好，不愿意也好，西伯利亚农民如今也要追求西伯利亚工人早就开始为之奋斗的目标了。他们的共同目的，就是推翻仇视人民的海军和哥萨克将领的专制，通过全民的武装起义建立农民和士兵的苏维埃政权。与此同时，为了对付资产阶级雇佣的武装到牙齿的哥萨克军官，起义者必须进行顽强持久的正确的阵地战。”

他又停下来擦把汗，闭上了眼睛。有个人不遵守会议规矩，站起身举举手，想发表点见解。

游击队长，确切些说是后乌拉尔地区克日姆游击联队的军事首长，就坐在报告人鼻子尖底下，一副故意满不在乎的神气，不时粗鲁地打断报告人，丝毫不把他放在眼里。令人难以相信，这么年轻的一个军人，简直还是孩子，居然统帅整个的军队、联队；人们都听他的指挥，对他毕恭毕敬。他坐在那里，用骑兵大衣裹住胳膊和双腿，大衣领子和袖子搭在椅背上。看得见他里面穿了件军衬衫，从肩上拆线的针脚看得出以前戴过准尉肩章。

他的左右站着两个默不作声的年轻人，是他的卫队队员，与他年纪相仿，穿着已经开始变灰的白羊皮短袄，袄上有羊羔皮的镶边。他们两人化石般漂亮的脸上，除了显示着对首长的盲目忠诚，为他准备赴汤蹈火，没有其他任何表情。他们毫不理会这次会议，毫不理会这里提出的问题和辩论的情况，既不说话也不笑。

除了这些人外，柴棚里还有十到十五个人。有的站着，有的坐在地板上，不是双腿直伸，就是蜷起膝盖，身子靠在墙上或是壁上突出的圆木上。

给贵客们摆上了几把椅子，上面坐着三四个工人，是参加过第一次革命的老人，其中有容颜大变的阴郁的季韦尔辛，有总对他点头称是的老朋友安季波夫。他们都称得上是革命向之礼拜的神圣人物，坐在那儿像一尊尊沉默威严的雕像；在他们身上，政治上的倨傲已经压倒了一切活生生的人的特点。

柴棚里还有些值得一提的人物。俄国无政府主义的中坚分子夫多维钦科，绰号“黑旗”，一刻也不能安静，一会儿从地板上站起，一会儿又坐到地板上，一会儿在柴棚中间踱步，一会儿又停在正中。这是个高大肥胖的人，大脑袋大嘴巴，头发如狮鬃。他们这批军官，几乎都参加了最近一次俄土战争，至少是参加过俄日战争，他是个整天耽于梦呓的幻想家。

由于他心肠太好，也由于他个头硕大，妨碍他关注细小事物，因之对所发生的一切，他都注重得不够，又常常理解错误，就把相反的意见也当成自己的意见，对谁都表示赞同。

紧挨着他，在地板上坐了一个他的熟人，森林猎手斯维里德。虽然斯维里德没当过农民，但从他那黑呢绒衬衫的开襟，可以看出他眷恋土地的气质。他进大门时把这衬衫连同十字章卷成一团，拿它在胸口蹭了蹭。这是半个布里亚特人，好心肠而没有文化，头发像小细辫，留着稀稀拉拉的短髭和稀疏得只有几根毛的胡子。蒙古气质使他脸变得老气了，总是皱巴巴地露出同情的微笑。

带着中央委员会军事指令巡视西伯利亚的报告人，还没有发挥完自己的思想。对于出席会议的多数人，他都不感兴趣。但作为革命者和自小热爱民众的人，他不胜爱慕地望着坐在对面的小小统帅。他不仅原谅了这个孩子的一切粗鲁举动，把这些当成是土生土长的潜在革命性的表现，而且极为欣赏他的鲁莽行为，正像热恋的女人会喜欢情人露骨的无礼行为一样。

这个游击队首领就是米库利齐恩的儿子利韦里。中央来的报告人，过去是劳动团合作主义分子，倾向于革命的社会主义者，叫科斯托耶德-阿穆尔斯基。最近他重新考虑了自己的立场，承认自己观点的错误，写了几份长篇声明悔过。之后不仅被接受参加了共产党，并且入党不久便被派去完成责任如此重大的工作。

把这项工作交给他这么一个对军事一窍不通的人，是出于对他革命资历的尊重，对他铁窗磨难的尊重，也由于估计到他过去搞过合作社活动，应该比较熟悉西部西伯利亚起义地区农民群众的情绪。在这个问题上，他对农民的了解，远比军事知识更加重要。

政治信仰的转变，使科斯托耶德判若两人。他改变了自己的外表、动作和作风。谁也不记得过去他什么时候秃过顶、留过胡须。或许这一切都是假扮的？党规定他要严格隐蔽。他的化名是别列德涅和李多奇卡同志。

夫多维钦科不合时宜地表态说他同意指令中包含的各点，引起一阵喧嚷。等喧声平息，科斯托耶德继续说：

“为了尽可能全面包括不断发展的农民群众运动，必须立即同省委所在区域的所有游击队建立联系。”

接下去科斯托耶德讲到接头、暗号、密码和交递情报的方法。然后他又转入了细节。

“要报告游击队：哪些地方有白匪机关的军火、军需、粮食仓库；何处藏有大量现金以及警卫体系。

“必须缜密而又十分详尽地研究下列问题：游击队的内部机构、首长、军事纪律和同志间纪律、秘密工作、游击队同外界的联系、对地方居民的态度、战地革命军事法庭、敌占区的破坏战术（如破坏桥梁、铁路、轮船、驳船、车站、手工厂及其技术设备、电报局，煤矿、粮食制品）。”

利韦里忍着忍着，实在憋不住了。在他看来，所有这一切全是于事无补的外行的胡诌。他说：

“非常精彩的报告。我要牢记在心。看起来这一切都得无条件地接受，才能不失去红军对我们的支持。”

“当然喽。”

“可是，我的好同志李多奇卡，您这一套孩子打小抄的玩意儿，我怎么实行呢？要知道我的三个团的兵力，包括炮兵和骑兵，早已在进军途中，并且把敌人打得狼狈不堪。”

“真精彩！真有气魄！”科斯托耶德心想。

季韦尔辛打断了他俩的争论。他不大喜欢利韦里出言不逊的口气。他说道：

“请原谅，作报告的同志。我这意见没有把握。也许我把指令里的一点给记录错了。我再念它一遍。我想核对一下：‘极其希望吸收革命时身处前线并参加士兵组织的老兵参加委员会。希望委员会组成中包括一两名军士和军事技术员。’科斯托耶德同志，这记得对吗？”

“对。一字没错。都正确。”

“那么请允许我讲这样一点意见。关于吸收军事专家这一条，令我感到不安。我们几个参加一九〇五年革命活动的工人，还不习惯信任当兵的。他们之中总有反革命一起混进来。”

周围一片喊声。

“够了！通过决议吧！念决议！人该走了。太晚了。”

“我同意多数人的意见，”夫多维钦科那沉雷般的低音响起来，“要说得高雅一些，应该是这样：公民的法典要在民主的基础上，自下而上地发展，就像插在土里成活后的枝条，枝条不可像栅栏木桩似的从上往下打进去。雅各宾专政的错误就在这里，因此议会才被热月政变搞垮。”

“这太明显了。”斯维里德支持了这位一起漂泊在外的朋友。“小孩子也明白这道理。早该想这事，现在晚了。如今我们只有作战，而且硬往前闯。一软就完了。要不像什么话，摆开架式又往回缩。自己做事自己当。自己跳了水，别说是淹死的。”

“要有决议！要有决议！”四面八方都在喊。人们又说了一会儿，话题越来越缺乏联系，你说东，我说西。天亮时散了会。人们极为小心地一个一个散去。

七

大道上有一处风景宜人的地方。坐落在陡坡上、被帕任卡小河急流隔开的神文村和小叶尔莫莱村，几乎是毗连的。神文村从高处漫坡而下，小叶尔莫莱村在它下方闪烁着斑斓的色彩。神文村已在为入伍新兵送行；在小叶尔莫莱村，由施特雷泽上校领导的接收委员会还在工作，复活节暂停之后，要检查这个村和邻近几个小村落应征青年的身体。因为征兵，村子里住了民警马队和一些哥萨克。

今年复活节来得晚，春天却来得早。这是复活节的第三天，和暖无风。靠着大道边在神文村大街的露天地里，给整装待发的新兵摆好了饯行的餐桌。为了不妨碍过车，桌子放得不很整齐，像条歪歪扭扭的长蛇，上面覆盖的白桌布垂到了地上。招待新兵的吃食是大家凑的份子。主要是复活节剩余的佳肴，有两只熏火腿，几个甜圆面包，两三个甜乳渣糕。桌上摆了长长一排小粗碗，放着腌蘑菇、腌黄瓜、酸白菜。还有一盘盘自制的大块的乡下面包，宽盘子里码着小山一般的彩蛋，以粉红色和天蓝色为最多。

餐桌旁的嫩草地上，扔满了打破的蛋壳，有粉红色、天蓝色，还有蛋壳里层的白色。小伙子们穿在外套里面的衬衫，就有天蓝和粉红的颜色，姑娘们的连衣裙，也是天蓝和粉红的色彩。上面天是蔚蓝的，云是淡红的。云朵在天空缓缓地整齐地移动着，仿佛天也随着云一起飘浮。

符拉斯·帕霍莫维奇·加卢津身上用绸布宽腰带扎着的衬衫，也是粉红色的。他一阵小跑，皮靴后跟咔咔响，两脚左右撇着，从帕夫奴特金家的房门高阶上来到餐桌旁。帕夫奴特金的房子正在餐桌上方的一个高坡上。他跑来就说：

“这杯是百姓自己酿的土酒，我当香槟为你们大家干杯，孩子们。很快要上路的年轻人、新兵先生们，希望你们一切都好，祝你们平安。我还想在许多别的方面也祝贺大家。请诸位注意。在大家面前是条背负十字架的遥远道路，挺胸卫国，打击强寇。他们杀害我们的兄弟，血染祖国大地。人民幻想不流血地讨论革命成果。可是布尔什维克党是外国资本的走狗。人民的理想、立宪会议，被他们粗暴的刺刀冲散了，鲜血成河。背井离乡的年轻人！高举起蒙受耻辱的俄国武器吧！我们有负忠诚的盟国，看到德奥跟在红党后面东山再起，我们无不感到耻辱。上帝同我们在一起，孩子们！”加卢津还在往下说，可喊声淹没了他的话。大家呼叫乌拉，要求把加卢津抬起来摇晃。他把杯子贴到唇上，一口口呷着粗制的土酒。他喝这个东西，不感到是乐事，因为喝惯了精制的葡萄酒。但意识到这是他为社会作了牺牲，也得到莫大的满足。

“你爹真是好样的。野兽听了也动心。那个杜马里的什么米留科夫算个啥呀！不得了！”在一片醉酒的喧嚷声中，戈什卡·里亚贝赫咬着半醉的舌头，对自己的朋友和邻座捷廖沙·加卢津夸赞他的父亲。“一点不假，是个好样的！他是不白卖力气的！想凭三寸不烂之舌，换得你不去当兵。”

“胡说什么呀，戈什卡！你也不亏心！倒想得出——不去当兵。等和你同一天接到入伍通知书，看你还说不说‘不去当兵’了。咱们也许上一个部队呢。现在中学把我开除了，这些坏蛋！妈妈要死要活的。可千万别弄去当志愿兵。大概是行！派去当大兵。要说爸爸在大庭广众讲话，那真没说的。你猜主要靠啥？天生的！没有什么系统的教育。”

“听说桑尼卡·帕夫努特金的事了吗？”

“听说了。那传染病真那么厉害吗？”

“一辈子也好不了。最后是面黄肌瘦，一死拉倒。怪他自己嘛！人家警告过他别去。主要是得看跟谁胡来。”

“他现在怎么办呢？”

“悲剧！本想自杀算了。这会儿在叶尔莫莱的委员会里正检查身体呢，多半会取上。他说要参加游击队去，向社会的罪恶报仇。”

“听着，戈什卡。你说到传染。如果不到那里去，也可能染上别的病。”

“我知道你说的什么。看来你就干这个。这不是病，这是见不得人的恶习。”

“戈什卡，凭这个话我能扇你耳光。不许你这么糟蹋朋友，尽胡说八道。”

“我开个玩笑，你别发火。我想对你说什么呢？我在帕任斯克村。有人到那里作过一个报告：‘个性的解放’。非常有意思。我很喜欢这个报告。我干脆去当无政府主义者。那人说，我们有种内在的力量，就是性别和性格，这照那人说是动物电磁的觉醒。你瞧！够得上个神童了。哎呀，我喝得太多了。周围这么吵，耳朵都要聋了。我受不了啦，捷廖沙，别说了。我说，你这狗崽子，闭嘴吧！”

“戈什卡，你再给我讲一讲。社会主义一类的词儿，我还不是全明白。比方说怠工分子，是个啥词儿？什么意思？”

“我虽说讲这些可算个教授，可我对你说过了，别缠着我，我喝醉了。怠工分子就是说某人和某人结成了团伙。要是说你是怠工分子，就是说你和别人抱团儿了。懂了吗？笨蛋。”

“我也这么想，这是个骂人词儿。还有你说的电的力量完全正确。我看到卖电腰带的广告，就想从彼得堡订购一个来，好提高效率。铁路代收货款。这时突然发生了新的事变，哪还顾得上电腰带呀。”

捷廖沙没能说完。不远的地方一声雷鸣般的爆炸声，压过了这群醉鬼的喧闹。餐桌上的吵嚷，霎时停了一会儿，接着更乱哄哄地喧腾起来。桌旁有些人一个接一个急忙起身。站得稳的没有摔倒，可有的想躲到一边去，因为站不住，倒到餐桌底下，立刻鼾声大作。女人们惊呼起来。局面一片混乱。

符拉斯·帕霍莫维奇的眼睛朝四下搜寻，想找到罪魁祸首。他起初以为这声巨响就出在库捷伊，离这儿很近，也许在餐桌附近。他的脖颈伸得长长的，脸如猪肝，扯着破嗓子大吼：

“这是哪个犹大钻到我们队伍里胡作非为？这是谁家的狗崽子拿手榴弹扔着玩？不管是谁，就是我亲生儿子，我也非掐死不可。公民们，我们可不能容忍开这种玩笑。我要求搜捕。把神文村全围起来。非得把挑衅的祸首抓住。别让他跑掉。”

开始人们还听他讲。后来注意力转向小叶尔莫莱村公所上空慢慢升起的黑烟柱。大家都跑向高崖去看那里发生了什么事。

从叶尔莫莱着火的村公所里，跑出几个没穿衣服的新兵，有一个光着脚和身子，刚提上裤腰；后面出来的是施特雷泽上校和其他正在检查挑选新兵的军人。一些哥萨克和民兵骑着马，挥着战刀挺着身，马也伸直腰，像弯弯曲曲的蛇在村子里左右奔突。那是在搜什么人，抓什么人。许多人沿大路向叶尔莫莱村奔跑。叶尔莫莱村的钟楼，响起急促不安的报警钟声。

事件的发展极为迅猛。黄昏时分，为了继续搜查，施特雷泽和哥萨克们出了村，爬高来到邻近的库捷伊村。他们在四周布置好岗哨，开始搜查每一幢房子、每一个田庄。

这时，一半的新兵早已酩酊大醉，睡得死人一样，有的把头伏在桌沿上，有的躺到桌子下面。等得知村里来了民兵时，天色全黑了下来。

有几个青年为躲避民兵，撒腿往村后跑，找到一个仓库地窖，就你推我搡地挤了进去。黑暗中分辨不清是谁家的仓库，但从鱼腥和煤油味判断，这是合作商店的底层货仓。

藏躲的人们，没做任何亏心事。但他们躲起来，是犯了个错误。多数人所以跑，是出于慌乱，醉醺醺地心里犯糊涂。有几个人是怕自己一些可疑的熟人坑害了自己。如今这里一切都带上了政治色彩。调皮捣蛋和流里流气，在苏维埃方面被看做是反动的帮派活动，在白军肆虐的地方就成了布尔什维克。

原来，小伙子们钻进底层之后就有人告诉他们，这库房地板下面的窨子里，已经挤满了人。这里躲着几个神文村和叶尔莫莱村的人。神文村的人都烂醉如泥，有的一边打呼一边呻吟，又咬牙又哎哟，有的恶心呕吐。库房底下黑暗如漆，又闷又臭。最后钻进来的人，用土和石块堵上洞眼，怕被人发现。不久，醉汉的鼾声和哼哼完全停止了，出现一片死寂。人们都睡得很安稳。只是一个墙角里有两个人在窃窃私语。那就是被吓得半死、怎么也安静不下来的捷廖沙和叶尔莫莱村一个富农家好斗的科西卡。

“你小点声，别嚷嚷，狗崽子！你这臭小子，非把大家全给坑了！你听，施特雷泽那伙人正到处搜查呢。从村口拐过来，正顺着商业街走呢，说话就到这儿啦。来了！别出声，别喘气，不然我掐死你！总算你走运，去远了。他们过去啦。你干吗要跑到这里来？

往这躲个啥呀？谁会动你一根毫毛？”

“我只听戈什卡在喊叫‘快逃命’，我就钻了进来。”

“戈什卡不一样，他们家全家都挂了号，是不良分子。他们在霍达特镇上有亲戚。是卖手艺的，工人血统。你别乱动好吗？好好躺着，你这个蠢家伙。墙边一堆堆拉的屎尿。你一动就蹭一身，还要沾到我身上。你闻不到臭味是怎么着？施特雷泽干吗要全村搜捕？他在抓帕任斯克村的人，外来的人。”

“科西卡，这到底是怎么回事？怎么开始的？”

“都是因为桑尼卡，是桑尼卡引起的。我们脱光身子站成一横排检查。轮到桑尼卡，该他检查了。可他不脱衣服。桑尼卡喝了点酒，来检查时就不大清醒。文书说了他，叫他脱衣，态度很礼貌，对桑尼卡称呼您。是个军队里的文书。桑尼卡对人家却很粗鲁：我就不脱，我才不愿把身子亮给所有的人看呢。好像他是不好意思。说着他侧身凑到文书身旁，似乎要抡起胳膊打人的下巴。真是如此。可你猜怎么着。一眨眼的工夫，桑尼卡弯腰抓起办公桌腿，连桌子带上面的墨水、军人名单，一股脑掀倒在地。施特雷泽由村公所跑出来喊叫说：‘我不能容忍目无王法，我让你们知道知道什么是不流血的革命，在征兵处犯法有什么结果。谁是挑头的？’

“桑尼卡朝窗口奔去，口喊：‘救命啊，快找衣服。留在这儿全要完蛋，同志们！’我抓起衣裤，边跑边蹿到了桑尼卡跟前。他一拳打碎玻璃，就蹿到街上，一溜烟不见了。我抬腿紧追。还有些人也去追。我们撒腿猛跑，可身后已有追兵。你要问我这一切都为着啥，谁也说不清楚。”

“那么炸弹呢？”

“什么炸弹？”

“谁扔了颗炸弹？不是炸弹喽，是手榴弹。”

“天哪！哪是我们呀？”

“那是谁？”

“我怎么知道？反正是别人干的。他看到一片混乱，心想趁乱把村子给炸掉，一定会当是别人干的。可能是哪个政治犯搞的。帕任斯克村的政治犯，在这儿多极了。轻点，别出声，有人说话。你听听，施特雷泽又返回来了。唉！这下可完了。你别出声呀。”

人声渐近，靴子响，马刺响。

“别和我争了。你骗不了我。我不是好哄的。肯定有人说话。”传来上校越来越清晰的长官腔的彼得堡口音。

“可能是错觉吧，阁下。”小叶尔莫莱的村长、打鱼老人奥特维亚日斯金劝他说。“这是个村子，里面有人说话，又有啥可奇怪的呢？这里不是公墓嘛！也许有人说话。家家都有说话的活人。说不定是家神在梦中掐谁的脖子呢。”

“好哇，好哇！我让您装疯卖傻，作出一副可怜相！还家神呢！你们在这儿太放任了。等你们这里闹腾出世界革命来，那可就晚了。什么家神呀！”

“哎哟，阁下呀，上校先生！这里谈什么世界革命呀！尽是些糊涂虫，目不识丁！念旧的圣礼书，还结结巴巴、颠三倒四。他们还说得上什么革命呢。”

“你们是不见棺材不落泪啊！把合作社房子从上到下搜查一遍，所有木槽全翻一翻，柜台底下也得看看。还要搜查一下旁边的小房。”

“遵命，阁下。”

“要抓桑尼卡、戈什卡、科西卡。活的死的都行，绝不能放跑他们。还有加卢津家的小崽子。别看他爹讲些爱国的话，蒙骗我们。我们可不上当。凡是小铺老板出来演说，那事情就不妙了。那就大可怀疑了，因为违背自然。根据秘密的情报，他们在圣十字修道院的院子里，藏政治犯，召开秘密会议。要把这小子抓住。我还没想好怎么处置他。如果能发现点什么，我会不客气地把他吊死示众。”

搜查队往前走去。等他们走远，科西卡·涅赫瓦廖内赫问吓傻了的捷廖沙·加卢津：

“听见了吧？”

“嗯！”他低声回答，声音全变了。

“如今我和你、桑尼卡、戈什卡，只有进林子一条路。我不是说长远在那呆下去。得等这边明白过来。他们弄明白了，那时再看，也许我们再回来。”

第十一章　绿林战士

一

日瓦戈被俘跟随游击队，已经是第二个年头了。这种受裹胁的不自由，界限十分不清。日瓦戈当俘虏的地方，没有壁垒包围。对他并不防备，也不监视。游击部队总是转移调动，日瓦戈便随他们一起转移。这支部队路经村庄和省区，同当地居民不分彼此。同居民混杂一起，融合在他们之中。

看起来日瓦戈并非不自由，也不是俘虏，只是他不会利用这自由罢了。医生受制于人的俘虏地位，同生活里其他形式的强制，是没什么两样的。后者同样是看不到摸不着的，仿佛根本就不存在，是异想天开。虽说没有桎梏、锁链、看守，医生不得不安于自己的不自由，尽管这种不自由表面上看似乎是杜撰出来的。

他三次试图逃离游击队，每次都被抓了回来。这三次逃离都没把他怎么样，但他明白这无异于玩火，以后再没试过。

游击队长利韦里·米库利齐恩很赏识医生，叫他睡到自己帐篷中去，喜欢和他做伴。这种强加于人的亲近，日瓦戈认为是一种累赘。

二

这时期游击队几乎不断向东转移。有时候，这种转移是从西部西伯利亚驱赶高尔察克的总的进攻的一部分。可也有时候是白军深入游击队后方企图形成包围圈，那么同样方向的移动就变成了撤退。日瓦戈医生很长时间弄不明白其中的奥秘。

游击队常常沿着大道转移，有时直接就走大道。大道沿途的小城镇和村庄，可能白军占着，也可能红军占着，这要看军事上的胜败。从外表上看，很难判断出那里是什么政权。

农民游击部队穿过这些村镇的时候，这支绵延不断的队伍就成了村镇的主要角色。道路两旁的房屋好像退缩到了地里，而走在泥泞中的骑兵、马、炮，还有聚成一堆堆的穿着军大衣的高个子步兵，在路上显得比房屋还高大。

有一回就在这么一个小城里，日瓦戈医生去接收一座英国药品仓库；这是一份战利品，是卡贝尔将军所属军官团撤退扔下的。

这是个昏暗的雨天，只有两种颜色。有灯光的地方都是白色，没有光照的地方全是黑色。医生心里也是一种阴郁的失落感，没有一丝柔和的色调。

由于军队频繁过往，道路被彻底破坏，如今变成了一条黑色的泥浆路，不是所有地方都可以蹚过去。大街上，有时要隔很长一段距离，才能穿过马路，街道两旁的人要过街还得多走好些路才行。正是在这种情况下，医生在帕任斯克遇上了乘火车来乌拉尔的同伴佩拉盖娅·季娅古诺娃。

她先认出了日瓦戈。他没能一下子确定这个面庞熟悉的女人是谁，只见她在街那边就像从河渠对岸向他投来模棱两可的目光：如果他认出她来就立即打招呼，否则也不相认。

只一会儿工夫，他全都记了起来。眼前浮现出那拥挤不堪的货车车厢、被赶去服劳役的人群、押送人员、辫子搭到前胸的女乘客。在这幕场景的中央，他看到了自己的家人。前年全家迁徙的细节，复又历历在目。他日夜思念的亲切面容，一个个浮现在眼前。

他点头示意，让季娅古诺娃沿街向前走几步，那里踩着泥水里的石块可以过人。他走到那儿，过了街，便同季娅古诺娃互致问候。

她对他讲了许多事情。她提到那个和他们同坐一辆取暖货车、天真无邪的漂亮男孩瓦夏，被冤枉地抓去强制劳动。她在鹬鸟村里就住在瓦夏妈妈家里。她向医生描述了在这里生活的情况。在瓦夏家里她很满意。只是村里人对她侧目而视，嫌她是外来的人，还造她的谣，说她好像同瓦夏过分亲昵。弄得她只好离开，免得给人坑了。她来到圣十字镇，住在姐姐奥莉加·加卢津娜家中。她是听说有人在帕任斯克村见到了普里图利耶夫，才起意来这儿的。结果全是谣传，可她找到了工作就留了下来。

这时她的一些十分亲近的人，遇到了不幸。从鹬鸟村传来消息说，全村因为破坏了征粮法，遭受了军事制裁。看来瓦夏家的房烧毁了，瓦夏家也死了人。在圣十字镇里，加卢津一家的房屋和财产被剥夺了，女婿被关进了监狱，也许给枪毙了。外甥下落不明。破产后姐姐奥莉加起初衣食无着，现在到钟楼镇上给一个乡下亲戚干活糊口。

出于巧合，季娅古诺娃就在日瓦戈医生要去没收财产的那家帕任斯克药店里做清洗工。靠药店生活的人，包括季娅古诺娃在内，在没收之后都要失业。可日瓦戈医生没有权力取消没收的决定。当移交货物的时候，季娅古诺娃也在一旁看着。

日瓦戈的马车从药店后院赶进来，停在药店仓库门前。从屋里抬出一包包药品、装在柳条筐里的瓶子和箱子。

店主那匹瘦弱无力的驽马，也从畜栏里和人们一样郁郁不乐地看着。下了一天的雨，这时已近黄昏，天空稍稍放亮，西沉的太阳透过乌云的缝隙偶尔露露脸。紫铜的光芒洒到院落里，令人不安地照亮了稀粪的水洼，上面不起一点涟漪，粪汤重得风吹不动。可是公路上的积水，经风一吹就漾起微波，闪出朱砂的反光。部队沿着大路两旁不断地向前走着，不时绕过深水坑和洼地。在充公的这批药品中，有满满一罐可卡因——游击队长近来染上了吸可卡因的坏毛病。

三

在游击队里，医生的工作多得很。冬天有斑疹伤寒，夏天有痢疾。此外，在恢复军事行动的战斗日子里，送来的伤员剧增。

尽管军事失利，主要是撤退行动，游击部队却不断得到补充；农民军所过之处，那里新的起义者便来投靠；还有从敌人营垒投诚过来的。日瓦戈医生随军的一年半中，游击部队增加了十倍。在圣十字镇上召开地下司令部会议时，利韦里·米库利齐恩把自己的兵力夸大了十倍。如今队伍达到了他所说的规模。

日瓦戈有几个助手，是多少有些经验的新卫生员。帮他治病的左右手，一是匈牙利共产党员、被俘的军医克列尼·莱奥什，营区里人们叫他莱尤什同志；另一个是医助，南斯拉夫人安格利亚尔，也是奥地利战俘。日瓦戈同前一个讲德语，后一个出生在巴尔干的斯拉夫族中，马马虎虎能懂俄语。

四

根据国际红十字协会公约，军医和卫生部队的职员，无权参与交战双方的军事行动。但有一次日瓦戈医生不得不违心地破坏了这条规定。双方遭遇发生冲突时，他正好在战场，只好同战士共命运，也举枪还击了。

游击队散兵线占据着森林的边缘，两方交火时，日瓦戈正好在那里，就同电话员并排卧倒。游击队背后是密林，前面是一片空旷地，光秃秃毫无遮掩。白军就在那里发起进攻。

他们已经逼近。日瓦戈看得很真切，能辨出每个人的脸。这是来自首都非军人阶层的一些年轻孩子，另一些中年人，是从预备役里动员来的。但起主要作用的是前一种人，是青年，不久前自愿入伍的大学一年级和中学八年级学生。

日瓦戈不认识其中任何人，但有一半面孔他觉得眼熟，见过，认识。有的人似乎像他过去中学的同窗。说不定这是那些人的弟弟？又有的人他仿佛从前在戏院和大街的人群中碰到过。他们富于表情的动人面孔，他感到亲切，像自家人。

忠于职守的思想鼓舞着他们，个个都无畏地、挑战似的做出兴奋和大胆的样子。他们以分散队形前进，直挺着胸膛，威仪胜过了真正的近卫军。而且无视危险，既不跑，也不卧倒，不利用地形，尽管空地并不平坦，有小坡和土包可供隐蔽。游击队射来的子弹，几乎把他们全都打倒。

在白军前进的光秃的开阔地中央，有一棵烧焦的枯树。它或是遭雷电劈了，或是被篝火烧了，或是在此前的战斗中炸断烧坏了。每一个向前冲锋的志愿兵，都要瞟它两眼，真想躲到大树干后面更安全、更准确地射击，但都克制着这种诱惑，继续向前走去。

游击队员们的子弹是限量的，不得不节省使用。有过一道命令，人们也相约，射击必须是在近距离，有几个目标就发几枪子弹。

日瓦戈医生手中没有武器，趴在草丛里观战。他的同情全部都在视死如归的孩子一边。他从心眼里盼孩子们得胜。这些孩子出身的家庭，多半是与他气味相投，受过同样的教育，有同样的道德观，对事物有共同的看法。

他脑海里闪过一个念头：跑出去向他们投降，这样便可以得救啦。不过这一步纯是冒险，会危及生命的。

当他举起双手跑到空旷地中央，恐怕两边来的子弹早把他撂倒，令腹背同时中弹。自己人打他，是惩罚他叛变；别人打他，是弄不清他的意图。其实他不止一次置身于这种情势中，琢磨遍了所有的可能性，早已认定这些救命的计划全都无济于事。日瓦戈克制着矛盾的心情，继续趴在那儿，脸冲着空旷地，从草丛里空手观察着战事的进程。

然而，面对周围你死我活的斗争，一直静观而无所作为，那是不可思议也非人力所能达到的。问题还不在于应该忠于他被迫追随的那个营垒，也不在于他需要自卫。问题在于他必须遵循过去的惯例，服从他眼前和周围种种事变的规律。对此无动于衷，是大逆不道的。得像别人一样地行动。正在进行战斗，人家向他和他的同志开枪，所以应该还击。

因此，当趴在一起的电话员抽搐一阵后仰身不动了，日瓦戈就爬过去解下他的背包，拿起步枪，回到原来位置上，一枪一枪地放起来。

但是怜悯心使他不敢瞄准他所赞赏和同情的青年人。而糊里糊涂地朝天鸣枪，也过于愚蠢荒唐，违背他的本意。所以他等到在他和目标之间不会有进攻者出现的一瞬间，朝着焦树的目标开了枪。这里他用了自己的方法。

他一边不断校正瞄准器，一边轻轻地不用劲地扣扳机，好像不打算射击似的，这样直到机头掉下，发生巨响，似乎一切完全出乎意外。就这样，日瓦戈一向枪法很准，把枯树低垂的干枝打得四处乱飞。

可是，太可怕了！不论日瓦戈医生怎样倍加小心，生怕击中什么人，在枪响的关键的刹那间，不是这个就是那个进攻者，总还是进入了他和枯树之间的瞄准线上。有两个人被他打伤，第三个人就倒霉了，被他打死，倒在离大树不远的地方。

终于，白军指挥官看到进攻无望，便下令撤退。

游击队人很少。他们的主力部队一部分正在行军，一部分正与更强大的敌军交火，退到了一边。这支小分队没去追赶败兵，免得暴露自己的数量单薄。

医助安格利亚尔带着两名卫生员抬着担架来到林子边上。日瓦戈医生命令他们抢救伤员，自己走到躺着不动的电话员身旁。他模模糊糊地盼望电话员还有口气，能救活他，可电话员已经咽了气。为了最后证实这一点，医生解开他胸前的衬衫，听听心脏是否跳动。他的心脏已停止了跳动。

死者脖子上用细绳系着一个护身香囊。日瓦戈把它解了下来。里面破布包着一张磨烂了边儿的破纸片。日瓦戈一打开，纸片便一分为二，碎末纷纷落下。

纸上写的是《赞美诗》第九十篇里的话，祷文已由人们做过不少改动，由于无数次的辗转重复，离原文越来越远。从教堂斯拉夫语的文本抄来的段落，在这小条上是用俄语写的。

《赞美诗》中原来说"住在至高无上者神秘之境的神"，现在改成了"住在高处"。"你将不怕夜晚的恐怖，也不怕白天疾飞的箭"，这一句改成了强烈的敦促语气："别怕疾飞的箭"。《赞美诗》说"他已知我名"，条子上改为"他记起我名"。"于苦难中我将和他在一起，我将救他"，误为"我将从黑暗中把他救出"。

《赞美诗》的话，人们认为具有神力，能使人避开枪弹。早在前次帝国主义战争中，士兵就随身带着《赞美诗》的摘抄，作为自己的护身符。几十年过去了，许久之后，被捕的人开始把它缝在衣服里，囚犯夜里被带去检察官处受审时，也暗自念着这些诗句。

日瓦戈从电话员身旁走开，到了空旷地上被他击毙的年轻白军的尸体旁。青年人漂亮的脸上，流露出天真无辜和宽恕一切的痛苦表情。“我干吗把他打死？”日瓦戈医生心里想。

他解开死者的大衣扣，把衣襟敞开。大衣里衬上，大概是母亲用爱抚之手精心绣出了美术体的名和姓：谢廖沙·兰采维奇。

从谢廖沙衬衫的袖窝里，掉出拴在小链条上的闪闪发亮的小十字架、颈饰，还有个金色的扁匣或烟盒，小盒半开着，盖上好像被钉子戳了一下。里面掉出折起的纸片。日瓦戈打开一看，简直不敢相信自己的眼睛。那同样是《赞美诗》第九十篇，但是打字的，完全保留了斯拉夫语的原样。

正在此时，谢廖沙呻吟起来，伸了伸腿。他还活着。后来弄清楚了，他是受了轻微的内伤。子弹将落时打在母亲给的驱邪符的盒壁上，这救了他的命。可是，这个昏迷躺倒的人怎么处置呢？

此时交战双方的人们，都已打红了眼。俘虏没有活着押送到目的地的。敌方的伤兵，就地全都给打死了。

由于绿林游击队人员经常流动，不是进来一些新的志愿者，就是逃跑一些投敌的老队员，谢廖沙·兰采维奇在极端保密的情况下倒不妨假充不久前刚依附的新的同盟者。

日瓦戈从战死的电话员身上扒下外衣，把自己的意图告诉了安格利亚尔，由他帮着给没有苏醒的年轻人换好了装。

他和医助一同护理这个孩子。等谢廖沙伤全养好，他俩就放他走了，虽然这孩子没有对自己的恩人隐瞒，他还要回到高尔察克的军队里去，还要继续同红军作战。

五

秋天，游击队在狐湾扎营，这是在一处高冈的小林子里，底下一条翻着浪花的湍急小河，环绕高冈的三面流去，水涡冲刷着河岸。

在游击队来之前，卡贝尔军团的人马曾在此处过冬。他们靠自己的双手和附近居民的劳动，加固了林子的防护，可到春天却弃之而去。如今在他们没有炸毁的掩蔽所、战壕和通讯沟里，分散居住着游击队员。

利韦里·米库利齐恩让日瓦戈医生到自己的土屋里同住。一连两个晚上，他同日瓦戈闲谈，使医生无法入睡。

“我真想知道，我那尊敬的父亲，现在在干些啥事？”

“上帝呀，我实在受不了这装腔作势的口气。”日瓦戈医生暗自叹息，“可真像他父亲呢！”

“从咱们以前的谈话来看，我觉得您对阿韦尔基·米库利齐恩已经足够了解。而且我感觉，您对他的看法相当不错。是吧，先生？”

“利韦里·米库利齐恩，明天咱们要召开选举的预备大会。除此之外，很快要审判贩酒的卫生员。我同莱奥什医生还没准备好这方面的材料。我们俩明天碰头谈这件事。可我两夜没睡觉了。咱们明天再谈吧。您行行好。”

“不，还是回来谈谈阿韦尔基·米库利齐恩，您怎么看这个老家伙？”

“您的父亲还很年轻嘛，利韦里·米库利齐恩。您何必那样看他呢？现在我可以回答您。我常对您说，我弄不清楚社会主义的各种差别，也看不出布尔什维克同其他社会主义者之间的特殊差异。您父亲属于那些近期给俄罗斯带来动乱和不安的人物之一，这些人有功啊。阿韦尔基·米库利齐恩是革命的典型，革命的性格。他同您一样，是俄国酵母的代表。”

“这是褒还是贬？”

“我再次请求把这场争论改到适当的时机去。此外我想提醒您，您又没有节制地吸起可卡因来了。你擅自滥用属于我管的药品。它应该用于别的用途，且不说这是毒品，而我得对您的健康负责。”

“您昨天又没去上课。您对社会活动无动于衷，就像没知识的村妇和保守顽固的小市民。可您是个博学的大夫，并且自己似乎在写什么东西。请问，这怎么协调得起来？”

“我也不知道。大概根本就无法协调，毫无办法。我是够可怜的。”

“随和胜过骄傲。与其这么挖苦讥笑，倒不如看看我们课程的大纲，那您会觉得自己不该如此傲慢的。”

“上帝保佑您，利韦里·米库利齐恩！哪是什么傲慢呀！我对您的教育工作，是五体投地的。要讲的问题，在日程表上反复地写过，我读过了。您关于士兵道德上的成长的想法，我都清楚。我对这些思想，是双手赞成。您讲到的人民军队战士对待同志、弱者、无力自卫者、妇女应有的态度，对于纯洁和荣誉等观念的态度，所有这些几乎就是构成某个宗教派别的东西。这是一种托尔斯泰精神，是对高尚生活的一种理想。是我的少年时代所向往的。难道我会去讥笑它们吗?

“不过，第一，普遍完善的思想，要照十月革命以来的理解，不能使我感到鼓舞。第二，这一切离开未来的现实还远得很，可光为论说这些东西，就已经血流成河了，恐怕是手段与目的不符。第三，这是主要的，每当我听到改造生活，我就失去自制力而陷入绝望。

“改造生活！能讲出这种话的人们，即使很有生活阅历，也是从来没有认识生活，没有感觉到它的精神，它的灵魂。对他们来说，生活只是一团粗糙的、没有经过他们雕琢而变得精细的材料，这材料正需要他们去加工。但是生活从来不是什么材料，不是什么物质。我可以告诉您，生活是个不断自我更新、总在自我加工的因素，它从来都是自己改造自己。它本身就比我的您的那些蹩脚的理论，要高超得多。”

“不过您若能来参加会议，同我们这里优秀的、非常好的人们交往，我敢说定会提高您的情绪。您就不会再郁郁寡欢。我知道您为什么这样。您心情压抑，因为我们总是挨打，您看不到光明的前景。不过朋友，任何时候也不要惊慌失措。我知道一些关系我个人的十分可怕的事(暂时还不能公开)，那我也没有发慌。我们的失利是暂时性的。高尔察克的覆灭是必然的。记着我这句话吧。您会看到的。我们必定胜利。您尽可放心。”

“啊，真没得说。”日瓦戈医生心里想。“看他多幼稚、多近视吧！我一直不停地对他讲我们的观点截然不同，他硬把我抓来，硬留在身边；还想当然地以为他的失利定会使我灰心，他的计划和希望定会给我增添勇气。真是自我陶醉！革命的利益和太阳系的存在，在他看来是同一回事。”

日瓦戈心里一紧，他一言未发，只是耸耸肩，丝毫不想掩饰利韦里的天真幼稚使他根本无法忍受，但他竭力控制自己。这却没能瞒过利韦里。

“朱庇特[①]，您生气了，就是说您没道理。”利韦里说。

“您总该明白了，所有这一切都栽不到我头上。什么‘朱庇特’，什么‘不要惊慌失措’，‘谁说了一就该说出二’，‘莫尔干完了自己的事，莫尔可以走了’——这些全是庸人之见，这些话对我全不合适。我能说一，但绝不说二，不论您怎么样。我可以承认你们是俄国的灯塔和解放者，没有你们俄国会毁于贫困和愚昧。但即使这样，我也顾不上想你们，我看不上你们，我不喜欢你们，你们这些人全见鬼去吧。

“你们思想的主宰者，满嘴的民间谚语，可忘了一条主要的谚语：强扭的瓜不甜。他们一向根深蒂固地认为，要去解放那些其实并不要求这种解放的人们，给他们送去幸福。你一定以为对我来说世界上最美好的地方，莫过于你们的营地和你们这些人吧。大概我还应该为你们祝福，谢谢你们夺去了我的自由，谢谢你们把我从家庭、从儿子身边、从住宅中、从事业中——从我所珍视的一切和我赖以生存的一切中解放了出来。

“有消息说一支来路不明的非俄国部队突袭了瓦雷基诺镇。又

① 朱庇特是罗马神话中的神祇，亦即希腊神话中的宙斯，掌管天界众神，这里是戏称。

说镇子完全被破坏，被抢劫一空。卡缅诺德沃尔斯基不否认这一点。好像咱们两家的人都万幸得以逃脱。是些神话里那样的斜眼人，全穿着棉上衣，戴着毛皮高帽，大冷天里过了冰封的雷尼瓦河，什么也不说就把镇上所有活物全打死，然后像来时一样神秘地消失不见了。这事您知道吗？是不是真的？”

“胡扯。瞎编的。道听途说的消息，给无事生非的人传开了。”

“如果您真像自己对士兵进行道德教育那样，善良宽厚，那您就放我远走高飞吧。我去寻找自己的家人，现在我连他们是否活着，住什么地方，全都不知道。如果您不是那样，就请您住口吧，不要再打扰我，因为其余的一切引不起我的兴趣，别怪我动火。最后，我总还有权利哪怕只是想睡个觉呢！”

日瓦戈趴在行军床上，把脸埋进枕头里。他尽力想不听利韦里的解释。可利韦里继续安慰他，说开春一定能击溃白军。国内战争要结束，会出现自由、安宁、和平。那时谁也不敢扣住医生了。在那之前，应该忍耐一下。在忍受了那么多痛苦以后，在做出那么多牺牲以后，在久等之后，时间不会太长了。再说医生往哪儿去呀？就从他本人的利害来说，现在也不能放他一个人去任何地方。

“这魔鬼又老调重谈了！又在拨弄他那三寸不烂之舌！几年来老是这一套，难道就不害臊？”日瓦戈暗自叹息，气得鼓鼓的，“自我欣赏起来了，夸夸其谈的家伙，可怜的可卡因迷。没日没夜的。和他在一起觉也睡不成，日子真难过，该死的东西！我实在恨透了他！上帝有眼，我有一天非打死他不可。

“冬尼娅呀，我可怜的人儿！你还活着吗？你在哪里？天哪，你早就该生产了呵！你分娩可顺利吗？我们生了个儿子还是女儿？所有我的亲人们，你们怎样了？冬尼娅，我对你永远有愧、有罪！拉拉，我怕唤你的名字，因为一唤你，我心都要碎了。上帝啊！上帝啊！可这一位总在演说，没完没了，真是个可恨的无情的畜生！哪一天我忍无可忍，就把他打死，打死。”

六

晴和的初秋已经过去。如今是金秋的响晴日子。在狐湾的西头，有座木制的高台拔地而起，那是保存下来的志愿兵的碉堡。日瓦戈约好在这里同自己的助手莱奥什医生会面，商量几件共同有关的事。等人的工夫，他踏着已经坍塌的战壕边沿踱步，登上了警戒台，透过机关枪眼眺望河对岸绵延远去的森林。

秋光在林中已经清晰地区别出针叶林和落叶林两个世界。针叶树竖起根根刺，像一堵阴森的、甚至漆黑的高墙。落叶树在它的空隙处，星星点点，闪着酒红的颜色，就像有一座座金顶楼阁的古代小城。整个城市都是用落叶松的圆木，在密林深处建筑起来的。

日瓦戈医生脚下的壕沟里，路上经晨霜打过变硬的车辙里，塞满了卷曲的干柳叶，细得像剪过了似的。秋气里散发着这种褐色落叶的苦涩，还夹杂着许多别的味道。日瓦戈贪婪地吸进冷渍苹果般的复合的馨香、干叶的苦涩、潮湿泥土的芳香，以及九月蓝烟的焦味，就好像篝火泼上了水或火场用水扑灭后冒起的蒸气。

日瓦戈医生没有发觉，莱奥什从后面走近了他。

“您好，医生。”他用德语说。接着他们谈起了公事。

“我们有三件事要商量。私贩土酒、改造军医院和药房，第三是我一再坚持的要在行军条件下门诊治疗精神疾病。也许您不认为有这个必要，可据我的观察，我们都要疯了，亲爱的莱奥什，而且现代精神病具有传染性。”

“非常有意思的问题。我以后再谈这些。现在我要讲的是另一件事：营房里议论纷纷。私自酿酒的人引起了同情。许多人还在为那些躲避白军从乡下逃出来的家属担忧。有一部分游击队员拒绝离开营房开拔，因为他们的妻儿父母就快坐马车来到了。”

“是呀，是得等一等他们。”

“可眼看就要选举总指挥官，我们部队和不属于我们的其他部队的总指挥。我想唯一的候选人就是利韦里同志。一群青年推举另一个人，夫多维钦科。支持他的，是敌视我们的一派，属于卖私酒的那一伙，是富农和小店主的子弟，高尔察克军队的逃兵。他们闹腾得最凶。”

“据你看，私自造酒卖酒的那些卫生员会怎么处置？”

“依我看要判他们死刑而后赦免，缓期执行。”

“咱们扯远了。现在商量正事吧。要改造医院。这是我首先想要研究的。”

“好吧！但我应该说，我对您预防精神病的建议，一点不觉得奇怪。我也是这种看法。如今出现而且广为流行的最典型的一些精神疾病，它们带有一定的时代特征，是一个特殊的历史时期的产物。我们游击队里有个沙皇军队的士兵，非常有觉悟，具有天生的阶级本能，叫潘菲尔·帕雷赫。他就因为这个精神失了常，担心自己的亲人；万一他被打死，家人落到白军手里要受他的牵连。这是十分复杂的心理。他的家人好像在难民马车上，正追赶咱们的队伍。我语言不太通，不能问个明白。你向安格利亚尔或者卡缅诺德沃尔斯基打听一下，应该给他检查检查。”

“我对帕雷赫是非常了解的，我还能不知道他？有段时间我们在部队的会议上碰过面。黝黑的面庞，一脸凶相，额头很低。我不明白您发现了他什么长处。他总是主张极端的措施，严惩，处死！我对他一直很反感。好吧，我给他看看。”

七

这是一个明朗的晴天。像整个前一星期一样，干爽无风。

大军营里一片喧响，仿佛是远处海涛隐隐约约的潮声。不时可以听见在林中来回走动的脚步声、人们的话语声、抡斧、打铁、马嘶、狗叫、鸡鸣。一群群人，脸膛黧黑，牙齿洁白，笑呵呵地在林子里来来去去。有的向医生打招呼，点头致意；不认识他的人不打招呼就擦身而过。

尽管游击队员们不等到乘马车跟踪而来的游击队家属，不同意离开狐湾，现在马车距营地已只剩几站路，树林里也已准备很快拆掉营房，向东转移。人们在修理东西，擦洗物品，钉木箱，清点马车，还要检查大车是否有毛病。

林子中央有一块踩实了的空地，像古墓或古城的遗迹，当地人称它是大丘。这是一般召集部队大会的地方。今天又要在这儿开全体会议，准备宣布重要的事情。

树林里还有不少没有变黄的绿叶。林子深处几乎是一片新鲜的青绿。下午低沉的太阳，从林子背后射进日光。树叶浴着阳光，仿佛叶子是透明的玻璃瓶碎片，向外发出绿色的火焰。

联络官卡缅诺德沃尔斯基在自己档案室旁边的露天空地上，把他从卡贝尔团部抄获的作废的材料，以及游击队自己的一大堆报表，堆起来点火销毁。火堆恰好迎着太阳光。阳光像穿透绿林一般穿透了火焰。火苗因此看不清楚，只是从荡漾跳动的云母般的热气流，能判断出来有什么东西在燃烧。

林中四处点缀着各种成熟的野浆果，有倒挂着的鲜艳的碎米荠，有砖头般棕褐色的松软的接骨木，红白相间的一串串绣球花果。像火苗和树叶一样透明的花斑蜻蜓，扇动嗡嗡作响玻璃般的双翼，在空中缓慢地飞舞。

日瓦戈从小就爱看晚霞映照的森林。那时他觉得自己也仿佛被霞光照透了。似乎有一股鲜活的精神涌进心胸，传遍全身，然后在后肩生出一对翅膀来。每个人少年时代都会形成某种先入为主的幻象，它终生难忘，好像成了他自己的内在面貌、自己的形象。正是这个少年时的第一幻象，如今在他心里鲜明强烈地复苏了过来；周围的大自然、树林、晚霞和放目所及的一切，全融合成了一个无所不包的女孩形象。“拉拉啊！”他闭上眼睛轻轻唤了一声，也许只是在脑海里询问了一下整个自己的一生、整个世界、整个浮现在眼前、沐浴在霞光中的天地。

然而眼前的现实的事件仍在继续。俄国发生了十月革命，他被困在游击队里。想着想着，他不觉走到了卡缅诺德沃尔斯基的火堆旁边。

“在销毁文件？还没烧完呀？”

“早着呢。”

日瓦戈医生用皮靴头踢了一下，弄散了一摞东西，这是白军司令部往来的电报。他脑子里模糊地猜想，在这里一定会找到谢廖沙·兰采维奇的名字，可却没发现。原来这是去年密码电话的汇集，没什么意思，而且简略得不知所云，诸如：“奥姆斯克致第一复制件奥姆斯克地图四十俄里叶尼赛未到。”他用脚踢开另一堆材料，散了一地过去游击队会议的记录。最上面一张纸上写着：“十分紧急。放假问题。改造监察委员会成员。日常工作。由于伊格纳特村女教师的起诉缺乏证据，部队委员会认为……”

这时卡缅诺德沃尔斯基从口袋里掏出个东西，递给了日瓦戈医生说：

“万一撤离营地，这是你们卫生队的时刻表。队员家属的马车离这不远了。营里的分歧今天可以得到解决。这一两天我们就可能转移。”

医生朝纸条扫了一眼，叹息说：

“这比上次给我们的时间更少。可伤员增加了多少啊！能活动的、打绷带的可以步行，但他们人数极有限。重伤员我拿什么运走呀？药品呢？病床呢？设备呢？”

“设法简装吧。需要适应形势。现在有另外一件事，是大家对您的一致请求。这里有个同志，久经考验，忠于事业，是个极好的战士。可他出了什么毛病。”

“是帕雷赫吗？莱奥什对我说了。”

“对。您去他那儿一趟吧。给他诊断一下。”

“是精神上的毛病吗？”

“我想是。总叨叨什么逃跑。看来是幻觉。失眠，头疼。”

“好吧。我马上就去。现在我有空。大会什么时候开始？”

“我想已经集合了。您去干吗？您看我也没去。咱们不去，会也照样开。”

“那我去看帕雷赫了。说实在的，我站都站不稳，困极了。利韦里·米库利齐恩夜里喜欢议论，累得我不行。怎么去找帕雷赫呢？他在哪儿？”

“大石坑后面有个小桦树林，您记得吗？很小的一片白桦幼林。”

“我能找到。”

“那儿的空地上，是指挥官的营房。我们拨给帕雷赫一个帐篷，他在等家眷来，老婆和孩子正坐马车往这里赶呢。所以他一个人占了个帐篷，凭他对革命的贡献，算是营级指挥官的待遇！”

八

去找帕雷赫的路上，医生觉得再也迈不动步了。他已疲惫不堪。几夜缺觉的结果，使他异常困顿想睡。本可以回到掩蔽部小憩，但他怕去那里，因为利韦里随时会来，又要打扰他。他在林中一块没多少杂草的地方躺下了。整个林子里铺满金黄的树叶，是周围树木的落叶聚集到这空地上来，堆成一个个方块。阳光也洒到了这片黄色地毯上。由于双重的色彩交错在一起，眼睛都发花了。看着这颜色像读小字书，又像听人总单调地絮叨，催人入睡。

日瓦戈医生躺在绸缎般簌簌响着的树叶上，胳膊垫在头下，胳膊下面是布满青苔的高高低低的树根。他马上迷糊了过去。催眠的斑斓光点像方块饰物，覆盖了他躺在地上的身躯；在光线和树叶构成的万花筒里，他变得不易察觉，不易发现了，仿佛戴上了隐身帽。

可刚过一会儿，他由于过度想睡，反而醒了。直接原因只能在一定的范围内才发生作用，超过了这个范围就会产生反效果。日瓦戈医生那得不到休息、不能安静的意识，仍在乱哄哄地转动着。凌乱的思想旋风般翻滚，像一辆破汽车的轮子，几乎要发出咔咔的声音来。心里这种纷乱折磨着医生，惹他生气。“利韦里这个混蛋！”他忿忿地想，“世上现在已经有上百条理由可以让人发疯，他还嫌少。他囚着我，同我拉交情，胡说闲扯，就这么平白无故把个健康人弄得神经衰弱。早晚有一天我得把他打死。”

从朝阳的一面飞过一只褐色细斑的蝴蝶，像一小块时合时开的彩布。日瓦戈医生睡眼惺忪地跟踪着它。蝴蝶落在与它色彩最相似的东西上，落在褐色小斑的松树皮上，同树色完全融合到一起。蝴蝶不知不觉地在树上消失，正像日瓦戈在太阳的光影中，从人们眼中完全消失一样。

日瓦戈沉浸在他所熟悉的一连串思绪中。他在许多医学论文中，间接涉及这些思想。他写到过意志和合理性，认为这是不断完善的适应力的结果；写到过拟态，讲到摹仿和预防；写到过适应能力最强的人会起死回生，讲到自然淘汰的道路也许就是培育和产生意识的道路。什么是主体？什么是客体？怎样说明它们两者的同一？在日瓦戈医生的思索中，达尔文同谢林联系到了一起；飞过的蝴蝶同现代绘画、印象派艺术联系到了一起。他想到了造物，想到了生物，想到了创作，想到了伪装。

他又睡着了，可过了一分钟便再次醒来。不远处低沉的细语，惊动了他。虽然只传过来几个词儿，也足以使日瓦戈听明白：他们在密谋什么非法的勾当。看来，密谋的人没看见他，没想到有人在附近。倘若他现在发出响动暴露了自己，那非得赔上一条命。日瓦戈屏息静气，侧耳细听起来。

有几个声音他很熟悉。这是些渣滓、游击队的败类、混进来的一伙孩子，有桑尼卡、戈什卡、科西卡，跟他们跑来的捷廖沙，形形色色的饲马兵。同他们在一起的，还有扎哈尔，这是个最坏的家伙，参与了酿私酒的事，因为供出了主犯暂时没追究他的责任。令日瓦戈吃惊的，是这里面还有一个“银连”的游击战士西沃勃利艾，是首长警卫队的队员。按照拉辛和普加乔夫那些农民领袖传下来的习惯，这个深得利韦里信任的亲信，被人们称作“大王耳”。原来他也参与了阴谋活动。

谋反的几个人是在同敌人前沿侦察部队派来的代表密谋。来人的谈话完全听不清楚，他们同叛徒讲话的声音太低；只是从密谋者窃窃私语中间的停歇，日瓦戈猜出那是轮到了敌方军使讲话。

讲话最多的是酒鬼扎哈尔，沙哑着嗓子，总是骂骂咧咧。他大概是主谋。

“现在你们都听仔细了。主要的是不许声张，隐蔽好。谁要顶不住了去告发，看见芬兰刀了吧？我就拿这把刀把他肠子捅出来。

明白吗？现在咱们哪边都不讨好，不管在哪儿也是提心吊胆。所以得将功折罪。要干件了不起的事。他们要求把他活捉了，用绳子捆上。你们听说没有，如今他们的百人长古列沃伊要到这片森林里来（有人纠正他名字说得不对，他没听清楚，又错改为‘将军加列耶夫’）。这样的好机会，不会再有。这就是他们派来的代表。他们会给你们说清楚。他们讲非捉活的不可。你们自己问问吧，谁想讲话就说吧。弟兄们，你们说点什么。”

派来的几个人开始讲话了。日瓦戈一个字也听不清。后来大家全都沉默好半天，看来，他们大概讲得很详尽。然后又是扎哈尔讲起话来。

“听见了吧，弟兄们？现在你们自己看到了，是啥宝贝、是啥了不起的人物管着咱们。值得为他卖命吗？这算个啥人呢？这是个败类，花花公子一个，再不就是修道士。捷廖沙，我看你敢再大声出气，轮不到你笑话人。就是这样，好像从小是修道士，你要跟着他，最后总得当修道士，别想成家。听听他讲的那些话吧：我们要赶走这类人，不许说脏话，反对酗酒，对女人要态度好。日子能这么过吗？总而言之，今天晚上在河边渡口，石头堆那儿。我引他去荒地。咱们一拥而上。搞掉他费什么劲？等于吐口唾沫。难在哪儿呢？他们非要活的，要捆起来的。要是不能按咱们的办法去办，我自己就收拾了他，亲手打死他。他们那边要派人来支援的。”

说话的人还在滔滔不绝地讲阴谋行动的计划，一边同其他人渐渐远去了。日瓦戈医生再听不到他们的声音。

“他们这不是要搞利韦里吗？一伙坏蛋！”日瓦戈又惊又气地想，早忘了自己曾多次诅咒折磨自己的那个人，盼着他死掉。这帮混蛋打算把他出卖给白军，要么就打死他。怎么制止这事呢？到烧文件的火堆那儿去，装作无意的样子，然后不点名地告诉卡缅诺德沃尔斯基。再设法提醒利韦里有危险。

可是卡缅诺德沃尔斯基已不在那儿了。火堆快要燃尽。他的助手照看着，免得火被刮跑。

突袭竟没有发生，及时得到了制止。原来这个阴谋已经败露。这一天真相被彻底戳穿，密谋者全给抓了起来。西沃勃利艾在这件事里扮演了双重角色，既是密探又是挑唆者。日瓦戈医生对他越发觉得反感。

九

消息传来，逃难的家属带着孩子们离这只剩两站地了。在狐湾，人们正准备很快要与家人见面，而后便拔营出发。日瓦戈去看帕雷赫。

日瓦戈医生到时，他正站在帐篷门口，手里握了把斧头。帐篷前面是高高的一堆新砍来的小白桦树枝。帕雷赫还没有砍枝杈。有的枝干就是当地砍下来的，树干沉重地倒下时折断的枝杈扎进潮湿的泥里。有的是他从不远处拖回来压到柴堆上的。桦树枝既不贴地，也没理顺，压乱的弹性枝条不断抖动摇晃。它们好像伸手踢脚，不让帕雷赫来砍，而且堆成一个绿油油的小山，挡住他那个帐篷的入口。

“这是准备迎接贵客，”帕雷赫解释他在做什么，“妻子孩子来了，这帐篷太低。下雨往里灌水。我想用木块垫高，砍了不少树枝。”

“潘菲尔·帕雷赫，你别以为会让家眷住到你的帐篷里来。哪能让不当兵的，妻子呀孩子呀，同部队住在一处，哪有这种事！准是把他们安置在附近的马车上。你有空可以去见见，尽点义务。要说住进帐篷，恐怕不会的。我倒不是为这个来的。听人说你越来越瘦，不想吃喝，不能睡觉？脸色还好嘛！就是胡子太长了。”

潘菲尔·帕雷赫是个壮实的农民，一头蓬乱的黑发和胡须；由于头骨大，像个圆环或铜箍压在太阳穴上，额头不平，给人印象有两个前额。帕雷赫这副样子看起来，凶狠不善，好像总在斜眼或翻着白眼看人。

十月革命开初时，人们有鉴于一九〇五年的先例，担心这次革命也变成上层少数开明人物史上的短暂事件，而不触及深广的下层人民，得不到巩固，于是便对人民极力进行宣传，灌输革命思想，使他们惊觉，使他们愤怒，煽动他们起来。

在开初这些日子里，像士兵帕雷赫这样的人，本来不要任何宣传就极端仇视知识阶层、老爷、军官，在一些激烈的左派知识分子眼里，都成了难得的发现，成了无价之宝。他们的惨无人性，被当成神奇的阶级觉悟；他们的野蛮，成了无产阶级坚定性和革命本能的楷模。帕雷赫获得的名声，恰是如此。他深得游击队首长和党的领导人的信任。

在日瓦戈看来，这个神情阴郁、不大合群的大力士，由于心地空虚，思想单调贫乏，引不起他的兴趣。这人似乎发育不大正常。

“咱们进帐篷谈吧。”帕雷赫请他进去。

“不必了。再说我也钻不进去。在外面谈好些。”

“好，就随你的便。也的确像个小洞，坐到树枝上聊聊吧。”

他们坐到白桦树干上，树干还不时滑滚弹动。

“俗话说，讲起来容易，做起来难。可我的事讲起来也不容易。三年也说不完，不知从哪开头。

“这么说吧。原先我和老婆一起过活。两个人都年轻。她管家务。我没什么不满意的，一直当农民种地。后来有了孩子。后来征了兵。被赶到前方侧翼去打仗。战争嘛就是战争，我对你还有啥好讲的？你亲眼看到了战争，医生同志。完了就是革命。我开了窍，一个士兵打开了眼界。问题不在德国人，不在德国佬，问题在自己人。我们是世界革命的战士，刺刀往地上一戳，离开战场回家去，去打资产阶级！全是这类的事儿。这些你自己都知道，军医同志。往下是国内战争。我进了游击队。这有许多事我漏过不讲了，要不好久也说不完。现在呢，眼前也好，往后也好，我现在是怎么看的呢？高尔察克这个坏蛋，从俄国前线撤下来第一和第二斯塔夫罗波尔斯基兵团，还有奥伦堡哥萨克骑兵团。我又不是小孩子，还不懂呀？我又不是没在军队里干过。咱们的事不妙呀，军医同志，咱们要完蛋。他这个狗娘养的，想干什么？想把咱们包围起来。

“现在是老婆、孩子和我在一起。要是他如今得了逞，他们哪里逃得脱呀？难道他能懂得他们没有罪过，他们什么也没参加吗？他绝不会这么看。他会因为我，把我妻子五花大绑，上刑审问，为了我的事要折磨我的妻子、孩子，抽筋剥皮。你想想现在还睡得着，吃得下吗？别看我像铁人似的，真会发疯的。”

“你真是怪人，帕雷赫。我不能理解你。多年没见家眷你也过来了，他们音信全无，你也没有伤心。眼下今天明天就能相会了，你不高高兴兴的，却给他们唱挽歌。”

“从前是从前，现在是现在，差别大了。白匪强盗要吃掉我们。倒不是为我担心。我的命运是进棺材，看来我是罪有应得。可我不能把自己的亲人们也带到那去。他们要落到豺狼手里，要把他们的血一口口喝光。”

“所以你才说逃跑逃跑的？人家说你老梦见逃跑的人。”

“唉，那个算了，不说它吧，医生。我没有全对你讲。我还没有说出主要的呢。好吧，你听我说出难受的真话来吧。你别责怪我，我全对你坦白。

“我把许多像你这样的人，都给报销了，我手上染了许多老爷、军官的血，还有别的。数目人名都不记得，反正人血像水一样地流。有个小伙子总在我脑子里转悠，我打死了个青年，怎么也忘不了。我为什么把个孩子打死呢？他逗得我发笑，笑得喘不上气来。我这么一笑，就给了他一枪，简直是犯混。毫无理由！

“那是二月革命的时候，还是克伦斯基掌权时期。我们举行暴动。那是在铁路上。他们给我们派来一个青年人、鼓动员，要讲话号召我们进攻，让我们战斗到最后胜利。这样就来了一个士官生作鼓动。是个瘦弱的孩子，手里拿着‘战斗到最后胜利’的标语。他举着标语跳到消防水桶上面，消防水桶那时摆在车站上。他一跃上去，想站得高些号召人们参加战斗，突然脚下木盖翻了个儿，他掉到了水里。嘿，可笑死了人！我笑得前仰后合，心想非笑死不可，多滑稽呀！这时我手里端着一支枪。我一个劲儿地哈哈大笑，好像他搔了我胳肢窝。笑着笑着我端起枪，砰的一声就把他撂倒了。我自己也不清楚怎么会放了枪，好像有谁推了我的手似的。

“所以呀，我就老梦见人们在逃跑。一到夜里就看见车站。那时觉得可笑，现在觉得难过。”

“是在梅柳泽耶夫市，比柳奇车站上吗？”

“忘了。”

“是和济布申诺居民一道暴动吗？”

“忘了。”

“是哪个战线？在哪个战线上？是西部战线吗？”

“好像是西部。都可能是。我不记得了。”

第十二章　蜜甜的花楸

一

游击队家眷乘着大车，带着孩子和行装，追随部队已经走了很久。在车队的最后，是数不清的牲口群，主要是牛群，总数有几千头。

同游击队员们的妻子一起来到营房里的还有一个新人，士兵的妻子兹雷达丽哈，也叫库巴丽哈，专给牲口看病，算个兽医，暗地里还是个占卜女人。

她头上歪戴着一顶扁圆小帽，穿件苏格兰皇家步兵的豌豆色军大衣(是英国给最高统治者供应的军需品)。据她说，这些东西是她利用犯人的帽子和长衫改制而成的。又据说好像是红军把她从克日姆中央监狱解放了出来，也不知为什么她被高尔察克关在那里。

这时游击队已经驻扎在一个新地方了。原先估计这只是暂居之所，调查周围情况之后要找个长期稳定的过冬去处。后来情况发生变化，游击队只好留在这儿过冬。

这个新驻地，一点不像不久前放弃的狐湾。这里茫茫一片林海，是难以通行的原始林区。同大道和营地相对的那一面，森林一望无际。开初的日子，当部队开辟营地、安置住处时，日瓦戈空闲时间较多。他深入到林子各处去观察，体会到在这林海中极易迷路。通过第一次周游，有两个地方吸引了他的注意，印在脑海里难以忘却。

秋天的森林现已变得光秃秃，可以一眼望穿，好像通向林中的大门豁然敞开。林子出口处和营区出口处，长着一棵孤零零的漂亮的赤褐色的花楸树，在所有树木中，唯有它还保留着火红的叶子。它长在泥泞的低洼沼地上面的小山顶上，托起一片片平展开的深红色硬果，插向入冬前阴沉沉黑铅般的天穹。一身鲜艳羽毛的迎冬小鸟，像寒天的云霞；还有灰雀和山雀，都落到花楸树上，慢慢地挑拣着啄起一颗颗果子，仰头伸颈，使劲吞进去。

树雀之间，仿佛产生了生动的亲密关系。似乎花楸树把这全看在眼里，挣扎了好久才让步，出于怜悯雀儿，解衣把乳头递过去，就像母亲哺育婴儿。“唉，拿你们有啥法子。吃吧，吃吧。饿就吃吧。”说着露出了笑容。

另一处在林子里面，更是佳境。

这是个高冈，像尖顶丘陵，一面是陡崖。崖下本来容易想象与上面不同，或是小河，或是谷地，或是僻静的草地；谁知下面与上面完全一样，只是距崖顶极深，那里林子的树冠还在脚下。这很可能是地陷的结果。

仿佛这片云层下阴森雄浑的林子，绊了一跤，往下栽去，眼看要坠入地底下去，千钧一发之际幸运地留在了大地上，于是得以保全，如今还在下面呼啸。

不过林冈另有更妙之处。它的周围全是陡立的巨大花岗岩，很像史前时期石冢上刨光的石板。日瓦戈第一次到此，见后便断定，这块岩石地绝非出自天然，它带有人工雕琢的痕迹。这里可能是古代多神教的庙宇，不知是什么偶像崇拜者，曾在此处祭祀神祇。

在一个阴冷的早晨，此处执行了对阴谋案十一名主犯和两名酿私酒卫生员的死刑。

二十名对革命忠心耿耿的游击队员，以司令部特别卫队为核心，把犯人们押解到此。他们围成半圆形，举枪快步把犯人赶到石崖边上；除了跳崖，这里是再无出路。

审讯、长期禁闭、拷打，使他们没了人样，满脸胡须，面色发黑，有气无力的，像幽灵一样可怕。

从开始审查就下了他们的枪。这会儿谁也想不到再摸摸他们临刑前身上是否有武器，认为这样做太卑鄙，是嘲弄死到临头的人。

突然间，同夫多维钦科并排走的他的朋友，和他一样也是个思想上的老牌无政府主义者勒扎尼茨基，朝押送的人们开了三枪，目标对着西沃勃利艾。勒扎尼茨基是个神枪手，但由于紧张，手一抖没有击中。又是出于对过去同志的照顾和怜悯，押解的人们没有扑向勒扎尼茨基，也没有不等统一命令便提前放枪。勒扎尼茨基还剩有三发子弹，但愤怒间忘了这一点，加上懊悔失手未中，举起勃朗宁就往石头上摔去。一击之下响了第四枪，误伤了犯人帕奇科利的腿。

卫生员帕奇科利大叫一声，抱住腿摔倒在地。在他身旁的帕夫奴特金和扎哈尔·戈拉兹德赫，架起他来便向前拖，怕同伴们慌乱中把他踩了，因为此刻人们除了自己，什么都记不得了。帕奇科利跛跳着一条腿朝赶他们过去的石崖边走去，因为受伤的脚不敢着地，一面不停地嚎叫。他这非人的哀吼很有传染力。所有的人像得到信号一样，都不再能控制自己。于是乱成了一团。响起骂人声，有人哀告求情，有人诅咒。

少年犯捷廖沙掀掉一直戴在头上的镶黄边的中学制帽，跪在地上爬着跟那群死囚往可怕的石崖退去。他捣蒜一样向押送队叩头，不停地哭叫着央告，神志已不很清楚：

“我错了，弟兄们，饶了我吧，再也不敢了。别打死我呀。我这么小，死得太早。让我再活几年，再看一眼我的妈妈。原谅我吧，弟兄们，饶了我吧，我要吻你们的脚，给你们背水。哎呀，可惹了大祸。完了，妈妈，妈——妈——”

死囚中间还有个声音哭诉，看不清是谁：

“我的好同志啊！怎么能这样？你们别糊涂呀。咱们一起打了两场战争，流了血；为了一个事业坚持斗争。可怜可怜我们，放了我们吧！我们一辈子也忘不了你们的恩情，我们要将功赎罪，用事实证明。你们聋了吗？怎么不说话？你们身上不戴十字架吗？”

有人冲着西沃勃利艾喊道：

“好哇，你这个出卖耶稣的犹大。我们对你算什么叛变。你这狗东西，自己才是双料的叛徒。你对沙皇宣过誓，打死了自己的沙皇；对我们表过忠心，又把我们给出卖了。趁着现在还没出卖你那个利韦里，去和他亲嘴吧，早晚你会出卖他的。”

夫多维钦科至死不动声色。他高扬着头，白发迎风飘动着，像公社社员对公社社员那样，高声对勒扎尼茨基说道：

“别低三下四的，勒扎尼茨基！你抗议也打动不了他们。这些新爪牙、新刽子手不会理解你的。但你用不着垂头丧气。历史会澄清一切的。后代一定会把政委专权的暴君们和他们干的丑事，钉到耻辱柱上。我们是在世界革命的曙光中，作为思想的殉难者死去。精神革命万岁！全世界无政府主义万岁。”

二十支枪按照一个无声的、只有射手听得到的命令，同时打响，放倒了一半犯人，大多数毙了命。对其余的人，又放了一枪才击毙。叫捷廖沙·加卢津的孩子，抽搐的时间最久，但最后还是挺直身子一动不动了。

二

把营地再往东移动，迁到另一处去过冬，这念头并没有马上打消。游击队不断派出侦察兵和巡逻兵，调查大道对面沿着维特托克和克日姆分水岭的一带地方。利韦里经常离开营地去原始林中，把医生一个人留下。

可是，再想往别处转移，已经为时过晚，无处可去。这是游击队连遭巨大失利的时期。白军在最终覆灭之前，决定一举消灭森林中的非正规部队，集中了所有战线上的力量，共同包围游击队。游击队受到四面八方的进逼。倘若包围圈的半径极小，这形势不啻是场灾难。广阔的回旋余地救了他们。入冬前敌人没有能够收紧侧翼，因为那里是人迹难到的茫茫的原始森林，结果便来不及把农民部队围紧。

尽管如此，想往任何地方移动都已不可能。当然，如果真有转移的计划，保证取得一定的军事优势，也不是不能通过战斗越出包围圈，占据新的阵地。

但却没有那样一个深思熟虑的计划。人们都已筋疲力尽。下级指挥官自己就丧失了信心，对下属战士没什么影响力。高级指挥官天天晚上开军事会议，提出各种对抗方案。

应该停止寻找另外的过冬之地，就在占据的密林深处巩固下来，准备过冬。冬天这里大雪封路，敌人没有很好的滑雪装备难以入林。应该挖壕储存大量的粮食。

游击队的管家皮修林报告说，面粉和土豆严重不足，牲口数量倒足够。皮修林估计到冬天主要食品是肉和乳类。

冬衣也缺乏。一部分队员半裸着身子。于是把营区里的狗尽数宰杀。精通制皮子的人们，用狗皮给游击队员缝制翻毛皮袄。

日瓦戈医生要求给运输工具，遭到了拒绝。马车如今有了更为重要的用途。最后一次转移中，重病号用担架抬着走了四十里。

日瓦戈的药品，只剩了奎宁、碘和硫酸钠。用于手术和包扎的碘，是晶体制剂，必须在酒精中溶解开。人们后悔取缔了土酒生产，就去找当时得以解脱的从犯，委托他们修复破坏了的蒸馏设备，或者再造一套。一度取缔的土酒生产，为了医疗目的重又得到恢复。营区里人们只是互递眼色，摇头而已。酗酒现象重又出现，更加助长军营里日益严重的瓦解趋势。

新酿造的酒精浓度几乎达到一百度。这么烈性的液体，很容易化开晶体制剂。后来在入冬时，日瓦戈正是用浸泡过金鸡纳树皮的这种土酒，治疗因天冷又复发的斑疹伤寒。

三

这些日子里，日瓦戈医生常常看到帕雷赫和他的家眷。整个夏天，他的妻子儿女在露天的尘土飞扬的大道上奔跑度过。可怕的经历，吓破了他们的胆，唯恐还会发生可怕的事。颠沛流离给他们烙下了不可磨灭的印迹。帕雷赫的妻子和三个孩子(一男二女)，都是一头被阳光晒褪了色的浅色头发，眉毛变得整齐而发白，风吹日晒变黑的面庞。孩子还太小，难说流露出艰险经历的迹象。可母亲脸上由于惊吓所致，毫无生气，只剩下端正的轮廓，紧闭成一条线的双唇，以及随时准备自卫的紧张而呆滞的痛苦。

帕雷赫爱他们一家人；特别对孩子，简直爱得发狂。他用磨快的斧头尖，在木块上削出兔子、熊瞎、公鸡等玩具，手工之麻利，令日瓦戈医生惊讶不止。

他们来后，帕雷赫有了笑容，精神大振，开始慢慢复原。可马上又有消息说，因为家眷在此给营区情绪带来了有害的影响，必须把游击队同家小分开，使营区摆脱多余的非军人的累赘；派足够的人护送逃难马车队到远处土屋里屯集。这类传闻极多，而实际上的准备并不多。医生不相信这种措施能行得通。但帕雷赫却又阴沉起脸来，从前梦见的逃跑的人又来找他。

四

刚入冬时，有几个原因使营区很长时间陷入不安；情况捉摸不定，严重而混乱；有的事互不协调，令人莫解。

白军完成了预定的对起义军的包围。指挥完成了这一行动的是维齐恩、克瓦德里和巴萨雷戈将军，他们都以坚定果决著称。营区里起义者的家眷们，一听到这些将军的名字便胆战心惊。没有离开家园而留在敌人包围圈之外自己村庄里的和平居民，只要听到他们的名字，也莫不如此。

上面说过，人们看不出敌人有什么办法能缩小包围圈。这一点尽可放心。可是，对于包围又不能不加考虑。对局势束手无策，便是在精神上壮大敌人的力量。应该设法从敌人的圈套(即使是不构成危险的圈套)里挣脱出来，目的在于显示军事力量。

为了这一目的，游击队调集了大量兵力对付包围圈的西线。经过许多天激烈战斗，打垮了敌人，突破这里的防线进入敌军后方。

突围打开的口子，形成了进入原始森林到达起义者驻地的自由过道。新的逃难人群，蜂拥而来同他们会合。这股和平的村民，已经不限于游击队员的近亲了。由于害怕白军的讨伐行动，周围所有的农民都惊动起来，抛弃自己老家，自然而然地投奔林中的农民军，把它看作自己的保护者。

可是营区里人们却希望摆脱吃闲饭的人。游击队无力顾及外人和新来的人。难民来时，有人就跑出去迎接，让来人停车，然后转弯到奇利姆卡河边垦荒地上的水磨方向去。这地方是由水磨附近一些庄园组成的，名叫院群。计划在院群里开辟一个难民过冬的处所，设一个仓库，储存专门拨给他们的粮食。

就在作出这些决定的时候，局势按着自己的轨道发展，弄得营区领导措手不及。

击退敌军的胜利局面，竟又复杂化了。白军把击败它的游击部队放进包围圈之后，又扎起口袋，恢复了原来的战线。深入白军腹地、脱离主力的小分队，被切断了重返森林回到自己人身边的道路。

逃难的家属也出了问题。在人迹罕见的密林中，是极易走岔道的。被派出迎接的人，没找到难民的踪迹。女人们则顺其自然地向原始林深处运动，沿途表现出惊人的机敏，砍倒了两边树木，用它们架桥铺路，开辟出了前进的道路。

所有这一切，同森林司令部的意图截然相反，完全打乱了利韦里的计划和一些决定。

五

他正是为这件事在大发雷霆。此刻他同斯维里德一起站在离公路不远的地方。公路到这里有一段要穿过原始林。路中间站着他属下的一些指挥官，他们正争论要不要剪断公路旁电线杆上的电线。最后的决定权属于利韦里，可他却同流浪猎人谈个没完。利韦里朝他们挥挥手，意思是他马上到他们那边去，让他们等着别走。

斯维里德很长时间一直不能忍受谴责和枪毙夫多维钦科这件事。此人毫无罪过，就因为他的威信堪与利韦里媲美，给游击营带来了分裂。斯维里德打算离开游击队，重新过他那自由自在的日子。可这哪办得到呢？既然入了伙，卖了身，如今要离开森林兄弟，会落个被枪毙的下场。

天气坏得无以复加。一阵阵狂风，紧贴着地面撕碎云絮，云块黑得像飞舞的煤烟子。突然乌云抛下雪花，大雪犹如某种白色怪物，抽搐着匆匆奔走。

前一分钟里，远方似乎扯起一块白色的帷幔，地面盖了一层白雾。一分钟之后，雾气全消，暴露出炭黑的大地，远处倾盆的斜雨把天空也染成黑色。土地再也吸收不了更多的雨水了。过一会儿放亮时，乌云散开来，像有几扇窗子从上面打开，让天空透透气，闪烁着白玻璃般的冷光。雨水不被土地容纳，聚在坑洼和湖泊里，也像敞开的小窗口，充满了同样的光芒。

恶劣天气的烟雾，沿着针叶林的树顶游动，却穿不进林中，正如水透不过胶布。电线上坠着雨滴，好似串珠；几根线密集在一起，没有被风刮断。

斯维里德是被派到密林深处寻找家属的人员之一，他想把自己所见讲给首长听。他想讲讲由于种种不同的而又显然无法执行的命令相互冲突，造成了一片混乱。他也想讲讲那些失去信念的极端懦弱的女人们，干出了怎样伤天害理的事。有的年轻母亲，背着包袱，抱着吃奶的孩子徒步跋涉，发现没奶了，跌跌撞撞，急得发疯，就把孩子扔到路边，把包袱里的面粉倒掉，转身往回走。情愿快死了事，免得慢慢饿死。情愿落到敌人手里，免得喂了林子里的野兽。

另一些极其坚强的女人，却做出了坚毅勇敢的表率，连男人也望尘莫及。斯维里德还有不少其他的情况要说。他想警告首长，营区里存在发生新暴动的危险，远比镇压下去的那一次威胁更大。可是他一时找不出合适的话来，因为利韦里很不耐烦，暴躁地催促他，最后弄得他一句话也说不出了。而利韦里总是打断斯维里德，倒不光是因为路上有人等他，一个劲儿朝他点头呼喊，还因为这两个星期里人们接连不断找他，都讲了类似的意见。所以这一切利韦里早已知道。

“你别催我，首长同志。我本来就笨嘴拙舌的。词儿到了牙缝里也能塞住，在嗓子眼能噎死。我要对你说啥呢？你到难民车队去一趟，给那些婆娘们讲讲西伯利亚的规矩。你看看她们闹成什么了。我问你，咱们是‘一切为了打败高尔察克’，还是要搞妇女战争？”

“说简单点，斯维里德。你没见在喊我吗。别兜圈子。”

“现在那个女妖精兹雷达丽哈，天晓得她是个什么人，说收下我当牲口医……”

“是兽医，斯维里德。”

“我就是说的这个，要给牲口看流行病的。可是现在她根本不管你的什么牲口了，变成了个女修士，做起祈祷来，把大路上逃难的家眷全勾引过来了。她还对她们说什么，自作自受吧，谁让你们卷起铺盖就跟着红旗跑。下次记着别跑啦。”

“我不明白你是说的哪些难民。是咱们游击队的，还是别的什么人？”

“自然是别人。是新来的，别处的难民。”

“不是有命令让她们到院群村奇利姆卡水磨那里去吗？她们怎么到了这里？”

“哎呀，还说院群村呢！你那个院群村，全烧光了，只剩一堆火场。水磨和整个奇利姆卡都变成了木炭了。她们到了奇利姆卡，看到烧得精光，一半人就发了疯，哇哇哭叫着往回跑，到白军那边去了。另外的人转过头来，赶着马车队上这儿来了。”

“通过了密林和沼泽？”

“斧头是干什么用的呀？咱们派了些男人去保护她们，也帮她们一起开路。听说她们开出了三十俄里的路。还搭上了桥。你看看，这哪是女人呀！她们干的这事，你想三天也不一定想得出来。”

“好家伙！你还高兴呢？三十里路开通了。这不是正合白军维齐恩和克瓦德里的意吗？打通了进原始森林的大道，连大炮都运得进来。”

“要埋伏，要埋伏，派人埋伏就没事了。”

“上帝保佑，不要你说我也想得到。”

六

白天变短了，五点钟就黑下来。近黄昏时，日瓦戈从利韦里同斯维里德拌嘴的那段路上横穿而过，朝营区走去。快到空地和高冈附近，就是被视为营区界标的花楸树所在的高坡下，他听见一个兴奋而挑逗的歌喉，这是库巴丽哈，他戏称这个土医生是自己的竞争对手。这女人用刺耳的尖声，唱出粗俗欢快的歌子，大概是什么民谣。人们在听她唱，不时爆发赞赏的笑声，有男人也有女人。接着一切都沉寂了。大家多半是散了。

这时库巴丽哈换了一种唱法，低声细气地，以为周围只她一个人在。为了不陷到沼地里去，日瓦戈摸着黑在小径上行走，绕过花楸树前一块泥泞的空场；走着走着，突然呆立不动了。库巴丽哈唱起了一支古老的俄罗斯歌曲。日瓦戈竟不知道这首歌。也许这是她即兴胡编的？

俄罗斯民歌就像拦河坝里的水。你感觉它是停滞不动了。其实在深处它并没有停住，不断地溢出闸门；表面的平静是假象。

这民歌采用各种手法，通过回环、对偶等等，使歌词内容缓慢地发展。到某一极限时，内容猛然揭开，让我们大吃一惊。善于克制和把握自己的哀愁的力量，正这样表现出来。这是一种想用言辞使时间停滞的近乎疯狂的尝试。

库巴丽哈一半是唱，一半是说：

一只小兔在大地上奔跑，
奔跑在大地间，奔跑在雪原上。
它跑近一棵花楸，
向大树哭诉悲伤。
我这兔心何尝是胆怯的心，
胆怯的心，慌里慌张。
我怕的是野兽的出没，

野兽出没，饿狼的饥肠。
花楸啊花楸，可怜我吧，
你这美丽的一方。
别把你的美丽交给凶险的敌人，
凶险的敌人，老鸦的疯狂。
你把鲜红的果子撒给风吧，
撒给劲风，撒给大地，撒给雪场，
抛向我的家园，
扔进那最靠边的一间房，
扔进那最靠边的一扇窗。
我心上的人儿啊，
就在那房里躲藏。
请俯耳告诉我的心肝，
我这炽烈燃烧的希望。
我愁苦，是个囚中的士兵，
异乡有无限的忧伤。
我要冲出痛苦的囚禁，
回到我美丽的花楸树旁。

七

士兵妻子库巴丽哈，给帕雷赫老婆阿加菲娅·法捷夫娜的病牛驱邪治病。人们把牛从畜群里赶出来，牵到树丛中，把牛角拴在树上。女主人坐到牛前腿旁边的树墩上，那个女巫医坐在后腿旁的挤奶小椅上。

其余好多牲口，挤在一块不大的林中空地上。四周是黑压压的云杉树林，云杉高耸如山，下宽上窄，仿佛盘坐在舒展开来的粗枝上。

西伯利亚当时养了一种出色的瑞士牛。所有的牛几乎全是同一毛色，黑底白斑。由于饥饿、受苦，长期迁徙和过度拥挤，它们已筋疲力尽，并不比主人好受多少。牲口互相挤来蹭去，都快发昏了。母牛忘了自己是雌是雄，像公牛似的吼叫，吃力地爬到别的牛身上，拖着松弛又沉重的乳房。被压在底下的小牝牛，翘起尾巴使劲挣脱，逃进树林，把灌木和树枝都踩断了。看牛的老人和孩子，喊叫着紧追上去。

林中空地上面，黑白交织的雪云，仿佛被困于云杉树冠在寒空中围成的圈子里，也同样狂躁纷乱地相互拥挤着，纵跳着，一片压向另一片。

在远处聚堆的好奇的人们，妨碍库巴丽哈干事。她凶狠狠地从头到脚扫视众人。但承认他们碍事，未免有损自尊心。一种演员的自重，使她没有出声。于是她装作没发现这群闲人。日瓦戈医生躲在人群背后观察着。

这会儿他才第一次看清楚她。她头上是从来不换的英国船形帽，身上是干涉军的豌豆色的大衣，翻领不经心地翘着。其实，内在的热情使这个并不年轻的女人闪动着年轻的黑眼睛和黑眉毛；脸上那股傲气分明说：她对穿什么衣服或不穿什么衣服，根本不放在心上。

但帕雷赫妻子的气色，令日瓦戈吃了一惊。他差点没认出她来。只有几天工夫，她就老得可怕了。鼓出的眼睛，好像立刻要掉出深凹的眼眶。细瘦的脖颈上，看得见青筋搏动。内心的恐惧，竟把她变成这个样子。

“挤不下奶来，亲爱的。”阿加菲娅说道。“我想是不是停奶啦。可不对呀，早该有奶了，就是挤不出。”

“哪里是停奶。你没见奶头上有个小疮吗？我给你点草，抹上猪油给牛擦擦。自然，我还得念念咒语。”

“再有件倒霉的事，就是丈夫。”

“我念点咒，不让他再游逛啦。这个办得到。叫他回来守着你，拽都拽不开，说说第三件倒霉事吧。”

“他不是游逛。要那样就好了。糟糕的是正好相反，像贴到我和孩子们身上一样，心血为我们熬干了。我知道他想些什么。他琢磨营里要把我们遣散，我们得各奔东西。我和孩子要落到巴萨雷戈部下手里，他同我们不在一起，没人保护我们。他们会折磨死我们，拿这个取乐。我知道他的心思。真担心他会对自己干出什么事来。”

“咱们想想办法，解除他的痛苦。说第三件倒霉事吧。”

“没有第三个了。就这些，牛和丈夫。”

“你看呀，你这当母亲的，倒霉事并不多嘛。都是上帝的恩典呀！这样的母亲，打着灯笼难找呢。大不了才两桩伤心事，一件还是丈夫太心疼你。治牛你给什么报酬？现在咱们就来看病。”

“你要啥呀？”

“上好的面包加上丈夫。”

周围哈哈大笑。

“你是闹着玩怎么的？”

“好，要嫌贵，把面包减了，给个丈夫也足够了。”

四周笑得更热闹了。

“什么名字呀？我不是问丈夫，是问牛。”

“大美牛。”

“你数一数吧，这牲口群里能有一半叫大美牛的。好吧，就是它，给它去去病。”

她开始给乳牛驱邪。起初，咒语真是对牛而发，后来起了兴，给阿加菲娅讲了一大通巫术和它的用法。日瓦戈如同着了迷一样听这呓语般的胡说八道，很像从俄国欧洲部分往西伯利亚迁徙途中，听那个叫巴克斯的马车夫有声有色的唠叨。

库巴丽哈念道：

“玛尔戈西娅仙姑，来我们这儿做客吧。礼拜二礼拜三，去去邪去去灾。治奶头，下奶来。你好好站着，大美牛！别把小凳给踢翻。站得稳，下奶多。丑八怪，你快来，摘下疮，扔下田。巫医话，重如山。

“什么都得会呀，阿加菲娅！会拒绝，会下令，会许诺，会画符。你吧，看着周围心里想这是森林。其实这是魔鬼同英国兵碰到一起，正砍杀呢，就像你们这些人和巴萨雷戈的人作战一样。

“再比方说，你往我指的地方看一看。不对，不是那儿，亲爱的。你用眼睛看，别用后脑勺，看我手指的地方，就是那儿，就是那儿。你以为那是什么？你想是风吹柳树，把柳枝缠到一起了吧？要么是想鸟儿准备搭窝吧？那样就好了。可这正好是魔鬼的把戏。

这是美人鱼给自己女儿编桂冠。它听到有人的声音，就扔下跑了。被人们给吓跑了。夜里它会来编完的，你看着吧。

“再说说你们这红旗吧。你怎么想呢？想这是面旗帜？其实可不是旗帜，这是瘟姑娘红色的摇巾。为啥我叫摇巾呢？用头巾向年轻娃娃招呼，对他们使眼色，引诱他们去杀人，去死，去散布瘟疫。可你们就信了，说是红旗，说要全世界无产者、全世界的穷人都来我这儿。

“现在什么都得明白呀，阿加菲娅。一切，一切，全得知道。什么鸟呀，什么石头呀，什么草呀。现在比方说，这个鸟是椋鸟，这个兽是胡獾。

“再比方说你看上了谁，只管说出来。不论是谁，我都能把他给你迷住，就是你们的首长利韦里，就是高尔察克，就是伊万王子，都能行。你以为我吹牛，瞎说？我可不是瞎说。你听我说。等到冬天，田野里出现暴风雪，旋风卷起雪柱，我把刀子插到旋转的雪柱里，一直插到刀柄。等从雪里抽出来，刀子全沾满了血。你看怎么样？啊？你当我是吹牛？那旋风里怎么会有血？这是风，是空气，是雪花嘛。可偏偏不对，这不是风，不是暴风雪，是打了离婚的女妖把自己的小妖崽丢了，在田野里哭喊着找，总是找不见。我的刀子刺到她身上，这才有血。我拿这把刀子，随便把什么人的脚印刮下来，砍下来，当块绸布似的缝到你衣襟上，那不管是谁，高尔察克也好，斯特列尔尼科夫也好，一位新沙皇也好，都会跟着你走。你到哪儿，他就到哪儿。你以为我只会瞎说，像什么‘全世界无产者和穷人全来我这里。’

“还举些例子，比方现在天上往下掉的是石块，像下雨一样。

人一出门，石头就砸脑袋。又如有人正赶着马车在天空跑，马蹄踢到屋顶。再有像古代的魔法师发现，妻子身子里有的带着种子或是蜜，或是貂毛。披甲兵露出自己的肩膀，像打开了匣子盖，从肩胛骨底下用长剑挖出一斗麦子，或是一堆蛋清，或是一些蜂蜜。”

世上有时会出现非常深沉强烈的感情，其中又总掺杂一些怜悯。我们所崇拜的对象，越是被我们爱得深，越是使我们觉得是种牺牲品。在某些人身上，同情女人已经达到不可思议的程度。他们受同情心的驱使，把女人摆到了不能实现的、世上绝无而只存在于想象之中的地位上，于是因爱她而妒忌，妒忌周围的空气，妒忌自然界的规律，妒忌在她之前的千百年的过去。

日瓦戈有足够的文化教养，听得出巫医最后的话可能是诺夫戈罗德或伊帕季耶夫的编年史里开场的内容，因为后来多有歪曲，就变成了伪作。许多世纪以来，巫医和说书人口头世代相传，便以讹传讹了。更早的时候，抄写人就有许多错讹。

为什么传说的魔力竟引他如此动心？对无稽之谈，对毫无意义的幻念，他何以如此认真，似乎这全是现实的情况？

仿佛拉拉裸露出左肩。像用钥匙打开藏在大柜中的小铁箱的密门，人们用长剑插进划开了肩胛骨。于是在她内心深处，发现了她心灵珍藏的秘密。那是足迹到过的别人的城市，别人的街道，别人的房屋，别人的天地。它们如一卷卷彩带，流了出来，舒展开来，连绵不断。

天哪！他是多么爱她呀！她又是多么姣好！恰是他一向所想象和期望的那样，恰是他需要的那样。可是，指的什么呢？好在哪里呢？难道能指得出来，分析得出来吗？不，不能！只记得她周身那无与伦比的简洁而流畅的线条，是造物主把她从头到脚地如此一挥而就；就是这副绝妙的体态，奉献给了他的心灵，犹如用床单紧裹着的浴后的婴儿。

然而如今他竟流落此地，这么一种境况！只有森林、西伯利亚、游击队。游击队被围困，他将与之共命运。这岂不见鬼，这岂不荒唐。日瓦戈眼前和脑海里，又是一阵眩晕。周围一切都飘浮起来。这时落起了雨点，原来预料要下雪的。一个巨大的模糊的头影，这是不同寻常的、他所钟爱的人的头影，从林中空地一端投向另一端，就像城里房屋间挂起的巨幅标语。这个影子在哭泣，渐紧的雨珠吻着她，淋洒着她。

"回去吧。"听到女巫医对阿加菲娅说，"我给你家的牛消了灾，它会好的。向圣母祈祷吧。"

八

密林的西部边界上发生了战斗。可林区极大，以至战斗就好像发生在一个国家遥远的边陲上。困在密林中的兵营又有那么多人，不论开走多少上战场，总还是剩下的居多。所以林子里从未空无人迹。

远方战斗的轰响，几乎传不到营区深处。但林中突然响起几声枪击，紧密相连；一下便又转为杂沓的连射。恰巧在枪声起处的人们，立即四散跑开。营区预备队的人，奔向自己的马车，引起一片慌乱。所有的人都开始准备战斗。

不一会儿又恢复了平静。原来警报不确。可大家又开始往枪响的地方聚拢。人越来越多，不少是后来过来的。

人们围着一个躺在地上的血肉模糊的人。这人右臂和左腿已被剁去，只残存了半个身子。真难以想象这个只剩一只胳膊一条腿的不幸的人，怎么爬回了营区。砍下的胳膊大腿血淋淋地绑在他背上，还系着一块木牌，写了长长一段话。其中除了谩骂之外，还说这是对某一支红军部队所犯野蛮罪行的报复。森林游击队同这支队伍并无关系。此外上边还写着，如果游击队不在规定的期限里向维齐恩将军的代表投降缴械，便要对所有的人如法炮制。

痛苦的残者流着血，不时昏厥过去，吐字不清地断断续续用微弱的声音，讲了在维齐恩将军的后方军事侦察和侦缉部队里所受的折磨和拷问。给他判的是绞刑，作为恩典改为砍掉一手一足，为的是这样子送到游击营来吓唬人。他们抬他走到离营区警戒线还有一段路时，就把他扔下，命令他自己爬行，不时在他身后朝天空放枪催逼他前进。

他吃力地翕动嘴唇。为了听清楚他那含糊的低语，人们弯腰俯到了他身上。他说：

“你们可要小心呀，弟兄们。他突破到你们这儿来了。”

“我们设了伏兵。那里会有大仗，我们挡得住。”

“突破，突破！他是想搞突然袭击。我知道。哎呀，我受不了啦，弟兄们。你们看，我血要流光了，咳的也是血。马上就不行了。”

“你先躺躺，歇一会，不要说话了。你们别让他讲话了。看不出吗？这对他不好。”

"我身上没一点好地方啦，这个吸血鬼，狗杂种。他说，你拿你自己的血洗澡吧，你说你是什么人。可我说啥呀，弟兄们。我自己是个真正的逃兵。是呀，我从他那儿投奔了你们。"

"你总是他怎么样怎么样。到底是谁在那边这么折磨你？"

"哎呀，弟兄们，我身子里面好难受。让我喘口气，我就说。是头子别克希恩，上校施特雷泽，维齐恩的人。你们在林子里什么都不知道。城里一片惨叫。简直拿活人炼铁，割人皮做皮带。抓了人往黑洞洞的地方一塞，不知是到了哪儿。用手四周一探，是罐子火车。车笼子里挤了四十多人，只穿着内裤。你要敢推这笼子，马上伸进只手来，碰上谁就抓走谁。像宰小鸡一样，我的上帝哟。有的吊死，有的崩了，有的拷打。打得遍体是伤，往伤口撒盐，浇开水。你要拉屎，逼着你吃下去。对孩子，对女人，哎呀，我的妈！"

可怜的人已是奄奄一息。他没来得及讲完，大吼一声就断了气。人们一下子全都明白了是怎么回事，纷纷摘下帽子，画起十字来。

晚上，另一个更可怕的消息传遍了整个营房。

当时围在这血人周围的人群中也有帕雷赫，他看见了这人，听了他讲的事，读了木牌上充满威胁的话。

他经常为自己死后亲人的命运感到担忧，这一下子膨胀到了极点。在他的想象中，亲人们已被抓去慢慢地受折磨，好像看见了他们痛不欲生的面孔，听见了他们的呻吟和呼救。为了不让他们以后痛苦，也为了减轻自己的痛苦，他抑郁成狂，亲手杀死了他们。就是用那把给女儿和爱子削木头玩具的锋利如刀片的斧头，砍死了妻子和三个孩子。

奇怪的是，他干完这事后没有马上自杀。他怎么想的呢？他还有什么前途可言呢？有什么指望和打算呢？这显而易见已是一个疯子，是无可救药的废人。

当利韦里、日瓦戈医生和部队委员会成员开会讨论怎么处置他的时候，他正在营区里自由地游荡，低垂着头，混浊发黄的眼睛斜望周围却什么也看不清。他脸上一直挂着迷惘的傻笑，表现出非人力所能消除的痛苦。

没有谁可怜他，人们纷纷避开他。有人要求对他举行群众审判，但没得到支持。

在这个世上，他再也无事可做。拂晓时他从营区消失了，像一只染上狂犬病的畜生。

九

早已入了冬，天寒地冻。在寒冷的雾气中，不时出现零零散散、毫无联系的一些声响和物状，停停动动，最后复又消失。太阳也不是人间习惯了的那个太阳，好像换了另一个，犹如一个赤红的大球悬在林子上空。它呆板而缓慢地射出缕缕棕黄色的浓重如蜜的光芒，就好似在梦中或在童话里。阳光在洒下的中途，凝滞在空气里，粘附到树木上。

毡靴轻轻踩在雪地上，每一步都发出愤怒的吱嘎吱嘎的响声。人们套在毡靴里的看不见的双脚在四面八方的路径上移动。向上望，是戴了长耳风帽、穿着半截皮袄的一个个人形，似乎不连着靴子独自在空中游动，犹如旋转着的一个个天体。

相识的人们，不时停下步来交谈。他们把头凑近，面孔都像从澡堂出来红彤彤的，胡髭却冻硬得像刷子。一团团黏乎乎的热气，从他们嘴里冒出，连成一大片，同他们短促简略的话，太不成比例。

在一条小径上，利韦里同医生相遇了。

“啊，是您呀？有日子没见了。晚上请到我的土屋来。住我那儿吧。像从前一样，好好聊聊。有些消息告诉您。”

“送信的回来了吗？瓦雷基诺有什么消息？”

“我家和您家的情况，汇报时一字没提到。我从这恰恰得出了令人安心的结论。这就是说他们及时躲开了。不然一定会提到他们。不过，这些见面再谈好啦。我等你。”

到土屋后，日瓦戈医生又重复一遍自己的问题：

“您快告诉我，关于咱们两家的情况，您听到了些什么？”

“您又只看鼻子底下一点事。咱们两家的人，看来还活着，没有危险。问题不在他们那儿。有非常重要的新闻。想吃点肉吗？是冷牛犊肉。”

“不，谢谢。别扯闲话。快说正事。”

“遗憾。我可要吃点。营区里发现了败血病。人们都忘了面包和青菜是什么滋味。秋天的时候，当时有难民在，本该有组织地去采集胡桃和浆果。我告诉您，咱们现在形势极好。我以前预见的情况，如今实现了。坚冰已经打破。高尔察克全线溃退。这是全面的、不可避免的溃败。您看！我对您说过什么呀？可您却垂头丧气了。”

“我什么时候垂头丧气了？”

“您一直如此。特别是维齐恩夹攻我们的时候。”

日瓦戈医生想起了不久前秋天枪毙了叛乱者，帕雷赫杀死了妻儿，还有永无休止的毒打和杀戮。白军和红军互相比赛残忍，轮番地在暴虐程度上压过对手，仿佛把残忍翻了几番。血见得多了人就恶心，觉得自身的血往喉咙里钻，往头上涌，遮住了眼睛。这绝不是什么垂头丧气，这完全是另一回事。可怎么对利韦里解释清楚呢？

土屋里有一股呛人的煤气味。这气味粘到上腭，刺激鼻孔和嗓子。屋里亮着劈成细薄片的松明，插在三脚铁架上。一根烧完，残头就掉在地上盛水的脸盆里，利韦里再插上一根新的点上。

“您看见我点什么吗？油烧光了。劈柴已经干透，松明着得极快。是呀，营地里发现了败血病，您真一点也不想吃牛肉？有败血病。您怎么管的呀，医生？不见您要求司令部开会，讲讲情况，给领导上堂课说说什么是败血病，用什么办法同疾病作斗争。”

“看在上帝面上，您别再折磨人。关于咱们俩的亲人，您有什么确切的消息吗？”

“我已经对您说过了，关于他们一点准确的情报也没有。不过关于最近的整个军事形势，我知道的还没给您讲完。国内战争结束了。高尔察克被打得头破血流。红军正沿着铁路干线，向东追击他们，目的是把他们扔到海里去。另一路红军兼程来同我们会师，以便合力消灭高尔察克的数量众多而又分散各地的后方力量。俄罗斯南方已经肃清了敌人。您怎么不高兴呀？这还嫌少吗？”

“不对。我很高兴。可我们的家眷在哪儿呀？”

“反正不在瓦雷基诺，这就是最大的幸运。虽然夏天卡缅诺德沃尔斯基的传说，正如我的估计，没得到证实。您记得吧，当时瞎传说有一群来历不明的人攻占了瓦雷基诺，可村镇现在全空了，看来是出了什么事。真是万幸，两家人事先都撤出了那里。咱们可以相信，他们得救了。据我的侦察兵说，少数留在那里的人也是这么估计的。”

“尤里亚京呢？那儿怎样了？在谁手里？”

“也是莫名其妙，一定也搞错了。”

“怎么呢？”

“说白军还在那里。这无疑是胡说，显然不可能。现在我给您论证一下就清楚了。”

利韦里又新插了一根松明，拿出揉皱的双折地图，把要看的部分叠在外面，不需要的折在里面，拿着铅笔指着地图讲起来：

“您看，在所有这些地区白军全被击退了。这儿，这儿，还有这儿，整整一圈。您注意看吗？”

“是的。”

“他们不可能还留在尤里亚京一带。不然的话，交通一切断他们就一定要落入包围圈。这一点，他们的将军们无论如何平庸也不会不明白。您穿上皮袄了？要上哪去？”

“对不起，我出去一会儿，马上就回来。这儿马合烟和松明味太呛人。我不大舒服，到外面透透气去。”

医生从土屋里上来，到了外面，拿手套掸去横在门口供人们坐的粗木上的积雪，弯腰坐下，双手托着脑袋，沉思了起来。冬季的密林，森林中的营地，在游击队度过的十八个月，全不存在了。他忘记了这些。他的脑海里只有自己的亲人。他猜想他们的境况，可一个比一个更可怕。

仿佛在暴风雪中的田野上，冬尼娅抱着萨沙在往前走。她用被子裹着儿子，自己的双脚陷在雪中；她使劲拔脚，大雪朝她压来，风把她吹倒。她摔倒又爬起，双腿软弱无力，竟站不住。唉，可他总是忘记，总是忘记她已有两个孩子，小的还在喂奶。她的两只手全占着，和奇利姆卡那些逃难的女人一样，那些难民由于痛苦和过分紧张，几乎失去了理智。

她两只手全占着，周围却没有一个人能帮忙。萨沙的爸爸不知去向。他离得很远，总是很远，一辈子都各自一方，这可是爸爸吗？真正的爸爸有这样的吗？她自己的爸爸在哪儿？亚历山大·亚历山大罗维奇在哪里？纽莎在哪里？其余的人都在哪里？天哪，最好不给自己提这些问题，最好不去想，最好不去细琢磨。

日瓦戈医生从圆木上站起身，打算再下到土屋去。突然间他念头一转，不想回到利韦里那里去了。

滑雪板、装着面包干的口袋、逃跑所需的一切，他早就准备齐全。他把这些东西，埋在营区警戒线外一棵高大冷杉树下面的雪堆里，为了不误事，还在树上作了一个特殊的记号。这时，他便沿着雪堆中间踏出的人行小路，朝那里走去。圆月照着地面。医生知道夜里在哪儿设岗，顺利地绕过了岗哨。但在上冻的花楸树所在的空地旁边，一个哨兵老远就对他喝叫一声，用力一蹬滑雪板，直着身子朝他滑过来。

“站住！要开枪了！是什么人？快说清楚。”

“你怎么啦，弟兄，犯傻了？自己人。还没认出来？你们的日瓦戈医生。”

“对不起。你别生气，日瓦戈同志。没认出来。不过就是日瓦戈，再往前也不让走了。一切都得按规矩办。”

“那好吧。口令：红色西伯利亚；回答：打倒干涉军。”

“这就是另一回事了。要去哪，随你的便吧。大黑夜里，你去找哪个魔鬼呀？有病人？”

“睡不着觉，口渴得要命。想走一走，吃口雪，可看到花楸树上全是冻果子，打算过去嚼几个。”

“啊，阔佬的毛病，冬天吃野果。三年了，我们不停地敲打，也没把你敲打好。还是一点觉悟也没有。去嚼你的花楸果吧，疯子。我才不心疼呢。”

哨兵用力起跑，站在吱呀响的长雪板上离开了这里，在整片雪地上越走越快，拐进远方疏发般的冬日光秃秃的树丛后面。日瓦戈医生通过小径，来到上面提过的那棵花楸树下。

树上有一半盖着雪，一半是冻僵的果叶。两个坠雪的秃枝向前探着迎接他。他想起拉拉两只雪白的长臂，圆润热情的长臂，不由得抓住树枝，把大树向自己怀里拉过来。花楸树也仿佛有意识地回报，把他从头到脚都洒上了白雪，他口中喃喃有声，自己也不知道说些什么，自己也不记得自己：

“我会见到你的，我的美人，我的花楸夫人，我的亲人。”

夜很明亮，天上悬着圆月。他走到密林深处那棵难忘的冷杉前，挖出自己的东西，离开了营区。

第十三章　在雕像楼对面

一

商人大街沿着起伏的小山坡，朝小斯帕斯街和新斯瓦洛奇巷方向延伸而下。城里地势高处的楼房和教堂，俯瞰着这条大街。

街角有幢带浮雕像的深灰楼房。在它那倾斜的巨大四角石基上，黑乎乎的满是刚贴上的各种政府报纸、政府法令和决定。行人在路上一停就好半天，三五成群地默默无声地看着告示。

刚刚解冻之后，空气很干燥。现在又转冷了，接着天气显著变冷。不久前已是昏黑的时刻，这会儿天色还很亮。冬天过去还不久。雪消融之后的空旷地上，充满光亮，直到傍晚也还明晃晃的一片。这光亮使人激动，引人遐想，又令人惴惴不安。

不久以前白军撤出城去，红军开了进来。结束了射击，结束了流血，结束了惶惶不可终日的战争状态。但这同样令人惴惴不安，如同冬日的离去和春日的变长。

路上行人凭着还没黑下来的暮色，读到了下面一则通告：

居民周知：凡有支付能力者可用五十卢布领取一本工作手册，地点：尤里亚京苏维埃粮食处，十月街（原总督街）五号，一三七室。

凡不持有工作手册，或填写有误以至作伪者，将按战时法令从严惩处。工作手册使用方法的详尽说明，刊于尤里亚京苏维埃执委会通告，今年第八十六期，张贴在尤里亚京苏维埃粮食处，一三七室。

另一个通告讲到城中有足够的粮食储备，但好像全被资产阶级隐藏起来，目的是破坏粮食分配，并在粮食问题上制造混乱。通知结尾说：

囤积和隐藏粮食者，一经发现就地枪决。

第三张告示则写道：

为了正确组织粮食工作，凡不属于剥削分子的人，均可参加消费者公社。详情可询问尤里亚京苏维埃粮食处，十月街(原总督街)五号，一三七室。

还有一张是警告军人的告示：

未缴武器或无新的许可证而持有武器者，将受到法律严惩。换领许可证可在尤里亚京革命委员会，十月街六号，六十三室。

二

有个人走近围看告示的人群。他面容瘦削，许久没有梳洗，所以显得黝黑。看样子很像野人，后面背着背囊，手里拄着根棍子。蓬乱的长发里还不见银丝，可深褐色胡子却已开始变白。这人便是尤拉·安德烈耶维奇·日瓦戈医生。身上的皮大衣，多半早在路上被人扒去了，也许是他拿来换了吃食。他穿的是同别人换来的短袖破旧衣服，已经不能御寒。

他的背包里，只剩经过市郊最后一个村庄时人们施舍的一丁点面包，还有一小块黄油。大约一小时之前，他从铁路线那边进了城区，可从城门走到这十字路口，却整整花了一个钟头，因为最近几天他走路劳累过度，身子虚弱不堪。他常常走走停停，极力支撑着，免得摔倒在地，去亲吻城里的石头街道。他曾经不再抱希望重见这个城市，因此一见之下，兴奋极了，好像看到了一个重生之人。

他这次徒步跋涉，大部分时间，也就是有一半路程，是沿着铁路线走的。这条铁路全线废置不用，被大雪覆盖。沿线停着一整列一整列的白军客车和货车，由于大雪封路、高尔察克全面溃败、燃料耗尽而滞留在此。这些卡在途中不再走动、并且埋入大雪的列车，像一条绵延不断的长带，足有几十俄里长。它们成了在大道上拦路抢劫的武装匪徒的堡垒，成了刑事和政治逃犯以及当时不得已的流浪者等人的栖身之所。但最为常见的，是它们成了众人合葬或一家合葬的墓地。沿线有严寒和斑疹伤寒肆虐，城郊整村整村的人都死于非命。

那个时代正应了一句古话：人对人，是豺狼。赶路人见了赶路人，转身就拐弯。迎面相遇就得打死对方，免得被对方打死。个别地方也出现过人吃人的事。人类文明的规律，到此寿终正寝。起作用的，是禽兽的规律。人们重又回到了史前穴居时代的梦境中。

有时路边悄悄过来一个单身人影，或者前方远处有人惊慌地横穿小径，日瓦戈只要有可能，总尽力绕开。可这些人影，他却时常觉得眼熟，似乎在哪里见过。他有一种幻念，好像所有这些人都是从游击队营地来的。多数情况下这是错觉，可有一次认得很准。一个小青年从雪堆下面的国际卧席车厢爬了出来，解完手又钻到雪堆里面去了，他确实是林子里的弟兄。这是枪毙时装死的捷廖沙·加卢津。当时没有对他添枪，他昏迷中躺了很久，醒来后爬着离开了行刑地，躲在森林里养好伤，现在化名偷偷潜回自家的圣十字镇，途中为了避人耳目才躲进埋在雪中的车厢里。

这种种景象，给人的印象仿佛属于某个非人间的超验的世界。它们似乎是另一星球上某种不为人知的生活的一部分，阴差阳错地被带到地球上来。唯有自然界忠于历史，它展现给人们的画面，同当代画家的描绘还是一致的。

一连几个冬日的傍晚都很寂静，时而浅灰色，时而浅红色。在明亮的霞光里，白桦树勾勒出如纤细笔触一般的灰黑的梢头。岸边是群山似的白雪，雪下被污浊的河水打湿；河里一层薄冰罩着灰蒙蒙的雾气，冰下流着一股股黑水。正是这样一个傍晚，灰色透明的寒冷傍晚，平和如白柳飞絮的傍晚，再过一两个小时，便会降临在尤里亚京雕像楼的对面了。

日瓦戈医生已经走近了石墙上的布告栏，想浏览一下官方的通告，可是他的目光不断地打量对面，落在那边楼上二层的几扇窗子上。这几扇朝街的窗子过去曾经刷上了白粉，在其中的两间屋子里堆放了原来房主的家具。虽说窗子底部结了晶莹的薄冰，却看得出已经透亮，白粉刷掉了。这个变化意味着什么呢？是房主回来了？还是拉拉已经迁出，住进了新房客，所以里面才全变了样？

由于情况不明，日瓦戈医生心情很紧张。他无法克制自己的情绪，穿过马路，从正门进到穿堂，沿着正面的楼梯向上走去；这楼梯他是那么熟悉，同他的心是那么亲近。在林中营区里，他时常想起这生铁台阶上铸出的空格花纹，直到最后的一级。在楼梯上的一个拐弯处，透过脚下的格纹，可以望见楼梯下面堆放的破水桶、木盆、坏了的椅子。现在还是这样，一点没有变化，仍是老样子。日瓦戈医生几乎想对楼梯说声“谢谢”，因为它保存了过去的回忆。

从前门上有个按铃，不过在日瓦戈医生被游击队掳走之前就已经损坏不用了。他想敲门，却发现门用新办法锁着。在雕饰美丽(有些地方已经剥落)的橡木旧门上，从正面很不雅观地凿了个洞，上面挂了把沉重的大锁。以前是绝不许这么干的，那时是使用镶进门里的暗锁，房门关得很严实；锁坏了有钳工修理。这个微不足道的细节，从一个方面说明了整个情形的严重恶化。

日瓦戈医生相信拉拉和卡坚卡不在家，也许不在尤里亚京，也许甚至不在人世了。他已经准备接受最可怕的失望的打击。只是为了心灵能得到宁静，他才决定摸一摸他和卡坚卡都害怕的那个黑窟窿。他抬脚往墙上踹了几下，免得伸手进去碰到耗子。他没抱希望能在约定地方找到什么东西。小洞用砖堵着。日瓦戈取出砖块，一只手探进去。啊，真是奇迹！一把钥匙和一张便条。便条相当长，占了一张纸。日瓦戈走近楼梯平台上的窗口。简直更神奇，更难以置信了！便条是写给他的！他迅速读起来：

上帝呀，真是万幸。听说你活着，回来了。有人在市郊见到了你，就跑来告诉我。我估计你首先要去瓦雷基诺，现在我带着卡坚卡出发去那里找你。为了防备万一，把钥匙放在原处。你等我回来，哪儿也不要去。对，你还不知道，我现在住到这套住宅的前半部分去了，在临街的房间里。其实这你自己能想得到。房子很大，无人照料，不得不卖掉原房主的一些家具。我给你留下一点吃的，主要是煮土豆。你用熨斗或别的重物，把饭锅的盖子压住，像我这样，为了防老鼠。我高兴得要疯了。

正面写到这里就完了。医生没发现这张纸的背面也写得密密麻麻。他把展开的便条，用双手捧到唇边，然后也不看着就叠起和钥匙一同揣进口袋。他的发狂的喜悦里，又糅杂进痛心疾首的悲苦。既然她能毫不踌躇地说去就去瓦雷基诺，就是说他的家眷不在那里。这一细节除了引起他不安之外，还使他为自己的家人感到难以忍受的痛苦和悲愁。她为什么只字不提他们，也不讲他们身居何处，仿佛他们根本不存在一般。

他没有工夫细想，街上开始暗下来。趁天亮，还有许多事情要做。一件并非无足轻重的事，就是熟悉街上张贴的各种法令。现在可不是儿戏的时代。由于不知道而触犯某种必须遵守的法规，便可能丢掉一条命。于是他没有开门，也没有从酸疼的肩上取下背包，而是下楼到了街上，朝贴了一大片各种印刷品的墙壁走去。

三

这里贴的印刷品包括报纸文章、会议发言记录和法令。日瓦戈浏览起标题来：《关于对有产阶级征用和课税的办法》，《关于工人监督》，《关于工厂委员会》，这是刚进城的新政权颁发的命令，用以取代原先的法规。新政权提醒人们：它的根基绝对可靠。这一点在白军临时占领时，可能被人们遗忘了。但日瓦戈看到没完没了全是千篇一律的东西，不禁头晕起来。这些标题是哪个时期的呢？什么时候写的呢？去年的还是前年的？一生中他只有一次极为赞赏这种语言的决然和干脆，这种思想的率直。难道就为了这么一次不小心的赞赏，他便该一辈子再也见不到别的，只能读这些许多年来一成不变的狂妄的喊叫和要求吗？时间越久，这种喊叫和要求就越发没有生命力，越发难以理解也难以实现。莫非由于同情心一时过于强烈，就永远使自己变成了奴隶吗？

这里一篇报告里的一段话，不知怎么映入他的眼帘。他读了起来：

关于饥馑的报道，说明了地方机关惊人的玩忽职守。滥用权力的现象显而易见。投机倒把十分猖獗。可地方工会委员会做了什么呢？城市和边区的工厂委员会做了什么呢？如果我们在尤里亚京商业区仓库里，在尤里亚京-拉兹维利和拉兹维利渔业地区不进行普遍的搜查，如果我们对投机倒把分子不采取严厉的恐怖措施直至就地枪决，那么就不能从饥饿中得救。

“真是令人羡慕的自我陶醉！”日瓦戈心里想。“还谈什么粮食呀，粮食事实上早已不存在了。讲什么有产阶级，什么投机倒把分子？照这之前各项法令的意思办，他们早就已经被消灭了。讲什么农民，什么农村？他们也都不复存在了。怎么如此健忘？自己先前的命令和措施，早已摧毁了生活中的一切。什么样的人，才能年复一年以毫不衰减的狂热，发出呓语去议论早就结束、并不存在的课题，而且又什么都不懂。周围的一切全视而不见！”

医生的头晕眩起来。他失去了知觉，摔倒在人行道上。等他苏醒过来，别人扶他站好，有人提出可按他说的方向送他回去。他婉言谢绝了他们的好意，说他只需过一条街，就住在对面。

四

他重又登上楼梯，去开拉拉住处的大门。楼梯上还很亮，一点不比他头一次上来时更暗。他又感激又喜悦地想，太阳并不在催促他。

门锁开时咔嚓一响，引起屋内一片惊惶。没有人的空房里响起铁罐翻倒坠地的杂乱声音。一群老鼠整个身子啪唧摔到地板上，旋即四散而逃。面对这帮在这儿大概子孙已经繁衍众多的讨厌的家伙，医生感到束手无策，心里很不是滋味。

要想在这里过夜，头一件事得防备这一伙的进攻，找一间容易隔开关紧的屋子，用碎玻璃和铁片堵死所有的鼠洞。

他从过道向左拐，到了这套住宅中他不熟悉的那一半。穿过一间昏暗的屋子，他来到一间两扇窗子朝街的明亮的房间。与窗子相对，街那面就是颜色发黑的雕像楼。楼墙底部贴满了报纸。行人背对窗子，站在那里看报纸。

屋里屋外的光线一样，都是早春傍晚那种清新流动的光色。光色毫不见差异，仿佛屋里同街上也毫无阻隔。只有一点点的不同，日瓦戈所在的拉拉卧室中，比外面商人大街上稍微凉些。

日瓦戈快到城里，以及一两个小时前，当他走在城里的时候，无法形容的与时俱增的疲惫，对他来说成了即将病倒的前兆。这使他感到害怕。

可是这会儿，室内外融成一片的光照，不知为何令他高兴。街上和楼里同样凉丝丝的空气，仿佛使他同傍晚大街上的行人，同城里的情绪，同世上的生活，联接到了一起。他的恐惧感消散了。他已不再觉得自己要病倒。傍晚透明的无处不在的春光，仿佛给了他远大的期望。他愿意相信，一切都会好起来，在生活中能达到一切目的，能找到所有的人，能和睦相处，能把一切想透彻了表白出来。他眼下期待的同拉拉的幸福相会，就是第一个证明。

狂癫般的兴奋和不可抑制的忙乱举止，取代了不久前精力的衰竭。比起此前的疲惫，这种活跃是大病将临的更为准确的征兆。尤拉坐立不安。他又想上街去，这回则是另外的原因了。

在这里安置住处之前，他打算理个发，刮掉胡须。为此他穿城而行时，朝过去的理发店的橱窗里不时地张望。有一部分店铺空荡无人或是派了其他用途，有一些保留了过去的招牌却上了锁。理发刮胡子也没个地方。他自己又没有刮胡刀。如果在拉拉家里找得到剪刀，也许能摆脱这个窘境。可是他在匆忙不安之间翻遍了拉拉的梳妆台，也没找到剪刀。

他想起在小斯帕斯街上过去有个裁缝店。他琢磨要是这店还在，至今还营业，在闭店前一个小时赶去，还可能向哪位师傅借把剪刀用一下。于是他又来到了街上。

五

他的记忆没有错。缝纫店还在老地方，也仍在营业。这是坐落在人行道上的商业店铺，宽大橱窗占了整面墙，又是临街。从窗子可以一直看到店里对面的墙壁。路上行人都看得清里面师傅在干活儿。

店里拥挤不堪，除了真正的裁缝师，还有些缝纫爱好者、尤里亚京上年纪的女人，她们到这里来干活儿，大概是为了取得雕像楼墙上法令中所提到的那种劳动手册吧。

同真正裁缝的灵巧手艺相比，她们这些人的动作，一下子就看得出不一样。店里做的清一色是军装、棉裤、棉上衣和制服上衣。此外，这里同日瓦戈在游击营看到的一样，还用杂色狗皮缝制像小丑装束的短皮袄。学裁缝的女人们，笨拙地把衣襟送到缝纫机的针眼下面，勉勉强强应付这不熟悉的多半属于制皮业的活计。

日瓦戈敲敲窗子，做了个手势，请人家放他进去。里面的人回了他同样的手势，表示不接受私人订活。日瓦戈不肯让步，又重复先前的手势，坚持要放他进去听他说清楚。里面的人不断摆手，告诉他，她们活计很忙，让他别再打扰快走开。一位女裁缝师脸上露出疑惑的表情，无可奈何地把手掌向前伸出，做了个手势，那目光在询问：他到底要干什么？他用食指和中指做了个剪东西的姿势；里面的人没有懂，认定这是种不礼貌的举动，是他在取笑她们，挑逗她们。他这一身破烂衣服和奇怪的举动，给人一种生病或发疯的印象。缝纫店里人们嘻嘻地笑着，朝他摆手，赶他离开窗子。最后，他终于想到从房子后院找路进去。他找到了路，找到了缝纫店的后门，敲了起来。

六

开门的是个黑脸膛的中年女裁缝，穿件深色连衣裙；态度严厉，大概是店里管事的。

“你可真够呛，赖着不走！简直活受罪。好啦，快说，你要干什么？我可没时间。”

“我需要把剪刀，请别奇怪。我想借来用一会儿。就在你们这里把胡子剪掉，马上就还。”

裁缝的眼里流露着疑惑和惊讶。有一点是毫不掩饰的，她怀疑对方神志是否正常。

“我从远处来的。刚进城，胡子长得太长了。想去理个发，可一个理发店也没有。所以我想自己来，只是连把剪刀也没有。请借我用一下。”

“好吧。我给您剪吧。可话先说在头里，您要是有别的念头，耍什么把戏，化装隐蔽，有什么政治问题，那可对不起了。我们可不想为您送命，该到哪儿我们就告到哪儿。现在不是太平年月呀。”

“天哪！您想到哪去了。”

女裁缝放日瓦戈医生进来，引他到了贮藏室大小的一间屋里。过了一分钟，他便像在理发馆里一样坐到了椅上，身上罩了一张床单，紧紧裹住脖子，边缘塞到脖领里。

女裁缝离开去取工具，过不大工夫拿来了剪刀、梳子、几把不同型号的推子、皮带和剃刀。

“这一辈子我什么都干过。”她看出日瓦戈医生惊讶怎么一切如此齐备，就解释说。“我当过理发师。上次战争时，我做卫生员学会了剪发刮脸。胡子咱们先用剪子剪掉，完了再刮干净。”

“您要是剪头发，请剪短点。”

“好吧。这么个有知识的人，却装成什么都不懂。现在不讲星期几，按旬计算。今天是十七号，从逢七的日子起，理发店不营业。您好像不知道。”

“我说的是实话。干吗要装呢？我说过了嘛，是从远处来。不是本地人。”

“安静点，别动弹。要不就刮破了。这么说，你是外来人？坐什么车来的？”

“两条腿走来的。”

“走的大道吗？”

“有一段是走大道，其余是顺铁路走的。有许许多多的火车，埋在雪里。各式各样的，特等车，特别快车。”

“还剩一小块了。这就刮掉完事了。是来办家里私事吗？”

“哪顾得上家事呀。是办过去的信用合作社的事务。我是跑外的检查员。派我出去巡回视察，到处跑。困在了东西伯利亚，怎么也回不来。没有火车呀。只好徒步，没有办法。走了一个半月。一路的见闻，一辈子也讲不完啊。”

“也用不着讲它呀。我教您该怎么办吧。先等等。给您这镜子。您把手从床单底下伸出来，拿好镜子。欣赏一下自己吧。啊，怎么样？”

“我觉得剪得不够多。还可以再短些。”

“再短就出不来样子了。我是说，根本就不需要讲这些。现在对一切都是不说为妙。什么信用合作社、埋在雪里的特等车、检查员和视察员——这些词儿您最好把它们全忘光。说不定因为它们惹出大祸呢！如今不是讲它的时候。您最好瞎编一个，说自己是医生或是教员。好了，胡子剪了下来，现在只剩刮干净了。打上肥皂，刷——刷几下，就能年轻十岁。我去取开水，把水热一下。”

“这女人是谁呀？”她走后日瓦戈心里想，“有种感觉，好像我们之间可能会有相通之处，我应该了解这个人。我似乎见到过听到过和她相像的人。一定是她像什么人。可是真见鬼，我想不起来是谁。”

女裁缝回来了。

“好，现在刮刮脸吧。所以说，最好什么时候也别讲多余的话。这是永恒的真理。祸从口出，病从口入。别讲特等车呀，信用合作社呀！最好胡编一套，说是个医生要么是个教员。关于什么一路的见闻呀，要藏在肚子里别讲。这个谁现在也不觉得新鲜。刮得不疼吗？”

“有点疼。”

“刀不快刮起来疼，我知道。忍一忍吧，亲爱的。没有办法。头发太长变硬了，皮肤也不习惯了。是呀，您见到的那些事，谁也不会感到奇怪。人们都司空见惯了。我们同样吃了苦头，白军在这儿的时候，情形可糟透了！抢劫、屠杀、掳人。经常逮人。比方有个小头目，看不惯一个中尉，就派士兵在城郊树林里克拉普尔斯基住宅附近埋伏起来。然后下了他的枪就押到拉兹维利去。那时我们那里的拉兹维利，就仿佛现在的省肃反委员会，是断头台。你怎么老缩脑袋，是刮疼了吗？我知道，亲爱的，我知道。那有什么办法。这儿只好逆着头发茬刮，头发又太硬。那儿就是这么个地方。他妻子就像发了疯似的，我是说那个中尉的妻子。‘利利亚，我的利利亚！’她喊着直接去找主管人。不过话是这么说，直接去找，可谁放她进去呀。还得走门子。邻街有个女人，有办法见到他们的首脑，总爱替大家说话。那人很通人情，同别人不一样，有求必应。我是指加利乌林将军。他周围的人尽草菅人命，残暴得像畜生，争风吃醋。简直像西班牙小说里写的。”

"她这说的是拉拉。"日瓦戈猜想到了，但出于谨慎没言语，也没细追问下去。当她说到"像是西班牙小说"，他觉得她很像某个人，她也爱这样说些毫不相干的话。

"现在当然完全不同了。比方调查、告密、枪毙，仍然多得很，但思想根本不同了。第一，政权是新的，建立没几天，还没入门。第二，不管怎么说，他们为的是普通老百姓。所以也才有力量。我们家里，算我姊妹四个，全是劳动人民。自然我们就倾向布尔什维克。一个姐姐死了，她丈夫是个革命志士，以前在此地一家工厂里做过管家。他们的儿子，也就是我的外甥，是咱们这儿农民起义军的首长，可以算个知名人物了。"

"原来如此。"日瓦戈恍然大悟，"是利韦里的姨妈，大家谈笑的话柄，米库利齐恩的妻妹，当过理发师、裁缝师、扳道工，是当地人所共知的巧手。不过我还是沉默好，免得暴露了自己。"

"外甥从小就爱接近人民。他跟着父亲，在工人堆里长大，那是在圣勇士山。瓦雷基诺的工厂，您大概听说过吧？哎哟，我这是怎么了！糊涂到了这种地步。下巴上一半刮光滑了，另一半还没刮。这可真是说话说过了头。您怎么也不看看，也不阻止我？脸上打的肥皂干了。我去热热水，水冷了。"

等东采娃回来，日瓦戈问道：

"瓦雷基诺不是个万无一失的偏僻去处吗？不是任何震动也达不到的地方吗？"

"哼，看怎么说了——万无一失。那地方恐怕比我们这儿更倒霉了。有几股部队经过瓦雷基诺，不知哪方面的。口音不是我们当地的。他们挨户把人们赶出来枪毙。完事一句话不说就走了。死尸扔在了雪地上也没人收。正赶上冬天嘛。您怎么老是缩脖子呀？我差点用剃刀抹了您的喉咙管。”

“您刚才说您姐夫就住在瓦雷基诺，他也没逃脱这场灾难吗？”

“不，上帝慈悲。他带着妻子及早离开了那儿。是和他的新妻，第二房。他们到了哪儿不清楚，但没有遭难是可靠的消息。不久前那里还新来了一家人。是莫斯科人，外地来的。他们更早些就走了。年轻的男人是个医生，一家之主，现在失踪了。失踪是什么意思呢？不过是一种说法呗，免得叫人伤心。实际应该说是死了，被杀了。找来找去，到了没找到。这时另一个年老的男人，被召回莫斯科去了。他是位教授，搞农业的。我听说是政府召他回去的。他们路过尤里亚京时，还在白军第二次进城之前。您又哆嗦了，亲爱的同志？刮脸时您要这么折腾，可很容易割破啊。像您这样，理发师可就太难应付了。”

“这么说他们在莫斯科！”他心里想。

七

“在莫斯科！在莫斯科！”他每走一步，心里就发出一声回响，直到第三次登上铸铁的楼梯。走进空荡荡的房间，首先听见的又是耗子逃窜、跳起、摔倒的嘈杂混乱的声音。日瓦戈很明白，不管他多么累，身旁只要有这群杂种，他就甭想阖眼。所以准备休息的第一件事，就是堵耗子洞。幸亏卧室里鼠洞不多，这比其他房间好，别的屋里地板和墙基多有残破。不过得抓紧动手了，夜已经降临。厨房桌上倒是有盏从墙上取下来的油灯，添着半罐油，大概是准备他来时用的。旁边有一个没合上的火柴盒，装着几根火柴。日瓦戈把火柴棍数了数，有十根。但煤油和火柴，最好还是省下别用。卧室里另有一个小碟子，带着灯捻和灯油底子，油大概给老鼠喝光了。

有几处墙基板离开了地板。日瓦戈往缝里塞了几层玻璃碎片，让尖头朝里，卧室的门倒能严实地扣在门坎上。他把挖了些眼的房门关紧，同外边隔绝起来。花了一个多小时，日瓦戈才把这一切全部收拾妥当。

墙角有个瓷砖炉子，瓷砖没有一直贴到屋顶。厨房存着十来捆劈柴。日瓦戈决定烧两捆拉拉的柴禾，就跪下一条腿，右手把劈柴码到左臂上。他抱进屋去，摆到炉旁，看了看火炉结构，检查一下是否能用。他想把屋门锁上，可门锁坏了，只好拿硬纸片叠好塞到门边，好把屋门关上。这之后日瓦戈就慢慢生起火来。

他往炉膛添柴时，发现一段方木块上打了标记。他认出了这种标记，十分惊讶。这是老式的标戳，印着两个开头的字母“K”和“Д”，表示还没锯开的圆木是从哪个仓库来的。从前在克吕格尔时期，凡是从瓦雷基诺那里的库拉贝什夫采伐区运出的木料，都打了这种戳子，当时工厂向外出售取暖用的下脚木料。

拉拉家里存着这种烧柴，证明她认识萨姆杰维亚托夫，也证明萨姆杰维亚托夫像过去供应日瓦戈一家必需品那样照顾着拉拉。这一发现如一把钢刀插到日瓦戈心上。从前，萨姆杰维亚托夫的援助，就令他有负债之感。如今这种感情又掺进了别的东西。

萨姆杰维亚托夫对拉拉这般乐善好施，未必只因为她有一双美丽的眼睛。日瓦戈想象得出萨姆杰维亚托夫那种放任不羁的风度和拉拉那种女性的忘乎所以。他们之间不可能毫无缱绻。

炉子里库拉贝什夫林的干柴熊熊燃烧，欢快地毕剥作响。随着火势渐大，日瓦戈的怒火中烧，事情由模糊的推测变成了确凿无疑。

然而他心灵的创伤太多，一种痛苦排挤着另一种痛苦。用不着他去驱赶这些推测，思想自然而然从一处跳到另一处，不需他费力。对自己家人的怀念，强烈地涌上心头，一时掩盖了他忌妒的臆想。

“你们是在莫斯科了，我的亲人们啊？”他已经觉得东采娃证实他们安全返回了莫斯科，“这么说，你们没有我在，又一次完成了这艰难的长途旅行？一路上怎样？因公召回亚历山大·亚历山大罗维奇，又是怎么回事？大概是科学院请他回去复课？家里情况如何？唉，这个家可还存在吗？天哪！这一切是多么艰难痛苦！不要想了，不要想了！脑子里怎么这样乱？我这是怎么了，冬尼娅？多半是病了。我会怎么样，你们——冬尼娅，亲爱的冬尼娅、萨沙、亚历山大·亚历山大罗维奇，将会怎么样？广无涯际的大地啊，你为何抛弃了我？为什么我这一辈子你们总是离开我？为什么我们总是天各一方？不过我们很快会见面，会团聚，不是吗？要是没有别的办法，我走着也要到你们身边去。我们会相逢的。一切都会好起来，难道不是这样吗？

“然而大地又怎么能容纳我，如果我总是忘记冬尼娅已临产，她肯定已经生了吧？我这已经不是第一次如此健忘了。她生产顺利吗？结果怎样？回莫斯科时，他们路过这里，在尤里亚京呆过。虽说拉拉不认识他们，可那位女裁缝兼理发师完全是外人，也还知道他们的命运，拉拉却在字条里一句不提。怎么这样心不在焉，令人奇怪，也透着冷漠。这一点真无法理解，正如她缄口不谈同萨姆杰维亚托夫的关系一样不好解释。”

此刻日瓦戈以另一种挑剔的目光环视卧室四壁。他知道周围摆着、挂着的东西，无一是属于拉拉的；躲藏起来的并不相识的原房主，如何布置这房间，丝毫不能说明拉拉的爱好。

可是尽管如此，在墙上放大照片里男男女女的众目睽睽之下，他突然感到很不受用。室内粗糙的家具，似乎对他流露出一种敌意。他觉着自己在这里是个外人。

唉，他真是个傻瓜，曾经那么思念这幢房子，留恋这幢房子；把来这里不是当成进了房间，而是看成进入对拉拉的思念。他多情到如此地步，大概从旁观者看来是很可笑的。意志坚强的人们，如萨姆杰维亚托夫那样讲求实际的人们，那些漂亮的男人们，难道会这样生活，这样行动，这样表达自己情思吗？凭什么拉拉非得偏爱他那软弱的性格、他那隐晦的缺乏现实感的崇拜之辞？她真的需要听这种昏话吗？她内心愿意做他心目中想象的那种人吗？

他这里所谓心目中想象的拉拉，对他说来又是什么人呢？啊，对这个问题嘛，他的答案总是现成的。

请看，外面是春日的傍晚。空气里充满各种声音。孩子游戏的喊叫，分布在远远近近的各个角落，像是要证明整个空间渗透着生机。而这个远方，便是俄罗斯，是他那无与伦比的、在海外名声赫赫的母亲，是受难者也是倔强者，乖僻任性，爱胡闹而又受到溺爱，总是干出无法预料的致命的壮举！天哪，能生存是多么甜美！活在世上并且热爱生活，是何等甜美。对生活本身，对存在本身，总是那么想说声谢谢，想当面表示感激之情。

这便是拉拉。同他们无法交谈，拉拉就是他们的代表，是他们的体现者，是赐给沉默不语的生活的耳朵和舌头。

啊，他在疑心萌起的片刻讲拉拉的那些话，都是不对的，一千个不对！她身上的一切，恰恰是那么完美无缺！

惊喜和悔恨的泪水，模糊了他的视线。他打开炉门，用铁钩搅了几下。他把红火推到了炉后，没燃完的焦木扒到炉口风大的地方。有一会儿他没关上火门，怡然自得地让热气和火光扑到脸上和手上。火焰跳动的光芒，使他完全清醒过来。啊，此刻他是多么需要她呀，多么想实实在在地感觉到她确在身旁呀！

他从兜里掏出她那个揉皱的便条。取出的时候，便条反面朝上，不是他读过的那一面。到这时他才知道反面同样写满了字。他把团起的纸展平，借着火炉跳动的光亮读起来：

“你想必知道家人的情况了。他们在莫斯科，冬尼娅生了个女儿。”下面几行划掉了，接着是：“上面我划掉了，因为写在信里不合适。面对面可以谈个够。我急着走，要去找匹马。要找不来真不知该怎么办。带着卡坚卡一起去太困难……”句尾磨烂了，辨认不出。

“她是找萨姆杰维亚托夫借马去了。既然走成了，一定是借来了。”日瓦戈心情平静地琢磨着，“如果她在这一点上不是问心无愧，她不会讲出这个细节来的。”

八

等炉火燃毕，日瓦戈关了烟道，稍许吃了点东西。饭后他感到一阵困顿，难以支撑。他和衣躺到沙发上，沉沉睡去。他没有听到门外和墙外老鼠们掀起的毫无顾忌的震耳的喧闹。他接连做了两个噩梦。

他在莫斯科，站在一间屋子里反锁着的玻璃门前。为了证实是锁上了，他还拉着门把手朝自己怀里拽了几下。门外站着他的儿子萨沙，穿着童大衣、海员裤，戴着小帽子，很漂亮但又很不幸，他跺着脚哭叫要进来。孩子身后落下一股水柱，哗哗响着；水珠溅到小孩身上和门上，像是自来水管或者输水管坏了。这是当时常见的生活现象。但也许门前真是一个荒山中峡谷的尽头，里面洪水奔腾，又冷又暗。

大水下跌和喧响，把孩子吓得要死。听不清他喊叫什么，水声淹没了他的喊声。但日瓦戈从嘴动看出他在叫："爸爸——爸爸——"

日瓦戈心都要碎了。他巴不得抱起儿子，搂在怀里，同他一起跑开。

然而，他却泪流满面地抓住门把手，不放孩子进来；为了对另一个女人讲所谓信义和责任，宁可让儿子做牺牲品。她不是孩子的母亲，说不定马上会从另一头走进房间来。

日瓦戈醒来，满脸是汗水和泪水。"我在发烧。我病倒了。"他立刻想到了这一点。"这不是伤寒。这是某种严重的可怕的疲倦，表现为身体不适。这是某种潜伏着危险的病态，如同一切严重的传染病一样。问题全在于什么能占上风，是活还是死。可现在我多么想睡呀！”于是他又睡着了。

他梦见在莫斯科一条行人很多的大街上，冬天的清早天还黑着，亮着路灯。从一切特征看，是在革命之前，清晨街上很热闹，首班电车不断鸣响，夜灯未熄，黄色的光束照在马路上黎明前的灰雪地里。

他梦见一套长条形的住宅，有许多窗子，都朝一面开，而且高出街面不多，大概是二层楼，窗幔低垂到地板上。宅里睡着如在旅途中和衣而卧的人们，睡姿是各种各样的。屋里乱七八糟，活似火车车厢。在摊开的油渍渍的报纸上，扔着吃剩的东西，啃完没有收拾的炸子鸡的骨头、鸡翅、鸡腿。地板上摆着一双双夜里脱下来的皮鞋，是过路或无家的亲朋暂住在这里。女主人拉拉穿着匆匆披上的晨衣，在宅子里忙碌着，从一头到另一头无声地疾走。他跟在她身后，不停地解释着什么，说的总是不得要领。而她已经没有工夫顾他，对他的解释只是边走边回过头来，投过沉静迷惑的目光，发出一阵阵天真美妙的银铃般的笑声。这是他们亲近时在他心里留下的唯一的记忆。为她，他奉献了一切，认为她胜过一切，同她相比，他觉得一切都没有价值，然而她此刻却是那么遥远、冷漠，却又仍富于魅力！

九

在他心里，不是他自己，而是某个超脱了他的声音，在号啕，在啜泣，流着在黑暗中如磷光般闪亮的温情的泪。他也伴着自己啜泣的心哭了起来。他为自己感到心痛。

“我得了病。我病倒了。”在睡梦、昏热、病呓的间歇中，他偶尔清醒时，便这么想，“这也还是一种伤寒症，但医书上没有写，我们在医学系时也没学到过。应该弄点饭，应该吃点东西，不然我要饿死的。”

他刚一用肘臂撑着想坐起来，马上感到自己没任何力气活动，于是又昏睡过去。

“我这么穿着衣服，在这儿躺多久啦？”在一次这样的间歇里，他思忖着，“几个钟头了？几天了？我躺倒是在开春时，现在窗子上已结了霜。霜是那么脆又那么脏，弄得屋子里黑乎乎的。”

在厨房里，老鼠把碟子撞翻发出叮当的响声，又顺一面墙往上爬，沉重的身子随后摔到地板上，令人讨厌地吱吱哀叫，好像女低音在哭泣。

他依然睡睡醒醒，一次发现了镶在霜雪框子里的窗户，映满玫瑰色的霞光。霞光渐渐变红，好似斟到水晶杯中的红酒。他不明白，就问自己，这是什么霞光？是朝霞还是晚霞？

有一天他仿佛听到附近有人声，便心头一沉，以为这是狂癫的开始。他流着自怜的泪水，无声地埋怨上天，为什么不理他，抛弃他。“无垠的大地啊，为何抛弃了我，让罪恶的黑暗压到我头上？”

终于他恍然大悟，这不是幻觉，而完全是事实：他脱了衣服，洗了身子，穿着洁净的衬衫；不是在沙发上，而是躺在干净的床铺上。有个人坐在床边，弯下腰，头发贴着他的头发，泪珠和着他的泪珠，同他一起哭泣。是拉拉。一阵幸福感袭来，他又失去了知觉。

十

不久前他在呓语中，还责怪上苍冷漠无情。但整个广袤的天宇，降临到他病床上，有两只女人雪白的长臂，向他伸过来。他喜上心头，只觉眼前发黑，如同失去知觉一样，坠入了极乐的深渊。

他一生都在做事，忙碌不停：张罗家里的事，给人看病，思考，研究，也写作。可如果能够停止活动，不追求什么，不想什么，把这种劳动暂时托付给大自然，在大自然仁慈神奇的缔造美的双手里，自己不妨变成一种东西，一个构想，一项创作，如果那样该多好呀！

日瓦戈迅速地好起来。拉拉喂他，看护他，用自己的关心、天鹅般白皙的美貌、或问或答的低语，安慰着他。

他们俩的低声细语，哪怕空洞得很，竟也充满了意义，犹如柏拉图对话一般。

使他们结合在一道的，不只是心灵的一致，更为重要的是他们俩与其余世界之间的鸿沟，两人都同样地不喜欢当代人身上非有不可的那些典型特征，不喜欢当代人那种机械性的兴奋、大喊大叫的激昂，还有那种致命的平庸。有无数的科学工作者和艺术工作者，极力鼓吹平庸，目的在于使天才仍然只能是罕见的现象。

他们相爱极深。但人们相爱时，并不察觉感情的不平凡之处。

对他俩来说——这恰恰是他们的特点所在——欲火如同永恒之风吹进他们不幸的尘世生活中来的那些时时刻刻，是他们袒露胸怀，在自己身上和生活里得到越来越多新发现的时刻。

十一

“你一定得回到家人身边去。多一天我都不留你。可你看见周围的形势了吧。咱们刚同苏维埃俄罗斯命运联结在一起，经济崩溃就吞没了我们。现在西伯利亚和东部地区起着堵窟窿的作用。你不知道，在你生病的时候，城里变化很大。我们仓库里的储存都运往中央，运到莫斯科去了。对莫斯科来说，这只是沧海一粟，这些东西到那儿一下子就没了，像倒进了无底洞。咱们可弄得没粮食吃了。信不通了，客运也停止了，只是运粮食。城里又出现了怨言，和盖达起义前似的；针对不满的表现，也又激烈地搞起紧急状态来。

“再说你现在这个样子，瘦得皮包骨，能上哪儿去呀？难道再步行？你也走不到啊！等身子结实些，有了力气以后再说吧。

“我不敢出什么主意，不过我要是你，去找家人之前要工作一段，一定是搞自己的专业。人们很看重这一点。比方说，去咱们的省卫生局，它仍然留在原来的机关里。

“你自己想想吧。你是西伯利亚一个自杀的百万富翁的儿子，妻子是当地一个工厂主兼地主的女儿。你在游击队里呆过又跑了。不管怎么解释，这总是离开革命军队，是开小差。你无论如何不可无事闲呆着，不可做没有公民权利的人。我的情形也好不了多少。我也要去上班，去省教育局。我脚下也危机四伏呀！”

“怎么会这样呢？那斯特列尔尼科夫呢？”

“正因为斯特列尔尼科夫，我脚下才不稳呀。我以前就对你说过，他的敌人极多。现在红军胜利了，对接近上层并且知道太多的非党军人，是要打棍子的。光是打棍子还算好，悄悄地杀了就更糟了。他们之中，帕沙首当其冲。他的境况极端危险。他曾去过远东。我听说他跑了，现在躲了起来。据说正在追捕他。不过别说他了。我不爱哭，不过要再多讲一句，我觉着就要号啕大哭了。”

“你爱过他，你到现在还非常爱他吗？”

“你要知道，尤拉，我嫁给了他，他是我的丈夫。这是个崇高的明智的人。我很对不住他。要说我对他没做什么坏事，恐怕不是事实。但他是个很了不起的人，非常非常正直的人，可我一钱不值，同他比渺小极了。这就是我的过错。好啦，不谈这个了。有机会我自己会再谈这个的，我向你保证。你的冬尼娅，真是太好了。她生产时我在旁边。我和她是一见如故。不过这个也以后再谈吧，我求求你。就这样，咱们一起都去上班吧。两个人都去工作。每月领几十亿卢布的工资。我们这儿在最近一次事变以前，通行的是西伯利亚信贷券。不久前刚刚废除。你生病的很长时间里，我们这儿就没有纸币。的确是这样。你想得到吗？简直难以相信，但也将就过来了。如今给过去的金库运来整整一列车的纸币，听说有四十节车厢，不少于这个数目。纸币是双色套印，有蓝有红，像邮票一样，上面分着小格。蓝色的每一格含五百万块钱，红色的是一千万块。纸币掉色，印得不好，颜色往外渗。”

“我见过这种钱。我们离开莫斯科时，刚刚开始流通。”

十二

“你在瓦雷基诺那么久，干了些啥？那儿不是没有人，全跑空了吗？为什么又耽搁了呢？”

“我和卡坚卡收拾了你们的屋子。我怕你先就去那里。我不愿你看到家中是那么一种情景。”

“什么情景？那儿怎么了？给破坏了，杂乱不堪？”

“杂乱。又很脏。我打扫了一遍。”

“你在回避要害。你没全说出来，对我还瞒着什么。随你吧，我不打算追问。讲讲冬尼娅。女儿命了名吗？

“叫玛莎。为了纪念你母亲。”

“说说他们的情况吧。”

“以后有机会再说好吗？我不是对你说了，我是强忍着不哭的。”

“借给你马的那个萨姆杰维亚托夫，是个很有意思的人物。你看呢？”

“极有意思。”

“我很了解萨姆杰维亚托夫。我们来到这个新地方之后，他是我们家的朋友，帮助过我们。”

“我知道。他对我讲过。”

“你们大概很有交情吧！他也尽力要帮助你吗？”

“他对我，简直做尽了好事。我不知道没有他该怎么办。”

“我很容易想象。你们之间一定是亲密的同志关系，态度很随便？他多半是狠命追求你吧？”

“还用说。寸步不离。”

“你呢？对不起。我太过分了。我有什么权力追问你？请你原谅。这太不自量了。”

“不，没关系。你感兴趣的一定是另外一点吧：我们之间是什么关系？你想知道，我们的交情中是不是渗进了某些个人的东西。没有，当然没有。我在数不清的事情上，都得感激萨姆杰维亚托夫，欠情太多。不过，即使他给我穿金衣，即使他为我豁出了命，也不会使我同他再接近一步。他的气质同我格格不入，我有一种天生的反感。他们这样的人，处理起日常生活的事，精明强干，非常自信而且干脆利落，简直无可替代。可是在感情问题上，男性的雄赳赳的自鸣得意，就令人讨厌了。我理解情爱和生活完全是两回事。不仅如此，在道德方面，萨姆杰维亚托夫使我想起另一个极其令人讨厌的人。由于那人的罪过，我才是今天的这样的人，也亏了那人，我才是现在的我。”

“我不理解。你是什么样的人？你指的什么？你解释一下吧。你是世上最好的人。”

“哎呀，尤拉啊！哪能这样说呢。我认真和你说话，你却像在客厅里讲恭维话。你问我是什么样人。我是被摧残的、一辈子带着创伤的人。我还没成年，被人罪恶地变成了女人，从最丑恶的方向接触了生活，听信了一个人虚伪的庸俗的见解。那是个在旧时代过了中年的十分自负的寄生虫，是个享乐无边、无所不干的人。”

“我猜到了。以前我也有过这类揣测。可你等等。不难想象你那时忍受的过早的痛苦，你那无知的恐惧，少女遭到的第一次屈辱。但这已是过去的事了。我是想说，现在你不该再为这些苦恼；这应该是爱你的人们感受的痛苦，比如我。是我应该痛心疾首，悔恨当时我没有同你在一起，我没有能为你制止，如果那确实是你的痛苦。说来奇怪，我觉得自己只有对比我低下的、迥然不同的人，才会产生强烈的、难以遏制的妒忌。如果与我竞争的人比我高尚，那我产生的完全是另一种感情，假如一个精神同我接近、受到我敬爱的人，和我同时爱上了一个女人，那么我对他的感情是一种遗憾的友情，不是口角，不是争讼。我当然一分钟也不会与他分享我的崇拜对象。但我可以怀着并非妒忌的完全另一种痛苦的感情，不带火药味和血腥味的感情，甘心退让。同样的道理，如果我同一位画家发生冲突，而他在与我相近的画作中，表现出优越的笔力令我折服，那我一定会放弃探索，不再重复他已经做过并且征服了我的工作。

“我把话扯远了。我想，倘若你没有这么多苦难，没有这么多抱憾，我是不会这么热烈地爱你的。我不喜欢正确的、从未摔倒、不曾失足的人。他们的道德是僵化的，价值不大。他们面前没有展现出生活的美。”

“我讲的就是这个生活美。我觉得要想看到生活的美好所在，必须有纯真的想象力，有天真的感受。而我恰恰被剥夺了这个。如果不是从一开始就透过别人庸俗的眼光看待生活，也许我本来会形成自己的生活观。不仅如此，由于道德低下、只图自己欢乐的一个平庸角色介入了我刚刚开始的生活，所以即便后来我同一个优秀的出众的人结婚，也未能美满，虽然这人曾经十分爱我，我也以同样的感情回报。”

“等等。以后再给我讲你的丈夫吧。我对你说过了，能引起我妒忌的，一般是品格低下的对手，而不是势均力敌的对手。对你的丈夫，我没有妒意。那一个呢？”

“哪个‘那一个’？”

“那个坑害了你的生活的腐败的人。他是谁？”

“相当有名的莫斯科律师。他是我父亲的同事，父亲死后我们生活窘迫时，他曾经接济过母亲。是个独身男人，很有钱。大概我过于抬举他了，这样地贬低他反倒显得他很了不起。其实他是个极平庸的人。如果你想知道，我就告诉你他的名字。”

“不必了。我知道他。我有一次见过他。”

“真的吗？”

“你母亲自杀的那天晚上我在旅馆的房间里见过。我们那时还是孩子，中学生。”

“我记得那一次。你们来了，站在走廊的暗处。要是我自己，恐怕永远也不会记起那个场面，是你有一回帮我回忆起来，我记得是在梅柳泽耶夫镇，你提起过这件事。”

“科马罗夫斯基当时在场。”

“是吗？很可能。当时很容易看到我和科马罗夫斯基在一起。我们常见面。”

“你怎么脸红了？”

“因为从你嘴里说出了科马罗夫斯基。不习惯，太突然了。”

“和我一起的，还有一个同级的同学。你猜他当时在屋里对我讲了件什么事——他认出科马罗夫斯基，他是在某种特殊情况下偶然见到那个人的。有一次在火车上，这位中学同学米沙·戈尔东亲眼目睹了我父亲——工业界的百万富翁——自杀身死。米沙和父亲乘同一趟火车。父亲在火车飞驶中跳车自杀，结果摔死了。陪同我父亲的，是他的法律顾问科马罗夫斯基。他常灌我父亲喝酒，把父亲的事情搞得一团糟，弄到父亲破了产，就纵容他走上绝路。他是使父亲自杀，使我变成孤儿的罪魁祸首。"

"简直不可思议。这情况太重要了。果真如此吗？那么说他也是加害于你的魔鬼了？这使我们俩的心贴得更近了！真像是前世注定的！"

"我对他才是妒火三丈呢。"

"你这是何苦。我不仅不爱他，简直是仇视他。"

"你未必那么了解你自己。人的禀性，特别是女人的禀性，难以捉摸而且充满矛盾。你对他反感，但也许由于厌恶而在某种程度上更会屈从于他，胜过对于你真心所爱的另一个人。"

"你讲的这情形，实在太可怕了。而且同往常一样，你说得非常精辟，我不由得觉得你所讲的那种反常情形，倒是实情呢。要那样，可确实可怕了。"

"你心里别不安。别信我的话。我无非是说，我因为你而妒忌某种模糊不清的东西，某种下意识的东西，妒忌某种无法解释、无法想象的东西。因为你，我甚至妒忌你的梳妆用具、你皮肤上的汗珠、空气中飘浮着的细菌，因为它能附到你身上，毒害你的血液。正像妒忌这种传染病一样，我妒忌科马罗夫斯基。他说不定什么时候会夺走你，正如说不定什么时候你的死或我的死将使我们分开一样。我知道，你会觉得这些话莫名其妙。但我无法说得更有条理，更好理解。我发狂地忘记一切地爱你，直至永远。”

十三

“多讲讲你丈夫吧。‘在命运簿上我们是写在一行里的’——莎士比亚这样说过。”

“从哪儿摘出来的？”

“《罗密欧与朱丽叶》。”

“我在梅柳泽耶夫寻找他的时候，已经讲了许多。后来在尤里亚京这儿，我们起初相见的几次，当我听你说他想在车厢里逮捕你时，我又谈起过他。我觉得已经对你说过，也许没说过而只是我这么觉得，有次我离老远看见他上汽车。你可以想象，他周围保卫得多严。我发现他几乎没有怎么变样。还是那张漂亮的正直果断的面孔，我在世上看到的最正直的面孔。没有一点做作，是一种勇敢的个性，完全不做姿态。从前一直如此，现在也还是这样。但我还是看出了一个变化，它使我不安。

“仿佛某种抽象的东西溶进了这面孔，使它失去光泽。一张生动的人脸，变成了思想的化身，思想的原则，思想的图象。察觉到这一点，我的心一阵发紧。我明白了，这是他所献身的那种力量不断作用的结果；这种力量是崇高的，但又是令人窒息的，无情的，说不定什么时候连他也不会饶过。我感到他已经被划定，是命运使然。也许我思想糊涂了。也许当你描写你们相会的情景时，你的一些话印在了我脑海里。要知道，除了我们俩心心相印之外，我还接受了你的许多思想啊！”

“不，你讲一讲你们在革命前的生活。”

“我在童年时代很早就向往纯洁。他就是纯洁的化身。我们几乎是在一个院子里长大的，我是指我、他和加利乌林。我是他童年迷恋的对象，他一见到我就呆若木鸡，浑身发冷。大概我这么说，这么了解情况，显得不太合适。不过我要装作不知，那就更不好了。我是他童年的恋人，令他神魂颠倒的人。但孩子的骄傲使他隐藏着自己的这种感情，不让它表露出来。可它就显现在脸上，谁都看得清楚。我俩很要好。我和他是那么不同的人，正如我和你是那么相同的人一样。当时我的心就选中了他。我决定一到成年就同这个极好的男孩子结合到一起生活，那时内心就已经同他约好。

“啊，他的才能实在不凡！他是一个普通道岔工，要么是铁路看守工的儿子，全靠自己的天赋和顽强的劳动，在数学和人文科学两个专业上达到了现代大学的水平，不，应该说达到了现代大学的知识顶峰。这可非同小可啊！”

“既然如此，是什么破坏了你们家庭的和睦呢？你们是相爱着吗？”

“唉，这个可真难回答。我现在讲给你听。说起来很奇怪。你这样聪明的人，哪里还要我这个弱女子来说明如今整个生活是怎样一种情形，在俄国人们的生活又如何，为什么家庭会解体，包括你的家和我的家。唉，原因好像在人身上，在性格合不合，在爱还是不爱；努力达到的一切，安排好的一切，属于日常生活的一切，与人们安乐窝和人生秩序有关的一切，随着整个社会的变革和改造，统统化为灰烬。日常生活整个被打乱，被破坏了。剩下的只有劫余的赤裸裸的真诚。它是超出日常生活的未被利用的力量。对它来说，一切依旧，因为在任何时代它总是瑟缩着，战栗着，向往着身旁同样孤独的、同样赤裸裸的真诚。我和你活像世界开初无以蔽体的头两个人亚当和夏娃；我俩今天在世界之末同样地无以蔽体，无家可归。在他们两人到我们两人之间，千万年里世上创造出的无法计数的伟大奇迹，只留下了最后一点回忆，那就是我和你；正是为了纪念这些消失的伟大奇迹，我们俩才呼吸、热恋、哭泣，并且相互搀扶，相互偎依。”

十四

短暂的停歇之后，她继续说下去，情绪已经平静多了。

“我告诉你。要是斯特列尔尼科夫重新变回帕沙·安季波夫去，那就好了。要是他不再发狂，不再造反就好了。要是时间能倒转就好了。要是在远处什么地方，我家的窗子亮起灯光，帕沙的写字台上摆起书来，我恐怕爬也要爬到那里去。我的心都要翻个。我抵挡不住往昔的呼唤，忠贞的呼唤。我能牺牲一切，甚至最宝贵的东西——你。还有我同你这种轻松、自然、毫无勉强的恩爱。啊，原谅我！我说得不对，这不真实。”

她扑到他脖子上呜呜哭起来。很快她又镇定下来，一边擦泪一边说：

“这是责任感在说话，正像责任感驱使你要回到冬尼娅身边一样。唉，我们是一对可怜人呀。我们的结果会怎样呢？我们怎么办呢？”

等心境完全平复，她继续说：

“我还是没有回答你，为什么我和帕沙的幸福破灭了。后来我才完全明白过来。我讲给你听。这个故事，讲的不光是我们。这成了许多人共同的命运。”

“说吧，我的聪明人。”

“我们是战前不久结的婚，在战争开始的前两年，我们刚开始独立生活，刚建好了家，就宣战了。我现在坚信，战争是一切的祸根，是接踵而至的至今还折磨着我们这代人的所有不幸的根源。我清晰地记得童年生活，我赶上了那个时候，那时一百年来和平生活的种种概念还在起作用。人们习惯了信任理智的声音。良心要求人们做的，大家都认为是自然应该做的。一个人死在别人手里，是罕见的、特殊的现象。人们认为，杀戮只有在悲剧中、在密探的世界中、在报章新闻中才会出现，而绝不是在平凡的生活中。

“可突然来了个跳跃，从宁静的纯真的和谐，一变而为流血和哭号，每天每时每刻遍地是疯狂野蛮的却又合法并大肆宣传的屠杀。

“这一切大概都发生了自己的作用。你记得一定比我清楚，所有的一切立刻遭到破坏。火车停开，对城市停止了粮食供应；家庭生活的基础，人们思想中道义的根基，全被破坏了。”

“往下说吧。我知道你下面要说什么。你把这一切分析得多好呀！听你讲是极大的乐趣呢！”

“那时在俄罗斯大地上出现一种荒谬的思想——人们对自己的看法失去了信心，这是最大的不幸，是后来罪恶之源。人们误以为，遵从道义感去行事的这种时代已经一去不返了；如今应该唱一个共同的调子，应该靠别人强加于自己的看法来生活。于是词藻开始统治一切，起初是无政府主义的词藻，后来是革命的词藻。

“这种社会性的谬误，无处不在，难以摆脱。一切全受到了它的影响。我们的家庭，同样不能幸免，开始发生动摇。过去一向是一种难以言喻的生动活泼的气氛，如今在我们的谈话中渗进了某些愚蠢的广告宣传的成分，非得谈一些世界大问题，又非得故弄玄虚地显示一番。试想帕沙这样一个思想精细、严于律己的人，一个能准确区分现象和本质的人，会察觉不到这种偷偷潜入的虚伪吗?

“正是在这一点上，他犯了一个左右他后来一生的致命错误。时代的风气，社会的弊端，他当成了家庭的事。他把我们议论时出现的不很自然的语气，生硬的官腔，都归罪于自身，认为自己枯燥乏味，平庸，是套中人。你一定觉得不可理解，这类鸡毛蒜皮的事，对夫妻共同生活竟会起什么作用。你想象不出，这是多么重要，帕沙出于这种孩子气讲了多少蠢话。

“他上了战场，谁也没有要求他这样做。他这是为了让我们摆脱开他，摆脱开他给我们造成的负担，其实这负担是他想象出来的。从此他就像发了疯。他怀着某种孩子气的用之不当的自尊心，对生活中的一些事情赌了气，而人们一般对这类事是不在意的。他开始对时局的发展不满，对历史不满。于是他同历史发生了争吵。直到今天他还要同历史算账呢。由此也才出现他那些挑战式的乖戾行为。

“就是因为不值当地意气用事，他必定招致毁灭。啊，我要能救他就好了！”

“你爱他是那么纯真，那么强烈！爱他吧，爱他吧！我不妒忌他，我不妨碍你。”

十五

不知不觉间，夏天来了又走了。日瓦戈医生已经痊愈。为了准备去莫斯科，他在三个地方担任临时工作。货币迅速贬值，逼得他尽量多兼职。

鸡叫时日瓦戈医生就起床，来到商人大街上，顺街向下走过巨人电影院，直奔乌拉尔哥萨克军的印刷所，现在改为“红色排字工厂”了。在城市街角的事务管理局门上，钉着“意见申诉处”的牌子。他由这儿斜穿广场走上小货栈街，路过斯坚戈普工厂，从医院后院来到军医院的门诊处。这是他主要的工作地点。

去医院的路大多有树荫遮蔽，大树在长街上空交错缠绕，两旁是形状奇特的房屋，大部分是木房，屋顶极陡，栅形的院墙，镂花的大门，护窗板上也刻了花纹。

门诊处的隔壁，在女商人戈列格利亚多娃祖传下来的果园里，有一幢不高却很别致、具有古俄罗斯风格的房子。正面镶着上釉的瓷砖，砖面呈锥形。这很像莫斯科古代贵族的府邸。

日瓦戈每隔十天有三四次要从门诊处前往米阿斯街的利益基大楼，参加尤里亚京省卫生厅会议。

在另一个很远的区域里有一幢房子，是萨姆杰维亚托夫的父亲菲姆·萨姆杰维亚托夫捐赠给市里的，为了纪念生下儿子之后死于难产的亡妻。在这幢房子里，萨姆杰维亚托夫创建了一个妇产科研究所，现在这儿是速成外科训练班，以罗莎·卢森堡命名。日瓦戈在这里讲普通病理学和几门选修课。

完成所有这些工作之后，他入夜才回来，又累又饿。回来常赶上拉拉正忙活家务，不是在炉旁，就是在洗衣盆前。她一身普通的家常装束，头发蓬乱，挽着衣袖，掖起衣襟，另有一种威严动人的吸引力，几乎叫人吃惊；即使突然碰上她准备去舞会，穿上了高跟鞋显得身材更高挑，穿着大开领衬衫和宽大作响的裙子，那风采也不如此刻诱人。

她不是做饭就是洗衣，然后用剩下的肥皂水擦屋里的地板。要么就安宁沉静地坐着，缝补自己的、他的、卡坚卡的内衣。或者在做饭、洗衣、打扫之后，教卡坚卡识字。有时抱着一本手册，自己重新学习政治，准备重返改造过的新学校担任教师。

这个女人和女孩儿同他越亲近，他就越是不敢同他们像家人一样相待：对自己家人的责任感和背信弃义的痛苦，严格控制着他的思想。对于这种不越雷池的限制，拉拉和卡坚卡都不觉得难堪。相反，不像家人那样相处，形成了整个彬彬有礼的世界，避免了放任和狎昵。

这种双重态度，总在折磨着他，令他痛苦。日瓦戈对此虽已习惯，却像习惯自己身上一个不能愈合、不时要开裂的伤口一样。

十六

这样又过了两三个月。十月间的一天，日瓦戈对拉拉说：

“你知道，我恐怕又得离职不干了。那老一套又不断地重复。开始时再好没有了，什么‘我们从来就欢迎认真的工作。对于思想，尤其是新思想我们更欢迎。怎么能不如此呢！欢迎您来，工作吧，斗争吧，探索吧！’

“到实际中一看，你却发现，所谓的思想只不过是一种表面文章，是赞美革命和现政权的言辞上的陪衬。这些叫人疲倦，叫人讨厌。我不是干这个的材料。

“也许他们说得不错。我当然和他们不是一路人。不过我很难接受这样一种看法，认为他们是英雄，是光辉的人物，而我是卑微的小人，主张愚昧，主张奴役别人。你过去听到过尼古拉·尼古拉耶维奇·韦杰尼亚平的名字吗？”

“啊，当然。在认识你以前就听说过，后来你也常讲到他。谢拉菲玛·东采娃同样常常提起他来。她是那人的追随者。但很惭愧，他的书我没读过。完全讲哲学的书，我不喜欢。依我看，哲学应该是艺术和生活里少量的佐料。单讲哲学如同单吃生姜一样让人觉得奇怪。不过对不起，我尽瞎说一气打断了你。”

“不，恰好相反。我同意你说的。这和我的思路非常接近。好，再说我舅舅尼古拉·尼古拉耶维奇吧。也许我真的受了他的坏影响了。可那是他们自己异口同声，说我是个天才的诊断医生。的确，我很少有诊断错误。可这恰是他们所痛恨的直觉——迅速把握全局获得完整的认识。照他们说，似乎我的过错就在于此。

“我对拟态问题，也就是机体外部适应周围颜色的问题，几乎着了迷。在适应色彩的过程中，掩盖着从内在转为外在的惊人现象。

“在讲课中我大胆地触及了这个问题。结果就来了，说是：唯心主义，神秘主义。歌德的自然哲学，新谢林主义……

“我得离职。我自愿申请从省卫生局和研究所退职。在医院里我争取多呆些时候，到赶我走为止。我不愿意吓唬你，可我有种预感，好像不是今天就是明天就会逮捕我。”

“上帝保佑，尤拉。幸亏到这个地步还早呢。不过你说得对，多加小心没有坏处。据我的观察，这样的新政权的建立，往往都得经过几个阶段。最初总是理智的胜利，批判精神，同各种成见斗争。

“然后进入第二个阶段。‘混进来’的黑暗势力，伪装同情的势力占了上风。于是怀疑、告密、阴谋、仇视等与日俱增。你说得对，我们正处于第二阶段的初期。

“这样的例子可以信手拈来，这里的革命法庭新从霍达特镇调来两个老政治劳工，都是工人出身，一个叫季韦尔辛，另一个是安季波夫。

“两个人都非常了解我，一个就是我丈夫的父亲，我的公公。可就是从他们不久前调来开始，我为自己和帕沙的生命担心起来。他们什么事都做得出。安季波夫对我没有好感。他们干得出，为了最高的革命的公理，不知哪一天把我甚至帕沙消灭掉。”

过了没多久，重又谈起这个话题。这之前小货栈街四十八号，就是门诊处隔壁寡妇戈列格利亚多娃家里，夜间被搜查了，找到一个武器仓库，破获了一个反革命组织。城里抓了许多人，搜捕还在继续。人们就这件事悄悄议论，说一部分嫌疑分子往河对岸跑了。有人议论说：“这有啥用？河同河可不一样。有的河应当说管用，比方说海兰泡的黑龙江，一边是苏维埃政权，另一边是中国。跳进水里，游到对岸，就溜之大吉了。那才算得上是条河。这就是另一回事了。”

“形势紧张了，”拉拉说，“咱们的安全时期已经过去。非逮捕咱们不可，你和我。那时卡坚卡怎么办呢？我是母亲，我必须防止这种不幸，得想想办法。我在这一点上必须下定决心。可一想这个就要发疯。”

“咱们一起来想想。用什么方法才能得救呢？我们有力量防止这个打击吗？要知道这看来是在劫难逃的。”

“不能逃跑，也没处逃跑。倒可以找个地方避起来，不再露面。比如到瓦雷基诺去。我常常想到瓦雷基诺那里的房子。那儿离这儿相当远，又很荒凉。到了那儿，我们可不像这里，总在人家的眼皮底下碍事。冬天快到了。我可以承担过冬的种种准备工作。等他们找上来，我们已经争取到一年的时间，这很上算。萨姆杰维亚托夫会帮我们同城里保持联系。他大概能同意把我们隐藏起来，是吗？你说呢？自然，如今那里没有人烟，空空荡荡，怪可怕的。至少三月份我去时是这样。还听说那里有狼，太吓人了。不过，现在的人，特别像安季波夫或季韦尔辛这样的人，比狼更可怕。”

“我不知道该对你说什么。你不是总撵我回莫斯科吗？劝我别拖延不走。现在这事容易些了。我在火车站打听过。对倒卖粮食的，看来撒手不管了。不是所有偷搭火车的人全拉下车来。毙人毙累了，这会儿很少再枪决。

“让我不安的是，我给莫斯科寄去的信，全都没有回音。需要去莫斯科打听一下家里人的情况，你自己老是对我讲这个。那么怎么理解你要去瓦雷基诺的话呢？难道你不要我去，一个人去那个可怕的僻壤？”

“不，没你这当然是办不到的。”

“可你又一直催我回莫斯科。”

“是呀，需要这样。”

“你听我说。你知道吗？我有个极妙的计划。咱们一起去莫斯科吧。你同卡坚卡一起跟我走。”

“去莫斯科？你别是发了疯？我干吗要去那儿？不，我得留下来。我得在附近随时做好准备。这里要决定帕沙的命运。我得等到有个结果，一旦需要我得帮得上。”

“那咱们想想卡坚卡怎么办。”

“谢拉菲玛不时到我这儿走走，谢拉菲玛·东采娃。前两天咱俩还谈起过她。”

“当然。我常见她来你这儿。”

“你真叫我感到奇怪。男人们眼睛都长到哪里去了？我要是你，一定会爱上她的。多好的人啊。看那外表！身材，体形，脑子，学问，人性，思想多清楚。”

“我从营地回到这里那天，是她姐姐格拉菲娅裁缝给我刮的胡子。”

“我知道。姊妹们都跟大姐——图书管理员阿芙多季娅一起生活。是诚实干活的一家人。万一咱俩被带走，我打算求她们把卡坚卡领去照看。我还没下决心。”

“只能到实在无法的时候再走这一步。上帝保佑，离这样的不幸恐怕还有些日子。”

“据说谢拉菲玛有点那个，不对劲儿。真的，难说她是个十分正常的女人。但这正是因为她思想深刻、富于独创精神。但受的不是知识分子的教育，而是平民的教育。你和她的目光惊人地相似。我要是把卡坚卡交给她教育，那就放心了。”

十七

他去了趟车站，还是空手而归，一无所获。一切都悬而未决。他同拉拉都前途未卜。这天阴暗寒冷，像要下第一场雪。十字路口的上空比在长长的街道上要舒展些，显出了冬意。

日瓦戈回家，碰上谢拉菲玛来拉拉这儿做客。两人之间的谈话，倒像在上课，好像客人在给主人讲解。日瓦戈不想打扰她们。此外他也想独自一人呆一会儿。女人们在隔壁屋里谈话，屋门虚掩着。门帘从门楣直垂到地上，隔着门帘她们的谈话字字都听得清。

“我要缝衣服，你别在意，谢拉菲玛。我聚精会神地听着呢。我在学校的时候，听过历史和哲学。你组织思想的方法我很习惯。再说听你讲讲我心头就轻松了。最近这些天，我们由于操心各种事夜里没睡好。我这做母亲的对卡坚卡有责任，万一我们发生不测要保证她的安全。需要清醒地为她做好准备。这种事情上我不太行。想到这个我就心里不好受，也因为过于疲倦，睡眠不足。你的话能使我平静下来。而且看来马上就要下起雪来；下雪天听听有意义的长篇谈话，是很好的享受。下雪的时候要望望窗外，真好像有人穿过院子走来，是吧？开始吧，谢拉菲玛。我听着。”

“上次咱们讲到哪儿啦？”

日瓦戈没听清拉拉怎么回答的。他开始注意地听谢拉菲玛讲：

“可以使用文化、时代这些词儿。可是人们对它们理解不同。由于它们的意思含混不清，我们就不用它们了，用另一些词儿来代替。

“依我说，人是由两个部分组成的：上帝和工作。人类精神的发展，可以分解为延续时间极长的一项项工作，一代又一代连着做下来。埃及曾是这样一项工作，希腊也曾是这样一项工作。《圣经》中对上帝的了解，同样是这样一项工作。最近这样的工作，任何其他事都无法替代的工作，当代人用全部灵感完成的工作，就是基督教。

“为了让你非常鲜明地、出乎你意料地看清楚基督教所带来的前所未有的新东西，不是像你了解的那样，不是你已经习惯的那样，而是更简明更直接地感受到这些，咱们一起来分析经文中几个段落，是极少的一部分，而且还是删节了的。

“这里大部分是《旧约》和《新约》中的概念并列构成的结合体，把《新约》的情况，如圣母受孕、耶稣复活等，同《旧约》中的许多情形加以比较，像燃不尽的灌木丛、以色列的离开埃及、火炉中的少年、鲸腹中的约拿，等等。

“由于多次甚至总是交互相映，《旧约》与《新约》的新旧差别，就表现得特别鲜明。

“许多诗行总括起来看，是把马利亚的纯洁的母性，同犹太教人横渡红海进行比较。例如一行诗中说：海在以色列渡过后又变得不能通航，而童贞女在诞生了耶稣之后仍然是处子。这是把什么性质的事情放到一起对比呢？两件事都是违背自然的，两件事都同样被认为是奇迹。远古原始的时代和罗马帝国后远远向前推进了的新时代，这两个不同的时代共同认为奇迹表现在哪里呢？

“前一件事，民众领袖摩西族长下了命令，他一挥魔杖，大海分出条路，使整个部族几十万人众全部通过海洋。最后一个人渡海之后，海水合拢，淹没了后面追赶的埃及人。这是充满古代气氛的惊人场面，有遵从魔法师指挥的自然力，有难以数计的人群如远征的罗马军队，有民众和领袖，有可见的东西和可闻的巨响。

“后一件事上，一位姑娘（这本是古代世界不会注意的极普通的事）秘密地悄悄地赐给一个婴儿生命，给世界产生一个生命，产生一个生命的奇迹，产生所有人的生命。她的分娩不仅从书本的观点看是婚外不合法的，而且也违反自然界的规律。姑娘生产，不是出于必然，却是出于奇迹，出于灵感。《福音书》正是想在这种灵感的基础上，把一般同特殊、把平时和节日对立起来，从而建立一种生活，完全不受任何约束。

“这个变化，意义是何等重大啊！用古代观点看来是无足轻重的个人生活事件，在上天的眼里（因为上天的慧眼评判所有这一切，所有这一切全都发生在上天眼前，在唯一的神圣的苍穹之下）怎样同整个部族的迁徙具有了同等的价值？

“世界上发生了某种变迁。罗马结束了自己的存在，数量不再起统治的作用，不再以武力强制共同生活，强制整个部族群居。领袖和民众已成为过去。

“代之而起的是个性，是自由的鼓吹。单个人的生活，成为神圣的故事，充溢于宇宙空间。正像报喜节唱的一首歌所讲的那样，亚当想成上帝却犯了过错，没有成上帝，如今上帝在变为人，目的是让亚当成为上帝。”

谢拉菲玛继续说：

“下面就着这个题目我再说一点。先说几句题外话。在关怀劳动人民、保护母亲、同搜刮财富的政权斗争这些方面，革命的时代确实是前所未见、难以忘怀的，它的成果要保留很久以至永远。至于说对生活的理解，至于说如今宣传的幸福观，简直难以相信是认真说的，这是可笑已极的旧时残余。关于领袖和人民之类的宣传，如果有力量把生活倒转，把历史拉回几千年，那就会使我们倒退到游牧民族和族长的旧约时代。幸亏这是办不到的。

“再讲几句耶稣和抹大拉的马利亚。这不是《福音书》里讲她的故事，是从复活节前一周，好像是星期二或星期三祷告词里抽出来的。不过这些不用我说你也很熟悉了，拉拉，我只想给你提一下，绝没有教训你的意思。

“欲念，照斯拉夫人的理解，你十分清楚，首先就意味着痛苦(上帝甘心去承受痛苦)。此外，它后来在俄语中意为罪孽和情欲。‘我的灵魂做了情欲的奴隶’，‘我已变成山林野兽’，‘我们已被逐出天堂，待我们来克制情欲以求重进天国’，如此等等。我这人一定是不堪救药了，我不喜欢复活节前念这类遏制情火、扼杀欲念的祷文。我总觉得这些粗鲁平庸的祷词，缺乏其他经文特有的诗意，定是那些大腹便便、满脸流油的修道士们编出来的。问题不在于他们就不守教规，欺骗别人。即使他们生活得问心无愧，也不说明什么。问题不在于他们，而在于这些祷文的内容。这里的种种担心说明，未免过分看重了身体的虚弱，过分看重身体的健壮或羸弱。这叫人讨厌。这是把某种无关紧要的不洁之物，抬到了不应有的高度。对不起，我离题太远了。现在我来补过。

“我向来对一点很感兴趣，为什么一直等到复活节前夕，在耶稣死而复活之前，祷告里才提到抹大拉的马利亚。我不知道这原因何在，但在与生命告别和生命即将返回之际提到生命是什么，却是很及时的。现在你来听一听，当讲到这一点时，是充满了多么强烈的真诚的情火，是多么毫无顾忌地直言不讳。

“至今存在争论：这是抹大拉的马利亚，还是黑暗的埃及的马利亚？或是别的某个马利亚？不管怎样，她向上帝请求说：‘放过我的过错吧，就像我散开自己的头发一样。’渴求宽恕和忏悔，在这里表现得多么具体实在！简直伸手可以摸到。

“在同一天唱的另一首祭祷歌中，讲得更详细了，也更加明显地是指抹大拉的马利亚；这里发出了与上面相似的感慨。

“抹大拉的马利亚在这儿以惊人的具体和坦率悔恨过去，悔恨每天夜里她都燃起的根深蒂固的情欲。‘仿佛黑夜便是不可遏制的欲火的燃烧，在没有月光的阴暗中重复着过错。’她请求耶稣接受她的忏悔之泪，俯下身来听她真诚的叹息，以便能用头发擦他那纯洁无比的双脚。就在这一阵簌簌声里，震惊羞愧的夏娃在天堂里躲了起来。突然间，透过头发传出一声喟然长叹：‘我的罪孽深重，你的命途多舛，谁来过问呢？’你看上帝和生活、上帝和个性、上帝和女人，是多么亲切，又是多么平等！”

十八

日瓦戈从火车站回来已经很累了。这是他每旬一次的休息日。平时这一天，他总是补一周缺的觉。他仰首靠在沙发上，有时取半躺的姿势，有时完全伸直身子。尽管他是透过不断袭来的瞌睡在听谢拉菲玛说话，她的这番议论还是给了他一种享受。“自然，这全是从尼古拉舅舅那儿学来的，”他心想。“不过，这是个多有天赋和聪明的女人啊！”

他猛地从沙发上站起来，走到窗前。这间屋同隔壁拉拉和谢拉菲玛低语的房间一样，窗户朝着后院。

天气变坏。院里黑了下来。两只喜鹊飞进院来，盘旋着寻找落脚的地方。风轻轻掀起它们的羽毛。喜鹊落在垃圾箱的盖子上，又飞到栅栏上，然后降下来在院里地上走动。

“喜鹊报雪。”日瓦戈心里想。就在这会儿工夫，他听到门帘里面传过声音来：

“喜鹊报信。”谢拉菲玛对拉拉说。“有人要来你们家做客。要么是有信来。”

过不一会儿，有人拉响了用电线系着的小门铃，这是日瓦戈不久前刚修好的。门帘一掀，拉拉快步出来，到走廊去开大门。从她在门旁的谈话，日瓦戈得知是谢拉菲玛的姐姐格拉菲娅来了。

“您是来找妹妹的吧？”拉拉问道，“谢拉菲玛在我们这儿。”

"不，不是找她。不过，她要想回家，我们可以一起走。我倒不是为这个来的。您的朋友有封信。幸亏我在邮局工作过，有熟人。信经了许多人的手才给了我。他还得谢谢我。信是莫斯科来的，走了五个月。怎么也找不到收信人。我可知道他是谁。有一回在我那儿刮过脸。"

信很长，写了好几页，已经揉皱弄脏。信封也打开了，几乎磨烂。信是冬尼娅写来的。日瓦戈不记得，这信怎么到了他手里，拉拉是怎么递给他的。开始读信时，日瓦戈还记得现在他在哪个城市，在谁家里；可读下去后他就渐渐失去了这种意识。谢拉菲玛走出来，向他问了声好，就告辞要走。他机械地照规矩答了句什么，根本没理睬她。她怎么走的，他全不知道。他越来越紧张，完全忘记自己在哪儿，周围又如何。

"尤拉！"她写道：

你知道吗？我们有了个女儿，起名叫玛莎，为了纪念你故去的母亲玛丽娅·尼古拉耶夫娜。

现在要讲的完全是另一件事。属于立宪党和右翼社会主义者的几个著名活动家、教授，梅尔古诺夫、基泽韦捷尔、库斯科娃，还有其他一些人，连叔叔尼古拉·亚历山大罗维奇·格罗梅科以及爸爸和作为他的家属的我们几人，都将被逐出俄国。

这是大不幸，特别是你又不在。但只好服从，而且感谢上帝在这个可怕的时代对我们采取了缓和的驱逐形式，要知道本来可能更糟呀。如果找到了你，你也在这儿，你会和我们一同走的。可你现在在哪里呢？这封信我按拉拉·安季波娃的地址寄出，她如果能找到你，会转给你的。我苦恼的是不知道，如果上帝保佑有朝一日能找到你，那么我们一家都已得到的出国许可，以后是否也适用于你这个家庭成员？我相信你还活着，能够找到你。这是爱你之心告诉我的，我相信我的心。也许等找到你的时候，俄国的生活条件已经缓和下来，那你自己可以设法取得单独的出国许可，我们又可齐聚一处了。可是我写着这些，连自己也不信这样的幸福能够实现。

最大的痛苦在于：我爱你可你不爱我。我极力想找出这种责难的含意，想解释它，证实它，于是到自己身上去找原因，回顾我们整个的生活和我对你所了解的一切。可是我找不到缘由，回忆不起做了什么错事招致这样的不幸。你是误解了我，不是善意地看我，你看到的我是歪曲了的，就像照哈哈镜里的面影一样。

可我是爱你的。啊，我多么爱你，你是难以想象的！我爱你身上一切独特的禀性，不论它们是好是坏，爱你身上一切普普通通的特点；它们结合起来便不同寻常，这才是我所珍惜的。我爱你那因为这些内在精神而变得高尚的脸庞，没有这一切也许你并不漂亮。我爱你的天赋和聪慧，它们仿佛完全弥补了你所缺乏的意志力。所有这一切，对我都弥足珍贵，我不知有比你还好的人。

但你听我说。即或我觉得你不值得如此珍重，即或我不那么深深爱着你，那我内心冷漠的这一可悲事实，也不会为我察觉，我仍然会觉得爱着你。不爱一个人，对他是多大的屈辱，多沉重的打击啊！仅仅因为害怕这一点，我也会下意识地排除不爱你的念头。无论是我还是你，都永远不可能知道这一事实。我自己的心，就要对我隐瞒这一点，因为不爱一个人几乎就等于杀害他，我没有勇气给任何人这样的打击。

虽然什么都没最终决定下来，我们多半是要去巴黎。我将到遥远的地方，那是你小时去过的地方，也是爸爸和叔叔受教育的地方。爸爸向你问好。萨沙长大了，虽不算漂亮，却是个壮实的高高的小伙子；一提到你，他就总是无望地痛哭。我写不下去了。泪如泉涌，心都要碎了。好吧，再见了。我祝福你，愿你经得起长久的离别、种种考验、吉凶未卜的折磨、漫长的昏暗的路程。我一点不怪你，一点不责备你，依照你的意愿安排生活吧，只要你觉得好就行。

在离开乌拉尔这个可怕的、对我们来说是凶险的地方之前，我对拉拉·费奥多罗夫娜有了相当深入的了解。谢谢她，我困难的时候她寸步不离，分娩时也多亏她帮助。我得说句真心话，她是个好人。但我也不想昧良心说话，她同我完全相反。我来到世上，是要使生活变得单纯，寻找正确的出路；可她是要使生活变得复杂，使人迷途。

再见吧，该收笔了。有人来取信，应该收拾行装了。啊，尤拉！尤拉！我亲爱的人，我的丈夫，我孩子的父亲，这是怎么回事呀？要知道我们再也见不到了，再也见不到了啊！我写了这些话，你可明白这话的意思吗？你理解吗？又在催促了，这像在暗示，已经来人带我们去上绞架。尤拉啊！尤拉啊！

日瓦戈抬起眼睛。茫然无神的眼睛痛苦地呆呆望着，不幸和悲伤使他感到空虚，双眼干涩无泪，周围的一切，他都看不见，也意识不到了。

窗外落起雪来。风卷着雪花刮向一边，越来越快，越来越密，好像不断地在卷起什么东西。日瓦戈呆呆望着窗外，仿佛窗外不是飘雪，是他继续读着的冬尼娅的来信，不是飞过片片干爽的雪花，而是闪过白纸上黑字间的空白，空隙是那么洁白，那么多，没有终结。

日瓦戈不由自主地呻吟起来，伸手抓住了胸口。他感到快支撑不住了，步履艰难地朝沙发蹭了几步，倒到上面便不省人事了。

第十四章　重返瓦雷基诺

一

冬天已经到了。外面大雪纷飞。日瓦戈从医院回到了家里。

“科马罗夫斯基来了。”出来迎他的拉拉，无精打采，声音嘶哑地说。两人站在过道上，她样子狼狈，仿佛挨人打了。

“来哪儿？找谁？在咱们这儿吗？”

“当然不在。他早晨来过，想晚上再来。他不久就会到了。他需要和你谈谈。”

“他来干什么？”

“我听他说，没有全弄明白。他好像说是去远东途中路过这里，特意拐个弯来尤里亚京看我们。主要是为了你和帕沙的事。他讲到你们两个，说了许多。他一再说，我们三人，也就是你、帕沙和我，有生命危险，只有他能救我们，如果我们能听他劝的话。”

“我出去。我不想见他。”

拉拉泪涌如注，要给日瓦戈医生跪下，抱住他的腿，把头贴到他身上。日瓦戈好不容易拦住了她。

“为了我，你留下别走，我求求你。从哪方面说我也不怕同他面对面相见，但这太令人难受了。别让我一个人同他见面吧。再说这个人讲实际，有阅历，也许他真能出点主意。你讨厌他是很自然的。但我求求你，克制一点吧。留下别走。”

“你怎么啦，我亲爱的？安静些。你这是干什么？别下跪，快起来。你放宽心吧。你得甩掉总叫你不安的邪魔。他弄得你一辈子心惊胆战。有我和你在一起呢。如果需要，如果你命令我，我就打死他。”

半小时之后就入夜了，天色全黑了下来。早在半年之前，屋里地板上的鼠洞就堵死了。日瓦戈留心观察，一发现新洞，都及时塞上。家里又养了只毛茸茸的大猫，总是呆着不动，神秘莫测、虎视眈眈地瞅着，屋子里还有耗子，只不过不如过去那样猖狂了。

在等科马罗夫斯基的工夫，拉拉把定量配给的黑面包切好，桌上摆了一个盘子，盛着几个煮土豆。他们决定在房主原来的厨房里接待客人，现在这也仍作厨房用。里面放着一张很大的橡木餐桌，还有一个很大很沉同样是深色橡木制的柜橱。餐桌上放着日瓦戈的手提蓖麻油灯，是一个插着根灯捻的小油瓶。

科马罗夫斯基从十二月的黑夜里走进门来，浑身落满街头飘舞的雪花。从他皮衣、帽子、套靴上掉下一团团白雪，融化在地板上淌成了一洼水。科马罗夫斯基过去是刮胡子的，如今留了起来；胡子和短髭沾雪变湿，看起来很像戏里的小丑。他身穿保存得很好的旧上衣和裤线清晰的条纹裤。在寒暄说话之前，他取出衣兜里的小梳子，理了好一会儿压扁了的潮湿头发，又拿手帕擦净理顺胡子和短髭。然后他意味深长地沉默着，同时伸出两只手，左手递给拉拉，右手递给了日瓦戈。

“咱们就算认识了，”他对日瓦戈说，“我和您的父亲可是非常要好的，这您一定知道。他是在我怀里咽气的。我仔细打量，看您哪点像父亲，可是看来您没随父亲。他是个生性开朗的人，爱冲动，急性子。您外表更像母亲。她是个性情温和的女人，喜欢幻想。”

“拉拉·费奥多罗夫娜要求我听您说说。据她说您找我有事。我只好听命。我们这次谈话是迫不得已的。我本意不想结识您，也不认为现在就是相识了。所以请您快谈正题。您想说什么？”

“好啊，我的朋友们！你们的一切，一切的一切，我完全感觉出来了，全部都明白。原谅我鲁莽，你们两个非常非常般配，是高度和谐的一对儿。”

“我不能不打断您。请您不要干预同您无关的事吧。没有人要求您的同情。您有点忘乎所以了。”

“年轻人，您别一下子就发火。不，看起来，您还是更像父亲。也是个火爆性子。好吧，那请允许我祝贺你们，我的孩子们。遗憾的是，不光我叫你们孩子，事实上你们也是什么都不知道、什么都不考虑的孩子。我到这儿才两天，听到有关你们的消息，比你们自己知道的还多。你们自己毫不意识到自己正走在悬崖边上。如果不设法防止危险，你们的自由日子，也许连你们的生命，都屈指可数了。

“现在存在某种共产主义方式。很少有谁符合这个标准。可谁也没有像您尤拉·安德烈耶维奇这样公然违背这种生活和思考的方式。我实在不懂，干吗要惹人发怒呢？您的所作所为，全是对这个世界的嘲笑、侮辱。这些要只是您心里的秘密还好。可这里有从莫斯科来的权威人士。您的心思，他们知道得一清二楚。你们两个都太不合这里法官大人的心意。安季波夫和季韦尔辛同志，对拉拉·费奥多罗夫娜和您，都恨得咬牙切齿。

“您是个男人，是个自由自在的人，或者还有别的什么叫法。当然您有神圣的权利可以任性胡来，拿生命当儿戏。可是拉拉·费奥多罗夫娜是不自由的。她是母亲，手里握着一个孩子的生命，女儿的命运。她可不能异想天开，不该想入非非。

“我劝说了她一个早上，劝她认真对待这里的形势。她不愿听我的话。您有威信，您对她施加些影响吧。她没有权利拿卡坚卡的安全开玩笑，她不应该无视我的这些考虑。”

“我一生中从来没有对任何人劝说过什么，强迫过什么。特别是对亲近的人。拉拉·费奥多罗夫娜听不听您的，由她自便。这是她的事。而且，我根本不知道您这里指的是什么。您所谓的自己的考虑的那些东西，我是一无所知。”

“噢，您越来越使我想起您父亲，也那么不好打交道。咱们说主要的吧。因为这是件非常复杂的事，你们可得耐着性子听。请你们听我讲，不要打断我。

“上面正酝酿着巨大的变革。确实不错，这消息的来源十分可靠，你们不用怀疑。他们将转到比较民主的轨道上来，实行普遍的法制，不久将付诸实施。

“然而，正因为如此，需要撤销的侦缉机关最后必然更为凶狠，更急于清算当地的恩怨。消灭您已提上日程，尤拉·安德烈耶维奇。您的名字列进了名单。我这不是说着玩的，我亲眼看到的，你们可以相信我的话。想想如何逃命吧，不然就完了。

“不过这些还只是开场白。下面我就讲讲本题。

“忠于被推翻的临时政府和被解散的立宪会议的残余政治力量，正在靠太平洋的滨海区聚集。来人中有杜马成员、社会活动家、过去地方自治者中最著名的人物、商业家、工业家。志愿部队的将军们，也在这里汇集自己的残余队伍。

“苏维埃政权对远东共和国的出现，睁只眼闭只眼。在边界地区存在这样一个共和国，作为红色西伯利亚和外界世界之间的一种缓冲，对苏维埃政权是有利的。共和国政府将由混合成分组成。一半以上席位，莫斯科相约要分给共产党人，目的在于到适当时机举事把共和国抓到手中。这意图昭然若揭，问题只在于如何利用仅剩的时间。

“革命前我曾经管过阿尔汉诺夫兄弟、梅尔古诺夫以及其他商业和银行家族在海参崴的事务。那里人们都知道我。组建中的政府派了密使，一半秘密、一半在苏维埃的正式许可下，给我送邀请柬，要我出任海参崴政府的司法部长。我同意了，现正赶往那里。所有这一切，如上边说过的，苏维埃政权都了解并得到它的默许，但不是十分公开的，所以不要声张出去。

“我可以把您和拉拉·费奥多罗夫娜带去，从那里很容易渡海去找家人团聚。您当然已经知道他们被逐的事。这事件很轰动，整个莫斯科全在议论。我对拉拉·费奥多罗夫娜许诺过，要设法使帕沙·安季波夫免遭危在旦夕的不幸。作为一个独立的被承认的政府的成员，我可以在东西伯利亚找到斯特列尔尼科夫，帮他转移到我们的自治区来，如果他逃不出来，我可以提议拿被盟国监禁的莫斯科中央政权至为重要的某个人物，作为交换人质。”

拉拉·费奥多罗夫娜费劲儿地听着这场谈话的内容，话里的意思常常一不小心就听漏了。但听到科马罗夫斯基最后讲到日瓦戈医生和斯特列尔尼科夫的安全时，她摆脱了漠然沉思的状态，立刻全神贯注，微微一红脸，插嘴说：

“你明白吗，尤拉，这些想法对你和帕沙可是非常重要呀。”

“你也太轻信了，我的朋友。不能把计划当成现实。我不是说维克托·科马罗夫斯基有意要把我们引入歧途。可这些全是纸上谈兵！现在，维克托·科马罗夫斯基，我代表自己说几句。谢谢您对我命运的关切，但您真以为我会把她交给您去安置吗？至于您对斯特列尔尼科夫的关心，拉拉倒是应该加以考虑。”

“问题归结到一点，我们是像他所建议的那样跟他走，还是不走。你十分清楚，没有你同行我是不走的。”

科马罗夫斯基不断地喝那掺了水的酒精。这是医生从门诊处带回来摆上餐桌的。他边喝边嚼土豆，渐渐有了醉意。

二

时候已经不早了。偶尔，当手提灯的灯捻剪去黑灰时，火光一亮，啪的一声，照得屋里通明，随即又暗淡下来。两个主人想就寝，也需要单独谈谈。可科马罗夫斯基总不肯走。他坐在屋里使人感到压抑，正像沉重的橡木橱的样子，或屋外十二月寒冷的黑夜，令人不快。

他不望他们，而是越过他们的头，瞪着圆睁的醉眼，盯住远处的一点，睡意朦胧地嘟哝着，来来回回地叨叨着一件事。如今他的王牌是远东。他翻来覆去讲这个题目，向拉拉和日瓦戈医生发挥自己的看法，大谈蒙古在政治上的重要性。

日瓦戈和拉拉没有注意到，他是讲到什么地方一下扯起蒙古来的。正由于他们听漏了他是怎么换的题，这不着边际的题外话更显得无聊之极。

科马罗夫斯基说道：

"西伯利亚正如人们说的，确实像是一块新的美洲大陆，它有很大的发展前途。这是俄国伟大前程的摇篮，是我国民主繁荣、政治正常化的保证。未来的蒙古，具有更为吸引人的潜力，我是说外蒙这个我们远东的伟大邻国。你们了解它的什么呢？你们满不在乎地打哈欠，心不在焉地眨巴眼睛，可是那里有着一百五十万平方俄里的面积，没有开发的矿产，国家还处于史前的处女期。中国、日本、美国都向它伸出贪婪的手；这就损害了我们俄国的利益。然而在世界的这一遥远角落里每次划分势力范围时，所有盟国都是承认我们俄国的利益的。

"中国从蒙古封建和神权的落后状态中捞取好处，不断对喇嘛和大活佛施加影响。日本在那里依靠当地的贵族奴隶主，蒙语称做亲王。共产主义的红色俄国，找到了平民阶层，换个说法是蒙古起义牧民革命联盟，把它当做自己的盟友。至于我个人，我希望看到一个在自由选举的蒙古代表大会管理下的真正幸福的蒙古。至于你们，感兴趣的是：只要迈过蒙古边界，全世界就在你们的脚下了，你们就是自由的鸟儿了。”

科马罗夫斯基在这些与他们毫不相干的题目上，啰里啰嗦地高谈阔论，使拉拉忍无可忍了。她对来客久坐不走厌烦透了，就下了决心，向科马罗夫斯基伸出手去告别，同时毫不隐讳自己的不满，直截了当地说：

“很晚了。您该走了。我想睡觉。”

“我想您不会如此不客气，这么晚了把我赶出门外吧？我没把握，在没有灯火的外地城市是不是能认得出路来。”

“早该想到这些，别坐得这么久，谁也没留您嘛！”

“哎哟，您干吗对我这样厉害？您都没问一声，我在这儿是否有落脚的地方？”

“根本没那个兴趣。您还能吃亏呀？不是那种人嘛！您总会有办法的。如果您非要留宿，那我们同卡坚卡一起睡的房间里我无法安排，别的屋子老鼠会搅得不能安宁。”

“我不怕老鼠。”

“那随您的便吧。”

三

“你怎么了，亲爱的？一连几夜你都不睡，坐到饭桌上什么也不吃，整天像疯了似的走来走去。你总是想啊想啊。是什么在折磨你？可不能忧虑过度。”

“看门人伊佐特又从医院到这里来了一趟。他同这里的洗衣女工要好。顺路来我这儿，安慰了几句。他说有个好吓人的秘密消息，说你免不了要蹲禁闭。还说等着瞧吧，不是今天就是明天要来抓人，随后就该轮到我这个倒霉人。我问伊佐特从哪儿打听来的。他说，他没弄错，是实行委员会里的人说的。你也许猜到了，他说的实行委员会，就是执委会代名词儿。”

拉拉和日瓦戈医生说着都笑了。

“他说的完全正确。危险已经迫在眉睫。要赶紧躲起来，问题是上哪儿去，去莫斯科没有考虑的余地，这得做复杂的准备，一定会引起人们的注意。要神不知鬼不觉地，谁也看不见。你猜怎么着，我的好人？恐怕咱们还是按你的意思办好。来个石沉大海，躲一阵子，就去瓦雷基诺那地方也可以。咱们去那儿住上两星期，个把月。”

“谢谢你，亲爱的，谢谢你。啊，我多高兴呀！我知道你内心是反对这样做的。我不是指你们家的房子。在那里生活，对你来说的确不可思议。房里凄凉的样子，内心的自责，触景生情，难道我不清楚吗？得把幸福建立在别人的痛苦上，践踏心中珍贵的和神圣的东西。我任何时候也不会同意你作出这种牺牲的。不过问题不在这里。你们家的房子损坏太厉害了，未必再能收拾住人。我是打算住到米库利齐恩留下的屋子里去。”

“这些都是实话。谢谢你的体贴。不过等一下。我一直想问你，可总是忘记。科马罗夫斯基在哪儿？他还在此地呢，还是走了？自从我和他争吵，把他从楼梯上撵下去，再没听到他任何消息。”

“我也什么都不知道。让他见鬼去吧。你问他干吗？”

“我越来越觉得，对他的建议咱们应该分别采取不同的态度。咱俩的处境不一样。你得抚养女儿。就算你甘心和我同归于尽，你也没权力这样做。

“现在来说瓦雷基诺。严冬季节在没有储备、没有体力、没有希望的情况下，钻到那个荒凉的角落里，纯粹是发疯的行为。可是，我的心肝，如果除了发疯再无出路，就让咱们发疯吧。咱们再低一次头，求萨姆杰维亚托夫借匹马。向他或是向他手下的投机商人借些面粉和土豆。我们要他答应我们，不要因为为我们做了件好事就去看望我们，希望他等到最后需要用马时再去找我们。让我们俩单独在那里住一阵。我们走吧，我的心肝。咱们省着够烧一年的柴禾，一星期就烧完它。

“我再一次，再一次地请你原谅我话里流露出的不安。我多么希望同你讲话时不带这些莫名其妙的感慨。可要知道，我们真的是别无选择了。随你怎么叫它，死亡确已在敲我们的门。我们的日子屈指可数了。让我们按照自己的意愿度过这些时光吧，以此来向生命告别，这是我们永别前的聚会。让我们来告别我们所珍惜的一切，告别我们习惯了的那些概念，告别我们理想中的生活和良心对我们的教导，告别一切希望，最后是你我相互告别。让我们俩再重温一下我们夜里的悄悄密语，那些伟大的话语，那些如亚洲大洋名字般的太平的话语。我内心隐秘的、犯禁的天使啊，你在战争和起义连绵不断的天空下陪伴我生命的最后时刻，不是无缘无故的。在我生命的初起时，同样是你出现在童年的和平的天空下面。

“那天夜里，你这个中学高年级学生穿着咖啡色制服，昏暗中站在屋里隔板的那边，神采和现在一模一样，都是那么惊人的美丽。

“在那以后的生活中，我始终找不到语言来形容你当时在我心中留下的美妙倩影的光彩，形容那渐渐暗淡的一线光芒和渐渐变低的一串清音。正是这光芒和声音从此一直伴随着我的生活，成了我深入理解世上其余的一切所不可少的钥匙，这都多亏了你。

“当你穿着学生裙，像影子一样从隔板背后走出来时，我这个对你还一无所知的男孩，从内心痛苦的反响中感受到：这个瘦弱的小姑娘如同带电一样，具有世上所能有的全部女性的温柔。如果走近她或用手指触动她，就会迸出火花照亮房间，要么把人击死，要么给人充上电，使他终生怀着磁铁般的向往和忧伤。我眼里充满了欲滴的泪水，整个心身仿佛在闪光，在哭泣。当时我是那么怜悯我自己，我这个男孩；但尤其是怜悯你，你这个女孩。我的整个身心在惊讶地问：如果爱一个人、吞进电去是这么痛苦，那么做女人、做电、引起人爱慕，多半会更加痛苦。

“你看，我终于把这些都说出来了。这一切简直可以使人发疯。我脑子里盘旋的全是这个。”

拉拉疲惫不堪地和衣躺在床边。她蜷缩着盖了一条围巾。日瓦戈挨床坐在一把椅子上，低声说着，中间不时有很长的停顿。拉拉有时抬起身子，用臂肘撑着床，手托着腮，张大嘴巴望着日瓦戈。一会儿又靠到他肩上轻轻地幸福地哭泣，自己却竟没感觉流泪。最后她从床上坐起扑到他怀里，兴奋地细语道：

“尤拉！尤拉！你多聪明啊！你什么都知道，你什么都理解得了。尤拉，你是我的堡垒，我的后盾，我的知音。啊，求上帝原谅我不自量力吧！我是多么幸福啊！咱们走吧，走吧，我亲爱的。到那我告诉你，是什么使我担心。”

他心想，她是暗示可能有了身孕，但这多半是错觉，于是说：

“我知道。”

四

一个灰暗的冬晨，他们出了城。这是个平常的日子，街上的行人各自忙着自己的事。路上时常遇到熟人。在一些凹凸不平的十字路口，家里无井的妇女们，在旧水亭前排着长队，把水桶和扁担放在一边，轮流打水。日瓦戈医生驾着萨姆杰维亚托夫的黑鬃卷毛黄马，到这地方就勒住奔马，小心翼翼地绕过一群群家庭主妇们。雪橇飞快地从溅水结冰的马路边上滑过，有时冲上了人行道，横杆撞到街灯柱和短桩上一片乱响。

他们全速前进，超越了在街上走着的萨姆杰维亚托夫；擦身而过时也没回头看看他是否认出了他们和自己的马，是否从后面朝他们喊叫了什么。在另一处也如法炮制，没打招呼便赶马超过了科马罗夫斯基，意外地得知他还在尤里亚京。

格拉菲娅·东采娃隔着大街从对面人行道上大喊：

“人家都说你们昨天走的。他们的话真没法信呀。是去弄土豆吗？”然后一挥手，表示听不清答话，便挥挥手告别了。

为了见见谢拉菲玛，他们打算在高坡上停下，可这地方刹不住车。就是不停车，缰绳勒得紧紧的，还不时要遏制马跑呢。谢拉菲玛从上往下裹了两三条围巾，弄得身体像根圆劈柴。她僵直着腿迈步，走近马路中间的雪橇，同他们告别，祝他们一路顺利。

“等你们回来，我需要同你谈一谈，尤拉·安德烈耶维奇。”

他们终于出了城。虽说日瓦戈冬天也骑马走过这条路，但记得的大多是夏日的情景，现在竟认不出路来了。

装食物的几个袋子和其他物品，深深塞到雪橇前面的饲草里，再牢牢捆住。日瓦戈赶着马，不是跪在摇摇晃晃的宽大雪橇板上，就是侧身坐在雪橇边上，穿着萨姆杰维亚托夫毡靴的双脚垂放在外面。

时过正午，到日落本来还很早呢，可冬日的假象令人觉得马上要黑天。所以，日瓦戈狠狠地抽打起黄马来。马儿箭似的飞奔。雪橇像只小船上下起伏，贴着崎岖的大道穿行，卡坚卡和拉拉穿着皮大衣，行动很不便。遇上坑洼和路面两侧不平，她俩从雪橇这头滚到那头，像两个转动不灵的大布袋陷到草垛里，一边大呼小叫，咯咯笑得肚子疼。偶尔医生为了戏谑，故意把雪橇底下一根滑铁拉进路旁的雪堆里，雪橇侧翻倒但毫无伤害地把拉拉和卡坚卡甩到雪里。他自己拉起缰绳走上几步，让黄马停下，扶正雪橇。拉拉和卡坚卡捶他两下，抖抖身子，又好笑又好气地坐进雪橇里去。

“我要指给你们看，我被游击队劫走的地方。”离城相当远之后，日瓦戈医生说道。可是他没有做到。因为周围只是一片光秃的冬林，死般的寂静，空荡无物，简直认不出这是什么地方。过不久他喊道：“就是这儿。”其实他是把路边田里第一根钉着莫罗和韦钦金广告牌的路标，误认成林子里的第二根路标，他是在那儿被抓走的。可当他们进入萨克明岔口旁的林丛，驰过仍在原地的第二根路标时，他竟没有认出来。眼前闪烁的是浓霜织成的白网，霜把林子染成了银色，其中又泛着黑点。这样，第二根路标便没被发现。

驰进瓦雷基诺时，天色还亮。他们停到日瓦戈原来的住房前面，因为它最靠近大道，米库利齐恩的家要远些。过一会儿天就该黑了，他们匆匆闯进房去，好像是来打劫。房里已经昏暗不清。毁坏遭劫的情形，日瓦戈匆忙间只看到一半。家具有一部分还完好如初。瓦雷基诺空荡无人，没有人再来破坏了。家里的财物，日瓦戈丝毫也没找见。家人离去时他不在，所以也不知道他们带走了什么，留下了什么。这时听拉拉说道：

“得快点啦。天马上就要黑了，没工夫再琢磨。要住这儿，就得把马拉进柴棚去，吃的拿到走廊上，我们到这间屋里。不过我反对留在这儿。这事我们已经谈了不少。你会很难过，我也就会很难过。这是你们的卧室吗？不，是孩子住的。这是你儿子的小床。卡坚卡睡太小了。可是窗户都完整，墙壁和天花板没有缝隙。再说，有个很好的火炉，上次来时我就赞叹不已，如果你坚持要住在这儿，尽管我不同意，可是我会立即脱下大衣马上开始安置。头一件事就是生火。生火，生火，还是生火！开始这一天一夜，要不停地烧。你是怎么啦，我亲爱的？你怎么不回答？”

“等一等，没什么。请原谅我。不，你知道吗？最好还是去看看米库利齐恩家住的房子吧。”

他们又向前驶去。

五

米库利齐恩家房子的门栓上挂了把锁。日瓦戈撬了好久，才连锁带门栓螺丝、木屑一起拔掉。像刚才一样，他们又是一拥而入，也不脱衣服，穿着皮大衣和毡靴，戴着皮帽，就往里屋走。

惹人注目的，首先是房中一些角落里物品摆得井井有条，米库利齐恩的书房就是如此。这里有人来住过，而且是不久以前。能是谁呢？如果是这家的主人们，或者是其中的一个人，那么人到哪里去了？为什么大门上不用暗锁，却加了一把挂锁？再说，要是主人们在这儿常住，应该打扫整套房子，不该只整理一部分。这些迹象告诉刚闯入这儿的日瓦戈和拉拉住在这儿的不是米库利齐恩家人。那可是谁呢？情况不明并没使日瓦戈医生和拉拉感到不安。他们不想再多费思量。如今，遗弃不管、被人盗得半空的住宅，还不比比皆是。受到追捕而隐藏起来的人，也不在少数。“定是某个被追踪的白军军官。”两人不约而同地这么想，“他要来了，也可以相处，可以商量嘛。”

同前次一样，日瓦戈愣愣地站在房门口，为窗旁那张宽大舒适的写字台惊叹不已。他又一次想到，如此整齐幽雅的环境，一定会唤起人们从事坚韧而富有成效的工作的愿望。

在米库利齐恩院里的杂用房中，紧贴着柴棚盖了一个马厩，门上插着销子。日瓦戈不知里面是什么情形。为了不耽误时间，他决定头一夜把马拴到没上锁、容易打开的柴棚里。他给黑鬃黄马卸下套，等牲口收了汗，用井里打上来的水给它饮了。日瓦戈打算从雪橇上拿些草喂它，可是料草被人压成了粉屑，已经无法喂马。幸好在柴棚和马厩上面的料草棚里、贴墙根和角落里还存有足够的草料。

夜里他们和衣而卧，上面压着皮大衣，睡得很沉，很香甜，十分惬意，好像奔跑打闹了一整天的孩子。

六

大家起身之后，日瓦戈从清早就不断探头去看看那张诱人的写字台。想坐下写点什么，手都发痒了。但这个权利他给自己留到晚上，等拉拉和卡坚卡就寝之后再用。在这之前，哪怕只收拾出来两间屋子，活儿也足够干的了。

他向往晚上的工作，倒并无什么重大的目的。一种普通的写字欲望，对笔墨、对写作的倾心，控制了他。

他想胡乱涂点什么。开始他也只能满足于回忆和记述还没有记下来的某些往事，目的在于恢复因闲置而生疏、一时沉寂的才能。之后，他期望和拉拉在这里多留些时日，有足够的时间写点新的有分量的东西。

“你忙着吗？在干什么呢？”

“一直在烧炉火。有事吗？”

“把洗衣木盆给我。”

“要这样烧法，劈柴只够三天。得到过去我们日瓦戈家的柴棚去一趟，看那里是不是还有。要是还不少，我去几趟，把它们拖回来。明天就干这件事，你要木盆？你看，好像在哪儿看到了，可记不得了，真是怪事。”

“我也是。在哪儿看见了，可又忘了。一定摆得不是地方，所以才容易忘。随它去吧。别忘了，我可热了不少的水，准备打扫房子。剩下的我洗洗自己和卡坚卡的衣服。你把自己的脏衣服也一起给我。晚上等收拾完了，商量好最近的计划，咱们睡觉前都洗个澡。”

“我马上把内衣拿来。谢谢了。柜子和重东西，我都按你说的从墙旁挪开了。”

“好啦。没有木盆，我就用洗碗盆涮衣服吧。只是有油腻，得把盆边上的油腻洗净。”

“等炉火着旺了我关上炉门再去收拾剩下的抽屉。写字台和衣柜里，找一找就有新发现。有肥皂、火柴、铅笔、纸、文具。桌面上也到处是意想不到的收获，比如盛满煤油的小灯。这不是米利库齐恩家的，我认识。这是从别处拿来的。”

“真是太走运了！多亏了在这儿住过的那位神秘客人。像法国凡尔纳小说里的人物。啊，没什么好说的，确实如此。咱们又闲扯起来，白费工夫，我那桶水可烧开半天了。”

他们忙活起来，手里拿着东西在几间房里出出进进，有时两人撞个满怀或者碰到卡坚卡身上。这女孩站在道上，妨碍大人走路。她在屋子里一会上这儿，一会上那儿，妨碍打扫屋子。大人说她，她还噘嘴。孩子冻得难受，一个劲儿喊冷。

“现在的孩子多可怜呀，成了我们这种茨冈生涯的牺牲品，小小年纪，就毫无怨言地同我们一起流浪。”日瓦戈医生这样想，嘴里却说道：

“啊，亲爱的，对不起。别缩着脖子。你是瞎说，撒娇吧。哪会冷，火炉全烧红了。”

“炉子也许暖和了，可我冷。”

“那你忍耐一下，卡坚卡！晚上我再把它烧得通红通红的。妈妈说还要给你好好洗个澡，听见了吧？现在先给你这个，接着啊。”他说着把米库利齐恩家的旧玩具从冰冷的贮藏室取来堆了一堆，有完整的有弄坏的，有小砖块有积木，有车厢有机车，有打成方格的、出了图的编了号的硬纸片——那是玩筹码和骰子时用的。

“你怎么这样呀，尤拉·安德烈耶维奇。”卡坚卡像个大人似的抱怨说。“这都是别人的。又是小孩子玩的。我已经是大孩子了。”

可没过一分钟，她就在地毯中央舒舒服服坐好，各式各样的玩具在她手下全都变成了盖房的材料。卡坚卡用这些材料给从城里带来的玩具娃娃宁卡盖好一幢房子。这住房比起她随大人轮番借住的别家房舍，似乎还更合理，更能住得长久。

“瞧，她的这种持家的本能，那么迷恋小窝，井井有条，无论什么也改变不了。”拉拉从厨房望着玩耍的女儿说。“孩子是真诚的，不怕难为情，也不怕说出实话。可我们怕显得落后，就宁可出卖最珍贵的东西，夸赞令人讨厌的东西，附和我们并不理解的东西。”

“木盆找到了。”日瓦戈医生拿着木盆，从昏暗的走廊进了屋里，插嘴说。“的确放得不是地方。看样子，从秋天起木盆就放到漏雨的天花板下面了。”

七

拉拉动用储备食物，一次做好了三天的午饭。这顿午餐空前地丰盛，有一道土豆汤和一道羊肉炸土豆。卡坚卡吃了还想吃，怎么也吃不够，又是笑又是淘气。后来吃饱了，身上热得发困，倒在沙发上盖着妈妈的羊毛花毯，进入甜蜜的梦乡。

拉拉由于守着炉火，感到劳累，出了身汗，和女儿一样昏昏欲睡；同时又很得意自己的烹饪杰作。她没急着收拾餐桌，却坐下来歇口气。看到孩子确已睡熟，她倚在桌上，一只手托着脑袋说：

“我绝不怕累，而且觉得这是一种幸福，只是要让我知道这不是白做，能够达到某种目的。你应该每时每刻提醒我，我们来这儿为的是两人能守在一起。你常给我鼓鼓劲，别让我清醒过来。因为严格地说，如果冷静地看看我们的所做所为，那我们是在干些啥呀？闯进别人住宅，破门而入，住到里面，还总是匆匆忙忙，为的是视而不见：这并不是生活，而是演戏；不是认真对事，而是像孩子们爱说的——‘闹着玩’；是一出令人发笑的木偶戏。”

“可是，我的天使，不是你自己坚持要来吗？你回想一下，我反对了好长时间，没有同意嘛。”

“对。我不争辩。我这已经犯了过错。你可以动摇犹豫，可以思索，我的行为必须是始终一贯的，符合逻辑的。咱们进了房子，你看到儿子睡的小床，心里难过，痛苦得险些晕倒。你有这个权利，可我却不能。为卡坚卡担心，考虑今后怎么办，这些都必须服从于我对你的爱情。”

“拉拉！我的天使！你清醒清醒吧！改变主意，放开决定，任何时候都不晚。我第一个劝你对科马罗夫斯基的话认真对待。咱们有马。你要愿意，明天咱们就回尤里亚京去。科马罗夫斯基还在那儿，没有走。要知道，我们乘雪橇从街上过来时，看见了他，而他依我看并没有注意到我们。我们回去很可能还见得到他。”

“我几乎什么都还没说，你的话音里已经带有不快。可你说说，我的话难道不对吗？我们躲藏在这里是不牢靠的，是盲目的，这和在尤里亚京差不多。要真想得救，那就非得有深思熟虑的计划，像那个虽令人厌恶却有见识、极清醒的人最后提出的办法。要知道，我们在这儿比任何别的地方更危险。这里是一望无际的平原，风雪无阻。我们又是孤身在这儿。大雪一夜就能把我们埋掉，早晨想爬也爬不出来了。还有常来这里的那位神秘客（对我们有所恩赐的人），一旦突然回来，又是个强盗，非把我们杀死不可。你连武器也没有呀。你看这处境。我担心的是你竟如此无忧无虑，而且也影响了我。我脑子里也乱成了麻。”

“那么你这个时候要怎么样呢？你要我怎么办呢？”

“我也不知道该怎么回答你。你时时刻刻管住我吧。你常提醒我点：我是爱你的盲从的不会思索的奴隶。啊，我要告诉你：我们的亲人，你的和我的，比我们好一千倍。可问题哪在好坏呀？爱情的天赋同其他天赋一样，它可能极伟大，但若没有得到祝福，爱情也难以表现。咱们俩好像是在天国时就被教会了相互亲吻，然后让我们同时降生为婴儿，仿佛为了互相试探亲吻的本事。我们像是最完美的结合，分不出你一方我一方，分不出等级差别，没有高也没有低，整个人是平等的，一切都构成欢快，一切都化为灵魂。但在这近乎野性的、时刻迸发的柔情中，有某种孩子般的固执，某种不容于人的东西。这是一股任性的破坏的力量，同家庭的宁静水火不容。我的义务，该是提防这种力量，不为它所左右。”

她双手搂住他的脖子，流着泪哽咽地说完：

“你明白吗？我们的处境不同。你能腾飞，展翅可以躲到云外，可我是女人，只能俯到地面，用翅膀护住雏鸟免遭危险。”

她说的一切，日瓦戈医生听得喜出望外，但他没有表露出来，免得有肉麻之嫌，尽量克制地说：

“我们的这种野营生活，的确有些自欺欺人，像绷紧的弦。你说得完全正确。可这不是我们发明的。发疯似的左冲右突，是所有人的共同命运，这很符合时代精神。

“我今天从清早起，想的差不多也是这个。我想尽一切努力，在这儿多呆些时候。我说不清自己是多么想干点活儿。我指的不是农活儿。有一次我们全家一起出去做农活儿，干得很不错。但我无力再重复那么一次。我脑里转的不是这个。

“生活从各个方面都逐渐在走上正轨。也许说不定什么时候，又要开始印书。

“我心里琢磨的是这么个念头。能不能同萨姆杰维亚托夫讲妥，照对他有利的条件由他供给我们半年的粮食，我保证在这个期间里写一本书，作为抵偿。比方写本医学指南，或是文艺方面的书，例如诗集。再不然，我动手翻译外国著名的、有世界意义的东西。我的几种外语都很好，不久前我看到彼得堡一家专出译著的大出版社的启事。这类的作品大概会有交换价值，可以变成钱。能干点这类的工作，我感到幸福。”

“谢谢你提醒了我。今天我也产生过类似的想法。不过我没有信心能在这儿久住。相反我有种预感，不久我们将不得不再次远走。好在目前能在这停留一阵子，我对你有个要求。今后几天夜里，你为我牺牲几个小时，把你在各个时候向我念过的诗全记下来。有一半已经散失，另一半还没写下来，我担心以后你会全忘记的，那就全完了。听你说，从前常有这种情况。”

八

天黑前，他们用洗衣剩下的许多热水，洗了个痛快澡。拉拉给卡坚卡洗了澡。日瓦戈觉得全身清爽舒坦，坐在窗前的写字台旁，背对着拉拉的屋子。她一身幽香，披着浴衣，湿发用毛茸茸的手巾缠成高髻，正侍弄卡坚卡，自己也准备上床睡觉。日瓦戈想到即刻就可集中精力写作，感到无比的快意，看着眼前发生的一切，不由得格外感动，产生一种无所不包的关注。

已近午夜一点，一直装睡的拉拉果真睡着了。她和卡坚卡身上刚换的衬衣，还有床上摆着的内衣，干净平整，绣着花边，显得分外洁白。即使在那个年头，拉拉也还有办法给衣服上浆。

日瓦戈笼罩在一片令人神往的静谧中，充满幸福感，充满甜蜜的生意。油灯在白纸上洒下宁静的黄色灯光，在墨水瓶里映起浮动的点点黄斑。窗外是淡蓝色的寒冷的冬夜。日瓦戈走进隔壁一间没有灯光的冷屋，从那往外看得更清楚。他朝窗外望了望。月的光辉照在白雪覆盖的林间空地上，好像蛋青或是白色的乳胶，黏乎乎的似乎伸手能摸到。寒冬夜色，美得难以言传。日瓦戈医生心里涌起一片宁静。他转身回到光亮暖和的房里，提笔写起来。

他写时笔迹稀疏，为的是让字迹能传达出运笔的生动情致，并且不失去自己的书法特色。他静心缄口，边回忆边记录，采用逐渐润色加工而不同于当初的定稿。他把最为成熟的和记忆清楚的旧作写下来，像《圣诞之星》、《冬夜》，以及性质相近的相当多的其他诗作，后来这些诗作被遗忘丢失，谁也没有再发现。

他写下这些完成的、定型的作品后，就转而写过去只开了头就丢下的诗篇，情绪酝酿好便写起来，却并不指望马上完成。渐渐地他诗兴大发，像着了迷，又写起新的诗作来。

头两三节写得很顺利，出现了几个连他自己也感到惊讶的比喻；之后他凝神专注，感觉所谓的灵感要来了。左右创作的几种力量，它们的相互关系似乎本末倒置过来。占据首位的，不是人和他想表现的心境。语言这“美”和“意”的家乡与栖所，开始自己替人思索讲话，整个变成一种音乐，不是指诉诸听觉的外在声音，而是指内在的湍急强大的潜流。这时，如同汹涌浩大的河水冲刷河底的石块，转动磨坊的水轮，流淌的语言也受自身规律的驱使，自己沿途顺便就创造出节拍和韵脚，也创造出千百种更为重要而迄今未被发现、使用、命名的其他形式和手段。

每逢此刻，日瓦戈总觉得，主要的工作不是他自己完成的，而是某个高出于他、置身于他头上而支配着他的力量。这便是宇宙的思想和宇宙的诗情；这便是宇宙诗情在未来的历史发展中应迈出的下一步。而他自己不过是这诗情运动的中介和立足而已。

他不再自责，一时也不再觉得自满和自卑。他回头望望，又朝四周看了看。

他看到了睡梦中的拉拉和卡坚卡，两人的头枕在雪白的枕上。洁净的床褥，整洁的房间，她俩清晰的线条，同明净的夜和雪、星和月，汇合成同样洁净的细浪，流过他的心田。生活给人的庄严的纯洁感，使他忍不住要欢呼，要流泪。

“上帝啊！上帝啊！”他不禁想低声自语。“这一切，全是赐给我的！我凭什么得到这么多呀？你为什么让我接近了你，为什么让我来到你无价的大地上，来到你的星光之下，来到这个疯狂的、无怨言的、不走运的、看不够的女人身边？”

日瓦戈从桌上稿纸里抬起眼来，已经是夜里三点钟了。他从全神贯注、与世隔绝的状态中苏醒过来，回到了现实里，感到幸福、坚强、宁静。突然他听到一声凄凉的哀号从窗外寂寂的远方传来。

他走到隔壁无光的房间里，想朝窗外望一望。就在他坐着写作的几小时中，窗上结了很厚的霜，根本什么都看不清。日瓦戈把大门下卷放着的遮风的地毯挪开，披上皮大衣走到外边门廊。月光下的雪地，像燃着白色的火焰，刺得他眼花，起初他什么也不能细看，什么也没有发现。但过不一会儿，就听远处传来的悠长的哀嗥。这时他才发现沟谷对面一块空地边上，有四个长长的黑影，大小像标点里的连字符号。

几只狼朝着房子站成一排，仰脖嚎叫，不是冲着月亮，就是冲着米库利齐恩家闪烁银光的窗子。有几秒钟，它们伏身不动。日瓦戈刚明白过来这是一群狼，它们就像狗一样垂下尾巴，慢吞吞地离开林间空地，仿佛日瓦戈的想法传达给了它们。没等日瓦戈搞清楚它们的去向它们就消失了。

“又新添一件不愉快的事！”他心里想。“没它们就够呛了。难道附近不远真有狼窝吗？说不定就在山沟里呢。太可怕了！倒霉的是马厩里还有萨姆杰维亚托夫那匹黄马。大概是它们嗅出马味了。”

他决定不到时候一点也不对拉拉泄漏，免得吓着她。他进了屋，关好大门，掩上从冷屋到暖屋中间的门，堵上门缝和门洞，回到写字台旁。

油灯仍然燃得很亮，很可人意，但他却没心思写了。他平静不下来。脑子里尽转着狼群以及其他危险复杂的情况，别的全想不进去。再说他也累了。这时拉拉醒过来。

“你还点着灯呢，我的明亮的小蜡烛！”她用柔润的轻声说，睡得嗓音带点阻塞。“靠近来挨着我坐一小会儿。我讲给你听，我做了个什么梦。”

他于是把灯吹熄了。

九

又一天在平静的惶惑中度过了。家里找到一个儿童用的小雪橇。小脸通红的卡坚卡穿着皮袄，大声笑着从结冰的小山坡顶，滑到花圃里没有扫雪的小路上。小冰山是日瓦戈医生用铁锨拍实之后，泼水浇成的。她总是乐呵呵，没完没了地返回来，用绳子拖着雪橇上坡。

寒气逼人，有增无已。院子里有太阳。雪地在午后阳光的照耀下变成了黄色。这蜜黄之中渐渐渗进早来的傍晚那种沉重的橘黄。

昨天拉拉又是洗衣又是洗澡，屋里积了许多潮气。窗上结出松松一层厚霜。从天花板到地板，发潮的墙纸上出现了一条条淌水似的黑道。房间里显得又暗又不舒适。日瓦戈往屋里抱劈柴、担水；还继续清理东西，不断有新的发现。拉拉从早到晚忙活，家务越来越多，也时常要他帮一把。

总在最忙的时候，两人的手碰到一起就握住不放了；抬起的重物没到目的地便搁到地上；一阵阵无法抵拒、令人眩晕的柔情，使他俩束手无策。又是什么事也做不成，什么思想都抛到了脑后。总是这样荒废了分分秒秒，积成了一个又一个时辰，天色竟又晚了下来。两人想起丢在一边的卡坚卡，没有饮水的黄马，才吃惊地清醒过来，拼命去补做耽误了的事情，心里感到十分内疚。

日瓦戈因为睡眠不足，脑子里昏沉沉的，像喝醉了酒一般，罩在一层甜丝丝的雾中；浑身酸疼、疲倦，却又感到舒畅。他迫不及待地盼着到晚上，好继续那中断了的夜间的工作。

他身上充满着那种梦幻般的朦胧感，已经替他完成了前一半的酝酿工作。周围一切变得朦胧。他的思想也变得朦胧。由此一切融合为浑然一体的迷蒙，迷蒙渐渐又在变，便成了最后准确清晰的前奏。一整天累人的欢快，犹如作品草稿的朦胧、迷蒙，正是入夜创作不可缺少的准备。

疲惫而又闲散，就无所不想，思想无孔不入。于是一切全起了变化，成了另个样子。

日瓦戈感到，自己在瓦雷基诺长住的希望是无法实现的，同拉拉分离的时刻已然不远，他无可挽回地要失去她，随之要失去对生活的欲念，也许要失去生命。忧伤袭上他心头。但令他更难忍受的是对夜晚的期待，是哭诉这种忧伤而且使任何人都黯然泪下的愿望。

他一整天都不能忘怀的野狼，此刻已然不再是月夜雪地上的野狼，而变成了豺狼主题，变成了一种敌对力量；这力量立志要害死日瓦戈医生和拉拉，或者把他们撵出瓦雷基诺。这种视狼为敌的念头不断发展，到了傍晚更十分地强烈，仿佛在舒基玛谷地真发掘出了远古怪物的遗骸，而沟谷中的确潜伏着神话般巨大的龙，正渴望吸到日瓦戈医生和拉拉的鲜血。

到了晚上，同昨天一样，日瓦戈医生点亮写字台上的油灯。拉拉和卡坚卡比前一天更早些便睡下了。

昨夜写的东西可以分成两类。一类是旧有的，经过修改誊清，用正规书法写得很整洁。新写的用简笔涂鸦，不少省略号，字迹非常潦草难辨。

日瓦戈医生读着紊乱的底稿，往往感到失望。昨夜里这些诗稿催他泪下，一些出乎意料的成功之笔令他惊讶。这时，恰是这些貌似不凡之笔，显得过于牵强造作，使他不快。

他一生都向往能达到一种不露锋芒的含蓄的新奇，隐藏在通用的习以为常的形式之下。他一生都在努力形成一种平淡朴实的文笔，要使读者和听众能把握内容而无须费神理解。他一生都在关注创造一种不惹人注目的风格，可每次都吃惊地发现，自己离这个理想境界还很远。

昨天打草稿时，他想用朴实得近乎低声细语的手法，用亲切得像摇篮曲的手法，来表现出自己复杂的情绪、情爱和恐惧、忧伤和勇气，要让情绪仿佛摆脱开语言自然而然地流露出来。

如今，过了一天重看这些试作，他发觉缺乏能把零散诗行连成一体的内容的脉络。他在涂涂改改写诗的过程中，渐渐地也用这种抒情笔调叙述起勇士叶戈里的传说来。起初，他取了容量很大的宽松的五音步节奏。这种诗行不管内容如何，本身的节奏便和谐悦耳。可日瓦戈医生觉得这种刻板空洞的咏唱格调叫人生厌。他抛弃了这个浮夸的带间歇的节奏，把诗行挤成四音步。就像在散文中同冗繁作斗争一样。这回写起来困难些，但更有吸引力。进展迅速了，然而用这一节奏同样出现了过分啰嗦的毛病。他强迫自己再缩短诗行。在三音步的节奏里，词语变得紧凑了，萎靡松散的痕迹从作者笔下一扫而光，他显得清醒而热烈。诗行短小的节奏，本身便提醒作者该填进什么词。诗句一叫出景物，物象就展现在这框架内，栩栩如生。他听到马在诗稿上踏步而行，正如在肖邦的一部叙事乐曲中听得见奔马失蹄一样。格里戈里 · 波别多诺谢茨乘马在广袤的草原上飞驰，日瓦戈在后面看着他一点点缩小远去。他走笔匆匆，好不容易才把来得非常贴切合宜的词语和诗行记录下来。

他没觉察拉拉怎么下床来到了写字台旁。她穿着拖到脚跟的睡衫，显得纤瘦，比实际更高了。当她站到身边时，日瓦戈由于突如其来，不禁打了个寒战。她脸色苍白，流露出惊惧，一只手向前伸着悄声问道：

“听见了吧？狗在叫。还是两只呢。这多么可怕呀，真是不祥之兆！快挨到天亮，咱们马上走，马上走，多一分钟我也不愿呆在这儿了。”

过一小时，在劝说许久之后，拉拉才安下心来又睡着了。日瓦戈出屋到门廊上。野狼比前夜离得更近了，躲得也更快。日瓦戈又没能看到它们逃跑的方向。它们有一群，他来不及数清数目。他的印象是比上次更多了。

十

他们栖居瓦雷基诺已经是第十三天了，情况同开初没什么两样。昨夜，这一周中间消失了几天的野狼又来哀嗥。拉拉又当成是狗吠，给这种不祥之兆吓得失魂落魄，再次决心第二天一早就离开。她又同以前一样，一会儿心情平静，一会儿忧虑不安；这很自然，她是个喜爱劳动的人，不习惯从早到晚地剖白心迹，毫无节制地滥用柔情。

但一切仍照样重现，丝毫不差。所以，当第二周一天的早晨拉拉像此前多次那样准备收拾上路时，似乎根本不曾在这儿度过一周半的时光。

房子里又十分潮湿，由于天气阴沉灰暗，屋里很黑。寒意稍减，天上低沉的乌云马上就会抛下雪花来。长期缺觉弄得日瓦戈心力交瘁。他思绪紊乱，体力不支，由于软弱感到发冷，冷得缩肩搓手，在没生火的屋子里踱步，不知拉拉决定怎么办，也不知自己根据她的决定应该怎么办。

她的意图并不明确。如今她宁愿少活半辈子，也不愿再浑浑噩噩地闲呆着，生活应该有某种严格的经常的秩序；但愿他俩都能去上班，担任某种工作，能够理智地诚实地过活。

她起床后和往常一样收拾了床铺，打扫房间，给日瓦戈和卡坚卡端上早饭。然后她说收拾行装，求日瓦戈套上马。她要离开的决定，是坚决而不可改变的。

日瓦戈不想劝阻她。城里正处于捕人高峰，他们刚躲起来再返回去，简直是发疯。可是，在这可怕的严冬荒漠中，又充满了另一种威胁，他们孤零零地独处而没有武器，恐怕也真不够理智。

此外，日瓦戈从邻居柴棚里收集来的最后一捆劈柴，已快烧完，新的又无处去找。当然，如果确有可能在这儿长住，日瓦戈医生会到周围走走，设法补充些饲料和粮食。但因是暂住，前途未卜，不值得到处搜索。于是日瓦戈医生决心听之任之，走出去套马。

他套马本领不高。萨姆杰维亚托夫曾经教过他，可他忘了。虽说手不熟练，最终还是把马套上了。他用皮带包了铁皮缀着铜铃的一端，把轭固定在车辕上，再把带子在一根辕木上缠了几圈，打了个结。然后，他一脚蹬着马的腰部，将马轭的两端系紧，做完余下的事，便牵马来到门廊前，把马系在廊柱上，进屋告诉拉拉，可以上车走了。

他进来见她正处于极度慌乱失措之中。她和卡坚卡穿好了出门上路的衣服，东西也都收拾好了，可拉拉不停地掰着自己的手，忍着泪水求日瓦戈坐一会儿，自己却不停地坐进椅中马上又站起来，一边急促地说，快得前言不搭后语，而且时常用咏唱和哀诉的语调，高声插进一句："难道不是这样吗？"

"这不能怪我。我自己也不知道结果会这样。现在这个时候难道能走吗？很快天就黑了，那时我们还在半路上呢。恰好又是在你出事的那个林子里。难道不是这样吗？我听你的命令啦，自己下不了决心。有个什么东西在阻止我。我没了主心骨。你看着办吧。难道不是这样吗？你怎么闭着嘴不说话呀？咱们瞎忙了一个早上，不知为啥耽误了半天的时间。明天不能再这样了，咱们得慎重些。难道不是这样吗？是不是再住一夜？明天早点起来，七点或是六点，天一亮就动身。你说怎么样？你把炉子生着，在这儿再写一个晚上，在这儿再过上一夜。这可是难得的机会，像个奇迹一样。你怎么什么也不回答？又是我这个不幸的女人做错了事吧？”

“你太夸张了。到天黑还早呢。时间根本不算晚。不过就照你说的办吧。好，咱们留下。只是你安静点。你看你多紧张。真的，咱们把东西放好，脱了大衣吧。卡坚卡不是说饿了吗？咱们吃点东西。你说得对，今天走没准备，太仓促。只是你别激动，别哭，看在上帝分上。我马上生火。不过既然马已套好，雪橇也在门口，我到日瓦戈家老房子的柴棚去一趟，把剩的一点劈柴拉回来，要不我这儿连一根木棍也没有了。你不要哭，我马上回来。”

十一

柴棚前面的雪地上，有几圈雪橇走过的印迹，是日瓦戈前几回拉着马走进来和拐弯时留下的。棚子门边的雪地，在前天运柴时已经踩脏了。

清晨满天是云，这时云都散了，天空明净如洗，空气微寒。本来离这儿较远的瓦雷基诺公园，如今似乎逼近了柴棚，好像要望一望日瓦戈医生的面孔，给他提醒点什么。今年雪厚，没过了柴棚的门坎。门楣也仿佛下沉，棚子像弓起了腰。棚顶积起一个大雪堆，像个巨大的帽子，悬在日瓦戈医生头上，就在棚门的上方，挂了刚刚出现的镰刀般的新月，月牙仿佛扎在雪堆里，闪着灰色的光。

虽然是白日，天光很亮，日瓦戈医生却觉得自己的生命正处于傍晚黑暗的密林中。他心中是那样阴郁，那样忧伤。新月就如同离别的先兆，孤独的象征，悬在他面前，同他的头几乎一样高低。

日瓦戈感到十分疲惫，几乎要站不住了。他把劈柴从棚子里抛出，越过门坎扔到雪橇上。今天，每次劈柴抱得都比平时少。在寒天里抓取冰冻粘雪的圆木，虽说戴着棉手套，也疼痛难挨。他加快动作，身子还是暖不过来。他觉得内心有什么东西停止了，崩断了。他极力诅咒自己可悲的命运，乞求上帝保护这个俏丽忧愁、温顺忠厚的美人。月牙依旧挂在棚子上面，有光无热，泛着青色却不能照明。

突然，马儿朝着来的方向，抬起头开始喷鼻，先是低声胆怯的，而后变得大声而胆壮了。

“它是怎么啦？”日瓦戈医生心想。“有什么可高兴的呢？但不可能是由于恐惧。马儿害怕时是不喷鼻的呀，尽是胡想。要是它发觉狼来了，那它又不傻，怎么会嘶叫着让狼群发现自己呢。看它多高兴呀。大半是想家了，想回去了。等等，咱们马上就走。”

除去码起的劈柴，日瓦戈医生还在棚子里搜集到不少碎木，以及从劈柴上整个掉下来的皮靴筒般的大块生火用的桦树皮，用绳子把盖了层椴树皮的木柴横着捆好，跟在雪橇旁边步行，把劈柴送回米库利齐恩家的柴棚。

马儿又喷起鼻来，是响应远处清晰可辨的马嘶声。“谁的马呢？”日瓦戈医生吃了一惊。“我们以为瓦雷基诺是空无人烟的。这么说，我们想错了。”他怎么也没想到，是他家来了客人，马嘶正是从米库利齐恩家门廊前，从果园里传过来的。他牵着黑鬃黄马，绕道从背后走近工厂菜园的杂用小房，隔着小丘，看不见住房的正门。

他不慌不忙（他又何必着急呢？）把劈柴抛进柴棚。他把雪橇留在棚子里，给马卸了套，牵到隔壁空荡荡阴冷的厩房去。他把马带到角落里第一个单厩中，这里风小些；从柴棚抱来几把剩余的饲草，堆到倾斜的饲料架上。

他怀着不安的心情朝房子走去。台阶旁站着一匹肥壮的乌黑色牡马，套着农村那种宽大的雪橇，上面有舒适的车身。马儿旁边有一个相识的小伙子，穿件很好的紧腰长外衣，也同马一样光滑肥壮。他绕着马儿转，拍拍马的身子，察看马蹄上的簇毛。

屋里有人大声说话。他不屑偷听，也听不清什么，不由得放慢脚步，最后停下来愣住了。他听出了科马罗夫斯基、拉拉和卡坚卡的声音，虽然不辨说了什么。多半他们是站在头一间屋子靠门的地方。科马罗夫斯基和拉拉在争论什么。听她回答的话音，她很激动，在哭泣，一会儿斩钉截铁地反驳，一会儿又表示同意。日瓦戈根据某种难以言传的迹象，想到科马罗夫斯基此刻正好谈起他来，估计是说他这人靠不住（“一仆二主”——日瓦戈感觉他是用了这个词儿）；还难说谁对他最亲，是家庭还是拉拉；拉拉不能“脚踩两只船”，结果落个一场空。日瓦戈进了屋。

在头间屋子里，科马罗夫斯基站在那里，确实没脱衣服，皮大衣一直拖到地板上。拉拉扯着卡坚卡身上皮大衣的领口，想系上领子却扣不上领钩。她生了女儿的气，喊叫着不让女儿转动挣脱，可卡坚卡抱怨说：“妈妈，小点劲儿，你要把我给憋死啦。”三人都是出门上路的穿戴。等日瓦戈一进来，拉拉和科马罗夫斯基都赶紧朝他迎上来。

“你到哪去啦？我们正找你呢！”

“您好，尤拉·安德烈耶维奇！别看最后一次咱们互相伤了情面，您看我又不请自到。”

“您好。”

“你到哪儿去了这么久？你听他讲讲，快些替自己也替我决定吧。没有时间了。得赶快。”

“咱们干吗站着？坐吧，维克托·科马罗夫斯基。拉拉，什么我到哪儿去了？你不是知道我去拉劈柴了吗，后来又喂马。维克托·科马罗夫斯基，您请坐。”

“你不奇怪？你为什么这么平静？咱们不是曾经很遗憾，当时没有及时听从他的建议；现在他出现在你面前，你却那么平静。更惊人的是他带来的新闻。您给他讲讲，维克托·科马罗夫斯基。”

“我不知道拉拉·费奥多罗夫娜指的什么。我本人想说明这样一点。我故意在外面散布消息说我已经离开这里，实际上我却还要呆几天，给您和拉拉一些时间重新考虑咱们提到的问题，深思熟虑之后也许会做出不那么轻率的决定。”

“不能再耽搁了。现在走是最合适的时候。明天早晨……最好还是让他来对你说吧。”

“拉拉，你等一下。对不起，科马罗夫斯基。干吗咱们都穿着大衣站着？脱掉大衣坐下来嘛。事关重大，不能这么匆匆忙忙。请原谅，维克托·科马罗夫斯基。咱们的争吵，涉及某些微妙的感情。要分析这些感情，简直可笑，也不方便。我从来没考虑过要跟您走。拉拉是另一回事。只在极少有的情况下，当我们两人出现各自不同的忧虑，当我们记起我们不是一个人，而是两个各有自己命运的人，只在这时我感觉拉拉，特别为了卡坚卡，应该认真考虑您的计划。其实她一直是这么做的，一次又一次想到这个办法。”

“但非得有个条件，就是你也去。”

“我和你一样难以想象我们分手。但也许需要克制自己，承担这个牺牲。因为要我走是绝对不可能的。”

“可你还什么都不知道呢。你先听他讲完。明天早晨……维克托·科马罗夫斯基！”

“看来拉拉·费奥多罗夫娜是指我带来的那消息，我已经对她说了。尤里亚京的铁路线上，有一列远东政府的公务车已生火待发。它昨天从莫斯科开来，明天继续向前开。这列车是我们交通部的，一半是国际卧铺车厢。

“我必须乘这趟车走。还给我所邀请的同事们留下了座位。咱们一路上可以坐得很舒适。这种机会再不会有了。我知道您说话是算数的，不会改变拒绝和我们一起走的决定。您是个刚强的人，我知道。即使这样，请您为拉拉·费奥多罗夫娜委屈一下自己吧。您已经听见了，您不去她不肯走。跟我们一起去吧，如果不去海参崴，至少要去尤里亚京。那时看情形再说。如果这样就得赶紧了。一分钟也耽误不得。我带来个人，自己赶不好马。加上他咱们是五个，我的雪橇装不下。如果我没猜错，萨姆杰维亚托夫的马在你们这儿。您说是赶着它拉柴禾去了。马还没卸套吧？”

“不，我给卸了。”

“那请您快些再套好。我的车夫会帮您。其实您自己也会。要么算了吧，不用再拉一个雪橇了。将就着坐我那辆也可以回去。只是看在上帝分上快一些。上路只带手边最需要的东西就成了。房子就让它这样开着好了。要救孩子的性命，不是去找什么锁。”

“我不能理解，维克托·科马罗夫斯基。照您的说法，好像我同意走啦。如果拉拉愿意，你们自己走好啦。房子用不着您操心。我留下，你们走后我打扫好锁上门。”

“你在说什么呀，尤拉？干吗说这些，明摆着是瞎说嘛，你自己都不会相信的。说什么‘要是拉拉·费奥多罗夫娜决定了’。你自己明明知道，没有你参与，我也没有任何决定。既然如此，还说什么‘房子我来打扫，一切我来操心’呢？”

“这么说，您是心如铁石了。那我另有一个请求。如果拉拉·费奥多罗夫娜同意，我有两句话说，假如可能，想和您单独讲讲。”

“好吧。如果需要这样，咱们到厨房去。你不反对吧，拉拉？”

十二

“斯特列尔尼科夫被捕，判了极刑，已经执行了。”

“太可怕了。这可是真的吗？”

“我听说是这样。我相信是真的。”

“不要对拉拉说。她会发疯的。”

“那还用说。为了这个我才把您叫到另一间屋子里来。枪毙之后，她和女儿已经直接面临危险。求您帮我救救她们。您是绝对不愿跟我们走？”

“我对您说过了。当然如此。”

“可是您不去，她也不会走。我简直不知如何是好。那么请帮另外一个忙吧。您在口头假装愿意让步，做出好像能被说服同意的样子。我不敢想象你们俩离别的情景——不论在这儿，或者在尤里亚京车站，如果您送我们去的话。应该想方设法让她相信，您也要走的。如果不是马上同我们一起走，就是过一段时间，等以后的机会，我会向您提供。您要保证一有机会就走。这就要您能假装对她发个誓。不过从我这方面说，这可不是一句空话。我以名誉担保，只要您愿意，我负责在任何时候都可以把您接到我那去，然后不管您想到哪去，也可渡海出去。要让拉拉·费奥多罗夫娜相信，您要送我们走。求您使她对这一点坚信不疑。比如说，您可装着要去套马，劝我们立刻启程不要等您，您套好马随后来，在途中可以赶上我们。”

“斯特列尔尼科夫被枪毙的消息，使我感到震惊，我已不能自持。刚才我强打精神听了您的一番话。但我同意您的想法。斯特列尔尼科夫被镇压以后，按照我们如今的逻辑，拉拉·费奥多罗夫娜和卡坚卡的生命，也处于危险之中。我们两人之中，总有一个人要失去自由，这样一来不管怎么说总得分开。既然如此，还是您把我们分开好，带她们远走高飞。现在，我说这个话的时候，反正事情也得按您说的办了。很可能我会承受不住，要不顾骄傲和自尊跪倒在您面前，乞求从您的手里得到拉拉，得到生命，得到去会家人的海路，也得到自己的生路。但得给我时间考虑这一切。我被痛苦压倒了，失去了思考和判断的能力。我这样屈从于您，我可能会犯一个致命的不可挽回的错误，一生都要感到心惊胆战。但痛苦使我无能为力，在晕眩中我目前唯一能做的，也只是对您机械地点头称是，软弱盲从地听命于您。既然如此，为了她我去骗她说，我立刻就去套马，随后去追你们。然后我一个人留下。只是还有一个具体问题。眼看到夜里了，你们现在怎么走法？要穿过林子，周围尽是野狼，你们可要小心。”

“我知道。我随身有步枪和手枪。您可以放心。顺便我还带了酒精，怕路上冷。有不少呢，可以给您点，想要吗？”

十三

“我干了什么事呀？我干了什么事呀？我放走了她，我抛弃了她，拱手让给了别人。我应该追上去，赶上去追回来！拉拉！拉拉！

“他们听不见了。风是朝这边吹的。而且他们一定在高声讲话。她有一切理由高兴放心。她受了骗，却还不觉得自己上当。

“她现在大概是这样想的。她想，一切都再好不过了，如愿以偿。她的尤拉，这个固执的空想家，终于软化了，感谢造物主！他同她一道去一个可靠的地方，到比他俩更聪明的人们那里去，能得到法律和秩序的保障。即使他要坚持到底，固持己见，可能拗着劲儿，明天不搭她们这趟车，那科马罗夫斯基会派另一趟车接他，不要多久他还是会到她们那里。

“这会儿，自然他已经到了厩房，给黑鬃黄马上套；他的双手由于紧张和匆忙，一定在颤抖，手忙脚乱。然后他会拼命抽马追来，所以用不了进林子，在田地里就能赶上。

“这大概就是她的想法。所以他俩甚至都没好好地告别，日瓦戈只是摆摆手便转过身去，极力咽下仿佛冲到喉咙的一股泪水，好像一块苹果噎在了喉头。”

日瓦戈医生站在门廊上，一个肩头搭着皮大衣。没被大衣盖住的另一只手，狠命地攥住廊柱削细的柱尖，仿佛想把它掐死。他的全部意识都投向了远方空间的某一点上，那里在几棵孤零零的白桦树中间，显露出一小段上山的大路。此刻低沉的夕阳，恰好照在这块开阔地上。雪橇钻进了一条不深的沟谷，很快就会爬出来，进入这段夕照的大路。

“别了！别了！”日瓦戈医生没等雪橇露面，先就痴痴无声地从胸腔里挤出这几个音，吐到严寒的晚空中。“永别了，我唯一爱着的人，我永远失去的人！”

“上坡！上坡了！”他那变白的嘴唇，急促却干巴巴地低声唤着。这时雪橇箭一般从下面飞出来，越过一棵又一棵白桦，然后放慢了速度。噢，太好了，他们在最后一棵树旁停了下来。

他的心险些跳出来，两腿发颤，由于紧张整个身子瘫软无力，像从肩上滑掉的皮袄。“上帝啊，也许是你吩咐把她还给我？那儿出了什么事？在远处夕照的地方出了什么意外？这如何解释，他们为什么停下？不，全完了，又跑起来。这一定是她要求停一会儿，最后再看一眼房子。也许是她想证实一下日瓦戈是否已经上路，是否在后面追赶。走啦！走啦！

"如果他们走得快，如果夕阳不先沉没，他们还会再闪现一次。要是天黑下来，他可就辨不出来了。最后这一次应是出现在谷沟对面的林间空地上；前天夜里野狼就守在那里。"

终于，连这一刹那也倏忽而过。血红的太阳还留在雪堆蓝色的镶边上面，积雪贪婪地吸着夕照带来的菠萝的甜味。忽然他们出现了一下便飞驶而去。"永别了，拉拉！到另一个世界相会吧！再见，我心爱的人儿，我永远永远的欢乐！"他们又消失不见了。"我再也见不到你了，永远，永远，不能再看见你了。"

天色渐暗，雪地上夕阳洒下的一处处红铜斑点，迅速褪色熄灭了。淡灰的柔软的空际，很快弥漫在雪青的黄昏中，又渐渐转成淡紫。同这灰蒙蒙烟雾融成一体的，是以粉白色低空为背影的大路上那几棵白桦，树枝像纤细的笔画织成了花纹。

精神上的痛苦，使日瓦戈变得容易动感情了。对周围的一切，他感受要比从前强烈十倍。四周景物全像是独一无二的罕见的东西，就连空气也如此。冬日的傍晚，仿佛是个充满同情的见证人，透着前所未见的怜悯的情调。似乎迄今为止，还没有过这样的傍晚，今天是第一次降临，为的是来慰藉孑然一身的孤独客子。似乎丘陵上背靠地平线的半圆形森林，不单是此处的地貌，而是出于表现同情的需要，刚从地下走出来分布到各个丘陵上。

面对此刻伸手可探的美景，他像对待一大群令人厌烦的同情者一样，差不多要挥手让它离去；对照到他身上的落日余晖，他几乎轻声喊出："谢谢，我不需要。"

他转身背对世界，脸朝关着的房门，在台阶上伫立良久。"我的明亮的太阳沉落了。"他内心有个声音这么重复着。喉咙在颤抖，在抽搐，使他无法连贯地说出这几个字。

他进了屋。这时内心展开了双重的两种性质的独白。对自己是干巴巴的故作镇静的独白，对拉拉是一泻无际的独白。他的念头是："现在该去莫斯科了。头一件事，得活下来。不能再失眠。不是要躺下睡觉。夜里得工作，直到累得倒头就睡着。还有，马上得把卧室的炉子生着，免得夜里徒然受冻。"

同时他又这样自言自语："我无法忘怀的好人呀！只要我的双臂还没有忘记你，只要你还在我的拥抱和亲吻中，我就继续同你依偎相处。我要把相思的热泪，留在配得上你的传世之作里。我要把对你的思念，融在柔肠寸断的描绘之中。我要留在这儿，直到把这件事做完。以后我自己也离开这里。我要这样描绘你。我把你的姿容印到纸上，就像可怖的暴风雨把海底掀起之后，力量最大溅得最远的浪头，在沙滩上留下的遗迹。大海把浮石、栓木、贝壳、水藻，以及它能从水底搅起的最轻的东西，全抛到岸上，连成一条断断续续的曲线。这便是最高的潮汐横扫海岸达到的绵绵无尽的边际。你就是这样被生活的暴风雨冲到我的身旁，我的值得骄傲的人儿啊！我就这样描绘你。"

他进了屋，锁好门，脱去大衣。他到了拉拉清早仔细打扫干净的房间，但一切又已在匆匆离去前翻腾得乱七八糟。他看到床褥不整，东西凌乱，扔得地板上椅子上到处都是，便像小孩子似的跪到床前，胸倚着床边，脸埋到羽毛褥垂下的一角里，呜呜哭了起来，哭得那么自然，那么悲苦。过了一会儿，日瓦戈站起身迅速擦去眼泪，疲惫无神、心不在焉地打量一下四周，拿起科马罗夫斯基留下的酒精瓶子，拔去塞斟了半杯，加上水又掺了把雪，慢慢地贪婪地喝起来。他感到一种快意，然而这种快意几乎同刚才洒下的并不给他任何慰藉的泪水一样。

十四

日瓦戈身上，出现了和他极不相称的变化。他渐渐失去了常态。他还从来没有过这种奇特的生活方式。他把房子扔下不整理，对自己也不照料，把黑夜当成了白天，拉拉走后忘了记日子。

他只是喝酒，写纪念她的东西。然而，他诗里和札记中的拉拉，随着不断涂抹改写，离真正的原型，离卡坚卡活生生的妈妈，离那正与卡坚卡在旅途中的拉拉，竟越来越远了。

日瓦戈一再修改的目的，是要把拉拉描绘得更准确可信。这同样也符合他追求内在含蓄的要求，不愿过于直率地袒露个人的感受，披露个人的真实往事，免得伤害直接参与其事其情的当事人。这样一来，切肤之痛、仍然揪心的尚未平复的情感，便从诗中排挤了出去。诗中催人血泪、使人悲痛的内容被取代，出现了一种平和广阔的气度。于是个别事件被提升为人人熟悉的普遍性。日瓦戈医生并未刻意追求这广阔的气度，它自然而来，好似拉拉从途中亲自寄来的一种慰藉，好似她发自远方的问候，好似她出现在梦境中，或是她的手在他额头上抚摸。于是他很喜欢体现在诗作里的这一引人向上的特点。

在哭忆拉拉的东西写毕之后，他又把不同时期的草稿，包括各种杂咏，遍及大自然、日常生活等等，都续写完成了，和往常一样，与这一工作同时，有许多对个人生活和社会生活的见解，涌入他的脑海。

他再次想到，对历史、对所谓的历史进程，自己的理解完全不同于一般人；在他眼里，历史犹如植物世界的生活。冬天在雪的覆盖下，阔叶林的秃枝细瘦可怜，像老人赘疣上的毛发。到了春天，几日之内林木就改换了面貌，变得高耸入云，在树叶遮盖的林子深处可以藏身。这一变化是靠运动实现的，就其速度的疾迅来说不亚于动物的运动，因为动物成长不能像植物那样快，再说植物的运动又从来无法窥见。森林是不能移动的，我们看不到它改变位置。任何时候我们看它，它总是在原地不动。我们看永远在发展、永远在变化而演变又难以窥见的社会生活和历史，它们也同样是原地不动的。

托尔斯泰在否认拿破仑、统治者、统帅等的先锋作用时，没有把自己这一思想发挥到底。他所想的也正是这个，但没把它说透。谁也没能创作历史，历史是看不见的，正像看不见草怎样长大一样。战争、革命、沙皇、罗伯斯庇尔——这些是历史的自然刺激物，是它的酵母。进行革命的，都是善于行动的人，片面的狂热者，自我克制的天才。他们在几小时或几天之内能够推翻一个旧秩序。变革延续几周，有许多情况是延续几年，而后人们却连续几十年、几个世纪崇拜这一导致变革的克制精神，把它奉为神圣之物。

接着对拉拉的哭忆，他也哀哭过梅柳泽耶夫镇那个遥远的夏季。那时，革命简直是从天国降临人世的上帝，是那个夏天的上帝；每个人都照自己的意愿发了疯，每个人的生活都各行其是，而不是为证实最高政策的正确性所安排的说明和图解。

在修改润色这些复杂的作品时，他又一次检查发现，艺术向来是服务于美的，而美是驾驭形式的幸福，形式则是生存的必需契机。一切有生命力的东西，为了生存必须掌握形式。因此，艺术，其中包括悲剧艺术，都是表现生存幸福的故事。上述这类思考和札记，同样也给他带来了幸福感，充满泪水的悲剧性的幸福感。正由于胸间充溢着这一幸福，他不胜疲倦，觉得头疼。

萨姆杰维亚托夫来看他，也带来了酒，并且讲了拉拉带着女儿随科马罗夫斯基离开的情况。萨姆杰维亚托夫是乘铁路上的检道车来的。他责备日瓦戈医生对黄马照料不周，就牵走了，尽管日瓦戈医生求他再等三四天。不过他答应过些时候亲自来接日瓦戈医生，带他离开瓦雷基诺。

有时他工作入了神，写着写着突然十分清晰地回忆起离他而去的女人，一片柔情无以排遣，越发感到失去拉拉之痛。小时候，在夏季美妙的大自然里，他有时在百鸟啼啭中幻想听到了故去母亲的声音。和那相仿，他的听觉习惯了拉拉的声音，同它融成了一体，所以现在也时而使他产生幻听。他的听觉，有时仿佛捕捉到隔壁屋中唤他的喊声："尤拉！"

这一周里，他还出现过另一种性质的错觉。周末的夜里，他梦见屋底下有个藏龙的深沟。做了这样一个可怕的怪梦之后，他睁开了眼睛。突然，谷底闪现一束火光，传来放枪的声响。奇怪的是，这一意外事件刚过一分钟，日瓦戈医生竟又沉沉入睡，翌日清早把这全当成了梦境。

十五

不久以后的一天，发生了这样一件事。日瓦戈医生的理智终于苏醒了。他对自己说，如果决心要千方百计自戕，那么可以寻找更为有效而更少痛苦的方法。于是他暗自决定，只要萨姆杰维亚托夫一来，他马上离开这里。

黄昏之前，天色还亮，他听到有人吱嘎吱嘎踩雪的声音，响声很大。这人迈着坚定有力的步子，直奔这幢房子而来。

奇怪！这能是谁呢？萨姆杰维亚托夫来会骑马，过路的在瓦雷基诺一直没见过。"找我来的。"日瓦戈心想。"唤我回城，或是要求我回去。也许要逮捕我。可他们怎么把我带走呢？那也该有两个人呀。这是米库利齐恩。"他高兴地揣测着，似乎听出了来人的脚步声。暂时还费人寻思的来客，在门前没看到大锁头，发现门栓已被打掉，一时愣住了；然后他从容熟练地迈步进来，像主人似的打开一扇扇屋门，又细心地把门关好。

怪事发生时，日瓦戈医生正坐在写字台前，背对着房门。当他从椅上站起，转过脸来准备去迎接来客时，那人已站在门口，惊呆在那里。

"你找谁？"日瓦戈医生下意识地冲口而出，说不清是对谁说的，所以当那人没有回答时，他也并不觉得奇怪。

进来的是个魁梧壮实的人，面庞俊美，身穿短皮上衣、皮裤、暖和的羊皮靴，肩上挎了一支步枪。

只有陌生人出现时的这一瞬间，日瓦戈医生觉得意外，而他的到来，并非意外。屋里发现的什物和其他迹象，已使日瓦戈对此次邂逅有所准备。显然，来者便是房里储存的那些东西的主人。他的外貌，日瓦戈医生觉得见过、认识。看来客人也先有准备，知道房子有人住，表现得并不很惊讶。也许有人告诉了他，会在这儿看到什么人。也许他自己就认识日瓦戈医生。

“这是谁呀，这是谁呀？”日瓦戈医生绞尽脑汁在想。“上帝啊，我曾在哪儿见过他呀？这是真的吗？不记得是哪年，一个五月暖和的早上，在拉兹维利火车站上，那趟不吉利的政委的列车。那政委思想清晰，为人直爽，恪守原则，正直，正直，非常正直。是斯特列尔尼科夫！”

十六

他们已经谈了许久，足有几个小时。只有在俄国的俄罗斯人，才会这么长谈，特别是那些担惊受怕和愁眉不展的人们，那些发狂和盛怒的人们。而在当时的俄国，所有人莫不如此。到了黄昏时分，外面天色变黑。

斯特列尔尼科夫和人谈话，和当时许多人一样总是兴奋地滔滔不绝。但这次他讲个不停，除那以外还有个人的原因。

他抓住日瓦戈医生，和他没完没了地谈着，害怕孤独的苦闷。他是怕良心的责备呢，还是怕萦回在脑海里的痛苦的回忆？也许是不满意自己而备受熬煎。这种不满使他厌恶自己，痛恨自己，恨不得羞愧而死。再不然，是他作出了可怕的不可改易的决定，他不愿总想着这个决定而孤身独处，于是借着同日瓦戈医生的长谈，尽可能推迟实现自己的决定。

不管什么原因，斯特列尔尼科夫隐瞒了令他不安的某种秘密，而在其余的一切方面，却不惜毫无节制地袒露心迹。

这是一种时代的病症，是一个时代的革命疯狂。所有的人，内心所想都不同于言辞和外在表现。谁也不是问心无愧的。每个人都有理由感觉自己一切全错了，是个隐蔽的罪犯，是个未被戳穿的骗子。只要一有机会，自我谴责就如潮水一般铺天盖地而来。人们搜索枯肠地诽谤自己，不仅出于恐惧，也由于有了一种破坏性的病态的嗜好，是出于自愿，像是生理上的沉迷状态，处于一种自我否定的狂热之中，一旦任这种狂热表现，便难以遏制。

想当初斯特列尔尼科夫作为高级将领，有时也是军事法官，读过许许多多这类死前的供状。如今他自己患上了类似的自我暴露的顽症，重新认识自己，重新清算一切，如同发烧胡说一样，把什么都歪曲得不像样子。

斯特列尔尼科夫讲得杂乱无章，从一件事突然跳到另一件事上。

“这是在赤塔城外。你看见我塞在这屋衣柜和抽屉里的稀罕东西了吧，感到奇怪吧？这都是红军占领东西伯利亚时，我们部队征用来的东西。当然，不是我一个人把这些东西弄来的。我的命不错，总有一些可靠的人，忠诚的人。这些蜡烛、火柴、咖啡、茶叶、文具等等，一部分是捷克的军用品，一部分是日本货和英国货。事情太离奇，难道不是这样吗？‘难道不是这样吗’是我妻子的口头禅，你大概发现了吧。我原来拿不准是不是马上对你说这些。现在我要讲给你听。我是来见她和女儿的。我得到她们在这儿的消息太晚了，所以来迟了一步。当我从谣传和情报中得知你同她接近时，当我第一次听到‘日瓦戈医生’这个名字时，我从这几年间见过的上千人里，不可思议地竟回忆起来有次带来审问的医生，他就是这个姓。”

“您很后悔没枪毙他吧？”

斯特列尔尼科夫没理会这句话。也许他都没听清楚对方打断他插了句话。他沉思着漫不经心地继续说下去。

“当然，那时我很妒忌您，而且至今如此。不可能不是这样嘛！我只是最近几个月才躲藏在这一带。东边离这很远的地方，我另有几个藏身处，都被发现了，才到这儿来。我因遭人诽谤，要送军事法庭审判，那结果是可想而知的。我不知自己有什么过错。我曾经抱有希望，情况顺利的话能够证实无罪，保全日后的名声。我决定在被捕前先躲起来，到处流浪，过隐居生活。说不定最后我本可以逃命的。是一个骗取了我信任的无赖青年坑了我。

“冬天，我穿过西伯利亚朝西逃走，一路东躲西藏，忍饥挨饿。晚上钻到雪堆里，在大雪覆盖下的列车中过夜。那时西伯利亚大铁路上，停着很长很长的列车，都埋在雪里。

“在这期间我碰上了一个流浪孩子，好像是游击队枪毙一批死刑犯时他没被打死。他说是从死人堆里爬出来的，等缓过气来躺了些时候，便同我一样到处找洞穴躲藏。至少他是这么说的。这孩子是个坏蛋，不学好又愚昧，是实科中学二年级学生，因为太笨被赶了出来。”

斯特列尔尼科夫讲得越细，日瓦戈医生就越感到这孩子是他认识的。

“他叫捷廖沙，姓加卢津吧？”

“对。”

“那他说的游击队枪毙人的事，全是实话。他并没有瞎编。

“这男孩唯一的优点，是十分爱他的母亲。父亲被当作人质下落不明。他听说母亲关在监狱里，要同父亲共命运，便决心不惜一切要救出母亲。他到县里的非常委员会去自首，并表示愿意立功赎罪；委员会同意饶恕他的一切罪过，条件是交代出某件大事。他告发了我躲藏的地方。我赶在他出卖之前，及时躲开了。

“我是尽了超乎常人的努力，经历了千百次危险，才通过西伯利亚，来到这里。此地人们对我了如指掌，因此估计我来这里的可能性最小，估计我没有胆量来这里。也的确，当我在城外这一带换着房子栖身的时候，他们还在赤塔附近搜捕了我好久。不过现在完了。我在这儿也被人发现了。您听我说。天黑了。我不喜欢的时候快到了，我失眠已经好久了。您知道吗？这是非常痛苦的事。要是您还没点完我的蜡烛——很漂亮的硬质蜡烛，对吧？——那我们就再聊一会儿。您只要还不瞌睡，咱们就谈下去，阔气点，通宵点上蜡烛。”

“蜡烛都在。只打开了一包。我在这儿找到了一盏煤油灯。”

“您这有粮食吗？”

“没有。”

“那吃的什么呀？其实不问也知道。是吃土豆，我知道。”

“对，土豆这里有的是。这儿的主人有经验，又会储存东西，知道怎么保管土豆。在地窖里土豆都保存得很好，没烂也没冻。”

突然，斯特列尔尼科夫讲起了革命。

十七

“这一切和您都不相干，您是无法理解的。您是在另一个环境长大的。但还有个城市郊区的世界，铁路沿线和工人窝棚的世界。肮脏、拥挤、贫困，摧残劳动者，摧残妇女。娇生惯养的公子哥，大学生里的纨绔子弟，年轻商人却过着花天酒地、肆无忌惮的荒淫生活。他们对那些受抢劫、受屈辱、受诱骗者的血泪和控诉，嗤之以鼻，恼怒鄙视，这些难道只是一时的玩笑和冲动吗？这类寄生虫是何等的威风凛凛啊！可他们的不凡之处只是从来不劳动，不探索，不给世界创造任何东西，留下任何东西！

“可我们对待生活，是把它当作军事远征；我们为了自己热爱的人们，不惜移山负重。虽然除了痛苦，我们没给他们带来任何别的东西，却一丝一毫也没有欺压他们，因为我们比起他们来是更大的受难者。

“不过，在继续说下去之前，我觉得有责任先说件事。情况是这样。您得离开这里，如果还想活着，就别耽搁。对我的围捕，口袋越收越紧。不管结局如何，总要把您同我扯到一起，您同我谈话这个事实就说明有牵连。此外，这里狼很多，最近两天我还开枪自卫呢。”

“这么说是您打枪呀？”

“对，您多半听见了吧？我是到另一个隐蔽点去，还没到那儿，根据各种迹象就知道那里已经暴露，在那儿的人大概死了。我在这里不久呆，只住一夜，明早就走。现在，您要不反对，我继续往下说。

“难道说特韦尔大街、亚玛大街上那些歪戴帽、裤脚系套带、和姑娘一起乘华丽马车兜风的花花公子，仅仅在莫斯科有，仅仅在俄国有吗？那种大街，黄昏街，世纪的黄昏街，跑马，浪荡公子，到处都有。一个时代共同的东西是什么，什么东西使十九世纪构成一个历史阶段呢？是社会主义思想的诞生。爆发了一次又一次的革命，具有牺牲精神的青年人走上街垒。政论家冥思苦想，如何遏制金钱的恬不知耻的兽性，如何提高贫穷者的人的尊严。马克思主义出现了。它挖到了病根，找到了根治的手段。它成了这一世纪的强大力量。这一切便是这一时代的特韦尔大街和亚玛大街，是卑污和神圣的光辉，是纸醉金迷和工人窝棚的贫困，是传单和街垒。

“啊，她中学时是多么好的姑娘呀！您无法想象。她常到一个女同学家里去，那幢房子里住的都是布列斯特铁路员工，这条铁路原名是这样，后来又改过几次。我父亲，现在尤里亚京法庭的法官，当时是火车站的养路技工。我常去那幢房子，在那儿见过她。那时她还是小姑娘，是个孩子，但她脸上、眼神里已经看得出时代的忧思和焦虑。时代的一切课题，全部泪水和屈辱，它的一切动机，它全部的积忿和骄傲，都流露在她脸上和体态中，在她处女的羞涩和苗条大方的混合体中。完全可以用她的名义，通过她的嘴，对时代起诉。您会同意，这并非无足轻重的小事。这可说是某种特定的使命，是不同凡响之处。要能做到这一点，需要天生具有这种气质，获得这种权利。”

“您讲到她，说得太好了。我也是那个时候见到她的，正是您描写的样子。在她身上，体现了一个中学生和早熟的女主人公的结合。她的倩影映在墙上，显出一种无力自卫的紧张。当时我看到她就是这个样子，现在我所记得的她，也是这个样子。您讲得再好不过啦。”

“您当时就看到了她，现在也还记得吗？那您为此做了些什么呢？”

“这完全是另一个问题。”

“您看，就这样，整个十九世纪连同巴黎的几次革命，从赫尔岑开始的几代俄国流亡者，一切已付诸实施和未曾实施的刺杀沙皇的计划，全世界的工人运动，欧洲各国议会和大学中的全部马克思主义，整个新的思想体系及其论断的新颖和迅速，嘲笑的态度，为了怜悯而采取的辅助手段——无情，所有这一切都被列宁汲取为他所用，并且由他做出了概括的表现，目的是为了抨击旧世界，报复过去的一切罪恶。

“同列宁一道，崛起了一个令人难以忘怀的巨大的俄国形象。在全世界的眼里，俄罗斯如一盏明灯燃起，仿佛要补偿人类经受的一切苦难。可是，我对您说这些干什么呢？对您来说，这些都是响钹的叮当声而已，是无益的空话。

“为了这个女孩子，我进了大学。为了她，我当了教师，到这个我那时还不了解的尤里亚京来工作。我啃完了一大堆书，获得了许多知识，为了成为对她有用的人，如果她需要帮助，我可以就在她身边。我上了战场。目的是在结婚三年后再次赢得她的心。后来战争结束，我从俘虏营回来，利用人们认为我被打死这一情况，更名改姓，完全献身革命，为她所遭受的一切痛苦彻底报仇，目的是完全清除这些痛苦的回忆，使往事不再重演，使特韦尔和亚玛大街不再存在，也使她们，就是她和女儿，回到我身边，回到这里来！为了克制自己不去看望她们，不奔向她们，我付出了多么大的努力呀！但我那时还是想先把我一生的事业进行到底。啊，我现在宁愿付出一切代价，只要能看上她们一眼。从前每当她走进屋来，就仿佛窗扉大开，室内充满了阳光和新鲜空气。”

“我了解，她对您来说是多么宝贵。不过恕我冒昧，您知道她有多么爱您吗？”

“对不起，您说什么？”

“我是说，您可知道您对她是多么珍贵，她爱您胜过世界上任何人。”

“您这是从何说起？”

“她亲口对我说的。”

“她说的？对您说的？”

“对。”

“请原谅。我对您有个要求，虽然您是不会同意的。但倘若这还不算失礼，倘若您还办得到，请求您尽可能准确地告诉我，她是怎么对您说的。”

“非常愿意。她称您是人中楷模，能同您媲美的人她还没见过，说您的真诚坦荡是绝无仅有的。她还说，如果地球上再次出现她曾与您同栖的房子，哪怕是在天涯海角，她也要爬到那房子的门坎。”

“对不起。如果不是非分之想，请您回忆一下她是在什么情况下讲这些话的。”

“她在打扫这个房间时讲的。然后到外面的院子里抖地毯。”

“请问是哪块地毯，这有两块。”

“大些的。”

“她一个人拿不起这个来。您帮她了吧？”

“是的。”

“你们分别扯着两头。她身子后仰，像荡秋千似的双手高高扬起，脸朝后转去免得吃灰，眯起眼睛哈哈笑。是这样吧？您看我多了解她的习惯啊！然后你们走近，把沉重的地毯先叠成两折，再叠成四折，同时她说着笑话，想出各种花样的玩笑。是这样吧？是这样吧？”

两人都站了起来，各自走到一扇窗前朝不同方向眺望。一阵沉默后，斯特列尔尼科夫走到日瓦戈医生近前，抓起他两只手，贴到自己胸上，像刚才一样急促地继续说道：

“原谅我吧。我知道触及了最珍贵、最隐秘的东西。不过如果允许，我还想再细问问您。只求您别走，别抛下我一个人在这儿。很快我自己就会走的。您想想看，分别了六年，难以设想地坚持了六年。可我那时还觉得，并没有取得完全的自由。让我先争取到完全的自由，那时我就全属于她们了，我的手脚就全解放了。如今我这些设想全崩溃了。明天我就将被捕了。您是她亲近的人。说不定什么时候您还会见到她。唉，我这是要求什么呀？这简直是发疯。我被捕后，是不会让我申辩的。他们会马上扑上来，大喊大骂地把嘴堵上。我难道还不清楚这种事都是怎么干的吗？”

十八

这回日瓦戈终于真的睡足了。许久以来，他第一次没有觉察到，怎么一躺下就进了梦乡。斯特列尔尼科夫留在他这儿过夜。日瓦戈安置他在隔壁房里睡下。夜里日瓦戈医生醒来翻身或提提滑到地板上的被子，在这短暂的瞬间里他感到睡得好给他增添了力量，接着又回到甜美的梦境。后半夜他接连做了几个短梦，都是童年旧事，情节清晰，细节丰富，很容易让人觉得是真事。

例如他梦见墙上那幅母亲作的意大利海滨的水彩画，突然摔落到地板上，玻璃破碎时砰的一声，惊醒了他。日瓦戈医生睁开了眼睛。不，这好像是别的声音。准是安季波夫，拉拉的丈夫帕沙，也就是斯特列尔尼科夫，像巴克斯说的，又在舒基玛谷地吓唬野狼呢。也不对，哪是他呀！当然还是墙上挂的画掉了下来。那不，玻璃碎片还在地上嘛。他又沉沉入睡，继续做他的梦。

他醒来头有些疼，因为睡得太久了，一时竟弄不清楚他是谁，在什么地方，在哪个世界上。

忽然他想起："啊呀，斯特列尔尼科夫在我这儿住着。我已经起晚了，该穿衣服啦。他一定起床了。要还没起，我得喊醒他，煮点咖啡，一起喝杯咖啡吧。"

"帕沙·帕夫洛维奇！"

毫无回响。"就是说他还睡着，可也睡得太死了。"日瓦戈医生不慌不忙穿好衣服来到隔壁屋里。桌上摆着斯特列尔尼科夫的军官羊毛高帽，人却不在房里。“看样子散步去了。”日瓦戈医生想道。“也不戴帽子，还锻炼身体呢。其实今天应该结束在瓦雷基诺的逗留，回城里去。可是晚了，又睡过了头。天天早晨都是这样。”

日瓦戈医生点着炉火，拎上水桶到井边打水。离门廊几步远的地方，斯特列尔尼科夫，横趴在小径上，头埋在雪堆里，他开枪自杀了。左面太阳穴下流了一大摊血，染红的雪凝成了一块。溅向一边的小血滴，卷上雪滚成小红球，好像冻住了的花楸果。

第十五章　完　结

一

日瓦戈的故事，要说的已经不多，只剩去世前最后八九年的光景了。这些年中，他越来越消沉颓唐，丢掉了医生的学识和习惯，也失去了写作的本领。有时摆脱了压抑颓丧的心境，振作一阵子，重又干起事来，可转眼又陷入长期的淡漠，对自己和世上的一切都感到兴味索然。几年间他早有的心脏病在加剧。这病他自己早就发现了，却没想到那么严重。

他来到莫斯科，正是新经济政策初期；那是苏维埃政权捉摸不定、充满假象的时期。他很瘦削，满脸胡茬，像个野人，样子还不如离开游击队回尤里亚京的时候。一路上他又同上次一样，渐渐把身上值钱的东西全扒下来换了面包和破烂衣服，好不至于赤身露体。就这样，他路上吃光了第二件皮大衣、一套外衣。当他出现在莫斯科街头时，戴了个灰毛皮帽子，打着裹腿，穿件磨光的军大衣。大衣扣子全掉了，变得像犯人敞怀的大褂。这身装束使他同首都广场上、公园里和车站成群结队的无数红军战士，没有什么两样。

他不是独自一人回到莫斯科的，身后一直形影不离地跟着一个漂亮的农家男孩，同他一样穿了一身军服。他俩就这副样子，到过日瓦戈童年熟识的目前莫斯科仅存的一些人家的客厅里。那里人们还记得他，接待了他和他的伙伴，不过事先都委婉地打听他俩回来是否去过澡堂，当时斑疹伤寒还十分猖獗。日瓦戈最初几次去那里时，人们对他讲了他的亲人离开莫斯科出国的情形。

两人都怕见人，由于过分胆怯就避免单独出去做客，因为一个人时就不好沉默，只能同别人谈话了。到熟人家里聚会时，通常他们两个瘦高身影总一起出现，躲在不惹人注目的角落里，默默地坐一个晚上，不参加大家的谈话。

衣着平常的大高个医生，配上他那年轻朋友，样子颇似从下层人民中来探求真理的人，而寸步不离的随从，好比一个盲目崇拜、言听计从的学生和追随者。这个年轻同伴又是何人呢？

二

接近莫斯科的最后一段路程，日瓦戈坐上了火车；此前的一大半路，他是徒步走过来的。

他一路看到的乡村景象，比起逃出游击队林莽在西伯利亚和乌拉尔目睹的情形，丝毫没什么两样。只是那次他路过当地是在冬天，如今是夏末和干燥暖和的秋日，感觉轻松多了。

他经过的村落，一半是人去室空，好像刚遭到敌人洗劫；田里的庄稼扔着没人收。这些也的确是战争的后果，国内战争的后果。

九月底的两三天里，他走在一条大河高耸的陡岸上。河水迎面流来，从他的右边淌过。他的左边，从小路起直到云团涌起的天际，是没有收割的大片庄稼。相隔很远才有一片阔叶林，主要是橡树、榆树和槭树。一条条林带沿着深峪奔向河岸，在高崖和陡坡上横切小路，直到河边。

没收割的田野里，黑麦粒从熟透的穗中流出来。日瓦戈把一捧捧粮食塞到嘴里使劲嚼着。当没有可能用粮食煮粥的最困难时刻，他便这样充饥；这种没能嚼烂的生饲料，进到胃里很不好消化。

日瓦戈一生还从没见过这样深褐色的黑麦，像金子旧了变黑的颜色。平常按时收割，麦粒颜色要浅得多。

大地的色彩如无火之焰，它似乎在无声地狂呼救援。镶在田野边缘的，是冷漠镇定的广阔苍穹。天空好像进了冬季，绵长而多层的雪云，中间乌黑，两侧缀着白边，如黑影拂面般不停游过去。

一切都在缓慢匀称地活动。河水漂流，迎面蜿蜒着小路。路上走的是医生。云朵同他朝一个方向前进。连田地也没有静止不动，仿佛有什么东西在上面摇摆；那种轻微而无休止的蠕动，直令人作呕。

地里繁殖出无法计数的田鼠，从来没有这么多。入夜时日瓦戈还走在地里，不得不在地界旁找个地方露宿，老鼠就在医生的脸上、手上来回爬，还钻到棉裤和袖筒里。白天，一群群肥大的田鼠在道路上窜来窜去，人踩上去则成了一团滑泥，还吱吱哀叫不停。

村里那些毛茸茸的家狗变成了可怕的野狗，聚成堆尾随在医生身后，保持着相当的距离；还不时互相对望，像在开会商议何时扑上去把医生咬死。它们靠吃死了的野兽充饥，但也不反对尝尝漫野的小鼠。狗群从远处打量着医生，满有把握地跟随他朝前走，像是总在期待什么。奇怪的是它们不进林子，一靠近林带便渐渐放慢了脚步，然后转身跑走不见了。

那时林子和田地恰成鲜明的对照。田地没有人管，变得荒凉一片，好像信守离别前的誓言。森林摆脱了人，活似释放出来的囚徒，在自由的天地里洋洋得意。

通常人们，主要是乡下孩子，不等核桃成熟就打青的吃。如今，林坡上和谷地里，覆盖着原封未动的一片金叶，似乎由于秋阳的照晒变得土灰而且粗糙。枝叶中露出三四个合长在一起的一团团核桃，外皮裂开仿佛是扎了绳结。果实已经熟透，眼看要掉出来但还留在里面。医生沿途不住嘴地吃这核桃。他身上的口袋都塞满核桃，背包里也全是。整整一星期，这成了他的主要食粮。

医生觉得，他看到的田地是得了重病的田地，在发烧说胡话；森林则像大病痊愈后豁然开朗。他觉着森林里栖居着上帝，田地里却有恶魔在狞笑。

三

就是在这几天的路途中，医生来到了一个居民逃散、房屋化成灰烬的村子。大火前只有一长排住房，盖在道路一边，靠河的另一边没有人家。

村里只有几间房幸免于难，大火后屋外也变得黑乎乎。里面同样空荡无人。其余的建筑全变成了炭堆，只有熏黑的烟囱矗立在当中。

河崖上到处是大坑，村民以前就靠从坑里挖取磨石谋生。最边上一间没烧毁的屋子对面，有三个没有做好的石磨盘扔在地上。这房子同别的一样，也无人住。

日瓦戈顺便走进了屋子。那晚上平静无风，可医生刚迈步进去，就好像有股风吹了来。干草和麻屑一起从地上卷了起来，墙上破纸也开始晃动。屋里一切都动起来，响起来。许多耗子吱吱乱叫，在地上跑散了。这一带地方，到处是老鼠横行。

医生走出了屋。背后的田野尽头，夕阳正在下沉。温和的夕照染黄了对岸，岸上一些树丛和水坑倒映在河水里，几乎贴近了江心。日瓦戈到了路那边，坐在一盘石磨上歇脚。

从崖下探出一个灰白头发的脑袋，而后是肩膀，再后是双手。从河边沿着小径走上一个人来，提着满满一桶水。那人一见医生，马上停下脚步，腰身齐着崖边。

“你要愿意，我给你喝个饱，好吗？你别碰我，我也不动你。”

“谢谢。让我喝个痛快吧。你倒是全上来呀。别害怕。我碰你干什么？”

从崖下提水来的，是个半大的男孩子，打着赤脚，破衣烂衫，蓬头垢面。

他尽管说话很客气，两眼却不安地直勾勾盯着医生。由于无法解释的原因，孩子十分激动，令人不免奇怪。他放下水桶，突然向医生扑过去，半路上又停下来，嘟嘟哝哝说：

“不可能……不可能……不是，这不可能，我看错了。对不起，请允许我问个问题，同志。我觉着你很面熟。对了！对了！医生叔叔！”

“你是谁呀？”

“没认出来？”

“没有。”

“从莫斯科和你们乘一辆车厢来的。赶我们去服劳役，还有押送的人呢。”

这原是瓦夏·布雷金。他倒在医生面前，吻着医生的手哭起来。

遭火灾的地方，正是瓦夏的家乡韦列坚尼基。他的母亲已经不在人世。村子遭劫起火的时候，瓦夏躲在一块大石底下的地洞里，母亲当他被人抓到城里去，愁得发了疯，淹死在佩尔加河里。此刻医生和瓦夏坐着交谈，就是在佩尔加河岸上。瓦夏的妹妹阿廖卡和阿丽什卡，据不确切的消息说安置在另一个县的孤儿院里。医生带着瓦夏一起去莫斯科，一路上他给日瓦戈讲了许多可怕的事。

四

“这地里掉下的麦子，还是去年秋天种的冬麦呢。刚刚播种完，就出了倒霉的事。那是在波利娅[①]阿姨走了以后。这个季娅古

① 波利娅是佩拉盖娅·尼洛夫娜·季娅古诺娃的小称和爱称，为同一人。

诺娃阿姨你还记得吗？”

“不记得。再说我也不认识。那是谁呀？”

“你怎么会不认识季娅古诺娃呢？和咱们一起坐车来着。什么事都放在脸上，又白又胖。”

“是不是那个一会儿扎辫子一会儿解辫子的？”

“对，对，正是她，扎辫子的。”

“我想起来了。等等。我后来在西伯利亚看见过她，在一个城市的大街上。”

“这可能吗？你看到了波利娅阿姨？”

“你这是怎么啦，瓦夏？像发疯似的摇晃我这胳膊。小心别给我揪掉。脸也红得像个姑娘。”

“她怎么样？快告诉我，快点。”

“我见她的时候，她过得很好。还讲到你们家。好像她住在你们家，要么是来做客。也许我忘了，全搞乱了。”

“没有，没有。是在我们家来着。妈妈喜欢上她了，当她是自己的亲姊妹。人不爱说话，挺能干活，手工特别好。她在我家的时候，家里吃穿都不愁。后来硬是把她从村子里给撵走啦，编了许多闲话。

“村里有个庄稼汉叫哈拉姆，缠上了季娅古诺娃。他是个马屁精。她可不睬他。因为这件事，他对我怀恨在心，就编我们俩，我和波利娅的坏话。就这样，她离开了这里，全是那人给害的。这以后就倒霉了。

“离这不远发生了一件可怕的谋杀案。一个单身寡妇在靠近布依斯的林中田庄上，被人害死了。她一个人住在森林边上，穿了双男人皮鞋，鞋上还有提鞋环和松紧带。有条恶狗拴着链子在田庄四周沿着铁丝网跑，名字是戈尔兰。家业和土地，都是寡妇自己经管，没有帮手。那年冬天突然早到，出乎意料。很早便下了雪。寡妇还没有挖出土豆呢。她来到韦列坚尼基村说，求你们帮帮忙，我会分给你们一份土豆或者是付给你们工钱。

“我自告奋勇去刨土豆。到了她田庄一看，哈拉姆已经在那儿了，比我去得早。寡妇没告诉我。总不能为这个打架吧。两人就干了起来。那次天气最坏，雪夹着雨，又黏又脏。挖出土豆以后，拿土豆秧点起火，用烟烘干土豆。等全刨完，她同我们算了账，倒没亏待我们。她让哈拉姆先走，朝我使了个眼色，意思是：和你还有事，要么以后再来一次，要么留下别走。

“等第二次去她那里，她说，我不愿把多余的土豆交出去，让国家给征集走。你是个好青年，我知道你不会出卖我。你看我实话都对你说了。本来我可以自己挖个窖把土豆存起来，可你看外头这天气。我动手晚了，已经到了冬天。一个人干不完，你替我挖个窖，不会亏了你。咱们把坑里面烤干就埋进去。

“我给她挖了个坑，为了保密，坑底很宽，坑口很窄，像个瓦罐。窖里也点火烤干烤暖。那又是刮风下雪的日子。我们把土豆藏好，上面用土盖上。任凭谁也是找不到的。我自然是一个字也不漏。对谁都不说，妈妈和妹妹们全不知道。

“这事以后，过了才一个月，田庄上就发生了抢劫案。有从布依斯来路过那里的人，说那里房门大开，整个洗劫一空，寡妇也失踪了。戈尔兰挣脱链子跑走了。

“又过些时候，在新年将近的瓦西里节里，是入冬第一次转暖的傍晚，大雨倾盆，把高坡上的雪全冲刷下来，露出了地面。戈尔兰跑来，用爪子扒化了雪的土地，正在藏土豆的窖口。这狗扒开土，坑里就露出两只脚，穿着有松紧带的皮鞋。你想可怕不可怕！

“在韦列坚尼基村里，人们都很可怜寡妇，常纪念她。谁也没怀疑哈拉姆。怎么想得到呀。不可能嘛。要真是他干的，他哪敢留在这儿，满村子洋洋得意地转悠。那他一定得躲开我们，走得远远的。

“这下子田庄上好使坏的一些富农，见了发生的惨案可高兴了。他们想：咱们来把村子搅和一下吧！他们说：你们看看，城里人都干了些什么！这是教训你们，给你们颜色看。别藏粮食，别埋土豆啦！你们这些傻瓜可倒好，说什么是林子里强盗干的，说梦见强盗进了田庄。你们可太天真了！老老实实听城里人的话吧！他们还会整得你们更厉害，会把你们活活饿死。村里人要想过好日子，就得跟我们走。我们能教你们聪明起来。城里来人就得把你们最心爱的东西、你们的家产全抢光，可你们还交给他们什么余粮。要是有事，应该操起叉子拼命。谁想反对大众，小心脑袋。老人们这样就闹腾起来，又是夸口，又是集会。那个马屁精哈拉姆，正巴不得有这种机会。他帽子往头上一扣，就进了城。到那嘁嘁喳喳讲了一通，说村里闹得这样，你们坐在这儿干什么吃的？这得让贫农委员会行动。只要你们下命令，我马上把他们分个一清二楚。说完他倒溜之大吉，再没有露面。

“后来发生的一切，可就全是鬼使神差了。谁也没有挑唆，谁也没有过错。城里派来不少红军。还来了法院的人，来了就审我。这是哈拉姆诬告的，说我是逃跑出来的人，又逃避劳动，还鼓动村里人造反，甚至说寡妇是我害的。把我锁到了一间屋里。幸亏我想到了把地板掀起来，从屋下溜走，藏到地下的石洞里。我头上整个村子起了火，我却不知道。我头上妈妈掉进了冰窟，我也不知道。事情就这么发生了。红军战士来后，给他们腾出间空房，送酒来喝，人人灌得酩酊大醉。夜里由于用火不小心，引着了房子，邻房也就跟着起了火。起火的地方，村里人都拔腿跑掉了。谁也没去放火烧外来人，但那些人显然是全被活活烧死了。谁也没有撵我们村遭了火灾的人离开这里，离开这住惯了的火场。是他们自己害怕才逃的，担心再出别的事。那些带头的吝啬鬼又煽动说，每十个人里要枪毙一个。我可是一个人影也没见到，人们走个精光，不知在哪儿流浪呢。”

五

医生和瓦夏来到莫斯科，是在一九二二年的春天，刚开始实行新经济政策。天气暖和晴朗。太阳照在救世寺院的金黄圆顶上，反射出无数光点，返落在方石铺成的广场上，石缝中杂草丛生。

对私人经营的禁令取消了，允许进行严格限定的自由贸易。旧物商人在商品流通范围内可以在拥挤不堪的市场上成交。这种成交的规模极小，却刺激了投机倒把，导致滥用职权。小生意人的忙碌，不能生产出任何新的东西，不能给城市的萧条增加任何一点物资。一些人通过无数次地转手倒卖发了家。

一些人家里有并不算大的藏书室，便从书柜里抽出几本带到某个地方去卖。有人向市苏维埃提出，希望开办合作性质的图书买卖，为此又要求给房子。于是拨给了自革命头几个月起已经空荡无物的存鞋仓库，或者是那时关闭了的养花房。在那里宽大的拱顶下，人们出售自己的薄而无用的书籍。

将军夫人们以前遇到困难的时候，就不顾禁令偷偷烤制白面包出售；这会儿便到一个停业几年清理账目的自行车行中，公开地做面包生意。她们改换门庭，接受了革命，从前答话说“是呀”、“很好”，如今只说“有那么回事”。

到莫斯科之后，日瓦戈说：

“得干点什么事了。”

“我想学习。”

“这个自然应该。”

“还有一个希望。我想凭回忆给妈妈画张像。”

“太好了，可是这得会画画呀。你过去试过吗？”

“在阿普拉克辛村，趁叔叔不见的时候，我用碳笔画过。”

“那好吧。愿你成功。咱们努力试试看。”

瓦夏并不具备绘画的巨大才能，但说中等水平是绰绰有余的，完全可以去搞实用绘画。日瓦戈托人把他安排到原来的斯特罗甘学校的普通教育部。他后来从那里转到印刷系。在印刷系他学习了石印技术、印刷和装订本领，以及书籍的艺术装帧。

医生和瓦夏两人搞起协作来。医生写些只有一个印张的小书，论述各种问题，由瓦夏在学校里印出来，算作他业务考试的成品。书印得不多，拿到一些同人新开办的旧书店里散发。

这些书的内容，包括了日瓦戈的哲理、他的医学观点、他对健康与不健康的界说、关于种变和进化的思考、关于人的个性是机体的生理基础，以及日瓦戈对历史和宗教的看法（很接近他舅舅和谢拉菲玛的观点）、关于普加乔夫旧地的札记（医生曾经到过那里）、日瓦戈写的诗歌和短篇小说。

书写得很好懂，采取谈话的形式，但目的同通俗作家大不一样，因为都是些有争议的见解，信笔写来，缺乏足够的检验，但总是很生动、很新颖。这些书销得快，颇得读者的好评。

那时候一切都成了专业，如写诗、文学翻译的技巧。无论什么都要研究，写出理论专著。无论哪个方面，都设立研究所。出现了形形色色的思想工作者"之家"，各种艺术的研究院。这些人员膨胀的机构中，有一半请日瓦戈去担任在编的医生。

医生和瓦夏亲密相处，同住了很长的时间。这期间他俩一次又一次，换过了许多房子或败破的屋角，都是不适于住人、极不方便的地方。

日瓦戈一到莫斯科，马上就去西夫采夫看了看原来的房子，得知他的家人路过莫斯科时没有去那里。驱逐出国一举，使一切全变了样。医生和家人住的房间，已经住进了外人，他个人和家里的东西荡然无存。人们看到日瓦戈，连忙躲避，像见了相识的危险人物。

马克尔得到高升，不住在西夫采夫了。他被调到穆奇内担任警备司令。根据职务条件，他们一家可以得到一套首长住宅，不过他宁可住在过去看院子的人的旧房子，虽是土地，却有水管，又有俄式大火炉。冬天，全城的楼房里自来水管和暖气都冻裂了，只有看院人的屋里暖暖和和，水管也不上冻。

这时，医生和瓦夏的关系趋于冷淡。瓦夏有了不同寻常的成长。如今他说的想的，比起佩尔加河岸韦列坚尼基村里那个蓬头赤脚的孩子，完全判若两人。革命所宣告的真理那么显而易见，那么具有说服力，越来越吸引了他的注意力。医生不很好懂的形象语言，在他看来倒成了谬误的声音；这语言因为受到责难而又自知无能为力，才如此闪烁其词。

医生到各种机关去奔波。他忙着两件事。一是证明自己家人政治上无辜，取得他们返国的合法权利；二是为自己申请出国护照，要求获准去巴黎接回妻儿。

令瓦夏奇怪不解的是，医生奔波时表现得颇为冷淡，无精打采。日瓦戈总是过早地匆忙断定白费了力气，过于武断而且几乎有些庆幸地宣称：再努力也徒劳无益了。

瓦夏越来越经常地责备医生。日瓦戈对他的合理责难并不生气，但两个人的关系变坏了。最后终于友情破裂，不得不分手。医生把两人同租的房间留给了瓦夏，自己搬到了斯文季茨基的楼里。在那里，神通广大的马克尔到斯文季茨基的旧宅中给日瓦戈隔出了一角。这顶头的一角，包括斯文季茨基原来的浴室，现已不能使用了；还有隔墙一间只有一扇窗子的小屋、歪歪扭扭的厨房，厨房有个后门，几乎快掉下来，并且已然下沉。日瓦戈迁到这里之后便丢掉了医术，变得邋邋遢遢，也不再见熟人，过起贫困的日子。

六

是个冬季灰暗的星期天。炊烟不是在屋顶上形成长柱，而是从小气窗冒出来，黑乎乎一股股地缭绕不散。尽管有限制，人们还是安装临时小铁炉，从气窗口通出铁烟筒来。城市的生活，仍没有走上正轨。穆奇内市的居民，脏得总像没洗脸，爱生疖子，冻得常患感冒。

因是星期天，马克尔一家人全聚在家里。

一家人坐在一张长桌旁吃饭。凭粮食卡片定量供应面包的时期，清早天刚亮，人们就在这张桌上把全楼住户的粮食卡，用剪刀剪下一小块，分类点清，分门别类夹到包里或钱里，送到面包铺。回来以后，把面包切成小块，给居民们按份称好。这一切如今已成过去，粮食分配换了别的办法。坐在长桌上的人们，吃得津津有味，听得到咀嚼和吧嗒嘴的声音。

看院人的这间屋子，一半被中间高大的俄式火炉占据了，旁边床铺上有一床绗过的被子垂下一个角。

进门的过道里，有个泄水盆，墙上装着自来水管的龙头，有自来水供应。房间两边放着两条长凳，底下塞着装满东西的包袱和衣箱。左侧有个厨房用的小桌子。桌子上的墙壁中，钉着一个碗架。

炉里生着火。屋中很热。马克尔的妻子阿加菲娅，把衣袖挽到肘腕站在炉前，用长炉叉挪动炉里的好多罐子，看需要一会儿推成一堆，一会儿又分散开。她满脸是汗，有时被炉火照亮，有时又被烧好热汤的蒸汽遮盖住。她把罐子挪到一边，从里面拖出铁盘上的油饼，一下子把饼翻了个，又送回直到烤焦。这时日瓦戈拎着两只水桶走进来。

“招待客人哪。”

“请吧。坐下坐下，做个客吧。”

“谢谢，吃过了。”

“知道你那个‘吃过了’！坐下吃点热的。干嘛嫌弃呀。是烤土豆，有饼有汤。”

“不啦，谢谢。对不起，马克尔，左一趟右一趟来打搅，把屋子都弄凉了。我想一次多存点水。斯文季茨基家的锌浴盆我全擦干净了，把它盛满，再往大桶里装点。再来提上五趟十趟，往后许多时候就不来打扰了。请原谅我往这儿跑。除了你这儿，没处可去呀。”

“你可劲儿灌吧，没啥心疼的。别的没有，水可是管够。随便用好啦。我们又不做这个买卖。”

桌旁的人都大笑起来。

等日瓦戈第三次进屋提第五和第六桶水，马克尔口气就有点变化，话也不是那么说了。

“女婿们问我：这是谁呀？我讲了，他们不相信。你灌水吧，别多心。只是别洒到地上，马虎鬼！看你把水泼到门坎上了。冻了冰，可不是你来用铁棍敲。倒是关严门呀，懒鬼！冷气全进来了。是呀，我对女婿们讲了你是什么人，他们都不信。在你身上花了多少钱吧！学习来，学习去，工夫全白扔了。”

日瓦戈第五次还是第六次来时，马克尔的眉头就皱起来了。

“好啦，你再拎一回就得啦。老兄，总该知个好歹吧。我们那个小女儿，玛丽娜老护着你。要不我可不管你是什么好人，早把门栓插上了。你还记得玛丽娜吗？就是在头上坐着的，黑脸庞。看她脸都红了。她说：你别欺侮他，爸爸！可有谁欺侮你呀？玛丽娜在中央电报局当报务员，懂得外国话。她说你很不幸，她可怜你，说为了你下火海也去。可你没有出头，能怨得我吗？不该往西伯利亚跑呀，危险的时候把房子扔掉了。是你们自己的过错。你看我们，闹饥荒、白匪包围的时候，顶住了没走，没有动摇，也就没招灾。你怪自己吧。冬尼娅你没保护好，现在在国外流浪。和我什么相干。这是你自己的事嘛。你可别怪我，我要问一句，你拎这么多水干什么？别是有人雇你在院子里泼个冰场吧？唉，拿你有什么办法呀，讨人厌的家伙。”

桌上又是一片哄笑。玛丽娜不满地环视家人，生起气来，数落他们一通。日瓦戈听到她的声音大感惊讶，但没弄明白是怎么回事。

“要洗的太多，马克尔。得打扫房子，擦地板，还想洗点衣服。”

桌上的人都很惊奇。

“说这话你也不害臊。这不该是你干的。你是中国洗衣妇呀？真说不上你是怎么了！”

“尤拉·安德烈耶维奇，你要赞成，我让女儿去帮你。她去洗洗衣服，刷刷地板。需要的话，缝补点什么。孩子，你别怕他。你看他多有礼貌，和别人不一样，从来不会欺侮人。”

“这可使不得，阿加菲娅，没有必要。我绝不同意让玛丽娜为我弄脏了身子。她怎么能给我当小工呢？我自己对付得了。”

“你不怕脏，我倒不行？你怎么这样犟呀？干吗不让我去？要是我去你那儿做客呢？真得撵我出来吗？”

玛丽娜本可以成为一个歌手的。她那纯真的歌喉，高亢有力。说话声音并不高，可那力量却超过了说话的需要。这声音似乎独立存在，不和玛丽娜融成一体；又好像来自另一个房间，在他背后回荡。这声音是她的保护神。一个女人有这样的嗓子，有谁愿去欺侮她，惹她伤心呢？

从这次星期天打水起，医生便和玛丽娜交上了朋友。她常去医生家帮做家务。有一次她留在了他家里，从此再没有回到看院人的房间去。就这样她成了日瓦戈第三个妻子，却没有登记。他同第一个妻子还没有离婚。很快两人又生了孩子。玛丽娜的双亲，不无骄傲地叫自己女儿是医生太太。马克尔老叨叨，怨日瓦戈同玛丽娜没举行婚礼，没有登记。妻子反驳说："你是疯了呀？冬尼娅还活着，这样怎么成？这不是重婚吗？"马克尔回答说："你自己才是傻瓜呢。管冬尼娅干吗？冬尼娅和没有一样嘛！法律不会保护她的。"

有时日瓦戈开玩笑说，他俩的结合是二十桶水的浪漫故事，就像二十章或二十封信的浪漫故事一样。

玛丽娜能够谅解日瓦戈此时已经形成的一些莫名其妙的怪癖，谅解一个颓唐而且意识到自己颓唐的人所惯有的任性，谅解他的肮脏和凌乱。她忍耐着他的唠叨、粗鲁、恼怒。

她的自我牺牲，还更有甚者。由于他的过错，他们有时陷入自己造成的甘愿承受的贫困之中，这时玛丽娜为了不扔下他一个人呆着，连工作都辞去不干了。机关里很器重她，过了一段时间便又痛痛快快接受她回去工作。日瓦戈异想天开，她也就跟着他挨家去找活儿挣钱。两人按计件付酬的办法，给各层楼的房客们锯木头。有些人，特别是新经济政策初期发了家的投机商，还有靠近政府的科技和艺术界人士，开始盖房子做家具。有一回，玛丽娜和日瓦戈小心翼翼地穿着毡鞋走在地毯上，生怕把街上的锯末带进来，在往主人的书房里搬劈柴。那人埋头读着什么，毫不理睬，朝锯柴禾的一男一女连一眼都没看。是主妇出面同他们商谈，安排，最后算了账的。

“这小子看什么这样入神？”医生起了好奇心。“他拿铅笔勾画，干吗那样恶狠狠的？”抱着劈柴路过写字台时，他从读书人背后探头一看，上面摆着几本瓦夏以前在学校排印的日瓦戈写的小书。

七

玛丽娜同医生住在斯皮里多夫卡。戈尔东在旁边的小布龙街上租了一间屋子。玛丽娜和医生有了两个女儿：卡普卡和克拉什卡。卡普卡已经七岁，刚降生的克拉什卡还只有六个月。

一九二九年的初夏，天气炎热。一些熟人不戴帽子，不穿上衣，跑过两三条街相互做客。

戈尔东的房间，构造很特别。过去这里曾是一个时装裁缝的店铺，分成上下两层。朝街一面有扇大玻璃橱窗，贯通上下两层。玻璃上用金字写着裁缝姓名和他的业务。橱窗后面是一个螺旋式楼梯，从下层通到上层。

如今这房子分出了三层。

店铺里靠加横板，在两层之间挤出一个小阁楼，它的窗子对住家来说颇为特别。窗户高有一米，底下与地板齐。玻璃上是金字遗迹。透过字迹空隙，可以看到室内人的双腿，直到膝盖，阁楼里住的就是戈尔东。他这里现在坐着日瓦戈、杜多罗夫、玛丽娜和孩子。孩子同大人不一样，能在窗柜子里完全站直。过不一会儿，玛丽娜就领上女儿走了。屋里只剩了三个男人。

他们在闲谈。有了多年友情的中学同学们，在夏天凑到一起懒洋洋、不慌不忙地交谈，便是这个样子。那么，这是什么样子呢?

其中会有个人，掌握了足够用的词汇；他讲起话来，思考问题，都很自然连贯。只有日瓦戈能做到。

他的两个朋友缺少需要的语汇。他们没有讲话的才能。为了补救词汇的贫乏，他俩谈话时在屋里走来走去，不断吸烟，挥动胳膊，多次重复一些词语（“老兄，这可不够真诚。”“就是嘛，不够真诚。”“是呀，是呀，不够真诚。”）。

他俩却没意识到，交际时这种过分的举动，绝不表示个性的热情和爽朗，相反倒说明不完美，有缺陷。

戈尔东和杜多罗夫属于很不错的教授圈子里的人。他们生活在什么里面呢？是好书、好的思想家、好的作曲家，昨天和今天永远美好的音乐，而且仅仅只有美好的音乐。他们不明白，自己这种平庸趣味，其害处甚于毫无趣味。

戈尔东和杜多罗夫不明白，就连他俩轮番责备日瓦戈，也并不是出于对朋友的忠诚，不是出于对他施加影响的愿望，而是因为不善于独立思索，不会按自己的意愿驾驭谈话。谈话好比飞跑起来的马车，把他俩拉向根本不愿去的地方。他们无力调转马车，结果必定撞到什么上去。于是两人在奔跑中，带着一大堆说教和劝喻，撞到了日瓦戈的身上。

对于他们唱高调的起因、同情心的脆弱、议论的陈腐，日瓦戈了如指掌。可他怎么好这样说：“亲爱的朋友！你们和你们代表的那个圈子，受到你们宠爱的那些人物、权威的光彩和艺术，其实全部平庸得不可救药。你们身上仅有的一点新鲜的活力，就在于同我生活在一个时代，在于了解我这个人。”但要把内心这种看法对朋友讲出来，那还得了吗？为了不伤他们的心，日瓦戈只好乖乖地听他们说。

杜多罗夫不久前才结束第一次流放的生活，从流放地回来。恢复了一度被剥夺的权利，也被允许重新在大学执教。

这时他对朋友讲起了流放中的感受和心情。他对朋友说得很真诚坦率。他的一些看法，不是基于胆怯或别的什么考虑。

他说，对他起诉的缘由、狱中和出狱后对他的态度，特别是检察员同他面对面的谈话，这些都给他清洗了脑子，政治上得到了改造，使他对许多事茅塞顿开，作为一个人他变得成熟了。

杜多罗夫的议论很合戈尔东的心意，正是因为这番议论属于老生常谈。他不停地点头同意。杜多罗夫的所说所想，已是人所共知的东西，可这一点恰恰感动了戈尔东。人云亦云的感情俗套，在他眼里成了人类普遍的共性。

杜多罗夫这些充满善意的言谈，很符合时代的风尚。但正是这种言谈所带有的规律性的一望可知的虚伪，引起了日瓦戈的愤怒。不自由的人，总要美化自己不自由的处境。中世纪便是如此，耶稣会员就总是利用这一点。日瓦戈忍受不了苏联知识分子的政治神秘主义，忍受不了那种所谓知识分子的最高成就，或如当时人们所说的时代的精神顶峰。这个印象，日瓦戈也瞒着朋友没说，免得争吵起来。

引起他兴趣的，完全是另一件事。杜多罗夫讲了和他同一囚室的奥尔列佐夫的故事。奥尔列佐夫是个神甫，他有个六岁的女儿赫里斯季娜。父亲的被捕和此后可悲的命运，对她是个大打击。“宗族人士”、“丧失权利者”——这类字眼在她看来是耻辱的标记。说不定她在热烈的幼小心灵中，已经发誓有朝一日要抹去慈父名字上的污点。这个早早定下的长远目标，唤起了她不可遏制的决心，使她小小年纪便成了狂热的信奉者，崇拜共产主义中一切她认为无可辩驳的东西。

“我走啦。”日瓦戈说，“别生我的气，戈尔东。屋子里气闷，外面又热。我喘不上气来。”

“你看见了吧，地板上的气孔开着呢。对不起，我们烟抽得太多了。我们老忘，有你在时不能抽烟。这屋子盖得太缺德，怨不了我。你另给我找一间吧。”

“我这就走，戈尔东。咱们谈得不少了，谢谢你们对我的关心，亲爱的同志们。我这可不是娇气，这是病，血管硬化。心肌膜耗损，有一天就要破裂。可我还不到四十岁。我不是酒鬼，不是挥霍放荡的人。”

“你给自己唱挽歌还早。尽说傻话。你可要活呢。”

“咱们这时代，微量心脏溢血的现象十分常见，不是都会致命，有些时候能活下来。这是新近时代的病症。我看发病是精神上的原因。现在要求我们之间绝大多数的人，经常地昧良心干事，几乎快形成了一个制度。日复一日违心地表现自己，不可能不给身体造成后果。你明明不喜欢，却要去张罗；分明会给你带来不幸，却要你高兴。我们的神经系统，不是徒有其名，不是杜撰的东西，是纤维组成的肉体。我们的心灵占有一定的空间，生存在我们身上，好像牙长在我们嘴里。没完没了地强制神经，不可能不受到惩罚。我听你讲到流放，讲到流放中得到了成长，讲到流放改造了你，心里很不舒服。这就好比一匹马，讲它在练马场里自己骑自己练跑。”

“我要维护杜多罗夫。你是完全忘了人类的语言。人们讲的话，你已经听不进去。”

“很可能是这样呢，戈尔东。不管怎么说，对不起，放我走吧。我喘不上气。说真的，绝不是夸张。”

“等等，这全是托辞。要我们放你走，你得先直截了当、真心实意地回答我们一个问题。你同意不同意，你该改变一下，该纠正错误了？这方面你打算怎么办？你得把你和冬尼娅和玛丽娜的事澄清一下。人家是两个活人，是有感情、懂痛苦的女人，可不是你脑子里任意组合的虚无缥缈的思想。再说，像你这么一个人，无所事事地混日子，难道不害羞吗？你不能再沉睡再懒惰了，应该振作起来，好好弄明白周围的事物，不要莫名其妙地那么孤傲，对，对，正是不要那种不可原谅的傲慢；然后该出来上班，去给人治病。”

“好，我回答你们。最近我自己也常常想这些事，所以能够毫无羞愧地对你们做些保证。我想一切都会解决好的，而且会相当快。你们看着吧。真的，不骗人。一切都会好起来。我十分强烈地向往生活，而生活就意味着不断向前冲，奔向更高级更完美的东西，并且获得它。

“我很高兴，戈尔东，因为你能替玛丽娜说话，就像从前为冬尼娅说话似的。可是要知道，我和她们并没有不和。不论她俩还是别的什么人，我都没争吵。开初你曾经责怪我，为什么我称她是‘你’，可她回答我时说‘您’，还客气地呼我的名字和父称。那种不自然的关系还更深些，但早已经消除了，改变了，做到了平等相处。

“我还可以告诉你们一个好消息。巴黎又开始给我来信了。孩子长大了，同法国伙伴在一起毫不感到拘束。舒拉快要念完那里的小学，玛尼亚也马上要入小学。不知为什么我相信他们很快会回国，尽管已经加入了法国籍；还不知用什么办法，但一切都会解决好的。

“从许多迹象看，岳父和冬尼娅知道了玛丽娜和两个女儿。我自己写信没提过。这些情况一定是辗转传过去的。岳父自然感到伤害了他做父亲的感情，他替冬尼娅难过。这就是五年没通信的原因。刚回莫斯科时，有一段时间我们是通信的。后来突然不再复信了。从此断绝了来往。

“现在，从不久之前，我重又开始接到那边的来信。所有的人，包括孩子，都写来了信。很热情，很亲切，好像情绪缓和了些。也许冬尼娅有了什么变化，结识了新朋友，上帝保佑她。我说不准。我有时也给他们写。不过说真的，我再也受不了啦。我走了，要不然会背过气去。再会。”

第二天早晨，玛丽娜慌慌张张跑来找戈尔东。家里没有人看孩子，只好把小女儿克拉什卡用被裹好，一只手搂在怀里，另一只手拉着落到后面不肯走的卡普卡。

“尤拉在你这儿吗，戈尔东？”她的声音都变了。

“他没有在家住吗？”

“没有。”

“那就是在杜多罗夫那里。”

“我去过了。杜多罗夫到大学上课去啦。不过邻居认得尤拉，说他没去那里。”

“那他上哪去了？”

玛丽娜把襁褓中的克拉什卡放到沙发上，就歇斯底里地大哭起来。

八

两天来，戈尔东和杜多罗夫没有离开过玛丽娜。他俩轮流值班看护，不敢扔下她一个人；在间歇的时候，就出去寻找医生。他们跑遍了估计他可能去的一切地方，也到了穆奇内大院和西夫采夫楼房，问过了所有他曾经工作过的这个“之家”、那个“研究院”。凡是他俩多少知道一点的他的老熟人，只要能找到住址，无不查遍了。然而竟毫无结果。

他们没有报民警局，因为不想对当局提起医生；虽说他有户口也没受过审，但按照如今的理解反正远远不是个模范人物。他们决定只有在不得已的情况下才找民警寻查下落。

第三天上，玛丽娜、戈尔东、杜多罗夫在不同的时间里各收到日瓦戈一封信。信中非常抱歉给他们添了麻烦，让他们担惊受怕。他请求他们原谅，别再担心，还叮嘱不要再找他，反正是徒劳无益。

他说，为了尽快完全改变自己的生活，想一人独自呆一段时间，以便集中精力干点事情。等在新的工作中站住脚，肯定在变化之后不致再走老路，就离开隐蔽所，回到玛丽娜和孩子身边。

在给戈尔东的信中，他预告要用戈尔东的名字给玛丽娜寄钱来。他要求给孩子雇个保姆，好解放玛丽娜，让她有可能回去上班。他解释说不想直接寄到她的地址去，是怕通知的汇款数目使她招致抢劫。

不久钱便汇到，数目超出了医生的可能和朋友们的估计。于是给孩子请了保姆。玛丽娜又被接受回电报局工作。她许久也平静不下来，但因为已经习惯了日瓦戈过去的怪癖，终于又容忍了这次乖张的行为。尽管日瓦戈打了招呼，不让去找，朋友们和这个贴心女人还是继续寻访，而事实证明医生的估计是正确的。他们没能发现他。

九

其实他就住在离他们几步之遥的地方，可以说在他们眼皮底下，在他们紧张搜寻的圈子里边。

失踪那天，他在黄昏前天光还亮的时候离开戈尔东，到了小布龙大街，就朝斯皮里多夫卡的家里走。没等走出一百步，迎面碰到异母兄弟叶夫格拉夫。日瓦戈有三年多没见他，也不知他的情况。

原来，叶夫格拉夫出现在莫斯科纯属偶然，不久前刚到这里。和从前一样，他的出现又是突如其来，又是不容盘问。一问他，便沉默着笑一笑，开句玩笑搪塞过去。但只凭问了日瓦戈两三个问题，不打听生活细节，他便一下子理解了他的全部忧愁和麻烦，于是就在一条斜胡同里拐了几个弯，在前来后到的路人推推搡搡之下，立刻想好了一个帮助援救日瓦戈的实际计划。日瓦戈的失踪和隐居，正是叶夫格拉夫的主意，是他的发明。

他给日瓦戈在一条小巷中租了间房子。巷子那时还叫侍从街，挨着艺术剧院。他援助了钱，又开始奔走给日瓦戈到病院找个好工作，保证他能有进行学术活动的广阔天地。在生活的各个方面，他都极力支持哥哥。最后他向哥哥保证，日瓦戈家人在巴黎的不稳定处境，终于要结束了。或者日瓦戈去找他们，或者他们来日瓦戈这里。这件事，叶夫格拉夫答应亲自去张罗，一定办好。兄弟的支援使日瓦戈看到了希望。同以往多次的情形一样，兄弟哪里来的神通仍不得而知，日瓦戈也不打算去揭开这个秘密。

十

日瓦戈住的房间朝南，两扇窗对着剧院对面的房顶。房顶后面是猎人街，那里高悬着夏日的骄阳，街道全罩在房顶的阴影里。

房间不单单是日瓦戈的工作室，也不单单是他的书房。在这个如饥似渴的工作时期，他的计划和构思犹如泉涌，不是桌上一堆堆札记所容纳得了的；脑子里构想和幻觉到的一个个形象，充塞着屋里的四角。这很像艺术家画室里，贴墙反立着许多开了头的画作。由此医生的居室成了精神的筵席，成了如醉如痴的境界，成了意外发现的贮藏室。

正巧同医院领导的谈判拖了下来，开始上班的时间变得遥遥无期。利用推迟的这段空隙，完全可以写作。

日瓦戈从整理旧作开始。这旧作，一部分是他脑子里记得的作品片断，一部分是叶夫格拉夫给他找到送来的。有的是医生的手稿，有的不知是什么人翻印出来的。由于材料过于杂乱，本来就容易分散精力的日瓦戈，被弄得更加茫无头绪。很快他便放弃了这个工作，从恢复未完成的旧作，转向创作新的东西，对刚刚写下的草稿十分着迷。

他打草稿写文章纲要，就像第一次在瓦雷基诺写作那样，同时记录下脑海里涌出的诗行片断，有的是开篇的诗句，有的是结尾，也有的是中间，全都先记下来。有时他文思敏捷，即便奋笔疾书用字头和缩语迅速记录，也赶不上文思的发展。

他加速创作。当脑子疲倦、进展缓慢的时候，他就在草稿边上配画儿，有的是林间小路，有的是城里的十字路口，还竖着广告牌："莫罗和韦钦金。播种机、打谷机"。

文章和诗章，都围绕着一个主题——城市。

十一

后来在他的文稿中发现了这样一段话：

二二年回到莫斯科的时候，我看见的是一个空旷少人、毁损过半的城市。这是它经历了革命头几年考验之后的面目，时至今日依然如此。城内居民减少，既未见营造新房，旧屋也没人修缮。

尽管这样，它仍不失为一个现代大都市，不失为一个真正现代化新艺术的唯一鼓舞者。

在象征主义者勃洛克、维尔哈伦[①]、惠特曼等人那里，看上去杂乱无章地罗列互不相关的事物和概念，似乎是随心所欲地摆到了一起——这完全不是修辞上的乖僻。这是见于生活而取于现实的纷杂印象的一种新型组合。

正如同他们在自己作品中推出了一系列的形象，十九世纪末繁忙的城市大街自身在浮荡，也从我们身边推过一群群人，一辆辆马车；到了后来，在二十世纪初，则是掠过一节节城市电车和地下火车。

在这种环境下，无从产生牧歌式的淳朴。倘若有这种虚假的淳朴，也不过是文学的赝品，是不自然的扭捏作态；是书本的产物，并非来自农村，而是来自科学院藏书室的书架。在现实中形成的、自然而又符合现代精神的语言，应说是大都市主义的语言。

我住在城市里一个行人摩肩接踵的十字路口。夏天阳光灿烂的莫斯科，院里沥青晒得烫人，楼房高层的窗框上映着光点，乌云和林荫道都像花朵绽开。莫斯科在我周围旋转，令我

---

① 维尔哈伦（1855—1916），比利时象征派诗人、剧作家和艺术评论家，以法语写作。

眩晕；似乎又想让我为了都市的荣誉，也促使别人兴奋得眩晕不止。正出于这种目的，莫斯科教育了我，并把艺术交到了我手中。

墙外日夜不停喧嚷的大街，紧密地同现代人的心灵联系在一起；这好比开始演奏的序曲，同舞台上的帷幕紧密地联系在一起；帷幕虽尚未拉开，还充满了昏暗和神秘感，却已被脚灯照得开始泛出红色。门外窗外不停在活动并发出沉沉轰响的城市，对我们之中每个人的生活来说，是个无比宏大的序曲。我恰恰想从这一方面写一写城市。

在日瓦戈留下的诗稿中，没有发现这一类诗作。也许，《哈姆雷特》这首诗属于这个类型？

十二

八月底的一个早上，日瓦戈在报章街拐角的电车站登上电车；这条线是由大学开出，沿尼基塔大街向上去库德里大街。这是他第一次到鲍特金医院上班，那时医院叫士兵医院。他本人几乎是头一次正式来这里工作。

日瓦戈很不走运，坐上了一辆有毛病的电车，一路上尽出倒霉的事。不是马车轮子卡到电车轨道里，挡住了去路，就是电车底下或顶上绝缘失灵，暂时短路，噼噼啪啪烧坏了什么部件。

司机常常提几把老虎钳从前座下来，绕停着的电车走一遭，跪下去弯腰检修轮子和后座之间的机器箱。

这辆倒霉的电车堵塞了全线交通。街上聚起了刹住的电车，又有新的不断驰来，越来越多，队尾排到了练马场，还在延长。乘客们从后面的车厢转到前头出毛病的车厢，想弄清楚怎么回事。在这个炎热的早晨，电车里挤得满满登登，十分气闷。在穿马路奔跑的人群头上，一块黑紫色的乌云由尼基塔城门飘过来，越升越高。眼看要起暴风雨。

日瓦戈坐在左侧的单人座位上，被挤得紧贴着窗子。尼基塔大街左面的人行道，一直在他的眼帘之中，道旁就是音乐学院。他想着别的心思，可不由自主地木然望着这一侧来往的行人和车辆，没有一个人漏过他的眼。

一个头发斑白的老妇，戴顶新草帽，上面插着亚麻布做的甘菊花和矢车菊，身上是雪青色老式紧腰裙，一边喘气一边扇着手里扁平的小包，艰难地走着。她穿着紧身，热得难受，满脸是汗，用绣花手帕擦着汗湿的眉毛和嘴唇。

她走的路线，恰是电车的路线。每次电车修好开动后，就赶过了这位老妇；她几次从日瓦戈的眼前消失。等电车再出故障，她追上来，重又进入日瓦戈的视野。

日瓦戈记起中学时代演算的数学题，两列火车在不同时间开出，速度快慢不同，求解它们的行驶时间和到达先后。于是他想回忆起解题的一般公式，结果毫无所获，就从这类回忆跳到了别的更加复杂的思想上去。

他设想有几个并排前进的生命，但速度不一样，便琢磨谁的寿命能超过另一个人的寿命，谁能比别人活得长久。他的脑海里仿佛出现了一个生活竞技场上的相对论原则。但很快他的思路全乱了套，放弃了作类似的比较。

一个闪电之后，雷声轰鸣。倒霉的电车在由库德里大街下坡驶往动物园时，又一次抛了锚。过了不一会儿，淡紫裙老妇出现在窗口外，越过电车朝前走去。第一阵硕大的雨点落在人行道和马路上，落在妇人身上。一阵劲风刮到树木上，吹得树叶簌簌地响，掀动了妇人的草帽和裙摆，随即平息了下来。

医生感到一阵软瘫的晕眩。他强自镇定，从椅上站起，手抓窗枢猛然上下拉动，想打开窗子，可没有拽动。

有人对医生喊，窗子是钉死的，但他只想着怎么不犯病，心里担忧，以为这喊叫声与他无关，就没去细听。他继续试着开窗，向上向下向着自己拽了三下，突然感到胸膛里一阵从未有过的难忍的疼痛。他明白是把自己胸里的什么东西拽断了，犯了一个致命的错误，一切全完了。这时电车启动，在普列斯尼亚街没走出多远又停了下来。

他以超人的毅力，摇摇晃晃从座椅间甬道上的人群里挤到后车门旁。人们不让他通过，骂骂咧咧的。吹过一股凉气，他觉得清醒了些，心想也许不至于完全无望，会有所好转。

他又开始在车门旁的人堆里朝外挤，也招来人骂、手推、一片愤怒。他顾不得理睬别人的吼叫，挤过人群，从电车门阶迈步下到马路上，走出一步、两步、三步，猝然摔倒在石路上，从此再没有起来。

周围一片喧嚷，有人在交谈、有人争论，也有出主意的。车上下来了几个乘客围住跌倒的人。大家很快就判断出，这人已经没有呼吸，心脏停止了跳动。行人也凑上来看，有些知道不是轧了人感到放心，有些因为人死得与电车无关反觉得失望。人越聚越多。穿淡紫裙的老妇也走近站了一会儿，看看死者，听听别人议论，便又上路了。这是一个外国人，但也听出来有人主张把人抬上电车送医院，有人说应该唤民警来。没等人们做出最后决定，她就离开了。

穿淡紫裙的女人，是瑞士籍的弗列丽小姐，年纪已经很大。她十二年来一直书面请求给她返回祖国的权利。不久以前，她的申请才获得同意。她来莫斯科领出境护照。这一天她是去本国的大使馆取护照，手里摇晃着的系了绳的小包里，是各种证件。她一路朝前走，十来次超越了电车，可是一点也没意识到她是超越了日瓦戈的生命，超越了日瓦戈的寿数。

十三

从走廊可以望见屋中的一角，那里斜摆着一张桌子，桌上放着一具棺木，上宽下窄的尾端，好像粗木凿出的小舟。这是死者放脚的一头。桌子就是日瓦戈生前写作用的那一张，此外房间里没有第二张。手稿全收到抽屉里，桌面用来停棺木。里面枕头垫得很高，尸体像躺在高坡上，形如小山。

棺木四周摆了许多花，花盆和花篮里有当季极少见的整株白丁香、樱草、千里光。花草遮住了窗外射进的光线，只有微弱的亮光照在死者蜡黄的脸上、手上，照在棺木上。桌上映出美丽的花影，好像刚刚停止了摇曳。

火葬的风气，那时已极普遍。为了争取给子女的抚恤金，出于子女将来能上学和玛丽娜能保住公职的考虑，大家商定不举行安魂祈祷，只是一般的火葬。已向有关的机构提出了申请，正等着他们派代表来。

在等待的那段时间，屋子里空空荡荡，好像旧房客搬走腾出地方，新的房客还没迁进。打破这种寂静的，唯有踮起脚尖礼貌地走动的声音，以及来向遗体告别的人不小心发出的沙沙的脚步声。告别的人不算多，但远远超过了原来的预料。他几乎是一个默默无闻的人，死讯却飞快地传遍了熟识的圈子。他一生中各个时期结交的人，他一生中各个时期失去联系和忘记的人，如今聚集起来，有了可观的数目。而他的学术思想和诗作，为他赢得了更大数量的不相识的朋友。他们从未见过内心向往的这个人，这时第一次来看他，向他投过最后告别的一瞥。

此时此刻，没有任何繁文缛节的沉默，倍加令人感到压抑，因为这个损失仿佛伸手就可以触摸到。唯有鲜花在这里代替了挽歌和仪礼。

鲜花岂止是开放，岂止是溢香。它们似乎在倾囊而出，一起散发掉自己的芬芳，也许由此加速了自己的衰败；它们把香气分赠给所有的人，这样好像就完成了某种事业。

植物国度太容易被想象成为死亡国度的近邻了。这里，在大地的绿茵里，在墓地的树木间，在土垅中萌芽的花种里，也许真隐藏着变化的奥秘，生命的奥秘，而这正是我们孜孜以求要探索的东西。耶稣从棺木里出来，马利亚第一眼没认出他来，把他当成了走在墓地上的花匠。

十四

当死者按他最后的居住地址被送到侍从街之后，得知死讯大为震惊的朋友们，冲进大门直奔敞开的房间。被噩耗弄得精神恍惚的玛丽娜，许久不能控制自己，躺在地板上用头撞那个带有座位和靠背的长木箱。木箱摆在进门的过道里；在棺木未到、房间需要清扫的时候，尸体就先停在这个木箱上。玛丽娜泪流满面，一会儿低语一会儿尖叫。话也说不清楚，有一半是不由自主哭叫出来的。她谁也不在乎，什么也不顾，像农村里哭死人一样放声哭诉。房间打扫完毕，多余的家具已经搬出，需要把尸体抬进去擦洗然后入殓，可玛丽娜抓住尸体不放，怎么也拖不开她。这是昨天的情形。今天，她那痛苦的狂癫已经平息下去，代之而来的是木然的消沉，不过仍然无力自制，什么话都不说，也忘记了自己的存在。

昨天一整夜，她坐在这里没有离开过。人们把克拉什卡抱来让她喂奶，又把卡普卡和小保姆领了来，而后孩子又都抱走领走了。

她的周围聚着自家人，还有同她一样悲恸的杜多罗夫和戈尔东。低声啜泣和高声打喷嚏的父亲马克尔，不时来到这里，挨着她坐到长椅上。哭泣着的母亲和姊妹们，也常到她跟前去。

在来来往往的人流中，有一男一女两个人十分显眼。他们并不要表现得比前面几个人同死者更为亲密。他们没有同玛丽娜、她的女儿、死者的朋友较量内心的痛苦，宁愿让这些人占着上风。这两人没有任何企求，然而对死者却有着某种自己独有的特殊权利。对他们这种不知从何而来、既不好懂又不声张的特权，竟也没有任何人去触动，去争执。看起来从一开始就是他们两人承担起了丧葬的安排，而且指挥时那么从容镇定，好像这事给他们带来某种满足。两人这种超脱的精神，所有的人无不看在眼里，留下了奇特的印象。似乎这两个人不仅参与丧事，也同亡者的死有关；不是说他俩负有罪过或是间接的原因，而是说在出事之后赞同了这一命运，容忍了这一结局，而且认为最重要的还不在于人的故去。少数人知道这一男一女，有些猜得出他们是谁，但大部分对他俩毫无所知。

每次当这个长着一对吉尔吉斯细眼睛、目光炯炯、惹人注意的男人，同这个不需修饰而天然俊美的女人走进停放灵柩的房间时，不论站着或走动着的人，包括玛丽娜在内，都不约而同、毫无异议地离开了屋子。人们给他俩让路，从靠墙的椅子凳子上站起，拥挤着出来，到了走廊或过道上。这一男一女留在虚掩上门的房间里，仿佛两位办事的行家，在无人打搅、无所牵挂的宁静中，决定着直接关系到丧葬的事，也决定着更为重要的事。现在的情形也是如此。只剩下两人之后，他们坐到靠墙的凳子上，商议起事来。

“你有什么消息，叶夫格拉夫·安德烈耶维奇？”

“今天晚上火葬。半小时之后，医务工会来车把灵柩运到工会俱乐部去。四点钟举行追悼会。没有一份证件是合格的。劳动手册是过期的，旧式的工会证还没换新的，会费有几年没交了。这些都得去疏通，所以才拖延到现在。起灵之前，哦，起灵时间很近了，得去准备一下，起灵之前我照你的要求，留你一个在这呆一会儿。对不起，你听电话响了，我马上回来。”

叶夫格拉夫出来到了走廊上。这里挤满了脸面陌生的医生同事、他的中学同学、医院的低级职员和出版工作者。玛丽娜坐在走廊长椅的边上，搂着两个孩子，用身上披着的大衣裹着孩子们（天气很冷，风往大门里灌），在等着房间开门。这很像来探监的，在等待哨兵唤她去监狱的会客室。走廊上很挤，有一部分人没有地方立足。上楼梯的入口大开着。许多人在前室和楼梯口站着，转悠着，一边抽起烟来。在往下去的阶梯上，人们谈论着什么，越靠近大街说话越随便，声音也越高。在一片压抑着的嗡嗡声里，叶夫格拉夫不得不聚精会神听电话，一只手捂着话筒，用礼貌所要求的低沉声音，回答电话里的问题，多半讲的是葬礼的次序和医生死亡的情形。然后他回到屋里，继续说道：

"拉拉·费奥多罗夫娜，火化之后你不要走掉。我对你有个重要的请求。我不知道你住到哪儿了，希望你告诉我在哪能找到你。我想最近，明天或者后天，收拾我哥哥的遗稿。我需要你来帮忙。你了解得最多，大概超过了所有的人。你曾说过一句，好像从伊尔库什克刚来两天，在莫斯科呆不久；又说你上楼到这套住房来，是因为别的原因，出于偶然，既不知道哥哥最近几个月住在这里，也不知道刚发生的不幸。你的话有一部分我没太懂，我不想求你解释，只是你别走掉，我没有你的地址。最好整理手稿的这几天，我们能在一起，或者离不很远，比方说在这幢楼里另找两间房子。这是办得到的。我认识房管所的。"

"你说没懂我的话。这有什么不好懂的呢？我一到莫斯科，就把东西放到寄存处，在莫斯科旧城里走，有一半不认得，全忘光了。我走着走着，顺着铁匠街下坡又上坡，突然来到了非常熟悉的地方——侍从街。就在这里，被枪决的安季波夫，我的丈夫，读大学时租过一间房子，正是咱们坐着的这一间。我想，上去看看吧，说不定凑巧老房主还活着呢。他们早就不在了，这里全变了样，是我后来才知道的，也就是昨天和今天，慢慢打听出来的。你在场嘛，我还讲它干什么？我简直是五雷轰顶，朝街的门大敞着，房里尽是人，有口棺木，里面躺着死人。谁死了呢？我走进屋，到了跟前，心想别是我发了疯吧，是幻觉吧。这些你都在场看到了，不是吗？我何必再给你讲呢？”

“等等，拉拉·费奥多罗夫娜，我打断一下。我对你说过啦，我和哥哥根本没想到这间屋子会有那么多奇事，比如说安季波夫曾经住过。不过更奇怪的是你用的一个字眼。我一会儿再告诉你是哪个字，请你原谅。关于安季波夫，也就是斯特列尔尼科夫的革命军事活动，我有段时间，在国内战争初期，听到了许多情况，而且经常听说，几乎是天天听到；还亲眼见过他一两次。没想到他后来由于家庭关系竟和我密切相关。不过请你原谅，说不定是我听错了，我觉着你是那么说的，大概是说走嘴了吧。你说是‘被枪决的安季波夫’，难道你不知道他是自杀了吗？”

“有这种传说，但我不信。帕沙从来也不像个会自杀的人。”

“不过这可是千真万确呀。安季波夫自杀的地方，据我哥哥讲，就是你去尤里亚京再转道海参崴之前住的那幢房子。这事发生在你带着女儿走后不久。哥哥埋葬了死者。这个消息难道真的没传到你耳朵里？”

“没有。我听到的是另一种说法，这么说他当真是自杀身死的？许多人这样说，我都没信。是在那幢小房里？简直不可想象！你可给我讲了一个重要的细节。请问，你知不知道，他和日瓦戈见了面吗？谈过话吗？”

“据亡故的尤拉说，他俩谈过很长的话。”

“真是这样吗？谢天谢地。这样要好些(拉拉慢慢地划了个十字)。这真是天意促成的惊人巧合。你答应我回头再打听一些详细的情况吗？这里的每件小事对我都是宝贵的。不过现在我不行。不是吗？我太激动了。我要沉默一会儿，喘口气，想一想。不是吗？”

“噢，当然，当然。就这么办。”

“不是吗？”

“自然。”

“哎呀，我可差点给忘了。你要求我火化之后不要离开。好吧，我答应，我不走掉。我跟你回到这里来；你安排我在哪儿，需要多长时间，我都留下。咱们来清理一下尤拉的手稿。我会帮助你。说不定我对你会有用的。这对我是个很大的安慰！我心里的血，我的每根血管，都感觉得到尤拉写字的笔划。其次，我还有事找你呢，我也需要你的帮助，不是吗？你好像是位法学家，至少是精通从前和现行制度的人。还有，怎么说呢？什么证明该到哪个机关去开？不是所有的人都懂这些的，不是吗？我需要你给出点主意的，是一件令人苦恼的可怕的事，涉及到一个孩子。不过这个回头再说吧，等火化回来。这一生里，我总是不得不找这个找那个，不是吗？请问，如果设想一种场合，需要寻找孩子的下落，是交给别人养育的孩子，那么有没有一个总的、全苏联的孤儿院档案？对流浪儿是否做过全国的普查或是登记？不过你现在别回答我，求求你！回来，回头再说。啊，多么可怕呀，多么可怕呀！生活这东西，是多么可怕呀，不是吗？我不知道等我女儿来了，以后会怎么样。暂时我可以在这房子里住一住。卡坚卡表现出了极好的才能，一方面是演戏的才能，另一方面还有音乐才能。她很善于摹仿各种人，还可以演出自编的小戏。此外，凭听、记能唱整段的歌剧。孩子够奇特的，不是吗？我打算把她送进戏剧学校或是音乐学院的预备班，看哪儿能收了，然后去寄宿。我就是为这事来的，暂时没带她；先安排好了，我就回去。一下子说不完，不是吗？以后再说。现在我得镇定一下，静下来琢磨，克服心里的恐惧。再说，咱们把尤拉的亲人给搁在走廊上，太不近情理。我有两次感到外面在敲门。那儿有人活动、吵嚷。大概是殡仪馆来人了。我在这坐会儿想一想，你把门打开放人们进来吧。该打开了，不是吗？等等。棺木前边该摆把椅子，不然够不着尤拉。我踮起脚尖试了试，太吃力。玛丽娜和孩子们需要这个呀。再说，仪式也需要，'给我最后的亲吻吧'。啊，我受不了，我受不了。太痛苦了，不是吗？"

"现在我让大家都进来。在这以前先谈两句话。您讲了那么多费寻思的话，提出那么多问题，看来是令您不安的问题，我简直难以回答，只想让您了解一点。我乐意，而且真心实意地在您所需要的一切方面提供帮助。请您记住：任何时候，任何情况下也不能绝望。怀着希望去行动，这是我们遇到不幸时的责任。无所作为的绝望，就是忘记和背弃责任。现在我放来告别的人们进屋。椅子的事，您说得有理。我找一把来放到这儿。"

可拉拉已经听不见他的话了。她没听见开门，走廊上的人群一拥而入；没听见他同丧礼的组织者商谈事情，同主要来宾的谈话；没听见人们走动的声响、玛丽娜的号啕、男人们的咳嗽、女人们的哭声和喊叫。

单调重复的声音，像漩涡把她卷动起来，使她发晕。她竭力坚持不昏过去。她的心碎了，头裂了。她垂下脑袋，陷入揣测、思索、回忆之中。她完全被淹没在里面，仿佛有几个小时要暂且进入未来的暮年，也不知实际上是否活得了那么长。她设想几十年之后将变为龙钟老妇。就这样，拉拉沉思默想，如同跌进了自己不幸的深渊。她心想：

“谁都不在了。一个死去了，一个自杀了。偏偏那个该杀的、她打了枪却没命中的人，却活了下来。那是个异己的多余的败类，是他把拉拉的生活变成了一串连她自己也不解的罪恶。那个平庸的怪物，如今在只有集邮者才知道的亚洲神话般的僻巷中，飘泊着，奔突着。可是亲人和需要的人，一个也没留下。

“啊，那还是在圣诞节时，她预谋去枪杀这个令人战栗的下流坯之前，就在这个房间里，昏暗中同还是个孩子的帕沙谈过一次话。现在人们前来诀别的尤拉，当时还没有进入她的生活。”

于是拉拉冥思苦想起来，很想回忆起同帕沙的圣诞节谈话，但什么也没想起来，只记得窗台上燃着的蜡烛，还有窗玻璃上的冰霜靠近烛火融化开来的一个圆圈。

她怎么想得到，此刻躺在桌上的死者，当年驶过大街时就看到了这个圆圈，对烛火发生了兴趣？她又怎么想得到，从窗外窥见这个烛火起，尤拉的生活里就注定有了新的使命？他不是常说“桌上点着一支蜡烛，蜡烛在燃烧”吗？

她的意识模糊了。她想道：不按教堂规矩给他唱《安魂曲》，总是件憾事！送葬仪式是多么庄严隆重呀！多数死人是不配这么办的。尤拉可是最理想的对象。他是配这么办的，他对“墓前的恸哭创造出哈利路亚的歌声”，是当之无愧的！

此时拉拉便感到一种骄傲和轻松的心情。过去每当她想到尤拉，当她一生中有暂短的岁月留在尤拉身边时，总处于这样的心境之中。尤拉身上总散发一种无拘无束、无忧无虑的气氛。拉拉现在又为这种气氛所笼罩。她急不可待地从木凳上站起。在她心里，发生了并不完全清楚的变化。她想靠着尤拉的帮助，哪怕一时能冲出积蓄在心中的痛苦，呼吸到新鲜的空气，像过去似的一尝自由的幸福；在她的希望和幻念中，这种幸福就是和尤拉诀别的幸福，就是自己能为他尽情恸哭一场的机会和权利。她怀着一种冲动的匆忙感，用满含悲痛、视而不见的眼睛环视人群。泪珠在打转，好似滴下的苦涩的眼药水。眼前一切都浮动起来，抽泣起来，向后退着出了屋门；终于只剩下她一个人在掩了门的房间里。她匆匆画着十字走到灵柩前，站在叶夫格拉夫摆好的椅子上，在遗体上宽宽地画了三个十字，便向冰凉的额头和双手俯下身去。她没有觉出变凉的前额已经萎缩，如同手掌缩成了拳头。她顾不上察觉这个变化，人呆住不动，几秒钟里既不讲话，也不想什么，也不哭泣；只见灵柩中部鲜花和遗体上面，俯着她的身躯，她的头、她的胸膛、她的心灵、她的如心灵一般宽阔的手臂。

十五

她抑制着号啕，浑身还是抖动不止。忍着忍着，她突然无力自持，泪水夺眶而出，落在面颊上、衣裙上、手上，落在她紧贴着的灵柩上。

她不说话，也不想事。一串串思想、一串串共有的特点，种种领悟的道理，种种确实可信的真情，在她的心灵自由地流淌，犹如白云飘过天空；又像从前他俩夜里耳语的情形。常常正是这个给了她幸福感，自由感。这种领悟不是乞灵于大脑，而是靠一种热烈的相互感染。这是本能的直接的领悟。

此时此刻，她又充分地感到了这样一种领悟。尽管还有些模糊不清，但她领悟了死是什么，领悟了什么叫对死有所准备，什么是面对死亡而毫无畏惧。似乎她在世上已经活过二十回，多次地失去过日瓦戈，心灵在这方面积累起了完整的经验，所以她侧立灵柩时的感受和举动，无一不适当得体。

天哪！这场爱恋是何等的海阔天空，何等的不同寻常，简直无可比拟。他俩的思念，如吟唱一般美好。

他俩相爱，不是由于难解难分，不是像有人胡写的那样“为欲火熬煎”。他们相爱，是因为周围的一切希望如此，这里有他们脚下的大地，他们头上的天空、云朵和树木。他俩的爱情得到周围人们的喜欢，那程度恐怕胜过了他们自己对爱情的欣喜。为他们的爱情感到喜悦的，还有街上陌生的行人，无限伸展的远方，他们定居和幽会的房间。

对了，正是这一点最重要，正是这一点把他俩结合到一起。无论何时，甚至在最销魂的欢乐时刻，他们也没有忘却最崇高最诱人的感受：共同雕塑世界的乐趣、同整个世界画面息息相关的亲热感、融于整个画面的壮美之中和属于整个宇宙的感觉。

他俩全靠这种共同感受维系生命。因此，把人凌驾于大自然之上，颇为风行的对人的百般顺应、赞美和膜拜，这些都引不起他俩的兴趣。在他们眼里看来，把虚假的社会性视为基础，不过是可怜的杜撰，所以不好理解。

十六

她说一些普通常见的话同他诀别。这番没有忌惮的爽快谈话，超出了现实的范围，也并没有什么意义；如同悲剧里的合唱和独白，如同诗歌的语言，如同音乐及其他的程式，没有意义，只表示激情。此时表现她的激动，使她轻松自然的话语变成哽咽的，是汹涌的泪水；质朴的日常字句仿佛淹没在泪海中，漂浮游动。

眼泪浸湿的语句，好像自动组合成温柔匆促的絮语，犹如风在暖雨中吹动了缎子般的湿叶。

“看，我们又到了一起，尤拉。好像上帝安排我们再次相逢。这是多么可怕呀！我实在受不了。天哪！我哭了又哭！怎么想得到呀！你看，咱们又是这种遭遇，这种结局！你走了，我也完了。又是大变故，又是无可挽回。生命的奥秘，死亡的奥秘，天才的魅力，袒露的魅力，这些我们俩都能理解。可是世上琐屑的争斗，像重新瓜分世界，对不起，这个不是咱们能明白的。

“永别了，我的巨人，我的亲人！永别了，我的骄傲！永别了，我的又深又急的小河！我是多么喜欢你那日夜不停的拍击，我是多么喜欢投进你那凉爽的涛间。

“你可记得咱们那次在雪地里告别？你可把我骗得好苦啊！早知你不走，我怎么会去呢？啊，我知道，我知道，你那样做是难为了自己，是想为了我好。从那可就一切全完了。天哪！我在那里忍受了多大的痛苦啊，你哪里知道呢！我干了些什么呀，尤拉！我犯了那么大的罪过，你简直无法想象！但这不能怨我。我当时在医院里躺了三个月，有一个月人事不省。从那以后我就活不下去啦，尤拉！怜悯和痛苦使我不得安宁。我还没讲出最主要的。我说不出口，我没有勇气。我活到了这步田地，不禁怕得头发都竖了起来。你知道吗？我甚至不敢担保我的精神完全正常。不过你看，我没像别人那样酗酒，没有走上这条路，因为女人一喝酒就全完了，那就不可想象了，不是吗？”

她还讲了许多，一边放声大哭，痛不欲生。忽然她惊奇地抬头四顾，屋里早有了人，大家在张罗什么，不停地走动。她从椅子上下来，摇摇晃晃离开棺柩，用手揉着眼睛，像是要把没流尽的泪水挤出来甩到地板上。

男人们走过来，用三块板条架着抬起了棺材。开始出殡了。

十七

拉拉在侍从街住了几天。同叶夫格拉夫谈定的整理文稿的事，在她的参与下开始了，但没能完成。她求叶夫格拉夫的事，也同他谈过了。从拉拉口里，叶夫格拉夫知道了一些重要情况。

有一次拉拉出了门，再也没回来。看来是当时在街头被捕了。

不清楚她是死了，还是关到什么地方被人遗忘了。也许，在北方难以数计的混合集中营或女犯集中营中，有一处在后来散失的名单里，登记过一个没有姓名的囚号。

第十六章　尾　声

一

一九四三年夏天，在突破库尔斯克地区、解放奥勒尔之后，不久前升为少尉的戈尔东，和少校杜多罗夫分别赶回他们共同服役的部队。戈尔东是去莫斯科出差回来，杜多罗夫也从那里来，度完了三周的假期。

在返队的路上两人相遇，过宿在一个小城切尔恩。这是个虽遭破坏却没完全消灭的城市，不像这带“无人区”的大多数居民点，已被撤退的敌军一扫而光。

在这个已成一片废墟、尽是碎砖和石粉的城市里，他们却发现了一间完好的干草房。两人傍晚就住了进去。

他们不能入睡，便彻夜长谈。凌晨三点，杜多罗夫刚打起盹来，戈尔东折腾什么，把他吵醒了。原来戈尔东坐在柔软的干草堆上，像在水里，一会儿扎下去，一会儿转个身，把穿的衣服裹成小包，然后又笨手笨脚地从草垛上往房门口爬去。

“你这是去哪儿呀？还早呢。”

“去河边。想把身上的衣服洗一洗。”

“这才是发疯呢。晚上咱们就归队了。服装保管员丹尼娅会发一套内衣。忙个啥呀。”

“不想再等啦。尽出汗，太脏了。早上太阳大。我快些洗刷一下，拧得干点，太阳稍微一晒就干。好好洗个澡，换身衣裳。”

“你知道，反正不大合适。你总是个军官嘛，对吧。”

“天还早，别人都在睡觉。我躲到树后去，谁也看不见。你别说话了，睡一会儿吧。不然就把觉给耽误了。”

“我反正也睡不着了，和你一起去。”

两人在碎石堆旁朝小河走去。太阳刚出来，白色碎石就已经被炎热的阳光晒烫了。阳光直射在曾是街道的地面上，汗湿的人们还睡着，脸色通红，一片鼾声。他们大多是当地无家可归的老妇幼女，偶尔也有打散后寻找部队的红军战士。戈尔东和杜多罗夫低着头，小心翼翼地移动脚步，生怕踩上睡着的人们。

“说话小点声，要不把全城人都惊醒了，可别想洗衣服了。”

于是他俩低声接着谈起夜里的话题。

二

“这是什么河？”

“不知道。没打听过。大概是祖沙河。”

“不对，不是祖沙河。是一条别的河。”

“那我就不知道了。”

“这事就发生在祖沙河上嘛。我是说赫里斯季娜的事迹。”

“对，不过不在这一段上。在下游。听说教堂把她列到圣像里了。”

“那里有幢石楼，得了个名字叫‘马厩’。也的确是马场的国营马厩。现如今这普通的名词成了历史名词。这建筑很古老，墙壁非常厚。德军在里面加固之后，把它变成了坚不可摧的堡垒。从楼里可以射击整个地区，所以挡住了我们的进攻。非得攻下这马厩才行。赫里斯季娜靠了勇敢机智，潜入敌营，炸毁了马厩，自己被敌人活捉吊死了。”

“赫里斯季娜的姓，为什么是奥尔列佐娃，而不是你的这个杜多罗娃？”

“我俩还没有结婚呀。四一年夏天我们约定战争结束后结婚。那以后我随部队南征北战。我们的队伍不断调动，弄得我把她的下落给丢了。此后再没见到她。她的英雄事迹和就义的情况，我也同别人一样是从报上和团部命令中知道的。据说人们想在这一带给她建个纪念碑。我听说，过世的尤拉的弟弟，叶夫格拉夫·日瓦戈将军，正在这一带地方寻访，收集有关她的材料。”

“对不起，我引得你讲起了她的事。这事一定令你非常难受。”

“问题不在这里。看，咱们扯得远了。我不想打扰你。快脱衣下水，干你的事吧。我含根草棍在岸上躺一躺。嚼着草根想想事，说不定能睡一会呢。”

几分钟之后，两人又谈了起来。

“你在哪儿学会这么洗衣服的？”

“什么都是逼出来的。我们不走运呀。我们碰上的惩罚营，是最可怕的一个。很少有活下来的。从一开始就够呛。我们一批人，从火车车厢里被人带出来，周围是大雪的荒原，远处是森林。有警戒兵，步枪的枪口冲着人群，还有警犬。那一个小时里先后又赶来几批人。让我们排成多角的横队，背靠背，互相不能看见。然后下令跪下，不准左顾右盼，要不就得枪毙。接着开始点名，用了很长的时间，方式叫人深感屈辱。我们一直得跪着。后来才叫站起来，别的部分带往各处去了，对我们这一批却宣布说：‘你们的营地就在这里。随你们怎么样，就在这儿安顿下来吧。’这是露天的雪地，中间竖了一个杆子，上面有块牌子：‘古拉格 92 雅恩 90’，此外便一无所有了。”

“那我们要好些。运气算不错。我又服了第二次劳役。第二次服刑，是由第一次引起的。另外，我犯的是另一个条款，条件也就不相同。释放之后，又给我恢复了名誉，和第一次出狱一样。同时也再次允许我在大学教书。动员我上前线时，给了我真正的少校衔，不像你似的作为劳改犯弄去打仗。”

“是呀。除了挂着‘古拉格 92 雅恩 90’牌子的木杆，再也没有什么了。起初就在寒风里光着手削竿子建草房。结果，你都难以相信，渐渐地我们盖起了房屋。我们给自己建了住房，用木桩修起围墙，还盖了禁闭室、瞭望台，全是自己建的。后来便开始伐木，砍树。八个人拉一只雪橇，自己运圆木，摔到坑里雪一直没到腰。有很长时间我们不知道发生了战争。有意瞒着我们。突然给我们提出了一个建议。谁要愿意，可用劳改犯名义上战场；如果身经百战能保全不死，每个人都可获得自由。那以后，就是没完没了的进攻，通过几里长的带电铁丝网，对付地雷、迫击炮，整月整月的猛烈的战火。难怪人家把我们这种连队叫成敢死队。有时死得一个不剩。亏我能活下来，亏我能活下来。可是你要知道，和集中营的可怕生活比起来，这个流血的地狱简直可算是一种幸福；这绝不是指集中营的条件难以忍受，这完全是指别的方面。”

“是呀，老弟。你可尝到苦头了。”

“在那儿别说洗衣服，什么都可以学会。”

“说来令人惊奇。不仅是对你的劳役生活来说，就是对整个三十年代的生活来说，就算是有自由，能顺利地在大学任教，有书看，有钱用，有舒适的条件，即使如此，这场战争也像一阵清洗冲刷的暴风雨，一股新鲜的空气，一种解放的潮流。

“我觉得，集体化是一个错误的不成功的措施，可又不能承认这个错误。为了掩盖失败，就得用种种恐吓办法不让人们判断思考，要强迫他们看到并不存在的东西，证明同事实相反的东西。由此就产生了前所未有的严厉的专制手段，因此才宣布了不准备实行的宪法，由此才实施了没有选举基础的选举。

“战争一爆发，它的现实的恐怖、现实的危险、现实的死的威胁，比起严酷统治人们的臆想，应该说更为有益，使人们松了口气，因为约束了僵化文字的魔力。

“不仅是你这种服劳役的人，后方和前线所有的人，都能比较自由地呼吸了。他们并且兴高采烈地怀着一种真正的幸福感，投入严酷斗争的洪炉；这既是致命的又是救命的洪炉。

“这场战争在几十年间革命的整个链条中，是一个特殊的环节。它使体现变革本质的那些直接原因，现在已经不再发生作用了。

“逐渐地产生了间接的结果，是果实的果实，后果的后果。在苦难中锻炼出来的性格，不再娇惯的耐力，英勇精神，准备承受前所未有的重大的殊死的斗争——这些都是神话般令人惊叹的品格，构成了一代人道德的精髓。

“这一发现使我充满了幸福感，尽管赫里斯季娜惨死，尽管我受过伤，尽管我们受了损失，尽管战争中付出了昂贵的血的代价。赫里斯季娜的献身精神，以及我们每个人的生活，帮助我经受住了赫里斯季娜牺牲的痛苦。

“在你这个可怜人遭受无数折磨的时候，我获释得到了自由。赫里斯季娜当时考入历史系，由于科研兴趣接近，分给我指导。早在这之前，第一次从集中营回来，她当时还是个小孩子，我就注意到了这个出色的姑娘。你记得吗？尤拉在世的时候，我就讲到过她。这时她成了听我讲课的学生。

“那个时期，学生批判教员的做法刚刚流行起来。赫里斯季娜干得最来劲。只有老天爷知道，她为啥那么凶狠地整我。她的批评最顽强，气势汹汹，却很不公正，以致班上其他同学有时表示异议，站出来维护我。赫里斯季娜是个出色的幽默家。在墙报上，她尽情地嘲笑一个人，给那人起了假名，所有的人一下子全猜出是我。一次完全偶然的机会，使真相突然大白，这种根深蒂固的仇视，原来是一个伪装，掩盖着由来已久的牢固的青春的爱情。而我一向也对她抱有同样的倾心。

“四一年我俩度过了一个奇妙的夏季，正是战争第一年，在它爆发的前夕和刚宣战的日子里。有几个年轻的大学生，其中包括她，那会儿住到了莫斯科郊外的别墅区里，也是我们部队后来驻扎的地方。他们是搞军训，组织市郊民兵队伍，赫里斯季娜练习跳伞，夜间在市区房顶反击德寇最初的轰炸。就是在这种环境中，我们两人建立起感情。我已说过，那时我俩举行了订婚礼。但不久因我开始调动，便分开了。后来再没见到她。

“等我们的战事出现了有利的转折，德军开始成百上千地投降，我在两次负伤两次住院之后，从高射炮部队调到司令部第七处；那里需要懂外语的人。我好不容易找到你之后，坚持要求把你也调去。

“管理员丹尼娅十分了解赫里斯季娜。她俩在前线相识，成了好朋友。她讲了许多赫里斯季娜的情况。这个丹尼娅微笑的样子，是整个脸都在笑，就像尤拉似的，你注意到了吗？那时翘鼻子、高颧骨全看不出了，面庞变得俊俏可爱。这两人是一个类型，在我们这儿常常可以看到。”

“我知道你说的哪种人。恐怕是这样。我倒没注意。”

“丹尼娅的姓太难听了，叫什么乌夫列杰娃。这起码不像姓氏，是编造出来的。你说呢？”

“她自己解释过嘛。她是没人管的孩子，不知爹妈是谁。大概在俄罗斯中部某个地方，语言还比较干净地道，就叫她无父娃，意思是没有父亲。街上居民不懂这意思，又全凭耳朵记音，往往把人的姓名篡改了，于是叫成现在这个样子。”

三

戈尔东和杜多罗夫夜宿切尔恩长谈之后不久，来到遭受严重破坏的卡拉切夫市。他俩追赶自己的军部，在这里遇上了这个军的一些后续部队，主力部队已经过去。

炎热的秋季里，已有一个多月一直是晴朗平和的天气。奥勒尔和勃良斯克之间的布雷恩地区，是个美好的地方。无云的蓝天下，肥沃的黑土在阳光下闪烁着咖啡的颜色。

一条笔直的中心大街穿过城市，同乡间大道联接起来。大街的一侧，屋倒房塌，被手雷炸成一堆堆瓦砾；果园也夷为平地，树木被掀起、炸裂、烧焦。另一侧则是一片荒地，也许从前城市未被毁坏时，盖的房屋就很少；这一侧火灾不重，弹痕也少，因为可烧可炸的东西屈指可数。

原来建筑较多的一侧，无家可归的居民在灰烬中转悠，翻掘，然后把从各处搜寻出的东西集中到一起。另一些人匆匆给自家挖地屋，削下一层层土皮，准备用草土盖屋顶。

对面房屋稀少的一侧，搭起了白色帐篷，摆着卡车和骑兵的带篷车，这是第二梯队的各种机关。还有脱离了师司令部的野战医院，各类车库、军需部门、粮库下属的各部分；它们走迷了路，乱成一团，正在互相寻找。从补充连来的瘦弱的半大孩子，戴着船形帽，背着沉重的灰色大衣卷；脸庞枯瘦，一片土色，闹痢疾拉得贫血。他们在这儿出恭，又在这儿凑合着坐下吃饭，然后睡一觉又继续西行。

这个一半被夷平的城市，远处埋有定时炸弹的地方，还在起火，还在爆炸。在果园里挖土的人们，不时停下活儿，因为感到了脚下大地的颤抖。他们直起腰，手撑着铁锹把，转过头去望那发生爆炸的地方；一看就停工休息很久。

在那里，掀到空中的乱七八糟的东西，像灰色的、黑色的、红砖色的、烟火缭绕的云彩，奔向高空，开始很似烟柱和喷泉，后来混成懒洋洋的沉重的一片。这些东西渐渐散开来，似乎成了帽缨，然后沉落到地面。挖土的人们重又干起活来。

在房屋稀少的一侧，有一块地方四周围了一圈树丛，中间几株老树把这片土地遮得严严实实。这块绿地和四周区别得一清二楚，像上了顶的一个独院，矗立在凉爽的暮色里。

就在这个地方，管理员丹尼娅同两三个战友，几个凑上来的同路人，还有戈尔东和杜多罗夫，从清早就等一辆卡车。它是来接丹尼娅和连队托她带的物品的。东西分装在几个口袋里，在地上堆起一个小山。丹尼娅守护着口袋，一步也不离开。别人同样站在附近，害怕车来时错过了离开这里的机会。

他们已经等了五个多小时。人们无事可做，就听这个爱说话、见识广的姑娘滔滔不绝地讲话。她刚刚讲完自己见到日瓦戈少将的情形。

“当然喽。就是昨天。把我带到了将军那里。那是日瓦戈少将。他路过这里，了解赫里斯季娜的情况，问这问那的。要找亲眼见过她的证人。人们就提起我，说是她的朋友。他让人唤我去，我就去了，到了他那儿。这人一点都不可怕，和平常人一样，没什么特别的地方。吊眼角，黑脸膛。我把知道的全说了。他听完说谢谢你。又问我是哪里人，姓什么。我当然只能支支吾吾。有啥好显摆的？是个孤儿嘛。反正没啥好说的，你们想一想，除了教养院，就是到处流浪。他可不干，对我说，你全讲出来，别不好意思，有什么可难为情的。我开始害怕，只是三言两语，后来越讲越多。他总是点头，我的胆也壮了。要说讲，我是有东西好讲的。你们要是听了不会相信的，非说我瞎编不成。他也是这样。我一讲完，他站起来，在屋里走来走去。他说，你看，这真是奇迹。这样吧，我现在没有时间。我没想到会听见这些情况。我不会扔下你不管的。这里还有些事要打听明白，还有些细节。说不定我还要当你的叔叔呢，收你做将军的侄女。还得送你去大学读书，随便上哪个学校，看你的愿望了。这都是真的。你们看这是多有趣的玩笑呀。”

这时来了一辆马车，空车身长长的，车帮高高的，很像波兰和俄罗斯西部运干草的大车。车上套了两匹马，由一名骑兵车队的战士赶着。他赶车进了这块绿地，从车沿跳下，就去卸马套。除了丹尼娅和几个士兵，其余的人都围了上去，求驭手别卸车，把他们送到要去的地方，当然不会让他白跑。战士不肯答应，因为他无权支配这车马，只能按拿到的单据办事。他卸车后把马牵走，再也没回来。坐在地上的人都站起来，挪到空车板上坐下。马车一来，人人同战士交涉，打断了丹尼娅的故事，这时她又继续讲起来。

“你对将军讲了些啥呀？”戈尔东问。“要是能说，再讲给我们听听。”

“这有啥，可以嘛。”

于是她讲了一个可怕的故事。

四

“我真有好讲的呢。人家说我不是普通人家的孩子。许是别人说的，也许是我自己心里记得的。我尽听人说，我妈妈拉拉·科马罗娃是一个逃到白色蒙古的俄国部长科马罗夫同志的妻子。不是我父亲，肯定不是我亲生的父亲。自然了，我是个没念过书的姑娘，没爹没妈长大的，你们也许觉得我讲的可笑，可我是有啥说啥。你们应该替我想一想。

“就是这样。下边我要讲的事，发生在克鲁申以南，西伯利亚的另一头，哥萨克那边，靠近中国边境。咱们的人，就是我们的红军，快打到白军主要城市的时候，这个科马罗夫把妈妈和他们一家人送上专车，下令开车。要知道妈妈吓得离开他们一步也不敢动。

“可是科马罗夫根本不知道我，不知道世上有我这么个人。妈妈离家很久生下了我，生怕有谁把这事告诉了他。他特别不喜欢有孩子，又喊又跳，说一有孩子家里又脏又吵，我可受不了。

“就这么着，等红军快到了，妈妈派人叫守卫的老婆玛尔法到纳戈尔错车站去。那离城里有三站路。我这就解释一下。最先是尼卓站，下一个是纳戈尔错车站，最后是萨姆松山口。我现在这么想，妈妈怎么会认识玛尔法呢？大概玛尔法在城里卖过青菜，送过牛奶。就是这样。

“我往下说。看来，这一段有些事我不知道。我想当时妈妈是受了骗，对她说了瞎话。许是对她说只寄放一段时间，等上两天，混乱局面一过就好了。当时不会说永远把孩子交给别人抚养。妈妈绝不会同意把亲生的孩子交出去。

“当然，孩子总是孩子嘛。当时对我说，来，到婶婶跟前来，婶婶给你点心吃，婶婶可好啦，别怕她。可后来我大哭大闹，孩子心里那份难过，现在真是不敢回想。我曾经想上吊，还差一点发了疯。那时我还小嘛，确实，玛尔法得到了抚养我的钱，挺多的钱。

“铁路线上守卫的家是很富裕的。有牛有马，各种家禽不用说了；菜园外面没人种的地，要多少有多少。自然还有白住的房子。路线旁边有一个公家的守卫室。火车从家乡那边来，要慢慢地上坡，使劲才上得来。可要从我们拉谢雅开出，就飞快地滑下去，非得拉闸不可。秋天树林秃了，下面的纳戈尔错车站看得一清二楚。

“瓦西里叔叔嘛，我照乡下习惯叫他爹，倒是个快活善良的好人，就是太爱相信别人，一喝醉了就把自家的什么事全说出来。不论遇到谁，非把心都掏出来不可。

“可对玛尔法，我从来都叫不出妈妈来。是因为我忘不了亲生妈妈呢还是为别的，我说不上来；只是这个玛尔法婶婶非常吓人。就这样，我一直叫她玛尔法婶婶。

“时间过得很快，一转眼就是几年。到底几年，我可记不清了。那时我也开始打着小旗去接火车。卸马套呀，牵个牛呀，这对我一点不新鲜。玛尔法婶婶还教我纺线。屋里活计更不用说了。扫地，收拾屋子，做饭，和面，这都不算啥，我全会。啊，我忘了说，我还照看别嘉。我们那个别嘉是细腿，三周岁还躺着不能走路，由我照管着。过了这么多年了，一想到玛尔法婶婶斜眼看我的好腿，身上就吓得起鸡皮疙瘩。她好像要说，为什么我的腿没毛病，最好我是细腿，别让别嘉细腿，好像是我把别嘉弄成这样子的。你们想想，世上就有这样的狠毒心肠。

“你们再往下听。这还是小意思。我往下一讲，你们准要吓得叫起来。

“那是新经济政策时期，一千卢布也顶不了什么用。瓦西里在下面把奶牛卖了，得了两布袋钱。他喝了酒，就到纳戈尔错车站上到处吹他这笔财富。

“我记得那是秋天一个刮风的日子。大风掀起房顶，刮倒了人；机车爬不了坡，因为是顶风。我见一个流浪的老太婆从上面走来，风吹得裙子和头巾直响。

“流浪人一边走一边哀叫，手捂着肚子，到门上来求宿。把她扶到长椅上，她哎哟哎哟地叫唤，说肚子疼得受不了，这回可要死了。说着就央求把她送医院去，她会给钱的，不怕破费。我爹套上了叫乌达的马，把老太婆放到车上，就往县医院送，从我们那条铁路旁一直走，得有十五里路。

“过了不知多少时候，我们和玛尔法婶婶躺下睡了，忽听乌达在窗下嘶叫，马车进了院子。这趟回来得也太早了。玛尔法婶婶点着灯，披上衣服，没等我爹敲门就拉开了门栓。

“拉开门栓一看，根本不是我爹，门坎上站了一个生人，又黑又可怕。他说：‘卖牛的钱在哪儿，指给我看。我在林子里把你丈夫宰了，你这妇人要是说出钱放在哪儿，我就饶你一命。要是不说，你自己也明白，可别怪我。最好别和我蘑菇。我可没工夫陪你。’

“我的上帝哟！亲爱的同志们，当时我们可吓坏了，你们设想一下吧。我们一个劲儿发抖，舌头不听使唤了，真可怕呀。头一件，他把瓦西里杀了，他自己说是用斧头砍死的。第二件，只有我们和强盗在守卫室，强盗进了家。这人明摆着是强盗嘛。

“看得出玛尔法婶婶一下子发了懵，为丈夫心简直要碎了。可还得忍着，不能给这人看出来。

“玛尔法婶婶先是给他跪下，求他发个慈悲，别杀了她，她没听说也没看见什么钱，还是第一次听他说有这笔钱。可是，那个亡命徒哪会那么简单，光靠央求打发不走他。忽然她产生了一个念头，应该骗他上当。她就说：‘好吧，照你说的办。钱在地板下面。我现在打开地窖门，你去取吧。’他这魔鬼把她的骗局看得清清楚楚，就说：‘不，你这主妇身体灵便多了，你自己下去吧。不管你上房还是入地，反正把钱给我。你可记住，和我耍滑头绝没什么好处。’

“她对他说：‘我的上帝呀，你还有啥不放心的。我倒愿意去取，可没这本事呀。我从上面给你举着灯照亮吧。你别怕，要不放心我让女儿一起跟你下去。’这就是说让我下去。

“我的上帝哟！亲爱的同志们，你们想一想，我听了这话是什么滋味。我心想这下子完了。眼前一阵发黑，觉着身子要倒，腿站不直了。

“恶棍不是傻瓜，又朝我们斜眼一瞟，咧嘴笑了，说你别哄人，骗不了我。他看出来她不心疼我，一定不是亲骨肉，是别人的骨血，就一把抓起别嘉，一只手拉开铁环，掀开窖盖，口里说‘给我照亮’，就带着别嘉下了地窖。

“我想，玛尔法婶婶那时就疯了，什么都不明白了，失去了理智。那恶棍抓着别嘉刚下到窖里，她就把盖子啪的一声合严实上了锁，随后把一只挺重的木箱往窖盖上推，还冲我点头，意思是来帮我一把，我自己不行，太沉了。等把箱子挪过去，她自己往上一坐，傻呵呵地得意起来。她刚坐下，强盗就从里面说起话来，一边当当地敲地板，意思是说你趁早放我出去，要不我马上杀了你的别嘉。隔着厚木板，他的话也听不清，再说问题不在说什么。他厉声尖叫，比林子里野兽还可怕，想吓唬人。他嚷叫说你的别嘉马上就没命了。可她什么也不明白，坐在那里笑着冲我挤眼，像是说，管你怎么样，反正我坐在箱子上，钥匙在我手里。我对玛尔法婶婶这么说那么说，对着耳朵喊，从箱子上往下拽她，想把她推开。得把窖盖打开救出别嘉呀。可哪能办得到！我斗不过她呀！

"强盗一个劲儿敲地板，时间一点点过去，她坐在箱上转眼珠，全不理睬。

"这些年来我在生活里见识多了，受的罪也多了，可是上帝呀，从没那次的恐怖。今生今世，我永远忘不了别嘉可怜的叫声。他喊起来，在地窖里哀叫。那个恶魔把他活活掐死了。

"我想现在怎么办，我该怎么办？一个是疯老婆子，一个是杀人的强盗。时间不停地过去。我刚想到这儿，就听窗外乌达叫起来，它还一直没卸套呢。是的，是马嘶的声音，乌达像是说，丹尼娅，咱们快去找好人来援助吧。我一看，天快亮了。我就想，谢谢你提醒，乌达！就这么办。你想得对，咱们就去。才这么一想，又听林子里像有人唤我：'等等，别忙，丹尼娅。咱们再想个别的办法。'这么说在林子里我又不是一个人啦。一辆我熟悉的机车，从下面朝我拉了一次汽笛，好像是家里公鸡打了次鸣。我凭笛声能听出这辆机车来。它在纳戈尔错车站上总是点着火，人们叫它牵引车，是拖着货车上坡的。这趟列车却是混合编组，每夜都在这时通过。我一听，是这辆熟识的机车在唤我。听着心怦怦跳起来。我想，是不是我也像玛尔法婶婶一样发了疯，怎么各种活物各种车辆全和我用俄语讲话？

“自然，这会儿没工夫细琢磨了，列车已经接近，没时间再考虑。我抓起提灯，因为外面还没大亮，拼命往铁路跑，到了两条铁轨中间，举灯前后摇动。

“这就没什么说的了。我求火车停下来，幸亏它在风天开得慢。车停了，一个认识的司机从窗口探出头来问话，问的什么听不清，风太大了。我对司机喊叫，有人攻击铁路岗哨，杀人抢劫，强盗到了我家，叔叔同志，救救人吧，需要紧急的救援。我正说着，货车厢里下来一个又一个红军战士。原来这是辆军车。红军下来问：‘出了什么事？’他们感到奇怪，为啥夜里在林中上坡的地方让火车停下来不走。

“他们知道了全部情况，从窖里把强盗拉了出来。强盗的声音变得比别嘉更细，说，饶我的命吧，大慈大悲的人们，别毙了我，以后不再干了。人们把他拖到枕木上，手脚捆在铁轨上，火车一过活活地轧死了，这叫民众判决。

“我没敢回屋里去取衣服，太可怕了。我求他们：叔叔们呀，带我上火车走吧。他们让我上了火车，就开车走了。我不想撒谎，后来和无家可归的孩子们一起，走遍了家乡的土地和别的地方。童年遭受苦难之后，这时我可得到了自由，尝到了幸福。当然，也倒过不少霉，也有罪过。这些都是后来发生的事了，下一次再给你们讲吧。当时一个铁路员工，下了火车进到守卫室里，收拾起公家的财物，安排了玛尔法婶婶的去处。据说她后来在疯人院里疯死了，另有人说她治好了病。”

听完这些，戈尔东和杜多罗夫在水坑旁久久地踱步，一声不响。过一会儿，卡车开到了，笨拙地从大路上拐进绿地。人们开始往车上装口袋。戈尔东说道：

“你明白了吗？这个管理员丹尼娅是谁？”

“啊，当然！”

“叶夫格拉夫·日瓦戈会关心她的。”戈尔东稍一停顿又说，“历史上已经有几次是这样。理想的崇高的构思，结果成了粗糙的实在的东西。希腊这样变成了罗马，俄国启蒙主义这样变成了俄国革命。你读一读勃洛克写的诗《我们是俄国可怕年代的产儿》，立刻会看出两个时代的差异。勃洛克说这话的时候，应该作为转义、象征意义来理解。产儿并非儿童，而是子孙、后代、知识分子。可怕也不是指恐怖，是指天命、默示的意思；这两者是不同的东西。如今呢？所有象征意义都变成了字面意义：产儿就是孩子，可怕就是恐怖。区别就在这里。”

五

一晃过了五年或十年。在一个平静的夏季傍晚，戈尔东和杜多罗夫两人又坐到一起。那是在一个高处，窗子大开，临窗可以俯瞰一望无边的莫斯科晚景。他俩翻着叶夫格拉夫编辑的日瓦戈创作集。他们读过不止一次，有一半作品能够背诵了。两人读着，交换几句看法，就陷入了沉思。读过一半时，天全黑下来，字迹已难辨认，只好点着电灯。

莫斯科展现在眼下和远处，这是作者日瓦戈出生长大的城市，他的一半生命同莫斯科联系在一起。现在他们两人觉得，莫斯科已不是这些事件的发生地，而是这部作品集里的主人公。他俩在这个晚上捧读这部创作集，并且读到了作品的尾声。

尽管战后人们期望的清醒和解放，并未如人们想象地与胜利同来，但战后这些年间，自由的预兆却总是清晰可辨，构成了这些年唯一的历史内涵。

日见苍老的一对好友，临窗眺望，感到这种心灵的自由已经来临；就在这天傍晚，未来似乎实实在在地出现在下面的大街上；他俩自己也迈入了这个未来，从此将处于这个未来之中。面对这个神圣的城市，面对整个大地，面对直到今晚参与了这一历史的人们及其子女，不由得产生出一种幸福动人的宁静感。这种宁静感渗透到一切之中，生发一种无声的幸福的音乐，在周围广为散播。握在他俩手中的这本书，仿佛洞悉这一切，并对他们的这种感情给予支持和肯定。

第十七章　日瓦戈的诗作

一　哈姆雷特

喧腾一落，我出了台。
倚门而待，
我倾听遥远的回声：
是什么发生在我这一代。

暗夜从四面向我压下，
像千百望远镜聚来。
上帝啊，但能放过，
莫让我尝这苦艾。

我喜欢你执拗的构想，
我也愿扮这个角色。

可如今演的另一出悲剧，
但求此番能别用我。

可场次全已排好，
结局也无可逃脱。
我孤单，一切在伪善中沉沦，
人生啊，真非同小可。

二　三　月

太阳晒得汗流浃背，
谷地昏沉沉传来喧响。
好像壮妇忙着喂圈，
春天使出了浑身的力量。

雪残了，一片片苍白
挂在青枝瘦条之间。
牛棚里却充满生机，
长杈木耙挥舞正欢。

美好的夜啊，美好的白昼！
时近中午，雪水滴答；
眼见瘦去，檐底冰溜，

无眠的溪水在娓娓闲话！

一切洞开，马厩和牛棚。
鸽子落下雪地啄食。
生趣何来？气味何来？
阵阵清风自粪池。

三　复活节前一周

周遭还迷漫着昏夜。
世间时光尚早，
天上挂着无数的星，
颗颗像白日皎皎。
大地倘有可能，
恨不得把复活节睡掉，
伴着赞美诗的诵祷。

周遭还迷漫着昏夜。
大地时光尚早，
广场像一卧不醒，
从十字街躺到拐角。
离破晓，离回暖，
不啻千年之遥。

大地还赤身露体，
夜里又怎能去得，
击响那悠长的钟声，
同唱诗班遥相应和。

从复活节前的周四，
到复活节前的周六，
河水冲打着堤岸，
旋起一股股静的回流。

光秃的森林一无遮掩，
在基督受难的日子，
一群松树擎着枝干，
俨然民众祷告的仪式。

可城里却似有场集会，
在不大一块地方，
几株赤裸的树木，
探头向教堂栅栏里张望。

那目光里充满了惊惧，
倒也不足为奇。
是果园越过了栅栏，
地面发生了摇晃：

原来在埋葬上帝。

在圣障中门的旁边，
它们看到了光亮，
还有黑巾和一排烛火，
个个泪人儿般的面庞。
突然，迎面捧着十字架的行列，
扯起方布动身出丧。
门前两棵白桦，
需得暂且退让。

队伍走在人行道边，
绕了院落一环，
由街上带进门内
一派春意、春的絮语，
夹杂着圣饼的香甜，
还有春日的炊烟。

三月把细雪撒落在
教堂阶前一群残疾者的身上。
仿佛走出个人来，
搬过只柜子打开，
把东西分赠个精光。

圣歌一直唱到黎明。
是赞美诗或是圣徒曲，
在一场哀哭之后，
复又轻轻地从里面
传向灯下的荒街暗隅。

可到午夜，万籁俱寂，
因为传来了春的信息：
天上已然放晴，
死亡当可战胜，
靠着复活节的神力。

四 白 夜

我依稀返回了遥远的旧时，
彼得堡那间房屋。
你，草原上小地主的女儿，
你是库尔斯克生人，你在读书。

你可爱，很有人追求。
咱俩浴着这白夜之光，
并排坐在你的窗台，
从你的摩天楼向下眺望。

街灯像煤油燃着的蝴蝶。
晨曦开始了颤动。
我悄声诉说给你的心曲，
好似沉睡的远空般朦胧。

咱俩都怯生生的，
充满对隐秘的忠贞，
好像在无尽的涅瓦河畔，
彼得堡一展无际的延伸。

远听苍茫的林莽，
在这初春的白夜，
有夜莺美妙的啼啭，
响彻森林四野。

亢奋的啼啭一阵阵飘过，
瘦弱小鸟的歌喉，
唤起喜悦，唤起惶惑，
直到着了迷的幽林尽头。

夜神来到这幽深之处，
如赤脚浪人通过了木栅；
身后飘着袅袅余音，
那是偷听到的窗台情话。

这捕捉到的情话余音，
缭绕在薄板围起的果园；
苹果和樱桃树的枝杈，
罩了一身灰白的衣衫。

巨树如苍白的怪影，
朝着大道纷纷拥来，
仿佛向广见多识的白夜，
招手作告别的姿态。

五　春日的泥路

夕阳还留着余晖，
僻静密林的泥路上，
一个人乘马慢步前行，
要去乌拉尔遥远的田庄。

乘骑摇摇晃晃地移步；
和着马掌咕唧的声响，
一路上只听得
泉眼里漩涡的激荡。

当骑手松开了缰绳，

任由马儿信步一程，
附近泛滥的春水，
送过来轰然的涛声。

仿佛有笑语，仿佛有啼哭，
石块与石块翻滚撞击，
有连根拔起的大树，
倒在春汛的漩涡里。

火红的晚照中，
在远处昏黑的树丛，
一只夜莺无端狂叫，
活似报警的钟声。

那里长着棵孤柳，
把自己的头巾垂向崖边。
犹如古时的夜莺强盗，
鸟儿就在七株橡树间啼啭。

敢问这一番激动，
为的哪个心上人，招来怎样的波折？
骑手在丛林里放了一枪，
硕大的霰弹射向了什么？

看来他会像林妖一般，
离开逃亡劳工的藏身之处，
却又将遭遇这里的游击队——
骑兵或步兵的耳目。

大地和天空，森林和田野，
都听到了这砰然一击。
它掺合着同样多的
痴迷和痛苦，幸福和忧虑。

六　心　曲

生命无缘无故地复活了，
正像它当初莫名其妙地中断；
我重来这条古老的街上，
一如夏季里的那一天。

行人依旧，匆匆依旧，
落日依然流火；
全似那回在练马场墙外，
死人的傍晚，他无限惊愕。

女人们穿着平日的粗衣，

夜里依旧皮鞋蹬得乱响；
而后顶间屋里，
复又是甩鞋的叮当。

一个女人疲惫的脚步，
这时缓缓来到门坎；
她走出低矮的房间，
斜穿过后院。

我又琢磨着托词，
其实本也全无所谓。
邻人又插好门栓，
只剩下我俩伫立相对。

莫哭泣，莫噘嘴，
别咬这浮肿的唇吧！
会触疼它的——
这春日火旺的血痂。

把手从我胸上挪开，
我俩是通了电流的线。
你看，一下子，
又复要相拥相怜。

岁月会流逝，你要结婚，
将忘却种种不平。
成妇人身——是番壮举，
摄他人魂——该算英雄。

面对姣好的纤手、
玉背、柔肩和粉颈，
我怀着仆从的眷恋，
永远永远只有虔敬。

可无论夜是如何牵累，
笼罩我一片感伤，
世上更诱人的却是离走——
那种一刀两断的向往。

七 城中夏天

一阵阵低声絮话，
秀发拢成了高髻，
兴奋里慌乱中，
耸起蓬松浓密。

一个女人戴着面罩，

高仰着头，
也仰起全部发绺，
在大梳子下转动明眸。

街上夜气郁闷，
送来变天的消息。
行人脚步沙沙，
各自朝家里奔去。

雷鸣断断续续，
轰轰然一片回声。
风吹进窗来，
把帘帷轻轻摆动。

出现了片刻沉寂，
仍是同样的郁闷。
电光也像刚才，
在天穹里搜寻、搜寻。

当霞色满天，
早上的炎热又盛，
在夜雨倾盆之后，
蒸干街头花园的水坑，

古老菩提，满树芬芳，
永远开不败的大柯，
此时却露出一脸阴沉，
只因夜里睡得不多。

八 风

我完了，你还活着。
于是风儿哭着诉着，
摇晃起林子和别墅。
它晃动的不是棵棵孤松，
是连成一片的大树，
直到无涯无际的远处，
好比帆船的身躯，
摇曳在港口的平湖。
风不是出于好胜，
也不是毫无目的地狠毒；
它要在愁苦之中，
为你写出摇篮之赋。

九 沉 醉

在长毛绒包裹的爆竹柳下，

我俩躲避着雨霖。
我们肩头披了件雨衣，
我用双臂围着你的身。

我看错了，这柳丛裹身的，
不是长毛绒，是沉醉之苔。
那好，让咱们把这雨衣，
在身下平展着铺开。

十 秋 晴

醋栗叶长得粗糙如布。
房里笑声震响了玻璃，
又是剁，又是发酵，又是撒胡椒，
香花芽掺进了卤汁里。

森林像是在嘲笑，
把这喧嚷声抛下陡坡。
坡上榛树丛抹着夕阳，
仿佛被篝火烧过。

大路在这儿下了小谷，
可惜这儿弃着风干的木块；

可惜这儿秋实无人问津，
一股脑全吹落谷来；

可惜宇宙简单得多，
不似狡猾人的破解；
可惜林丛像泡到了水里；
可惜万物都有终结；

可惜只好眨着眼发愣，
当眼前一切全都付之一炬，
当秋空里的白絮，
像蛛网一样织进了窗里。

果园的栅栏已被钻通，
小径隐没在白桦的幼林。
房里是笑语和家务的喧腾，
这喧腾笑语也响在远邻。

十一　婚　礼

跨过了院门，
走进了新房，
宾客拉着手风琴，

一闹要到天亮。

大门是毡呢包面，
门里是喜庆人家，
午夜一点到七点，
总算歇了笑语喧哗。

破晓是好觉时分，
正该甜甜地一睡，
可又拉响了手风琴，
宾客里有人辞归。

一位歌手操琴，
重新奏起了巴扬；
掌声迭起，珠宝闪光，
一串喜庆的嘈杂喧嚷。

一曲复一曲，
歌谣的旋律，
冲出了筵席，
灌进床上酣眠人耳里。

玉洁如雪的女人，
在喧闹、口哨、碎语之间，

再一次孔雀开屏，
扭动腰身渐起翩翩。

她摇晃着头，
挥舞起右手，
踏着拍子上了人行道，
啊——孔雀，孔雀的遨游。

琴声激奋而急促，
和着环舞的踢踏。
突然间，歌舞不知去向，
一切仿佛钻到了地下。

院落苏醒，一片嘈杂，
在人语和喧笑中，
夹杂进几多正事，
人们都各自匆匆。

朝着无际的天空，
一群离窝的鸽子，
旋风般冲击，
斑斑点点像灰白的字。

好似人们睡梦里惊起，

派鸽子速去追踪，
给婚礼再寄上一语：
愿君长寿，情爱始终。

生活岂不也只一瞬。
无非是把我们自己，
融化在所有他人之中，
犹如给他们的献礼；

无非是从下面
冲入窗里的一阵新婚喜歌；
无非是一首曲，一场梦；
无非是一只灰白的鸽。

十二　秋

一个家我竟任它离散，
亲人早已是各自东西，
那挥之不去的孤寂，
充塞着自然和心底。

可而今在僻野荒林，
我和你天涯一隅。

看纵横的路间径上，
像歌里一样艾草萋萋。

此刻连园木在壁间，
也愁望着一对孤雁；
我俩愿坦率地消亡，
我俩没移山的誓言。

一坐便无时无刻，
我捧书，你绣绢；
破晓时又哪会记清，
怎收了热吻的缠绵？

秋叶啊，
你再尽兴些喧响，
你再放任些纷扬，
且拿今天的伤感，
盖过昨日的愁肠。

恋情啊，诱惑啊，妩媚啊！
让我俩化入九月的声浪。
你就沉入秋木的簌簌，
要么屏息，要么发狂。

像树丛摇落金叶，
你纷纷卸去衣裙；
那是要投入拥抱，
你纱衣流苏的玉身。

当生活远不如卧病，
你是我赴难时的欢欣；
而美植根在勇敢，
是勇敢连缀起我你两颗心。

十三　童话一则

在那古老的岁月，
在那童话的世界，
一个骑士纵马奔驰，
踏过芫菁的田野。

急匆匆赶去厮杀，
向着弥漫的尘障穿行，
迎面一片黑压压，
远方隆起了林丛。

心里莫名地难过，

不由得一阵惶惑；
别去前面饮水吧，
勒马且停片刻。

骑士没听从心声，
策马求一搏，
犹如风驰电掣，
上了密林的高坡。

奔到了高处，
转进了干谷，
穿越了空地，
翻过了山麓。

他绕进一条狭峪，
踏上林木间小坡，
尽头有兽的爪迹，
还有解渴的小河。

不理睬心的呼唤，
不在乎心的预感，
他执辔下了悬崖，
饮马来到河边。

傍水一孔山洞，
洞前漫漫浅滩；
闪烁若似硫火，
照亮入口巉岩。

火光漫起红雾，
溶溶遮住眼帘，
松林传过呼叫，
仿佛来自远天。

骑士猛然一抖，
催马下了冲沟；
大步直奔前去，
迎着声声呼吼。

身躯贴紧镖枪，
驭手放眼一溜，
看到了龙尾龙鳞，
也看到了龙头。

它嘴里喷着火，
四周漫射红光，
只见三个光环，
缠绕一位姑娘。

龙蛇扭动身躯，
偎在姑娘肩旁，
好似长鞭梢头，
又像脖颈晃荡。

这倒是当地习俗，
一旦俘获美女，
必送去林莽，
满足妖怪的贪欲。

面前一间间茅屋，
全靠村民的赎取，
用如许的代价，
换得龙蛇的赐予。

当这牺牲的贡品，
已送了来受苦，
蛇妖缠上她咽喉，
又把她的手盘住。

骑士仰望上苍，
暗自祷告天神；
一副格斗气势，
镖枪横握前身。

紧闭的双目，
高天、云霓、
汪洋、浅滩、河流、
岁月和世纪。

盔甲已被打歪，
骑士格杀中倒地；
一片忠心的骏马，
乱蹄踏碎蛇躯。

战马和死龙，
并卧在沙里。
骑士昏迷不醒，
姑娘呆若木鸡。

正午天光明亮，
蔚蓝是那么柔润。
她是什么人？公主？
大地的女儿？公爵的千金？

一个在幸福的顶峰，
泪水犹如泉涌；
一个灵魂尚未醒来，
沉于昏迷的睡梦。

一个在恢复生机，
一个还纹丝不动。
血流了如许，
力已是耗空。

但跳动着两颗心，
是他抑或是她呢，
轮番着挣扎，
将起复又昏迷。

紧闭的双目，
高天、云霓、
汪洋、浅滩、河流、
岁月和世纪。

十四　八　月

一如许诺，不肯食言，
太阳在黎明之天，
射进一条透红金带，
从沙发铺到窗幔。

仿佛是发烫的赭石颜料，

阳光染上了村舍和林坳、
我的床、湿的枕、
书架后的墙角。

我记起为了什么缘由，
枕上泪湿了一片：
我梦见来给我送葬，
林子里你们脚步相连。

你们走着，独行或结伴，
可猛然有人发觉：
旧历今天八月六，
恰是上帝变容节。

法沃尔山发出不流火的辉光，
通常就在这一天。
秋色清澈如洗，
吸引着人们视线。

你们穿过的赤杨树丛，
光秃颤抖，瘦小可怜。
你们进到的墓地赤林，
像燃烧着的花纹饼干。

树梢平静，毫无声息，
高接肃穆庄严的天穹。
一阵阵雄鸡啼唤，
在远方悠扬呼应。

好似林间的丈量员，
墓地上站着死神。
它端详我死后的面孔，
琢磨照我的身材挖坟。

旁边有个平静的话音，
真切得触手可及。
那是我生前天赐之声，
此刻还没有变异：

“永别了，变容节的蓝天。
永别了，救主节的金秋。
请给我最后一次女性的爱抚，
来减轻我死亡的哀愁。

“永别了，生不逢时的岁月。
再见吧，你这刚强——
向苦海挑战的女性！
我便是你搏斗的战场。

“永别了，舒展翩飞的双翅。
永别了，任情顽强的雄翱，
还有那化入文字的世界，
以至写作，以至奇迹的创造！”

十五　冬　夜

旋呀，旋遍整个大地，
风雪无处不钻。
烛火立在桌台，
幽光闪闪。

像夏日的幼蚊，
成群扑向火焰，
满院的银絮，
飞聚到窗前。

寒风怒雪在窗上，
织出了圈，刻出了箭。
烛火立在桌台，
幽光闪闪。

半明的天花板，

双影幢幢，
臂相交，腿相偎，
命运和命运相傍。

是地板上咚咚响，
坠下两只鞋跟；
是灯台的烛泪，
滴上委地的衣裙。

一切淹没在雪夜——
灰白色的昏暗。
烛火立在桌台，
幽光闪闪。

风来屋角向烛吹，
诱人的火焰，
仿佛天使展翅，
腾起十字架般的烟。

旋呀，旋满整个二月，
风雪里不时地看见：
烛火立在桌台，
幽光闪闪。

十六　别　离

一个人当门伫望，
不敢再认这幢房。
她离去犹如出逃，
到处是捣毁的迹象。

间间屋一样凌乱，
这零落他无力计算：
泪水模糊了眼睛，
偏头突然有如针钻。

从早就耳鸣嗡嗡，
是清醒还是梦幻？
为什么他的脑际，
不断有海的萦念？

当窗子蒙上冷霜，
透不进白日的光芒，
无法排解的哀愁，
好似大海的汪洋。

她贴着他的心，
是那样难解难分，
像伟岸贴着大海，
联结宏阔的潮汛。

仿佛风雨过后，
大水淹没了芦苇，
她的音容身影，
漫入他的心扉。

在痛苦的年代里，
在难以想象的生活中，
她被命运之浪卷起，
冲上他的心胸。

通过了无数的阻隔，
摆脱了种种凶险，
波涛簇拥着，
把她推到身边。

如今她远走他方，
多半是并非心愿。
生别会使人愁死，
思念叫他俩肠断。

这人又环视四周：
她在离去之前，
把衣柜的抽屉，
统统翻了个底朝天。

他茫然踱步，天色将黑，
拾起散扔的衣物，
还有剪裁的纸样，
收回抽屉和柜橱。

什么扎疼了手指？
是带着针线的活计。
忽地人宛然浮现眼前，
他不由得轻声啜泣。

十七　相　会

雪快埋住了道路，
屋顶快变得皑皑。
我出去活动腿脚，
你恰巧站在门外。

身着秋天的大衣，

没戴帽子，没穿套靴。
你极力想镇静，
嘴里嚼着雪。

树木和栏栅退去，
隐进远处的浑噩。
大雪纷飞里，
你独立在角落。

围巾滴下了雪水，
点点打在袖口；
头上荧光闪烁，
是露珠附着发绺。

一披金发啊，
照亮了面庞，
照亮了头巾和身姿，
照亮了这件秋裳。

睫毛上雪花变潮，
你眼里愁情脉脉；
整个形象浑然一体，
一切是那么合拍。

仿佛用一把锋刃，
在我的心灵，
沾着漆黑的墨，
刻下了你的倩影。

我的心底永远永远，
留下了你的姿容。
由此又何必管什么，
世人的心肠变硬。

由此这一天的雪夜，
似乎绵长无尽；
你我之间，
我竟分不出我你。

等往事只待评说，
当你我辞别人世，
世人会怎样看我俩？
我俩又从何而至？

十八　圣诞之星

隆冬时节。

草原风过。
山坡间的窟窿里，
一个幼婴瑟缩。

犍牛呵气为他取暖。
一群家畜，
聚在洞穴中，
喂草架上热气股股。

牧人撣撣皮袄，
抖掉草屑和黍粒，
在岩石上睡眼惺忪，
远眺子夜时分的天地。

远方是雪中田野和墓地、
围墙、碑铭、
雪堆里的车辕、
坟上的天、满空的星。

附近是守院人的小窗，
窗里新亮起一盏灯，
幽光怯懦，
好似去维夫列路上的星。

这颗星像燃烧的草垛，
没连着天，没连着上帝，
却似火场的返光，
如田庄焚烧，谷仓一炬。

似一捆点燃的干草，
它升腾，升腾在
整个宇宙之间，
宇宙为之惊骇。

星斗上方火光通红，
红光意味着某种东西。
三个星相家
连忙去预卜星火的奇异。

随后是骆驼拉着赠品，
还有全身披挂的毛驴。
驴子一头比一头瘦小，
踏着碎步下了山脊。

此刻，宛若奇特的未来时光，
眼前浮现出后来的一切：
一代又一代的思想愿望，
画廊和博物馆的图景，种种世界，

美女的戏谑，魔法师的手段，
世间所有的枞树，孩童的梦夜。

还有明烛的抖动，一切桎梏，
种种艳丽多彩的服饰……
草原风来越吹越紧……
浮现出苹果累累、金黄的秋实。

赤杨树冠遮盖了水塘一角；
透过树杈和白嘴鸦之巢，
另一角却看得真切明了。
牧人眼底清晰可辨，
驴群驼队怎样在拦河坝上奔跑。
“随大家一起走吧，去朝拜神奇。”
他们说着掩上了皮袄。

踏雪沙沙，浑身燥热，
亮地里有赤足脚印一道，
像一片片云母通向破屋。
牧羊狗在星光里追了脚印吠叫，
好像对着一段蜡烛头的火苗。

严寒的夜如一则童话。
仿佛有人隐了身，

不时从雪堆上挤进人群。
狗儿蹒跚着，不安地四面张望，
靠到牧羊人身上还在担心。

就在此处，就是这条路，
人群夹着几个天使前去。
天使无形，人眼不见，
可迈步却留下了足迹。

巨石旁聚起人众，
天色发亮，露出雪松之身。
马利亚问：“你们是什么人？”
“我们是牧民，是上天的使臣，
来给你们两人褒奖。”
“门前等等。不能一下全进。”

黎明前的灰暗里，
马夫和牧人在跺脚，
行人同骑士斗气。
圆木凿成的水槽前，
骆驼嘶叫，驴子蹬踢。

天光破晓，朝霞像清除灰烬，
从苍穹扫去了最后几颗星。

无数的人里只有星相家，
被马利亚放进了岩缝。

婴儿满面红光，睡在橡木草架上，
如一弯月色，藏在树洞深角。
驴的唇吻，牛的鼻息，
代替了他身上的羊皮袄。

人们站在暗处，像在畜栏的暮色里，
窃窃私语，来不及斟酌字句。
昏暗中有谁推了星相家，
拉他向草架的左边去。
星相家回头，只见门楣上，
圣诞之星像位来客望着幼女。

十九　黎　明

在我的命运里，你便是一切。
随后来了战争，横遭劫难。
年复一年，年复一年，
你的音信绝断。

过了许多许多岁月，

你的声音重来惊扰我。
彻夜捧读你的遗言，
仿佛从昏厥中复活。

我渴望去人群里，
融入清晨的熙攘。
我恨不得碾碎一切，
我准备降服万邦。

于是我跑下楼梯，
像第一次来到
白雪覆盖的街头，
和空无人迹的便道。

家家晨起生着火，十分惬意。
喝完茶，纷纷朝电车走去。
几分钟的光景，
城里竟变得不可辨析。

门洞是风雪编织的网，
鹅毛大雪在纷扬。
人们为的不晚到误事，
吃不好喝不好地奔忙。

我替他们所有人承担苦乐，
仿佛自己曾是他们的化身，
我和雪一样消融，
我和黎明一样阴沉。

同我一道，是不知名的人们，
是大树、孩子、不出门的恋家迷。
我给他们征服了，
这也正是我的胜利。

二十　魔　力

他从维法尼亚去耶路撒冷，
早为预感而忧心忡忡。

峭壁上刺人灌木已燃烧尽，
近旁一间茅屋断了炊烟。
空气灼热，苇草纹丝不动，
连死海上也波浪不翻。

含着海水般的苦涩，
他拥了一个小小云堆，
沿着尘路走向栈房，

去赴城里学徒的集会。

他想着心思，聚精会神，
田野荒凉，艾草味重；
万籁俱寂，他孑孑独立，
周围陷入了沉迷之中。
一切混杂着：暖意和荒漠，
蜥蜴、冷泉和溪声。

一棵无花果树矗立远方，
不见结实，唯有枝叶。
他便对树说："你为何吝啬？
你只会呆立发愣，我有何欢悦？

"我饥渴难耐，可你空如无物，
同你邂逅，哪来一丝安慰？
啊，你原来一无可取，令人失望。
那就如此终了吧，毫无作为。"

这责难使大树一阵战栗，
又像电光钻入避雷针，
把无花果树霎时焚毁无遗。

倘若枝叶和根干，

此时有须臾的自由，
自然界定会用自己的规律干预。
可魔力终是魔力，它便是上帝。
每当我们陷于惶惑，在紊乱中
魔力就要光顾，叫人措手不及。

二十一　大　地

春光一拥而入
莫斯科栋栋小楼；
蛾子从衣柜后飞出，
爬行在夏天的帽子上；
人们把皮衣藏进柜橱。

木头阁楼上，
摆着盆盆鲜花，
有紫罗兰和桂竹香。
顶间吹出来尘土气味，
房屋显得宽大舒畅。

街上路人不由得
和不透光的窗口狎昵；
江面上的白夜

同夕照遇到了一起。

走廊上听得到：
屋外如何地风云起落；
四月天同雪水对话，
无意间讲了什么？
四月天眼见了
无数的人间悲歌，
连云朵也驻足篱笆，
倾听这短说长说。

在自然界，在舒坦的家中，
同样是火与恐惧相混杂。
氛围无处不伤情。
又是剔透的柳枝，
又是白色花蕾的高隆，
在窗台上，在交叉路口，
在作坊里，在大街树丛。

为何远方在雾中哭泣？
为何厩肥散发着苦味？
我的使命啊，
不正是让人们离而不悲；
让城外的大地，

不在孤独中忧伤落泪。

为此在早春天里，
我邀朋友们齐聚。
我的晚会是告别，
我的宴席是寄语：
要用隐秘的苦痛，
去偎暖冰冷的生计。

二十二　晦　气

当他在最后一周，
进入耶路撒冷的时候，
迎面是震耳的祈祷声，
人们举着枝条跑在他身后。

但日子越来越难，
爱撼动不了人心，
个个都鄙弃地蹙眉，
结局于是临近。

天空变得沉重如铅，
低低压到了院庭。

人们对他狐狸般献媚，
搜寻法利赛人的罪证。

寺院的恶势力逞了凶，
把他交给了败类们审判。
过去颂扬他的热情，
如今变成了诅咒他的冥顽。

邻街的人群，
在大门里窥探，
推搡着等待结果，
又来回地乱窜。

附近响起了窃窃私语，
多方传开来流言。
出逃埃及和童年时光，
如梦境一般浮现。

他记起了荒漠中壮观的斜坡，
还有那陡峭的悬崖；
正是那崖顶的魔王，
用世界强国诱惑了他。

又想到坎河上的婚筵，

佳肴惊人的盛席；
想到海，他踏着潮水，
如履平地向小船走去。

再忆起了穷人齐集破屋，
他举着烛火下到地窖，
忽见死人复活后坐起，
吓灭了手里烛台的火苗。

二十三　抹大拉的马利亚（之一）

夜色一降，我的魔鬼就到身旁，
同我清算往日的旧账。
勾起堕落的回忆，
啃噬着我的心房。
我是个发了狂的傻女人，
曾屈从男性的乖张，
街头便是我栖身的地方。

只消几分钟的时光，
便将笼罩上幽冥的寂寞。
在这瞬息流逝之前，
我要把自己行将终了的生活，

犹如阿拉瓦斯特的器皿，
在你的面前打碎说破。

倘若夜复一夜的桌前，
没有等待我的一种永恒信念，
一如受惑者等待我的合欢，
啊，我的老师，我的恩人，
那我今天会在何处留连？

可我怀着极度的哀伤，
众目下同你连成了一身，
就像叶芽连着树枝，
你且说，
罪过可还难赦难尽？
死亡、地狱、硫火又何足论？

耶稣啊，你可知道，
我正跪在你的脚旁，
想亲吻方木的十字架；
该准备起灵，
我却扑向你的身，如痴若傻。

二十四　抹大拉的马利亚（之二）

节前纷纷在扫屋。
我摆脱了这繁忙，
舀着小桶里的水，
擦洗你洁净的脚掌。

我伸手摸鞋，却找不到，
泪水遮住了视线，
散披的发绺，
在眼前垂下一张帘。

我把你的足摆上衣襟，
泪水湿遍了双脚。
耶稣啊，我的项链缠上了足，
我的发像黑篷衣拂罩。

这时我把后事看得一清二楚，
好像你已令未来停步。
我现在能够预言一切，
就像女巫道出的神卜。

明天寺院里帐幕就将放下，
你我要被挤到一旁，
脚下的大地会猛然一颤，
许是怜悯我的哀肠。

送葬的队伍散去，
骑马的将各自东西，
这个十字架一如旋风，
会跃跃向高天腾起。

我便扑倒在十字架前，
如醉如痴，咬破嘴角；
你在十字架上双臂大张，
似欲和太多的人拥抱。

世界竟为谁如此广袤？
又那么多痛苦，那么大力量？
人间可有如许多的心灵和生命？
可有如许多的河流、树丛、村庄？

这样过去三个昼夜，
定又陷入难挨的空虚；
我怎敢不在这可怖的几天，
让心复活，获得灵犀？

二十五　赫弗西曼花园

遥远的星光无精打采，
照着大路的转弯；
路环绕马斯洛山盘行，
岭下河水是克德兰。

草地突然中断，
前面一带银河；
灰白色的橄榄树，
浑欲向空中拼搏。

尽头有一家花园、大片土地，
他把弟子们留在墙外，
说："我心里悲痛欲绝，
且在这帮我排解愁怀。"

他没做丝毫的抗争，
放弃了神力和大智，
好像交回了借来的物品。
而今也成了我们一类凡夫俗子。

此刻夜幕下的远方，
仿佛是毁灭和死亡之天；
宇宙的广漠里绝无人迹，
只在这园子里可见炊烟。

望着这漆黑的深渊，
无始无终的空间，
为了幸免一死，
他滴着血祷告上帝求援。

祈祷减轻了极度的倦怠，
他迈步走出了围墙。
弟子们困顿难挨，
躺倒在路旁羽茅之上。

他唤醒弟子：“上苍赐福，
你们才与我同时，却沉沉大睡！
人类之子正面临厄运，
他要把自己交给一伙罪人。”

话音未落，不知何处
拥来了奴隶和流浪汉，
举着火把、刺剑。犹大领头，
露出一副叛卖的嘴脸。

彼得挥剑反击这伙恶棍，
把其中一人耳朵削掉。
这时他听到：“争执不该刀剑解决，
请你宝剑入鞘。”

“莫非上帝果真没派给我
展翅飞来的庞大军队？
不然敌人怎敢动我一根毫毛，
只会望风而走，四散溃退。

“生活之卷已快终篇，
这一页比一切都神圣十分。
写下的东西正该实现，
就让它变成现实吧，阿门！

“你看到了：世纪进程像篇寓言，
前行之中它会燃烧。
为了这寓言的惊人伟大，
我甘愿在折磨中死掉。

“我躺入棺木，第三天就将苏醒。
过去的世纪也要从黑暗中复活，
如放木排，如走船队，
纷纷聚来由我评说。”

世纪出版